JEFFREY LENT

# VENTO D'AUTUNNO



SPERLING PAPERBACK

*Traduzione di Gina Maneri*
In the Fall

*I edizione «Superbestseller» Paperback ottobre 2002*

*ISBN 88-8274-456-6*
*86-I-02*

Personaggi, ambientazioni e situazioni sono frutto della fantasia dell'autore o usati in chiave fittizia. Per quanto si sia perseguita la massima fedeltà ai dati storici, i fatti e i luoghi geografici possono essere stati alterati in funzione narrativa.

*A Marion,*
*dolce, lungo cammino*

*E a Michael Hill e Holley Bishop*
*per il loro incondizionato sostegno ed entusiasmo*

Vorrei ringraziare Ginger West e Allan Wolf per la lettura del manoscritto in corso d'opera; Dan Morgan per il generoso aiuto nel lavoro di ricerca; Kim Witherspoon per il prezioso appoggio; Elisabeth Schmitz, Morgan Entrekin e tutto lo staff della Grove/Atlantic per la dedizione e la cura con cui hanno seguito questo progetto; tutti i membri della mia famiglia per l'incoraggiamento che mi hanno offerto in questi anni nonostante i dubbi che forse nutrivano in privato; e infine mia madre, che, tra le altre cose, mi ha trasmesso la passione per la lettura e per i libri cominciata tanti anni fa sul prato della fattoria di North Pomfret.

# Prologo

IL ragazzo si destò nella casa buia e seppe che era solo. Fu questa sensazione a svegliarlo. La casa non era deserta, ma lui era solo. Si alzò, si vestì e scese le scale nell'oscurità. Dalla cucina, oltre il campo di erba alta dietro il fienile, vide la luce della lanterna. Staccò la giacca dal piolo e richiuse piano la porta, senza far rumore. Passando sotto i grandi larici e abeti canadesi che circondavano l'abitazione, attraversò il viale d'accesso in terra battuta e si addentrò in una macchia di rovi e arbusti, nascondendosi dietro un cespuglio. Non aveva paura del buio. Aveva paura di stare in casa. La lanterna era posata su una pietra. Suo padre stava scavando con una pala e ammonticchiava la terra su un telo steso accanto alla buca circolare, non grande ma profonda. Quando la pala fu scomparsa nel terreno fino a metà manico l'uomo si fermò, posò l'attrezzo, prese uno dei tre barattoli da caffè posati sul bordo del telo e, inginocchiandosi, lo sistemò sul fondo. Nella stessa posizione, afferrò alcune manciate di terra e ricoprì il barattolo, e soltanto allora si rialzò per finire il lavoro. Poi mise da parte la pala, scosse il telo per liberarlo degli ultimi residui di terra e con un rastrello ricoprì la buca di foglie e ramaglie. Si spostò quindi di qualche metro e il ragazzo lo seguì a distanza, una silenziosa danza segreta nel boschetto. Guardò suo padre scavare un'altra buca con la stessa cura usata per la prima, un'altra piccola tomba per un barattolo da caffè.

Quando anche questa fu terminata, si spostarono ancora e suo padre scavò una terza buca. Finito il lavoro, si sedette su un sasso, accese una sigaretta e la fumò. Il ragazzo lo osservava, sapendo che sarebbe dovuto rientrare prima di lui. La brace della sigaretta mandava un bagliore arancione nell'oscurità, e il fumo fluttuava nella macchia in cui era nascosto il ragazzo, che cercava di aspirarne quanto più poteva, quasi fosse la presenza di suo padre. La notte dopo la morte della sua sorellina, quando sua madre era ancora a letto malata, suo padre l'aveva mandato a dormire, ma il ragazzo era stato svegliato dalla mamma che, ai piedi del letto, con la bimba per mano, lo guardava silenziosa, mentre Claire gli faceva un cenno di saluto. Poco dopo, suo padre era salito di sopra e l'aveva mandato fuori a spalare la neve sul viale d'accesso fino alla strada. Il ragazzo si era accinto a quell'impresa disperata, piangendo impotente di fronte al metro e venti di neve, furioso per lo sforzo che sapeva inutile. E quando suo padre era uscito a fermarlo nella luce arancione e violetta dell'alba, a dirgli di smettere, a dirgli che sua madre era morta, lui aveva continuato a spalare, a conficcare la pala nella neve come se fosse il cuore che gli stava scoppiando in petto. Le aveva viste entrambe nella sua stanza, l'una accanto all'altra. Un silenzioso addio. Sua madre e sua sorella erano passate un'ultima volta da lui prima di lasciare la casa per sempre. Ecco perché aveva paura di stare a casa da solo. Non era il buio. Non aveva paura del buio, fuori.

Suo padre spense la sigaretta sui pantaloni, sbriciolò il mozzicone e lo sparse attorno. Il ragazzo aspettò ancora. Poi l'uomo raccolse il telo, lo ripiegò con cura, se lo mise sotto il braccio e si chinò per prendere il rastrello e la pala. Era ora di andare. Raccolse la lanterna mentre il ragazzo si avviava, muovendosi rapidamente nell'oscurità, la casa una sagoma chiara nel cielo notturno. Udiva il padre dietro di sé, il suo respiro affannoso che risucchiava l'aria, i polmoni ancora deboli dopo l'influenza invernale che proprio lui aveva portato in casa ma da cui era guarito, trasmettendola a Claire, e poi a sua madre. Loro erano state malate molto meno a lungo di lui, però non ce l'avevano fatta. Il ragazzo non si era neppure ammalato. Con il rumore che suo padre faceva avrebbe anche potuto correre senza essere visto né udito, ma voleva solo arrivare a casa prima di lui. Mettersi a letto e sentirlo rientrare.

Non sapeva che cosa contenessero i barattoli, che cosa fosse sepolto nel bosco. Qualcosa di segreto, qualcosa che ora era al sicuro sotto terra, lontano dagli occhi, sparito. Anche se nessuno gliel'aveva detto, sapeva che ciò riguardava soltanto suo padre. Curioso come tutti i ragazzi, sapeva quando non era il caso di fare domande.

# PARTE PRIMA

# *Randolph*

# 1

Il nonno del ragazzo aveva lasciato la fattoria sulle colline che sovrastavano la strada per Bethel, a sud di Randolph, all'inizio dell'estate del 1862. A casa erano rimaste la madre e la sorella minore, assieme a un gregge di pecore merino sempre più esiguo e a una mandria di mucche da latte che aumentava a poco a poco. Norman Pelham aveva compiuto da poco diciassette anni, ma faceva la sua bella figura negli abiti di buona fattura confezionati in casa. I modi taciturni e l'alta statura non tradivano la sua età. Suo padre lo accompagnò con il carro, e durante l'ora di viaggio per raggiungere la stazione di Randolph nessuno dei due parlò. Norman era un ragazzo serio e dubitava che la secessione di quasi metà degli Stati dell'Unione si sarebbe risolta in fretta. Del resto, l'eventualità della propria morte gli appariva molto remota. Avrebbe fatto la sua parte fino in fondo, ma nelle vene non gli scorreva il sangue di un eroe. Non anelava alla gloria, voleva solo ripercorrere quella stessa strada in senso inverso, un giorno. Tuttavia non disse nulla di tutto ciò a suo padre, e lui non gli parlò dei propri timori, quella mattina. Non c'erano state discussioni, nessuno aveva sollevato questioni di opportunità. Il padre sarebbe andato ma non poteva. Il ragazzo, però, partiva per conto proprio, non sostituiva nessuno.

Una volta arrivati a Randolph, fermarono i cavalli a una certa distanza dalla stazione e voltarono il carro. Norman scese e scaricò uno zaino che conteneva un cappotto per l'inverno, un paio di pantaloni di tela, una camicia inamidata, una piccola Bibbia con dedica, dei calzini di ricambio e un rasoio. A parte quest'ultimo, tutto il resto era frutto dell'insistenza di sua madre. Norman voleva partire con il rasoio in tasca, certo che coramella e sapone li avrebbe trovati ovunque. Pensava che forse quelle cose le avrebbe addirittura fornite l'esercito. Non lo sapeva; non c'era nessuno a cui chiedere.

Intorno alla stazione, pavesata di bandiere fatte alla buona, si era radunata una folla. Suo padre gli porse la mano ed entrambi strinsero forte, poi si staccarono nello stesso momento, come se avessero fatto le prove.

«Bene», disse suo padre, lasciando vagare lo sguardo oltre il carro, verso i cavalli.

«Tieni d'occhio le mie pecore», disse Norman.

«Già», fece suo padre. Poi aggiunse: «Cerca di evitare le pallottole».

«Lo farò.»

Suo padre annuì. «Allora vado.»

Norman sollevò lo zaino e se lo gettò in spalla. Fece eco a suo padre: «Già». Mentre si voltava e si avviava verso la folla, si rese conto per la prima volta che si sarebbe trovato in mezzo a molta più gente di quella a cui era abituato. Sapeva, tuttavia, che sarebbe bastato starsene zitto per essere completamente solo.

Passò il resto della giornata in treno, diretto a sud, a Brattleboro. L'indomani firmò il foglio d'arruolamento e ricevette un'uniforme e un fucile, e una dozzina di altri oggetti che facevano parte dell'equipaggiamento. Lo alloggiarono in una tenda assieme ad altri cinque uomini provenienti da zone strane e sconosciute del Vermont e per un paio di settimane fu sottoposto a un addestramento che gli sembrò avesse poco a che fare con la guerra. Con il tempo, avrebbe imparato che era stato fortunato ad avere ufficiali poco ambiziosi, ma con una certa anzianità e ricchi di esperienza. All'inizio di luglio, si spostarono a sud e si unirono all'immenso esercito del Potomac. Adesso Norman portava soltanto il rasoio in una tasca e la piccola Bibbia nell'altra. Aveva tenuto anche i calzini di ricambio.

Era la fine di settembre del 1865 quando attraversò di nuovo Bethel di ritorno alla fattoria sulle colline, mesi dopo che i suoi commilitoni della seconda compagnia del Vermont avevano fatto ritorno a casa alla spicciolata. Anche se erano trapelate sue notizie, quei veterani non parlavano di lui; se qualcuno veniva avvicinato da sua madre, si limitava ad assicurarle che sarebbe tornato da un giorno all'altro e che l'ultima volta che l'avevano visto stava bene. Non erano tipi che si impicciavano dei fatti altrui e non avrebbero mai espresso un'opinione su qualcosa che non li riguardava. E la faccenda di Norman non li riguardava. Comunque, tenevano d'occhio la strada.

Lo videro passare quella mattina di fine estate. La voce del suo arrivo l'aveva preceduto, così quasi tutta la gente del vicinato e della cittadina lo vide arrivare con quel passo lungo e disinvolto di chi misura il cammino in mesi e anni, non in chilometri, uno zaino ricavato da una coperta dell'esercito e al suo fianco una ragazza alta quasi quanto lui con un abito blu stinto dal sole e una valigia di cartone legata con lo spago. Norman aveva ai piedi gli scarponi dell'esercito, mentre la ragazza camminava scalza nella polvere, con le scarpe logore legate per i lacci e gettate su una spalla. Norman salutava tutti quelli che vedeva e la maggior parte della gente rispondeva con un cenno del capo o della mano. E a quelli che si infilavano dentro i granai o si nascondevano dietro le tendine non faceva caso, accontentandosi di passare oltre e dicendosi che non serbava rancore a coloro che lo ignoravano. A un certo punto la ragazza gli disse: «Ci stanno guardando».

«Ci hanno guardato per tutto il viaggio.»

«Sì, è vero. Ma questa è la tua gente.»

«L'unica cosa che hanno è il diritto di guardare.»

«Può darsi, ma...»

«Niente ma», disse lui. «Possono guardare finché gli pare e pensare quello che vogliono, la cosa non mi riguarda e non riguarda neppure te.» Se c'era esitazione nella sua voce, era dovuta alla grande tenerezza che nutriva per lei, alla consapevolezza di quanto il mondo fosse cattivo e alla determinazione di proteggerla da ogni male che potesse venirle dalla sua gente. Non era solo innamorato, lo era in modo feroce.

Lasciarono la strada principale un chilometro prima del villaggio di Randolph per imboccare il sentiero che si inerpicava per cinquecento metri fino alla fattoria sulla collina, dove ormai lo aspettavano solo la madre e la sorella minore. Il padre era morto due anni prima a seguito di un calcio in testa sferratogli dalla vecchia giumenta mentre si chinava a raccogliere una monetina. Le sorelle maggiori si erano sposate, Miriam con un agricoltore dello Iowa, Ethel con un commerciante di cancelleria dei pressi di St. Louis. Quando Norman e la ragazza passarono davanti all'ultima abitazione della strada, la padrona di casa era intenta a stendere il bucato nel cortiletto, le braccia cariche di panni e la bocca piena di mollette, e non poté salutarli in nessun modo, ma si limitò a guardarli passare, il figlio dei vicini temprato dalla guerra e la ragazza dagli occhi verdi con quel corpo africano così bello nel sole autunnale, la pelle dello stesso colore e lucentezza del legno di ciliegio levigato a mano. Norman le diede una voce e la ragazza alzò una mano in un gesto che alla donna sembrò volesse dire: Tu sei lì e io sono qui, e qui rimarrò a meno che tu non dica il contrario. Mentre proseguivano su per la collina, Norman credette di udire dietro di sé lievi tonfi delle mollette che cadevano nell'erba.

Era stato ferito due volte. La prima volta a Gettysburg, quando la seconda compagnia del Vermont aveva trovato la breccia nel fianco della carica del generale Pickett e vi si era gettata a capofitto per ribaltare le sorti della battaglia, buttandosi in mezzo ai mucchi di cadaveri e di uomini e cavalli moribondi. Norman rimase ferito quando un soldato a cavallo con gli occhi iniettati di sangue si gettò su di loro con la sciabola fiammeggiante nel sole al tramonto e gli affettò il braccio destro fino all'osso. Norman si lanciò a corpo morto sul cavallo e disarcionò l'uomo tirandoselo addosso. Rimase senza fiato, e furono i suoi compagni a trascinare via il soldato e a trafiggerlo con le loro baionette.

La seconda ferita venne quasi due anni dopo vicino a Richmond, dopo la caduta della città, quando ormai l'esercito del generale Lee si stava smembrando. Il giorno volgeva al termine quando la compagnia attraversò un ruscello. Gli uomini che stavano inseguendo avevano guadagnato abbastanza terreno da girare l'unico pezzo di artiglieria contro di loro e sparare l'ultimo colpo. Il tubo di latta pieno di schegge e pallini di ferro non riuscì a raggiungerli, ma nell'impatto fece schizzare in aria qualcosa di duro, forse un pezzo d'albero, che colpì Norman alla testa, lacerandogli l'orecchio sinistro. Rimase privo di sensi e solo, mentre la compagnia si accampava attorno a lui. In piena notte si ridestò e, ancora molto confuso, si trascinò sul terreno come un animale malato in cerca di un rifugio in cui morire. Si svegliò all'alba del mattino dopo vicino a una siepe, in un punto imprecisato della Virginia, in preda a un dolore terribile, l'orecchio ridotto a un grumo di carne pulsante attaccato alla testa e il cervello in pezzi, tremante per la rugiada che cominciava già a evaporare sotto il primo sole e con la lingua impastata per l'arsura. Si riaddormentò per qualche tempo e quando aprì gli occhi di nuovo vide una ragazza accovacciata accanto a lui, il volto serio come la morte e una zucca vuota riempita d'acqua tra le mani, che gli domandava: «Sei morto?» Rimase sdraiato a osservarla, imprimendosi nella mente i lineamenti di lei: gli zigomi alti che mettevano in risalto i grandi occhi già luminosi prima che il sole li accendesse, la fossetta su un mento che gli sarebbe piaciuto prendere in mano come una mela e le labbra, screpolate per il terribile viaggio eppure bellissime, come intagliate in un pezzo di marmo dalle venature rosa. Non riusciva quasi a parlare per il dolore, ma sentiva che doveva dire qualcosa, altrimenti lei sarebbe fuggita, credendolo morto o pericoloso, così disse: «Ho solo bisogno di stare un po' sdraiato». Poi, con la testa e l'orecchio che gli scoppiavano, chiese: «È acqua, quella?»

Lei annuì e gli tenne la testa sollevata mentre beveva, poi lo adagiò di nuovo a terra e Norman si riaddormentò. Quando si svegliò, lei era ancora lì e la zucca era di nuovo piena. La ragazza lo aiutò a bere. Aveva delle gallette e un pezzo di prosciutto da cui aveva grattato via la muffa, gli offrì un poco da mangiare e lui riprese sonno nuovamente. Era ormai quasi buio quando riaprì gli occhi. Questa volta la ragazza era in piedi. Gli intimò: «Devi alzarti e camminare. Non è lontano, ma bisogna andare. Un'altra notte qui, e la febbre ti porta via. Dopo tutto quello che ho fatto, ci mancherebbe altro». Aveva delle coperte arrotolate e gettate su una spalla. Disse: «Non sei così grave. Non sei morto. Alzati, adesso». E quando Norman fu in piedi, appoggiato a lei che gli cingeva la vita con un braccio, le chiese come si chiamava e lei esitò, evitando di guardarlo e fissando le pieghe delle coperte. «Leah», rispose.

«È un bel nome», osservò lui. «Un nome della Bibbia.»

Lentamente, come se lo stesse soppesando, la ragazza ribatté: «Credo di sì. Comunque, è così che mi chiamo».

Norman avrebbe voluto dirle che era più bella del suo nome, di qualsiasi nome, ma non sapeva trovare le parole giuste; e poi, vedeva il nero della sua pelle, e pensava comunque che era la più bella ragazza di colore che avesse mai visto. Mentre il paesaggio sfumava nell'oscurità, il dolore alla testa gli parve ben poca cosa in confronto alla ragazza al suo fianco.

Avanzarono insieme nella notte. La ragazza lo guidava attraverso i campi e Norman lottava per mantenere l'equilibrio e, quando non ci riusciva, si lasciava portare da lei come dalla corrente. Giunsero a un rifugio segreto puntellato con tronchi di legno, riparato da una macchia di rododendri, l'ingresso seminascosto dietro un muretto di pietre a secco. Una volta dentro, la ragazza accese un fuoco servendosi di pietra focaia e acciarino, e alla luce delle fiamme mangiarono quanto restava del prosciutto e bevvero l'acqua che lei era andata a prendere al ruscello. Gli chiese da dove veniva e lui rispose da su, vicino al Canada, e la ragazza sapeva dov'era. Norman le domandò di dove era lei, e lei ci pensò su un poco e poi disse: «Di queste parti». Non sapeva se mentiva o diceva la verità, ma sapeva che non erano affari suoi. Aveva tutte le ragioni per non fidarsi di lui e Norman capiva che per lei non doveva essere stato facile fermarsi a soccorrerlo, che aveva corso un grosso rischio e che probabilmente intendeva correrlo ancora. Rimasero seduti insieme nel rifugio. L'idea del sesso gli sfiorò la mente. Si scostò un poco da lei e prese una delle due coperte, lasciandole quanto più spazio poteva vicino al fuoco, e le disse: «Sei stata molto gentile ad aiutarmi. Volevo soltanto dirtelo. Domani all'alba mi tolgo di mezzo e vado a cercare il mio reggimento. Probabilmente appena mi vedono mi fucilano per diserzione, comunque». Vedendo il bagliore negli occhi di lei, aggiunse: «Stavo scherzando. Scommetto che mi credono morto. Probabilmente quando mi vedranno penseranno che sia un fantasma».

Lei fece una specie di smorfia. «Non sei un fantasma.»

Norman le rivolse un largo sorriso: «Non ancora, in ogni caso».

«Uno strano uomo, ecco che cosa sei.»

«Che cosa vuoi dire?»

Lei scosse la testa e disse: «Scusami». Un'improvvisa nota malinconica si era insinuata nella sua voce. Uscì dal rifugio, e lui rimase sdraiato a guardarla scomparire nell'oscurità. Quando tornò rimase in silenzio. Neppure Norman parlò. Per un attimo qualcosa li aveva uniti, un esile ponte, ma poi era crollato e nessuno dei due sapeva perché. Così, non dissero nulla.

Durante la notte, la ragazza lo spinse vicino alle scarse braci e, avvolta nella propria coperta, si rannicchiò contro la sua schiena. Quando Norman si svegliò, alle prime luci dell'alba, la sentì contro il suo corpo e rimase sdraiato, immobile, finché il sole non illuminò le cime degli alberi e non la sentì muoversi dietro di sé. Attraverso le due coperte, percepiva le lunghe cosce di lei contro le proprie gambe e il seno che premeva contro la sua schiena. Gli cingeva il petto con un braccio. Soltanto quando la sentì svegliarsi completamente e uscire dal rifugio si mosse, così quando lei tornò lo trovò alzato, la coperta piegata. Lo condusse al ruscello, gli ordinò di mettersi carponi e, reggendogli la testa tra le mani, gli immerse la ferita nell'acqua gelida, passandogli le dita sul cuoio capelluto per ripulirlo dal sangue rappreso e dal terriccio. Il suo tocco era caldo, perfino nell'acqua fredda. Quando Norman si rialzò lei fece un passo indietro e in tono accusatorio disse: «Avrei dovuto farlo ieri».

Ancora senza fiato, lui rispose: «Mi avresti ucciso».

Leah gli afferrò l'avambraccio e gli conficcò le unghie nella carne dicendo: «Non devi parlare a nessuno di questo posto, capito?» Norman non si aspettava quella furia, così si limitò ad annuire, guardandola dritto negli occhi. Avrebbe voluto toccarla ancora o dirle qualche parola, ma lei gli aveva già dato le spalle e si stava allontanando tra gli alberi. Si voltò a lanciargli un'occhiata piena di impazienza, o disprezzo, così lui la seguì, perché era l'unica cosa che potesse fare.

Lo guidò in linea retta risalendo il fianco di un burrone. Poi gli fece attraversare un campo e raggiungere una piccola altura coperta d'alberi che sovrastava un grande prato, in cui si era accampata la seconda compagnia del Vermont. Norman prese a correre, dal campo saliva l'odore di cibo, poi si voltò, ma lei rimase nella boscaglia. «Vieni giù con me. C'è da mangiare.»

Lei scosse la testa.

«Avanti. Scommetto che ho preso tutte le tue provviste. È il minimo che possa fare, mi sembra.»

Lei scosse di nuovo la testa, poi disse: «Vai, signor Norman Pelham». Quando lui fece per avvicinarsi lo fermò con la mano aperta. Mosse un passo indietro, poi un altro, finché tra loro ci fu un cespuglio di rovi. Rimase lì ad ascoltare il fruscio dei suoi passi che si allontanavano, finché dal bosco non giunse più alcun suono. Lei non c'era più. Norman rimase fermo a lungo, poi si voltò e scese all'accampamento.

Quando gli ebbero bendato le ferite e dato da mangiare, raccontò la sua storia tralasciando la parte della ragazza. I compagni lo ascoltarono, ma tutta la loro attenzione era in realtà assorbita dalle voci giunte la sera prima da Appomattox: si parlava di tornare a casa, oppure raggiungere il North Carolina dove un esercito ai comandi di Johnston era ancora impegnato nei combattimenti. Alcuni dicevano che quell'esercito era ormai decimato e che Sherman l'avrebbe spazzato via come un pugno di mosche, ma altri ricordarono che anche Lee sembrava finito quando in realtà non lo era ancora. Per Norman erano tutte parole; anche l'idea di una resa lo lasciava indolente e intorpidito, e se ne stava tranquillo tra i compagni. Quella sera sedette nel cerchio luminoso del falò, immaginando la ragazza nel rifugio accanto al piccolo fuoco, anche se sapeva che a quell'ora doveva essere lontana, probabilmente a parecchi chilometri di distanza sul suo cammino segreto. La mezzanotte era passata da un'ora quando udirono gli zoccoli di un cavallo sulla strada. La guerra, per loro, era finita.

Il giorno seguente, diretti a Washington, attraversarono due cittadine. La gente li guardava passare in silenzio, i volti inespressivi, e anche le truppe erano silenziose, come se fossero tutti allo stesso funerale, astanti e corteo. Tutte e due le volte gli occhi di Norman scrutarono tra la gente di colore, ma non la trovò. Stava già dubitando che l'avrebbe riconosciuta quando scorse una donna alta, e poi un'altra, e seppe immediatamente che nessuna delle due era la ragazza che cercava. Si chiese quanto sarebbe durata quella certezza e non volle chiedersi perché era importante.

Per due volte, nel pomeriggio, vide dei movimenti ai lati della strada, una volta dietro una siepe e un'altra volta più in là, lungo una fila di alberi, e in entrambi i casi si chiese se avesse immaginato tutto. La campagna era piena di gente: disertori in cerca di bottino, gente di colore ancora in catene e schiavi fuggitivi, bambini bianchi che contendevano ai disertori la selvaggina e le radici che la campagna poteva offrire. C'erano anche delle donne, bianche e nere, che venivano agli accampamenti a offrire ciò che avevano da offrire in cambio di qualsiasi cosa. Norman continuò a scrutare il paesaggio per tutto il pomeriggio, ma non vide assolutamente nulla.

Quella notte si accamparono in un fienile ben costruito, con stalle annesse su entrambi i lati. Gli uomini strapparono le tavole di legno dalle stalle vuote per accendere dei fuochi, dato che gli steccati erano già stati demoliti, e la padrona di casa portò giù una marmitta di minestra di patate fatta con latte e burro, anche se non c'erano mucche in vista. La resa significava qualcosa altrove, ma ancora nulla per quegli uomini sulla strada di casa e meno ancora per quella gente a cui imponevano la loro presenza, così riempirono le gavette e la ringraziarono a uno a uno, e lei rispose ogni volta con un cenno del capo rimanendo in silenzio ad aspettare che la minestra fosse finita per riportare la marmitta a casa.

Dopo mezzanotte Norman era di guardia, il fucile abbassato lungo la gamba, la giubba sbottonata, aperta non solo per la notte primaverile. Si fermò nell'oscurità e rimase a guardare quegli uomini, e l'idea di lasciarli lo spaventò un poco. Nella sua mente, la guerra si riduceva già a pochi frammenti sparsi: lo scoiattolo che correva sulla strada in senso inverso alle truppe che avanzavano, quel primo giorno a Second Bull Run; la nebbiolina che si alzava sul fiume Potomac mentre marciavano diretti a nord entrando in Pennsylvania; l'uomo sul campo di battaglia, che era atterrato sulla schiena e per un lungo momento si era stretto la palla di cannone al petto prima di esplodere sotto di essa; il ragazzo steso a terra con la bocca spalancata, gli occhi già pieni di mosche mentre invocava un nome di donna in tono lamentoso, come se lei fosse lì accanto, ignorandolo. Dopo tutto questo, la vita non sarebbe stata così semplice, non sarebbe bastato tornare a casa e ricominciare da dove aveva lasciato, e si ricordò della morte di suo padre, una notizia che all'epoca gli era sembrata soltanto un altro anello in una lunga catena di vite spezzate. Ora cominciava ad avvertire il vuoto che si sarebbe portato dietro per sempre: non poter scegliere di non parlare della guerra con suo padre, non avere neppure più quella silenziosa presenza accanto mentre faceva nascere gli agnelli o lavorava nel campo di patate. Stava osservando i suoi compagni e contemporaneamente se stesso quando udì la voce di lei alle sue spalle: «Non mi sparare con quel fucile, Norman».

Si voltò lentamente e vide il suo viso tra luce e ombra, gli occhi sgranati, le narici dilatate come se volesse respirarlo, e le labbra dischiuse come la bocca di una campana. Lui mosse un passo avanti e commentò: «Avevo pensato che forse eri tu che ci seguivi».

«Non mi hai mai visto.»

«Ho visto qualcosa.»

«Ma figurati.» Lo disse sbuffando e lo fece quasi ridere. «Qualcosa nella tua testa, immagino.»

«Be'», asserì lui, «eri là e ora sei qui.»

«Io non ho seguito nessuno. Ero qua ad aspettare.»

«Davvero?»

Lei annuì. Norman si accorse che portava un altro vestito, un tempo verde scuro e ora sbiadito, del colore del muschio secco.

«Ad aspettare che cosa?» Avrebbe voluto rimangiarsi quelle parole che ora aleggiavano nella notte.

Ma lei rispose soltanto: «Ad aspettare che quella donna finisse di farvi la carità mentre le distruggevate il fienile. Ad aspettare di vederti uscire, prima o poi. Ad aspettare di vederti fare un salto e scappare come davanti a un fantasma. Ma sei ancora in tempo, direi».

«Sono di sentinella, stanotte. Se me la filassi di corsa chissà che cosa succederebbe. Quindi rimango fermo qui.»

«Pensavo che le sentinelle dovessero camminare su e giù.»

Norman alzò le spalle. «La guerra è finita. L'avrai saputo, immagino.»

Ora fu lei ad alzare le spalle. «Pensi che questo cambi qualcosa, signor Norman Pelham?» Prima che lui potesse rispondere, la ragazza allungò una mano e gli accarezzò il braccio con le dita, e lui sentì la propria carne cercare il contatto. Non stava parlando della sua vita o della vita della sua gente, e neppure della gente che li circondava, ma della breccia improvvisa e irrevocabile che ognuno aveva fatto nell'altro. Nulla era stato detto, nulla che la rendesse reale – come se le parole potessero rendere le cose reali – eppure era nell'aria tra loro. Così Norman le chiese: «Hai mangiato qualcosa, oggi?»

«Ho incontrato certa gente che ha diviso con me quello che aveva.» Ora lo guardava come per vedere se finalmente aveva capito. O forse temendo che potesse dire qualcosa che spezzasse l'incantesimo. Lui le toccò una spalla e sentì la pelle nuda intirizzita. E aggiunse: «Devo trovarti una giacca».

«Ce l'ho già. Laggiù.» Indicò con il mento un punto indefinito nell'oscurità. «Assieme alle coperte e all'altra roba.» Norman fu colto da un brivido, intuendo confusamente che i minuti, le ore, i giorni che sarebbero seguiti avrebbero segnato la sua vita. Rimase senza fiato per un lungo momento, poi Leah si mosse verso di lui e la luce rivelò tutto il suo volto. Norman le disse: «Aspettami qui, solo un minuto. Per favore. Ecco, tienimi questo». Le mise il fucile tra le mani e si allontanò a grandi passi verso il fuoco, dove versò del caffè in una tazza e prese gallette e pancetta. Stava per allontanarsi, le tasche della giubba gonfie di cibo, quando vide Goundry che lo osservava. La voce del piccolo fabbro di Poultney, un tipo tranquillo che era diventato capitano della compagnia, riusciva a stento a superare i pochi passi che li separavano.

«Che cosa stai facendo, Pelham?»

«Prendo qualcosa da mangiare, signore.»

«Hai fame?» Goundry osservò la giubba.

«Sissignore.»

Goundry annuì. «Dove diavolo è il tuo fucile, Pelham?»

Norman fece un cenno con il capo. «Laggiù. Accanto al fienile, signore. Sono solo venuto a prendere qualcosa da mangiare.»

Goundry annuì di nuovo. «Come va la testa, figliolo?»

«Bene, signore.»

Gouldry lo tenne fermo con lo sguardo. Poi continuò: «Perdio, sono contento che questa storia sia finita. Vattene, Pelham».

La trovò acquattata nell'ombra accanto a una delle stalle dei muli, il fucile tra le gambe, la canna stretta al petto. La prese per mano e la aiutò a rialzarsi, e lei spiegò: «Qualcuno è uscito dietro il fienile a orinare, così mi sono nascosta».

Scambiò la tazza di caffè con il fucile e le disse: «Ho anche del cibo con me. Conosci qualche posto dove possiamo andare?»

Leah lo prese per mano e lo condusse attraverso quelli che un tempo erano stati degli orti lungo un sentiero di terra battuta, fino a una piccola baracca fatta di grossi tronchi, senza finestre e con la porta sfondata, con frammenti di legno ancora attaccati ai cardini. Una volta dentro, appese una coperta a dei chiodi piantati sopra la porta e accese un mozzicone di candela, e lui vide la sua valigia e il suo giaciglio per terra e una piccola panca grezza fatta con un tronco spaccato a metà e dei pezzi di legno più piccoli, ancora con la corteccia, come gambe. Al muro era fissata una grossa catena, non molto lunga, che terminava in un ceppo spezzato ancora con i segni di uno scalpello. Si sedettero sulla panca e divisero il caffè, e lei mangiò una piccola parte delle gallette e della pancetta, che lui le tagliò, masticando ogni boccone con un controllo che tradiva la sua fame. Rimasero seduti in silenzio nella fioca luce della candela. Il ragazzo si scopriva più giovane di quello che pensava e la ragazza più vecchia di quanto lei stessa avesse creduto. Norman vide dei tremiti percorrere la pelle di lei e si sbottonò la giubba. Lei lo guardava, le labbra serrate e gli occhi inespressivi, e lui si tolse la giubba e gliela mise sulle spalle, e rimase lì seduto, con le bretelle sulla maglia di lana. Leah si strinse nella giubba e così facendo si inclinò un poco e la sua spalla toccò quella di lui.«Norman, che cosa vuoi da me?»

Lui ci pensò un attimo e rispose solo: «Potrei chiederti la stessa cosa».

Senza esitare lei ribatté: «Chiedimelo, allora».

Norman glielo chiese e lei replicò: «Voglio andare a 'Su-Vicino-al-Canada'».

«Nel Vermont», precisò lui.

«*Ver-mont*», sillabò Leah, e Norman pensò, sì, proprio così, *verde monte*, quella vecchia collina verde di Champlain – i ricordi di scuola riaffiorarono con la pronuncia della ragazza – ma aggiunse soltanto: «È molto lontano da qui».

«Ho già camminato tanto. Posso camminare ancora.» E poi: «A meno che tu non voglia».

Norman distolse lo sguardo, si fissò le mani unite tra le ginocchia, chino in avanti, e rimase in silenzio, finché ritrovò la voce e rispose: «Non lo so». La sentiva respirare accanto a sé, sentiva la sua spalla fremere contro la propria, e la sua pazienza mentre lo aspettava, e lui sapeva che cosa aspettava ma non sapeva come dirlo e così disse soltanto: «Praticamente non ti conosco».

«Certo che no», fece lei. «Appena scopri che cosa ci vuole

per conoscere una persona, dimmelo. Io non lo so. Hai fratelli, sorelle?»

«Sorelle. Tre.»

Ma lei continuò a parlare come se lui non avesse detto nulla. «Tua madre e tuo padre. Li conosci da una vita ma non sai come sono veramente, dentro. E credi che loro lo sappiano? Probabilmente no, te lo dico io. Tu e io seduti qui, per quanto strano ci possa sembrare, eccoci qua, no? E come lo chiami? Lo chiami caso? Mi sono fatta quattrocento, cinquecento chilometri a piedi per trovarti, Norman, e non sapevo neppure che fossi tu finché non ti ho visto là sdraiato sotto quel cespuglio, e come facevo a sapere allora che ti saresti svegliato e saresti stato tu? Non lo sapevo. Capisci quello che ti sto dicendo, Norman?»

Lui riuscì solo a fare segno di sì con la testa, solo una volta.

Leah disse: «Io ti guardo e sai che cosa vedo, Norman?»

«Non ne ho idea.»

«Vedo un uomo gentile. Un uomo gentile nell'anima.»

Poi tacque, e quando parlò di nuovo la sua voce si era addolcita e aveva perso un po' di sicurezza. Norman se ne accorse subito e avvertì tale perdita dentro di sé, come un getto di acqua bollente. «E io? Che cosa vedi quando mi guardi, Norman?»

Il volto di lui si riempì di solchi come un campo appena arato. Non voleva fare errori. Non sapeva che cosa dire e continuava a guardarla, sperando che lei l'avrebbe aspettato, sperando che avrebbe avuto pazienza.

Lei non aspettò. «Vedi una piccola negra che si vuole mangiare tutte le tue gallette e la tua pancetta? Vedi una che sta pensando che per essersi presa cura di te una notte può pretendere qualcosa di più in cambio? O forse solo una fichetta negra disponibile, che aspetta che tu dica le parole giuste, che faccia la cosa giusta? È questo che vedi, Norman?» Si era scostata da lui, ora, e se ne stava ferma sulla panca, come se fosse molto lontana. Lui si guardò le mani, che non riuscivano a stare ferme, finché si accorse che anche lei le stava osservando. Sollevò una gamba e si mise a cavalcioni sulla panca, in modo da averla di fronte. Con i lineamenti stravolti dal terrore, le disse: «Leah, io vedo soltanto la ragazza più bella che abbia mai visto».

Lei si alzò dalla panca e si allontanò: «Io ti ho detto la verità, Norman. Ma tu mi stai mentendo se è solo questo che vedi».

Senza neppure riflettere lui rispose: «Quello che vedo è la più bella ragazza che abbia mai visto e un mucchio di guai. Guai per tutti e due. Ecco quello che vedo».

Allora Leah tornò alla panca e sedendosi di fronte a lui commentò: «L'hai detto. L'hai proprio detto». Norman le prese una mano e rimase seduto a fissare le loro mani l'una nell'altra e, sempre senza guardarla, replicò: «Non parlarmi mai più in quel modo, Leah».

«In quale modo?» Parlò a voce bassa. Conosceva già la risposta, ma aveva bisogno di chiederglielo, aveva bisogno che lui glielo dicesse.

E lui lo disse: «Tutto questo 'negra, negra',...Non dirlo più».

«Gli uomini bianchi parlano come vogliono a una ragazza di colore.»

«Sono solo un uomo bianco per te, allora?»

Con la mano libera lei gli prese l'altra mano e se la mise sul petto, poco sotto la gola, e gli rivelò: «Mio padre è un bianco, Norman».

«Immaginavo qualcosa del genere», commentò lui. In realtà non ci aveva pensato. Di nuovo senza riflettere: «Lui non parla così, no?» La sua mano era pervasa dal calore di lei, il suo cervello sui bottoni del suo vestito.

«Mio padre non mi ha mai neppure chiamata per nome.» C'era nella sua voce un disgusto, un veleno, un disprezzo che quasi copriva la tristezza che lui sapeva era in lei, allo stesso modo in cui lei era sicura che lui avesse un animo gentile. Norman scivolò sulla panca verso Leah e la abbracciò, e lei posò il capo sul suo petto e rimasero così, stretti l'una nelle braccia dell'altro.

Dalla panca alle coperte sulle assi del pavimento non c'era molta strada, ma ci misero del tempo a percorrerla, centimetro dopo centimetro, in una danza di corpi intrecciati in cui nessuno dei due conduceva o si lasciava portare. Una volta a terra, lottarono con le proprie membra lente e intorpidite, le dita di lui impacciate sui bottoni del vestito di lei e infine i suoi capezzoli, simili a more, sui seni del colore del miele denso, che rabbrividivano sotto la sua lingua. Leah gli montò sopra e con una mano lui le sollevò il vestito sui fianchi, mentre con l'altra si sbottonava i pantaloni, ma lei si inarcò allontanandosi, anche se lui cercava di raggiungerla, il suo pollice che le percorreva il corpo fino alle cosce bagnate, da togliere il fiato. Lei rimase staccata da lui, le bocche incollate, le lingue calde e taglienti, quasi lottando, finché rotolò su un fianco, le gambe ancora aperte e il vestito sbottonato fino alla vita, e disse: «Se fossi entrato ti avrei lasciato fare». Lui rotolò sopra di lei e mentre la penetrava udì la sua voce, ormai un suono bagnato nel suo orecchio: «Mi stavo sciogliendo sopra di te». E questo fu l'inizio della fine, e mentre si muoveva dentro di lei i suoi gemiti gli cadevano nelle orecchie come gocce di rugiada che gli penetravano nel cervello. Quando ebbe finito, lei allungò una mano e lo tenne dentro di sé, dicendo: «Non smettere, non andartene».

Così lui rimase finché scivolò fuori, e anche allora non si spostò, la macchia umida come un sigillo tra loro. Nessuno dei due, ora, avrebbe voluto o potuto andarsene.

Mentre percorrevano quell'ultimo tratto di strada sopra Randolph, la fattoria non ancora in vista, Leah pensava che conosceva già un poco quel posto, dato che aveva attraversato mezzo Stato solo per arrivarci, oltre a tutto il resto del Nord che ora si erano lasciati alle spalle. Il ragazzo camminava piano, ormai così vicino a casa dopo tutto quel tempo, dopo tutti i lunghi giorni e le brevi notti; oltre alle settimane che avevano passato nei pressi di Washington dove, dopo l'assassinio di Lincoln, la compagnia di Norman aveva osservato un periodo di lutto per il presidente. Erano rimasti lì quasi tutto il mese di maggio, per un'ultima sfilata della truppa lungo la Pennsylvania Avenue nella grande parata dell'esercito del Potomac. Leah aveva lavorato nello scantinato di un albergo dove lavava, inamidava e stirava lenzuola finché non erano perfette; la pagavano in contanti, però. Quelle prime sei settimane passarono e loro proseguirono per conto proprio, disprezzando i treni sovraffollati diretti a Filadelfia, New York o Boston e attraversando il paese a piedi, nella campagna estiva dolce e lussureggiante. A volte dovevano scacciare i cani, e i bambini che li insultavano con stridula cattiveria, comprensibile data l'età e l'ignoranza. Soltanto una volta, nei pressi di Port Royal, nello Stato di New York, un uomo a cavallo sbarrò loro il passo e chiese il prezzo della puttana negra. E Norman tirò giù l'uomo da cavallo, uno scherzo dopo quell'altra volta, sul campo, e lo picchiò nella polvere, sotto gli occhi di altri tre uomini che rimasero a osservare la scena senza intervenire. Fu Leah a fermarlo, prendendolo a calci e urlando finché lui non smise. Così proseguirono verso il Vermont, verso quella che sarebbe stata la casa di entrambi, raccontandosi storie lungo la strada. Nei pressi di una città fluviale nel Nord del Massachusetts si sposarono, nudi nell'acqua bassa del fiume Connecticut, al chiaro di luna, gli anelli due sottili fascette d'oro che Norman aveva comprato tre giorni prima. Il giorno dopo, verso sera, entrarono nel Vermont.

Giunsero in cima al tratto più erto della salita e il paesaggio si aprì in una serie di dolci ondulazioni su cui sorgevano i vari edifici di cui si componeva la fattoria. Norman accelerò il passo sul terreno improvvisamente meno ripido. Per la prima volta dopo anni, i suoi piedi riconoscevano attraverso le suole degli scarponi ogni singolo sassolino, ogni singolo angolo del terreno. Leah, accanto a lui, teneva il suo passo, la testa eretta, lo sguardo fisso davanti a sé, cercando da principio di registrare tutto ciò che vedeva per soffermarsi infine sulla casa sotto gli olmi. Senza guardarlo, disse: «Credi che ci abbiano visti?»

In quel momento una figura sbucò da sotto i meli carichi di frutti maturi. Norman vide i cesti sotto gli alberi e la stretta scala usata per la raccolta e pensò: Sidro. Non ne sentiva ancora l'odore ma sentiva il sapore in bocca. Poi la ragazza si precipitò verso di loro, le gambe corte e robuste, alta il doppio della bambina che aveva lasciato, ancora piccola ma cresciuta, i seni infantili che premevano sotto la camicetta come mele acerbe mentre gli correva incontro, gridando il suo nome.

Accanto a lui, Leah ripeté piano imitando la sua pronuncia: «*Nawmin*».

La ragazza notò Leah e rallentò la corsa. Prima che Norman potesse parlare, disse: «Un uomo o un ragazzo robusto sarebbero stati più utili, avresti dovuto portare a casa uno di quelli, invece di una donna». Squadrò Leah da capo a piedi, cominciando a capire.

«Forse ti accorgerai che sono più robusta di quello che credi, Signorina Lingualunga», commentò Leah.

Connie fece spallucce. «Qui c'è lavoro per tutti. Saprai lavorare, immagino.»

«Ho lavorato tutta la vita. So anche far lavorare il cervello. Magari prima di aprire la bocca. Conosco le buone maniere, io.»

«Perché, io no?»

«Credo di no. Altrimenti ti comporteresti in un altro modo.»

«Basta così», intervenne Norman.

Connie fece: «Sei un osso duro».

«Se non lo fossi, credi che sarei qui? Visto che tuo fratello si è dimenticato di presentarci, io sono Leah.» Tese una mano a Connie. Connie guardò Norman, poi la mano.

Norman intervenne: «La mia sorellina. Constance. Connie, la chiamiamo».

Connie lasciò che Leah le prendesse la mano, poi le due donne si staccarono. Norman chiese: «Dov'è la mamma?»

«Su in casa», rispose Connie, e guardò suo fratello come se le fosse improvvisamente venuto in mente qualcosa. «Sei diverso da come mi ricordavo.»

Norman annuì. «Anche tu sei cresciuta parecchio.»

«Non volevo dire questo.»

Norman annuì di nuovo. Fratello e sorella si studiavano, riconoscendo nell'altro un famigliare ormai estraneo con cui fare di nuovo conoscenza, intuendo in ciascuno dei lati oscuri. Norman cercò di riportare la conversazione su argomenti di tutti i giorni, un tentativo di riallacciarsi a quanto era andato perduto. «State facendo il sidro?»

«Ci stiamo preparando. La settimana scorsa abbiamo spremuto un po' di mele, ma il succo era troppo aspro. Alle pecore la polpa è piaciuta, però.»

«Un bel boccale di sidro è probabilmente l'unica cosa che riuscirebbe a ripulirmi la bocca dalla polvere della strada.»

Connie fece un largo sorriso. «Dovrai metterti al lavoro, allora.» E guardò di nuovo Leah.

«Credo di ricordarmi come si usa un torchio», affermò Norman.

«Vorrai mangiare qualcosa, prima.»

«Qualsiasi cosa.»

«Corro a casa e aiuto la mamma a preparare.»

«Benissimo. E portale la notizia, già che ci sei.»

«Riaverti a casa è già una notizia.» Connie lanciò un'ultima occhiata tagliente a Leah, poi si voltò e scappò di corsa.

«Allora, Norman. Questa era la parte facile?»

«Credo di sì», rispose lui. «Non è una cattiva ragazza. Ma tu sei uno choc per la gente. Questo lo devi capire, altrimenti ci rimarrai male ogni volta.»

Fecero qualche passo, poi Leah disse: «Dimmi che mi ami». Lui le disse che la amava, e lei lo prese per mano. Norman passò in rassegna le pecore che brucavano in un prato più in alto, le mucche da latte che pascolavano vicino al fienile, dove l'erba era più alta, e anche il carro con l'assale rotto, appoggiato lì accanto come se nessuno sapesse che cosa farne. Mentre si avvicinavano alla casa, sentì che la mano di lei gli stava sfuggendo. La strinse più forte, senza guardarla. Così non vide la paura sul suo viso, la fugace consapevolezza che lo attraversò, la certezza che alla donna che li aspettava in casa sarebbe bastato uno sguardo per vedere la sua debolezza, la disperazione e il tumulto della sua anima.

La madre di Norman era una donna anziana. Era china sul forno e si voltò per deporre una pentola di fagioli sul tavolo dove Connie era seduta in silenzio. Posò le mani sul tavolo e guardò Norman, pronunciando il suo nome. Aveva un viso fiero e raggrinzito come la corteccia di un albero, i capelli raccolti in uno stretto nodo come sempre, ma striati di grigio. Le mani erano nodose e macchiate. In tre anni, era diventata vecchia.

Così Norman commentò soltanto: «Fagioli».

Sua madre esitò. «È sabato, sai. Erano per la cena. Ma ho cominciato a prepararli presto, ieri, prima di mungere le vacche, così ora sono pronti. Non ho ancora fatto il pane nero, dovrai accontentarti del pane in cassetta. Ci sono dei sottaceti.»

«Leah, questa è mia madre. Mamma, questa è Leah.»

Leah disse: «Signora Pelham». Il suo corpo ondeggiò come se stesse per fare una riverenza. «Piacere di conoscerla.» Eretta, ora, senza vacillare.

La signora Pelham rimase dietro il tavolo, un'espressione guardinga sul viso, come se avesse visto cose terribili e meravigliose nella vita e si stesse chiedendo che cosa dovesse aspettarsi questa volta. Non aveva mai visto una donna nera. E non era giù al villaggio, ma nella sua cucina. Portata lì dal suo figlio guerriero. Non sapeva altro di lei. Così chinò il capo e fece: «Sicuro. Sedetevi. Ho del latticello o dell'acqua di fonte e basta. Succo di mele non ce n'è, e neppure sidro. Negli ultimi due anni non l'abbiamo fatto, troppo lavoro per noi due sole, senza nessuno che lo bevesse. Così dovrete accontentarvi. Ma sedetevi: dovete essere affamati dopo tutta la strada che avete fatto». E guardando Norman: «Altri hanno preso il treno, almeno per un pezzo di strada».

Allungando una mano per prendere la pentola di fagioli, Norman disse: «Sarei dovuto tornare a darvi una mano. Ma volevo vedere il Paese. Pensavo che forse era l'ultima occasione che avevo. E immaginavo che tu e la piccola ve la sareste cavata benone. Così ce la siamo presa comoda».

«Ve la siete presa comoda.»

«Sissignora.» Lo disse sorridendo, senza rendersi conto, ancora, che non poteva essere al tempo stesso un ragazzino capriccioso e un uomo tutto d'un pezzo. Affondò il cucchiaio nei fagioli e riportò in superficie le cipolle rimaste sul fondo della pentola, che divise in parti uguali sul proprio piatto e su quello di Leah. Poi si servì una porzione di fagioli e porse il cucchiaio a Leah.

«Può darsi che qualcun altro gradisca un po' di quei fagioli», disse Connie.

«Può darsi», rispose Norman. «Può anche darsi che qualcuno abbia mangiato fagioli con cipolla mentre altri mangiavano gallette ammuffite e pancetta nel fango e nella pioggia. Ti vedo cresciuta, piccola.» Voleva farla arrossire. Connie non arrossì, ma i suoi occhi erano pieni di ostilità.

«Ho cominciato la scuola superiore, in autunno.»

La signora Pelham l'invitò: «Connie, vai a prendere del latticello».

«Per me no», ribatté Norman. «L'acqua va benissimo. Ho bevuto più fango che acqua, l'acqua della nostra sorgente me la sognavo di notte.»

«Forse Lee…»

«Leah.»

«Giusto, Leah. Forse Leah gradirebbe del latticello», azzardò la signora Pelham.

«No, grazie. L'acqua va benissimo. Ma posso prenderla io.» Fece per alzarsi.

«Sta' seduta. Non abbiamo domestici ma possiamo ben prenderci cura di un'ospite.» Calcando un poco sull'ultima parola, la signora Pelham andò all'acquaio, riempì una brocca e, girando alle loro spalle, la posò sul tavolo tra di loro. Rimase lì, la mano sulla brocca, finché Norman alzò lo sguardo su di lei e vide i suoi occhi fiammeggianti, le labbra percorse da un lieve tremito mentre fissava il sottile anello d'oro alla sua mano sinistra. Con voce piatta, svuotata, chiese: «Signore Iddio, Norman, che cos'hai fatto?»

Aprì la porta del piccolo salotto e scomparve. Leah invitò Norman: «Va' da lei. Va' a parlare con tua madre, Norman».

«No.» Connie si alzò di scatto, facendo stridere le gambe della sedia sul pavimento. «No, ci vado io. Voi due rimanete qui a mangiare i vostri maledetti fagioli. Sta' pure comodo, Norman, senza dire una parola su papà o su come ce la siamo cavata qui da sole. Arrivi e ti siedi a mangiare la nostra cena in pieno giorno, e non ti basta, nossignore, ti porti dietro anche questa... questa... donna di colore e la fai sedere alla nostra tavola e le dai da mangiare tutta la nostra cena mentre tua madre aspetta una parola gentile o un abbraccio...»

«Basta così», la zittì Norman. «Leah è mia moglie. Siamo sposati.»

«Sposati?»

«Proprio così.» Lo affermò nel tono di chi considera chiuso l'argomento.

«Norman Pelham, sei diventato pazzo», disse sua sorella in un fiato, dirigendosi ostentatamente verso il salottino e richiudendosi la porta alle spalle senza far rumore.

«Non sono entusiaste di me», concluse Leah.

«Va tutto bene», rispose Norman. Guardò la donna che aveva accanto e aggiunse: «Io lo sono».

La domenica mattina la signora Pelham e Connie attaccarono al calessino a due ruote la giumenta che aveva ucciso il padre e andarono in città, in chiesa. Questa volta, Norman ne era sicuro, avrebbero avuto parecchio da raccontare all'uscita da messa. Norman trascorse la mattinata seduto alla vecchia scrivania, a rivedere quella che doveva essere la contabilità. Poi cominciò un accurato inventario delle pecore, passeggiando per il pascolo più alto e segnando i capi su un pezzo di carta da imballaggio con un mozzicone di matita, senza perdere d'occhio Leah che, affaccendata nel bucato, andava avanti e indietro tra il mastello e i cespugli di ortensia e di lillà dietro la casa su cui stendeva i panni ad asciugare. Norman si concesse una pausa sull'orlo di una roccia che sovrastava la casa. Tutto quanto vedeva era suo, avevano bisogno di lui e per questo era ritornato. Scese dal pascolo prima di mezzogiorno. Andò a cercare Leah e la portò in casa con sé, nella soffitta in cui avevano dormito la notte prima, invece che nella sua vecchia stanza proprio accanto a quella di sua sorella e vicino a quella in cui sua madre giaceva insonne.

Nel pomeriggio smontò l'assale rotto del carro, preparandolo per il fabbro, e poi fece un giro per i fienili e le stalle, osservando la scarsa riserva di fieno e i ricoveri per le vacche, cinque piccole mucche di razza Jersey grigie e brune che aveva già visto al pascolo e che gli erano sembrate un po' misere. Poi attraversò il porcile vuoto e sparse del mangime per attirare le galline che razzolavano attorno, più numerose e vecchie di quanto avrebbero dovuto essere. Tirò il collo a un galletto e lo portò a Leah, che se ne stava seduta sotto gli alberi di mele con una gonna e una camicetta pulite, le gambe scoperte fin sopra il ginocchio e il mento sporco di succo di mele. Norman le mostrò il galletto e disse: «Non sarebbe male avere la cena pronta quando tornano a casa».

«Ehi», fece Leah, «io non mi metto ad armeggiare nella sua cucina.»

Norman replicò: «Su in collina ci sono patate, carote e pastinache. Ci sono delle zucche dello scorso inverno sul vecchio mucchio di letame accanto al fienile. Puoi fare una torta con queste mele. C'è della panna fresca nelle bacinelle giù in cantina. È la tua cucina. Questa è la mia fattoria».

Imboccò il sentiero che si inerpicava su per la collina. Oltrepassò il capanno dove facevano lo sciroppo d'acero, evitando di guardare dentro, dove il legno dei secchi era ormai marcio, i cerchi arrugginiti, e proseguì attraverso il boschetto di aceri, seguendo il sentiero che girava intorno al fianco della montagna e si addentrava in un'altra macchia d'alberi, da legname, faggi e betulle, frassini, carpini e noci americani.

Una volta aggirata la montagna, Norman proseguì per altri quattrocento metri e arrivò da Ballou. L'edificio, una costruzione a un piano più simile a una baracca che a una casa, era costruito contro una parete di granito. La porta d'ingresso era aperta e Ballou era seduto sulla soglia, come se lo stesse aspettando. Indossava un paio di pantaloni verdi di lana, lerci di terra, segatura e interiora di cervo e di pesce, e delle bretelle di cuoio sulla biancheria rossa. I lunghi capelli unti dietro le orecchie, il volto rasato senza troppi complimenti, i lineamenti che ricordavano una martora. Fumava una lunga pipa d'argilla, l'unica che Norman gli avesse mai visto.

«Ho sentito che eri tornato.»

«Già.» Non lo sorprendeva che la notizia fosse arrivata lassù così in fretta.

«Hai rifornito mia madre di legna?»

«Certo. Qualcosa da ridire?»

«No, nient'affatto. Solo che ne sono rimaste solo due o tre corde dietro la casa.»

«Ha comprato tutta quella che le serviva. Parecchia.»

«Ah.» Era arrabbiato, ma non sapeva bene con chi. «Hai delle scorte?»

«Ne ho un sacco. Ancora da spaccare.»

«Non è troppa fatica?» Norman lo guardò.

Ballou sorrise scoprendo i denti anneriti dal tabacco. «Io taglio solo la legna che vedi qui attorno. Che cosa me ne faccio della tua, se ho tutta questa?»

Norman lo ignorò, certo che il prossimo inverno o al più tardi in primavera avrebbe trovato tronchi recisi nella parte più lontana della sua proprietà. Sapeva che a Ballou piaceva vendere a sua madre la sua stessa legna. «Ho bisogno di dieci corde per quest'inverno.»

«Le negre non hanno mai visto la neve. Bisogna tenerle ben calde e non basta mai, eh, Norman?»

«Henri, ce l'hai questa legna o no?»

Ballou succhiava la sua pipa. «Quando le vuoi 'ste dieci corde?»

«Tra due settimane.»

«No. Non si può fare.»

«Ci sono i ragazzi?»

Ballou si guardò intorno come per cercarli nel cortile. Alzò le spalle. «Saranno nel bosco.»

«Hai tutto l'aiuto che ti serve, allora.»

Ballou accese la pipa spenta. «Il 15 ottobre. Dieci corde.»

«Spaccate e accatastate.»

Ballou sputò per terra in segno di assenso.

«Ti pago a lavoro finito.»
«Metà e metà.»
«Metà le prime cinque corde, il resto con le altre cinque.»
Ballou scrollò le spalle. «Vuoi un tè?»
«Grazie, Henri, ma devo andare. Ho un mucchio di cose da fare. Salutami tua moglie.»
«Era brutta, la guerra, eh?»
«Già.»
«Io e i ragazzi cominciamo in settimana. Vieni a caricare, così ci fai conoscere la tua signora, eh?»

Norman imboccò nuovamente il sentiero che girava attorno alla montagna, nella luce gialla e densa del tardo pomeriggio. Il calesse a due ruote era sull'aia, davanti alle porte aperte del fienile, le stanghe appoggiate a terra. Si chiese se sua madre stesse mungendo le vacche. Decise di lasciare le tre donne sole per un po', pensando che in sua assenza, forse, certe cose si sarebbero risolte meglio. Dal camino della cucina usciva un fumo chiaro. Si sedette sotto un acero, la schiena contro la corteccia piacevolmente ruvida del tronco, le ginocchia raccolte. Ai suoi piedi, vedeva la fattoria.

Voleva fare un programma per il futuro, decidere non solo ciò che andava detto e fatto, ma anche ciò che andava stabilito, perché qualunque errore avessero commesso l'avrebbero pagato per sempre. Era deciso a stare attento. Gli sembrava di udire la voce di suo padre che lo spronava a tenere gli occhi aperti.

Norman si scoprì a pensare a Ballou: quell'uomo che andava dritto per la sua strada senza badare a ciò che gli altri pensavano di lui. Il padre di Norman ne storpiava il nome anche in sua presenza, come se la riluttanza a dedicarsi anima e corpo a un campo sassoso fosse già un crimine abbastanza grave, senza contare la diversità. Quel franco-canadese del tutto inaffidabile, che si accontentava di vivere in quello spicchio di terra di nessuno, non coltivato. Norman aveva l'impressione che con Ballou avessero appena eseguito una piccola messinscena: soldi contro legna da ardere. E si sentiva esausto per lo sforzo, come se gli fosse costato un pezzetto d'anima. Sapeva che il peggio che gli uomini potevano fare ai propri simili non era lo spicchio di terra spelata di Marye's Heights o le rovine di Petersburg, ma l'implacabile avvicendarsi delle generazioni a Sweetboro, nel North Carolina. Che gli esiti della battaglia sarebbero potuti cambiare ma non scomparire dai pensieri, dalle parole, dai passi, dal respiro della donna che lo aspettava giù alla fattoria. Che cosa doveva dirle: «Riposati, ora»? «Voglio vivere in pace», aveva detto lei. Ma senza sapere esattamente che cosa li aspettava, Norman sapeva che questo era forse possibile, ma certamente non sicuro.

Ciò che sapeva di Sweetboro, Leah gliel'aveva raccontato soltanto dopo che avevano lasciato Washington e si stavano dirigendo a nord. Avevano attraversato la campagna della Virginia settentrionale devastata dalla guerra e la parte più occidentale del Maryland ed erano appena entrati in Pennsylvania. Avrebbero pernottato nel fienile di un uomo che avevano incontrato per strada. L'uomo aveva una coppia di giovani buoi che rifiutavano di muoversi, e Norman l'aveva aiutato a rimetterli in marcia. Non aveva offerto loro la sua casa ma il fienile con della buona paglia d'orzo lucida. Aveva una moglie che lo superava di tutta la testa e che li osservava dalla cucina mentre attraversavano l'aia diretti al fienile, tre bambini dalla faccia tonda, tra i sei e i dieci anni, nascosti dietro la porta. Nella sera d'estate, l'uomo aveva portato loro una pentola di crauti cotti assieme a qualche costoletta e una pagnotta di frumento appena sfornata che fumava ancora quando l'avevano spezzata. Leah l'aveva guardato allontanarsi finché non si era richiuso la porta della cucina alle spalle, e soltanto allora si era messa a mangiare.

Norman disse: «Non ti va quell'uomo, vero?»

La bocca unta e lucida, Leah rispose senza esitare: «Non lui. Non mi fido della sua donna».

Da quando avevano lasciato Washington Leah si era mostrata cauta, diffidente, quasi ombrosa nei confronti degli estranei, un atteggiamento che non aveva nascosto, pur senza fornire spiegazioni. Aveva sempre scelto di accamparsi tra i cespugli o nei boschi piuttosto che chiedere ospitalità a qualcuno. Preferiva non stare troppo tempo in una città o dove c'era gente, soprattutto uomini; il suono degli zoccoli dei cavalli che arrivavano al galoppo lungo la strada la faceva sobbalzare. Norman ricordò la città del Maryland dove un poliziotto aveva attraversato la strada di corsa dirigendosi apparentemente verso di loro, e come Leah si fosse rannicchiata contro di lui anche quando l'uomo era passato oltre senza degnarli di uno sguardo. Nel pallido crepuscolo riportò la pentola alla porta della cucina e ringraziò la donna, poi tornò al fienile e si sdraiò di fronte a Leah, su una coperta stesa sopra la paglia. Le disse: «Perché quella donna ti preoccupa tanto?»

Come se non fosse sicura di volerglielo dire, Leah rispose: «È il modo in cui ci guarda. Tutti ci guardano. Ma alcuni, come questa donna, sembra che vogliano capire dove hanno già visto la mia faccia, come se avessero sentito dire qualcosa, o visto un disegno da qualche parte. Non è solo che non piaccio loro perché sono così o perché sto con te».

Norman tacque per qualche tempo. Quando parlò di nuovo si era fatto buio. «Vuoi raccontarmi il resto della storia adesso, o preferisci aspettare ancora un po'?»

«Raccontarti che cosa?»

«Perché hai tanta paura degli estranei. Che cos'è che hai fatto laggiù a casa tua, se hai fatto qualcosa. C'è qualcosa che ti fa credere che qualcuno ti cerca. O che potrebbe cercarti.»

«Ti stai immaginando tutto.»

Norman alzò le spalle, anche se probabilmente lei non poteva vederlo. «Me lo dirai quando sarai pronta. Anche se non sarebbe male sapere da che cosa ci stiamo guardando. O non ci stiamo guardando.»

«Non ti sto nascondendo niente, Norman.»

«Non ho detto questo.»

«Solo che non ti ho ancora detto tutto.»

«Ci sono anche tante cose di me che non sai ancora.»

«Sta' zitto, Norman. Sto cercando di parlarti.» Non aveva mai udito quella voce, così piatta, priva di tono o di passione.

Gli parlò di Sweetboro: di quel pomeriggio di fine febbraio, sola nella cucina della casa, i ferri da stiro sulla stufa rovente, intenta a stirare i vestiti dei bianchi, che se n'erano andati tutti a Raleigh, a eccezione del figlio minore che era in casa da qualche parte. I bianchi quasi in preda al panico per la confusione: il primogenito Spencer morto quasi un anno prima nella difesa di Petersburg e il minore, Alex, soltanto quattordici anni, scappato di casa per arruolarsi due mesi prima e ritornato quasi subito con il braccio destro amputato fino al gomito, le bende macchiate di pus tra i panni che Leah stava stirando, perché tutto ciò che i bianchi indossavano veniva stirato. Alex non usciva più di casa, come se non bastasse quel braccio perduto, come se fosse un disonore essere ritornato. Mebane aveva portato la moglie e le due figlie nella capitale, dove la vita era un po' meno sgradevole perché c'erano più bianchi con cui dividerla. Più che felice per la loro partenza, Leah si sentiva indifferente: le voci che erano giunte negli ultimi quattro anni aveva imparato a ignorarle, ma ciò che appariva chiaro era lo stato in cui si trovavano i bianchi e sapeva che le cose erano già cambiate in qualche modo, anche se lei era ancora lì avvolta nel vapore che le bruciava le narici a stirare le loro mutande.

Mebane era il figlio minore di un altro Mebane cadetto, che dalle risaie della costa sotto Wilmington si era trasferito a Chapel Hill e poi, per ragioni incomprensibili ai più, aveva portato la sua sposa a Sweetboro, dove esercitava come avvocato e passava gran parte del tempo in viaggio per raggiungere Raleigh, quarantacinque chilometri a sudest, mentre sua moglie mandava avanti la casa con la vecchia Rey e un altro schiavo, Peter, che si occupava delle stalle e dei giardini a terrazze. Sua moglie era rimasta incinta quasi subito di Spencer, ma erano passati altri quattro anni prima che nascesse Alex ed era stato in quel periodo che Mebane aveva comprato Helen, la madre di Leah. Diciassette anni prima: Helen aveva all'epoca due anni meno di quanti ne aveva Leah ora. Ancora adesso Mebane di tanto in tanto passava dalla cucina, faceva un cenno a Helen e usciva dal retro per andare ad aspettarla nella sua baracca. I suoi occhi, dello stesso verde acqua di Leah, non si soffermavano mai su di lei, ma le scivolavano addosso come fosse una mosca. Altre volte veniva da sua madre la notte, meno guardingo, senza preoccuparsi della bambina o della vecchia dietro le loro tende, rumoroso ed esultante nella sua lussuria. Era stato allora che Leah aveva udito per la prima volta le parole che altri uomini e ragazzi bianchi le avrebbero rivolto in seguito. Lei rimaneva immobile, sveglia, il viso contratto come se dovesse fare uno sforzo per tenerlo insieme, il respiro assottigliato, aspettando che lui finisse e se ne andasse, aspettando che il suo odore svanisse nella notte prima di riaddormentarsi. Nel pomeriggio di febbraio che volgeva lentamente al termine, la pioggia che continuava a cadere e la cucina avvolta nel vapore caldo, la sua mano destra muoveva il ferro da stiro avanti e indietro. Era felice che l'avessero lasciata sola, felice di sentirsi sola. Un po' meno felice quando Alex entrò in cucina dalla sala da pranzo, ma pensò che se ne sarebbe andato subito e lei sarebbe stata di nuovo sola nella sera che stava scendendo.

Alex si sedette di fronte a lei, la mano del braccio buono sul tavolo, il moncherino dell'altro lungo il corpo. Era un ragazzo di bell'aspetto, il labbro inferiore imbronciato e i capelli fulvi di suo padre pettinati all'indietro in onde ordinate. Aveva la pelle liscia, e i radi peli morbidi della barba non facevano che renderla più liscia. I vestiti stazzonati tradivano l'indifferenza che ormai nutriva per il suo aspetto. Leah continuò a stirare, senza alzare lo sguardo su di lui. Non poteva fare a meno di chiedersi che fine avesse fatto il braccio perduto, che cosa gli fosse successo. Sicuramente con il braccio aveva perduto anche una parte della sua anima. Alex cominciò a tamburellare sul tavolo con le dita dell'altra mano. Leah sapeva che stava aspettando che lei lo guardasse. Faceva troppo caldo, in cucina, e stava sudando.

«Che cosa c'è da mangiare?»

Leah non alzò gli occhi, continuando a stirare. «Il solito. Piselli, rape, cavolo, un po' di pane giallo. Tutto freddo, però.»

«Roba da negri.»

Lei alzò le spalle, sempre senza guardarlo. «È quello che c'è. Se volevi di meglio dovevi andartene con gli altri.»

«Già», commentò lui. «Immagino che mangino ostriche e champagne. Bistecche, magari.»

Le sue dita tamburellavano veloci sul tavolo, poi si fermarono. «Dammi qualcosa da mangiare.»

«Sto lavorando.»

«Hai già stirato quell'affare tre volte.»

Leah rimase zitta.

«Dammi da mangiare.»

«Ho da fare. Serviti da solo.»

«Guardami.»

«Ti ho già guardato. Sei ancora capace di servirti da solo, vedo.»

Alex batté la mano sul tavolo. «Maledizione, ho detto guardami!»

Leah andò a posare il ferro freddo sulla stufa, ne prese uno caldo e lo riportò all'asse da stiro. Poi lo guardò e disse: «Che cosa vuoi, padron Lex?»

Una nuvola nera passò sul viso del ragazzo, e per la prima volta Leah ebbe paura di lui. Quella paura la irritò, e guardando il bambino che aveva di fronte si limitò a ripetere: «Che cosa vuoi, padron Lex?» Questa volta il titolo aveva il sapore della cicuta sulla lingua.

«Sai che cosa mi ha detto mia madre prima che se la filassero tutti a Raleigh?»

Leah non disse nulla. Gli occhi di lui erano scuri, umidi.

«Mi ha detto che la colpa era soltanto mia. Io le ho risposto che stavo solo cercando di fare la mia parte. Mi ha risposto che ero uno stupido, che nessuno sapeva più quale fosse la sua parte. Ma che si poteva essere abbastanza intelligenti da aspettare di scoprirlo. Io ero lì seduto ridotto così e lei mi diceva queste cose. Come se ce l'avesse con me. Come se in qualche modo mi ritenesse responsabile. Come se mi ritenesse responsabile di ciò che sarebbe accaduto in futuro.»

Leah commentò: «È una donna forte». E quando lo disse si rese conto di non averci mai pensato.

Gli occhi di lui guardarono altrove, come se non avesse sentito niente. «C'erano quasi solo vecchi e ragazzi come me. Di uomini non ce n'erano più. Un freddo che non puoi immaginare.

Uomini adulti a piedi scalzi d'inverno. Quando si cominciava a combattere, venivamo tutti presi dalla furia. Un momento stai lottando come un orso infuriato e il momento dopo sei steso a terra in preda al dolore, con gli uomini che ti calpestano fuggendo, e pensi a tuo padre, a casa, seduto sul suo grasso culone, e sai che sono gli uomini come lui che vogliono questa cosa, e al tempo stesso sai anche che è colpa loro se non funziona. Il braccio non era niente, in confronto. Mi è venuto da vomitare. Mi fa ancora venire da vomitare.»

Leah stava stirando di nuovo. Non voleva parlare di suo padre. Disse: «Credo che forse tua madre aveva ragione».

«Che cosa vuoi dire?»

«Non voglio dire niente. Solo che le cose cambiano. La gente si abitua quasi a tutto.»

Alex tacque per un po', osservandola. Lei aveva le ascelle sudate e sentiva il proprio odore, e immaginava che anche lui lo sentisse. Dopo un po' Alex continuò: «Sai che cos'ho visto tornando a casa?»

«Che cos'hai visto?»

«Ho incrociato un paio di carri. Coperti con dei teloni, trainati da vecchi buoi ossuti. I carri erano carichi di masserizie, imbottite, mobili. Vecchi, donne e bambini. C'erano sei uomini a torso nudo su dei muli, con forconi e coltelli per macellare i maiali. Uno aveva una falce. Che ne pensi?»

«Non penso niente. C'è un sacco di gente in viaggio, di questi tempi.»

«Erano tutti negri. Un'intera truppa di negri. Che se ne andavano al Nord in pieno giorno su quei carri trainati da buoi, carichi di roba rubata. Quanto avranno fatto? Dieci chilometri al giorno? Sai che fuga! Una corsa verso la libertà... Due degli uomini a dorso di mulo sono venuti verso di me con le loro armi arrugginite e mi hanno chiesto che cosa stavo facendo. 'Che cosa ci fai qui, ragazzino bianco?' mi hanno detto. 'Continua per la tua strada. Un piede davanti all'altro, e vedrai che riesci a portare a casa quel tuo culetto bianco.' E io non ho detto niente, ho solo continuato a camminare senza voltarmi indietro, e mi sentivo i denti di quei forconi conficcati nei polmoni, e sapevo che mi stavano guardando e che a loro sarebbe piaciuto farlo davvero. Ho camminato tutto il giorno, e non ho incontrato nessuno che li stesse cercando. Se ne andavano tranquilli in pieno giorno. Come se i carri li trainassero degli angeli, non dei buoi mezzi morti. Come se non ci fosse quasi tutta la Virginia da attraversare e migliaia di uomini che non vedevano l'ora di sparare a dei negri in fuga. Che cosa ne pensi?»

Leah andò a mettersi davanti alla porta, dove faceva meno caldo. Sentiva il proprio respiro, il tremito del proprio petto. Il ragazzo aveva gli occhi dilatati, fissi su di lei, pieni di scherno e di rabbia in pari quantità. Leah commentò: «Non è affar mio quello che fa la gente».

«Non ti ho chiesto che cosa pensavi che facesse.»

«Che cosa mi hai chiesto, allora?»

«Che cosa ne pensi?»

Leah incrociò le braccia e chiese: «Perché te la prendi con me? Perché non mi lasci stare?»

Lui appoggiò il gomito sul tavolo e si prese il mento nella mano. «Liberi», disse. «La vecchia canzone della libertà. La strada per il Nord. È questo che vuoi, Leah?»

Lei scrollò le spalle, sempre con le braccia conserte. Sentiva il sudore gelato sulla pelle, ora, l'odore pungente della paura, acre come cipolla tagliata.

Lui continuò: «Come credi che sarebbe? Scommetto che non ci hai neppure pensato. Scommetto che pensi che andrete su al Nord e quella gente vi accoglierà tutti come cugini redivivi e vi sistemerà in una bella casetta e vi darà da mangiare, e vestiti, e tante cose carine da mettere in casa. E vi porterà nella loro chiesa. E lascerà che i loro figli escano con te il pomeriggio, e ti portino a casa, ti invitino a cena e poi ti sposino. Credi che sarà così? O forse pensi di rimanere qui e scambiare il tuo posto con il mio. Potreste trasferirvi tutti qui e mettervi i vestiti di mia madre e magari sedervi sotto il portico e guardarla mentre strappa le erbacce in ginocchio, e papà potrebbe portarvi tutti in città quando vi viene voglia di fare approvare una nuova legge che dice che cosa i bianchi possono fare e che cosa no. Forse pensi che sarà così. Forse credi che quel pezzo di carta che hanno letto in un altro Paese cambierà le cose qui, e forse pensi che questo dolce Paese che è casa nostra stia andando in pezzi e potrai avere tutto quello che vuoi. Scommetto che è così. Ho ragione, giusto? Parla da donna libera e dimmi la verità, per una volta in vita tua, come farebbe un'orgogliosa donna libera. Avanti!»

«Io non penso proprio niente.» E poi, facendosi coraggio, spaventata dalle sue parole, la voce appena un mormorio: «Credo che lavorerò. Lavorerò come faccio adesso, forse qui, forse da qualche altra parte. Non lo so. Ma per me stessa. Io non so niente. Tu e io, Alex, non sappiamo che cosa succederà, che cosa significa tutto questo».

Il volto di lui si oscurò, e Leah capì che avrebbe voluto sentirle dire un'altra cosa. «Sei una cretina. Non cambierà niente. Le cose saranno magari organizzate in un altro modo, ma non cambierà niente. Tu sarai sempre una negra e il resto del mondo sarà sempre bianco. Non cambierà proprio niente.»

Leah annuì come se fosse d'accordo con le sue parole, ma sapeva, in un modo che non avrebbe saputo spiegargli, che si sbagliava. Così disse solo: «Vedremo che cosa succederà».

Anche Alex annuì, e Leah capì che non ci credeva neppure lui. La guardò, una lunga pausa. Le dolevano i piedi per lo sforzo di restare inchiodata sotto il suo sguardo. Poi lui le sorrise e domandò: «Dimmi un po': quando il vecchio Spence è stato a casa due anni fa per il Ringraziamento, ti ha scopata? Sono solo curioso. Ne parlava. Diceva che eri matura al punto giusto. Ma non ha mai detto di averlo fatto. Allora, l'ha fatto?»

Leah si irrigidì di nuovo, immobile tra il tavolo e la porta, ricominciando a sudare e pensando a Spencer. Alto, snello, ben fatto, con l'ossatura di sua madre ma i capelli fulvi e il naso aquilino del padre. E gli stessi occhi. Era stato Spencer a trovarla, l'estate dei suoi dodici anni, rannicchiata nel groviglio di rovi e caprifoglio del campo incolto. L'aveva trovata nel crepuscolo livido estivo con le braccia strette intorno alle ginocchia, mentre si dondolava avanti e indietro, appoggiata alla quercia rossa, l'aveva trovata con il vestito strappato e insanguinato e sporco di argilla, la terra impastata anche nei capelli e sul viso, rigato di lacrime. Si dondolava avanti e indietro tremando violentemente e piangendo nel crepuscolo afoso. L'aveva sentito arrivare, l'aveva sentito chiamarla per nome, poco più di un sussurro, così aveva capito che lui sapeva dove trovarla e perché ed era rimasta lì, non era scappata, il viso ancora nascosto tra le braccia, aspettando che lui arrivasse. Facendosi strada tra i rovi e l'erba alta, Spencer era andato dritto alla quercia. Sapeva che era lì, come se si fosse chiesto dove sarebbe andato a nascondersi se una cosa simile fosse successa a lui. L'aveva raggiunta e si era inginocchiato accanto a lei, un ragazzo tenero e impacciato, e l'aveva stretta contro il suo petto ossuto finché lei non aveva smesso di piangere, senza parlare, cullandola piano, come una bambina, e quando lei aveva smesso di piangere l'aveva aiutata a rialzarsi e l'aveva condotta a casa attraverso sentieri e cortili posteriori, cercando la via più breve ma meno frequentata. Sua madre era uscita dalla baracca ed era corsa da lei. Spencer le aveva seguite fin sulla porta e posando una mano sulla spalla di Helen aveva detto: «Voglio solo che tu sappia che io non c'entro niente. Sono andato a prenderla appena l'ho saputo». E sua madre si era voltata di scatto e l'aveva supplicato: «Lasciaci in pace! Non parlarne con nessuno, con tuo padre, con nessuno!» E quando la porta si era richiusa alle loro spalle, sua madre non aveva smesso di parlarle, in quel suo tono sommesso, dei ragazzi bianchi, degli uomini bianchi, mentre le toglieva il vestito e la lavava, in piedi, nuda al centro della baracca, le sue mani lievi in contrasto con l'aspro fiume di parole, le parole che cadevano come i grumi di sangue secco dalle cosce di Leah. Leah non l'ascoltava, ma piangeva in silenzio e ricordava solo che lui era venuto appena l'aveva saputo.

E quell'ultima volta che Spencer era tornato a casa, due anni prima, a novembre. Si aggirava silenzioso e inquieto per la casa e il cortile, come se non sapesse più come rilassarsi in mezzo alla gente. Il giorno in cui Leah l'aveva trovato seduto con le gambe accavallate su un ceppo di legno dietro il capanno nell'orto, con indosso soltanto i pantaloni dell'uniforme e una camicia bianca di suo padre aperta sul collo, i pantaloni già logori e rattoppati, ma non come quella robaccia a brandelli, tinta in casa, che avrebbe visto indosso agli uomini negli anni a venire. Stava fumando un piccolo sigaro sottile avvolto in una foglia di tabacco nero e Leah aveva visto che la stava aspettando. Le aveva chiesto: «Ehi, Leah, come stai?» E poi le aveva preso la zappa che aveva in mano e l'aveva appesa al chiodo. Lei aveva risposto che stava bene e gli aveva chiesto di lui, ma Spencer si era avvicinato, l'aveva presa per le spalle e si era chinato su di lei per baciarla contro il muro del capanno, la bocca morbida, arrendevole contro la sua, le labbra rilassate, e la bocca di Leah era rimasta ferma sotto il suo bacio, non rigida o distante, ma come se aspettasse che lui si rendesse conto che stava facendo la cosa sbagliata. Spencer si era staccato da lei, e la morbida punta dei suoi baffi le aveva sfiorato la guancia, indugiando sul suo naso come se non riuscisse a lasciarla, e nel momento in cui la bocca di lui aveva lasciato la sua Leah si era accorta di volerla ancora e l'aveva cercata, e a lui era sfuggito un gemito mentre il suo corpo aderiva a quello di lei in tutta la sua lunghezza. Aveva bevuto dalla sua bocca, mentre le sue mani scivolavano dalle spalle e le afferravano i seni sotto la camicetta di cotone. Leah aveva chiuso gli occhi, e un suono le era salito dal profondo ed era scivolato attraverso la sua bocca nella bocca di lui, e lui si era fermato, lasciando cadere le mani, aveva sollevato la testa e l'aveva guardata, gli occhi pieni d'orgoglio e di tristezza, il desiderio messo a tacere mentre si osservava dall'esterno, e appoggiando le mani sul capanno si era ritratto scusandosi: «Mi dispiace. Mi dispiace, Leah. Mi dispiace tanto». Erano rimasti a guardarsi per un lungo momento. Leah non diceva nulla, e quando Spencer aveva capito che non avrebbe parlato si era voltato, un'espressione terribile e triste negli occhi, e si era allontanato nell'orto verso il cancello posteriore, per scomparire lungo il viottolo. Lei era rimasta dov'era, le gambe tremanti e la mente in fiamme, incapace di pensare, guardandolo allontanarsi, e dicendo a voce alta: «Stupido». Poi era tornata a prendere il cesto di patate che aveva raccolto per la cena ed era rientrata in cucina.

E ora, in quella stessa cucina, aveva davanti il fratello minore e pensava che ciò che aveva detto di Spencer probabilmente era vero, consapevole che la gente usava tante maschere per nascondere il suo vero io; ma si accorse che c'era qualcosa che non andava negli occhi di quel ragazzo, troppo lucidi, troppo scuri, troppo dilatati, come se il suo cervello stesse lavorando a una velocità insolita e gli occhi cercassero di tenere il passo, e con grande, autentica calma sentenziò: «Spencer è sempre stato buono con me. Era un gentiluomo. Mi trattava bene. Mi trattava come una sorella». Lo guardò senza batter ciglio mentre parlava. Sapeva che il bambino che aveva davanti non avrebbe capito e attendeva serena la sua reazione.

Che fu esattamente quella che si aspettava. Una parte di lei pensò addirittura che fosse quello che voleva. Ignota ma inevitabile. Alex si alzò e la raggiunse in un lampo, e ogni suo passo le risuonò nel petto come sincronizzato con i battiti del suo cuore. Quando fu davanti a lei, soldatino ferito più basso di tutta la testa, vide un'ombra di esitazione nei suoi occhi, e pensò: Avanti, e l'esitazione scomparve.

Lui la colpì con il pugno chiuso nello stomaco e Leah cadde in avanti. Mentre si accasciava, Alex le afferrò il polso e glielo torse dietro la schiena, costringendola a voltarsi. Tenendole stretto il polso all'altezza delle scapole, le andò addosso e la spinse verso il tavolo, sempre china in avanti e senza fiato. Quando Leah ebbe il busto orizzontale sul tavolo, le lasciò il polso per sollevarle le sottane sui fianchi. La guancia che sfregava sul legno oliato, odoroso di cibo rancido, il naso scorticato per lo spintone. Alex non parlava ma respirava affannosamente, facendo scivolare la mano sulle natiche scoperte di lei, e poi più giù, cercando di aprirla. Le sue dita erano morbide dopo le settimane passate a letto o seduto in poltrona, e Leah si rese conto di essere bagnata e si vergognò, scioccata dal tradimento del proprio corpo, come se in qualche modo la colpa fosse sua. Poi la mano scomparve e lei sentì che la stava usando per sbottonarsi i pantaloni. Leah si appoggiò saldamente al tavolo e scattò all'indietro con il gomito, colpendolo nello scroto. Alex si afflosciò a terra, emettendo una specie di miagolio, e soltanto allora Leah si rese conto che per tutto il tempo aveva continuato a ripetere, più a se stesso che a lei: «Troietta negra, troietta negra». Adesso era ritta in piedi. Si avvicinò alla stufa e si voltò brandendo il ferro da stiro rovente sopra di lui, e glielo calò su un lato del capo, non forte quanto avrebbe voluto. Alex stava cominciando a urlare quando lei lo colpì nuovamente. Questa volta lo spigolo del ferro produsse un taglio profondo proprio sopra l'orecchio, e lei vide il cuoio capelluto spaccarsi, vide i bei capelli fulvi ricoprirsi di una materia bianca che cominciò a scorrergli sul viso, mista a sangue. Alex cercò di alzare entrambe le braccia per fermarla, poi di arrestare il flusso che gli fuoriusciva dalla testa, ma solo una mano arrivò a destinazione, troppo poco per fermare quel fiume rosso. Poi la mano cadde e la testa si rovesciò all'indietro, gli occhi bianchi e terribili. Aveva i capelli insanguinati e i pantaloni aggrovigliati attorno alle cosce. Leah fece un passo indietro e rimise il ferro sulla stufa. Sentì l'odore di bruciato. Lo guardò. Lui non si muoveva più. Fuori era buio, ormai, e la cucina era fiocamente illuminata dall'unica lampada sul tavolo. Leah uscì nella pioggia dirotta, sbattendo la porta dietro di sé.

Oltrepassò la baracca dove l'aspettavano sua madre e Rey, e poi l'orto, senza correre, non ancora. La pioggia la bagnava tutta. Girò attorno alla stalla, ormai vuota, i cavalli tutti in guerra, e andò a bussare forte alla porta del piccolo capanno adiacente. Dall'unica finestra filtrava una luce fioca e una voce la invitò a entrare. Il vecchio era seduto a quello che un tempo era stato un banco da calzolaio al centro della stanza. Un letto, un tavolino e una sedia costituivano il resto del mobilio. Aveva dei finimenti sul banco e stava lucidando l'ottone con un impasto a base di cenere e un panno morbido. Continuò a lavorare quando Leah entrò, ma alzò gli occhi su di lei, senza parlare, in attesa.

«Devo andarmene, Peter.» Soltanto ora si rese conto che il cuore le batteva all'impazzata. Le sembrava che sarebbe andata in mille pezzi se solo si fosse fermata.

«Ah, sì?» Lo straccio insisteva su un punto dell'ottone. La stava studiando, il volto inespressivo.

Leah cercò di deglutire prima di parlare e non ci riuscì. Raggiunse il secchio dell'acqua, ne bevve un mestolo e si rivolse di nuovo a lui: «Devo andarmene subito, Peter».

Peter annuì e commentò: «Brutta notte per mettersi in viaggio».

«Padron Lex è sul pavimento della cucina, morto. Mi ha picchiata e ha cercato di infilarmi il suo affare, e io gli ho spaccato la testa con un ferro da stiro. Quindi scusami ma mi sembra un'ottima notte per mettersi in viaggio.» Dirlo a voce alta la aiutò a superare la cosa. Si calmò un poco. Peter si alzò in piedi. La fissava con occhi fiammeggianti, non furiosi ma spalancati. Non disse nulla. Andò alla porta che comunicava con la stalla e prese un pesante cappotto che vi era appeso dietro, con il collo e i polsini sfilacciati e uno strappo nella schiena. Leah non aveva mai visto un cappotto simile, prima: era l'uniforme blu di un soldato nordista. Peter lo posò sul tavolo, prese un paio di scarponi e due paia di calzini che teneva sotto il letto e disse: «Siediti e mettiteli». Quando Leah si rialzò, le mise il cappotto sulle spalle. «Porta fuori le tue scarpe e lasciale sul sentiero dietro l'orto. Non portarle troppo lontano. Taglia per i campi e non farti vedere da nessuno, bianco o nero che sia. Passa sotto il ponte della ferrovia. Ci sono due grandi querce dall'altra parte, sai dove?»

Leah annuì.

«Aspetta lì finché non arriverà un uomo a prenderti. Non ci vorrà molto, forse un'ora, ma ti sembrerà un mucchio di tempo. Tu aspetta lì.»

Leah indugiò, sentendosi improvvisamente sola. «Non mi accompagni?»

«Devo andare a sistemare il pasticcio che hai combinato in cucina, bimba. Non hai bisogno che ti tenga per mano.»

«Peter...» cominciò a dire lei, ma lui la interruppe.

«Va' via di qui», ordinò. «Non hai tempo da perdere, ora. Vattene. E stai attenta. Va', ora.»

E fu così che se ne andò, che lasciò sua madre senza neppure salutarla, che lasciò l'uomo bianco che era al tempo stesso suo padre e il suo padrone e che si comportava come se lei non fosse altro che un prodotto della sua stessa fantasia. Ma soprattutto lasciò Peter. Quell'ultimo autunno prima della guerra, l'anno in cui era stata violentata, Peter l'aveva portata una sera nel suo capanno, dove le aveva preparato un tè alla menta. Seduto sul bordo del letto, Leah sull'unica sedia, la tazza di stagno bollente tra le mani, aveva cominciato a parlarle, come nessuno mai le aveva parlato, spiegandole in parole semplici e precise che cosa stava accadendo nel mondo oltre la casa, che era anche il suo mondo. Lei l'aveva ascoltato come se fosse pazzo, o come se parlasse una lingua sconosciuta. La cosa sarebbe potuta finire lì, ma Peter si era alzato ed era andato a chiudere la porta con il chiavistello, poi aveva tirato fuori un piccolo abbecedario con la costa rotta e aveva fatto sedere Leah sul letto accanto a sé. Aveva aperto il libro e cominciato a leggerle la prima pagina. Aiutandosi con un dito, pronunciava le lettere e gliele faceva ripetere, una volta e poi un'altra, finché Leah le ebbe memorizzate, solo la prima pagina. Poi aveva chiuso il libro e l'aveva condotta al caminetto. Si era inginocchiato, aveva sparso uno strato di cenere sui mattoni, l'aveva lisciato e aveva cominciato a tracciare i segni dell'alfabeto, chiedendole di leggerli e facendole sentire come si pronunciavano. Al termine della serata, le aveva fatto promettere solennemente che sarebbe morta piuttosto che raccontare a qualcuno che cosa facevano lì dentro. Di giorno Peter continuava a ignorarla, anche se Leah ora lo osservava, sapendo che lui ne era consapevole, e ogni tanto, la sera, lui le faceva cenno e Leah sgusciava fuori dalla baracca e andava da lui a bere quel tè dolce e a imparare a leggere. Finì quel libro, e dopo quello un altro, e poi ritagli e frammenti di giornale, alcuni di poche settimane prima, altri vecchi di anni, che Peter poi bruciava. Il secondo anno, cominciò a scrivere le lettere da sola e a comporre delle frasi. E alcune sere, finiti gli esercizi di lettura e scrittura, lui le raccontava ciò che sapeva del mondo oltre la casa, le riferiva le notizie della guerra e quelle che arrivavano dal Nord o sul Nord, la sua autorità mai messa in dubbio.

Ma solo quell'umida sera di febbraio, quando si era messa in cammino sotto la pioggia gelata senza guardarsi indietro, dopo aver lasciato le scarpe fuori dal cancello, aveva capito che tutto questo Peter l'aveva fatto solo per lei. Così si era allontanata nella notte sapendo che era per amore che la mandava via, che la mandava verso il primo di quelli che sarebbero stati numerosi appuntamenti nell'oscurità con sconosciuti che a volte la accompagnavano per un tratto finché potevano indicarle un punto di riferimento o un posto dove poter dormire nelle ore diurne, altre volte le fornivano solo indicazioni e, se era fortunata, un fagotto con qualcosa da mangiare. Per tutto il primo mese aveva vissuto di notte e trascorso le giornate sdraiata in qualche rifugio. Era come se fosse scivolata a tutta velocità lungo un canale tortuoso fatto di oscurità, dritta verso Norman, che aveva trovato a terra sanguinante e intontito sotto il sole accecante di mezzogiorno. Sulle prime aveva avuto paura di lui, perché la ferita alla testa le ricordava il modo in cui aveva ucciso Alex. Poi, mentre lo osservava accoccolata vicino a lui, aveva avuto la sensazione che le fosse stato inviato come un risarcimento, come se il mondo le stesse offrendo al tempo stesso la possibilità di espiare e riscattarsi. E così era scesa al ruscello nel bosco a riempire la zucca d'acqua, che gli aveva versato in bocca e sulle labbra, finché la sua lingua aveva ricominciato a funzionare e la gola a deglutire.

Gli disse tutto questo nel modo più semplice, diretto e sincero. Ma ciò che omise, ciò che non osava ancora confessargli, era che una parte di lei era responsabile di quanto era accaduto, che c'era qualcosa in lei che le aveva attirato addosso tutto quanto. Che qualcosa, in lei, invocava a gran voce una punizione nell'oscurità senza nome. Che meritava ogni sfortuna. Non pensava che fosse la sua razza e neppure le circostanze in cui si era venuta a trovare fino a quel momento. C'era, pensava, qualcosa che non andava in lei.

Norman scese dal boschetto di aceri e raggiunse la fattoria avvolta nel crepuscolo. Entrò nella stalla. Nel fienile sul soppalco, sua madre, con un forcone, stava buttando giù del fieno ai cavalli. Norman fece uscire le cinque mucche perché andassero a pascolare e richiuse la porta dietro di loro. Prese sulle spalle il giogo a cui erano appesi due secchi di latte e uscì. Attraversò l'aia e scese nella cantina della casa, fresca e umida, con i soffitti di pietra a volta. Nella camera di refrigerazione, versò il latte nelle lunghe bacinelle e le portò accanto al pozzo. L'acqua del pozzo proveniva dalla stessa fonte di quella che arrivava attraverso una condotta direttamente nella cucina sopra la sua testa, da dove gli giungevano il profumo del cibo e le risate gorgheggianti delle ragazze. Scremò il latte del mattino e versò la panna in alcuni vasi. Dopo averli assicurati a una fune, li calò nel pozzo per la notte. Sua madre arrivò alle sue spalle e lo chiamò per nome. Lui si voltò e le disse: «Ho fatto male a non dirtelo. Ho fatto male a non tornare a casa prima. Anche se avevo altro da fare, avrei comunque dovuto dirtelo. La verità è che non ci ho pensato».

Lei annuì, come per dire che quello lo sapeva. Disse: «Papà è morto. Pensavo che ti avrebbero mandato a casa».

«L'avrebbero fatto se lo avessi chiesto.»

Lei annuì di nuovo. Lo studiò, poi commentò: «Certo che hai portato una bella sorpresa».

«È stata una sorpresa anche per me.»

La madre si schiarì la gola. «Le volontà di papà sono molto chiare. Tu e io dobbiamo sederci un momento a parlare.»

Norman annuì. «Ho dei soldi in banca.»

«Lo so.» Sua madre fece una pausa, poi proseguì: «Ho sempre pensato che ti saresti trovato una ragazza una volta tornato a casa. Io sono sempre stata per l'abolizione della schiavitù. Nel mio piccolo, ho fatto la mia parte, facendo dei maglioni da mandare a quei poveretti diretti in Canada. Tu non lo sapevi. Ma, Norman, questo!...»

Norman abbassò gli occhi, poi alzò lo sguardo sulle travi basse, sempre evitando di guardarla, e disse: «L'ho portata con me».

Sua madre lo fissò: «Si è impadronita della mia cucina».

«Sono stato io. Le ho detto di prepararci la cena. La responsabilità è tutta mia. E accidenti, potrei mangiarmi quel pollo da solo. Non sai che profumo!»

Lei annuì. E si mise a piangere, in silenzio, le lacrime che le scorrevano sul viso. Norman fece due passi avanti e le posò una mano sul braccio. Era la prima volta che la toccava da quando era tornato a casa. Poi le posò l'altra mano sull'altro braccio Lei alzò gli occhi su di lui, grandi, dilatati, pieni di lacrime. Norman la cinse con entrambe le braccia e la attirò a sé. Aveva la sensazione di stringere una donna anziana, la stessa immagine che aveva avuto di lei il pomeriggio prima. La madre gli appoggiò la testa sul petto. Lui la tenne stretta, sentendo il proprio respiro sulla spalla di lei. Pensò ancora alla donna che lo aspettava di sopra, a tutto ciò che si era lasciata dietro ma che aveva anche portato con sé in quella casa. Fu il suo coraggio a consentirgli di tenere sua madre stretta al petto per tanto tempo.

# 2

Leah non riusciva a portare a termine una gravidanza. Ebbe quattro aborti in cinque anni, ogni volta una tragedia silenziosa, un urlo acutissimo che non le sfuggiva di bocca, mentre Norman le parlava in toni sommessi che glielo facevano odiare un poco, con le sue rassicurazioni che avrebbero riprovato, con la sua certezza, ogni volta, che quella sarebbe stata la volta buona. La quarta fu la peggiore, per certi versi: un fiume di sangue alla fine del quarto mese, un sangue denso di un rosso vivo che si scuriva in fretta sulle lenzuola in quella luminosa giornata di febbraio, la neve alta fuori dalla finestra. Questa volta avevano tenuto la gravidanza segreta finché non aveva cominciato a essere evidente, e avevano pensato che ormai fosse bene avviata. Norman prese la creatura, troppo piccola perché potesse davvero vedere in essa un bambino, la mise in una cassetta per le uova e andò a seppellirla, da solo, in un luogo che non rivelò a Leah, sotto i lillà fuori dalla cucina, un punto in cui lei non poteva vederlo scavare dal suo letto al piano di sopra, dalla parte opposta della casa. Poi portò il fagotto delle lenzuola su nel bosco e le bruciò su un mucchio di sterpaglia in una giornata in cui la neve cadeva soffice e bagnata. Leah era ancora a letto, eppure avvertì chiaramente l'odore della stoffa zuppa di sangue che bruciava, il puzzo del suo fallimento che le giungeva attraverso lo schermo di neve. Quel giorno si alzò silenziosa dal letto e riprese a lavorare. Il dottore era un uomo corpulento, che portava pince-nez e pesanti abiti di lana con panciotto. Brusco e titubante con Leah, non le era di nessun aiuto anche se le assicurava che era una cosa che capitava a tante donne. Le mani del dottore erano timide e delicate, e tremavano leggermente quando la toccavano. Lei sapeva che beveva, ma non poteva fare a meno di pensare che la causa di quel tremore fosse la sua pelle.

Per tutta la primavera e l'estate Leah lavorò, accanto a Norman o da sola, occupandosi quotidianamente delle galline ovaiole rinchiuse nei lunghi recinti che avevano costruito in quella che un tempo era stata la stalla delle mucche da latte. Tutti i giorni raccoglieva le uova nei cesti, le portava in cantina per esaminarle in trasparenza e le imballava nella paglia e poi nelle cassette di legno, che due volte alla settimana venivano portate alla stazione di Randolph per essere spedite a Boston; lavorava inoltre nell'incubatoio appena costruito secondo le direttive della facoltà di Agraria dell'Università di Burlington, pulendo il suolo con un rastrello e curando con catrame vegetale i giovani polli feriti dai compagni, spuntando il becco ai volatili aggressivi ed eliminando quelli malati. Parlava alle galline mentre si aggirava per il pollaio, le conosceva tutte e quando qualcuna diminuiva la produzione di uova le tirava il collo. Ogni due mesi l'incubatoio veniva svuotato: le giovani galline andavano a raggiungere il resto del branco, i galletti venivano impacchettati due dozzine per volta nelle casse e spediti al Sud per essere venduti vivi.

La maggior parte del pollame che mangiavano veniva cotta in umido. Le galline vecchie mangiavano più di quanto producevano, e la carne dura veniva cucinata a fuoco lento, ben condita, finché si staccava dall'osso, resa tenera dalla pazienza. In primavera la accompagnavano con foglie di tarassaco o asparagi, qualche volta con piccole spugnole che Norman raccoglieva nel bosco e portava a casa nel berretto; in estate con le verdure dell'orto e a volte con grandi fette di vesce fritte, che spuntavano nei pascoli simili a lucenti ciottoli bianchi; in autunno e in inverno con le grosse patate conservate in cantina, assieme alle carote e alle pastinache, in cassette piene di sabbia. C'era sempre qualcosa di buono da mangiare e abbastanza lavoro per mantenerli entrambi tonici e in forma, giovani e pieni di energie, così che neppure i lunghi giorni d'estate, quando il sole sorgeva alle quattro del mattino e non tramontava fino alle nove e mezzo di sera, erano lunghi abbastanza. E non riuscivano ad avere un bambino. Dopo il quarto aborto smisero di parlare del problema o di quale poteva esserne la causa. Nessuno dei due voleva o poteva ammettere con se stesso o con l'altro che stava accadendo a loro. Non ne erano neppure consapevoli. La notte continuavano a cercarsi, entrambi mai sazi, e non era allora, alla fine della giornata, quando il sonno e l'oscurità calavano su di loro, bensì durante il giorno che si portavano dietro il piccolo cruccio di quella paura che li accompagnava ovunque.

Una notte d'agosto Norman si svegliò e si trovò solo nel letto, la luce argentea della luna che filtrava nella stanza fresca. Era mezzanotte, e rimase sdraiato ad aspettare, anche se sapeva che lei non era in casa. Alla fine si alzò e andò alla finestra, dove rimase per più di un'ora, finché la vide scendere dalla cresta di granito del pascolo alto, con indosso una sua vecchia camicia che usava d'estate per dormire. Non si mosse quando lei entrò in casa, e vide la debole luce di una lampada in cucina diffondersi sull'aia buia. Rimase in ascolto abbastanza a lungo per sapere che stava cucinando qualcosa, nel forno, e che non sarebbe tornata a letto, non tanto presto.

Quando si alzò di nuovo alle quattro e mezzo e scese le scale, la cucina era invasa dal profumo del pane fumante e delle due torte di more appena sfornate, e Norman pensò: È andata lassù a raccogliere more al buio. Leah, con indosso solo la camicia, stava girando le uova nella padella, il caffè già caldo sui fornelli. Lui le si avvicinò e la abbracciò da dietro, le mani sui suoi seni, e così sentì quel nuovo peso ormai familiare, mentre lei diceva con voce ferma come il suo corpo: «Ci sto provando di nuovo, Norman».

«Va bene», fece lui. «D'accordo.»

Leah tolse la padella dal fuoco. Non si voltò. «Devi dirmi che andrà tutto bene.»

«Certo», la rassicurò. «Certo che andrà tutto bene.»

Lei non si mosse. «No. Me lo devi promettere.»

Norman non capì. «Possiamo solo aspettare, sai.»

Lei allora si voltò, ancora tra le sue braccia, gli afferrò la camicia stringendo i pugni e cominciò a scuoterlo selvaggiamente, avanti e indietro, gli occhi dilatati e fiammeggianti. «Devi promettermelo, Norman. Devi promettermelo.»

Rimase lì fermo mentre lei lo prendeva a pugni, senza cercare di fermarla, come se se lo meritasse, come se avesse fatto tutto lui, come se fosse colpa sua; la tenne abbracciata finché lei ruppe in singhiozzi, le mani sul suo petto, ferme, e quando ebbe finito e si mise a piangere appoggiandosi a lui continuò a non dire nulla. Poi, con voce bassa, quasi un sussurro silenzioso, disse: «Te lo prometto», odiando se stesso perché non ne era sicuro, perché non era capace di crederci, ma certo che doveva dirglielo.

Ciò che non aveva previsto quando l'aveva portata a casa non era stato tanto l'allontanamento dalla sua famiglia, quanto l'estraniamento, il volontario ritiro, il distacco nei confronti dei vicini e degli abitanti del villaggio. A volte gli sembrava di avere perso qualcosa, altre volte sentiva che se fosse ritornato solo le cose non sarebbero state diverse: come se non fosse stata la donna dalla pelle scura a fargli perdere ogni senso di appartenenza, ma la guerra in cui l'aveva trovata. Non che si sentisse superiore, ma provava nei confronti dei propri simili una mancanza di interesse così sincera da spaventarlo un poco, se si soffermava a pensarci. A lui bastava il lavoro quotidiano, il piacere fisico del sudore e della fatica, la soddisfazione dei risultati ottenuti, e condividere tutto questo con la donna che era talmente parte di lui da sembrare uscita dai più profondi recessi della sua anima. Era questo che voleva, e dei bambini con lei, a mano a mano che gli aborti si susseguivano negli anni: dapprima bambini per lei e poi, chiaro come il dolore dopo il terzo aborto, anche bambini per se stesso. In seguito, si sarebbe chiesto in silenzio se quella sua iniziale indifferenza avesse avuto un ruolo nella perdita di quei bambini. E avrebbe anche imparato che Leah non era solo una parte di lui, ma un essere con le sue contraddizioni e i suoi problemi, troppo grandi per essere mai stati una parte silenziosa della sua anima. Aveva un temperamento passionale e irascibile: spesso Norman pensava a sé e a sua moglie come due facce della stessa medaglia. Lui non sapeva che cosa fosse la collera, se non negli anni infiniti della guerra, e non era una collera che potesse influenzare la sua vita una volta smessa l'uniforme. Si chiedeva se fosse stato così fin da bambino, ma non c'era nessuno a cui chiederlo e non avrebbe comunque saputo formulare la domanda. Quel bambino era un estraneo per lui, ormai lontano come suo padre. Lontano come il mondo dei vicini e degli abitanti del villaggio.

Quel primo anno imparò molto. Più di Leah. Perché quello che imparò riguardava il mondo che credeva di conoscere. Leah gli raccontava dei bambini del villaggio che la seguivano per strada e di un ragazzino sfacciato che le si era avvicinato e senza chiedere il permesso le aveva afferrato un braccio strofinandole la pelle come per togliere il colore. Gli raccontava anche della gente che la fissava e mormorava al suo passaggio. E delle donne che si coprivano la bocca come per soffocare le parole che volevano che lei sentisse. Anche dei commercianti che la ignoravano finché non avevano servito l'ultimo cliente. Era tutto più o meno come se lo era aspettato. E così aveva accolto dapprima stupita e poi riluttante l'offerta di Norman di andare a fare compere al posto suo, per rifiutare infine decisamente. Era una possibilità che non avrebbe mai preso in considerazione. Così fu Norman a stabilire da chi avrebbero comprato e da chi no. Per la merceria e gli articoli di drogheria, dai fratelli Allen, perché Ira Allen serviva tutti indistintamente con modi sbrigativi e sguardo spento, Leah o Norman o un bambino sudicio che chiedeva un penny di caramelle alla menta o al limone. Per finimenti, scarpe e stivali, da Gould il calzolaio e per macchinari e attrezzi da Mose Chase il fabbro. Era stato Chase a costruire le stufe e le luci schermate per le incubatrici. Si misero d'accordo con Flannagan, il maniscalco irlandese di Bethel, perché venisse due volte l'anno con il suo carro trainato da buoi a ferrare i cavalli. Perché un giorno il maniscalco di Randolph, Harringdon, aveva preso Norman per una manica e gli aveva chiesto se era vero che le negre ce l'avevano orizzontale. C'era stata quella donna che Norman non conosceva che l'aveva fermato per strada e l'aveva schiaffeggiato con entrambe le mani. Norman era rimasto muto mentre lei sbraitava che aveva perso il marito ed entrambi i figli in guerra, come se la loro morte fosse servita solo a far tornare a casa lui con il suo amore. Ma la cosa peggiore erano i veterani che avevano perso un braccio, o una gamba, o entrambi, e che non dicevano nulla ma lo fissavano con occhi di fuoco, come se il responsabile fosse lui, che era tornato alla sua fattoria intero e con Leah. Non c'era niente che potesse dire. Non a loro, non a tutti gli altri. Faceva quello che doveva fare e tornava a casa.

Non avevano bisogno di molto al villaggio. Una o due volte alla settimana Norman o Leah portavano le uova e magari delle casse di polli vivi alla stazione, ritiravano ciò che arrivava per posta e, lista in tasca, facevano velocemente le loro commissioni. Per il resto, avevano tutto ciò di cui avevano bisogno, così avevano meno interesse per la città di quanto la città ne avesse per loro. Il primo martedì di marzo, Norman partecipava all'assemblea pubblica. Votava a favore o contro quanto veniva proposto e riteneva di avere fatto abbastanza. Ogni due anni, in novembre, andava in città per le elezioni. Adempiuti tali obblighi, tornava impaziente alla fattoria, agli impegni che aveva dovuto rimandare. Impaziente di rivedere la sua donna. Aveva ventisei anni e Leah ventidue l'estate in cui lei rimase nuovamente incinta dopo il quarto aborto. Per Norman la propria età non aveva alcun senso. Non si riconosceva allo specchio o negli altri giovani del villaggio che vedeva di tanto in tanto. Si sentiva più affine ai vecchi taciturni. Immaginava che loro capissero che la vita non trattava tutti allo stesso modo. Lui non desiderava altro che tenere i piedi per terra. Quando Leah gli fece promettere che il loro bambino sarebbe nato, per la prima volta da quando la mitraglia gli era esplosa vicino sentì che non avrebbe potuto farcela da solo. Quella sera stessa si sedette alla scrivania e scrisse una lettera.

Sua madre si era trasferita al villaggio con Connie tre settimane dopo che Norman era ritornato a casa con Leah, quasi sei anni prima. Cora Pelham aveva detto al figlio che lo faceva per la ragazza, perché l'aveva sentita raccontare alle amiche del rumore che filtrava la notte attraverso le assi del pavimento della soffitta. Norman, rosso in faccia, aveva accettato la spiegazione, sapendo che era l'unico modo in cui sua madre poteva impedirgli di opporsi. In un tono di falso candore, lei aveva aggiunto che era del tutto naturale che un giovanotto sposato soddisfacesse certi bisogni con sua moglie. Norman aveva scrutato il suo viso in cerca di qualche segno che gli dicesse che quella non era tutta la verità, incapace di accettare che per lei fosse stato un peso giacere con suo padre. Era rimasto ad ascoltarla provando uno strano senso di compassione, non sapeva se per lei o per il suo defunto padre.

«Penso che tu la stia viziando.» Il cappello ornato da nastri in grembo, i capelli sciolti sulle spalle, una massa di ricci che le sferzavano il viso.

«Può darsi. Magari è proprio quello di cui ha bisogno. Un po' di tranquillità. Potrebbe funzionare. E poi, se non è un peso, non vedo che cosa ci sia di male.»

«Sono venuta per questo», annunciò Connie. «Ma non ho intenzione di servirla.» E aggiunse: «Non servirei nessuno».

Norman disse con noncuranza: «Non era questo che pensavo. Solo a un paio di braccia per alleggerire il carico».

«Allora sarei un paio di braccia.»

«Pensavo piuttosto a una compagnia femminile.»

«La mamma non sarebbe adatta.»

Non era una domanda, ma Norman rispose ugualmente. «Si è ben sistemata dalla signora Breedlove. Credo che stia benone lontana dalla fattoria e che non tornerebbe, a meno che non glielo chiedessi.»

«Anch'io stavo benone lontana dalla fattoria.»

«Il mio era un invito, non un ordine.»

«Evidentemente non devi avere le idee molto chiare, Norman. Ma sono contenta di essere tornata, comunque. Dubito che i miei polmoni si libereranno mai di tutta la porcheria che ho respirato.»

«Non ho mai capito se stavi bene o no, giù a Manchester. Pensavo che magari acchiappavi un marito, laggiù.» Il dorso dei cavalli era lucido di sudore.

«Oh», disse lei. «Probabilmente avrei potuto, se avessi voluto.» Dal suo tono di sfida traspariva il fallimento. Norman gettò un'occhiata a sua sorella, una ragazza graziosa nonostante la figura un po' tracagnotta, e si chiese che storia avesse alle spalle e se l'avrebbe mai sentita. Non da lei. Forse da Leah. «Era più che altro la terribile monotonia del lavoro. Dieci ore e mezzo per cinque giorni la settimana e metà del sabato rinchiusa tra la polvere e il rumore dei telai e dei filatoi. Non era tanto il lavoro in sé, è che sembrava non avesse niente di umano. Il lavoro non mi dispiaceva e non mi dispiaceva il denaro, ma avevo già in mente di tornare a casa quando mi è arrivata la tua lettera. Lavoravo con gente che era entrata in filanda all'età di dodici o tredici anni e che ci sarebbe rimasta fino alla morte, o quasi. Non riuscivo a immaginare di fare la stessa fine, non avrei mai potuto.»

Norman pensò al piccolo allevamento di polli che Leah aveva creato partendo da zero e obiettò: «Non ne sono sicuro, ma credo che forse il tuo vecchio villaggio offra più possibilità di quello che credi. E hai tutto il tempo di scoprirlo. Potrebbe anche esserci qualche giovane scapolo nei paraggi, non si sa mai».

Connie sbuffò. «Se sono rimasti a Randolph è perché hanno ancora il latte sulle labbra o non hanno il fegato di andare all'Ovest.»

«Come tuo fratello», disse Norman.

Lei lo guardò. Avevano svoltato sulla strada che portava su alla fattoria. In primavera Norman l'aveva spianata, trascinando su e giù una rozza slitta per appianare e lisciare la ghiaia facendola sprofondare nel terriccio. I cavalli salivano senza difficoltà. Connie ribatté: «No, a te non manca il fegato. Neppure la fantasia. Non so quale sia il tuo problema, Norman».

«Magari non ne ho.»

«Hai sempre quel gregge di pecore?» Connie sorrise maliziosa.

Lui le restituì il sorriso. «Sono fissato con quelle pecore. Il pollame rende dei bei soldini, ma non sarebbe una fattoria senza pecore. Il prezzo della lana è basso e non vale la pena tosarle e venderla, ma gli agnelli si vendono bene in primavera a Boston.»

Connie si rigirò il cappello tra le mani, nervosa, ora che stavano terminando la salita avvicinandosi alla fattoria. «Gli uomini sono strane creature, Norman. Possono dare grosse sorprese, anche a se stessi.»

«Probabile. Mi piace pensare di avere esaurito la mia quota di sorprese.»

«Speriamo, Norman.»

Norman e Leah erano nella dispensa accanto alla cucina, gli scaffali carichi di verdure in conserva nei vasetti di vetro sigillati, barattoli di farina, bianca e gialla, recipienti di terracotta pieni di sottaceti e sacchi di fagioli secchi. Parlavano a voce bassa, in toni frettolosi, come se temessero di essere interrotti.

«Non ho nessuna intenzione di passare sei mesi a letto. Non potrei mai. Non potrei neppure se me lo dicesse qualcuno, il dottore o altri. E poi, chi l'ha detto che sono io? Magari è qualcosa in te. Ci hai mai pensato, Norman?»

«Nessuno ha detto che ti devi mettere a letto. Né io né Connie.»

«Certo che no. Figurati, accudita da una bianca.»

«È solo per dare una mano. E lei non è 'una bianca'.»

«Pensi che non possa farcela, vero? Pensi che non sia capace di fare un bambino, vero? Pensi che ci sia qualcosa che non va in me. Magari pensi che sia per quello che mi hanno fatto quei ragazzi quando ero ancora una bambina. Credi che abbia qualcosa di sbagliato, che non sia una vera donna. Magari cominci anche a pentirti di avermi portata con te.»

«Il dottore dice che non c'è niente che non va in te. E non penso niente di tutto quello che hai detto.»

«Che cosa ne sa il dottore? È un vecchio ubriacone.»

«Ne sa abbastanza per dirci che sei una donna giovane e sana e che non c'è niente che non va, è stata solo sfortuna. Hai voluto che ti facessi una promessa, e Dio solo sa se sto facendo del mio meglio per mantenerla. E la prima cosa che ho pensato è stato chiamare qualcuno in modo che non fosse tutto sulle tue spalle.»

«Non voglio nessun aiuto.»

«Non è un aiuto, è mia sorella.»

«Non voglio nessuno, Norman. Solo tu e io.» Gli strinse forte le mani. «Non voglio nessuno che si aggiri per la casa pensando che magari non ce la faccio.» Nei suoi occhi brillava qualcosa, paura o odio, Norman non lo sapeva. Qualcosa che andava al di là della venuta di sua sorella. Ricordò che sua madre gli aveva detto che durante la guerra la figlia minore dei Potter chiedeva sempre sue notizie, ogni volta che si incontravano. Si chiese se con lei sarebbe stato diverso. Sospettava di sì. E al tempo stesso di no. Gli doleva la testa, non sapeva che cosa fare. E così le parlava teneramente, non perché in quel momento provasse tenerezza nei suoi confronti, ma perché sperava disperatamente di trasmetterle la sua calma.

«Mi sembra che non ci sia niente di cui pentirsi. Per quanto mi riguarda, avrai un bambino. A quanto ne so, ci sono tantissime donne che hanno problemi, la prima volta. È qualcosa che va al di là della nostra comprensione. È la Provvidenza.» Prese fiato. Liberò le mani e gliele posò sul seno, sapendo che le piaceva essere accarezzata dolcemente, che il turgore dei suoi seni acquistava un nuovo valore ai suoi occhi, quando lui la toccava. Norman proseguì, improvvisamente triste: «È tutto quello che possiamo fare. È tutto quello che abbiamo».

Leah rispose con un sussurro: «Sì, è la Provvidenza. Lo sento. È una punizione per me».

«Leah.»

«È così.»

«Leah.»

Norman rimase in silenzio, le sue mani da contadino grandi e ridicole sul corpo di lei. Si staccò, non sapendo dove metterle. Disse: «Se cominci così non finisci mai. Cerchi di collegare una cosa a un'altra. Guarda me. Ho ucciso degli uomini. Allora forse, secondo la tua idea, il Signore era in collera con me per quello che ho fatto ed è stato Lui a far sì che mio padre si chinasse a raccogliere quella monetina proprio dietro la vecchia giumenta che era sempre pronta a tirare calci. Oppure non è stata affatto colpa mia. Forse mio padre ha fatto qualcosa di male che nessuno di noi sa. Oppure gli è solo caduta una moneta. Forse è stato solo quello».

Leah voltò la testa guardando altrove. Mormorò: «Occhio per occhio».

«Ho sempre pensato che significasse che dobbiamo temere la giustizia divina. Ma se Dio dovesse passare tutto il Suo tempo a giudicare, punire e ricompensare nei pochi anni che abbiamo da vivere, che senso avrebbe il Giudizio finale?»

Sul volto di Leah si disegnò un piccolo sorriso involontario. Incapace di reprimerlo, lo rimproverò: «Non dovresti scherzare su queste cose».

«Santo cielo», replicò Norman. «Sono serissimo.»

«Sai che Connie mi è sempre piaciuta. È sempre stata gentile con me. Devo solo abituarmi all'idea. Ho sempre voluto stare sola.»

«Lo so.»

«Un po' d'aiuto forse non guasterà», concesse Leah.

«Eccola che arriva.» Udirono entrambi i passi rapidi di qualcuno che scendeva le scale a piedi nudi e Connie entrò in cucina. Norman e Leah, nella dispensa, si voltarono verso di lei. Si era tolta i vestiti da viaggio e aveva indossato un semplice abito estivo bianco. I capelli sciolti le arrivavano alle spalle. Commentò: «Siamo quasi a settembre e i miei piedi sono ancora teneri come a giugno. Ci sono cose che dimentichi quando se ne vanno, e poi quando tornano ti chiedi come facevi. Piccole cose come andare in giro scalzi d'estate». Norman sentì la mano di Leah accarezzargli la schiena. Connie aggiunse ancora: «Ditemi che cosa devo fare. Non alzerò un dito a meno che qualcuno non me lo dica. Altrimenti uscirò sull'aia a strascicare un po' i piedi nella polvere, come una vecchia gallina».

«Immagino ci siano tante cose da fare», disse Norman.

«Va' pure», l'invitò Leah. «Va' a strascicare i piedi sull'aia. Ti faremo sapere, un piccolo aiuto può sempre servire.»

L'autunno arrivò brutale, con piogge gelide e torrenziali che trasformavano l'aia in un pantano come in aprile e formavano pozzanghere nei recinti del pollame. Raccolsero le mele sotto la pioggia e pressarono quattro barili di succo nel fienile. Le pecore belavano nel loro ricovero fiutando l'odore della polpa. Avvolsero le mele migliori in carta di giornale e le immagazzinarono in cantina. Norman raccolse le ultime patate sotto la pioggia e le sparse sul pavimento del fienile ad asciugare. A metà novembre ogni cosa era coperta da più di mezzo metro di neve. Bisognava continuare a liberare i sentieri che portavano al fienile e ai capanni. Norman si alzava due volte per notte per riempire le stufe nel pollaio e nell'incubatoio. I lunghi tubi appesi al soffitto con il filo di ferro che andavano a sfiatare all'esterno rappresentavano la caratteristica principale del moderno impianto. Nei bui giorni di tormenta Norman accendeva nei recinti delle galline ovaiole lampade al cherosene con ampi cappelli di metallo che riflettevano la luce verso il basso. Le galline continuavano a deporre le uova. Era una specie di miracolo: da ragazzo non aveva mai mangiato un uovo fresco da novembre fino a primavera.

La slitta usciva dalla rimessa ogni volta che c'erano abbastanza uova da spedire e tutte le domeniche, quando Connie, sola alle redini, andava a messa alla chiesa congregazionalista. Quasi sempre, dopo la funzione, accompagnava sua madre dalla vedova Breedlove e si fermava a pranzo. La signora Pelham era sempre lì a pensione, e affittava anche un'altra stanza per i piccoli lavori di sartoria e ricamo che le venivano commissionati. Non andava mai alla fattoria; Norman e Leah non frequentavano la chiesa.

Quando Connie interrogava sua madre, lei rispondeva che non aveva nulla contro la ragazza nera, ma non poteva perdonare il figlio. Se le chiedevano che cosa ci fosse da perdonare, diventava pallida per la rabbia e taceva. Un giorno Connie le disse: «Quando ci sarà un nipotino cambierai idea». Sua madre si rivolse alla signora Breedlove e le chiese un'altra tazza dell'infuso di aghi di pino che l'anziana signora preparava contro le febbri invernali. La signora Breedlove parlò.

«Ho trovato il reverendo Potwin un po' sottotono, questa mattina. Forse ero distratta.»

«Sì, forse era distratta. A me l'omelia è piaciuta», rispose la signora Pelham.

«Ho avuto l'impressione che stesse improvvisando. Ho settantaquattro anni e sono ancora molto lucida. Lui mi è sembrato un po' confuso, sa?»

Connie disse: «Abbiamo tutti i nostri giorni no».

Le due donne la guardarono, come se si stessero chiedendo chi fosse e che cosa ci facesse seduta a tavola con loro. Connie si portò alle labbra la tazza con l'orribile tisana e finse di sorseggiarla. Le due anziane donne continuarono a sezionare la mattinata. Connie non vedeva l'ora di tornare nella calda cucina della fattoria. La vita con Norman e Leah era forse provvisoria, non era forse la sua vita – che prima o poi sarebbe arrivata, di questo era certa – ma era piacevole, stranamente tranquillizzante. Perfino la routine dei giorni d'inverno era vivida, ogni azione si stagliava nitidamente sulle altre.

Quando andava a trovare sua madre le sembrava di essere immersa in un liquido denso e neutro. Le due donne erano come salamandre nell'acqua calda di uno stagno.

Da dietro non si notava che era incinta, ma la pancia cresceva alta e rotonda. La notte si svegliava e trovava la mano di Norman appoggiata sul suo ventre, e allora la copriva con la propria. Provava un'autentica calma, non perché fosse certa che quel bambino sarebbe vissuto, era piuttosto come se il suo corpo avesse placato la sua mente. Il disagio che le aveva causato l'arrivo di Connie non era dovuto tanto all'intrusione nella sua vita, quanto al nervosismo che provava sempre in compagnia di altre donne; non aveva mai avuto una donna per confidente, compagna o amica. Non se ne era mai resa conto fino a varie settimane dopo l'arrivo di Connie, che con grande intelligenza evitava di farsi carico del lavoro degli altri, ma si limitava ad aspettare che ci fosse qualcosa da fare e nessun altro nei paraggi per farlo.

Quando la prima nevicata scese sulla fattoria, la loro routine quotidiana si era ormai assestata. Connie e Leah lavoravano insieme. Controllavano e imballavano le uova, cucinavano, pulivano la casa, tre volte al giorno ispezionavano il pollaio e l'incubatoio, una volta alla settimana mettevano a bollire il pentolone per il bucato. Spesso se ne stavano semplicemente sedute in soggiorno a rammendare o cucire abiti. Soltanto dopo diverse settimane Leah si rese conto che non doveva più sollevare o trasportare pesi, che senza sforzo evidente o goffe scuse la cognata la precedeva prima ancora che lei pensasse di muoversi e il lavoro era già fatto. Un pomeriggio erano sedute in soggiorno a cucire. Leah stava rammendando uno strappo che Norman si era fatto nei pantaloni di lana quando diede un'occhiata a Connie, seduta sul divano di cuoio di cavallo, con un gran gomitolo di lana filata in casa accanto e un piccolo indumento che andava prendendo forma sul suo grembo. Leah smise di cucire e rimase a guardarla, poi, con la voce che la tradiva, domandò: «Che cosa stai facendo?»

«Un completino per il tuo bebè. Ci ho messo le maniche, credo che sarà più utile delle fasce. Più comodo per te, credo. E poi ne farò un altro più grande. Dovrebbe bastarti per tutto il primo anno, per le giornate fredde come oggi.»

Leah continuò a rammendare i pantaloni, osservando la velocità della donna di fronte a lei, il soffice indumento che andava prendendo forma. L'ago tra le sue dita cominciò ad andare su e giù a una velocità che non voleva emulare quella della cognata, ma comunque superiore a quella a cui era abituata; per di più non stava guardando. L'ago le si conficcò nell'indice sinistro. Le lacrime le sgorgarono dagli occhi tra singhiozzi che la piegarono in due. Poi sentì le mani di Connie sul ginocchio. Lentamente, il dolore passò e Leah riprese fiato. Alzò un poco la testa, abbastanza per vedere il volto di Connie, calmo, serio, in attesa. Gentile. Leah disse: «Guarda qui. Dev'essere il bambino che mi fa fare certe cose».

Connie chiese: «Norman ti tratta bene, vero?»

«Sì. Oh, sì.»

«E gli altri?»

Leah esitò, lasciando decantare la domanda. «Nessuno è cattivo con me. Non credo che nessuno mi voglia davvero male.»

Connie si alzò, avvicinò la sedia a dondolo e si sedette sporgendosi verso Leah. «Che cos'è successo? È stata la mamma?»

Come una bambina che, correndo a casa un caldo pomeriggio d'estate, si trova improvvisamente davanti una vipera, Leah rispose: «No. No, no». Gli occhi di Connie compresero e non insistettero. «Non sono quello che voleva o che si aspettava», proseguì Leah, «posso capirlo. E posso anche capire che non abbia idea di come comportarsi con me. Non riesce a sedersi e scambiare due chiacchiere senza agitarsi, e allora le escono solo mozziconi di parole. Posso capirlo, e la perdono. Perché non so che cosa farei io al suo posto. È così facile pensare di sapere come dovrebbero essere gli altri, ma tu non sei loro, mai. Forse anch'io avrei potuto comportarmi diversamente con lei. Ma non so come, ed è chiaro che neppure lei lo sa. Quindi la comprendo.»

«Credo che quasi tutte le donne abbiano dei problemi con la madre dell'uomo che sposano. E Norman è l'unico figlio maschio. Con papà morto, mi chiedo se avrebbe mai potuto sposare la ragazza giusta.»

Leah annuì. «La suocera è il prezzo che ogni ragazza deve pagare. L'ho sentito da qualche parte.»

Connie sorrise. «Non hai neanche degli amici, qui, però.»

«Norman è il mio migliore amico.»

«Sei fortunata, forse. Ma...»

«Non ho mai avuto amici, neppure da bambina. La mia mamma mi teneva separata dagli altri bambini di colore. E i bambini bianchi... loro erano bianchi. Non avevano tempo per me. Almeno finché non sono stata abbastanza grande da diventare qualcosa di interessante.»

«Di che cosa parli?»

«Parlo di quattro ragazzi bianchi, grandi, sedici o diciassette anni, che un giorno mi hanno presa. Avevo dodici anni.»

«Signore Iddio.»

«Credo che forse è quello il motivo per cui ho avuto tanti problemi a tenere un bambino.»

«Oh, Signore Iddio, Leah. L'hai detto al dottore?»

Leah scosse decisa la testa.

«Ma perché no?» Connie si appoggiò allo schienale della sedia a dondolo e accavallò le gambe.

«Perché no, perché no... È un uomo bianco e mi ha vista praticamente nuda. Non voglio mettergli certe idee in testa.»

Connie non si mosse. Era piena di rabbia. «Bastardi. Sono tutti dei bastardi. Non è solamente perché sei tu, sai? Tutti gli uomini hanno qualcosa di malvagio.»

«Non stai parlando di nessuno di queste parti, mi sembra. Dev'essere quell'uomo di Manchester.»

Connie rimase immobile, all'erta. «Quale uomo di Manchester?»

«Uno di cui mi ha parlato Norman.»

«Norman non sa niente. Non c'è niente da sapere.»

«Mi ha detto che c'era un uomo e che era per questo che avevi tanta voglia di tornare qui.»

Connie sbuffò. «Ero pronta a tornare, immagino. Ero stufa di quella città, di quella vecchia filanda.»

«Non c'era nessun uomo, quindi, a Manchester?»

Le gambe ancora accavallate, le mani intrecciate sul ginocchio, le sopracciglia aggrottate, Connie disse: «Non vale la pena parlarne».

«Eri innamorata?»

«Pensavo di sì.»

«E che cosa è successo?»

Connie si alzò dalla sedia a dondolo, tornò al divano e prese il lavoro a maglia. Passò qualche minuto. La sera d'inverno stava scendendo lentamente, blu e viola. In altre circostanze, Leah si sarebbe alzata e avrebbe acceso le lampade. Rimase seduta. Connie continuò a sferruzzare, poi si fermò e disse: «Il primo giorno in quella filanda fu la cosa più terribile che ti puoi immaginare. Il frastuono, l'immensità, le macchine. Tutta quella gente. Ero decisa a non essere la ragazza di campagna che ero. Ero tanto impegnata a essere qualcun altro che non lo vidi neppure venire. Credo che avesse già capito che tipo ero prima ancora che mi accorgessi della sua esistenza. Jack. Jack Lavin. Un uomo adorabile. Mi portò fuori. L'opera, i picnic la domenica. Un vero gentiluomo. Scoprì da dove venivo e cominciò a parlare di venire qui insieme e aprire un negozio nostro. Un giorno mi portò una coppa di gelato, e quando arrivai in fondo trovai un anello, e Jack mi si stringeva contro e mi sussurrava all'orecchio che presto ne avrei avuto uno più bello, appena se lo fosse potuto permettere. Be', mi fece girare la testa, sai. Sera di giugno. Passeggiammo per la città fino al vecchio camposanto e quando arrivammo era ormai buio, ma l'aria era così calda... Rimanemmo lì sdraiati tra i morti finché scese la rugiada, e mi riaccompagnò al pensionato avvolta nel suo cappotto. E continuammo per tre o quattro settimane. Io ero molto preoccupata, ma lui mi assicurava che andava tutto bene. Non c'era niente di cui preoccuparsi, diceva. Be', non so perché ma sono stata fortunata. Dopo cinque giorni che non si faceva vedere saltai il pranzo, lo stomaco già sottosopra, e andai a cercarlo nelle sale dei telai, dove lavorava. Trovai il caposquadra. 'Oh, Jack', disse. 'Jack si è sposato con quella ragazza del Quebec e se n'è andato a Gaspé, dove la famiglia di lei ha una panetteria.' Il caposquadra mi disse: 'Sei stata fortunata, cara, quei francesi non capiranno nemmeno che cos'è stato a colpirli quando Jack Lavin sarà sparito da Gaspé senza lasciare traccia. Magari la farina la lascerà loro, ma sta' pur certa che i soldi nascosti nel focolare metteranno le ali. Così'. E fece schioccare le dita. Dissi che era stata un'amica a mandarmi. Lui mi mise una mano sulla spalla e disse: ‘Dì’ alla tua amica che è una ragazza fortunata’. Così tornai al lavoro tutta sudata, e continuai a sudare per due settimane, finché non mi venne il ciclo. Sono stata proprio un’oca. Te l’ho detto, non vale la pena parlarne».

Leah mise da parte il lavoro di rammendo. Si alzò e accese le lampade. In piedi accanto a Connie, commentò: «Tu e io conosciamo il lato cattivo degli uomini. Ma c’è anche del buono. C’è Norman».

«Be’, sì, c’è Norman. Ma non mi interessa dividerlo con te, grazie!» Connie fece una smorfia idiota a Leah. Le due donne risero. Cadde il silenzio. La stanza era immersa in una luce fluida, calda e tremolante. Leah avvisò: «È ora di preparare la cena».

«Andrò ad aiutare Norman a dare da mangiare alle bestie.»

«Penso che se la possa cavare da solo.»

Connie esitò, poi disse: «Mi piacerebbe una tazza di tè».

«Abbiamo quel tè alla corteccia di pino che ci ha mandato tua madre», aggiunse Leah. Si avviarono verso la cucina lungo il breve corridoio.

«Ah, no, grazie tante. Farò quel tè alla menta che piace a te.»

«Mi sembra un’ottima idea. Noı ne posso più di quel tonico alle erbe che mi ha portato Marthe Ballou. Mi fa sangue, dice.»

«Forse è di quello che ho bisogno. Di farmi un po’ di sangue.»

Leah la guardò. «A me sembra che tu non abbia problemi di questo tipo.»

Connie ammiccò. «Essere a casa non è tanto male. Tranne per la carenza di uomini.»

«Prima o poi un uomo arriverà. Appena smetti di cercare, ne salterà fuori uno da dietro l’angolo e ti spaventerà a morte.»

«Credi?»

Leah mise il bollitore sul fornello e replicò: «Se è successo a me, può succedere a chiunque».

Connie chiuse lo sportello della stufa e si raddrizzò guardando Leah negli occhi. «A parte la paura», concluse, «mi piaceva.»

* * *

L'epoca in cui l'anno precedente Leah aveva abortito passò, e lei celebrò in silenzio. Il freddo si era fatto un po' meno intenso e diversi centimetri di neve erano scesi a coprire ogni cosa. Il mondo sembrava appena nato. C'erano momenti in cui le sembrava di vivere in un altro paese. Momenti in cui si sentiva un'altra persona, e osservava come dall'esterno le proprie mani intente al lavoro. Momenti in cui canticchiava a bocca chiusa una monotona cantilena che le vibrava in tutto il corpo e la trasportava altrove, non sapeva dove; solo quando ritornava si accorgeva di essere stata via. Interi minuti. Per poi riemergere di colpo con la sensazione di non trovarsi al suo posto. A cena, Norman stava dicendo: «Sarà per metà marzo, credo. Certo, sarà dura».

«Vuol dire che per un paio di settimane saremo in piedi giorno e notte», concordò Connie. «Ma mi piace, tutta quell'eccitazione.»

Leah continuò a mangiare. Il bambino doveva nascere a metà aprile. Non ne aveva bisogno, ma continuava a fare i conti. Stava per parlare, per correggerli, quando Norman proseguì: «Accidenti, non ho mai visto un inverno in cui la neve non si sciogliesse di colpo a fine gennaio, inizio di febbraio. Con un freddo così. Ma va bene per il succo degli aceri, ce ne sarà di più. Ti sembrerebbe meno eccitante se dovessi arrancare sulla neve bagnata con due secchi di succo sulle spalle invece di occuparti della bollitura. Ma hai ragione, anch'io non vedo l'ora. Non voglio che la neve si sciolga adesso, comunque, detesto dover interrompere il lavoro e ricominciare. Ma potrebbe fare un po' meno freddo, perdio. Ho degli agnelli che devono nascere da un momento all'altro. Sarà dura per quei piccoletti, con questo freddo».

Leah si alzò e lasciò cadere rumorosamente il suo piatto nell'acquaio, poi tornò indietro. Norman e Connie la stavano guardando. Norman chiese: «Va tutto bene?»

Leah annunciò: «Ho fatto una torta all'aceto. È ancora calda ma si può già mangiare. Ne volete tutti?»

Norman annuì, mentre la osservava. Qualche giorno prima Leah aveva cercato di spiegargli ciò che le accadeva, ma era riuscita solo a confonderlo e spaventarlo dicendogli che non si sentiva se stessa, e si era ritrovata a rassicurarlo, invece di essere lui a rassicurare lei. Da allora, di tanto in tanto avvertiva gli occhi di Norman su di sé, come se stesse cercando di capire dove si trovasse. Era bello, che la tenesse d'occhio. Norman disse: «Mi piace la torta all'aceto».

Un luminoso mattino Marthe Ballou scese alla fattoria sulle racchette da neve. Quando entrò in cucina, l'ambiente si riempì dell'aroma spesso della sua pelle di vecchia non lavata e impregnata di fumo di legna. Si sedette con Leah e Connie a bere caffè, dopo avere estratto dalle tasche del cappotto due bottiglie di vetro chiaro chiuse con tappi di sughero, contenenti il tonico scuro. Posandole sul tavolo, esordì: «Ormai è andata. Lo sapevo che ce l'avresti fatta. Se hai bisogno di altro tonico, manda su il tuo uomo. Un cucchiaino tutte le mattine dovrebbe bastare, adesso». Poi si mise a bere il suo caffè in silenzio, rifiutando i biscotti, mentre le due ragazze ciarlavano del freddo e dei tre agnellini appena nati, finché non rimasero a corto di argomenti. Marthe ignorava Connie e non staccava gli occhi da Leah. Dopo un lungo silenzio, guardò Connie e disse: «Sono venuta a trovare questa qui. Lasciaci sole, eh?»

«Be', io...» Connie si alzò in piedi. Lanciò un'occhiata a Leah: solidale e offesa, come una bambina esclusa da un gioco. Poi, chiusa in un silenzio di tomba, andò nell'ingresso, si infilò gli stivali e il cappotto e uscì, facendo entrare una folata d'aria gelida. Marthe allontanò la sedia dal tavolo, senza alzarsi, e disse: «In piedi».

Leah si alzò appoggiando entrambe le mani sui braccioli della sedia. Si voltò verso l'anziana donna: i capelli unti e grigi sciolti sulle spalle, il viso rugoso e annerito, simile a una radice rinsecchita. Leah pensò che da giovane doveva essere stata bella, non solo graziosa. Non si chiedeva che cosa l'avesse portata a vivere con quell'uomo mezzo selvaggio in quello sperduto spicchio di terra abbandonato da tutti. Così come non avrebbe saputo spiegare la propria scelta con Norman. Marthe ordinò: «Avvicinati».

Leah fece un passo avanti e rimase in piedi davanti a lei, respirando quell'aroma non diverso dall'odore penetrante della terra smossa, dell'ammoniaca del letame, o delle ascelle abbronzate di Norman alla fine di una giornata estiva, e Marthe allungò una mano e le sbottonò il vestito da sotto i seni turgidi fino al pube. Poi posò le mani sul suo ventre e cominciò a muoverle lentamente, dal centro verso l'esterno e poi di nuovo verso il centro, un movimento dolce e circolare che la toccava più in profondità di quanto pareva. Leah guardava le mani sudicie che sembravano tastare ed estrarre qualcosa da sotto la pelle. In silenzio, in silenzio. C'erano solo quelle mani e il suo ventre sotto di esse. Mani che tornavano indietro avvertendo un piccolo movimento. In un sussurro, Marthe ordinò: «Il piede destro». Poi le aprì la parte superiore del vestito liberandole i seni e ne prese uno in ciascuna mano, soppesandoli, o semplicemente lasciando che il loro peso cadesse nelle sue mani. Alla fine le riabbottonò il vestito, e soltanto allora la guardò in faccia.

«La bambina sta bene. Andrà tutto bene. Anche tu stai bene. Sei bella, tu.»

«La bambina?»

Marthe le mise di nuovo le mani sul ventre, ora coperto. Come per spiegarle, ricominciò a muovere le mani. «È distesa intorno a te. Allungata. Un maschio sarebbe rannicchiato in alto, togliendoti il fiato. Gli uomini cominciano così, è difficile biasimarli, non sanno più come fermarsi.»

«Una femmina », sussurrò Leah. «Una bambina.»

Marthe si appoggiò allo schienale della sedia, fissando apertamente Leah. «Molto probabile. Quando senti che sta arrivando, manda su Norman a chiamarmi. Non fargli portare qui quell'Hurdle. Quell'uomo non è capace. Ha ammazzato una donna per tirarle fuori il bambino. Non farti raccontare frottole. Avrai questa bambina e andrà tutto bene.»

«Papà era orgoglioso di te, Norman.» Le ultime parole che sua madre gli aveva rivolto prima di afferrare una spalla del ragazzo alla guida del carro a nolo e dirgli: «Non ti pago perché te ne stia qui a sognare». Il carro era partito sferragliando, aveva attraversato l'aia e imboccato il sentiero con il suo carico di ceste, cassettiere e scatoloni contenenti gli abiti e gli effetti personali di Cora Pelham e di sua figlia Constance. Troppo orgogliosa o amareggiata, sua madre aveva rifiutato l'offerta di Norman di eseguire il trasloco gratuitamente. Era come se avesse trovato il modo definitivo di fargli capire quanto desiderava non interferire nella sua nuova vita. Connie si era voltata a salutarlo con la mano. Il ragazzo che reggeva le redini sedeva stretto tra le due donne. Norman aveva alzato un braccio per rispondere al saluto di sua sorella ed era rimasto a guardarle finché il carro non era scomparso oltre la cresta, la benedizione o la condanna di sua madre, forse entrambe, come un marchio che l'avrebbe accompagnato per sempre. Come se proprio quella fosse stata l'intenzione di sua madre. Trasmettergli, con la sua indiscussa autorità, un ultimo dubbio dall'oltretomba. Chi, meglio di lei, poteva sapere? Chi, meglio di lei, poteva scegliere quel tono cauto, asciutto e neutro che lasciava spazio a ogni possibile interpretazione, che scendeva a posarsi sulla bruciatura come un corvo su un campo seminato? Così era rimasto lì a guardarle andare via finché aveva sentito Leah uscire di casa. Allora si era allontanato in direzione delle stalle. Voleva stare solo. Non la biasimava per essere ancora lì mentre sua madre non c'era più, ma non era ancora pronto ad accettare quell'assenza aspettando le parole che Leah avrebbe potuto aggiungere. Era andato a mungere le mucche e aveva giurato che entro quella stessa settimana si sarebbe sbarazzato di tutte, tranne della giovenca che avrebbe tenuto per loro uso e consumo. Era ottobre, la guerra era finita e lui era tornato a casa.

Il bambino che era rimasto in lui camminava al fianco di suo padre. Quel suo modo di esprimergli il proprio affetto mentre lo sgridava in un tono calmo venato di asciutto umorismo. Un uomo che aveva già due figlie, felice della nascita di un maschio da cui si aspettava la perfezione. Gli occhi acuti di rapace fissi sulla schiena di Norman si addolcivano sempre quando il ragazzo si voltava confuso con il chiodo piegato, l'attrezzo che gli era sfuggito di mano, l'asse segata male. Non ricordava di avere mai ricevuto un elogio da lui: una cosa fatta bene era fatta bene. Altrimenti, bisognava rifarla. All'età di dieci anni era sceso per la prima volta con la slitta al laghetto del villaggio per partecipare al taglio del ghiaccio. Si erano fermati a una certa distanza a osservare gli uomini già al lavoro con le seghe e le grosse tenaglie che usavano per sollevare i blocchi. L'acqua che sgocciolava si ghiacciava all'istante. Poco dopo suo padre era sceso dalla slitta, aveva avvolto le redini intorno al timone, aveva scaricato la loro sega e le loro tenaglie e guardando il figlio aveva detto: «Dobbiamo decidere chi tiene la parte inferiore della sega. Lanciamo una moneta?»

Pensava che a suo padre sarebbe piaciuta Leah. Gli piaceva pensarlo. Come se suo padre, dispensato dalla vita, fosse anche dispensato dal vedere tutte quelle cose di lei che Norman vedeva. Non solo la bellezza e il coraggio che per lui erano evidenti come il bisogno di respirare, ma anche gli altri frammenti che componevano l'insieme: il carattere irascibile e il sorriso franco, la cocciutaggine con cui affrontava le avversità, senza neppure pensare, la decisione, prodotto finale di quella stessa cocciutaggine, con cui esaminava attentamente ogni cosa, quasi sapesse meglio di altri come un passo conduca inevitabilmente al passo successivo e non a un altro. L'umorismo bonario con cui lo canzonava quando maneggiava qualcosa in modo maldestro o faceva un passo falso, il volto raggiante come se splendesse di luce propria. Il feroce riserbo su tutto quanto la riguardava, come se la sua pelle fosse una guaina umida sul turbine di conflitti e contraddizioni che si agitava in lei. L'immagine di lei che camminava scalza in un prato costellato di ranuncoli, margheritine e campanule. O il suo viso seminascosto in un mazzo di lillà. O chino sul tavolo rotondo del soggiorno nella luce della lampada, i gomiti appoggiati sulle pagine aperte del giornale di Randolph, intenta a leggere le notizie della settimana. E ora, suo nipote dentro di lei. Che Norman voleva chiamare James, come lui. Norman, seduto sui tronchi da segare, pensava che forse suo padre tutte quelle cose le sapeva. Che forse non solo approvava, plaudiva. Pensava che forse i morti sapevano tutto e non solo il significato di ogni singola azione: erano liberi da quella preoccupazione. La verità era che si chiedeva se avrebbe condotto a casa Leah, fosse stato ancora vivo suo padre, o se l'avrebbe condotta da qualche altra parte, impossibile a dirsi per il ragazzo che aveva portato l'immagine della fattoria sul cuore, tra la giubba e il petto scarno, in tutte le battaglie e per tutte le lunghe, terribili pause tra una battaglia e l'altra, durante le marce e in tenda, come altri uomini portavano medaglioni con il ritratto di mogli o fidanzate. Si chiese anche se avrebbe potuto lasciarla a Washington e tornare a casa con gli altri, accontentandosi della buona azione, portandosi dietro per sempre quella passione e la paura di ciò che sarebbe potuto essere. Perché era tutto molto semplice. La fattoria sarebbe diventata sua quando si fosse sposato, i genitori sarebbero diventati soci del figlio e della sua novella sposa. Quando ne avesse avuto la possibilità, e qualora tutte le parti fossero state d'accordo, avrebbe potuto acquistarla al prezzo di mercato. L'unica clausola riguardava l'eventualità della morte di suo padre: in questo caso Norman avrebbe dovuto provvedere a una casa per la madre oppure cederle un terzo del valore della fattoria. Come solitamente accade, suo padre aveva intenzione di vivere ancora molti anni dopo la stesura di quel testamento. Non aveva mai pensato all'eventualità di essere colpito dallo zoccolo della giumenta, non più che a un frammento di stella che perforasse il cielo notturno e lo raggiungesse alla testa. E così gli aveva spianato la strada, lasciandogli la possibilità di portare a casa Leah. E l'amaro segreto di quel certo sollievo provato per la sua morte. Come se la sua morte l'avesse reso libero. Come se suo padre non gli avesse dato tutta la propria vita ma anche tutta la sua, di Norman: «Fai quello che vuoi». Suo padre era rimasto cristallizzato come ciò che era stato e nel presente esisteva solo grazie all'utilità del ricordo. Chi resta non deve scegliere solo tra ricordare o non ricordare, ma anche come e che cosa ricordare. Il padre era diventato più un'eco del suo desiderio che un uomo a sé. Come un coltello dimenticato in giardino perde il filo durante l'inverno, mentre il manico marcisce in primavera. Come tagliava bene, un tempo. Per dirlo con le parole di sua madre: «Papà era orgoglioso di te».

Norman aveva freddo, ora, e cominciò a sentire la stanchezza della giornata di lavoro. I boschi alle sue spalle erano bui, e si sentì fuori posto, un intruso nella propria vita. Decadenza. Debolezza che faceva sì che la donna che lo aspettava in casa fosse la sua unica ragione, per le cose fatte e per le cose non fatte. Come se a lui mancasse qualcosa di essenziale che gli altri uomini avevano o potevano avere. Non lo sapeva. Non c'era motivo di credere che suo padre sarebbe stato orgoglioso di lui, da vivo o da morto.

L'ultima domenica di febbraio il tempo non era ancora cambiato e Leah diventava sempre più grossa. Sedersi o alzarsi dalle sedie o dal letto le costavano un grande sforzo e gemiti affaticati. Connie tornò direttamente alla fattoria dopo la messa, senza passare da sua madre. Pete, il cavallo, trottava veloce tra le stanghe. Una volta dentro, riempì il bollitore di rame, lo mise sulla cucina economica e aprì il tiraggio. Salì le scale di corsa e tornò subito con della biancheria pulita e un vestito su un braccio. Dalla sua poltrona in soggiorno Norman vide che era il vestito che indossava il giorno in cui era tornata a casa. Non l'aveva più visto, da allora. Lanciò un'occhiata a Leah, seduta con la Bibbia aperta in grembo. Poteva restare un'ora sulla stessa pagina. Di tanto in tanto emetteva un suono, un'esclamazione, o un segno di un dubbio. Lei incrociò il suo sguardo, vide la sua testa inclinata, e si limitò a scuotere il capo, un gesto sufficientemente enfatico da fargli rimangiare ogni domanda. Connie chiuse la porta di comunicazione e rimase in cucina alcuni minuti, prima di entrare in soggiorno e annunciare, le mani sui fianchi: «Adesso fanno un serbatoio che si attacca alla stufa, e fornisce acqua calda tutto il tempo. Senza aspettare. Non mi sembra poi un gran lusso in una casa dove sta per arrivare un bambino». Poi si voltò e rientrò in cucina. La porta si richiuse da sola al suo passaggio.

Norman parlò. «Che storia sarebbe?»

Gli occhi di Leah sparirono sotto le palpebre, come piccole tartarughe nel guscio. «Mi sembra che Connie non abbia tutti i torti. Quegli aggeggi costano poco. Sono anche semplici da montare. Suppongo che un uomo un po' capace lo possa fare senza problemi. Ci vuole un'eternità per fare bollire l'acqua. Saresti stupito della differenza. La liscivia fa una bella schiuma con l'acqua calda.»

«Credo di avere fatto il bagno nell'acqua calda una o due volte in vita mia. Se vuoi qualcosa per la casa, dillo. Non ti dirò di no, se non costa troppo. Ma che cos'ha Connie?»

Leah passò una mano sulla pagina aperta, come per lisciare la carta sottile. Poi commentò: «Sei proprio un testone, Norman. Tua sorella vuole lavarsi e mettersi in ghingheri. Probabilmente né per te né per me».

Norman rimase zitto un momento. Poi chiese: «Che cosa stai leggendo?»

«Giobbe.»

«Quello sì che era un tipo strano.»

«Non più di chiunque altro.»

«Non mi sembra davvero.»

«Ho sempre pensato che proprio quello fosse il senso.»

«Che quella sia la definizione della fede.»

Leah alzò gli occhi su di lui. «No. Non è quello. Non so che cos'è.»

«Va bene. Sai che cosa ti dico? Fammelo sapere, quando lo scopri.»

Lei continuò a guardarlo a lungo. In cucina, si sentiva Connie che sguazzava nell'acqua tra piccoli sospiri di piacere. Anche con la porta chiusa, sentivano il profumo del sapone e dell'acqua di rose che evaporava e si diffondeva per la casa. Leah disse: «Non mi aspetto niente più di te dalla vita. Lo sai».

Connie entrò nella stanza, il viso arrossato a furia di strofinarlo, ben vestita e già avvolta nel mantello, pronta per uscire. «Andiamo a pattinare sul fiume», annunciò. «Spero solo che le mie maledette caviglie non mi tradiscano. Mi cedono sempre quando vado a pattinare. E finisco con il sedere per terra. Non è tanto la caduta, è che detesto che mi aiutino a rialzarmi.»

Venne a prenderla il maggiore dei ragazzi Clifford. Arrivò veloce su una slitta affusolata trainata da una coppia di cavalli neri di razza con una bella stella bianca in fronte. Norman era divertito e faceva del suo meglio per non farlo notare. Il padre del ragazzo, un giovanotto ormai, possedeva un noleggio di cavalli, oltre a mezzi e servizi di trasporto. Il ragazzo era lo stesso che cinque anni prima aveva portato via dalla fattoria la signora Pelham e sua figlia. E che adesso veniva a prendere Connie. O, piuttosto, la portava a pattinare. Norman si chiese da quanti anni Glen avesse sua sorella in testa. Quante lunghe domeniche d'autunno e d'inverno gli ci fossero volute per arrivare a questo punto. Glen gli strinse forte la mano e lo chiamò signore, cosa che gli fece piacere. Quindi si rammaricò di essere stato troppo giovane per fare la sua parte durante l'ultima guerra, al che Norman si limitò a rispondere con un grazioso cenno del capo. Infine promise di riaccompagnare Connie non troppo dopo il tramonto, aggiungendo il pericoloso accenno a un falò. Stretti l'uno accanto all'altra al tepore delle fiamme, pensò Norman, ma l'ammonì soltanto: «Sta' attento a quei cavalli. C'è ghiaccio sulla strada». E si voltò verso sua sorella con un largo sorriso stampato in faccia, senza preoccuparsi di farsi vedere dal ragazzo. Allora Connie gli si avvicinò e, alzandosi in punta di piedi, lo baciò sulla guancia. Glen gli strinse di nuovo la mano e poi, chinando il capo con grande e sincera solennità in direzione di Leah, le rivolse la parola per la prima volta, in un tono pieno di rispetto: «Signora».

Una volta che i due se ne furono andati, Norman tornò alla sua poltrona. Leah lo guardava. Norman disse: «Mi sono sentito un vecchio».

Leah sorrise, una mano sulla pancia, e replicò: «Aspetta e vedrai».

La seconda settimana di marzo ci fu un improvviso rialzo della temperatura. Norman disse che non sarebbe durato a lungo, e aveva ragione. Per tre giorni e tre notti il termometro non scese sotto lo zero, raggiungendo anche i sette-otto gradi. Poi caddero quindici centimetri di neve bagnata, il vento cambiò e tutto gelò di nuovo. Quel breve disgelo, tuttavia, bastò a Norman per trasportare i recipienti per il succo d'acero dal fienile, dov'erano impilati, alla cantina. Li riempì d'acqua e li lasciò lì tutta la notte, in modo che i listelli di legno si gonfiassero dentro i cerchi garantendone la tenuta. Dopo avere raschiato via dalla slitta lo strato di ghiaccio misto a pezzi di corteccia e segatura che lo ricopriva, vi fece rotolare sopra il serbatoio di raccolta. Caricò anche i recipienti e i gioghi per trasportarli e, facendo trainare la slitta dai cavalli, risalì il pendio che portava al piccolo edificio in cui facevano lo sciroppo, in realtà soltanto una tettoia sostenuta da pali sopra un camino e un focolare di mattoni con un grosso paiolo per la bollitura. L'edificio era rozzo e spoglio, anche per la neve che ricopriva tutto, e il suolo non pavimentato, ma Norman immaginava già come sarebbe stato nel giro di una o due settimane: il vapore che saliva dal paiolo, il camino in funzione giorno e notte, con il fumo che aleggiava nell'aria tersa, il dolce profumo del legno che si diffondeva alla fine di ogni bollitura, quando lo sciroppo veniva versato dal paiolo nei filtri. Norman scese quindi la collina, fermandosi alla segheria per caricare gli attrezzi. Trascorse un pomeriggio nel fienile a pulirli e ingrassarli, prima di appenderli al muro per l'estate. Per quell'anno, aveva tagliato abbastanza legna.

Una settimana più tardi, una giornata grigia, il freddo era ancora molto intenso, ma il vento cominciò a soffiare da nordovest e Norman, a colazione, dichiarò che l'inverno era finito. Poiché non aveva più nient'altro da fare, andò a raccogliere le uova, caricare le stufe e controllare l'incubatoio. Nonostante facesse ancora freddo, le giornate si erano allungate, e grazie anche al calore costante le galline continuavano a deporre le uova. Quasi venti chiocce stavano covando. Non c'erano ancora pulcini. Norman andò a guardare le pecore e gli agnelli. Cena di Pasqua per quella gente di Boston che aspettava la resurrezione del Figlio prima di tornare a casa a mangiare agnello con salsa di menta. Cercava pretesti per sfuggire alla casa e alle proprie mani oziose. Assaporò l'aria fredda, inalando a fondo e annusando il cambiamento che quel vento, ne era sicuro, doveva portare. Dai Grandi Laghi, dal Canada. Stava arrivando.

Le donne erano in cucina. Connie, impolverata di farina, aveva le braccia affondate nell'impasto per il pane, il forno già caldo e scoppiettante in attesa delle pagnotte. Leah, seduta al tavolo, tagliava in quattro degli anelli di mela essiccata che lasciava cadere in una ciotola di acqua e zucchero, il ripieno della torta che avrebbe seguito le pagnotte nel forno. Osservava la schiena e le braccia di Connie, sicura che il pane sarebbe stato consistente e compatto, a giudicare dalla lena con cui la ragazza lavorava l'impasto e dal suono che questo produceva sul legno. Alla fine si schiarì la gola, vide la schiena di Connie irrigidirsi e le sue braccia esitare e poi proseguire nel lavoro, più lentamente, in attesa. Allora parlò, in tono diretto.

«Allora?»

Connie voltò la testa di scatto, sfiorandosi la spalla con il mento, lanciò un'occhiata a Leah e tornò al lavoro. La voce soffocata, come sepolta nell'impasto, disse: «Che cosa?»

«Hai avuto parecchio da fare, ultimamente.»

«Mhm.»

«Ti stai divertendo?»

«Sì.» Enfatica, richiudendo la bocca di scatto come una scatola.

«Sto ficcando il naso in cose che non mi riguardano.»

«Oh, no.» Connie si voltò e si gettò indietro i riccioli con la mano, lasciandosi una traccia di farina sulla fronte. «Non è questo che volevo dire. Non mi importa. Mi sto divertendo. Sono sei mesi che sono tornata a Randolph, ormai, e mi sto divertendo. E ho intenzione di andare avanti così.»

«Mi sembra una buona idea. Quel Glen, ti piace o ti fa solo comodo?»

«Mi piace abbastanza. Forse è un po' giovane.»

«Quanto, due o tre anni?»

«Due. Due e mezzo. Ma la differenza si sente.»
«Be', Norman e io abbiamo quattro anni di differenza.»
«È diverso quando la donna è più vecchia.»
«Immagino di sì. Glen te lo fa notare?»
«Neppure un po'. Ha sempre l'idea giusta.»
«Ed è più giovane di te.»
«Esatto.»
«E tu sei stata a Manchester eccetera. Hai esperienza.»
Connie scosse la testa. «Non mi interessa la mia reputazione.»
Leah tagliò la cordicella che teneva legati gli anelli di mela e cominciò ad affettarli. Tenendo gli occhi fissi sul coltello, disse: «Non c'è ragione di pensare che succeda».
Connie si avvicinò al tavolo e si sedette, si mise in bocca un pezzetto di mela e cominciò a masticarlo con aria preoccupata. «Santo cielo, però è un ragazzo ben fatto.»
Leah le sorrise. E aggiunse: «Lo stai facendo aspettare».
«Be', per ora!»
Leah annuì. «È giovane.»
«Per certe cose, mi sembra, l'età non conta.»
«Mi sembra un ragazzo con la testa a posto.»
«Tutti i ragazzi sono capaci di comportarsi bene in attesa del dolce.»
«È quello che vuole, secondo te?»
«Giuro che mi piacerebbe saperlo. Per un po' parliamo del più e del meno, e poi di colpo ci ritroviamo l'uno addosso all'altra e devo sprangare le porte. Quello che mi piace di lui è che ha grandi idee, ma non troppo grandi. Dice cose ragionevoli, giuste per quello che è lui, ma mi innervosisco lo stesso. Mi sembra di non stare più nella pelle. Altre volte ci divertiamo e basta, e non penso a niente. Non so di che cosa fidarmi: di lui, di me, di noi due.»
«Ho l'impressione che il tuo Jack Manchester ti abbia dato qualcosa di più di quello che vuoi ammettere.»
Connie la guardò, mordendosi il labbro inferiore. Tacque un momento, pensierosa. Poi fece un piccolo cenno affermativo. «E tu, come lo sai?»
Senza esitare, Leah rispose: «Quando non riesci a trattenerti.

Quando è al di là della tua volontà. Quando non riesci più a pensare».

«Cioè sempre.»

«E forse è così. O forse no. Uno di questi giorni ti siederai lì di fronte a me e fresca come una rosa mi dirai come si presenta il tuo futuro. Potrebbe essere lui, potrebbe non essere lui. Potrebbe essere qualcun altro. Potrebbe succedere domani. Io non lo so, e tu neppure. Anche se è difficile, è così che dev'essere. Rende le cose… più interessanti.»

Connie annuì. «Mi sembra che le cose siano già abbastanza interessanti.»

«Bene, allora. Non potresti chiedere altro.»

«Io voglio sapere.»

«Ah!…»

«Che stupida, eh?»

«Nient'affatto. Ma questo non significa che sarai avvertita prima.»

«Ho paura di non essere a casa abbastanza. Tu e Norman potreste avere bisogno di me. Gli ho fatto una promessa, e facendola a lui l'ho fatta anche a te.»

«Sei a casa abbastanza, per ora. Verrà il momento in cui ci sarà più bisogno di te. Norman è preoccupato per lo zucchero, e io sono preoccupata per questo.» Leah si diede un colpetto sulla pancia, come per annunciare l'arrivo di un ospite. «Quando verrà il momento, te lo diremo. Chissà, magari quel Glen potrà anche tornare utile.»

Connie soffiò fuori l'aria dalle narici. «Sarà un giorno bellissimo.» Poi aggiunse: «Come hai fatto a fidarti di Norman?»

«Non lo so. Ma quando l'ho incontrato sapevo che dovevo fidarmi o non fidarmi. Questo non significa che non mi fossi lasciata una via d'uscita. Solo che non l'avrei imboccata, a meno che non avessi avuto altra scelta.»

Connie annuì, gli occhi bassi, fissi sul tavolo. Dopo un po' disse: «So soltanto che vorrei stare sempre abbarbicata a lui».

Leah aveva finito di tagliare le mele. Aveva bisogno di urinare. Le succedeva in continuazione, ormai. Appoggiò entrambe le mani sul tavolo e si tirò su, mentre Connie la guardava. Leah dondolò un poco e quando ebbe ritrovato l'equilibrio disse: «Il tuo pane è rovinato». Andò nell'ingresso e si mise uno scialle e un cappotto per uscire. Si voltò e vide Connie che la guardava. Disse: «Certo che ti senti così».

Connie si alzò dal tavolo. «Adesso lo impasto di nuovo e lo lascio lievitare. Verrà benone. Basta un po' di pazienza.»

Leah annuì. Allungò una mano verso il chiavistello e senza voltarsi indietro disse: «Il pane non sarà l'unica cosa a lievitare, aspetta e vedrai».

Da una settimana lavoravano giorno e notte per fare lo sciroppo e lo zucchero. Di giorno il succo sgorgava copioso dagli alberi, così sia Connie sia Norman andavano per il bosco con il giogo sulle spalle. La neve continuava a sciogliersi, e presto i sentieri furono sufficientemente sgombri da poter fare a meno delle racchette. Portarono allo zuccherificio il secondo serbatoio di raccolta, più vecchio e più piccolo, e lo sistemarono su uno scaffale, così al calar del sole avevano due serbatoi pieni di succo da bollire. Uno dei due tornava con la slitta e i cavalli a sbrigare le faccende serali e a cenare, mentre l'altro accendeva il fuoco e cominciava la bollitura. Chi era sceso tornava su a notte fatta portando all'altro una teglia avvolta negli asciugamani con la cena.

Lavoravano fino alle prime ore del mattino, alimentando costantemente il fuoco, scremando e rimescolando il succo denso. Quando un paiolo era pronto, ne versavano velocemente il contenuto nei lunghi stampi per lo zucchero. Poi il paiolo veniva riempito di nuovo e il fuoco attizzato, e c'era un breve intervallo mentre aspettavano che il succo raggiungesse l'ebollizione. Norman aveva una damigiana di sidro, ne versava un poco nel mestolo dello sciroppo e lo sorseggiava finché era finito. Connie ne beveva un sorsetto o due. Erano troppo stanchi per parlare. Finivano di lavorare alle due e mezzo o alle tre, e il mattino dopo alle undici erano di nuovo nel bosco. L'aria dolce della primavera rendeva il lavoro meno duro.

La notte in cui il ghiaccio si sciolse fu Connie a scendere a mangiare con Leah per poi portare la cena a Norman. Leah si muoveva lentamente per la cucina, ormai. Cucinava piatti unici facili da trasportare e adatti alle lunghe nottate. Connie era affamata e spazzolò due piatti di brasato con carote, pastinache, cipolle e patate. Le verdure risentivano tutte della lunga conservazione. Leah, di fronte a lei, mangiava piano, metodica, come se il suo stomaco fosse già pieno e il cibo inghiottito fosse solo nutrimento per l'anima. Mentre avvolgeva negli asciugamani la teglia con la cena per Norman, Connie si interruppe, fece un passo verso Leah e chiese: «Sei pallida. Ti senti bene?»

Leah scosse la testa. «Sono molto stanca. Solo stanca. Non sto più comoda in nessuna posizione. Faccio fatica a fare qualsiasi cosa, ormai.»

Connie le mise una mano sulla fronte. Ve la tenne per qualche istante, poi la tolse e la toccò di nuovo. «Credo che la temperatura sia normale, in una cucina così calda. Stai lavorando troppo, qui da sola, devi fare tutto tu.»

Leah scosse nuovamente la testa. «Cucino e basta. Non so da quanto tempo non prendo in mano una scopa o uno straccio per la polvere. Sto bene. Non è niente in confronto a quello che fate voi due lassù. Dimentichi che l'ho fatto anch'io gli altri anni. So che cosa vuol dire. Sono solo una grassona stanca che deve avere un bambino. Poveretta me.»

Connie le rivolse un largo sorriso. Leah proseguì: «Va', adesso. Porta qualcosa da mangiare a quell'uomo prima che si ubriachi con il sidro».

Quando Connie se ne fu andata, Leah lavò i piatti con l'acqua calda del nuovo serbatoio. Poi spazzò il pavimento e caricò le stufe, quella della cucina, quella del soggiorno e quella dell'anticamera, dalla cui parte superiore spuntavano quattro valvole di ghisa che convogliavano il calore al piano di sopra. Quindi tornò in cucina, dove si concesse il lusso di lavarsi con acqua calda, e infine salì le scale al buio, si svestì, si infilò la morbida camicia da notte di flanella e si infilò lentamente a letto, coricandosi sulla schiena. Per la prima volta dopo mesi, le finestre del secondo piano non erano ricoperte di brina.

Non stava dormendo quando il ghiaccio cominciò a spaccarsi con un rombo sordo. Forse aveva dormito un poco prima, non avrebbe saputo dirlo. Era a letto, sdraiata, e sentiva il ghiaccio. Sul fiume, un paio di chilometri più a monte, nella valle, dove durante l'inverno si era fatto sempre più spesso, cominciò a separarsi in grosse lastre grandi come carri e porte di fienile. Era un rumore diverso da qualsiasi altro. Leah non aveva mai assistito allo spettacolo, ma aveva visto che cosa rimaneva il giorno dopo: i blocchi, i pezzi e le lastre ammonticchiati alla rinfusa lungo le sponde, ammassati come enormi carte da gioco nelle anse del fiume. Il canale centrale aperto, di un marrone scuro, la corrente che formava una schiuma bianca in superficie trascinando a valle piccoli blocchi e croste di ghiaccio assieme a rami d'albero e altri detriti. Sdraiata nel letto, ascoltava la distruzione dell'inverno a opera dell'aria primaverile e nella sua mente ne vedeva le conseguenze, come vedeva il fiume ormai basso e lento in estate, l'acqua che accarezzava le rocce e i massi nelle pozze e nelle secche, e poi, senza dolore, crampi né altro preavviso, sentì qualcosa di caldo che le scorreva piano tra le gambe. Allungò una mano e seppe di che cosa si trattava, ancora prima di portarsi le dita alla bocca.

Si alzò al buio e scese in cucina, dove ardeva un'unica lampada, si sollevò la camicia da notte, allungò di nuovo la mano e si guardò le dita. Come aveva immaginato, pollice e indice erano coperti di sangue. Rimase a fissarli a lungo, o almeno così le parve. E imprecò a voce alta: «Oh, maledizione!» Poi andò nella legnaia all'ingresso, ormai quasi vuota, prese un pezzo di legno e uscì di casa. A piedi scalzi nel fango indurito dell'aia, raggiunse il palo argenteo arrugginito a cui era appesa la campana per la cena – mai usata da quando lei era arrivata alla fattoria, una reminiscenza di altri tempi – e cominciò a picchiare sulla campana con il pezzo di legna da ardere. Sulle prime solo un suono sordo e basso, quello del legno sul metallo, poi, quando il batacchio si liberò del suo sigillo di ruggine, quello più squillante della campana. Leah picchiava sulla campana come se stesse picchiando se stessa.

Su in collina, Norman e Connie avevano appena versato lo sciroppo negli stampi e riempito il paiolo di succo fresco. In attesa che bollisse, erano usciti ad ascoltare il ghiaccio che si rompeva. La notte era calma. Si passavano un mestolo di sidro. Udirono entrambi il suono, ed entrambi tesero l'orecchio senza dire nulla per distinguerlo dal rombo del ghiaccio. Parlarono contemporaneamente.

«È una campana», disse Connie.

«C'è un incendio?» Norman scrutò il profilo delle montagne e la vallata buia oltre la fattoria. Non vide nulla, a parte la debole luce, il fumo e il vapore provenienti da altri zuccherifici in lontananza. Di nuovo il suono.

«È la nostra campana, è la nostra campana!» Adesso i rintocchi si udivano nitidamente, ed era chiaro che provenivano dalla fattoria.

«Oh, Gesù!» Norman gettò il mestolo a terra e si mise a correre, con gli scarponi che scivolavano nel fango del sentiero facendolo finire nella neve ai due lati, le braccia che mulinavano per tenersi in equilibrio. Connie rimase un momento a guardarlo, poi anche lei capì che cosa significavano quei rintocchi. Fece per seguirlo, poi tornò indietro, entrò nello zuccherificio, spalancò lo sportello della fornace e, lasciandolo aperto, prese la vecchia vanga e andò avanti e indietro gettando palate di neve sul fuoco, finché fu sicura che si sarebbe spento. Sentiva Norman chiamare Leah a gran voce. Connie soffiò sulla lanterna e la lasciò lì, correndo dietro a suo fratello nell'oscurità.

Cadde due volte mentre scendeva, e quando arrivò a casa trovò Norman già sull'aia con Tommy, uno dei due cavalli, con i finimenti ancora aperti sulla groppa mentre Norman cercava di allacciarli e al tempo stesso di fissare le stanghe del calesse in posizione. Connie era senza fiato, ansimante, con la schiena e il braccio destro doloranti e i vestiti zuppi. Lui la vide e con voce soffocata disse: «Sta sanguinando. L'ho riportata di sopra e l'ho fatta rimettere a letto». Salì sul calesse, senza smettere di parlare. «Sto andando a chiamare il dottore. Va' su da lei.» Si sistemò sul sedile, prese le redini e impugnò la frusta. «Cerca di farla stare tranquilla. Non manca neppure un mese al termine. Andrà tutto bene. Porterò su Hurdle e andrà tutto bene. Avanti, bastardo!» E fece schioccare la frusta sul dorso di Tommy. Il calesse uscì dall'aia e si diresse verso l'orlo della conca buia in cui sorgeva la fattoria, tra i solchi melmosi e le pozzanghere che un tempo erano stati una strada.

Connie entrò in casa di corsa pensando: Con questo fango gli ci vorrà un'ora per arrivare al villaggio, poi dovrà svegliare il dottore, se è a casa, e poi ci metteranno un'altra ora a tornare indietro, se non ammazzano il cavallo. Entrò in cucina e si fermò, spaventata. Stava ancora ansimando. La casa era immersa nel silenzio. Rimase ferma in cucina cercando di riprendere fiato, lavandosi le mani sotto l'acqua ghiacciata. Aprì il tiraggio della stufa, mise il bollitore di rame sui fornelli e lo riempì d'acqua. Riempì anche il serbatoio. Mise la teiera, le tazze e i piattini su un vassoio, e riempì il filtro di menta. Aggiunse un cucchiaio di zucchero d'acero fatto soltanto il giorno prima. Controllò il bollitore e vide che aveva ancora un po' di tempo, così corse in cantina, aprì la piccola botte di brandy di mele e ne riempì una mezza tazza scarsa. Risalì le scale di corsa e lo versò nella teiera, poi aggiunse l'acqua del bollitore che stava ormai fischiando. Prese il vassoio e salì al piano di sopra, con l'aroma canforato della menta, dell'acero e delle mele nelle narici. I vestiti ancora bagnati, impastati di fango, le aderivano alla pelle.

Percorse il corridoio del secondo piano. La porta della camera da letto era aperta e proiettava all'esterno un cono di luce del colore della scorza d'arancia. Connie era terrorizzata. Ultima di quattro fratelli, non aveva mai visto un neonato. Sarebbe sicuramente arrivato prima che Norman tornasse con il dottore. Un bimbo così piccolo, arrivato troppo presto. Aveva solo una vaga idea di quel che bisognava fare. I vestiti bagnati erano ghiacciati, come se la morte le stesse camminando vicino. Davanti alla porta esitò, senza farsi scorgere. Vedeva l'estremità del letto, i piedi di Leah che sollevavano un poco le coperte. Ciò che stava più su di quei piedi, separati l'uno dall'altro, le incuteva un profondo timore. La stanza era silenziosa, non si udivano i gemiti e gli urli che si era aspettata di sentire. Il vassoio pesava terribilmente. I muscoli degli avambracci le dolevano per lo sforzo.

Udì la voce di Leah proveniente dalla stanza. «Sei tu, Connie?»

«Sto arrivando», rispose lei con voce stridula, stranamente gaia.

«Sbrigati, ho bisogno di te.»

Connie entrò con il vassoio. Leah era seduta a letto, sorretta da diversi cuscini, il viso sereno, tranquillo. Connie posò il vassoio e versò il tè nelle due tazze, senza smettere di parlare. «Ti ho fatto quel tè alla menta che ti piace, un po' corretto. Norman è già andato a prendere il dottore, quindi non devi fare altro che stare qui e riposare, arriverà in men che non si dica, vedrai, e andrà tutto benissimo. Ecco, prendi, hai un bell'aspetto, una bella cera, ti senti bene?»

Leah prese il piattino con entrambe le mani e accostò il tè alle narici, aspirandone l'aroma, poi lo posò sul comodino. Sorrise a Connie. «Sto bene. Immagino che il bambino stia per nascere. Non lo so. Sanguino un poco. Ma ho quasi smesso. Non è successo nient'altro, non ancora. Guardati un po', come sei ridotta.»

«Siamo venuti di corsa, tutti e due.»

«Già. Mi ero spaventata.» Prese la tazza, vi soffiò sopra e bevve un sorso. Poi se la posò sul ventre coperto, reggendola con entrambe le mani. «Sono ancora un po' spaventata, ma non tanto. Ho bisogno che tu faccia una cosa che non vorrai fare ma che dovrai fare comunque. Dovrai farla per me.»

Connie bevve un po' di tè. Subito si pentì di avere aggiunto il brandy, dopo il sidro che aveva già bevuto. Senza avere la minima idea di ciò che sarebbe successo. Bevve un altro sorso e posò la tazza. Leah guardò Connie, in attesa. Connie domandò: «Che cos'è questa cosa che non vorrò fare?»

Leah sorrise e rispose: «A volte sei come un torello testardo».

«Che cosa vuoi?»

«Voglio che tu vada a chiamare Marthe Ballou.»

«Oh, no. Non lo farò.»

«Sì che lo farai.»

«No. Ho promesso a Norman che sarei rimasta qui con te. Sta andando a prendere il dottore e andrà tutto benissimo.»

Leah tacque. Si lasciò ricadere sui cuscini. Come se stesse mentalmente ripassando qualcosa di lungo e complicato, cercando di ridurlo alla semplice, piatta esposizione di cui aveva bisogno. Connie se ne accorse e sentì che qualcosa vacillava in lei, una debolezza di cui non conosceva l'esistenza, a cui non avrebbe saputo dare un nome. E allora seppe che avrebbe fatto ciò che Leah le chiedeva, e seppe anche che era suo dovere non accondiscendere, opporle tutte le argomentazioni possibili.

Leah parlò. Come se spiegasse qualcosa di elementare a un bambino, e al tempo stesso con una franchezza che non ammetteva replica. «Sto sanguinando un po'. Non so che cosa vuol dire. Manca quasi un mese. Non ho rotto le acque e non ho contrazioni. Non ancora, almeno. Tutto questo potrebbe succedere da un momento all'altro, suppongo. Oppure tra una settimana. Oppure fra tre, come dovrebbe essere. Oppure perderò il bambino. Potrebbe essere una qualsiasi di queste possibilità. E non so quale. Non lo saprò finché non succederà. So solo che Norman sta facendo quello che crede meglio. Non me l'ha chiesto, me l'ha comunicato. Ora, quel vecchietto tremante che si fa chiamare dottore non ci deve neppure provare a tirarmi giù le coperte e visitarmi. Non se ne parla neppure. Magari, se lo facesse, capirebbe come stanno le cose, ma io non mi fido di lui. Neppure un po'. E invece mi fido di Marthe. Quindi voglio che tu la vada a prendere. È molto semplice.»

Connie sentiva un nodo in gola e faceva fatica a respirare. Ribatté: «Non posso, Leah. L'ho promesso a Norman. Non posso farlo».

«Ti faccio una domanda: chi deve avere questo bambino? Norman o io?»

«Lo so, è solo che proprio non posso farlo.»

«E perché no?»

«Te l'ho detto, l'ho promesso a Norman.»

Leah sbuffò.

«Anche se ci andassi, ora che arrivo lassù, che la trovo e la riporto giù Norman e il dottore saranno arrivati da un pezzo. Non ha senso.»

«Ci ho pensato. Quale cavallo ha preso Norman?»

«Ha preso Tommy. Tommy e il calesse. L'unica possibilità, con tutto quel fango.»

«Allora è semplice. Metti le briglie a Pete, usi una cavezza al posto delle redini, vai lassù e mi porti Marthe.»

«Pete? Pete non è capace.»

«Ragazza mia, Pete sembra nato apposta per questo. Togliti quei vestiti e copriti bene, ti metti un paio di pantaloni di lana di Norman, li stringi bene con una cintura, te li rimbocchi e cavalcherai come un angelo.»

«Tu hai cavalcato quel cavallo?»

«D'estate ci vado dappertutto. Con una semplice cavezza legata alla mandibola.»

«No, io non lo faccio.»

«Certo che lo farai. Ci sono io qui a letto con il bambino che sta per arrivare. Certo che lo farai.»

«No.»

«Sì. Oh, sì che lo farai.»

Allora, come il ghiaccio che si staccava dal fiume, le parole irruppero dalla bocca di Connie. Le sentiva sulla lingua, una sensazione sgradevole e inebriante al tempo stesso. «Che cosa vuoi da quella vecchia sozzona? È una vecchia strega, una puttana, unta e lercia, che puzza come la carogna marcia di una puzzola, come un pezzo di carne putrida sepolto sotto terra! Una vecchia cagna che figlia nei boschi, come una selvaggia, come un animale. Cristo, Leah, tu non hai idea delle cose che ho sentito su di lei. È arrivata dal Quebec, da sola, aveva al massimo tredici anni, e già le piaceva quanto agli uomini a cui faceva il servizio. Una sozzona. Una sozza cagna puzzolente in calore. Perché credi che sappia tante cose su come nascono i bambini? Quante volte credi che sia rimasta incinta? Credi che abbia avuto soltanto quella mezza dozzina di figli che scorrazzano per i boschi? E gli altri? Quelli di cui si è liberata? E tutte quelle altre ragazze, quelle ragazze nei guai, per lo più francesi, ma non solo, che fanno tanta strada per andare da lei? La pancia gonfia all'andata, il cuore gonfio al ritorno. Lo sapevi tutto questo? Te le ha mai raccontate nessuno queste cose sulla tua grande amica? Sicuramente no. Sicuramente non Norman. Sicuramente non lei. Non te le ha mai raccontate anima viva prima di me.»

«Li odi proprio quei canadesi, vero?»

«C'è un'unica persona al mondo che odio. Ma quella gente ha fatto una scelta, la possibilità di scegliere ce l'ha, se vive come vive è perché vuole così. Vivono come animali. Sono marci dentro. Non è colpa mia se sono così.»

«Tu non sai niente.»

«So tutto quello che c'è da sapere, maledizione!»

«Tu non sai proprio niente. Tu stai parlando di negri. Solo di negri. Di gente di cui non sai niente ma credi di sapere tutto. E sei troppo stupida per sapere che quello che pensi fa parte di quello che sono. Solo negri, negri come me. Smettila con questa commedia, ragazzina, smettila di fare finta che siamo amiche. Io per te sono solo una negra. Solo una negretta grassa che sta per avere un bambino nel modo migliore di cui sarà capace. E nessuno, nessuno, non tu, non Norman Pelham, mi dirà come devo fare. Questo è il mio corpo, il mio bambino, non il suo, non il tuo. Soprattutto non il tuo. È il corpo di questa negra, capito?»

«Gesù, Leah, smettila!» Connie aveva il viso in fiamme, come scottato dal sole, vampate di calore le percorrevano tutto il corpo. Vergogna, orgoglio, rabbia, un po' di paura, un po' di malessere. Soprattutto vergogna.

«No che non la smetto. Non c'è niente da decidere. Ho già deciso, e niente mi farà cambiare idea. Qualcuno deve andare su con quel cavallo a prendere Marthe e portarla qui perché si occupi di me. L'unica domanda è: ci vai tu o ci vado io?»

A parte una volta o due da bambina, quando suo padre l'aveva messa sulla sella e le aveva fatto fare un giretto, non era mai stata a cavallo in vita sua. Così fece uscire il gigante dalla stalla con le briglie con il paraocchi e le redini di fortuna, a disagio per quello che doveva fare e per i pesanti pantaloni di lana stretti dalla cintura che le impedivano i movimenti. Lo condusse fino al blocco di granito, vi salì sopra e stringendo le funi assieme a ciuffi di criniera si issò sul dorso dell'animale. Il cavallo non si mosse. Diede uno strattone alle redini e gli piantò i talloni nella pancia. Il cavallo non si mosse. «Merda!» imprecò Connie. Fece scivolare la mano destra lungo la cavezza verso il morso e tirò forte, facendogli voltare la testa, e lentamente il cavallo fece un passo. Connie gli diede un altro colpo con i talloni. Come se temesse di bagnarsi gli zoccoli o di scivolare sul fango indurito, il cavallo attraversò circospetto l'aia e si avviò per il sentiero che saliva verso il bosco, rispondendo più alle redini che ai talloni di Connie, il dorso arcuato, come se avesse intenzione di fermarsi da un momento all'altro. Connie tirò ancora le redini e Pete si fermò. «Maledizione, Pete, abbiamo un lavoro da sbrigare. Vedi di muovere il culo!» gli urlò Connie prima di sferrargli un altro forte colpo di talloni. E di colpo il cavallo partì al galoppo su per il sentiero. Connie cadde in avanti e riuscì in qualche modo a rimanere attaccata alle redini, sdraiata sul suo lungo collo, entrambe le mani affondate nella criniera che le sferzava il viso, ciuffi di pelo stretti nei pugni. Le gambe serrate non intorno ma contro gli enormi fianchi dell'animale.

Il cavallo avanzava attraverso la selva notturna, oltre il boschetto di aceri, ora al passo, ora al trotto, ora al piccolo galoppo. Connie non doveva fare altro che lasciare le redini allentate: più che conoscere la strada, Pete seguiva l'unico sentiero che c'era. La notte era buia, lassù, anche la neve marcia era solo un'ombra pallida nell'oscurità. Girarono intorno al fianco della montagna. L'unico suono era quello dell'impatto degli zoccoli di Pete sul terreno, di volta in volta più o meno ghiacciato. A un certo punto una delle zampe anteriori colpì una roccia e l'animale perse l'equilibrio, ma lo recuperò prima ancora che Connie cominciasse a scivolare. Le narici di Pete emettevano forti sbuffi di vapore.

Connie avvertì l'odore del fumo di legna prima ancora di vedere la luce della casa. Spronò il cavallo al piccolo galoppo. I cani per la caccia all'orso e al coguaro che Ballou teneva alla catena latravano. Connie cominciò a chiamare Marthe Ballou a gran voce, e mentre si avvicinava la porta di casa si aprì, gettando un fascio di luce sulla fanghiglia ghiacciata del cortile. Ballou apparve sulla soglia con un paio di lunghi mutandoni, un fucile e un paio di scarponi non allacciati. Connie fece fermare Pete a una dozzina di passi dalla porta, ai margini del cono di luce. I grossi segugi tiravano la catena. Il cavallo danzava avanti e indietro, sbuffando innervosito.

«Guarda che roba», fece Ballou. «La piccola Pelham in pantaloni, a cavallo di una bestia da soma. L'ho sempre pensato che le femmine sono la cosa più bella, dopo il didietro di un cavallo.»

«Ho bisogno di tua moglie, vecchio.»

«Tutte le ragazze che arrivano qui al galoppo nel cuore della notte vogliono mia moglie. Almeno adesso. C'è stato un tempo, non tanti anni fa, che bisognava vedere se era me o Marthe che cercavano. Adesso non più. Ma forse è così, eh? Forse pensi di avere bisogno di Marthe, ma in realtà è il vecchio Henri che vuoi. Te la do io un'aggiustatina...»

Connie alzò la voce, chiamando Marthe.

«Oh, non c'è bisogno che urli in quel modo, ti ha sentito. Ti ha sentito arrivare prima ancora che quei dannati cani attaccassero a latrare. Si sta vestendo, ora arriva. Come va con i polli, con questo tempaccio?»

Pete si agitava davanti ai cani. Connie strinse le redini e lo fece girare verso Ballou, in modo che questi non potesse quasi più vederla. «I polli stanno bene», disse.

Ballou infilò una mano tra i bottoni della maglia e si strofinò la pancia. «Marthe non si è mai fatta pagare. Ma tu mandami un paio di bei polli quando torna a casa. In questo periodo dell'anno, cervi e pernici scarseggiano. Quindi mandami un paio di bei pollastri grassi, va bene?»

Marthe comparve alle spalle del marito, e questi, senza bisogno che lei lo toccasse, si ritirò in casa. Aveva un cesto pieno di bottiglie e fagotti in una mano, nell'altra il più piccolo paio di racchette da neve fatte con zampe d'orso che Connie avesse mai visto. Indossava un giaccone di lana scozzese e una serie di pesanti sottane di lana. Andò dritta verso Connie e chiese: «Il bambino sta nascendo?»

«Penso di sì. Non lo so. Sanguina.»

Marthe annuì. «Sanguina. Che altro?»

«Nient'altro, per il momento, credo. Ha detto di no.»

«Sanguina molto o poco?»

«Oh, Gesù, non lo so. Poco, ha detto, credo. Ma è passato un pò di tempo. Adesso potrebbe essere successo di tutto. Norman è andato a chiamare il dottor Hurdle e Leah mi ha chiesto di venire qui.»

Marthe non disse nulla. Annuì ancora e le tese il cesto con i flaconi. Poi si sedette per terra per allacciarsi le zampe d'orso agli scarponi. «Porta giù quella roba. Io ti seguo.»

«Salga dietro di me. Possiamo arrivare in fretta. Pete è stato bravo a salire fin qui e non è lo spazio che manca.»

Marthe si rialzò, strisciò i piedi per terra e si abbottonò il giaccone. Sorrise. «Neppure per tutto l'oro del mondo. Sai, io con queste corro. Se la crosta è buona, volo. Io salgo di lì e scendo dall'altra parte, non faccio tutto il giro. Può anche darsi che arrivi prima di te.»

«Leah sperava che lei arrivasse prima del dottore.»

«Se sanguina solo un po', quell'uomo non può fare troppi danni. E poi, te l'ho detto, arrivo prima di te.» Si voltò e si addentrò nell'oscurità del bosco, una figura luminosa che si stagliava sulla neve vecchia e grigiastra. Connie udì il suono delle racchette sulla neve. Poi, più nulla. L'ho combinata grossa, pensò. Poi, a voce alta: «Pete! Torniamo a casa». Fece bruscamente girare il cavallo, gli diede un colpo di tacchi e allentò le redini. Pete balzò in avanti, come liberato. I cani ricominciarono a latrare nella notte, e Ballou le gridò dietro di ricordarsi i polli.

Ancora rintronata per la discesa a cavallo, Connie entrò in cucina e trovò Marthe che si lavava le mani nell'acquaio. La neve incrostata sotto le racchette si stava sciogliendo formando una pozza sulle assi del pavimento e il giaccone era buttato sul tavolo. Connie vi posò accanto il cesto con i tonici e le erbe. Marthe prese una salvietta e si asciugò le mani con la stessa precisione con cui avrebbe sbucciato una mela e parlò prima che Connie avesse il tempo di farlo.

«Per il momento sta bene. Sanguina un po'. Nient'altro, non ancora.» E versò dell'acqua dal bollitore di rame in una bacinella. Si mosse per la cucina come fosse la sua, tirò fuori una pila di asciugamani logori da un armadio, se li buttò su un braccio e prese la bacinella. «Meglio che tieni pronta parecchia acqua. Probabilmente non ce ne sarà bisogno, ma tu comunque preparala. Io vado a ripulirla un po' e resto lì con lei. Tu fai il caffè, così quando gli uomini arrivano lo trovano pronto. Ci stanno mettendo un bel po' di tempo, eh?» E sorrise a Connie mostrando i denti simili a schegge d'ambra. «Poi vieni su anche tu, raccontale della tua galoppata.»

Così Connie era ancora in cucina, ancora con i pantaloni di lana troppo grandi per lei che le si gonfiavano attorno alle gambe, quando suo fratello entrò in casa, seguito dal dottore, un uomo basso e tarchiato. Norman parlò.

«Che cosa ci fa Pete in giro per l'aia con quella cavezza ciondoloni?» Aveva il volto chiazzato di rosso e di bianco per il freddo e per il vento, e anche per la rabbia di scoprire che qualcuno aveva fatto qualcosa di diverso da quanto lui aveva predisposto, alle sue spalle. Questo avrebbe pensato, Connie lo sapeva. E prima che potesse parlare Norman proseguì: «Perché non sei su con lei? Sta bene?» Il suo sguardo abbracciò i fornelli, l'acqua calda, le cose di Marthe.

Il dottore stava sgusciando fuori dal cappotto come da uno stretto abbraccio. I pince-nez erano appannati e sul panciotto che conteneva a stento il grosso ventre gonfio spiccava la catena dell'orologio, fatta di anelli d'oro tanto piccoli da sembrare punti di sutura. «La ragazza è di sopra.» Non era una domanda. «Avrò bisogno di acqua calda, sapone forte e vecchie coperte o trapunte pulite per quando rompe le acque. O per qualsiasi altra cosa ci sia da pulire. È abbastanza avanti, ormai, dovremmo tirarne fuori un bambino. Ma questo lo sapremo quando lo sentiremo strillare. E poi quel caffè, e del brandy di mele, se ne avete, altrimenti va bene anche del sidro.» Aveva tirato fuori un fazzoletto per pulirsi le lenti e tamponarsi il viso, ora imperlato di minute goccioline di sudore. Si allentò il nodo del cravattino e il colletto della camicia e prese la vecchia borsa di cuoio con la chiusura a scatto. Fu allora che vide il cesto sul tavolo. «E quello che cos'è?»

«È di Marthe Ballou. È su con lei.» Connie guardò suo fratello. «Mi ha mandato lei a chiamarla. Sta bene; per il momento sta benone. Ha minacciato di andarci lei se non ci andavo io, non avevo scelta.» Spostò lo sguardo sul dottore, poi guardò di nuovo Norman. «Lei sa quello che vuole.»

«L'hai lasciata sola.» Gli occhi di Norman non mostravano odio, ma erano grandi e splendenti come quelli di un animale. Connie ebbe paura.

«Hai fatto un grave errore.» Il dottore prese la borsa e guardò Connie. «Un duro lavoro moltiplicato senza bisogno. Voglio il brandy assieme al caffè. Non dentro, a parte. Una donna che partorisce o in travaglio non ragiona. Te ne accorgerai tu stessa, un bel giorno.» E si allontanò lungo il corridoio e su per le scale.

Connie prese il caffè e ne versò due tazze. Una la porse a suo fratello. Norman non aveva smesso di fissarla furioso mentre il dottore parlava. Connie disse: «Marthe dice che sta bene. Che non sta succedendo niente. Non sapevo che cosa fare. Era agitata ma non sanguinava più. Mi sembrava meglio fare come voleva, per calmarla. È stato un rischio. Non c'era nessun altro, solo io, e lei mi ha detto: 'Corri'. E io l'ho fatto. Tu non avresti fatto diversamente, al mio posto. E poi lo sai che non le piace quell'uomo». Lo fissava cercando di sostenere il suo sguardo, tremando in tutto il corpo.

Norman continuò a fissarla come se volesse incenerirla. «Mi sono fidato di te. Ho creduto che avresti fatto quello che ti avevo chiesto.»

«Quello che mi avevi chiesto!» lo schernì Connie. «Hai mai pensato di chiedere che cosa volevano gli altri? Hai mai pensato di chiedere a lei che cosa voleva?»

«Maledizione!» Norman gettò il caffè nell'acquaio. Il suono della tazza e del piattino che si rompevano la colpì come uno schiaffo. Norman disse: «Ho fatto come ritenevo meglio».

«Tu! Sempre tu! Ti conosco. Sei sceso di corsa, l'hai presa, l'hai messa a letto e ti sei precipitato a chiamare il dottore. Non ti sei fermato un momento a pensare, sembrava sapessi tutto tu. La prima cosa che ti viene in mente è la cosa giusta da fare. E ti aspetti che tutti siano d'accordo, che nessuno abbia nulla da obiettare. Come se fossi Dio. Ma ti dico una cosa, Norman. Se tu fossi Dio non avresti avuto bisogno di correre a cercare un dottore. Te ne saresti stato qui e avresti saputo esattamente che cosa fare. Forse, se fossi Dio, avresti anche avuto quegli altri bambini. Forse saresti stato perfetto in tutto quello che pensavi o facevi, limpido come la pioggia, non tirato là come tutti noi. È così, non trovi? Pensaci, Norman, pensaci bene.» Connie tremava violentemente, le labbra serrate, umide come se le parole le fossero sgorgate di bocca come furia liquida.

Norman la fissava immobile, la testa percorsa da un tremito, il volto paonazzo. La cucina odorava di lana bagnata, sudore, paura, caffè. Dopo un lungo istante le voltò le spalle e si mise a raccogliere i cocci di porcellana nell'acquaio. Poi rimase in quella posizione, senza muoversi. Sempre dandole le spalle, domandò: «Allora, sta bene?»

«Vai a vedere tu stesso. Porta su quello che vuole quel grassone e vai da tua moglie. Sta bene.»

Allora Norman si voltò. Aveva un'espressione pensierosa, ora. Annuì. «Sapeva che cosa voleva. Se me l'avesse chiesto, mi sarei trovato in difficoltà.» Esitò, lanciò un'occhiata verso l'anticamera e proseguì: «Ti è sembrato che non ragionasse?»

Connie sorrise. «Le unghie le ha tirate fuori.»

«Già.» Non rispose al suo sorrise, ma chiese: «Allora, come galoppa Pete?»

«È un po' rozzo, ma ci sa fare. Non avevi fretta di andare di sopra?»

«Ho pensato di aspettare che se la sbrighino loro tre, prima.»

Scosse la testa. «Quell'Hurdle è un piccolo figlio di buona donna, eh?»

«Abbaia ma non morde.»

«Be'», disse Norman, «vado di sopra.»

Il dottore aveva acceso una lampada nell'anticamera del piano superiore e si dondolava sulle gambe posteriori di una sedia dallo schienale dritto. Li scrutò mentre salivano le scale, i lineamenti distorti in una smorfia di disgusto. «Qui non c'è bisogno di me. La ragazza nera non mi ha permesso di visitarla e non vuole collaborare in nessun modo. Quella strega di Marthe Ballou se ne sta sulla sedia a dondolo a ridere e squittire come uno scoiattolo. Sono due scimmie, quelle, ecco che cosa sono.»

«La faccia finita.»

«Dovrai riportarmi indietro.»

«In questo momento non la porto da nessuna parte.» Norman aprì la porta della camera da letto ed entrò. Il dottore gli annunciò: «Il mio onorario è lo stesso, che me ne stia qui seduto o che faccia nascere quel bambino».

Connie gli lanciò un'occhiata mentre varcava la soglia. «Sia ringraziato il cielo. Adesso possiamo stare tranquilli.»

Marthe aveva smorzato le lampade e la stanza era immersa in una luce dorata. C'era odore di pelle affumicata, di tè alla menta vecchio e, appena percettibile, di sangue. Leah era ancora seduta, la testa sprofondata nei cuscini e le braccia rilassate sulle coperte. Sul comodino, la bacinella sporca. Accanto alla porta, un fagotto di cenci, anch'essi macchiati.

Norman si avvicinò al letto. Lei alzò lo sguardo su di lui, il volto rilassato, inespressivo. Come se lo stesse aspettando. «Ciao, Norman», lo salutò.

«Sono andato in capo al mondo e ritorno.»

«Mi dispiace.»

«Avresti potuto dirmi che cosa volevi.»

«Non sarebbe servito a niente.»

Norman annuì. «È stata una perdita di tempo, comunque.»

«Non è colpa mia. Sei tu che ti sei lasciato prendere dal panico.»

Norman distolse lo sguardo da lei e fissò la carta da parati sulla parete opposta. Poi la guardò di nuovo. «Avevo paura di perderti.»

Senza sorridere, un'espressione divertita sul volto, Leah replicò: «Ci vuole ben altro per liberarsi di me».

Lui scosse la testa. «Non avresti dovuto rimanere sola, comunque.»

Leah lo studiò un istante, come per decidere qualcosa. Poi, a voce bassa perché solo lui la sentisse, replicò: «Non ero sola».

Norman tirò fuori le mani di tasca e le intrecciò davanti a sé, le dita forti e nodose per il lavoro. Come se volesse toccarla. Suppose che stesse parlando del bambino che portava in grembo, ma se le cose stavano altrimenti non voleva saperlo. Leah guardò le sue mani e lui guardò la luce negli occhi di lei posati su di esse. Pensò che capisse ciò che le sue goffe mani volevano dirle. Lei allora allungò una mano e la posò sulle sue dita intrecciate. Norman si rivolse a Marthe.

«Dev'esserci una bella crosta di ghiaccio nel bosco, stasera.»

Marthe fece un lieve cenno d'assenso con il capo. «Quelle zampe d'orso sono ottime sul ghiaccio. Così sono arrivata più in fretta.»

«Che te ne pare della donna in questo letto?»

«Difficile a dirsi. Quello che penso è che si è messa a sanguinare un po' giusto per spaventarti. Se passa bene la notte, scommetto che arriva fino in fondo. Forse ha fatto un po' più di quello che doveva. Scommetto che andrà tutto benissimo. Ma aspettiamo che passi la notte per dirlo. Quando sarà l'alba potremo dire che le mancano ancora le sue due o tre settimane. Ma comunque dovrà stare a letto, non andarsene in giro per badare a te, capito?»

Norman annuì e si avvicinò a lei. «Posso portarti qualcosa, Marthe? Hai bisogno di niente?»

«Io? Sto bene così. Sai che cosa devi fare, invece? Porta qualcosa da bere a quell'uomo là fuori. Lo sento da qui che muore dalla voglia.»

«Va bene. Pensavo di non dargli niente.»

Marthe scosse la testa. «No, non farlo. Se soffre, soffriremo tutti.»

«D'accordo», fece Norman. «Devo andare a sistemare i cavalli, comunque.»

«Hai visto il ghiaccio che si spacca sul fiume?»

«Altroché. Lastroni giganteschi che si accatastano l'uno sull'altro e vengono giù lungo il canale che si è aperto al centro.»

Marthe annuì. «Sono anni che non mi godo lo spettacolo. Una volta mi piaceva tanto. Non vado più molto in giro, ormai.»

«Ti ringrazio per essere venuta fin qui. Quel cavallo avrebbe potuto portarvi tutte e due, scommetto.»

«Se devo cadere, preferisco cadere da più in basso.» Marthe gli sorrise scoprendo tutti i denti. «Ora va' a sistemare i cavalli e il dottore, scommetto che sta già male.»

«Sì, immagino di sì.» Si voltò verso il letto. Leah lo stava guardando. Norman si sentì goffo, troppo grosso in quella stanza di donne. Sua sorella era seduta accanto al treppiede con il lavamano. Mentre lui parlava con Marthe era andata a cambiarsi e indossava di nuovo le sue sottane. Così guardò serio Leah e disse: «Poi torno».

Lei replicò: «Lo so».

«Mi occupo io del tuo cavallo», annunciò poi a Connie. Mentre usciva, udì Leah che interrogava Connie sulla sua cavalcata. Poi richiuse la porta. Il dottore non c'era più. Norman scese le scale e lo trovò in cucina, accanto ai fornelli, con una tazza di caffè in mano. Norman indicò la porta che conduceva in cantina e disse: «Giù c'è una botte di brandy di mele. Anche il sidro che c'è nel barile non è male. Devo andare a sistemare i cavalli, poi magari vengo a bere un sorso anch'io». Il dottore alzò gli occhi acquosi su Norman e lo fissò. Era lo sguardo di un uomo che si sentiva scoperto, e al tempo stesso liberato. Sospirò, e girò lentamente la tazza sul piattino in un movimento deliberato, calibrato. Arricciò le labbra, poi le dischiuse. «La ragazza sta bene?»

«Sì.»

«Mi sembra di non essere di nessun aiuto, qui.»

«Se ce ne sarà bisogno, sarà qui.»

«Giusto.» Il dottore girò la tazza ancora una volta, poi smise. «Hai bisogno di aiuto con i cavalli?»

«No», disse Norman. «Scenda in cantina. Può darsi che un sorso faccia bene a tutti e due. Ci metterò solo un paio di minuti.» Pensò di mandarlo avanti in modo che potesse servirsi senza essere osservato e poi raggiungerlo prima che fosse troppo tardi. Raccolse quindi le racchette da neve di Marthe e le portò nell'ingresso, poi uscì senza giaccone, lasciando solo il dottore.

Sull'aia Tommy e Pete stavano l'uno di fronte all'altro, il primo ancora attaccato al calesse e il secondo con la cavezza penzoloni che sembrava ancorarlo al terreno. Entrambi voltarono la testa in direzione di Norman quando lo videro uscire dalla casa. Faceva freddo, ora. Norman era pronto per il lungo disgelo di aprile, anzi, era pronto per aprile, per ciò che avrebbe portato. Si avvicinò a Pete e gli tolse briglie e redini, che appoggiò su uno degli anelli del collare di Tommy. Una volta libero, Pete si avviò verso la stalla. Norman staccò quindi Tommy dal calesse, girò intorno all'animale e con una mano gli accarezzò il naso coperto di brina. Inclinò il capo all'indietro per guardare le costellazioni. Dovunque si trovasse il paradiso, dubitava che fosse lassù, tra le stelle. Non sapeva dove fosse. Posò una mano sul muso del cavallo e disse: «Andiamo». La bestia lo seguì verso la stalla.

La contrazione che la svegliò fu come una pugnalata che le strappò un rantolo, destandola da un sonno popolato di fitte e dolori muscolari. Era scivolata di lato sui cuscini, così si raddrizzò in silenzio e cercò una posizione più comoda. Nella stanza non c'era nessuno, a parte Marthe, addormentata sulla sedia a dondolo nell'angolo. Leah giaceva nel letto in silenzio, respirando a fondo per contrastare il dolore che saliva. Non voleva svegliare

Marthe né nessun altro, non ancora, voleva affrontare la cosa da sola, finché avesse potuto. Quando arrivava, il dolore era di una violenza estrema, sembrava impadronirsi completamente di lei per lasciarla ogni volta senza fiato e con gli occhi pieni di lacrime. Dopo un lungo momento si calmava e raccoglieva le forze per la contrazione successiva. Pensò che era come avere un singhiozzo terribile, e fu sul punto di scoppiare a ridere. Non assomigliava neppure lontanamente al singhiozzo, ma l'idea la fece sorridere.

E poi era sola, non la solitudine di una bambina o la spasmodica voglia d'amore che aveva provato quando aveva incontrato Norman, ma l'acuto desiderio di sua madre, il bisogno di averla lì con lei, in quella stanza, un bisogno che era come un dolore freddo, una voragine nella sua anima: sua madre. Un dolore ingigantito dal fatto di non sapere nulla di lei, dov'era e come stava, anche se cercava di immaginarla, di rivedere o ricordare qualcosa del suo viso. Doveva essere una donna ancora giovane: Leah se ne rese conto per la prima volta. Non sapevano più nulla l'una dell'altra. Se ci fosse stato un modo di farle avere sue notizie l'avrebbe fatto, ma non c'era modo. Neppure una lettera. Era come se fuggendo dalla sua vecchia vita fosse fuggita in se stessa. Sola. E quindi non le rimaneva che Norman. Provava un grande timore nei suoi confronti, una paura che non aveva mai espresso e non avrebbe mai ammesso. Come faceva a spiegare che era terrorizzata da ciò che amava? Lui avrebbe capito e cercato di calmarla, e in questo modo avrebbe completamente frainteso. Non c'era rassicurazione possibile per ciò che temeva. Chi è in grado di distruggere non sa di possedere un simile potere. Leah sapeva che anche la vita di Norman era plasmata dalla sua, ma lui era solido, come una roccia di granito. Lei, invece, era più fragile di una ragnatela, delle gocce di rugiada nelle mattine d'estate.

Pensò ancora a sua madre, che l'aveva partorita a quindici o sedici anni, più giovane ancora di quando lei stessa se n'era andata di casa. L'aveva partorita nella piccola e squallida baracca, da sola, la vecchia Rey come unico aiuto. Probabilmente il solo sostegno di cui avesse bisogno, pensò Leah, gettando un'occhiata a Marthe Ballou che dormiva nell'angolo con la bocca aperta. Quelle vecchie donne, sempre presenti quando qualcuno aveva bisogno di loro. Streghe, quasi. E immaginò come sua madre doveva avere sentito la mancanza della propria, una ragazzina che partoriva un bambino da sola, lontano da casa. E allora sentì meno la solitudine, come se in qualche modo sua madre fosse lì con lei. Leah si coprì il viso e tra una contrazione e l'altra pianse in silenzio. Oh, Dio, come voleva sua madre!

Quando scostò le mani Marthe la stava guardando. Era sempre nella stessa posizione, ma aveva aperto gli occhi. Una debole luce grigia illuminava la finestra e la stanza era fredda. Leah si pulì il naso con il dorso della mano e sentì il dolore che arrivava e la stringeva in una morsa. Per tutto il tempo che durò la contrazione, tenne gli occhi fissi su Marthe. Quando il dolore fu passato, Marthe si sporse in avanti e disse: «Tutto bene, laggiù?»

«Penso di sì. Sembra che il bambino voglia nascere.»

Marthe si alzò in piedi. «Immaginavo che forse arrivava.»

Era una giornata grigia. Il vento era cambiato e faceva caldo. Di tanto in tanto cadeva uno spruzzo di pioggia o di nevischio. Norman e Connie sbrigarono le faccende mattutine insieme, muti, le orecchie tese, in ascolto, rivolte verso la casa immersa nel silenzio. Poco dopo le nove Glen Clifford venne a prendere il dottore con un alto calesse per portarlo da un uomo che durante la notte era scivolato sull'argine del fiume schiacciandosi entrambe le gambe. Un'ora più tardi Glen era ritornato senza il dottore, il quale, avendo trovato l'uomo ormai morto, se n'era quindi tornato a casa a smaltire con un buon sonno la lunga notte passata in compagnia del brandy di mele e mandava a dire che lo chiamassero se c'era bisogno. Glen e Connie, seduti al tavolo della cucina, bevevano caffè, mentre Norman se ne stava seduto a cincischiare oppure camminava su e giù. Dal piano di sopra filtravano gemiti e piccoli gridi soffocati. A mezzogiorno Connie scaldò del cibo che nessuno mangiò, a parte Norman, che divorò un'intera forma di pane, tagliata a fette e spalmata di burro. Poi le urla si fecero sempre più forti, terribili, finché sembrò un unico lungo grido, il grido di un'anima che lottava per sfuggire al corpo che la imprigionava, e Norman si slanciò su per le scale ed entrò nella stanza di Leah, che lo cacciò fuori imprecando: «Che Dio ti maledica, Norman, che cosa mi hai fatto, che Dio ti maledica!» Marthe lo raggiunse sulla soglia e gli accarezzò un braccio, dicendogli di non farle caso, era il dolore a farla parlare così, aveva bisogno di urlargli quelle cose, sarebbe passato. Norman tornò di sotto, attraversò la cucina e scese in cantina a spillare una caraffa di sidro, ma quando tornò in cucina Glen non c'era più e Connie era china sui fornelli, intenta a manovrare avanti e indietro bollitori, marmitte e pentolini, tutti pieni d'acqua, come un generale che dislochi le truppe per affrontare il nemico. Cercava di tenerli tutti a bollore costante. Norman si sedette da solo con un boccale di sidro, ma non riusciva a sopportare le grida, così si alzò e se ne andò con il sidro nel fienile, dove si mise ad affilare gli utensili. E così non vide Glen che ritornava portando con sé la signora Pelham e la stravagante vedova Breedlove. Quando Norman uscì dal fienile a metà pomeriggio vide sull'aia il migliore carro coperto dei Clifford, le ruote e la parte inferiore completamente incrostate di fango, e seppe non solo chi era arrivato ma anche che Glen avrebbe presto sposato sua sorella. Il carro non era adatto a un tempo come quello. Entrò in casa e trovò le donne sedute silenziose in salotto con le tazze di tè in equilibrio sulle ginocchia unite. Glen, in piedi vicino alla finestra, si voltò e fece a Norman un lieve inchino con il capo. Norman scambiò due parole con le signore, poi si portò Glen in cucina per versargli un boccale di sidro.

Si sentiva le ossa, le giunture e i muscoli tanto deboli da potersi spezzare. Gli occhi, cerchiati di rosso, gli dolevano. Se non stava attento gli tremavano le mani quando faceva per prendere qualcosa. La notte trascorsa assieme al dottore era stata lunga, e a un certo punto aveva smesso di pensare che suo figlio potesse nascere da un momento all'altro. Aveva creduto che Leah avrebbe aspettato quelle poche settimane che le mancavano. Ora si sentiva male, come se in un certo senso l'avesse abbandonata. Aveva deciso che non ne sarebbe uscita viva. Aveva deciso che non avrebbe potuto perdonare nessuno. Tanto meno se stesso. Era sottosopra, prossimo al panico.

Poi il silenzio scese sulla casa. Norman andava su e giù per la cucina. Connie venne a prendere il bollitore di rame, servendosi di spessi stracci per non scottarsi. Lui si offrì di trasportarlo, ma Connie lo guardò, disse di no e uscì. Udì i suoi passi sulle scale. Poi di nuovo silenzio. E infine uno strillo isolato: alto, straziante, tagliente come un rasoio, nuovo. Entrava furioso nella vita. Come una creatura espulsa dal grembo ma anche strappata dal seno di una madre più grande e più dolce. Puro furore. Un urlo primitivo. Quasi sapesse che tutti gli esseri che attendevano quel pianto conoscevano quella perdita ed erano quindi felici del suo arrivo tra loro. Quello strillo: nuovo, e così antico.

Non appena entrambe furono lavate e fasciate, Norman salì al piano superiore per vedere sua moglie e sua figlia. La bimba era avvolta in una pelliccia d'agnellino, mentre Leah indossava una camicia da notte pulita. Anche il letto era stato rifatto e la stanza ripulita dai cenci e dagli asciugamani sporchi e insanguinati. Leah stava ancora tremando e singhiozzando e teneva la piccola stretta al petto turgido che fuoriusciva dalla camicia da notte aperta. Norman andò all'armadio e prese un'altra trapunta che stese sul letto, tirandola su fin sotto alla neonata. Poi Leah si staccò la piccola dal petto e la bimba rimase in silenzio mentre Norman la reggeva davanti a sé come un esile, fragile pezzo di legna da ardere, fissando il visino grinzoso dagli occhi serrati. Non provava nulla, solo un residuo di paura, niente più. Paura solo di farla cadere o di non tenerla nel modo giusto. Si era aspettato qualcos'altro, ma non avrebbe saputo dire che cosa. Così si limitò a tenerla davanti a sé in silenzio, scrutandone i lineamenti. Guardò Leah e le chiese come avrebbero potuto chiamarla. E Leah gli disse il nome, non una domanda, non una possibilità ma un dato di fatto, e Norman lo abbreviò in un diminutivo e non ci fu altro da decidere. Poi la restituì a sua madre e la bimba aprì la bocca rotonda. Leah la fece scivolare dolcemente di lato finché il capezzolo tornò a sfiorarle le labbra, e questa volta la bambina si attaccò. E Leah, che non singhiozzava più ma era ancora in preda a un violento tremito, alzò gli occhi su di lui, lo sguardo velato da una beatitudine che lui vi aveva già visto e che ora lo fece rabbrividire, come se stesse assistendo a qualcosa che non avrebbe dovuto vedere. Sorridendo, Leah gli disse di andarsene, di far salire sua madre. E Norman, il corpo e il cervello in subbuglio, ebbe ancora la presenza di spirito di chinarsi su di lei e premere le labbra gelate sulla sua fronte calda prima di raddrizzarsi e assicurarle che l'avrebbe fatto senz'altro.

E così scese le scale e trovò sua madre sulla soglia del salotto, un'espressione cauta e al tempo stesso dolce sul viso, una piccola donna rugosa, spaventata e raggiante, prossima alle lacrime. Le mise una mano sulla spalla e le disse che era una bambina, di salire a vederla, e la udì salire le scale, i passi dapprima esitanti e poi sempre più sicuri: in quei sei anni, non era la prima volta che veniva a casa, ma era la prima volta che saliva quelle scale che i suoi piedi conoscevano a memoria. In cucina c'erano Marthe, Connie e Glen seduti al tavolo, troppo allegri perché potessero capirlo, così passò oltre, limitandosi alle poche parole necessarie, rifiutando l'aiuto del ragazzo mentre si infilava il giaccone da lavoro e usciva nella sera calata da poco, diretto alle stalle.

Diede da bere e da mangiare alle bestie, caricò le stufe nell'incubatoio e nel pollaio e rimandò all'indomani la raccolta delle uova. In un'ora aveva svolto il lavoro che di solito richiedeva quasi il doppio del tempo. Poi uscì nel buio, nella notte tiepida. La sua vita non aveva senso. Pensava che gliel'avrebbe dato la bambina, ma non era stato così. Immaginava che prima o poi sarebbe successo. Immaginava che l'avrebbe amata. Immaginava che sarebbe venuto un tempo in cui avrebbe dato il braccio destro per lei. Ma in quel momento non provava niente del genere. Si chiese se fosse egoista. Se la sua malinconia fosse solo egoismo.

Sua madre uscì di casa e lo raggiunse. Rimase a lungo in piedi davanti a lui, studiando il suo viso come se potesse leggervi tutto. Non lo toccò. Lui la guardò a sua volta. Non gli importava che quanto di ciò che lei vedeva era vero. Dopo un po' lei allungò una mano e gli toccò il braccio. «Hai una bellissima bambina.» Esitò, poi proseguì: «Non sarà facile per lei. Ma tu vivrai dei momenti stupendi».

Chiamata Abigail, per tutti in famiglia era Abby. Diciotto mesi più tardi nacque un'altra bambina, Prudence, detta Pru. Poi trascorsero dodici anni, e non pensarono più di avere altri figli. E così nacque il maschio, chiamato James in ricordo del padre di Norman. Ma Leah non lo chiamò mai Jim o Jimmy. I primi tempi, le sue sorelle lo allevarono assieme alla madre; più tardi da sole. Furono loro a soprannominarlo Jamie. Era bello come Abby. Di carattere ombroso, non gli piaceva lavorare. Era sempre alla ricerca di nuove sensazioni.

# 3

VERSO la fine dell'estate del 1890, la fiera di Randolph presentava una nuova attrazione, di sapore biblico: il «Beemot africano», un gigante muscoloso alto un metro e novantacinque che a intervalli di trenta minuti si esibiva su una bassa pedana all'interno di una tenda fiocamente illuminata da lampade a gas. Coperto solo da un perizoma, il corpo oliato e scintillante, per dieci minuti sollevava una serie crescente di pesi, mentre tra il pubblico circolava una sbarra di ferro lunga sessanta centimetri e larga due e mezzo che alla fine qualcuno gli passava. Lui prendeva la sbarra alle due estremità e lentamente, tendendo e gonfiando tutti i muscoli delle gambe e del torso, la piegava in due. L'ingresso costava un nichelino. Il vero spettacolo aveva luogo la sera, in un capannone o in una radura nel bosco, secondo la città, dove per dieci dollari chi voleva poteva salire sul ring con lui e cercare di resistere tre minuti: la posta in palio erano cinquecento dollari. L'iscrizione era abbastanza alta da scoraggiare chiunque non fosse sicuro di sé. I combattimenti avvenivano a pugni nudi. Alcuni avversari li affrontava con calma, con grande pazienza e abilità, tenendoli a distanza e colpendo solo per rallentarli. Con altri si faceva sotto, evitava i primi due o tre pugni e poi li colpiva duramente con un'unica micidiale mazzata dietro l'orecchio o alla base del cranio che metteva fine all'incontro. La scelta del modo di affrontare gli avversari non dipendeva dall'abilità di questi ultimi, ma non sembrava neppure arbitraria: era piuttosto una reazione all'uomo che aveva di fronte, un'intuizione che non aveva nulla a che vedere con la bravura. Durante i combattimenti l'africano non parlava. Una volta steso l'avversario, gli voltava le spalle e raggiungeva il basso sgabello accanto al suo manager, si sedeva e si lavava la testa con l'acqua di un secchio, ne beveva un poco con un mestolo e si rialzava per il combattimento successivo. Aveva la schiena solcata da cicatrici in rilievo, come se sotto la sua pelle fosse sepolta una rete da pesca di cattiva fattura. Tutte le mattine si rasava la testa e il corpo. Riceveva un quarto degli incassi, sia per gli spettacoli diurni sia per quelli serali. Nessuno aveva mai vinto i cinquecento dollari. Dormiva in una piccola tenda di forma conica che piantava all'interno della fiera, un luogo relativamente sicuro, oppure, a volte, nel folto dei boschi. Il suo manager lo chiamava Ben, una storpiatura di Beemot. Nessuno conosceva il suo vero nome.

Li aveva già visti in qualche cittadina del profondo Nord dove erano stati portati dal caso o dalle circostanze, così, quando il secondo pomeriggio che si esibiva a Randolph, scrutando la piccola folla che assisteva allo spettacolo mentre sollevava i pesi più lentamente del necessario, vide la donna dalla pelle color del tè in compagnia di una bellissima ragazza di diciotto o vent'anni e un bel bambino di circa cinque, sapeva più cose di Leah di quante lei stessa potesse supporre. Sapeva che aveva sposato un bianco, probabilmente durante la guerra o subito dopo, che l'aveva portata a casa con sé. Sapeva che probabilmente lui era il primo nero che vedeva da molto tempo, forse da quando aveva lasciato casa sua, dovunque fosse. Dagli abiti e i modi sapeva che era un'agiata signora di campagna che si teneva lontana dalla maggior parte dei bianchi che la circondavano. Era quasi certo che suo marito non fosse tra il pubblico e si chiese se avesse assistito ai combattimenti la sera prima. Immaginava di no. La osservò senza farsi notare, lasciando vagare lo sguardo sulla gente mentre piegava la sbarra di ferro, e vide il suo volto illuminarsi di soddisfazione, come se l'avessero fatto insieme. Sapeva che al termine dell'esibizione l'avrebbe cercato per parlare.

Fuori dalla tenda, bevve dell'acqua ghiacciata e, senza ripulirsi dall'olio, si infilò i pantaloni di seta rossa che indossava tra uno spettacolo e l'altro, lasciando scoperti il petto e i piedi. Per i successivi venti minuti, il suo compito era farsi vedere in giro. Gli piacevano quei quattro passi tra la folla. In un certo senso, era il momento in cui era più libero. Entrambi i suoi incisivi superiori erano d'oro e gli piaceva scoprirli in un dolce sorriso, quasi un bacio, diretto a chiunque incontrasse il suo sguardo. Gli piaceva la confusione che quel sorriso generava. Aveva quarantadue anni e ottomila dollari in una banca di Brooklyn, a cui tutte le settimane inviava un vaglia che andava a rimpolpare il conto. Ne voleva mettere da parte altri diecimila e aveva già in mente l'edificio che avrebbe comprato, con un buon negozio di ferramenta al piano terreno e l'abitazione al piano superiore. Voleva che fosse tutto suo, e con il resto della stagione e la stagione successiva avrebbe raggiunto la somma necessaria. Era sempre consapevole che ciò che faceva poteva essere pericoloso, che rischiava una coltellata o un colpo di fucile, ma era convinto che non sarebbe accaduto, per l'unica ragione che non sarebbe accaduto. Stava molto attento agli uomini con cui combatteva e faceva un grande sforzo per non umiliare nessuno, pur dando loro ciò di cui avevano bisogno. Non importava se lo capivano o no, sul momento. Aveva imparato ormai da tempo che prima o poi si capiva quasi tutto.

Si infilò quindi i pantaloni cremisi e li allacciò stretti in vita, poi si chinò per legare i cordini alle caviglie. Si era appena raddrizzato quando la vide arrivare. La bellissima ragazza non era con lei, c'era solo il bambino. Non gli dispiacque. Ne aveva viste abbastanza di ragazze giovani nelle cittadine che aveva attraversato e la madre, lì vicino a lui, era un piacere per gli occhi. Si chiese comunque come mai non avesse voluto conoscerlo.

Avvicinandosi, la donna disse: «Mi scusi», con tono acuto e allegro, nervoso. Lui si voltò. Il bambino seguiva la madre a un passo di distanza, aggrappato alla sua mano.

«Ehi, salve», rispose lui, senza sbilanciarsi ma sorridendo.

Il bambino esordì: «Sei un negro nero come la pece».

La donna protestò: «Jamie!»

L'uomo la ignorò e si accoccolò davanti al bambino, non proprio al suo livello ma quasi. «Jamie, anche tu hai un bel colorino dorato.»

Il bambino si strinse alla madre, spaventato, senza capire le parole dell'uomo e non rassicurato dal suo tono gentile. L'uomo proseguì.

«Sei solo un bambino. Tanta gente pensa: È solo un bambino; non sa quando offende qualcuno. Lasciamo correre. Non sa come va il mondo. Invece lo sa. Pensa: L'ho passata liscia una volta, posso passarla liscia ancora. Può anche darsi. Ma forse un giorno, da qualche parte, incontrerai qualcuno che non te la farà passare liscia. E allora penserai: L'ho passata liscia finora, perché adesso questo si arrabbia tanto? E penserai: Dev'essere colpa sua, non mia. Ma ti sbaglierai.» E prima che il bambino potesse nascondersi del tutto dietro la madre, allungò una mano e gli strinse dolcemente la spalla, abbastanza forte perché capisse il messaggio, se non le parole. Poi si rialzò e si rivolse alla madre senza lasciarle il tempo di scusarsi. «Non volevo fargli la predica, signora. Stavo solo cercando di metterlo in guardia.»

Il viso di lei era acceso. Se fosse stata bianca sarebbe arrossita. «Jamie sa come ci si deve comportare.»

Lui annuì, solenne. «Ne sono sicuro.» Poi, di nuovo senza aspettarla, le porse la mano. «Mi chiamo Ben. A meno che non voglia chiamarmi il 'Beemot africano'.» Le sorrise per sottolineare l'assurdità dell'ipotesi. Era sempre più contento che la figlia non fosse lì. Non voleva avere niente davanti agli occhi che sminuisse quella donna, niente a cui doverla paragonare.

Lei gli porse la propria mano, forte e callosa come si era aspettato. «Sono Leah Pelham», disse.

«Piacere, signora Pelham.» Le lasciò andare la mano. «Ha scelto una bella giornata per venire a vedere lo spettacolo.» Fece un gesto con la mano, come per indicare non solo i baracconi della fiera ma anche la giornata in sé, il cielo, l'aria calda e secca di fine estate.

Come se fosse venuta a vedere tutto quello, non lui.

«Ho sentito che c'era lei», disse Leah, senza lasciarsi distrarre. «È dal 1865 che non vedo un'altra persona di colore. So che c'è una famiglia giù a Grafton e qualcun altro nei dintorni di Burlington. Probabilmente ce ne sono anche altri di cui non so niente. Ma non ho visto nessuna di queste persone. Da dove viene?»

«L'ho vista, nella tenda, e ho immaginato che non fosse venuta solo per vedermi piegare il ferro. Sono un paio d'anni che lo faccio. Prima stavo a Brooklyn, New York.»

«Intendevo prima ancora.»

«Oh», fece lui. «Giù a casa.» Sputò. Cominciarono a passeggiare per la fiera, lungo le tende dei fenomeni da baraccone, tra gli altri i gemelli siamesi, che erano solo due vitellini di razza Holstein che fluttuavano in un contenitore pieno di liquido stretti in un abbraccio eterno. Giravano intorno ai picchetti delle tende, alle sedie sfondate o prive di sedile su cui gli artisti si riposavano o prendevano una boccata d'aria in pace tra un'esibizione e l'altra. Il bambino si era staccato dalla madre ed era corso avanti, pur rimanendo nel suo campo visivo. Correva a zigzag tra le funi, si avvicinava a quegli esseri deformi e scappava via, senza guardarsi indietro ma senza neppure allontanarsi troppo.

Mentre camminavano, Leah allungò una mano e toccò le cicatrici contorte sulla schiena di lui. «Mi sembra troppo giovane per queste.»

In tono ancora quasi affabile, Ben rispose: «Alcuni di noi non sono mai troppo giovani. Lei se n'è andata e probabilmente crede che tutto sia cambiato dalla sera alla mattina. E poi si guardi. Lei lavorava in casa. Lavorava in casa tranquilla».

Leah raccontò: «Noi stavamo in città. Eravamo solo in quattro di colore».

Lui le lanciò un'occhiata. «Sua madre dev'essere stata una bella ragazza.»

«C'era gente cattiva ovunque, in città e in campagna.»

Ben annuì, fece qualche passo, poi aggiunse: «South Carolina, la zona bassa. Riso, un po' di indaco, più in alto cotone. A sei, sette anni ero già nei campi».

«Anche la mia famiglia era di laggiù, del North Carolina. Io non ci sono mai stata, ma erano della costa. Grandi risaie, da quelle parti.»

«La sua famiglia.»

Lei lo guardò. «Entrambi i rami. Stessa cosa, mi pare.»

«Mio padre arrivò a Charleston su una delle ultime navi dall'Africa. Nel Ventitré. Era già illegale, ma non era certo questo a fermarli. Era un uomo grande e grosso: a quanto dicono, in confronto a lui io sembro un moscerino. I bianchi sono così maledettamente stupidi. Lo fecero accoppiare in giro, per fare negri più grossi e più forti. Ho fratelli e sorelle di cui non ho mai sentito parlare. Che cosa credevano che sarebbe successo? I bianchi sono proprio stupidi.»

«Lei è riuscito ad andarsene.»

«Sì, io me ne sono andato, d'accordo. Devo ringraziare i soldati dell'Unione, immagino, proprio come lei. Però non è che a loro piacesse tanto quello che facevano. La guerra non aveva niente a che fare con me. Quei soldati, non ne ho mai conosciuto uno che non odiasse i negri esattamente come quelli delle nostre parti.»

«Forse non tutti.»

Lui la guardò e alzò le spalle. «Non è il suo caso, immagino.»

«Lei non è diverso dalla gente di cui parla. Anche per lei tutto dipende dal colore della pelle.»

«Io non sono stupido.»

«Noi due possiamo sbagliarci sulle persone come qualsiasi bianco. Lo sa che è così.»

«Non ho mai conosciuto un bianco decente finché non sono arrivato a New York.»

«Sta parlando di una persona in particolare o di tutti?»

Lui fece qualche passo. Poi commentò: «Da queste parti deve nevicare parecchio».

«A me piace la neve. Mi piace questo clima.»

«Il suo uomo, la tratta bene?»

«È la persona migliore che conosca.»

«Ah.» Continuarono a camminare a fianco a fianco, quasi

sfiorandosi. Jamie correva davanti a loro, come un cagnolino al guinzaglio. L'uomo affermò: «Le è andata bene, mi sembra».

«Ho lavorato sodo.»

Erano arrivati alla pista di terra battuta. I fantini stavano scaldando i cavalli, facendoli girare al piccolo trotto. I sulky non erano altro che strette panche basse su ruote di gomma piena. Le corse si sarebbero svolte al tramonto, quando non faceva più troppo caldo per i cavalli ma c'era ancora abbastanza luce per il pubblico. Jamie si era arrampicato sullo steccato bianco. Quando li udì arrivare, scese dallo steccato e voltò le spalle ai cavalli, come se gli interessassero solo sua madre e quell'uomo.

Leah e l'uomo si fermarono. I cavalli, con le loro lunghe zampe, erano belli. Leah chiese: «Ha qualcuno laggiù a Brooklyn, New York?»

«No.» Non disse la verità, per lo stesso motivo per cui non voleva rivelare il suo vero nome. E il motivo lo sapeva solo lui.

«Peccato», disse Leah. «Se lo meriterebbe.»

«Verrà il momento.»

«Perché continua a combattere con quei bianchi?»

Lui guardò un cavallo e il suo fantino. Si grattò la testa, improvvisamente stanco di quella donna del Nord dalla pelle scura. Sospirò. «Per i soldi. Ed è quello che vogliono.»

«È anche quello che vuole lei.»

Lui scrollò le spalle. Leah allora lo guardò, per la prima volta da quando avevano cominciato a passeggiare. L'uomo ebbe la sensazione che lo stesse inchiodando al muro, che sapesse qualcosa delle sue delusioni, di ciò che non diceva. Leah chiese: «È mai stato in North Carolina?»

«Ci sono passato.»

«In un posto chiamato Sweetboro?»

«No, lì no.»

«Mi chiedevo.» Il bambino stava di nuovo guardando i cavalli.

«Casa sua?»

Leah tacque. Poi si voltò verso di lui. Gli porse la mano e, senza attendere che lui la stringesse, si congedò: «È stato un piacere conoscerla».

Lui annuì. «Lasci perdere», le consigliò. «Non vada a cacciarsi in certe situazioni. Comunque sia, non sarà mai come lei vuole o spera. Rimanga qui ad allevare quel piccolo selvaggio.» Poi le prese la mano, che in quel momento era lei tutta. Non era solo una sua impressione, ma un chiaro messaggio che lei gli mandava. E lui sentì di averle dato qualcosa, anche se non sapeva che cosa. Era come se avesse fatto l'amore con lei, o peggio.

Leah disse: «Non vado da nessuna parte. Non ho nessun posto dove andare. Ero solo curiosa, ecco tutto. Una stupida curiosità». Lo disse sbuffando, con disprezzo. Poi aggiunse, asciutta: «È stato un piacere. Faccia attenzione». E lui seppe che era finita.

«Stia attenta a quel bambino.» L'uomo chiamato Ben si allontanò. Aveva perso uno degli spettacoli diurni. Gli avrebbero decurtato la paga. Solo per soddisfare il vago desiderio di un'estranea di un contatto con qualcosa perso da tempo. Lui non c'entrava niente. Sentì la rabbia in petto, un altro filo attorno a una matassa di fili. Mente si allontanava, vide la figlia che lo osservava all'ombra della stalla dei buoi, le braccia incrociate sul petto. Gli stessi capelli lunghi e ricciuti del bambino, lucenti come piume di corvo. Aveva sul viso un'espressione più sprezzante che corrucciata. Andando dritto per la sua strada, lui le passò a pochi metri di distanza e le rivolse non un sorriso, ma uno sguardo di totale indifferenza. La ragazza sollevò un sopracciglio.

Aveva mentito. Aveva mentito a se stessa la prima volta che aveva sentito parlare dell'uomo della fiera e poi di nuovo quando l'aveva visto. E comunque, non sapeva da quanto tempo mentiva. Ma aveva mentito a Norman quando aveva dichiarato che non le interessava andare a vedere l'uomo forzuto di colore e solo allora l'aveva capito, e aveva anche saputo che ci sarebbe andata, il giorno seguente. Così aveva scoperto che mentiva da un pezzo. E non avrebbe saputo dire da quando, non avrebbe neppure saputo trovare accuse specifiche contro se stessa, esempi, piccoli misfatti camuffati. Era come un profumo che lei emanava da tanto tempo da essere divenuto familiare, come se fosse la sua pelle a sprigionarlo, invece della sua mente. O la sua anima. Pensava che probabilmente fosse la sua anima.

E così quella mattina, mentre guidava il phaëton trainato da una bella coppia di sauri verso il villaggio e poi oltre, alla fiera, assieme ad Abby, dall'aria cupa, e Jamie, che se ne stava seduto con espressione di grande solennità, sapeva già che stava commettendo un errore, sapeva che non si trattava solo di dare vita alla menzogna ma che, una volta cominciato, non avrebbe avuto altra scelta che risalire alle fonti. E proseguì, in un certo senso verso se stessa, senza eccitazione ma con l'inevitabile formicolio della paura nelle vene. Una paura deliziosa.

Così legò i cavalli nella rimessa delle carrozze, lasciando loro delle reticelle piene di fieno, e con studiato contegno portò i suoi figli a fare un giro per i recinti del bestiame. Poi superarono gli edifici con le derrate alimentari e i prodotti di artigianato e si diressero verso i baracconi dei divertimenti, oltre la pista per le corse dei cavalli. Fece mangiare i ragazzi ma lei non toccò cibo, finché arrivarono dal venditore di gelati, dove prese un gelato alla pesca in una coppetta di carta e cominciò a mangiarlo con un cucchiaino di legno. Erano anni che non assaggiava una pesca. I pezzi di frutta zuccherati immersi nella crema dolce e ghiacciata avevano un sapore che dalla lingua e lungo la gola le scese direttamente nel cuore. Non riuscì a finire il gelato. I suoi occhi si inumidirono nell'aria secca e rarefatta. Cacciò la coppetta in mano al suo ingordo figlio minore e, senza guardare la maggiore negli occhi, si diresse in fretta verso i gabinetti eretti dietro le tende. Si chiuse dentro e rimase lì in piedi, asciugandosi gli occhi e il naso con un fazzoletto e facendo un grosso sforzo per non farsi sentire. Poi riemerse, aggirò la fila di persone in attesa e raggiunse i suoi figli. Ancora senza parlare, li prese per mano, uno per parte, e li condusse sul viale centrale della fiera. Si imbatterono nella voce dell'imbonitore bianco fuori dalla tenda e Leah, più dei figli, alzò lo sguardo sullo striscione di tela su cui era raffigurato un africano dall'aspetto terribile, grottesco, che spezzava ferri di cavallo con i denti. Pagò il biglietto ed entrarono.

Più tardi, dopo avere parlato con lui, rimase presso lo steccato della pista dei cavalli. Fu un momento strano. Era tranquilla, con la mente sgombra, eppure avvertiva un profondo cambiamento, come se la sua mente non conoscesse ancora le parole per definire ciò che il suo corpo già sapeva. Ciò che la sua anima già sapeva. Come se fosse arrivata a un punto che non avrebbe mai potuto immaginare o intuire, ma ormai inevitabile. Si sentiva calma, e si godeva quella calma prima della tempesta di pensieri e di dubbi. Fu un momento di pace, in quel dolce, caldo pomeriggio di fine estate, mentre, con la mano sulla schiena del suo bambino, guardavano insieme i cavalli che sfrecciavano sulla pista e gli uomini in giubbe di seta che li guidavano. Era l'ultimo momento così che avrebbe conosciuto, e una parte di lei lo sapeva, o almeno lo intuiva. Eppure, quando Abby arrivò alle loro spalle, Leah seppe che era lì e si voltò prima che la ragazza facesse in tempo a raggiungerli. Disse: «Torniamo a casa. Io ho visto abbastanza, e voi?»

«Io ci sono venuta solo perché lo volevi tu.»

«Bene, allora hai fatto la tua buona azione. E senza svenarti. Ma adesso puoi togliere il broncio da quel bel musino.»

Abby aggrottò le sopracciglia. «Che cosa volevi da quell'uomo ridicolo, comunque?»

«Mhm», fece Leah, «solo vederlo, parlargli.»

«Ti hanno vista tutti mentre gli parlavi.»

«Quando la smetterai di preoccuparti di quello che pensano gli altri, sarai più felice.»

«Non mi importa un accidenti di quello che dicono gli altri. Non me ne è mai importato niente.» Abby si stava contraddicendo, ma non se ne accorse neppure. I suoi occhi splendevano pieni d'ira.

Leah si chiese se lei e sua madre avrebbero mai raggiunto quel punto insieme. Probabilmente sì. Improvvisamente, la pace era finita. Commentò: «E quell'uomo era molto strano, metteva perfino paura, a dir la verità, ma non aveva proprio niente di ridicolo, te lo assicuro».

«Mamma, è un fenomeno da baraccone!»

«Oh, no.» Leah scosse la testa. «Per me non lo è. E neppure per lui.»

«Mi sono tanto vergognata a vedervi passeggiare e chiacchierare a quel modo.»

«Non era vergogna. Avevi solo paura di venire tu stessa a parlare con lui.»

«Dovrei aver voglia di parlare con lui solo perché è nero?»

Leah scosse di nuovo la testa. «No. Immagino di no.»

Abby spazzò via l'idea con un gesto della mano, e si rivolse alla madre in tono di rimprovero: «Avrei fatto meglio a restare a casa ad aiutare papà e Prudy con il fieno. Tu non avevi bisogno del mio aiuto».

«Mi ha fatto piacere averti qui, ma hai ragione, è ora di tornare a casa.»

Jamie strinse più forte l'asse superiore dello steccato a cui era aggrappato. «Io voglio rimanere qui. Voglio rimanere a guardare i cavalli.»

«Me lo immagino», disse Leah, mentre staccava le mani di Jamie dito per dito dallo steccato e ne imprigionava una tra le proprie. «Ma adesso andiamo a casa.» Abby si stava già allontanando in direzione della rimessa delle carrozze, una sagoma alta in un abito bianco. Leah si incamminò a sua volta con il bambino. «I cavalli li potrai vedere un altro giorno.»

Mentre risaliva la collina in direzione della fattoria, sapeva che sarebbe tornata indietro. Non a casa, ma indietro. Non a un luogo della memoria, ma del sogno, denso e confuso, degli ultimi venticinque anni. Sapeva che sarebbe tornata laggiù, a cercare il senso di quel caos, a disfare e ritessere quella tela notturna che tante volte l'aveva strappata al sonno lasciandola in un bagno di sudore, avvolta in un terrore difficile da definire, oppure fin troppo evidente. Tornava a reclamare tutto questo, a farlo proprio. Tornava per conoscere il destino delle persone, non ultimo il suo. Tornava per sapere chi era ancora vivo e chi era morto, chi era ricordato e chi era stato dimenticato, chi rimaneva e chi era scomparso nella polvere. Chi, forse, stavano cercando, e chi era rimasto a cercare. E a quale scopo. Tornava per ritrovare se stessa. Entrando nell'aia della fattoria, gettò un'occhiata a sua figlia, intelligente, orgogliosa e ferita, la guardò come per trovarvi qualcosa che le suggerisse come calmarsi per affrontare quel viaggio. E qualcosa trovò. E al tempo stesso non trovò nulla.

Sapeva che lo sforzo per ritrovare se stessa poteva essere vano, mani che frugavano tra carboni spenti. Sapeva anche che poteva rivelarsi disastroso avere mentito a se stessa per tutti quegli anni e poi ritornare ad affrontare il fatto di avere mentito, o rimanerne intrappolata. Sapeva che era lo stesso rischio, lo stesso pericolo che aveva corso seguendo per giorni il giovane soldato nordista ferito nelle campagne della Virginia, per piombare infine su di lui, senza altra garanzia se non l'idea di doverlo assolutamente fare, per vedere in che modo si ricordava di lei. Con la chiara, tranquilla consapevolezza che quel successo non ne garantiva un secondo. Il che, a suo modo, era più un motivo per andare che per non andare. Rischiava tutto. Aveva tutto da perdere.

Doveva ritornare, quindi, e ritornare a che cosa? Non era nostalgia dell'infanzia. Ma di sua madre sì. Di sua madre sicuramente. Era plausibile che Helen fosse ancora lì, se non nella squallida, misera baracca dietro la casa dei Mebane, da qualche parte nelle vicinanze. Una zona della città abitata da neri. Una casetta semplice tutta sua. Non era più giovane, ma forse aveva un marito, una famiglia, addirittura. Leah sapeva che forse il suo arrivo improvviso avrebbe portato dolore, facendo rivivere il passato. A tutti loro. Era anche altrettanto probabile che non ci fosse più traccia di lei. L'unica cosa che Leah sapeva con sicurezza era che un certo modo di vivere era stato spazzato via e che in quel marasma molti erano fuggiti, erano spariti senza dir nulla nella notte, proprio come aveva fatto lei. Forse sua madre era tra questi, e forse aveva anche trovato un destino migliore. E sapeva anche che non si trattava solo di Helen. Voleva vedere anche che cosa era accaduto alla città, alla casa, ai bianchi. Voleva vedere se la casa dei Mebane era ancora in piedi o ridotta a un cumulo di macerie. Non sapeva nemmeno quale delle due possibilità l'avrebbe resa più felice. E oltre a tutto questo c'era un altro motivo, meno preciso eppure, in un modo stranamente intangibile, di grande, terribile importanza. Voleva sapere di nuovo qualcosa del posto in cui era nata: al di là della gente, voleva recuperare il luogo e dare forma alle vaghe immagini dei suoi sogni. Settembre: doveva fare ancora caldo, un velo pallido di polvere rossa a coprire ogni cosa, a rendere opache anche le foglie degli alberi. I prati bruciati. La brezza di mezzogiorno bollente, l'aria della sera ferma, il sole enorme, del colore di una pesca aperta a metà mentre calava sull'orizzonte infuocato. Settembre, pensò. La gente che lavorava nei campi di tabacco all'alba, come fantocci immersi fino alla vita nel verde dei campi, la nebbia del mattino che evaporava già sotto il sole cocente. I bambini di nuovo a scuola, le strade deserte fin dal mattino presto. Un buon momento per arrivare senza farsi notare e, senza farsi notare, scoprire ciò che c'era da scoprire. Nessuno, probabilmente, avrebbe prestato attenzione a una forestiera dalla pelle scura che scendeva dal treno. Era quello che sperava. Il vantaggio di arrivare inattesi. Di sorpresa.

Negli ultimi centocinquanta metri lasciò guidare Jamie. I sauri affrettarono il passo vedendo la stalla, e non appena Leah gli lasciò le redini il bambino smise di strillare che voleva andare più veloce e trattenne i cavalli, parlando agli animali con voce acuta e seria, priva di eccitazione o paura.

Per un lungo momento, Leah rimase seduta al suo posto. Non così tanto perché sua figlia alzasse lo sguardo dai cavalli che stava staccando, ma sufficiente a destare un'improvvisa attenzione nel bambino. Perché il dubbio o l'esitazione che potevano averla colta si erano fatti strada in lui, raddoppiati, dando vita a qualcosa di nuovo, una rabbia strisciante che si teneva stretta al petto, come avrebbe potuto stringere una moneta trovata per strada. Segreta e nascosta finché fosse giunto il momento di utilizzarla. Leah lo sapeva, e sapeva anche che né le sue sorelle né suo padre avevano capito, ancora. Ma sarebbe successo. Era sicura che un giorno sarebbe successo, e il pensiero la rese triste, prossima alle lacrime.

Non osava immaginare che cosa potesse significare per Jamie, che cosa avrebbe portato nella sua vita. Prima ancora di partire, sapeva che lui era ciò che avrebbe lasciato. Ciò che sarebbe rimasto di lei. La cosa più autentica.

Norman e Prudence avevano trascorso il pomeriggio a raccogliere l'ultimo fieno della stagione, lui a terra e lei sul carro. L'aria era calda e afosa nel campo, e Norman lavorava a capo scoperto con le maniche della camicia arrotolate sopra il gomito. Pru, a piedi scalzi sul carro, indossava un abito ampio e un grande cappello di paglia con l'orlo mangiato. Norman sollevava le forcate di fieno e Prudence le scaricava sul carro. Portava il cappello per prevenire le lentiggini color cannella che la ricoprivano dalla testa ai piedi, così fitte da sembrare un velo, attraverso il quale si stentava a riconoscere il colore della sua pelle, che era quello della scorza di mandarino essiccata. I capelli erano di un castano delicato, come cosparsi di cenere; gli occhi grandi, infossati, belli come quelli di sua madre, di un verde chiaro, cosparsi, se si sapeva quando guardare, di pagliuzze d'oro. Era una ragazza di bassa statura, dalla vita tozza, le cosce grosse e braccia robuste come quelle di un uomo, che fisicamente ricordava a Norman la sua sorella minore. Sapeva che sua figlia fingeva indifferenza per il suo aspetto e che non si piaceva. Sapeva che teneva separati corpo e mente, all'opposto di sua sorella. Sapeva che il suo cuore era gonfio di disperazione e disgusto. Non ne avevano mai parlato.

Mentre lavoravano, chiacchieravano.

«Abby mi fa uscire dai gangheri con quella sua aria sempre imbambolata. Non fa che sospirare, con certi occhi da pesce lesso... Se ne sta seduta a sognare con lo sguardo perso nel vuoto, e se le chiedo di darmi una mano mi si ritorce contro come una vipera e diventa acida come il latte andato a male. L'altro giorno, anzi, ieri, mi è improvvisamente saltata addosso. Stavamo lavando i piatti dopo cena e io ho detto qualcosa a proposito della fiera di oggi, di come si sarebbe divertita, di tutti i ragazzi che avrebbe visto, qualcosa del genere, e lei di colpo mi ha dato uno spintone proprio qui», Prudence si toccò lo sterno con il manico del forcone, «con la mano tutta insaponata, e ha detto: 'Se mai dovessi parlare di sposarmi, ti autorizzo a prendermi a sberle'. È stato piuttosto fastidioso, te lo assicuro. Avrei voluto dirle: 'Se ti fa tanto schifo andare alla fiera, resta a casa e aiutaci a fare il fieno'.» Aveva un'espressione frustrata e divertita sul viso madido di sudore, punteggiato di pezzettini di fieno rimasti appiccicati alla pelle. In piedi sul carro che si muoveva lentamente ondeggiando, sembrava in balia dei marosi.

Norman, che camminava inforcando, aveva il respiro un po' affannoso. «Ha il cuore spezzato. Non è facile, mai.»

«Uh! Gliel'avevo detto.»

«Be', sai, un conto è che te lo dicano, un conto è scoprirlo a tue spese. Un bel giorno lo scoprirai tu stessa, scommetto.» Ogni volta che sollevava il forcone, il sudore gli bruciava gli occhi.

«Io? Io non ci casco. Ho passato tutto l'inverno a metterla in guardia. Le dicevo: 'Divertiti ma non fare troppi progetti. Quel Dan Martin ha lo sguardo inquieto. Queste colline insignificanti non sono certo tutto il suo orizzonte. Scommetto che non ci pensa neppure a rimanere qui', le dicevo. E lei replicava: 'Sì, Daniel ha ambizione'. E io: 'Ambizione è il minimo che si possa dire, quello sogna cose che tu e io non immaginiamo neppure'. La conosci, sai quant'è irascibile quell'acqua cheta, di colpo mi salta addosso e mi fa: 'Non dirmi che cosa posso o non posso sognare'. Così ho lasciato perdere. E poi c'è un'altra cosa che non le ho detto, cioè che il suo caro vecchio Dan non disdegnava di lanciare certe occhiatine anche a me. Figurati! Ma ci ho provato, ci ho provato ad avvertirla.»

«Adesso ha capito, direi.»

«Ci ha messo un bel po', mi pare.»

Norman camminò per un tratto accanto al carro, tirando su qualche forcata. Giunsero in fondo all'andana che stavano raccogliendo e fecero una pausa mentre i cavalli giravano e ripartivano lungo la striscia di fieno successiva. Norman ricominciò a raccogliere il fieno con il forcone. Il carico era aumentato, il peso sempre maggiore. Disse: «Non sminuire queste cose. L'amore è qualcosa di meraviglioso. Per la maggior parte delle persone oneste, è l'unico motivo per tirare avanti. Tutto il resto non è che una pallida imitazione. Ma se ami qualcuno, e trovi qualcuno che ti ami, non c'è niente di paragonabile. Succede, è vero, e anche spesso, che uno dei due ami più dell'altro. Forse è sempre così. Dipende solo da quanto è grande la differenza. Tua sorella... be', nel suo caso la differenza era troppo grande. Come ti ho detto, succede in continuazione. In genere questo serve a farci capire che cosa dobbiamo cercare».

Prudence, in cima al mucchio di fieno sul carro, lo sovrastava, illuminata alle spalle dal sole che tramontava. «È successo a te? Prima di conoscere la mamma?»

Lentamente, in tono pensieroso, Norman rispose: «No». Fece ancora un paio di passi, quindi aggiunse: «Ma poteva succedere. A quell'epoca, c'era la guerra a cui pensare. E poi ho conosciuto tua madre».

«Sì», disse Prudence ridendo. «Il resto è Storia.»

«È Storia per te.»

Lei ribatté rapida: «Certo, almeno in parte». Poi rimase zitta per qualche secondo, e infine parlò di nuovo. «Comunque non ti devi preoccupare di queste cose per me. Io ho intenzione di restare qui e morire di vecchiaia.»

«Credi?»

«Nessun uomo verrà a darmi la caccia. Io non ci casco.» Si asciugò il viso con il dorso della mano. «Ma credo che sarò una buona zia zitella per i figli di Abby. E anche della piccola peste, a suo tempo.»

A Norman dolevano la nuca e le spalle per il sole e lo sforzo. Immaginava che sua figlia si conoscesse bene e pensò che il dolore alla testa gli fosse venuto per lei. In tono frivolo, disse: «Scommetto dieci dollari che un giorno verrai a parlarmi in un altro tono di qualche ragazzo».

Lei gli sorrise, i denti un lampo bianco nell'ombra del viso sotto il cappello. «Per me va bene. Ma non cercare di imbrogliarmi!»

* * *

Una sera di fine agosto, all'imbrunire. Non quei lunghi crepuscoli estivi, ma il breve imbrunire azzurrino e già fresco dell'autunno. Le ragazze erano ancora fuori sul prato a giocare a croquet, la passione di Abigail, che aveva imparato il gioco l'estate precedente e non l'aveva abbandonato dopo quella sera di giugno, quando era arrivata a casa e aveva annunciato che aveva rotto con Daniel Martin, l'unica informazione che aveva voluto fornire. Forse Prudy ne sapeva di più, perché Abby si era aperta con lei oppure grazie al suo intuito, ma come c'era da aspettarsi non avrebbe mai riferito al padre le confidenze della sorella. Neppure da Leah Norman aveva avuto ulteriori informazioni, e in questo caso sapeva che era perché neppure lei sapeva nulla. Provava rabbia nei confronti del ragazzo, ma senza sapere bene perché, la stessa rabbia che aveva provato quando Abby era tornata a casa in lacrime il suo primo giorno di scuola. Seduto sulla sedia a dondolo accanto alla finestra, le osservava: Abby, seria e concentrata, maneggiava la mazza con precisione, Pru, incurante e svogliata, guardava i pipistrelli che svolazzavano sotto il tetto del fienile. Ai suoi piedi, sdraiato sul tappeto a pancia in giù, suo figlio stava guardando una rivista. Norman non sapeva quanto sapesse leggere, ma notava che restava molto tempo su ogni pagina. In fondo alla stanza, sul divano, era seduta Leah, le mani giunte in grembo, le ginocchia unite, la schiena dritta, sul viso un'espressione attenta, curiosa, decisa. E gentile, anche, in modo preoccupante, come se fosse determinata, con grande pazienza, a fargli intendere le sue ragioni. Stava perdendo il suo tempo, questo gli diceva il suo sguardo.

A causa della presenza del bambino, Norman discorreva in tono amabile, ma la sua espressione rivelava tutt'altro. Aggrottando la fronte, disse gentilmente a Leah: «No».

Lei alzò le sopracciglia e ribatté: «Non ti ho chiesto di dirmi di sì o di no, mi pare».

Pur sapendo che lo diceva solo per sentirsi parlare, per sapere che aveva fatto il possibile, Norman ripeté: «No».

«Norman.»

«È un'idea folle. La cosa più folle che abbia mai sentito. Tutti questi anni a preoccuparti e guardarti le spalle e poi di colpo, bam, vuoi tornare laggiù. Dimmi se ti sembra che abbia senso.»

«Buon Dio, sono anni che ho smesso di preoccuparmi che qualcuno mi cercasse. Non dirmi che tu non hai fatto altro che pensarci ogni giorno della tua vita dal 1865. Sai benissimo che quei tempi sono passati da un pezzo.»

«Io mi sono preoccupato. Ci ho pensato. Se vuoi sapere la verità, con il passare degli anni, e i bambini, e il semplice fatto di essermi abituato ad averti intorno, ci sono stati momenti in cui ho avuto più paura di prima. Solo all'idea di perderti. Quindi non dirmi che cosa devo pensare.»

«Non ti sto dicendo che cosa devi pensare. Ti sto solo dicendo che cosa farò. Che cosa devo fare. Prova a metterti nei miei panni.»

«Non posso. Non riesco a vederne il senso. Ci sono cose, mi sembra, che bisogna lasciar stare. Devi guardarti intorno, vedere il tuo mondo, ora, solido e sicuro. Prova a chiederti: 'Posso rischiare di perdere tutto questo?'»

«Non credo di rischiare molto. Sono passati venticinque anni, e voglio solo farci un salto. Non devi pensare che metta le tende laggiù. E poi, so che cosa cerco. Conosco quel posto.»

Norman avvertì l'incertezza che si insinuava nella sua voce e non si mosse se non per prendere la pipa, pigiarvi dentro il tabacco e accendere un fiammifero. Di nuovo, per quella che capiva era l'ultima volta, ebbe la misera consolazione di dire: «No. Tu non ne sai niente. Qualunque idea ti sia fatta, ti sbagli. Dopo tutto questo tempo, tutto quello che è successo, sarà tutto cambiato. Potrebbe essere peggio, anche peggio. Non lo puoi sapere».

«Norman, sto parlando di mia madre. Dovresti capirlo. Io sono stata un problema tra te e la tua, non lo nego. E tu potresti dare a me la colpa per la sua scelta di andare via, lontano da te, lontano da tutti noi. Ma, Norman, quella volta che è stata così male tu sei sceso al villaggio per stare con lei. Potevi farlo. E la primavera dopo sei stato tu a condurla quassù a vedere il nipotino. E quando è morta hai portato la sua bara a spalla dalla chiesa al cimitero, e sei rimasto lì sotto la pioggia, davanti alla sua tomba aperta. Non so e non saprò mai quanto ti è costato separarti da lei a causa mia, ma so che non ti ho mai impedito di fare queste cose. Non ti ho mai impedito di fare quello che dovevi fare, mai, neppure una volta. Perciò dammi la stessa opportunità.»

Norman fece un tiro dalla pipa. Le ragazze erano in cucina, adesso, e stavano mangiando qualcosa. Pur sapendo che lei avrebbe rifiutato, e conoscendone tutte le ragioni, le fece un'ultima offerta: «Potrei venire con te».

E allora capì il vero motivo della gentilezza sul suo viso, seppe del dolore che anche lei provava. Il suo sorriso lo sopraffece. Si sentì inchiodato sulla sedia da tutto questo – il bisogno di lei, i figli intorno a loro, tutto ciò che lo circondava. Come se tutto cospirasse per tenerlo lì immobile, muto, incapace di cambiare alcunché; incapace, infine, di aiutarla. Leah gli fece un sorriso triste e gentile. «So che lo faresti. Ma non puoi.»

Era stato un anno difficile. All'epoca Norman pensò che i guai si fossero conclusi in giugno con il mancato fidanzamento di Abigail dopo un anno di corteggiamento. Si era dispiaciuto per lei, ma non troppo: aveva l'impressione che quel giovanotto fosse destinato a una serie di fallimenti più che al successo. Ora pensava che l'estate appena trascorsa forse era stata solo un breve intervallo di quiete, magari dolceamara, prima della disgregazione incombente. In parte ancora da definire, in parte sicuramente legata al viaggio di Leah. Abby si era diplomata e, mentre attraversava l'estate come portata dalla corrente, parlava di cercarsi un lavoro. Norman sapeva che presto l'avrebbe trovato, al villaggio o più lontano. Non sapeva che intenzioni avesse. E Abby non sarebbe rimasta a lungo senza un uomo, ne era sicuro. Anche a Pru mancava solo un anno di scuola e, nonostante dicesse di voler rimanere alla fattoria, lui non era convinto che l'avrebbe fatto davvero. Sapeva che una parte era capace di una fuga impulsiva e subitanea. Norman sperava al tempo stesso che accadesse e che non accadesse. L'estate, quindi, non era ancora finita e lui la viveva già come qualcosa di terribilmente dolce, ormai perduto per sempre, un breve ritorno alla grazia dopo quel duro e spaventoso inverno.

Era cominciato alla fine di gennaio, quando Hiram Howell, inseguendo un cervo ferito al ventre, era finito in una tempesta di neve e si era ritrovato in fondo allo scosceso burrone dietro il monte Hunger dove il sole era già calato. Temendo la notte e il freddo che avrebbe spaccato gli alberi, aveva deciso di risalire il ripido versante orientale della gola nella speranza di raggiungere prima del buio la bassa casa di Ballou, incuneata nel fianco della montagna. Norman sapeva che cosa doveva essere stata quell'arrampicata, con la neve fino alla vita. Conosceva la tentazione di lasciarsi sopraffare dal panico e affrettare il passo mentre faceva buio, rischiando di mettere il piede su un masso ghiacciato e scivolare fratturandosi qualcosa.

Ma Howell non scivolò e riuscì a raggiungere la cima della scarpata proprio mentre calava la notte, e si trovò praticamente davanti al sentiero che conduceva da Ballou. La casa era buia e il camino spento ma, come avrebbe raccontato in seguito, la cosa sul momento non lo preoccupò, perché da gente come quella non ci si poteva mai aspettare una cosa normale. Inoltre sapeva che nessuno avrebbe mandato via sul far della sera un uomo sperduto che aveva bisogno di un posto dove riposare e passare la notte, magari anche mangiare qualcosa, se c'era. Almeno, si disse mentre esitava davanti alla porta chiusa, ci sarebbe stato del tè con cui scaldarsi e, molto probabilmente, anche qualcosa di più forte. Così alzò il paletto, spinse il battente ed entrò nella casa buia.

Sentì l'odore appena vi mise piede. Lo sentì, eppure, come avrebbe poi ripetuto più volte, quasi con piacere, non si soffermò troppo a pensarci, immaginando che fossero semplicemente le condizioni della casa, il sentore della gente che vi abitava. Così si tolse i guanti, infilò una mano nel giaccone aperto per prendere i fiammiferi dalla tasca del panciotto e ne accese uno per cercare una lampada. Alzò il tubo di vetro e diede fuoco allo stoppino. E fu allora, mentre la luce si diffondeva lenta e tremolante, che si accorse di non essere solo. Sul letto basso giaceva supina

Marthe Ballou, stranamente sopra le coperte. Solo quando alzò la lampada e si avvicinò vide il buco che aveva in fronte, e i lineamenti distorti, come un'espressione di protesta. Intorno al foro c'era una crosta di sangue rappreso e congelato. La pelle del viso gli sembrò strana senza la solita patina scura che contrastava con l'aureola di capelli bianchi. Era pallida, invece, come se si fosse finalmente ripulita. Rimase un pezzo a guardarla, finché capì che il bianco era dovuto al ghiaccio che la ricopriva, alla brina impigliata nella peluria del labbro superiore e nelle sopracciglia. Che le tappava le narici.

Che cosa fece dopo non lo disse, ma non era difficile da indovinare. Voltò le spalle alla donna morta, ancora con la lampada in mano, e ritornò al tavolo, dove tra la sporcizia trovò una piccola damigiana di brandy di mele. Quando la sollevò, scoprì che era mezza piena. Era gelato, stanco, scioccato. Chiuse la porta che aveva lasciato aperta e, sempre dando le spalle alla morta, accese il fuoco nella stufa. Poi si sedette al tavolo, sempre senza guardare Marthe, e rimase lì a scaldarsi, mentre il fetore si faceva più forte. La donna era morta, ormai, e non c'era ragione di affrettarsi. Così rimase seduto a bere e poi si addormentò con il capo sul tavolo. Si svegliò poche ore dopo, con la testa che gli scoppiava e l'improvvisa, acuta consapevolezza non tanto dell'assenza di Ballou, quanto della sua presenza. Uscì nella notte invernale fiocamente illuminata da una falce di luna, prese le racchette dal mucchio di neve in cui le aveva conficcate al suo arrivo e si allontanò. Lasciò nella casa il fucile da caccia che, essendo di nuovo tipo, era al di sopra di ogni sospetto e non poteva essere confuso con l'arma del delitto. In preda alla nausea, vomitando, aggirò il fianco della montagna, sentendo nelle narici non l'aria gelida della notte ma il lezzo della morte. Poi scese verso la valle finché raggiunse la prima fattoria, dove bussò alla porta svegliando prima Leah e poi Norman. A quel punto, il panico di cui era preda era tale da farlo sembrare calmo e padrone di sé, come se riferisse avvenimenti accaduti ad altri.

* * *

Molto più tardi, in quei giorni tetri e interminabili di inizio novembre, quando Norman cercava per l'ennesima volta di dipanare la matassa di ciò che era accaduto e risalire a un preciso momento in cui un suo atto o una sua parola avrebbero potuto modificare il corso degli eventi, riandava con il pensiero a quella notte in cui Hiram Howell era venuto a bussare alla loro porta, alla notizia che aveva recato. Non poteva risalire più indietro nel tempo, non poteva permettersi di tornare all'epoca in cui non si conoscevano ancora, perché sarebbe stato come ammettere che quei venticinque anni passati insieme non avevano contato poi molto per lei. Così decise, una volta per tutte, che era stato l'assassinio di Marthe Ballou a fare scattare qualcosa in Leah, qualcosa di sinistro e di ignoto, più grande del semplice desiderio, umano, di vivere. Come se si sentisse responsabile della morte di Marthe.

Fu Abby ad accompagnare Hiram Howell con la slitta alla polizia del villaggio, mentre Pru rimaneva a casa con Jamie che dormiva e Norman seguiva Leah su per la montagna con le racchette da neve e il fucile da caccia. In prossimità della baracca, silenziosa e buia, con la porta spalancata alla notte, Norman la precedette. Una volta dentro, Norman accese la lampada e Leah andò da Marthe. Norman rimase un lungo momento accanto al tavolo, scrutando negli angoli bui della baracca, poi, senza dire niente a Leah, andò a montare la guardia fuori, accoccolato contro il muro in ombra della casa, lontano dalla porta illuminata. Il tavolo era stato sgombrato, per terra c'era un cumulo di piatti e di cocci. Erano rimasti solo il boccale e il fucile di Hiram, appoggiato al boccale e puntato contro la porta aperta. E non era stato Hiram Howell a lasciarlo così. Norman rimase seduto con il fucile sulle ginocchia, scrutando nel buio e nel cono di luce della porta. Non aveva la sensazione di essere osservato, eppure sapeva che Henri era là fuori, forse lontano dalla baracca, forse no. Dopo qualche tempo senza vedere nulla, i muscoli delle gambe cominciarono a fargli male, così si alzò e fece un giro davanti alla casa, addentrandosi per qualche passo nel bosco prima di fermarsi. Nessun rumore, nessun odore, nulla. Parlò nell'oscurità. «Sono Pelham, Henri. Ci siamo soltanto io e mia moglie. Ma presto arriverà altra gente. Perché non vieni qui e ti siedi ad aspettare? Non ha senso rimanere là fuori. Non c'è bisogno di complicare ancora le cose, no? Vieni fuori, Henri.»

Non un suono, niente. Norman si voltò e tornò alla baracca, richiuse la porta dietro di sé e la sprangò dall'interno. Si sedette al tavolo, ascoltando il monologo di sua moglie.

«Lo sapevo che c'era qualcosa che non andava quassù, Marthe. Qualcosa di terribile, nell'ultima settimana, dieci giorni. Mi sono detta che era solo la mia immaginazione. Faceva troppo freddo per venire a trovarti. Pensavo che saresti venuta tu se avevi bisogno. Facevo tutto quello che fai tu, tranne venire quassù a vedere se stavi bene. Egoista che sono, egoista. Mi dicevo che un pomeriggio, uno di questi pomeriggi di sole, saresti scesa danzando sulla neve tutta infagottata per venire a trovarmi. Sempre io. Mi sarei seduta in cucina con te a bere caffè e guardarti prendere in giro le ragazze e coccolare il piccolo, come facevi sempre. Io sapevo solo questo, solo quello che volevo io. E volevo solo te, che hai fatto nascere tutti i miei figli. E tu, maledizione, sembrava che sapessi sempre quando avevo bisogno che qualcuno venisse nella mia cucina a parlare con me. Vedi che egoista che sono, non ho mai pensato a quello di cui avevi bisogno tu, mai, neanche una volta. Eri sempre tu a trovare una risposta per i miei stupidi problemi. Stupidi! Ooohhh.» E Norman, seduto di spalle, sentì sua moglie scaricare il suo dolore su se stessa, e senza voltarsi la vide china sulla donna morta e la sentì singhiozzare. E non si voltò. Né parlò. Perché sapeva che in quel momento lei non l'avrebbe voluto.

E la udì ripetere le stesse parole, a bassa voce: «Marthe, Marthe, maledizione!»

Henri Ballou fu ritrovato soltanto a tarda primavera, quando un pescatore, che si faceva strada in un piccolo acquitrino in un nugolo di mosche, incappò nel fetore e lo seguì fino a un punto in cui un torrentello si riversava dal fianco della montagna nella palude: incastrato tra due massi, c'era ciò che rimaneva di Ballou. I vestiti marci che cadevano a pezzi mostravano la carne annerita e putrida che si staccava dalle ossa. Nelle settimane che erano seguite alla scoperta dell'assassinio di sua moglie, sembrava che Ballou fosse ovunque e in nessun luogo, uno spirito dei boschi e della notte. Le squadre di ricerca non trovarono nulla. Quando si sparse la voce dell'omicidio, dopo che Marthe era stata portata alla camera mortuaria del villaggio, in attesa di poterla seppellire in primavera nella fossa comune del cimitero, i figli arrivarono alla spicciolata e se ne andarono di nuovo. Nessuno di loro fornì il minimo aiuto per trovare il padre. Nessuno dubitava che l'avessero visto. Quando l'ultimo di essi fu ripartito, la baracca sul monte Hunger prese fuoco. Non c'era nessuno a vederla bruciare. Norman sentì l'odore del fumo ma resistette alla tentazione di correre su. Era un bene che non ci fosse più.

Una settimana più tardi cominciarono a sparire polli. Begli esemplari giovani, due o tre per notte. Norman era divertito dal buon gusto di Ballou e dal suo tocco leggero, e allarmato non tanto dalla sua vicinanza quanto dalla sua abilità nell'andare e venire così furtivamente da non essere visto né udito. Perfino il mastino di Prudence continuava a dormire. Una notte chiusero il cane nel pollaio e all'alba lo trovarono nell'ovile, sano e salvo e felice di vederli. Leah era furiosa e Norman si sentiva preso in giro. Quella sera, subito dopo il tramonto, quando non poteva più essere visto dall'alto delle montagne, portò il fucile e una caraffa di caffè nel pollaio e si sedette a montare la guardia su una cassetta rovesciata nell'angolo più lontano, in modo da potere controllare entrambe le porte. Subito dopo mezzanotte udì il paletto che veniva sollevato con un lieve rumore. Puntò il fucile sulla porta che si apriva. Fuori, la neve era fiocamente illuminata dalle stelle e sulla soglia si stagliò una figura che subito si fermò, subodorando che c'era qualcosa di insolito. Norman parlò: «Se fai ancora un passo ti sparo, Henri».

Nessuna risposta. La figura non si mosse.

«Non mi importa dei polli. Non c'è molto da mangiare nei boschi in questo periodo. Ma se ci fosse mia moglie al mio posto, avrebbe già tirato il grilletto senza dire una parola. Marthe era sua amica.»

Quando pronunciò quel nome, gli parve di vedere un lieve movimento. Norman era calmo, il fucile saldo, i gomiti rilassati, come se potesse rimanere in quella posizione per sempre.

«Potrei spararti subito, Henri. Spararti a un ginocchio o in pancia e poi trascinarti in città, sperando che tu viva abbastanza a lungo per rispondere alle domande. Non so neppure perché non l'ho ancora fatto. Se rimani lì ancora un po' immagino che lo farò.»

Ancora niente. La figura si era rilassata, come se non si sentisse in trappola ma stesse considerando una nuova situazione. Cauta, non impaurita. Norman immaginò una martora, un ghiottone. E poi sentì la tensione strisciargli nelle braccia. Sapeva che Ballou era armato, anche se la figura sulla soglia non lo dava a vedere. Cominciò a rendersi conto di essere lui quello nudo, scoperto, vulnerabile. Così ricorse all'unica arma che aveva, senza sapere bene se gli stesse tendendo una trappola o si stesse precipitando a sua volta verso un cappio invisibile.

Parlò con voce calma, piatta, in un tono che sembrava normale. «Ci ho pensato. Una cosa terribile, Henri. E ora dev'essere dura per te, anche se sei abituato a vivere nei boschi. Puoi andare avanti così, anche per un bel pezzo, probabilmente. Magari per sempre. Ma non la passerai liscia. Se invece ti costituissi, mi sembra, avresti l'occasione di dire la tua su come sono andate le cose. Ci ho pensato, mi sono messo nei tuoi panni.» Questo non era vero. «Anche se non ti credessero, o non ti credessero del tutto, almeno avresti detto la tua, mi pare. Così tutti saprebbero qual è la tua versione. Non ti terresti tutto dentro. È questo che mi farebbe impazzire, al tuo posto. Per il momento, l'unica cosa che si sa è che hai sparato a Marthe. Nessuno conosce il resto della storia. E naturalmente una storia c'è. Per fare una cosa del genere, deve averti provocato, detto qualcosa di terribile, questo lo capirebbe chiunque. Vero?»

Sulla soglia, uno strofinio e una fiammata. Per poco Norman non gli sparò. Ballou accostò il fiammifero alla pipa e aspirò. La fiamma crebbe e poi svanì, illuminando per un breve momento il viso immerso nell'ombra. Poi Norman udì la sua voce, crepitante di acuti e trilli intermittenti, una voce abituata a parlare ai corvi e agli abeti, che aveva quasi perduto ogni registro umano. «Tu non sai niente, Pelham. Pensi di sapere tutto ma sei solo un idiota. Quei sozzoni di canadesi, pensi, tutti uguali. Scopano, si picchiano, figliano, mangiano e crepano. Proprio come te, no? Pensi di sapere la verità. Ma che cosa sai? Mi ha provocato? Ma le donne, è il loro mestiere dare addosso agli uomini. Non l'hai ancora imparato? Marthe e la tua donna erano amiche, dici. Ci hai mai pensato? Certo che ci hai pensato. Hai pensato, sono uguali, sono quelle strane in questo posto, le forestiere. Quindi sono diventate amiche. Niente di strano. Ma Marthe, sai, a lei non piacciono le donne. Non le sono mai piaciute. Pensaci. Tutte quelle ragazze che venivano da lei con il solito, vecchio problema, pensavano di avere trovato un'amica. Ma loro non erano lì a sentire dopo che se n'erano andate, non la sentivano quando mi diceva: 'Ecco, vecchio, ecco un'altra puttana con cui divertirti. Quella ragazza è buona solo a fare la puttana, ormai'. Quindi mi ha provocato, dici. Non è vero. Avevo accettato da un pezzo com'era fatta, chi era. Bene, dicevo. Vivi e lascia vivere. Ma quest'inverno è cambiato tutto. Dio, pensavo di essere diventato pazzo. Mi ha stregato. Per la prima volta ho capito perché non abbiamo mai avuto femmine, solo maschi. E io che pensavo che era merito mio. Invece no. Una notte, era ancora novembre, mi ha svegliato un rumore, ed erano le ossa di piccoli scheletri che ballavano intorno al mio letto. Oh, erano tutte bambine. E la vecchia, seduta nell'angolo accanto al camino, aveva in faccia quel suo sorriso debole e cantava le stesse ninnenanne con cui metteva a dormire i ragazzi tanti anni fa. Non sto raccontando balle. Mi sono svegliato e ho pensato che fosse un brutto sogno. Ma io stavo lì sul letto e le ossa di quelle bambine continuavano a sbattere. Non erano semplicemente bambine, ma tutte le bambine a cui lei aveva impedito di venire al mondo. Non vedevo niente, no, ma sentivo il rumore. Le ossa che sbattono l'una contro l'altra fanno un rumore che non puoi neanche immaginare. Lei le chiamava.

Cantava tutte quelle vecchie canzoni francesi. Oh, Dio. Tutte quelle bambine. E la vecchia stava lì seduta e mi sorrideva come per sfidarmi. Non c'era niente di gentile in quel sorriso, te lo dico io. E io non riuscivo a muovermi da quel letto. Ed è andata avanti così, qualche notte sì e qualche notte no, fino all'anno nuovo.

«Ignorante che sono. Proprio non ci avevo pensato. L'ho mandata dritta dove voleva andare. La casa è diventata molto animata, poi. Due o tre giorni mi sono bastati. Me ne sono andato di corsa. Non potevo fare niente con lei, comunque. Il terreno era duro come il ferro. Le cose non sono cambiate neppure quando quel cretino di Howell l'ha trovata e l'hanno portata giù in paese e messa nella camera mortuaria. La casa ha continuato a essere una sarabanda, sembrava ci fosse una festa di nozze notte e giorno. Allora l'ho bruciata. Me ne sono occupato io, sì, sono stato io.

«Adesso penserai: Quell'uomo è uscito di senno. Be', forse è così, forse no. Ma ti dico una cosa che non sai. Avevo ventisette anni, lavoravo come boscaiolo su ai laghi del Connecticut e arrivò lei, non aveva neppure quindici anni. Ne sapeva già più di me, e io credevo di conoscere le donne come le mie tasche. Ma questa ragazza arrivò a Colebrook, si diede un'occhiata intorno e vide me, mi venne incontro e mi batté un dito sul petto, e fu come una morsa di ghiaccio che mi strinse il cuore. E io, giovane idiota, pensai che sembrava fuoco. E adesso stai pensando: Così il giovane Ballou si innamorò. Ma non è mai stato questo. Boh, forse non avevo amore da dare. Forse è questo che vide, lei lo sapeva. Perché già allora lei non aveva più cuore. Non chiedermi perché, non lo so. Aveva imparato il mestiere da qualche parte. E vivere nei boschi non le dispiaceva, oppure lo sopportava, o magari era proprio quel che faceva per lei. E mi lasciava libero di fare quello che volevo, e a letto le piaceva come a tutte, così per un bel po' di tempo mi sono detto che nessun uomo avrebbe potuto chiedere altro, no?

«Così ho dovuto diventare vecchio e stupido per capire che non era me che voleva. Le facevo solo comodo. Solo un modo per tirare avanti, un posto dove andare a finire qualcosa cominciato molto tempo prima. Così, mi aveva visto quella prima volta e aveva capito che ero un uomo che non poteva amare, e quindi ero proprio quello che faceva per lei. Perché anche lei non sapeva amare, anzi, voleva strappare l'amore da chiunque altro. E immaginava che fossi troppo stupido per vedere quello che faceva, o troppo ignorante per farci qualcosa. Vedi, non dico di essere un santo, io. Io non mi pento di niente, Pelham. Ho settantadue anni e voglio solo tre mesi di libertà, tre mesi tutti per me. Tutta la bile, l'odio, la cattiveria che la corrodeva, corrodeva anche me. Non è una storia da raccontare in paese, no? Che si fottano tutti. A dirti la verità, nei boschi c'è abbastanza da mangiare. Sono stufo dei polli.»

Non si mosse di un passo, ma di colpo sulla soglia non c'era più. Norman rimase seduto con il fucile in mano. Dalla porta aperta entrava una corrente d'aria fredda, così si alzò e la richiuse, senza guardare fuori se non per una rapida occhiata alla casa. Non aveva paura di Ballou. Alimentò le stufe e poi rimase a lungo seduto al buio. Non aveva niente da riferire a Leah.

Non aveva niente da riferire a nessuno.

Così, un giorno piovoso della seconda settimana di settembre, Norman accompagnò Leah di prima mattina alla stazione di Randolph per prendere il treno della Boston & Maine che l'avrebbe portata a New York e al treno della Atlantic Coast Line per la Florida. Leah aveva salutato i ragazzi all'alba, in cucina: Abby, gli occhi assonnati, fingeva indifferenza; Pru, eretta e rigida dentro il suo corpo morbido, preparava una colazione al sacco per sua madre; il bambino non capiva che cosa stesse accadendo, e ora la guardava imbronciato, ora strillava che voleva andare con lei. Poi si allontanarono nella carrozza coperta. Leah indossava il suo abito migliore, viola scuro e bianco. Aveva nel borsellino trecento dollari in banconote nuove appena prelevate in banca e altri cento in biglietti da dieci nascosti nella fodera dello stivaletto destro. Viaggiavano in silenzio. Norman avrebbe voluto un momento di intimità con lei, un po' di tenerezza in quegli ultimi istanti. Non aveva parole per esprimerlo, sapeva che non ce n'erano. Passò le redini in una mano e allungò l'altra verso di lei, posando un unico dito sulle mani che Leah teneva intrecciate in grembo, sopra il borsellino. Lei non lo guardò ma prese il dito, chiudendolo tra i propri palmi come per accoglierlo dentro di sé.

Sarebbe stata via una settimana, forse dieci giorni. Si sarebbe fermata più a lungo solo se avesse trovato sua madre e avesse avuto bisogno di più tempo. In quel caso avrebbe telegrafato.

La stazione era piena di traffico, come se tutta la vita del posto fosse confluita in quell'unico luogo. Il capostazione prese i soldi che Norman gli porgeva e gli passò il biglietto attraverso la grata. Era un ometto con folte sopracciglia bianche a cespuglio. Si schiarì la gola. «Allora, signora Pelham. Lei ha un posto a sedere fino a New York. Poi vagone letto fino a Goldsboro, nel North Carolina. Poi di nuovo posto a sedere fino a Sweetboro, sempre nel North Carolina.»

Leah parlò. «Sì.»

L'uomo si tirò su l'elastico che gli fermava la manica destra. «In Virginia potrebbe perdere il vagone letto e finire il viaggio con il solo posto a sedere.»

«Ma ho un biglietto di vagone letto per tutto quel tratto.»

«Sì, è vero.»

«Allora perché dovrei perderlo?»

«Non posso dire se sarà così. Dipende dal treno. Quanto è affollato. E anche, immagino, dal personale di turno stanotte.»

«Non capisco. Ho un biglietto di vagone letto. Una cuccetta.»

«Sì, signora.»

«E mi sta dicendo che in Virginia potrebbe cambiare.»

«Potrebbe. Non è detto.»

«Capisco.» Leah tacque un momento, poi chiese: «Ma questo biglietto, è della stessa ferrovia, no?»

Durante la conversazione l'uomo aveva tenuto il capo chino su dei moduli. Ora lo rialzò. Aveva il viso paonazzo, a chiazze bianche e viola. «Dipende dallo Stato», disse. «È la stessa società. Dipende dallo Stato. Volevo solo dirglielo. Capisce?»

«Oh», fece Leah, «capisco, capisco.»

«Probabilmente», aggiunse l'uomo, «non ci saranno problemi. Solo non volevo che fosse una sorpresa.»

«Sto solo cercando di andare a casa.»

«Sì, signora. E le auguro buona fortuna. Io sono nato e cresciuto a Randolph, ma a dire la verità sto cercando di fare altrettanto da quando avevo circa trentacinque anni. Quindi le auguro buona fortuna, signora.»

Leah fece un passo indietro. Aveva in mano il biglietto. Rispose: «La ringrazio. Molto gentile».

«Volevo solo che lo sapesse. E comunque arriverà a destinazione.»

«Oh», rispose lei. «Questo lo so.»

Si allontanò dal banco, prese il braccio di Norman e uscirono sulla banchina. Lei lo baciò e salì sul treno, e lui rimase a guardarla mentre attraversava due carrozze, trovava un posto libero accanto al finestrino e si sedeva senza guardarlo. Aveva sul viso un'espressione tirata, e Norman avvertì in lei la paura che lui aveva cercato di evitare in se stesso. Poi rimase a guardare il treno che si allontanava. La vide ancora per un breve istante, poi non riuscì più a vederla. Se n'era andata. Via da lui, lontano, verso se stessa, verso il Sud, quel luogo che per lui significava sangue e morte, ossa, cose che probabilmente non esistevano più. Pioveva. Norman uscì dalla stazione e tornò a casa.

Tardo pomeriggio, il venerdì di quella settimana: Norman e Prudence avevano trascorso la giornata a spalare cumuli di paglia e letame nei pollai e spargerli sui campi di fieno ormai spogli e ora, terminato il lavoro, stavano oziando davanti alle porte aperte del fienile principale, seduti su cassette rovesciate, gli abiti ricoperti da un sottile strato di polvere, gli stivali incrostati di escrementi. Sulla collina sopra la casa Abby e Jamie stavano raccogliendo patate, solo un piccolo cesto per la cena, ma anche in lontananza Norman li vedeva trasformare la piccola incombenza in un gioco: la ragazza barcollava con le braccia spalancate, cercando di catturare il bambino che brandiva in alto sopra la testa una patata, come un trofeo, lanciando acuti strilli.

Norman prese la pipa dalla tasca del panciotto. Da mercoledì mattina, quando doveva essere arrivata a Sweetboro, aveva perso le tracce di Leah. Negli ultimi venticinque anni aveva sempre saputo dove si trovava. Era come se una parte di lui fosse stata strappata via. Anche i suoi figli avevano la stessa sensazione, ognuno a suo modo. Avevano bisogno di lei. Rimase seduto a fumare. La rabbia che aveva dentro rimaneva dov'era grazie ai ragazzi, e alle sue inutili idee sui motivi che la generavano. Era una rabbia verso tutto e niente in particolare, e quindi, alla fine, verso se stesso: un uomo incapace di fare alcunché, se non trattenersi davanti ai propri ragazzi.

Padre e figlia osservavano i due sulla collina. A Norman sembrò che gli strilli del bambino crescessero di intensità e i suoi movimenti nel campo di patate si facessero più, grotteschi, agitati.

«Se Abby va avanti così, finirà che Jamie si piscia addosso.» Pru aveva staccato una scheggia dalle assicelle che ricoprivano il fienile e se ne stava servendo per grattare via gli escrementi di pollo dagli stivali. Un occhio su quello che stava facendo, l'altro sui fratelli. «Quel ragazzino adora farsi spaventare.»

«A quasi tutti i bambini piace.»

«Mhm.» Pru non si sbilanciò. Poi disse: «Anche ai grandi, mi pare». Lanciò a suo padre uno sguardo di sbieco.

«No», disse Norman. «Non è che piaccia, è che a volte non se ne può fare a meno.»

«Sai che cosa penso? Sta cercando di fargli capire che deve avere paura delle donne.»

«Dici?»

«Già.»

«I ragazzi non ci credono mai.»

Pru gli sorrise. «Devono imparare a proprie spese, eh?»

«Ma certo. Madre natura ha preso le sue precauzioni.»

«A volte mi sembra così sciocco.»

«È solo perché ci pensi, ecco tutto.»

«E Abby?» Pru fece un cenno verso la collina. «Credi che non ci pensi?»

«Credo che Abby», rispose Norman dopo un tiro di pipa, «sia pronta a fare a pugni con la vita e vincere per ko, se ci riesce.»

«E io? Che cosa pensi di me?»

«Quello che ti ho detto. Tu ci pensi. Ti lasci portare dal fiume e di tanto in tanto ti accorgi della riva che scorre via.»

«È questo che credi? Che io faccia male?»

«Oh, Dio, non chiedermi che cosa è giusto e che cosa è sbagliato. Ognuno vive a modo suo e non ha molta altra scelta, anche se a volte gli piace pensarlo. Per me è così.»

«Poveretto l'uomo che se la sposa.»

«Abby?» Norman sputò sull'aia. «Sarà una buona moglie.»

«Oh, sarà una buona moglie, non c'è dubbio. Solo che non vorrei essere suo marito, ecco tutto. Qualunque uomo sarà d'intralcio al suo essere una buona moglie, ecco che cosa penso.»

«Attenta, ora», l'avvisò Norman. «A volte finisce che capita a noi quello che pensiamo degli altri.»

«Sei molto preoccupato per lei, vero?»

Lui la guardò. «No. Dimenticherà presto quel ragazzo.»

«Stavo parlando della mamma.»

Norman svuotò il fornello della pipa battendovi sopra con il pollice e la ripose nella tasca del panciotto. «Non tanto. Sa quello che fa.» Fece una pausa, poi aggiunse: «Sono in ansia perché non so dov'è in ogni momento, ma questo è un problema mio, non suo. Tua madre, non l'ho mai vista farsi cogliere di sorpresa da una situazione». Sapeva che stava mentendo, ma non avrebbe saputo dire perché. Asserì: «Andrà tutto bene. Sta sicuramente bene».

Pru annuì senza guardarlo, e Norman capì che aveva percepito almeno la sua esitazione, se non la bugia. Dopo qualche istante la ragazza domandò: «Com'è da quelle parti?»

«Il posto dov'è nata?»

«Il North Carolina, sì.»

«Non saprei. Sai che durante la guerra ero in Virginia e l'ho conosciuta solo mentre veniva al Nord. La Virginia, be', lì era fango ghiacciato d'inverno e caldo soffocante d'estate, come avere una coperta bollente sulla testa. A parte quello, sembrava abbastanza bello, se non ci fosse stata la guerra. Ma devi pensare che non ero lì in gita di piacere, e la gente del posto faceva del suo meglio per ammazzarmi. Quindi forse non ne ho avuto l'impressione migliore. C'erano dei momenti, però, brevi intervalli, in cui vedevo che era un bel posto. Ricordo che pensavo: Una squadra di ragazzi del Vermont abituati ad arare granito e sarchiare ghiaia farebbero miracoli su questa terra così facile. Ma forse il punto non è questo. Più le cose sono facili più la gente pretende, senza neppure pensare. La gratitudine forse nasce solo dall'ottenere qualcosa di buono con il duro lavoro.»

«Certo. Proprio come Abby dà per scontata la sua bellezza.»

«Be', lo è. Non ha fatto niente per averla. Non c'è motivo di invidiarla. Lei lo sa, e pensavo lo sapessi anche tu.»

«Questo non vuol dire che non sia dura.»

«Sì, per ora. Ma il tempo prima o poi ti presenta il conto, questo te lo posso assicurare.»

«Detesto quando dici: 'Un giorno capirai'.»

«Lo so. Ma è proprio così. Un giorno capirai.»

Poi tacquero. Abby e Jamie, sulla collina, erano tornati al lavoro. Pru si girò sulla cassetta per avere di fronte suo padre. «Ecco perché sei così saggio, sono questi capelli bianchi.»

«Ah, te ne sei accorta. Io pensavo che mi dessero un tocco affascinante.»

Pru annuì. «Ti stanno bene. Quello che spero io è diventare vecchia. Con i capelli bianchi e le rughe non mi importerà più. Potrò rilassarmi e smettere di rincorrermi. Al tempo stesso, voglio rimanere esattamente come sono. Non riesco a immaginare di cambiare idea sulle cose. Tu ti preoccupi per me, e non ce n'è motivo. Forse mi lascio portare dal fiume, ma, accidenti, lo so bene.»

Norman annuì. «Mi sembra una buona idea.»

Pru sorrise di nuovo. «Lo considero più un esperimento.»

«Forse dovresti prendere appunti.»

La ragazza aggrottò le sopracciglia e studiò il terreno davanti ai suoi piedi per un istante, poi lo guardò. «Veramente lo faccio già. Tutte le sere scrivo quello che è successo durante il giorno, magari qualcosa di quello che penso io. Così rimane.»

«Davvero?»

«Mh-mh.»

«Qualche volta vorrei averlo fatto. Mettere le cose per iscritto. Però mi domando se le parole non intralcerebbero la memoria, non sostituirebbero i ricordi. Ma naturalmente i ricordi non sono altro che quello che una parte di te sceglie. Il nostro problema, di quelli come te e me, è che vogliamo rimanere attaccati a tutto. Non riusciamo a staccarci da niente. Ma la vita continua e le cose finiscono, comunque.»

Pru tacque un momento, poi disse: «Oh, sei malinconico, oggi».

Anche Norman tacque un momento, poi replicò: «Sono sempre stato così».

«Penso che sia terribile.»

«Può darsi. Ma è il solo modo che conosco.»

Quella sera stessa, nel crepuscolo azzurro e freddo, stavano cenando quando udirono un concerto smorzato di ruote e zoccoli di cavallo che risaliva la collina e si avvicinava alla fattoria. Norman lo udì per primo e andò alla finestra. Subito dopo il bambino lo raggiunse, aggrappandosi al davanzale e saltando su e giù, mentre suo padre scrutava in lontananza la carrozza della locanda che si avvicinava, paralizzato dall'arrivo di un messaggio, un telegramma, una notizia terribile che non aveva neppure immaginato. Alle sue spalle sentiva il peso dello sguardo delle ragazze sedute a tavola, anch'esse intorpidite dal presentimento del disastro incombente. Così soltanto Jamie fu libero di gridare: «È la mamma! La mamma è tornata!»

Non raccontò nulla del viaggio e soffocò le esclamazioni con fermezza. «Sono tornata, ecco tutto. Non mi seccate.» Mangiò un po' di patate appena raccolte e un'unica fetta di prosciutto affumicato e Norman si accorse che stava quasi tremando. Non lo guardava negli occhi. Soltanto una volta gli lanciò uno sguardo, una gelida supplica di essere lasciata sola. Non disse nulla, non chiese nulla, e la stanza divenne silenziosa intorno a lei, senza che lei se ne accorgesse ma come se il silenzio irradiasse dalla sua persona. Solo quando ebbe finito di mangiare prese un momento il bambino tra le ginocchia per stringerlo a sé e accarezzargli la testa, poi, quando Abby si fece avanti per portarlo di sopra, lo lasciò andare subito. Prudence si mise a lavare i piatti e Norman si alzò da tavola, com'era sua abitudine, per andare in salotto a fumare. Lanciò un'occhiata a Leah, pensando che l'avrebbe seguito. Ma Leah rimase seduta, gli occhi sempre sulla tovaglia, le mani inerti sul tavolo. Norman, in piedi, rimase a guardarla. Aveva gli abiti impolverati, e spiegazzati. Lei non alzò lo sguardo su di lui. Pru rigovernava velocemente, in silenzio, la schiena rigida per la tensione. Dopo avere lavato e sciacquato le stoviglie, lasciò tutto nello scolapiatti e uscì dalla cucina, abbracciando rapidamente sua madre e suo padre in un unico sguardo. Norman rimase ancora un momento in piedi accanto a Leah, il suono della porta che si chiudeva come un lungo sospiro nella cucina silenziosa. Poi si risedette al tavolo, tirò fuori la pipa e la borsa del tabacco, caricò il fornello e si mise a fumare. Attese.

Leah stava seduta immobile. Dopo qualche tempo si scosse. Si alzò, prese la valigia da terra, la posò sul tavolo, fece scattare i fermagli e la aprì. Poi andò all'acquaio e dandogli le spalle si spogliò fino alla cintola, lasciando cadere i vestiti sul pavimento, un mucchio logoro e rigido. Si lavò con uno straccio ruvido, che di solito usavano per scrostare le pentole, dedicando molto tempo al viso e alle mani prima di passare a strofinarsi il busto. Poi, sempre evitando il suo sguardo, frugò nella valigia e tirò fuori una camicia da notte, che infilò. Sotto di essa si tolse sottane e biancheria intima, che caddero ai suoi piedi, quindi se la annodò in vita e con lo stesso straccio si lavò sotto, strofinando furiosamente. Infine posò prima un piede, poi l'altro sul bordo della cucina per lavarli, passandosi lo straccio avanti e indietro tra le dita come per eliminare la strada fatta, i chilometri macinati. Norman all'inizio rimase a osservarla, poi distolse gli occhi ma continuò a guardare. Non sapeva bene se quella mancanza di pudore davanti a lui fosse segno di confidenza o di indifferenza. Quando ebbe finito, Leah sciolse il nodo e la camicia da notte le ricadde fino ai piedi. Poi si chinò a raccogliere il bel vestito sporco e stazzonato e senza complimenti lo cacciò nella valigia, chiudendo di scatto i fermagli come a seppellirlo. Come se non le appartenesse più. Allora lo guardò, le pupille dilatate che guizzavano instabili. Norman vi lesse angoscia, paura. Non poteva credere di essere lui a farle paura, ma non vedeva chi altro. Quegli occhi lo fecero pensare a un puledro selvaggio, cresciuto senza alcun contatto con gli uomini, che ora, in cattività, sentiva l'odore della creatura bipede che si avvicinava.

«Te la sei sbrigata in fretta», le disse. Al piano di sopra si udirono passi, mormorii, poi il silenzio. Sentiva il respiro di Leah, piccoli rantoli di catarro in gola.

«Non c'era niente.» La voce ruvida, come se le sue corde vocali fossero coperte di cicatrici.

«Nessuna traccia di tua madre? Nessuna notizia, nessuno che sapesse qualcosa?»

Leah scosse la testa. Con la voce che le tremava, ripeté: «Non c'era niente».

Confuso, da lei e dalle sue parole, Norman disse: «Che cosa vuol dire 'non c'era niente'? Non c'era più la città, la gente?»

«No, no!» gridò lei. «Solo che non c'era niente.»

«Leah.» La voce di lui si avvolse intorno al suo nome.

«Che cosa vuoi da me?!»

Norman si appoggiò allo schienale della sedia e accavallò le gambe. «Niente, non voglio niente. Vedo che sei distrutta. Non c'è bisogno che mi racconti niente. Non ora né mai, se non vuoi. Sono contento che tu sia tornata e basta. Sana e salva.»

«Non so perché dovresti esserlo», rispose lei.

Leah dormì trenta ore filate mentre tutti gli altri si aggiravano per la casa in punta di piedi, come se ci fosse un malato. Alle quattro e mezzo del mattino della domenica si alzò e si vestì nella semioscurità. Anche Norman si svegliò e rimase sdraiato a osservarla. Faceva freddo nella stanza. Se ci fosse stata più luce avrebbe visto il proprio fiato. Rimase sdraiato a guardarla mentre tirava fuori i vestiti dai cassetti e li indossava, e questa routine quotidiana lo rassicurò. Pensò di parlarle, ma qualcosa nel modo in cui lei stava davanti alla finestra glielo impedì. Rimase sdraiato, non fingendo di dormire, perché sapeva che non avrebbe mai potuto ingannarla, ma come se fosse ancora intorpidito dal sonno. Quando fu uscita dalla stanza, rotolò sulla schiena, completamente sveglio. La sentì in cucina, sentì l'odore della legna che ardeva nella caldaia e qualche tempo dopo il calore che cominciava a salire. Poi, mentre la finestra si schiariva e l'alba avanzava e lui stava per alzarsi, udì la porta sul retro richiudersi piano. Immaginò che Leah fosse andata a occuparsi degli animali e si alzò dal letto pensando che fosse tutto a posto, che la vita stesse tornando alla normalità.

C'erano quattro forme di pane che lievitavano negli stampi in cucina e lei non era nella stalla né nel pollaio, ancora bui. Da lì, mentre sorgeva il sole, Norman vide le chiare tracce del suo passaggio nella brina del prato sopra la casa, dirette verso il bosco. Era andata a fare una passeggiata, ecco tutto. Tornò in casa e fece colazione con pancetta e gallette, un'abitudine che aveva preso da lei. Bevve una sola tazza di caffè; negli ultimi anni il suo intestino non ne sopportava di più. Rimase ad aspettare che i suoi figli si alzassero, tardi, come sempre la domenica, e che sua moglie tornasse. Si sedette a leggere un giornale vecchio di giorni, in salotto, in modo da non vedere la collina dalla finestra: non voleva stare ad aspettare il suo ritorno.

A metà mattina Abby infornò il pane e a mezzogiorno lo mangiarono, assieme a dei fagioli. Leah non era ancora tornata. Il pane non sapeva di nulla. Senza parlarne, dopo pranzo Abby lo portò sull'aia e lo sbriciolò per le galline. Pru attaccò uno dei bai al calesse e portò Jamie al villaggio a prendere un gelato. Norman si sedette in salotto per qualche minuto, lo stomaco che brontolava per il pasto scadente. La pipa non gli dava alcun piacere. Poco dopo uscì sull'aia a scrutare la collina, in cerca di un movimento qualsiasi. A parte il piccolo gregge di pecore, non c'era nulla. Rientrò in casa e si sedette a sbrigare la contabilità allo scrittoio tutto graffiato che molto tempo prima era stato di suo padre. In cucina, Abby arrostiva un pollo per cena. Dopo qualche tempo Pru e Jamie tornarono dal villaggio e Norman si alzò per occuparsi degli animali. Dopo essersi cambiata d'abito, Pru lo raggiunse. Non parlarono. Lei lo precedette in casa con i cesti delle uova. Lui rimase a lungo fuori, nel crepuscolo azzurro, a scrutare il fianco della collina. Non c'era segno di lei. Ricordò l'epoca in cui sembrava non riuscissero ad avere figli, i vagabondaggi, nei giorni e nelle ore più strane. Rientrò in casa e si sedette a consumare la cena domenicale con i suoi figli. Il pane era ottimo, il pollo cotto a puntino. Jamie era irrequieto, ma non cercava la mamma. Poi la cena fu finita e le ragazze si diedero da fare per sparecchiare in fretta e portare il bambino di sopra, lasciando Norman solo a fumare la sua pipa. E ad aspettare sua moglie. Si appisolò seduto a tavola e quando si svegliò mancava poco a mezzanotte. Si sciacquò la faccia e uscì al chiaro di luna a scrutare ancora una volta le colline e farsi l'ultima fumata. Non si vedeva niente. Rade nuvole alte. Un alone intorno alla luna. Avrebbe voluto gridare il suo nome. Aveva lo stomaco straziato. Non c'era niente che potesse fare. Andò a letto e rimase sdraiato al freddo, insonne. Eppure, quando lei entrò nel letto, prima dell'alba, lo svegliò premendo la schiena gelata contro di lui. Norman non disse nulla. Sapeva che lei si era accorta che era sveglio. Neppure lei parlò.

Non che Leah non rivolgesse loro la parola. Dopo la lunga dormita e la lunga passeggiata, le giornate tornarono ad assomigliare a quelle che erano state, ma non ingannava nessuno, neppure il piccolo. Era attiva, mai brusca, diretta nelle sue affermazioni, indicazioni, ammonizioni o correzioni. Non le sfuggivano strani sospiri nel bel mezzo del pranzo, né se ne stava imbambolata con lo sguardo perso nel vuoto. Niente di tutto ciò, eppure era come se non fosse lì con loro. Anche quando alzava la voce, lo faceva in modo meccanico, senza emozione: il bambino aveva versato il latte e lei gli ordinava di pulire. Era come se avesse un vuoto dentro che tutti gli strati esterni non riuscivano a celare completamente, che contagiava coloro che la circondavano. Le sorelle si accapigliavano furiosamente per delle sciocchezze quando lei non le sentiva, poi in sua presenza discutevano con calma e lavoravano con una frenesia visibile solo a Norman, non a lei, per sbrigare ciò che andava fatto prima ancora che lei lo stabilisse. Come se in questo modo potessero placarla, tranquillizzarla, o forse solo per farle notare che le cose andavano proprio male. Jamie attraversava un periodo difficile, era appiccicoso, piagnucoloso, e sua madre lo prendeva in braccio, prendeva un fazzoletto, gli diceva di soffiare, gli lavava la faccia e gli sussurrava parole dolci, le stesse parole che solo pochi mesi prima funzionavano, ma ora lo metteva giù e non vedeva i suoi occhi che la scrutavano, che cercavano la madre conosciuta. A volte Norman pensava che il bambino sapesse meglio di tutti gli altri che cosa non andasse in lei. Diverse volte aveva provato l'impulso di portarselo su al pascolo delle pecore, con la speranza che in qualche modo ciò che sapeva diventasse chiaro anche a lui.

Norman con una rabbia che lottava per esplodere, selvaggia, eppure compressa. Ogni volta che parlava con Leah, cresceva il suo rancore. Non otteneva altro che risposte meccaniche. Si sentiva preso in giro. Non da lei, gli sembrava, anche se non avrebbe saputo dire da chi altro. La sua rabbia era anche egoista: si sentiva troppo vecchio. Si sentiva intimidito, con le mani legate. Ammirava la sua abilità. Dava la colpa a ogni cosa, ma soprattutto a se stesso. Per che cosa esattamente non lo sapeva. Più che continuare a rifiutarsi di parlare dei suoi viaggi, Leah ignorava le sue domande. Non c'era niente da dire.

Perse le staffe con lei solo una volta quell'autunno, e nulla cambiò, anche se per un paio di giorni provò un grande sollievo, come se avesse vuotato un recipiente pieno fino a scoppiare, e un timido imbarazzo, come se si fosse approfittato di qualcuno più piccolo di lui, più debole. E tre settimane più tardi avrebbe avuto l'occasione di ripensare all'episodio che avrebbe portato con sé per sempre, come qualcun altro, in un altro tempo e un altro luogo, avrebbe potuto portare un gatto a nove code con cui flagellarsi la schiena, camminando scalzo tra i rovi e le ortiche, a capo scoperto sotto il sole a picco.

Aveva passato il pomeriggio nel fienile, a pulire la pressa per le mele. Il succo era pronto e ora riposava in cantina nei barili. Aveva smontato le parti metalliche della macchina, le aveva lavate e asciugate e poi cosparse di olio lubrificante. Tutto era in ottimo stato. E poi a Norman era sfuggita di mano la più grande delle due ruote dentate, che cadendo aveva battuto contro la piastra della pressa. Due denti erano saltati ed era bastato questo a renderla inutilizzabile: quell'oggetto così aggraziato nella sua utilità e bello nella sua semplicità era da buttare via. Ed essendo di ghisa, non poteva neppure essere forgiato di nuovo per farne qualcos'altro. Rimase seduto a fissarla. La pressa aveva solo quarant'anni. Poteva ordinare un nuovo pezzo, ma non era quello il punto. Aveva rovinato qualcosa di utile per negligenza, per disattenzione. Non era stato un incidente. Sputò sulla paglia che ricopriva il pavimento di assi e imprecò. Guardò fuori, verso la fattoria. Prudence era a scuola, il suo ultimo anno. Abby e Jamie erano nel frutteto, con un cavallo e la rozza slitta chiusa ai lati da assi di legno, che riempivano con le ultime mele ammaccate fatte cadere dal vento. Le avrebbero date alle pecore prima che marcissero. Norman si alzò e si chinò a raccogliere la ruota rotta, che collocò con estrema cura su un ripiano all'interno del fienile. Sapeva che sarebbe rimasta lì per anni. Aveva già deciso di tenerla: un ricordo della sua rabbia, un ricordo di quel giorno. Si diresse verso casa, a grandi passi decisi. Si sentiva teso, schietto, furioso, semplice. Giusto.

Leah era in salotto, seduta sul sofà comprato l'anno prima e rivestito di velluto blu scuro. Aveva le ginocchia unite, le mani in grembo, la testa reclinata sullo schienale. Teneva gli occhi chiusi. Norman si sedette sulla sedia dall'alto schienale di legno di fronte a lei, le gambe divaricate, i gomiti sulle ginocchia, il mento tra le mani. Aspettò un poco, ma non a lungo, e la sua voce fece irruzione nella stanza. Gli piacque, gli piacque il modo in cui riempì il locale che da settimane gli sembrava soffocato da un sudario di frammenti, sussurri e sospiri trattenuti. Era come se qualcuno martellasse sui tasti di un pianoforte. «Se facessi uno sforzo, forse potresti dirmi quanto hai intenzione di andare avanti così. Almeno saprei, sapremmo tutti quanta merda ancora dobbiamo ingoiare. Non mi sembra di chiedere troppo. Dal momento che non riesci a parlarmi, oppure non vuoi. Forse non vuoi, oppure non sai neppure che cos'è stato a ridurti così durante il tuo viaggetto giù a casa. Immagino che siano affari tuoi. Ma hai una famiglia proprio qui davanti a te, e tutti ci chiediamo dove sei finita. Perfino quel bambino si chiede che fine ha fatto sua madre. Ci hai pensato? Che cosa dev'essere per lui? È solo un bambino, non sa niente, sa solo che sua madre è diventata un'estranea. Io non ti avrei mai creduta capace di riversare la tua infelicità su qualcun altro, tanto meno su un bambino indifeso. Per non parlare di tutti quanti noi. Ma noi possiamo andare al diavolo, immagino. A quanto pare è questo che vuoi, almeno.»

Fece una pausa, prese fiato, si chiese se avesse buttato fuori tutta la rabbia che aveva in corpo e si rese conto di no.

«Non vuoi dirmi niente. Va bene. Non mi piace ma non morirò per questo. Forse un giorno me lo dirai. Non c'era nessuno, hai detto. Senti, non sono un idiota. Evidentemente quello che hai trovato non era come speravi, magari era anche peggio di quello che temevi. Sto tirando a indovinare. Non posso fare altro che tirare a indovinare. Maledizione, Leah, sono stufo. Non ti ho mai impedito di fare quello che volevi o che credevi meglio e ti assicuro che non tutti gli uomini si sarebbero comportati come me. Ma ti dico una cosa, una volta per tutte: non ho intenzione di vivere in questo modo. Non vedo come potrei, e non lo farò, e non so che cosa fare. E adesso tu. Tocca a te. Devi dirmi qualcosa e non so che cos'è. Ma devi farlo. Avanti.»

Quando nominò Jamie, Leah aprì gli occhi e fissò il soffitto. Poi li richiuse. I lineamenti del suo volto si distesero, come se fosse calma. O una stanchezza tale da creare l'illusione della compostezza. Oppure una rassegnazione quasi chimica, come se l'anima fosse fatta di composti ed elementi chimici.

Con gli occhi ancora chiusi, disse: «Il bambino se la caverà».

Norman replicò a voce bassa, tra i denti: «Jamie. Sto parlando di Jamie. Non di un bambino qualsiasi».

Leah mosse un sopracciglio, un arco sottile e ben delineato. «Tutti voi ve la caverete. Lasciami in pace, Norman.»

«No, è un mese ormai che ti lascio in pace.»

«Continua così.» Con gli occhi ancora chiusi, alzò una mano e fece un gesto come per spazzarlo via. «Stai facendo un buon lavoro.»

«No», obiettò lui. «Adesso basta. Basta assecondarti. Basta guardare quei ragazzi che cercano di fare lo stesso. È ora che cominci a dominarti.»

Leah aprì gli occhi e lo guardò. Sorrise. Terribile come un teschio. Aveva gli occhi annebbiati dalla rabbia, dall'odio. Peggio ancora, dalla pietà. «Oh, dominarmi. Tu non hai idea di quanto sia brava a dominarmi. Per il resto, scordati quello che vuoi tu. Perché non cambia niente. Sei tu che dovrai imparare ad accontentarti, perché più di questo non posso darti. È un peso terribile quello che devo sopportare, non è una cosa che possa dividere con nessuno, non con voi. Quindi pensaci. Pensa che forse vi risparmiate qualcosa. Non voglio farti del male, e non voglio fare del male ai nostri figli, non importa che cosa pensi, che cosa pensate tutti. Non voglio fare del male a nessuno di voi.» Chiuse di nuovo gli occhi.

Norman si alzò. Fece un passo verso di lei. Si voltò, guardò fuori dalla finestra. Non c'era niente da vedere, lo stesso di sempre. Guardò di nuovo Leah. Le mani gli prudevano. La guardò e immaginò di colpirla, e sentì in petto un'ondata di soddisfazione e nello stomaco un crampo di disgusto. «Fai del male a tutti noi, ogni giorno. E fai del male anche a te stessa», dichiarò.

«Oh, Signore», esclamò lei, e Norman ebbe l'impressione che si rivolgesse non tanto a lui quanto all'intero locale, come se non fosse vuoto ma pieno di gente. «Non sto facendo del male a nessuno, non più. Non potrei, non potrei fare peggio di quello che ho già fatto. Cerco solo di tenere duro. Tu non hai idea, non puoi neanche immaginare. Lo sai tu e lo so anch'io: il Signore Gesù e Suo Padre hanno altro a cui pensare per perdere tempo con te e me, così insignificanti, con quello che ci piace o che non sopportiamo. Io mi ero sollevata dalla miseria, pensavo che ci stavo riuscendo. Che cosa pensavo che fosse? La redenzione? La ricompensa? No, no, no, non sono mai stata così stupida. Pensavo che forse era l'occasione di imboccare la retta via, di fare del bene, di fare ciò che potevo con le mie forze. Pensavo che bastasse. Pensavo fosse una benedizione. Anzi, lo sapevo.

«C'era un prima e un dopo. Un tempo, un luogo, una Leah; un altro tempo, un altro luogo, un'altra Leah. Che cretina presuntuosa. Ecco chi ti sei ritrovato per moglie, una cretina presuntuosa. Smettila di dispiacerti per te stesso. Guarda in faccia la verità, Norman. Affrontala da uomo, guardala come ti fa a pezzi.» Aveva gli occhi ancora chiusi.

Norman colmò la distanza che li separava, i suoi stivali erano a pochi centimetri dalle scarpe di lei. Non osava toccarla. Avrebbe voluto colpirla, darle uno schiaffo in viso. Aprirle gli occhi. Farle aprire gli occhi. A voce bassa, disse: «Non può essere così terribile come credi. Metà del problema è che ti tieni tutto dentro. Forse più di metà. Devi parlare. Parla con me, vedrai che non è così terribile come pensi».

Leah aprì gli occhi e lo guardò brevemente. Poi spostò lo sguardo sulla finestra, la stessa da cui Norman aveva guardato fuori poco prima. «Il tuo problema, Norman, è che non hai il coraggio di dire come ti senti. O di vedere le cose come stanno. Credi che si tratti solo di te e di me. Non è affatto così, c'è un mucchio di gente al mondo, e ognuno è assolutamente insignificante in confronto al suo prossimo. A te non importa di me, Norman, ti importa di te stesso. Anche quei ragazzi per cui ti scaldi tanto, è solo perché fanno affidamento su di te. Altrimenti, fossero i figli di qualcun altro, non te ne importerebbe niente. Sai che è così, Norman. Gli uomini, le donne, siamo tutti fasulli. Tiriamo avanti, le cose ci sembrano così importanti, ma non è vero niente. Non siamo altro che un po' di terriccio sotto il piede di qualcun altro. Soltanto polvere. Tutto si riduce a niente. Siamo solo degli sciocchi, se pensiamo che le cose stiano diversamente. Anche il buon Gesù, forse Lui è stato il più sciocco di tutti. Forse si è preso un po' troppo sul serio. Forse Suo Padre è ancora lì con la testa tra le mani a pensare che sciocco era Suo figlio. Forse non Gli importa neppure niente di quello che pensiamo noi tutti, è troppo preso dal Suo dolore per come è venuto fuori Suo figlio. Ci hai mai pensato? Se la guardi in questo modo, si capiscono tante cose. Come potrebbe essere altrimenti?»

Norman disse: «Smettila, smettila di fare questi discorsi».

In tono aggressivo, Leah replicò: «Quali discorsi?»

Lui si voltò e senza saperlo buttò a terra un vaso con un ciuffo di aster di fine stagione. Il vetro si ruppe in frammenti minuscoli che scomparvero sul tappeto. Schegge invisibili, sottilissime, in grado di penetrare in profondità in un piede nudo e calloso. Rimase visibile soltanto la macchia d'acqua, su cui si rifletteva la luce del tardo pomeriggio. Gli occhi di lei scintillarono.

«Oh, discorsi da negri. È questo che vuoi dire, vero? Discorsi da negri.»

Norman stava ritto sopra la macchia bagnata, i piedi divaricati, piantati a terra. «Ti crogioli nel tuo dolore, godi sapendo che non posso capire, hai deciso che non posso capire prima ancora di fare un tentativo. E porti da sola il tuo fardello, per proteggerci tutti. Sai che cosa penso? Penso che quel dolore si sia impossessato di te. Gli appartieni. Tu prendi in giro te stessa, nessun altro. Ecco tutto.»

Leah annuì. Poi la sua voce assunse un tono familiare, per la prima volta dopo settimane, e disse: «Bene, Norman. Tu mi hai sposata. Anellini da quattro soldi in un fiume a mezzanotte, nient'altro. Perché eri troppo vigliacco per fare qualcosa di più. Ma non te lo rinfaccio. Sapevi chi ti stavi prendendo. Una ragazza negra, una donna negra. Da capo a piedi. Ma tu non sai niente. Anche questo non è colpa tua. Voglio dire, potevo dirtelo, ma mi avresti ascoltato? Io non so niente più di te. Non ho mai saputo niente, non saprò mai niente più di te. Ma, Norman, dimmi una cosa. Pensavi di sposare una donna bianca? Pensavi che un giorno sarei diventata una donna bianca?»

Norman era ancora sul tappeto. Fece un passo avanti, in modo da sovrastarla, e la guardò, aspettando che anche lei alzasse gli occhi su di lui, sapendo che non poteva ignorare la sua mole. Dopo un po' Leah lo fece. Negli occhi dilatati, umidi, splendenti, non c'era traccia di paura. Sembrava quasi che gli chiedesse di infliggerle dolore. O qualcosa che lui non poteva capire. E la odiò per questo. Si diresse alla porta e si voltò soltanto quando ebbe superato la soglia. Disse: «So chi ho sposato. L'ho sempre saputo. L'autocommiserazione è una cosa terribile. Non avrei mai pensato di vederla in te». Poi chiuse la porta.

La sua figlia maggiore e il figlio erano in cucina, Abby in piedi contro l'acquaio, Jamie con la testa sepolta nelle gonne di sua sorella, le mani spasmodicamente aggrappate al tessuto. Abby aveva un cestino di mele, picchiettate di ruggine ma sode, dure, del colore del sangue essiccato. Lo fissò con occhi dilatati, dure pepite scure confuse e impaurite. Con una sfumatura di folle esaltazione. Norman passò loro accanto senza parlare. Si sentiva il viso in fiamme, non voleva fermarsi o cercare di parlare, non voleva che lo vedessero tremare. Proseguì fino alla porta della cucina e se ne andò fuori. Sapeva di essere uscito sconfitto da una discussione, di cui ignorava la forma, lo scopo. Diede da mangiare alle bestie e sbrigò le faccende serali. Prudence tornò a casa da scuola e, senza dire una parola, gli diede una mano. Sentiva gli occhi di sua figlia su di sé e non disse nulla. Insieme tornarono in casa nella luce morente e si sedettero a tavola con Abby e Jamie per consumare la cena. Leah era andata a letto. Quando salì in camera, più tardi, Norman la trovò profondamente addormentata, su un fianco, il respiro regolare e ritmico, come se non fosse lì. Si sdraiò accanto a lei e rimase sveglio a lungo. A un certo punto Leah mormorò qualcosa nel sonno e lui si chinò su di lei per sentire che cosa diceva, ma aveva smesso di parlare. Si sdraiò sulla schiena e le posò una mano sul fianco. Poco dopo dormiva.

* * *

Tre settimane più tardi, una plumbea mattina di novembre, sotto un cielo basso e piovoso, Leah indossò gli abiti di tutti i giorni e si avviò verso il bosco, oltre i pascoli delle pecore coperti di brina. Raggiunse un punto in cui i massi di granito erano frastagliati e ricoperti, sul lato sempre in ombra, di muschio fradicio, su cui i tacchi scivolavano. Due vecchi aceri sfregiati li sovrastavano. Quello più a nord segnava il confine della fattoria e lì, con un pezzo di corda di quella che Norman usava per fare cavezze, si impiccò. Assicurò un'estremità della fune a un ramo dell'acero con un semplice cappio e più in basso fece un altro cappio che si passò intorno al collo. Poi saltò giù dal masso. Sebbene i suoi abiti fossero sporchi di muschio e di fango su un fianco, dove aveva battuto contro la roccia, le mani erano pulite, come se anche in quell'ultimo breve, spasmodico sforzo il suo corpo avesse continuato a obbedire alla sua volontà.

La trovò a metà pomeriggio. Sapeva della sua assenza fin dal mattino presto, sapeva che c'era qualcosa che non andava ma si sentiva paralizzato, incatenato da quei due mesi in cui lei era stata così lontana. Tirò mezzogiorno pieno d'angoscia, il cuore un nodo nero nel petto, gonfio e dolorante. Ci fu un momento, mentre scendeva da una scala a pioli, in cui perse cognizione di sé e fu travolto dalla vertigine, un'ondata di nausea, il suo campo visivo improvvisamente tutto rosso e cosparso di puntini luminosi che gli danzavano davanti agli occhi. Più tardi sarebbe giunto alla conclusione che quello era il momento in cui lei era saltata giù dal masso. Stava buttando giù il fieno con il forcone attraverso le botole ed era stato allora che aveva deciso di andarla a cercare, e forse si era sentito male soltanto perché era sceso troppo in fretta dalla scala. Ma quel lungo momento in cui era rimasto aggrappato ai semplici pioli sporgenti dal muro del fienile, sopraffatto dalla nausea, debole e cieco, sarebbe rimasto con lui per sempre.

Non c'erano tracce da seguire nei campi fradici di novembre e poi nei boschi pieni di foglie marce, e non ne aveva neppure bisogno. Sapeva dove trovarla.

L'aveva condotta lassù quel primo autunno dopo la guerra, ancora prima che sua madre lasciasse la fattoria con Connie. Leah si era arrampicata dietro di lui, cercando di tenere il passo. Lui portava un cesto pieno di sandwich con fagioli freddi, pancetta e cipolle a fette, mele, un pezzo di formaggio bianco come la luna e una caraffa di succo di mele fresco, che stava appena cominciando a fermentare. Dietro i massi di granito c'era una sorgente: un avvallamento del terreno con una pozza limpida circondata di ciuffi di felci. E lì avevano consumato il pranzo, dividendosi una mela con una fetta di formaggio, e poi avevano schiacciato sotto il loro peso le felci facendole affondare nella terra umida intorno alla pozza. Erano tornati altre volte. E poi, senza parlarne, avevano smesso di andarci. Come se ogni loro visita diminuisse la forza, il nitore e la purezza della prima. Norman si rivide sdraiato sulla schiena nelle felci, lustro dalla testa ai piedi per lo sforzo dopo quella prima volta, la chioma del vecchio acero sulla sua testa che ondeggiava in un vento che lui non sentiva, certo, come si è certi di un fatto inconfutabile, che qualcosa di suo padre se ne stava acquattato nei boschi e li osservava, con attenzione, approvando. Ne era certo come era certo che lei fosse tutto ciò di cui avrebbe mai avuto bisogno.

Non emise alcun suono quando, superata l'ultima cresta, arrivò nel campo punteggiato di massi e la vide, un oggetto sospeso da terra, quieto, immobile, il capo reclinato su una spalla. Non era più pioggia quella che cadeva dal cielo, solo foschia, aria bagnata che lo colpiva in viso, aria bagnata attraverso la quale avanzava. Licheni rossi e giallo senape, vividi come macchie. Il verso d'avvertimento di uno scoiattolo. I vestiti di Leah erano scuri, fradici di pioggia, e la sua pelle era di un viola smorto, come le more rimaste sul rovo. Mentre andava verso di lei, non riuscì a trattenersi. Era furioso per i singhiozzi che lo squassavano, per quello sfogo misero e inconsistente che si concedeva alla sua vista. Da vicino, puzzava di feci e di urina. La prese per la vita e la sollevò con un braccio, mentre con il temperino cercava di segare la corda bagnata, senza riuscirci. La lama aveva perso il filo. Non aveva mai posseduto un coltello senza filo in vita sua. Provò di nuovo e lei si girò e il volto le cadde sopra la sua testa. Non riusciva a tagliare la corda. Alla fine salì sul masso accanto al quale dondolava il corpo di lei e, distogliendo lo sguardo, segò lentamente il cavo. L'estremità gli scivolò tra le dita e lei cadde a terra e giacque piegata su se stessa. Scivolò giù dal masso, la prese tra le braccia e si mise a cullarla, il viso contro quello di lei, il suo corpo stretto al proprio. Poi la portò giù dalla collina.

Dopo il servizio funebre, quando la cassa di legno di pino che Norman aveva costruito, levigato e lucidato in una notte di lavoro fu calata con le funi nella terra e il pastore disse le ultime, parsimoniose parole, Norman si chinò e raccolse la prima manciata di terra bagnata e la lasciò cadere sulla cassa, con un suono cupo che rimbombò nelle teste chine e silenziose dei presenti. Norman, sull'orlo della fossa, vacillò un momento, poi si voltò, prese la pala e la affondò nel cumulo di terra. Nel momento in cui gettò sulla bara la prima palata, Jamie si staccò dalle sue sorelle e si mise a correre. Durante la breve lettura del ventitreesimo salmo era rimasto immobile tra Abby e Pru, come se non vedesse nessuno, una figuretta sola tra gli adulti, a parte alcuni cugini dall'altra parte della fossa, ma nel momento in cui Norman aveva preso la pala il bambino aveva posato gli occhi sul viso cupo e disfatto di suo padre, pieno di rabbia e di dolore, ed era fuggito. Per un breve istante la famiglia, il pastore, Connie e Glen e i loro figli, i pochi vicini e commercianti del villaggio, i pochissimi veterani avevano alzato la testa e guardato l'esile figurina nello stretto abito nero che si precipitava furiosa giù per la discesa, allontanandosi dal cimitero, le braccia allargate per mantenere l'equilibrio, la voce un lungo lamento rabbioso che giungeva fino a loro attraverso l'aria immobile.

Norman seguì con gli occhi suo figlio, poi guardò le ragazze. Abby e Pru si scambiarono uno sguardo senza parlare. Abby strinse per un attimo la mano di sua sorella, poi si voltò e si avviò senza fretta nella direzione presa dal bambino, che era già scomparso alla vista. Era come se sapesse che doveva trovarlo e al tempo stesso che non sarebbe servito a nulla. Norman rimase a guardare Abby che scompariva lungo il declivio che portava alla fattoria. Non aspettò di vederla ricomparire sull'aia. Non guardò la gente che lo circondava. Tornò al lavoro con la pala. Ma l'intermezzo offerto da suo figlio aveva fermato ogni cosa in lui e si chinò sul cumulo di terra con la netta sensazione che quello fosse il lavoro della sua vita, che tutto il resto, in un modo o nell'altro, fosse servito a condurlo lì. Continuò a spalare la terra con calma, lentamente: non voleva finire.

Sfilarono giù per la collina al seguito di Norman e Prudence. Una volta in casa, sparsi in gruppetti, consumarono in piedi il rinfresco offerto per il funerale. Il pastore, terminato il suo esiguo lavoro, se ne stava in un angolo, chino sul piatto che reggeva tra le mani, simile a una palma, con i capelli scompigliati. Norman era seduto al tavolo della cucina con i figli, e beveva caffè. Abby teneva Jamie in grembo e continuava a passargli un fazzoletto umido sul viso. Il bambino aveva urlato e singhiozzato fino a ridursi a uno stato di narcosi. Molte persone entravano alla spicciolata in cucina per parlare con Norman e le ragazze. Norman guardava le loro bocche muoversi e i loro visi chini su di lui e non le capiva, così per lo più si limitava a prendere le mani che gli offrivano, cercando di non guardarle negli occhi carichi di pietà, orrore, sorpresa, eccitazione e paura. Arrivò anche Connie, finalmente, e accostò una sedia al tavolo per dirgli che avrebbe preso Jamie con sé per un paio di settimane.

«No. Ma grazie lo stesso. Voglio che stiamo tutti insieme.»

«Pensaci, Norman. In questo momento non puoi capirlo, come non possono capirlo queste ragazze. O io. Ha tre cugini maschi di tutte le età, e quei quattro insieme possono affrontare una cosa del genere in un modo che noi non riusciamo neanche a immaginare. Non ti sto offrendo niente: è a lui che penso. Quello di cui ha bisogno in questo momento è distrarsi e stare con gente che parla la sua lingua, e non è qualcosa che può trovare in questa casa.»

«Non lo manderò via perché mi fa comodo. Sua madre non mi perdonerebbe mai.»

«Vedi? È questo il punto.» Gli occhi di Connie, fissi su di lui, erano delicati, venati di rosso, asciutti. «Non è del suo perdono che devi preoccuparti.»

«Non vorrà venirci.»

«Quello che vuole in questo momento non può averlo comunque.»

«Sei crudele.»

«Norman, sono la persona meno crudele che ti capiterà di conoscere in vita tua.» Connie tacque un istante, e lui vide il dispiacere sul suo viso. «Non ho mai davvero dubitato di te, Norman, ma questa volta ho ragione io.»

E Norman distolse lo sguardo da sua sorella e lo posò su Abby, che lo fissava con le pupille dilatate, e poi su Prudence, con il viso gonfio contorto dal dolore, che faceva di sì con la testa. Si voltò di nuovo verso Connie. «D'accordo, allora. Una settimana, dieci giorni. Se vuole tornare a casa prima, lo riaccompagni.»

Connie annuì e gli posò una mano sul braccio. La gente se ne stava andando, e Norman non vedeva l'ora. Voleva la casa deserta, silenziosa, in modo che il vuoto del suo cuore potesse riversarsi fuori dal suo petto e fondersi con il vuoto che cominciava già ad annidarsi nelle ombre e negli angoli delle stanze, dove sarebbe rimasto per sempre, voleva dare inizio a quell'ultimo matrimonio di solitudine, non per vivere nel dolore o nel ricordo ma in quello che lo aspettava ora: la schiera di giorni che sarebbero seguiti, diametralmente opposti a quelli della sua vita precedente, che era finita quando Leah aveva tagliato quel pezzo di corda, quando aveva preso quel treno, quando Marthe Ballou era stata assassinata. Quando lei era saltata giù dal masso.

Così, per quasi una settimana, Norman e le ragazze trascorsero le giornate sbrigando le faccende domestiche e della fattoria, fragili e chiusi in se stessi. Di tanto in tanto le ragazze posavano una mano lieve su Norman, che si irrigidiva sotto la loro breve carezza e non riusciva a ricambiarla, come se toccarle fosse toccare Leah. Un giorno in cui era sceso al villaggio, le ragazze liberarono gli armadi e i cassetti della sua camera da letto dai vestiti e dagli oggetti di Leah. Norman se ne accorse quella sera e trasalì di fronte alla perdita, e ringraziò mentalmente le sue figlie, conscio che la sua nuova abitudine di entrare nell'armadio a muro prima di andare a letto e affondare il viso tra gli indumenti appesi era qualcosa cui era meglio porre termine.

Fu Prudence la prima a venirlo a cercare per parlare. Norman era in salotto, la pipa stretta in mano, il giornale aperto in grembo. Il fuoco scoppiettava nel caminetto. Attraverso la porta chiusa si sentiva Abby in cucina che si lavava i capelli. Udì i passi di Pru sulle scale, la immaginò prima di vederla, il vestito blu disseminato di piccoli ovali bianchi, i piedi scalzi, ancora duri e callosi nonostante la neve precoce e il freddo del piano di sopra, la massa di capelli arancione, la pelle lentigginosa sui lineamenti, sgraziati e sinceri, il corpo uguale a quello di Connie. Qualcosa nel suo modo risoluto di scendere le scale gli disse anche che stava venendo da lui. Che aveva qualcosa, un messaggio, da riferirgli. Chinò la testa sul giornale, la pipa in bocca, e attese.

Sovrastandolo, quasi che la sua solennità le impedisse di sedersi sul divano o su una sedia, esordì: «Ho qualcosa da dirti».

«Che cosa?»

Aggrottò le sopracciglia, le labbra serrate. «Avrei dovuto dirtelo prima.»

Lentamente Norman ripiegò il giornale e lo posò sul tavolino. Prese la pipa nel palmo della mano e se la tolse di bocca. «Che cos'è che avresti dovuto dirmi prima?»

Lei scosse la testa. «Non è niente di quello che pensi. Niente che avrebbe potuto cambiare alcunché.»

«Ha parlato con te? Ti ha detto qualcosa?»

«No, niente del genere. Non mi ha detto nulla.» Gli occhi inespressivi fissi su di lui. E Norman seppe che non stava mentendo e che al tempo stesso non gli stava dicendo tutta la verità. Immaginò che sapesse qualcosa che aveva intuito, o udito per caso, o indovinato, un'informazione verso la quale era cauta e circospetta. Questo aveva deciso e rimaneva fedele al principio. Era un tratto del carattere di Pru che Norman ammirava e che al tempo stesso lo spaventava; si chiedeva che cosa l'avrebbe logorato. Prima o poi, quasi tutto.

«Allora, che c'è di nuovo?»

«Niente di nuovo. È solo qualcosa che devo dirti.»

Norman aspettò che proseguisse, poi annuì.

«Odio dovertelo dire io», disse lei. «Odio doverlo fare, Signore, quanto lo odio! Io e il mio orgoglio! E poi ecco che cosa succede, no? Ti scoprono sempre. È come un filo di ortica sotto la pelle che rimane lì e continua a bruciare. Come una mosca conficcata dentro che imputridisce finché esce il verme.»

«Tesoro», la interruppe Norman, «non capisco di che cosa tu stia parlando.»

«Oh, lo so. Vedi? Eccomi qui a girarci intorno come una stupida, io che sono tanto coraggiosa!»

«Perché non ti siedi e non me lo dici? Perché non te ne liberi?»

«Rimango in piedi. Non è qualcosa di cui vada orgogliosa.»

«Questo lo vedo.» Norman si portò la pipa alle labbra e soffiò fuori una nuvola di fumo, come per indicare che non aveva pregiudizi ed era propenso al perdono. Adesso era curioso.

«Quando la mamma aveva ceduto e mi aveva permesso di prendere il cane, ricordi?» disse lei. «Cinque, sei anni fa, in primavera. Era un grosso cucciolo stupido e maldestro. Non riusciva a stare vicino a una persona senza pestarle i piedi. Come se non sapesse quant'era grosso. E non è cambiato molto, da quel punto di vista, ma è un po' cresciuto. E la mamma aveva stabilito che doveva stare nella legnaia. Questo l'ha un po' educato, immagino, anche se forse è solo diventato più sveglio, più vecchio. E per la verità, già che sto confessando, tante notti scendevo piano piano e me lo portavo su a dormire con me. Sapevo sempre quando si sentiva un po' troppo solo. O forse ero io che avevo bisogno di lui più di altre volte. Ma lo facevo sempre uscire prima dell'alba. È un bravo cane, non potrei chiedere di meglio. E credo di conoscere i miei animali.

«Quello che sto cercando di dirti è che quel primo anno, quando era ancora un cucciolo, la mamma lo guardò bene e disse: 'Quando vai nel pollaio chiudilo fuori. Non portartelo dietro. Non lasciarlo entrare'. Non le importava quanto bene pensavo di averlo addestrato. Mi disse: 'Quel cane, se lo fai entrare nel pollaio, si metterà a rincorrere i polli. Se appena apri un poco la porta salterà dentro. È la sua natura', così la chiamò. E io facevo come mi aveva detto. Lui rimaneva accucciato ad aspettarmi davanti alla porta del fienile, sotto la neve, venti gradi sotto zero. E io pensavo: Oh, guarda che bravo. Così un giorno, la primavera dopo il suo arrivo, lo portai dentro con me. Credevo che mi avrebbe seguito, oppure che si sarebbe messo a trotterellare avanti e indietro guardando i polli. Ma, proprio come aveva detto la mamma, lui mi passò tra le gambe ed entrò dalla porta aperta abbaiando e saltando, tutto eccitato. Ancora adesso penso che non avesse idea di quello che avrebbe fatto una volta dentro. E naturalmente lo acchiappai e lo trascinai fuori. Non furono che cinque, dieci secondi. Abbastanza, però, perché i polli, novelli di otto settimane, si accalcassero uno sopra l'altro in un angolo. Quando tornai dentro a dividerli, ce n'erano circa dieci morti sotto gli altri. Soffocati dal panico, non avevano segni di morsi. E sai che cosa feci, allora? Nascosi quei polli morti. E il mattino dopo, appena sorto il sole, sgusciai fuori di casa, presi una pala, li portai sul nel bosco e li seppellii. E non ho mai detto una parola a nessuno. A nessuno. Non che me ne fossi dimenticata. Ho sempre pensato che un giorno l'avrei detto. Ho sempre pensato che l'avrei detto alla mamma. Ma papà, non ho mai trovato il momento giusto. Perché quando si arriva al dunque sono una vigliacca. E adesso lo sa, e sa anche che non gliel'ho mai raccontato. È una cosa orribile. Mi sento scoperta. Non lo sopporto, e non so che cosa fare.»

«Non c'è niente da fare», ammise Norman. «Sai già che hai sbagliato.»

«Sì, questo lo so.» Era coperta da un velo di sudore. «Pensavo che dirlo a te servisse a qualcosa, ma non servirà, credo. È una cosa che mi porterò dietro tutta la vita. Non c'è assoluzione possibile, vero, papà?»

Avrebbe voluto risponderle che quando avesse avuto dei figli suoi l'assoluzione sarebbe arrivata. Invece esclamò: «Quei polli, sai, lo sapevamo».

«Non è vero.»

«Credi che la mamma non si sarebbe accorta della perdita di una dozzina di polli?»

Pru distolse lo sguardo. Lui aspettò, cercando di indovinare che cosa stesse guardando. Il suo riflesso nel vetro della finestra. Poi disse: «Erano quattordici polli novelli. Si notano, anche in un mucchio. E non c'è mai stato un bambino che andasse e venisse da questa casa nel cuore della notte senza che noi lo sapessimo. Non c'era neppure bisogno di cercare il posto dove li avevi seppelliti. C'erano quelle piume nella mangiatoia. Per non parlare di come il cane si aggirava furtivo in quei giorni, di come tu non lo perdevi d'occhio. E anche tu avevi un'aria sospetta. Vedi, quindi, che lo sapevamo».

Pru piegò la testa di lato, sempre senza guardarlo. «Ciò non toglie che non ve l'avevo detto.»

«No.»

«Ciò non toglie che lei sia morta senza che glie l'abbia mai detto.»

«No.»

«Allora non cambia molto.»

Norman tacque. Guardò l'orologio. Ora di andare a letto. Ora che qualcuno andasse a letto. La vecchia vita. Cercò di immaginarsi di lì a un anno. Cinque anni. Si immaginò rassegnato. Riconciliato. Non ci riusciva. E sapeva che sarebbe accaduto, in un modo o nell'altro. Si vide vecchio, fuori di senno, prossimo alla morte. Ecco, pensò, mi sto di nuovo autocommiserando. Le disse: «Non cambia molto per te. Tua madre lo sapeva, e ti aveva perdonato molto tempo fa».

«In un certo senso, così è anche peggio.»

E per tutto il tempo, la collera repressa che covava dentro aveva lottato per esplodergli tra i denti. Lui non se ne accorse se non quando arrivò. «Ognuno di noi è solo. All'inizio, alla fine e per tutto il tempo in mezzo. Tutto il resto è solo un'illusione. Sei qui per un momento, poi non ci sei più. Non prenderti in giro pensando che le cose stiano diversamente, o che dovrebbero essere diverse. Prima lo impari, meglio sarà per te.»

Lei lo fissò. «Non lo pensi.» Aveva gli occhi umidi, sfavillanti.

Norman si odiò per questo, perché la feriva con i suoi occhi, perché ne provava piacere. «E tua madre? Ha pensato a quello che stava facendo? Qualunque cosa abbia pensato, noi non c'eravamo. Riguardava solo lei, soltanto lei.»

L'espressione negli occhi di Pru cambiò. «Ma tu sei in collera con lei.»

«Certo che lo sono.»

«E stai facendo la stessa cosa di cui l'hai appena accusata.»

«Anche tu sei in collera con lei. E hai ragione.»

«No. Io sono triste. Terribilmente triste. Tanto che mi fa male il petto, mi sveglio per il dolore. Sono triste perché non c'è più, e triste perché si è tolta la vita a quel modo. E non so dirti in che misura per l'uno o per l'altro motivo. E sì, sono anche in collera. Non come te, però, non con lei. Sono in collera con ciò che l'ha portata laggiù, qualunque cosa fosse. Qualunque cosa fosse, non le ha lasciato altra scelta. Non sono così stupida da credere che non abbia pensato a tutti noi. E quindi l'unica possibilità che mi rimane è credere che sia stato qualcosa di tremendo, di terribile, di cui tu sai ben di più di quello che ci vuoi far credere. Quindi sono in collera anche con te. Perché non vuoi dirmi che cos'è. Sono in collera perché non hai fatto qualcosa, qualunque cosa, qualcosa di più di quello che hai fatto. C'eri anche tu qui con noi a guardarla in questi ultimi mesi, e solo tu potevi cambiare le cose, fare qualcosa. Quindi sì, hai ragione, sono in collera. Ma sono in collera con te. Mio padre, un vigliacco.»

«Non mi parlare in questo modo.»

«Oh, invece lo faccio. Ti parlo come mi pare, se quello che dico è vero.» E rimase ritta davanti a suo padre, la testa alta, il mento puntato contro di lui, le braccia incrociate sul petto. «Guardati», gli disse, «tutto preso dal tuo dolore. O dispiacere, pentimento, rimorso, come lo vuoi chiamare. Come se fossi l'unico a soffrire. Oh, mi fai vergognare di te!»

Norman rimase immobile, le mani in grembo, un groppo in gola. Senza toglierle gli occhi di dosso, chiese: «È tutto?»

Lei lo guardò, gli occhi di un animale in trappola. «È tutto.»

«Hai finito?»

«Sissignore. Ho detto quello che andava detto.» Adesso piangeva in silenzio, le lacrime le rigavano le guance. Ecco, pensò Norman, l'hai fatta piangere. Ma credeva ancora che fosse necessario.

«Siediti», la invitò.

Pru lo guardò ma non si mosse.

«Siediti», ripeté Norman. «Ti dirò quello che so. Ci sono più buchi di quello che pensi. Ma se vuoi, ti racconterò tutto. In fondo hai ragione: appartiene a te quanto a me, forse più a te. Se per proteggerti ho sbagliato, mi dispiace. Mi perdonerai. Oppure no. Quindi siediti. Non ho intenzione di parlarti finché te ne stai lì in piedi.»

Pru tirò fuori un fazzoletto dalla tasca del vestito, si soffiò il naso e si pulì il viso. Senza guardarlo, con calma. Poi si sedette sul divano.

«Va bene», disse, «eccomi qui.»

Norman le parlò di Sweetboro, del luogo in cui sua madre era nata. Non la versione con cui era cresciuta ma la versione che conosceva lui. Le raccontò dei motivi che avevano spinto Leah verso il Nord in quegli ultimi mesi della guerra, le disse i nomi delle persone che conosceva e le raccontò quello che sapeva, quello che ricordava, quello che riusciva a capire, parlandole delle emozioni venute alla luce e di quelle sepolte; cercò di spiegarle i legami di sangue attivi e violenti e quelli rifiutati, insidiosi, ignorati. E così tentò di nuovo di darle una testimonianza, di rendere come poteva vividi e attuali, autentici i luoghi che non conosceva ma che allo stesso tempo sentiva suoi. Non poteva, però, arrivare a capire quel suo breve viaggio finale, che rimase quindi sospeso a mezz'aria tra lui e sua figlia. Sapeva che sarebbe bastato parlarle del passato, che lei avrebbe accettato, se non capito, la sua incapacità di sapere più di quanto sapeva. E parlò lentamente, con grande attenzione e cura. Dandole quasi tutto ciò che aveva da darle, non in cerca di assoluzione, o grazia, o pietà e neppure perdono per le sue colpe e i suoi fallimenti, ma semplicemente per liberarsene, per dividerlo con qualcuno, per non possederlo da solo. E l'unica parte che scelse di non condividere, l'unico fatto che tenne per sé, che non le concesse, fu il peso dell'assassinio compiuto da sua madre, il fatto che in qualche punto della storia – non il punto iniziale, il vero punto iniziale, ma quello che aveva infine spinto sua madre a fuggire – ci fosse quell'episodio. Che non voleva scaricare su sua figlia. Non vedeva niente di utile nello scaricarle sulle spalle quel peso. Quindi lo tenne per sé. Quando ebbe finito, era madido di sudore, la biancheria e la camicia zuppe sotto le ascelle. E attese qualche minuto che arrivasse una reazione, finché capì che non sarebbe arrivata, non in quel momento, forse mai. E così, prima ancora che accadesse, seppe che lei si sarebbe alzata. La guardò attraversare la stanza e, sulla soglia, voltarsi per augurargli la buonanotte con voce appena percettibile. Come se non gli credesse. Come se intuisse che le aveva nascosto qualcosa. E lo lasciò lì, una creatura ingobbita, ripiegata su se stessa, distrutta, le mani inutili in grembo, la spina dorsale e i piedi doloranti, un sapore di marcio, amaro, nella bocca secca. Non c'era niente che volesse.

Abigail, in vestaglia e con i capelli avvolti in un asciugamano, rimase seduta in cucina a lungo dopo che la conversazione nella stanza accanto fu finita e sua sorella fu tornata al piano di sopra. Aveva ancora nelle orecchie le parole di suo padre, non solo la storia che aveva raccontato, che in massima parte conosceva già, ma la sua reazione, la sua rabbia nei confronti della vita. Come se qualcuno avesse composto un puzzle davanti ai suoi occhi e lei non fosse sorpresa dal quadro che ne era uscito, che anzi si era aspettata, ma dalle mani che avevano eseguito il lavoro.

Aspettò abbastanza a lungo perché suo padre seguisse Pru di sopra, e quando vide che non si muoveva aspettò ancora un poco, un riguardo che non aveva mai avuto nei suoi confronti né aveva mai sentito la necessità di avere. Poi si alzò e andò da lui con la storia che aveva da raccontare, che avrebbe diviso con lui. E quando entrò in salotto, dove il lume si stava spegnendo, lo trovò addormentato in poltrona nella luce fioca, accasciato, la bocca aperta, il viso stravolto dalla stanchezza, le mani nodose sui braccioli come se qualcun altro gliele avesse posate lì. Rimase a guardarlo un breve istante, poi raggiunse la cassapanca dietro il divano e tirò fuori una coperta di lana che gli stese addosso, rincalzandogliela sotto il mento e servendosi di un lembo per asciugargli un filo di bava. Soffocò il fuoco e spense il lume, poi attraversò la casa buia e salì nella propria camera da letto, dove dormiva tutto l'anno con la grata sul pavimento chiusa e la finestra aperta. Alcune mattine, trovava un mucchietto di neve sul davanzale o sul pavimento. Si sdraiò su un fianco, con un cuscino tra le cosce ed entrambe le braccia sotto il cuscino su cui poggiava il capo. Tardò molto ad addormentarsi.

La mattina dopo, una giornata plumbea che prometteva neve, Norman era al lavoro nel fienile quando udì il suono duro delle ruote di un calesse salire verso la fattoria, e prima ancora che il veicolo sbucasse tra gli alberi spogli seppe non solo chi stava arrivando ma perché. Come se fosse già accaduto in passato. E così andò loro incontro sull'aia e aiutò suo figlio a scendere dal calesse. Il bambino teneva la testa bassa e voltata di lato, ma Norman vide ugualmente l'occhio nero e la crosta di sangue sul naso. Jamie lottò per liberarsi dall'abbraccio del padre e così facendo si staccò la crosta. Rimase lì a fissarlo furioso, con il sangue che gli colava sulle labbra decise e imbronciate e i pugni sui fianchi, come se fosse pronto a battersi di nuovo, senza preoccuparsi di pulirsi il viso imbrattato. Norman lo guardò a sua volta, ancora senza rivolgersi a sua sorella che era rimasta sul calesse con le redini in mano, e disse: «Immagino che anche l'altro sia ridotto male».

«Erano in tre.»

«Uh», fece Norman. «Parecchi.»

«Bastardi.» Jamie gli voltò le spalle e si avviò verso casa. Era ormai vicino quando la porta si aprì e Abby apparve sulla soglia. Rimase a guardare il bambino che si avvicinava a passo deciso, e solo quando fu quasi arrivato si chinò e allargò le braccia, e solo allora lui si mise a correre e si gettò in quell'abbraccio. Avrebbe compiuto sei anni tra un mese e mezzo.

Norman si voltò verso sua sorella, verso quella donna che amava così profondamente, così spassionatamente. Soltanto, pensò, perché c'era tra loro una distanza, una distanza che era cominciata con la guerra, con quell'assenza che aveva consentito loro di non conoscersi in modi che avrebbero potuto sminuire l'affetto che nutrivano l'uno per l'altra.

Connie era avvolta in uno scialle di lana e aveva labbra e guance screpolate. Lui le disse: «Almeno ce l'hai fatta prima che si mettesse a nevicare».

Lei lo guardò dall'alto del calesse. «I bambini sono cattivi.»

«Già.»

«Mi sento in colpa. Non è questo che gli ho insegnato.»

«Lo so.»

Lei lo studiò. Tacque per qualche istante. Poi disse: «Davvero, sai. Forse li avrei cresciuti comunque come ho fatto, ma l'esempio me l'avete dato voi, tu e Leah».

«So anche questo.»

«Ma non è servito a niente.»

Norman annuì, come se fosse d'accordo. «I bambini seguono la legge del branco. Non sanno quello che fanno. Ma poi crescono, sai. Mi sembra presto per dire se li hai cresciuti bene o no. Io credo di sì. Be', solo il fatto di avere riportato qui il ragazzino stamattina, di averlo portato via da loro… scommetto che hanno già imparato qualcosa.»

«Maledizione, Norman. Pensavo di fare una cosa ben fatta portandolo a casa nostra. Non solo per voi tre, ma anche per lui. Non volevo che stesse peggio.»

Norman annuì. Allungò una mano e la posò sui guanti di lei che stringevano le redini. Disse: «Ultimamente ho cominciato a credere che sia impossibile sapere quali saranno le conseguenze delle nostre azioni. Possiamo solo provarci».

«Hai tutto il diritto di crederlo, ma è un modo troppo triste di vedere le cose.»

Norman ritirò la mano e annuì di nuovo. «È il modo in cui le vedo adesso.»

«Vorrei poterti dire che andrà meglio.»

«Oh, forse quella è la cosa più triste. Lo so che andrà meglio.»

Ora fu Connie ad allungare una mano e posarla per un lungo momento sulla spalla di lui. Norman distolse lo sguardo e si mise a studiare il cielo. «Vorrei tanto poterti aiutare in qualche modo», disse Connie.

«Non c'è nessun modo.»

«Vedrai, sei troppo uomo per andare avanti così.»

Norman la guardò. La rabbia repressa che lo colmava era così evidente. La grande rabbia infinita dell'amore. Le sorrise. «Proprio quella è una parte del problema. Essere uomo. Non so neppure più che cosa significhi.»

Connie tenne gli occhi fissi sul fratello finché lui distolse lo sguardo. Poi spronò i cavalli, girò il calesse, uscì dall'aia e imboccò il sentiero. Norman rimase a guardarla mentre si allontanava. Prima che raggiungesse la cresta della collina, una mano guantata si levò in aria per salutarlo. Sapeva che lei l'avrebbe fatto. E che sapeva che sarebbe stato lì. Aspettò finché fu scomparsa alla vista, poi si voltò e tornò verso casa.

Così Abigail rimandò la sua storia a un altro momento. Non aveva fretta. Portò dentro il bambino, gli pulì il viso e gli fece un impacco con il ghiaccio rimasto dall'anno precedente. Lentamente, il piccolo cominciò a raccontare, lei lo ascoltò e cercò di consolarlo come meglio poteva. Poi, seduta in cucina, rimase a guardare suo padre fare la stessa cosa. Quando fu il momento, si alzò e cominciò a preparare la cena. E quando Prudence tornò a casa da scuola, la storia fu raccontata di nuovo, con le sue variazioni. Poi suo padre e i suoi fratelli andarono a occuparsi degli animali e la lasciarono sola. E se non era felice, si sentiva ormai molto al di là della tristezza. La sua vita apparteneva soltanto a lei, e la cosa non la lasciava indifferente: non importava come la vedevano gli altri.

Aspettò quindi altri tre giorni. Non credeva che la sua storia avrebbe cambiato qualcosa, ma almeno suo padre avrebbe saputo tutto ciò che era possibile sapere. E anche lei. Così il giovedì sera era seduta da sola in salotto. I fratelli erano in cucina. Prudence faceva i compiti seduta davanti alla stufa calda e Jamie risolveva le addizioni che sua sorella gli scriveva su un foglio e poi gli correggeva. Norman era nel piccolo studio in fondo al corridoio a sbrigare la contabilità. Dopo qualche tempo, Abigail si alzò e si diresse nell'oscurità verso la striscia di luce che filtrava sotto la porta chiusa dello studio. Bussò, attese che lui le dicesse di entrare e una volta dentro si richiuse la porta alle spalle. Norman la guardò senza parlare, come se in parte sapesse già perché era venuta, e Abby tolse la pila di registri dall'unica sedia libera, e si sedette. Allora Norman posò la penna, girò un poco la sedia verso di lei, poi accavallò le gambe. E Abby seppe che anche lui la aspettava. Non aveva bisogno di altri preamboli.

«L'ho sentita per caso parlare da sola. Non mormorava, era come se stesse rispondendo a qualcuno. O piuttosto come se stesse litigando con qualcuno.»

«Vuoi dire come se ci fosse qualcuno con lei mentre invece era sola?»

«No. Era come quando ti succede qualcosa e solo dopo ti viene in mente che cosa potevi dire.»

Norman annuì. «Quando è stato?»

«Dopo che era tornata dal suo viaggio nel Sud.»

«Sì», disse lui, «questo lo immaginavo. Quanto tempo dopo?»

«Non lo so.»

«Voglio sapere se è stato di recente.»

«Vuoi dire poco prima che si impiccasse.»

«Esatto.»

«Che importanza ha quando è successo?»

«Sto cercando di capire quale fosse il suo stato d'animo.»

«Credi che riusciresti a capirlo, poi?»

«Forse. Quando è stato che l'hai sentita parlare da sola?»

«Credo che sia più importante che cosa diceva. È stato forse solo una settimana o due dopo che era tornata a casa.»

«Capisco. E gli altri dov'erano?»

«Fuori. Non aveva idea che io fossi lì. E non mi sono fatta vedere.»

«Non è che l'hai spiata altre volte cercando di coglierla sul fatto?»

«È stato un caso. E solo perché non le ho detto che l'avevo sentita parlare da sola non significa che la stessi spiando. Ho pensato che fosse un suo segreto. E poi, mi faceva un po' paura. E non capivo tutte quelle domande. Sembra quasi che tu creda di sapere già quello che ho da dirti. Ma non è così.»

Norman la guardò, uno sguardo pacato. Poi prese la pipa, la caricò e accese un fiammifero sulla suola dello scarpone. Disse: «No, non credo di saperlo. Ti ho fatto quelle domande perché voglio sapere il più possibile della cornice della tua storia prima che me la racconti. Lo capisci?»

Lei scrollò le spalle. «Non cambierà niente.»

«Niente di fondamentale.»

«Niente di fondamentale.»

«D'accordo. Racconta, allora.»

«A una condizione.»

«Quale?»

«Che mi dici come la mia storia si combina con la tua. Ti ho sentito parlare con Pru l'altra sera. E una parte di ciò che le hai detto la conoscevo già. Ma alcune delle cose che so io non quadrano proprio.»

«Non ti prometto niente. Mi sembra che forse passi troppo tempo a spiare gli altri.»

Abby scrollò di nuovo le spalle. «Non c'è niente da cui mi puoi proteggere.»

Norman fece un tiro e il fumo della pipa riempì la stanza. «No», disse, «immagino di no.»

Tacquero entrambi per qualche tempo. Al piano di sopra udirono Pru che metteva a letto Jamie, e poi andava a sua volta a coricarsi. Non erano venuti a dare la buonanotte, neppure dalla soglia. Abby non lo scambiò per rispetto, pudore o altro. Norman infilò i pollici nelle bretelle e studiò le assi del pavimento. Poco dopo Abby seppe che era pronto, che la stava aspettando.

«Erano due quelli con cui parlava. È questo che confonde le cose. Perché discuteva con tutti e due, come ti ho detto, ma il tono era diverso. Con uno era durissima, chiaramente piena d'odio, mentre l'altro era quasi come se cercasse di persuaderlo di qualcosa. Anzi, per meglio dire, lo supplicava. Come se cercasse di giustificarsi, come se si sentisse in colpa. Ho avuto l'impressione che stesse parlando della stessa cosa, di qualcosa che era accaduto. Qualcosa di brutto, anche. E mi è sembrato che stesse parlando con la persona a cui era accaduto e con quella che l'aveva causato. Capito? Pareva che stesse parlando con un morto e con un vivo.»

«Sì», la interruppe Norman. «Il morto doveva essere il suo fratellastro, un bianco. E l'altra, immagino, sua madre. Tua nonna.»

Abby scosse la testa. «Non credo. Credo che ti sbagli.»

«Perché?»

«Perché erano due uomini. Ne sono sicura. Come si chiamava il suo fratellastro?»

«Alex. Alexander Mebane.»

Abby scosse la testa. «No, il morto lo chiamava Peter.»

Norman cincischiò la stoffa dei pantaloni su una coscia. «Peter», ripeté. «Ne sei sicura?»

«Ne sono sicura.»

«Sai chi era Peter?»

«Sì, quel vecchio di colore che l'aveva aiutata a fuggire.»

«E come chiamava l'altro? Quello che ti sembrava ancora vivo?»

«Tu. Diceva solo 'tu'. Non l'ha mai chiamato per nome.»

«D'accordo», concluse Norman. «Adesso sei riuscita a confondermi. Dimmi che cosa diceva.»

«Cercherò di fare del mio meglio. Il primo, quello che non chiamava per nome. Lo attaccava senza dargli tregua. Non l'ho mai vista così furiosa. E ci ho messo un po' anche a capire che era in collera, perché la sua voce era calma, molto calma, e piatta. Quasi come se il solo pensiero della persona a cui stava parlando la facesse stare male e al tempo stesso la rendesse furiosa, così che l'unico tono che riusciva a usare fosse quello. Ma non era solo questo. Era come se avesse davanti qualcosa di malvagio e al tempo stesso piccino. Disprezzo, ecco la parola che cercavo. Disprezzava la persona che aveva davanti, nella sua mente, e non la temeva. Forse un tempo. Bene. Gli stava dicendo che sapeva come stavano le cose eppure aveva permesso che quel certo fatto accadesse, anzi, ne era stato la causa. Che si era vendicato su qualcun altro per qualcosa che gli aveva fatto lei. Perché lei non c'era, ma non solo, perché lui poteva farlo, perché aveva il potere. Cose malvagie. Le causava. Probabilmente ne gioiva, quando erano accadute e ancora anni dopo, quando gliele aveva raccontate. Gliele aveva raccontate sorridendo. Parlava di quello, di come quel sorriso non fosse niente. Perché lei sapeva chi era lui, lo sapeva allora e l'aveva sempre saputo. E gli diceva che anche lui lo sapeva, sapeva che tipo d'uomo era. Diceva che non aveva nessuna pietà per lui ma che sperava con tutto il cuore che quella consapevolezza non lo lasciasse vivere in pace, che lo rodesse per tutti gli anni a venire. Parlava come di un fuoco lento che brucia per sempre, come un fuoco di legna verde in lui, nel suo ventre e nel suo cuore. Nella sua anima. Gli diceva che la sola anima che aveva era quel fuoco. Gli diceva che era contenta che fosse vivo, che sperava che sarebbe vissuto per sempre, ogni giorno e ogni notte un tormento. Diceva che il suo sorriso non la ingannava: sapeva riconoscere il sorriso di un morto quando lo vedeva. E alla fine gli diceva anche che non era l'unica a saperlo.

Diceva che tutti quelli che lo conoscevano lo sapevano, tutti, compreso quel vecchio che gli aveva salvato la vita e che per tutto ringraziamento aveva perso la propria. E che questo sarebbe rimasto con lui per sempre, che gli augurava solo di non dimenticarlo mai. Era come un augurio e una maledizione al tempo stesso», disse Abby. «Proprio come ho detto prima: come se avesse pensato e ripensato a qualcosa che non aveva capito la prima volta ma adesso finalmente sì.» Abby si interruppe, in attesa della reazione di suo padre.

Norman si mordeva il labbro inferiore. Annuiva lentamente, pensieroso. Dopo un momento dichiarò: «Sono confuso. A meno che tu non abbia sentito male qualcosa. Ma dammi un po' di tempo. Dimmi l'altra parte, la parte in cui si giustificava, in cui si sentiva colpevole».

«La parte di Peter.»

«Immagino di sì.»

«È penoso, papà.»

«Più di quello che mi hai già raccontato?»

«Molto di più.»

«Perché?» La stanza, ora, era molto silenziosa, la casa intera sonnolenta nella notte invernale, nella solitudine.

Abigail disse: «Era quello che diceva, che era così penoso. E il modo in cui parlava. Non era calma. Non gridava, ma era fuori di sé, in preda a un'angoscia incontrollata. Non c'era più traccia della sicurezza, dell'amarezza con cui parlava all'altro. Era molto tormentata. Gli stava dicendo che lui aveva sempre saputo che cosa stava facendo, fin dall'inizio. Aveva sempre saputo che si stava sacrificando per lei. Si malediceva per non averlo capito, all'epoca. E si chiedeva se semplicemente non aveva voluto capire. O se l'era tenuto nascosto, raccontandosi che si stava lasciando una vita alle spalle per costruirsene una nuova. Che era coraggiosa. Che era questo che la gente faceva. Ma era da vigliacchi credere di poter abbandonare una vita e iniziarne una nuova senza che queste si incontrassero ancora. Gli diceva che forse era stato il Signore a permetterle di farlo, solo perché tornando si trovasse di fronte alle proprie colpe, al giudizio divino.

Che non poteva esserci castigo più grande che scoprire che tutta la sua vita, la sua nuova vita, era fondata su una menzogna. Perché aveva mentito a se stessa. E il Signore sapeva che non poteva disfare ciò che aveva fatto e al tempo stesso non poteva andare avanti come prima. E così era prigioniera del suo odio, non poteva fare altro che odiare se stessa e tutto ciò che aveva fatto per se stessa. Senza via di scampo. Papà, il modo in cui pronunciava il suo nome, non una volta sola, lo chiamava una volta e poi un'altra, come una litania: 'Peter Peter Peter Peter'. Quell'unica parola era carica di tutto ciò che non è possibile dire, che non ha voce. Sai che cosa voglio dire».

Tacque, guardandolo fisso, in attesa di un suo cenno di comprensione. E proseguì: «Poi gli diceva che, per quanto orribile, per quanto intollerabile fosse per lei sopportare quella cosa, non avrebbe mai saputo che cos'era stato per lui. A meno che anche lei non fosse stata presa da un gruppo di uomini e messa in punta di piedi su un blocco di pietra con una corda al collo e poi cosparsa di cherosene e data alle fiamme. Diceva che l'idea la faceva impazzire. E provare disgusto per se stessa. E anche compassione. Gli diceva che quella era la parte di se stessa che odiava di più, l'autocommiserazione».

Abby tacque, distolse gli occhi da suo padre e li lasciò vagare per la stanza, senza muovere la testa. Poi si guardò le mani in grembo. Era tranquilla. Il suo racconto era finito, ma adesso si aspettava qualcosa da lui. Rimasero entrambi in silenzio.

Norman chinò il capo, il mento sul petto. Chiuse gli occhi e rimase immobile a lungo. Dopo qualche tempo rialzò la testa. Aveva gli occhi aperti, una rassegnazione oltre il dolore nello sguardo acceso. Passò dell'altro tempo prima che parlasse. «Quell'uomo, Peter. Non era solo che l'aveva aiutata a fuggire. Il punto è perché l'aveva fatto.»

Abby aspettò.

«È la parte della tua storia che non capisco. L'altro uomo con cui stava parlando. Il fratellastro. Quello che avevi la sensazione fosse vivo. Non era vivo. Ma capisco che da quello che tua madre diceva ti sia sembrato così. Lo accusava di ciò che era accaduto a Peter. Perché in un certo senso lui ne era stato sicuramente la causa. Ma sai, anche lui è morto. Anzi, è morto prima di Peter. Anche se probabilmente non molto prima.»

Abby scosse la testa. «Se l'avessi sentita...»

«Non mi stai ascoltando. Fu a causa del suo fratellastro, a causa della sua morte, che dovette fuggire. Fu per quello che Peter la aiutò.»

«L'aveva ucciso lei? Quello che si chiamava Alexander?»

«Sì.»

«Perché?»

«Tu che cosa credi?»

Abby studiò il viso di suo padre, poi distolse lo sguardo. Si morse piano il labbro inferiore. Quando lo guardò di nuovo, Norman vide un'espressione dura di dolore nei suoi occhi scintillanti, dolore non per la madre ma per la donna.

«Questo a Pru non l'hai raccontato.»

«Non ne vedevo il bisogno. Pensavo solo di risparmiarle quel dolore, di risparmiarlo a entrambe.»

Abby tacque per qualche tempo, senza guardarlo. Poi riportò lo sguardo su di lui e annuì, e a voce bassa disse: «Mi fa paura, tutto questo mi fa molta paura. Il pensiero che ti può succedere qualcosa e tu ci convivi, e vai avanti, vai avanti per anni, finché un bel giorno tutto ritorna e devi affrontarlo di nuovo. E ti crolla addosso, come fosse successo solo ieri. Venticinque anni fa. Si è uccisa per cose accadute venticinque anni fa».

«Non è solo questo. Anche se hai ragione. È buffo come il tempo ci rovini addosso. Tutto è successo quando è andata nel Sud. Stavo quasi per dire a casa, ma non è mai stata casa sua. Non penso. Penso che questa fosse casa sua. Credo che questi venticinque anni significassero qualcosa per lei. Ma laggiù è successo qualcosa. C'è stato qualcuno. Non solo chi le ha detto del vecchio Peter, anche se forse era la stessa persona. Ma non è stato solo quello che le hanno detto. Voglio dire, se parlava a voce alta con gli spiriti che cos'altro c'era di così terribile da non volerne parlare? Vorrei tanto saperlo.»

«Hai pensato di andare laggiù?»

«No. Anche se scoprissi qualcosa, non otterrei altre risposte oltre a quelle che ho già.»

«Forse sì.»

«No.»

«Perché non cambierebbe nulla.»

«Esatto.»

Tacquero entrambi. La stanza era silenziosa, tornata a fare parte del resto della casa. Erano entrambi immobili e si guardavano come se si fossero appena ritrovati, senza curiosità, come parenti separati da tempo che si fossero ricongiunti: si conoscevano già, non avevano neppure bisogno di stringersi la mano. E in quel momento la vita di Norman come uomo malinconico finì, anche se nessuno di coloro che lo conoscevano l'avrebbe mai saputo. Ma in quell'istante lasciò tutto ciò e diede inizio a una nuova vita, non meno triste o dolorosa di quella appena lasciata, invisibile. Voltò le spalle a Dio, e se qualche dio se ne accorse Norman non aveva modo di saperlo. Nulla sarebbe cambiato e ogni cosa sarebbe rimasta come prima, ma lui non avrebbe più avuto con esse lo stesso rapporto. Dopo un po' smise di fissare Abby, prese la pipa spenta e se la infilò in bocca, poi parlò.

«Mi dirai mai che cos'è accaduto tra te e quel ragazzo?»

Lei lo guardò a testa alta. «No», replicò. «Non credo di doverlo fare.»

Questa volta Norman non annuì. Lentamente, accese un fiammifero e lo accostò al fornello della pipa. Poi esclamò: «Be', ci saranno altri ragazzi».

«No», disse lei, «non ci sarà nessun altro.»

Norman non disse nulla.

Dopo una pausa, Abby aggiunse: «Sono una ragazza di colore. Carina e intelligente, ma sempre di colore».

Per molto tempo, questa volta, Norman non ebbe nulla da dire.

Alla fine Abby si alzò dalla sedia, allungò le braccia sopra la testa e si stirò. Prese fiato, come se le fosse mancata l'aria per ore. Poi disse: «Forse non posso controllare ciò che mi succede. Ma posso dominare me stessa. E ho tutta l'intenzione di farlo».

Norman soffiò fuori un'ultima boccata di fumo e posò la pipa. «È tardi», concluse, e si alzò. Non poteva dubitare di lei, e non poteva augurarle altro.

«È tardi, è vero.» Abby tenne aperta la porta mentre Norman si chinava sul lume per spegnerlo, e l'uno dopo l'altra si allontanarono lungo il corridoio buio.

PARTE SECONDA

# *Bethlehem*

# 4

UNA notte, all'inizio dell'estate del 1904, Jamie sgusciò fuori di casa mentre gli altri dormivano e scese la collina con i suoi abiti migliori, quaranta dollari risparmiati in tre anni di duro lavoro e altri sessanta rubati a suo padre nello stesso periodo. Prese il treno che attraversava la valle diretto a nord, in una fitta coltre di nebbia che saliva dal fiume. Per tutto il viaggio tenne gli occhi fissi davanti a sé, senza guardare in faccia nessuno né fuori dal finestrino. Aveva diciannove anni, braccia e gambe sottili, flessuose, dai muscoli allungati, e anche quando era fermo sembrava sempre in movimento. Le donne lo trovavano attraente, mentre agli uomini, di primo acchito, di solito non piaceva. C'era qualcosa di etereo nella pelle color del miele e nei grandi occhi scuri, messi in risalto dagli zigomi alti e dai morbidi ricci neri. Aveva dita lunghe e sottili con unghie rosee e pulite. La bocca era ben disegnata, come incisa sul suo viso. Era intelligente, ma gli mancava la sicurezza necessaria per essere affascinante. In una tasca del soprabito aveva un rasoio a lama libera chiuso, nell'altra il denaro in un fermaglio. Quando il treno entrò nella stazione di Barre scese, non James o Jim, ancora Jamie, ma, a parte quello, pronto per una nuova vita.

Attraversò il piazzale della stazione come se avesse già visto tutto – carri trainati da buoi carichi di pietre da costruzione, altri trainati da cavalli che trasportavano coke e carbone per le fornaci o ghisa grezza per le fonderie, e altri ancora pieni di merci e generi alimentari per la città. Sopra la sua testa correvano i fili del nuovo secolo, quelli dell'elettricità, del telegrafo e del telefono. Le vetture coperte degli alberghi, con giovani cocchieri a cassetta, attendevano i passeggeri all'uscita, mentre ragazzini con un cartello appeso sul petto e un altro sulla schiena passeggiavano tra la folla reclamizzando ristoranti e pensioni. Jamie attraversò tutto questo con crescente eccitazione, come se avesse trovato un luogo in cui cominciare.

In Merchants' Row trovò un sarto e comprò un vestito confezionato per nove dollari, più due dollari per le modifiche che il sarto gli avrebbe apportato mentre aspettava. Attraversò la strada e comprò un paio di scarpe di cuoio duro e lucido, poi andò da un barbiere e si fece fare barba e capelli, provando per la prima volta il piacere degli asciugamani caldi sul viso, i colpi rapidi, dolci e precisi del rasoio e delle agili forbici, le dita che gli impomatavano i capelli massaggiandogli il cuoio capelluto, la spazzola cosparsa di borotalco sul collo. Poi andò a ritirare il vestito, si comprò dei calzini nuovi e uscì con i vecchi abiti e le vecchie scarpe in un pacco legato con lo spago. In un sacchetto di carta aveva due colletti di ricambio e due paia di polsini. Giunto in un vicolo, buttò la roba vecchia su un mucchio di avanzi marci.

Cominciò a camminare per la città, finché giunse in una zona di vecchi caseggiati lungo la riva del fiume, con piccoli ristoranti e minuscoli negozi di articoli vari, banchi di pegni, rigattieri e barbieri al piano terra. Si prese una squallida stanza gialla al terzo piano per tre dollari alla settimana, con un letto sfondato e un materasso sudicio, una sedia e un lavabo con una bacinella e una brocca sbeccati. Pagò due settimane anticipate e tornò subito fuori. Era ormai il primo pomeriggio, e le strade erano piuttosto tranquille. Gli faceva male lo stomaco per il vuoto ma passò davanti a tre caffè senza fermarsi. Non sapeva che cosa mangiare, come ordinare. L'ultima cosa che voleva era fare la figura dello sciocco.

Credeva di avere fame, ma trovò subito ciò di cui in realtà aveva bisogno. Più tardi si rese conto che era stata lei a trovare lui. Era vecchia, aveva almeno venticinque anni, forse trenta. La folta capigliatura nera le arrivava alla vita e i seni erano grossi e cascanti sotto la semplice camicetta bianca. Era tutto ciò che voleva e avvertì un penoso gonfiore sotto la stoffa dei pantaloni nuovi. Lei andò dritta verso di lui, lo sfiorò con una mano e gli chiese: «Hai bisogno d'aiuto?»

Disse un prezzo e lui le offrì la metà della cifra. Lo prese per mano e lo condusse in un portone e su per una rampa di scale, e mentre seguiva quelle natiche e quei fianchi che si dimenavano con ostentazione sotto le sottane aveva già imparato qualcosa di nuovo. Sul primo pianerottolo lei si fermò, gli sbottonò la patta dei pantaloni e glielo prese in mano, e Jamie pensò che avesse frainteso. Quindi la donna gli voltò le spalle e si sollevò le gonne, e si sporse in avanti aggrappandosi alla ringhiera. Si era aspettato una stanza, un letto, il suo viso, e così rimase lì senza capire del tutto, a fissare quel deretano ampio e grinzoso. Lei si voltò un momento a guardarlo, poi allungò una mano tra le proprie gambe, lo afferrò saldamente e se lo infilò dentro. Lui le cadde addosso e lei lanciò un grido di piacere o di dolore mentre faceva un movimento all'indietro per stringersi a lui, e Jamie venne proprio mentre lei cominciava a gridare di nuovo. Quando si accorse che stava venendo, la donna smise di gridare. Il suo compito era finito. Si staccò dal suo pene ancora eretto e si tirò giù le sottane, poi si voltò e glielo rimise nei pantaloni, riabbottonandogli la patta. Gli diede un colpetto con la mano e gli disse: «Ti ricorderai di me». E scese le scale, lasciandolo lì. Quando Jamie tornò in strada, la donna era scomparsa.

Si allontanò nella direzione opposta a quella da cui era venuto. Due portoni più in là, seduta sul gradino più alto dell'ingresso, c'era una ragazza della sua età con un logoro vestito blu. Le gambe unite e le mani sulle ginocchia, lo guardava venire. Aveva gli stessi capelli neri e folti, raccolti in qualche modo intorno alla testa, ma la pelle era molto pallida, candida per contrasto con la capigliatura e il vestito. Quando le passò davanti, lei gli sorrise, inarcando le sopracciglia e scuotendo la testa. Lui le rivolse un secco cenno del capo, indifferente, senza vergognarsi, e voltò la testa dall'altra parte. Arrivato all'angolo, entrò in un caffè e ordinò un piatto di spaghetti, solo perché li aveva sentiti nominare. Non aveva mai visto né mangiato pasta in vita sua. Le polpette avevano un sapore strano, ma ne mangiò due porzioni e ripulì il piatto con il pane, che aveva una crosta dura. Il pasto gli costò un nichelino.

Quando uscì di nuovo in strada, sentì il pene incollato alla stoffa dei pantaloni. Si diresse di nuovo verso la sua stanza. La ragazza non era più sui gradini. Una volta in camera, prese la brocca e andò a riempirla alla pompa in cortile, poi tornò su, si spogliò e si lavò. La stanza era calda, puzzava di urina, sudore, sangue, carta da parati ammuffita, intonaco da quattro soldi, putrefazione. Aprì con un certo sforzo la finestra a ghigliottina e fu investito dall'aria bollente e fetida della strada. Si sdraiò nudo sul materasso e si mise sugli occhi la pezzuola che aveva usato per lavarsi, bagnata e strizzata. Allargò braccia e gambe per difendersi dal caldo. Si sentiva contento. Non era felice, ma non si aspettava ancora di esserlo. Era come una pietra animata che, finalmente smossa dal punto in cui era sempre stata, stesse rotolando giù per la discesa. Poco dopo si addormentò.

Quando si svegliò era buio. Si vestì e uscì. In lontananza, nei quartieri alti, vedeva il bagliore dei lampioni elettrici illuminare il cielo. Nella sua strada, l'unica luce era quella che filtrava, fioca, dalle vetrine appannate dei negozi, ma i marciapiedi erano affollati di gente. Anche i gradini delle case erano gremiti di famiglie oppure uomini e donne soli, che sedevano immobili mentre il fresco della sera subentrava al calore del giorno. Sulle colline che sovrastavano la città splendevano i fari delle cave e Jamie sentiva il rombo delle macchine nei piedi e nel corpo, oltre che nelle orecchie. Aveva di nuovo fame e si diresse verso il ristorante dove aveva mangiato qualche ora prima. L'indomani, si disse, si sarebbe spinto più in là.

Una donna lo avvicinò e gli parlò a voce bassa. Non gli sembrava la stessa del pomeriggio. E non era neppure la ragazza seduta sugli scalini. Le disse: «No, grazie», ma lei aveva già capito e si stava allontanando. Non la seguì con lo sguardo.

Le finestre del ristorante erano oscurate da spessi avvolgibili di carta, ma si capiva che all'interno era illuminato. Sull'unico gradino della soglia era seduto un uomo. Portava una bombetta e stava fumando un sigaro sottile. Osservò Jamie che si avvicinava, poi lo prese per un braccio e gli disse qualcosa in italiano.

«Sto solo cercando da mangiare.» Jamie si portò la mano alla bocca per farsi capire, girò intorno all'uomo, aprì la porta ed entrò. L'uomo lo seguì. A differenza della volta precedente, il locale era affollato. Tutti i tavolini erano occupati da uomini. Non c'erano donne. Nessuno stava mangiando, ma i tavoli erano carichi di bicchierini dalla forma tozza. L'uomo che lo aveva servito attraversò il locale vedendo Jamie che entrava con la sua scorta. Corpulento, con ciocche di capelli grigi appiccicate al cranio, sembrava seguisse la propria pancia. Invece di rivolgersi a Jamie, parlò con l'uomo alle sue spalle, che gli rispose qualcosa. Ormai di fronte, Jamie gli rivolse un ampio sorriso. L'uomo non ricambiò. «Che cosa vuoi?» disse.

«Qualcosa da mangiare.»

«Non serviamo da mangiare. Club privato.»

«Sono stato qui oggi. Ho pranzato bene. Stavo cercando qualcosa per cenare.»

L'uomo stava scuotendo la testa. «Qui non si mangia. Solo a pranzo. Club privato», disse.

«Io voglio solo un sandwich o qualcosa del genere. Lo so che da qualche parte avete da mangiare.» Poi, per la prima volta da quando era entrato, Jamie distolse lo sguardo dall'uomo e si guardò intorno. «O magari qualcosina d'altro. Qualcos'altro che mi riempia.» E sorrise mostrando i denti.

L'uomo corrugò le sopracciglia. Si passò una mano sulla testa, per lisciarsi i capelli unti o per asciugarsi il sudore. Contemporaneamente, due uomini seduti a un tavolo vicino si alzarono. Indossavano entrambi completi con tanto di taschino per l'orologio e catene penzolanti sul ventre. A parte Jamie, erano gli unici nel locale a non portare rozzi abiti da lavoro coperti di polvere di granito, gli unici a non avere gli occhi rossi per la medesima polvere. Raggiunsero il proprietario. Che ripeté: «Te l'ho detto. Qui non si mangia. Quindi ora vattene».

I due uomini fecero un passo avanti. Uno dei due afferrò Jamie per le spalle, con più violenza di quanto si aspettasse, e lo costrinse a voltarsi, poi tutti e due insieme lo presero per le gambe e per le braccia, affondando le dita nei suoi muscoli, e lo sollevarono da terra. Il buttafuori tenne aperta la porta. Lo portarono fin sulla soglia e lo lanciarono fuori. Ancora a mezz'aria, Jamie tese i muscoli e atterrò in piedi, barcollò un istante e ritrovò l'equilibrio. Si voltò. La porta era chiusa. L'uomo con la bombetta era fuori e lo osservava. Quando Jamie si voltò gli sorrise, il sigaro sottile ancora stretto tra i denti. Jamie si rimise a posto i vestiti e si avvicinò.

«Brutto figlio di puttana», gli disse. «Mi rivedrai ancora.»

L'uomo si tolse il sigaro di bocca e gli fece un buffo cenno di saluto. Poi riprese il sigaro tra i denti e si sedette come prima, le braccia intorno alle ginocchia, lo sguardo perso, in lontananza.

Jamie attraversò la strada e proseguì sull'altro marciapiede, ignorando la gente che lo guardava. Percorse un tratto in salita, in direzione della via principale, e trovò un piccolo caffè con un cartello in inglese. Si sedette e mangiò. Poi, sazio e più a suo agio, proseguì verso il centro illuminato della città, e vicino al teatro dell'opera trovò un drugstore aperto con un banco dove vendevano bibite analcoliche e gelati. Rimase lì a bighellonare per un po', sfogliando le riviste appese alla rastrelliera e osservando timidamente la gente seduta al banco. Non gli sembrava molto diversa da quella di Randolph, e non si diede la pena di rivolgere la parola a qualcuno o anche solo di sedersi al banco. Si conoscevano tutti e Jamie sapeva che quello non era il suo posto. Così comprò un pacchetto di Chesterfield e una scatola di fiammiferi e uscì nella notte.

Di nuovo nel quartiere dove aveva preso la stanza in affitto, comprò una pinta di whisky da una vecchia seduta in un androne buio. Jamie si infilò la bottiglia nella tasca interna della giacca e si sedette sui gradini di una casa due portoni oltre il suo. Aprì il pacchetto di sigarette e ne fumò una lentamente. Di tanto in tanto, chinava la testa e beveva un sorso dalla bottiglia nella tasca della giacca. Dopo qualche tempo si alzò e raggiunse la casa dove aveva visto la ragazza con il vestito blu. C'era una famiglia seduta sui gradini, ma lei non era tra loro. Cercò di scambiare due parole, ma non capivano l'inglese.

Tornò nella sua stanza. Si sedette a gambe incrociate sul letto, nudo nell'oscurità, ascoltando i suoni che salivano lenti dalla strada sottostante, il rumore uniforme di sottofondo spezzato solo di tanto in tanto da un uomo che salutava qualcuno, una donna che chiamava i suoi bambini. Dopo qualche tempo mise il rasoio chiuso sotto il cuscino e si distese sulla schiena.

Si svegliò a metà mattina in una luce gialla, la stanza già calda e piena di mosche che volavano in circolo vicino al soffitto. La strada era tranquilla. Tre donne – prostitute, sembravano – oziavano in un portone aperto dall'altra parte della strada. Gli sembrò che né la donna né la ragazza del giorno prima fossero tra loro.

Si lavò con l'acqua della bacinella, si vestì e uscì. Il sole gli bruciava gli occhi. Andò nel locale dove aveva cenato la sera prima e prese un caffè con zucchero e panna, leggendo da cima a fondo un giornale comprato da un ragazzo per strada. Le offerte di lavoro non erano scoraggianti, ma non c'era niente che gli interessasse. Sapeva già che non era così che avrebbe trovato il lavoro che voleva. Sapeva che voleva fare soldi, e che non li avrebbe fatti rovinandosi i polmoni sulla banchina della stazione né in altri modi analoghi. Tornò nel suo quartiere, e da uno dei barbieri sulla strada si fece fare la barba. C'era un'unica sedia e uno specchio ingiallito, ma gli asciugamani erano caldi e il rasoio affilato.

Entrò in un banco di pegni e rimase a lungo chino su una teca in cui erano esposti dei coltelli. Alla fine si decise per uno stiletto, armonioso e affilato, dal manico di legno pregiato. Tirò fuori il proprio rasoio e lo posò accanto al coltello, poi guardò l'uomo dietro il banco, un ebreo alto e calvo con una lunga barba dorata. «Quanto vuole di differenza se le lascio questo?» chiese.

L'ebreo toccò il rasoio ma non lo raccolse. «Robaccia», disse. «Il coltello costa cinque dollari.»

«Questo rasoio è bene affilato. Può durare ancora parecchio.»

L'ebreo guardò Jamie. Portava una camicia di buona fattura, con tanto di colletto e polsini. «Il canale di scolo è pieno di bottiglie vuote. Prendine una per il collo, sbattila contro un lampione e quello che ti rimane in mano taglia proprio come il tuo rasoio. Allora, che cosa vuoi? Stile, sostanza o entrambe le cose?»

«Quattro dollari.»

«Cinque.»

«Quattro con il rasoio.»

L'ebreo sospirò, prese lo stiletto e lo ripose nella vetrina. Poi spinse il rasoio verso Jamie. «Torna quando non mi farai perdere tempo.»

«Cristo!»

L'uomo incrociò le braccia sul petto.

«Quattro e cinquanta.»

L'uomo scosse la testa.

«E settantacinque?»

«Guardami», disse l'uomo. «Credi di prendermi per sfinimento?»

«Ha la garanzia?»

«Certo. La garanzia è che se ci ammazzi qualcuno, io non ho mai visto quel coltello in vita mia.»

«Cinque dollari», fece Jamie, e non era più una domanda.

L'uomo non annuì ma si limitò ad attendere.

Jamie tornò in strada con il coltello in tasca. Era piacevole sentirne il peso contro il fianco. Si sentiva tranquillo. Il pomo d'ottone rimaneva giusto al di sopra della cucitura della tasca, coperto dalla giacca ma facile da raggiungere ed estrarre. Non voleva accoltellare nessuno. E non si sarebbe lasciato accoltellare da nessuno.

La giacca gli teneva caldo sotto il sole. La camicia, bagnata sotto le ascelle e lungo i fianchi, gli si appiccicava alla pelle e Jamie sapeva che avrebbe dovuto comprarne un'altra, magari due, e trovare il modo di farsele lavare, come i calzini. Stava cercando la ragazza, ma non la vedeva. Il giorno prima aveva creduto che lo sguardo che gli aveva rivolto fosse un invito, ma adesso non ne era più tanto sicuro. Forse era solo scherno, o pietà. Lei non si vedeva. Ignorò quelle che erano palesemente delle prostitute, come se la sua astinenza potesse rinnovarlo agli occhi della strada e in qualche modo essere comunicata a lei. Credeva che se ne sarebbe accorta, se l'avesse rivisto.

Tornò nella sua stanza e, dopo essersi tolto la giacca e la camicia, si sedette sul letto. Bevve un goccio di whisky e fumò una sigaretta. Dopo un poco si sentì meglio, si rivestì e uscì di nuovo in strada. Aveva fame e non vedeva l'ora di affrontare l'uomo del ristorante.

La ragazza era seduta sugli stessi gradini del giorno avanti, due portoni più in là. Aveva di nuovo un vestito blu, questa volta a pallini bianchi, grandi come perle. Si riparava dal sole con un ombrellino bianco che da lontano sembrava bello ma che in realtà era scucito e strappato. Teneva le gambe allungate davanti a sé, le caviglie accavallate, e i capelli, legati morbidamente dietro la schiena, formavano un'aureola intorno al suo viso. Non lo guardò mentre si avvicinava, ma Jamie si sentì controllato, non solo ogni suo passo, ma ogni sua fibra e ogni suo pensiero. Quando arrivò alla sua altezza, lei voltò il viso verso di lui un attimo prima che si fermasse, osservandolo seria per un istante.

«Be', elegantone», disse. «A quanto pare non sono ancora riusciti a cacciarti.»

«Bella giornata, vero?»

«Tira dritto, sono troppo costosa per te.»

«Io non vado con le puttane.»

«Se non facesse tanto caldo, mi alzerei e ti darei un ceffone. Non sono una puttana, sono nello spettacolo, canto. Quindi ieri stavi leggendo la Bibbia con quella vecchia cadente, è così?»

Jamie incrociò le braccia e buttò indietro la testa per studiarla. «Per essere una ragazza così costosa, mi sembra che hai poca ambizione. Non dev'esserci molto da fare per una cantante da queste parti. Mi chiedo come mai non stai nei quartieri alti. E uno strappo non è un'abitudine.»

«Belle parole. Ne ho sentite più di quante immagini, probabilmente più di quante ne conosci. Dicono tutti così, è stata la prima e unica volta. Mi stupisce che non cerchi di raccontarmi che è stata lei ad attirarti lassù, chissà come. La sera lavoro al *Charlie Bacon's Supper Club*, che dubito tu conosca. E sai, carino, non credo che sarò io a invitartici.»

«No», disse lui, «immagino che non ti passi neanche per la mente.»

«Non sei originale neanche quando fai il sarcastico. Perché non te ne vai, prima che mi addormenti?»

«Certo», replicò Jamie, «me ne vado. Ma non mi hai ancora spiegato perché ti vedo sempre qui, in questo quartiere. Tu che sei così raffinata eccetera.»

Lei lo fissò a lungo, la fronte aggrottata, pensierosa. Poi scosse la testa. Jamie ebbe l'impressione che fosse un tremito involontario, che lui non avrebbe dovuto vederlo. La ragazza disse: «Qualche volta mi va di prendere una boccata d'aria, vedere il sole, prima di andare al lavoro. In centro, c'è sempre qualche tipo che mi ha visto cantare e viene a importunarmi. Qui nessuno mi infastidisce. Almeno fino a questo momento».

Lui la guardò come per decidere se non fare caso alla sua villania o non fare caso a lei. Poi disse: «Ti inviterei a pranzo, ma devo vedere un uomo per un certo lavoro che ho in mente. Magari un'altra volta».

«Di lavapiatti se ne trovano a mazzi in questa città. E non vorrei pesare sul tuo bilancio, comunque. Né rimanere incastrata per un'ora a un tavolo con te. Sai, più ti vedo, meno penso che tu ti possa permettere di comprare niente di me.»

«Sei una ragazzina sveglia», commentò Jamie, poi si portò due dita alla fronte come se portasse un cappello e si allontanò. «Ma non sei così sveglia come credi.»

«Certo che no», ribatté lei. «Nessuno lo è.»

Jamie proseguì. Aveva fatto dieci passi quando lei gli gridò dietro: «Joey».

Lui si fermò e si voltò, aggrottando le sopracciglia. «Non è così che mi chiamo.»

«Sono io che mi chiamo così. Adesso non andare in giro a dire che siamo amici. Te lo dico solo per educazione.»

«Joey», ripeté lui tornando sui propri passi. «Strano nome per una ragazza.»

«*Joie*», sottolineò lei. «È Gioia, in francese. È il nome che mi hanno dato. Ma non ho mai portato gioia a nessuno. Così, quando è arrivato il momento, l'ho cambiato in Joey. Era più adatto a me.»

«Gioia», disse lui.

«No.» Il tono di lei era enfatico, quasi angosciato, pensò Jamie. «Dimentica quello che ti ho detto.»

«D'accordo», esclamò Jamie. «Joey. Mi piace.»

«Non mi interessa se ti piace o no. È il mio nome, tutto qui.»

«D'accordo», ripeté Jamie. Poi ebbe la chiara sensazione che fosse ora di andare. Gli sarebbe accaduto altre volte e avrebbe sempre tenuto conto dell'avvertimento. Rivolse un largo sorriso alla ragazza e disse: «Devo muovermi. Ci vediamo, Joey».

«Chissà», rispose lei. «Non si sa mai.» Poi ricambiò il sorriso. «Sta' attento con quei mangiaspaghetti. La prossima volta non si limiteranno a buttarti fuori a calci nel sedere.»

Il sorriso scomparve dalla faccia di Jamie. «E questo chi te l'ha detto?»

«La città è piccola. Forse a te non sembra, ma è così.» Tacque un momento, studiando l'espressione piena di collera sul volto di lui, poi aggiunse: «Non ti arrabbiare. Tutti hanno una storia che si racconta in giro. Adesso ne hai una anche tu, e se stai attento non avrai bisogno di altre. Capito che cosa voglio dire?»

Jamie tacque per un lungo momento, poi annuì. E la guardò di nuovo, questa volta più spavaldo di prima. Lei lo fissò negli occhi e poi distolse lo sguardo e Jamie, in tono più basso, disse: «Ti servirebbe un ombrellino nuovo».

«Certo. Mi servirebbe un mucchio di roba nuova. Dimmi a chi non servirebbe. Dimmi una sola persona in questa città che non abbia bisogno di qualcosa o non lo voglia.»

«Oh», fece lui, «immagino che certi siano piuttosto soddisfatti di quello che hanno.»

«Non credere. Non esiste sciocco tanto ricco da non volere

sempre di più. La bramosia li uccide. Un nuovo gingillo, un nuovo giocattolo.»

«Forse mi sbagliavo. Forse sei più sveglia di quel che pensavo.»

«Non dimenticarlo», disse lei.

Era metà pomeriggio. I cirri alti di poche ore prima si erano diffusi e velavano il cielo, e l'aria si era fatta afosa. Gli avvolgibili di carta del ristorante erano sollevati e i vetri unti e appannati. Il locale era vuoto, a eccezione di una bambina con intensi occhi neri seduta a un tavolo a disegnare. Jamie si sedette allo stesso posto del giorno prima e attese. Il proprietario uscì dal retro, in maniche di camicia, con un grembiule macchiato allacciato sotto le ascelle. Quando entrò nella sala, l'espressione sul suo viso rimase inalterata.

Si fermò accanto al tavolo. Puzzava di sudore e di cucina. Jamie guardò il menù alle spalle del proprietario; in qualsiasi caso, non significava nulla per lui. Alzò gli occhi sull'uomo, che sembrava aspettare solo quello. «Allora?»

«Ieri ho pranzato qui. Non avevo mai mangiato niente del genere. Era buono. Quindi sono tornato.»

L'uomo guardò Jamie, senza cambiare espressione. «Va bene. Spaghetti, allora.»

«No, oggi voglio qualcosa di diverso.»

L'uomo piegò un poco la testa di lato. «Che cosa?»

«Be', non lo so.» Jamie indicò il menù con il dito. «Non so che cosa voglia dire.»

L'uomo lo interruppe. «Che cos'è che vuoi, allora? Che cosa stai cercando qui?»

Jamie disse: «Mi porti qualcosa di buono. Faccia lei. Mi porti quello che mangerebbe lei se fosse digiuno da ieri, quello che preparerebbe per sé. Che gliene pare?»

Adesso l'uomo aggrottò la fronte. «Vuoi qualcosa di diverso. Non di tutti i giorni. Va bene. E se poi non ti piace?»

Jamie si alzò di scatto e gli tese la mano. «Mi chiamo Pelham. Jamie Pelham. Ieri sera non ragionavo. Magari ho sbagliato, ma non è un delitto. Prima o poi capita a tutti. Sto dicendo che ha fatto bene a buttarmi fuori a quel modo. Al suo posto avrei fatto lo stesso. Voglio solo che sappia che ho capito.»

L'uomo guardò Jamie, guardò la mano che gli porgeva. Poi la prese nella sua. «Victor Fortini. Puoi chiamarmi Victor.»

Jamie disse: «Lei sa che cosa si può mangiare. Io no. Quindi mi porti quello che mangerebbe lei se fosse in me. Correrò il rischio che non mi piaccia. Penso che se non si corre qualche piccolo rischio, ogni tanto, non si impara mai niente».

L'uomo lasciò andare la mano di Jamie. Lo stava ancora studiando. Dopo un momento, disse: «Ci vorrà qualche minuto».

«Va benissimo. Questo pomeriggio non ho nessuna fretta.»

Passò del tempo, poi Victor uscì dalla cucina con un vassoio di pasta corta e piatta ritorta al centro condita con erbette amare e pesce sia fresco sia in scatola, quello fresco tagliato a striscioline e anelli, il tutto accompagnato da una salsa bianca, non rossa, e cosparso di formaggio grattugiato. C'era anche uno sfilatino con la crosta. Senza aspettare commenti, tornò in cucina. Ricomparve mentre Jamie stava pulendo il piatto con l'ultimo pezzo di pane e lo sostituì con una braciola coperta di funghi di qualche tipo in una salsa liquida marrone chiaro. La carne non era di maiale né di manzo e Jamie non aveva idea di che cosa stesse mangiando, ma gli piacque. Infine Victor portò un altro vassoio, questa volta di sottaceti e fette di carne e formaggio. Spostò il piatto con l'osso della braciola su un altro tavolo e appoggiò il vassoio, poi si sedette e cominciò a mangiare. E Jamie non sapeva bene se quello fosse il pranzo di Victor o se il cibo fosse per entrambi, così si appoggiò allo schienale della sedia, posò il tovagliolo sul tavolo e incrociò le mani sul ventre. Victor lo guardò, indicò il vassoio con un cenno e l'invitò: «Antipasto. Assaggia».

Jamie prese qualcosa con le mani e assaggiò. Gli piacque e lo disse a Victor. Poi tacquero, finché il vassoio fu vuoto. Si appoggiarono entrambi allo schienale delle rispettive sedie. Jamie commentò: «Era tutto molto buono. Scommetto che era un pranzo da due o tre dollari».

Victor alzò entrambe le mani. «È gratis. Offre la casa. Non ho lavoro da darti. Non c'è niente da fare. Non ho bisogno che mi scopi niente, che mi lavi niente, che mi porti fuori niente.»

«Che cosa le fa pensare che voglia un lavoro?»

Victor scrollò le spalle, come se la risposta fosse evidente. «Non hai niente da fare, sei sempre in giro. Non sai niente, vai nei posti sbagliati. Sei vestito bene, ma nient'altro. Il cibo è per la tua curiosità. E per essere tornato qui dopo ieri sera. O sei stupido o sei coraggioso, forse tutti e due. Quindi ti offro il pranzo. Magari impari qualcosina. È un favore che ti faccio.»

Jamie annuì. Prese il denaro dalla tasca interna della giacca e senza cerimonie né ostentazione sfilò dal fermaglio quattro biglietti da un dollaro e li posò sul tavolo. «Io pago quello che mangio, Victor. Quello che pensi di me era vero solo fino a questo momento. Sono tornato per mangiare. E anche perché cerco lavoro. Ma non sto parlando di lavarti i pavimenti né niente del genere. Vediamo: tu sai qual è il genere di lavoro che cerco e io so che tu hai in ballo certi affari. Ora, non è che queste due cose messe insieme significhino automaticamente che mi devi dare un lavoro. E hai ragione, ci sono tante cose che non so. Ma ho un paio di punti a mio favore, punti che se ci pensi potresti trovare interessanti. Il primo è che imparo in fretta. Il secondo è che sono nuovo e non ho l'aria di un tipo che lavora per te. Quindi, pensaci.»

Trascorse quel che restava del pomeriggio in un edificio sull'altro lato della strada. Victor l'aveva condotto giù per le scale della cantina, oltre una botola, fino a un locale fresco, con muri di pietra. A un tavolino illuminato da una lampada a cherosene erano seduti i due uomini della sera prima. Uno dei due stava facendo un solitario, mentre l'altro leggeva un giornale o un bollettino delle corse. Non gli fecero caso, limitandosi a scambiare qualche parola in italiano di tanto in tanto. Lungo due delle pareti erano allineate botti di legno, da cui Jamie doveva spillare del vino con cui riempire cassette di bottiglie vuote, tutte della stessa misura ma prive di etichetta o altri segni di riconoscimento, che poi chiudeva con tappi di sughero. Quando ebbe riempito otto cassette, tornò al ristorante. Stava facendo buio. Si sedette a un tavolo con la bambina, la figlia di Victor, che gli disegnò delle mappe su carta da macellaio, segnando il nome di ogni strada e indicando con cura speciale i vicoli tra una strada e l'altra. Jamie si sentiva un po' tardo in confronto all'intelligenza pronta e sicura della bambina, ma prestò molta attenzione fino alla fine, quando lei gli porse le mappe e gli disse: «Non ti preoccupare, non puoi perderti, a meno che non cerchi di guidare il cavallo. Tu tieni le redini allentate, lui sa dove andare e dove fermarsi. L'ho fatto anch'io».

Il carro aveva una struttura a ripiani digradanti sui due lati. Sui ripiani erano allineati dei cesti vuoti. Dietro il sedile, sotto il castelletto, c'era spazio per le cassette di vino. Il cavallo era un vecchio baio dalle grosse zampe pelose.

Tenne le redini molli, come gli era stato detto, e il ronzino tirò il carro su per i vicoli sparsi sul fianco della collina che sovrastava la città, viottoli sterrati poco più larghi del carro stesso, orlati di recinzioni artigianali di filo di ferro o assi verticali ognuna di una misura diversa, ognuna con il suo cancello fatto in modo analogo. Al loro passaggio la gente – di solito donne anziane ma anche diversi uomini di tutte le età e per tre volte bambini – si staccava dal cancello dove li stava aspettando e si accostava al carro con un cesto o due pieno solitamente di ortaggi, qualche volta cereali, e sempre una bottiglia vuota, lavata, identica a quelle nelle cassette. I cesti non erano sempre pieni, ma tutti venivano scambiati con una bottiglia di vino che veniva portata via in un cesto vuoto. La gente non gli dava denaro e lui non annotava niente. Una volta vide chiaramente un quadratino di banconote ripiegate infilate in un cesto di lattuga, e dopo quella volta smise di guardare. Non voleva vedere nient'altro. Il sistema gli sembrò al tempo stesso complesso e meravigliosamente semplice.

Quando ritornò staccò il cavallo, gli tolse i finimenti e lo portò nella piccola rimessa dietro il ristorante. Tirò fuori un vecchio telone rattoppato dal fondo del carro e lo stese con cura sui cesti di roba da mangiare. Poi entrò nella cucina del ristorante che era silenziosa, pulita e deserta, a parte la bambina. La figlia di Victor stava mangiando un piatto di pane fritto cosparso di sciroppo. Doveva avere dieci o undici anni ed era molto graziosa. Abbastanza grande da studiare Jamie con attenzione ma non abbastanza da sapere perché. Lui si sedette di fronte a lei.

«Come ti chiami?»

«Loredana. Lo so come ti chiami tu.»

«Te lo sei preparato da sola, quello?»

Lei guardò il piatto e poi di nuovo lui, imbarazzata. Come se l'avesse colta sul fatto.

«Tuo padre è in sala?»

Loredana annuì. Come se non potesse parlare con lui. Non era più la bambina che, poche ore prima, gli dava indicazioni tutta compresa nel suo ruolo. Jamie la trovò quasi irritante. Molto gentilmente, disse: «Loredana, per favore, corri a dire a tuo padre di venire qui un momento, quando può. Digli che sono tornato».

E la guardò oltrepassare le porte a vento, i bei capelli sciolti sulla schiena e le gambe nude dal ginocchio in giù. Allungò svelto una mano, tagliò un angolino di pane fritto con la forchetta di lei e lo intinse nello sciroppo prima di portarselo alla bocca e mandarlo giù. Poi rimise la forchetta sul piatto, nella stessa posizione in cui l'aveva trovata.

La bambina tornò con suo padre e con un cenno della mano Victor fece uscire Jamie in cortile. Scostarono il telone e Victor girò intorno al carro, toccando ogni cesto con l'indice e il medio della mano sinistra, come per contarli, ma Jamie sapeva che non era solo un inventario. Poi rimisero a posto il telone e Victor lo pagò. Erano più soldi di quanti si fosse aspettato. Non dissero nulla del lavoro fatto o del giorno seguente. Victor gli diede una pagnotta, poi tornò dentro.

Era quasi mezzanotte, l'aria era carica di pioggia. Jamie si diresse verso il centro. La gente passava sotto i lampioni elettrici. Il teatro dell'opera sopra il municipio si stava svuotando. La strada era affollata di calessi e carrozze, i marciapiedi di gente vestita da sera. Jamie accese una sigaretta e si fermò sotto un lampione. Afferrò per un braccio un passante e gli chiese dove fosse il *Charlie Bacon's Supper Club*. L'uomo gli disse di seguire il proprio naso.

Poco dopo lo trovò, a due isolati dalla via principale. L'ingresso era coperto da una tettoia, e il nome del locale era scritto a lettere d'oro. Davanti c'era una piccola folla in attesa. Si avvicinò alla vetrata e non riuscì a vedere altro che tavoli attorno a cui cenavano uomini e qualche rara donna. Non gli sembrava ci fosse nessuno spettacolo. Dopo un po' si accorse che c'erano anche uomini che giravano intorno all'edificio e si addentravano in un vicolo adiacente. Pochi tornavano sulla strada. Finì la sigaretta e si infilò nel vicolo. Giunse a una porta illuminata da una lampadina elettrica. Bussò forte. Quando la porta si aprì riuscì a vedere solo un corridoio, ma sentiva musica, voci, una donna che cantava. Disse: «Sto cercando Joey».

L'uomo dietro la porta rispose: «Hai sbagliato posto, amico. Qui non c'è nessun Joey».

«È una cantante.»

«Pensavo cercassi un certo Joey.»

«No, cerco una cantante che lavora qui.»

«Hai bevuto troppo, amico. Qui non c'è nessun Joey, e neppure nessuna Joey. Qui non c'è niente per te.» E la porta si richiuse. Jamie esitò, poi bussò di nuovo. Questa volta la porta non si aprì. Dopo qualche tempo due uomini arrivarono alle sue spalle. Sentì che lo osservavano e dopo un momento uno dei due disse: «Non ti faranno entrare. Non fare lo stronzo, togliti di mezzo e fai provare qualcun altro».

Tornò dall'altra parte della strada e rimase a osservare il vicolo. Gli uomini, solo uomini, andavano e venivano. Quelli che uscivano erano rubizzi e ridevano contenti. Alcuni, troppo ubriachi, erano sorretti dagli amici. Dopo un po' la pioggia si fece più forte e gli uomini si diradarono. Il cielo carico d'acqua cominciò timidamente a schiarirsi. Jamie aveva freddo, i vestiti zuppi. Attraversò di nuovo le strade e tornò nella sua stanza.

* * *

Lavorò per Victor quattro giorni. Si alzava a mezzogiorno o anche più tardi, andava a farsi radere e poi a bere caffè e leggere i giornali fino al tardo pomeriggio, quando si avviava verso il ristorante. Mangiava, quindi attraversava la strada e scendeva in cantina a imbottigliare il vino. La cena non doveva pagarla, e il cibo era buono, anche se non come il primo giorno. Non aveva più rivisto Loredana, e aveva concluso che non era un caso. Non aveva più visto neppure Joey. Scoprì alcune cose. Le botti un po' più piccole contenevano grappa, che Victor versava in brocche di terraglia o secchi di metallo, allungava con acqua e insaporiva con zucchero caramellato e un poco di aceto conservato in un vaso pieno di peperoncini piccanti. Il prodotto veniva venduto a gente che lo imbottigliava e rivendeva come whisky. Scoprì inoltre che sarebbe stato pagato una volta alla settimana, il lunedì pomeriggio. Non era sicuro che la cosa gli piacesse, anche se così aveva l'aria di un lavoro regolare, ma non aveva altra scelta che fidarsi. La sera, terminate le consegne, si dirigeva verso il centro e batteva le strade fino a quando la precoce alba estiva cominciava a rischiarare il cielo a oriente. Una notte, all'una meno un quarto, si sedette a un tavolo del *Charlie Bacon's*, mangiò una bistecca e mise in mano al cameriere un biglietto da cinque dollari chiedendogli che cosa ci fosse nel retro. Il cameriere lo ringraziò e gli indicò la toilette. Non tentò più di entrare dalla porta sul vicolo. Si comprò una camicia nuova e si fece lavare e inamidare quella vecchia. I calzini se li lavava in camera, con il sapone per le mani. Prima di coricarsi, metteva i polsini tra le pagine di una rivista e la rivista sotto il materasso. Non aveva meno soldi di quando era arrivato. Con quelli che Victor gli doveva, era in attivo.

Il lunedì si svegliò di buon'ora, con una fame terribile, e uscì per strada. Prima di qualunque altra cosa voleva fare colazione, e già che si era alzato presto decise che oltre a farsi radere si sarebbe anche fatto un bagno caldo. Si allontanò quindi nella direzione opposta a quella che prendeva di solito per andare dal barbiere, verso la tavola calda, e così non la vide seduta sui gradini due portoni prima del suo. Ma udì i suoi passi sui ciottoli, e la sua voce che lo chiamava piano, e allora si voltò e lei si fermò, a pochi metri da lui, la testa alta, piegata di lato, il mento sollevato con aria di sfida, provocatoria. Non disse nulla, si limitò a mostrargli l'occhio destro, ridotto a una prugna viola e nera, e il naso incrostato di sangue scuro. Il vestito, del colore della marmellata di lamponi, era sporco di fango e aveva una manica strappata. Mentre stavano così l'uno di fronte all'altra, senza parlare, lei allungò una mano e cercò di rimettersi a posto la manica.

Jamie la portò nella sua stanza senza farsi vedere, poi scese in cortile con la brocca che usava per lavarsi e comprò dalla proprietaria dell'acqua calda, che riportò di sopra. Lei si era tolta il vestito, e sedeva sul letto con un corpetto e un paio di mutandoni al ginocchio, orlati di pizzo. Sulla parte superiore del braccio era visibile un livido, a grosse strisce orizzontali: l'impronta lasciata dalle dita di una mano. La lasciò sola a lavarsi, tornò in strada e comprò quattro sandwich con uovo fritto, confezionati in un sacchetto di carta che diventò trasparente per l'unto, una caraffa di caffè e una bottiglia da mezzo litro di latte. Poi andò da un farmacista e comprò tre bustine di polvere per il mal di testa. Pensò anche al vestito lampone gettato in un angolo della stanza, cercò un negozio di abbigliamento e comprò un abito da pochi soldi, servendosi delle mani per descrivere l'altezza e le forme di lei.

La trovò seduta a gambe incrociate sul letto, con indosso la sua camicia di ricambio abbottonata fino al collo. Lo guardò di traverso, come se dubitasse della propria decisione di rivolgersi a lui. Jamie posò il pacco con il vestito sulla sedia e i sandwich sul comodino e le porse il caffè e il latte, poi tirò fuori di tasca le bustine con la polvere e gliele tese, dicendo: «Queste dovrebbero aiutarti».

«Ti procurerò dei guai.» Joey bevve metà del latte, poi riempì di nuovo la bottiglia versandovi una parte del caffè. Si versò il contenuto di due bustine sulla lingua e mandò giù aiutandosi con il caffellatte.

«La vecchia al piano di sotto è sorda come una campana. Non ti preoccupare per lei.»

«Oh», fece Joey. «Potresti assassinare qualcuno in una di queste stanze e a nessuno importerebbe, purché la stanza sia pagata. Non è questo il tipo di guai di cui stavo parlando.»

Jamie tirò fuori un panino dal sacchetto e lo posò sul letto in mezzo a loro, aperto. «Serviti pure», disse, dando un morso al pane con l'uovo. Poi le chiese: «Allora, che cosa ti hanno fatto?»

«Non che cosa mi hanno fatto ma chi me l'ha fatto», rispose lei. «Non sei mai riuscito a entrare al *Charlie Bacon's*, vero? Non hai neppure insistito molto, mi sembra. Ma me l'hanno detto, Mike me l'ha detto. 'Quel damerino che va in giro a smerciare vino per i mangiaspaghetti è qui fuori che chiede di te. L'ho mandato via.' Ti facevo più cocciuto.»

«Ho gironzolato lì intorno un paio di sere, pensando che forse ti avrei vista mentre andavi via.»

«Non esco mai dalla porta principale, e neppure da quella sul vicolo, proprio per evitare i ragazzotti e gli uomini con la bava alla bocca. O almeno cerco di evitarli.»

«Vuoi un sandwich?»

«Vomiterei tutto. Ho lo stomaco a pezzi. Quel tipo ha fatto proprio un bel lavoro.»

«Hai l'aria un po' ammaccata, ma quei lividi spariranno. Non avevo mai visto picchiare una donna. Solo una mente malata può aver fatto una cosa del genere.»

«Buon Dio, non solo non sai niente delle donne, non sai un accidente neppure degli uomini.»

Jamie diede un altro morso al sandwich. «D'accordo, sono ignorante. Chi è stato?»

Joey scosse la testa, non per rifiutarsi di rispondere, ma come se lui fosse senza speranza. «Ti ho già detto che sono una cantante. Il che significa che mi vesto in modo che non ci sia dubbio che sono una femmina e cinque o sei volte per sera salgo sul palco del *Charlie's* a cantare. A sentirmi parlare non si direbbe, ma ho una bella voce. Tra un numero e l'altro devo circolare tra la gente, lavorarmi il pubblico. Farli continuare a bere, farmi offrire da bere, anche se nel mio bicchiere non c'è mai altro che tè freddo. Faccio girare i soldi. Naturalmente, una parte finisce nelle mie tasche. Gli uomini mi danno una mancia per cantare una canzone e, se flirto un poco con loro, la mancia è più grossa. E ce n'è qualcuno che si prende una cotta per una ragazza e comincia a farle dei regali, a darle dei soldi e cose del genere. Charlie non permette alle ragazze di battere nel suo locale, ma questo non significa che qualcuna qualche volta non si metta d'accordo con un uomo per vederlo fuori dal club. Quello che fanno, a quel punto, sono affari loro, a meno che non vengano arrestate, e allora rimangono senza lavoro. Sai, in questo ambiente bisogna essere selettive. Perché quello che vuoi è tenere agganciato il tipo, continuare a farlo venire al club. Quindi te lo devi lavorare bene, magari concedendo qualcosina ma più che altro dandogli l'impressione che gli stai concedendo ben di più, o che glielo concederai presto. Alcune ragazze sono capaci di tenere in ballo un uomo in questo modo per mesi. Altre, invece, preferiscono scegliersi uomini anziani che hanno ormai perso ogni speranza di vedere di nuovo una ragazza senza vestiti. Con questi tipi, se ti lavori quello giusto, più sei avida più li tieni agganciati. Io non ho scelto quella strada. Anche se stuzzicarli e poi lasciarli con un palmo di naso è più rischioso. Di solito ho avuto fortuna.»

«Ti sembra di essere stata fortunata?»

«Abbastanza. Le ho già prese, una volta o due. Cerchi di evitarlo ma è come in qualsiasi altro campo, sono i rischi del mestiere. Come ti ho già detto, il problema non è tanto che cosa mi hanno fatto quanto chi me l'ha fatto.»

«Che sarebbe?»

«Che sarebbe il cognato del sindaco.»

«Sposato con sua sorella o con la sorella di sua moglie?»

«Con sua sorella.»

«Non vedo dove stia il problema. Il tizio non correrà certo da suo cognato a lamentarsi di una cantante che non ha voluto fare quello che voleva lui.»

«È proprio questo il problema. È qui che ti sbagli, il guaio è proprio questo. Vedi, il sindaco Townsend ha scommesso venti dollari con suo cognato che non sarebbe riuscito a portarmi a letto. E il tizio, Michael Heany si chiama, ci ha provato per un mese, riempiendomi le tasche di bei soldini. E ieri sera, quando ha perso la pazienza, io non ho saputo trattenermi e gli ho riso in faccia dicendogli, tra le altre cose, che era sotto di venti dollari con Townsend. È stato allora che mi ha afferrata per un braccio e ha cominciato a pestarmi.»

«Mi sembra comunque che sia lui a doversi preoccupare per quello che ti ha fatto.»

Lei annuì. «È un gioco, capisci? Le regole non sono scritte, ma le conoscono tutti. Una ragazza può avere un ammiratore, l'intera città lo sa e va tutto bene. Tutti gli uomini pensano sia lei quella che vogliono. Ma se una ragazza con gli uomini ci va solo a letto, accetta i loro regali e i loro soldi e ci va a letto, be', quella è una puttana e nessuno vuole più cercare di conquistarla. È la conquista, capisci? L'importante è provarci, non riuscirci.»

«Continuo a non vedere dove stia il problema.»

«L'orgoglio», disse lei. «Il signor Michael Heany ha commesso l'errore di dire in giro che aveva perso la testa per me e Townsend gli ha proposto la scommessa. Questo ha cambiato le regole, capisci? Non era più un gioco, ma una gara. Ma il punto è che, ora che è finita, l'unica persona che ha perso, che ha perso definitivamente su tutti i fronti, non è Michael Heany. Sono io. E non sarà solo Charlie a sbarazzarsi di me, sarà tutta la città. Devo andarmene di qui.»

Lui la studiò, poi disse: «Ho capito tutto tranne l'ultima parte. Ti ha già picchiata, che altro può fare?»

«È da questo che si capisce che sei nuovo di queste parti. Perché il signor Michael Heany è solo un impiegatuccio del municipio. Ma suo fratello è il capo della polizia.»

«Non mi sembra poi un granché.»

Lei si appoggiò all'indietro, con le mani sul materasso, e lo guardò. «Essere il capo della polizia?»

«No, sapere tutto quanto di questa miserabile cittadina. Non è poi una grande conquista, non dovresti sentirti tanto superiore.»

«Smettila di guardarmi le cosce.»

Lui tacque un istante, poi replicò: «Sono proprio sotto il mio naso».

Joey non cambiò posizione. «La cosa più intelligente che possa fare è lasciare la città. Il problema è che devo aspettare il buio per poter raggiungere la mia stanza senza essere vista e prendere la mia roba. Ho due valige di vestiti che preferirei non perdere e un rotolo di banconote nell'armadio che mi servirà dovunque vada. Se ancora nessuno l'ha trovato.»

«Pensi che qualcuno abbia perquisito la tua stanza?»

«Può darsi. Scommetto un dollaro che c'è almeno un giovane piedipiatti parcheggiato in corridoio che aspetta che mi faccia viva, sperando di riuscire a farsi fare un pompino prima di portarmi dentro.»

«Preferirei che non parlassi in quel modo.»

«I fatti della vita ti danno tanto fastidio?»

«No. Non hai bisogno di fare colpo su di me. Immagino che sia venuta qui perché pensavi che potessi aiutarti. Farò quello di cui hai bisogno. Tutto qui.»

«Sono venuta qui perché non c'era un altro posto dove andare.»

«Non è quello che ho appena detto?»

«Non proprio.» Joey distolse lo sguardo da lui, poi tornò a fissarlo. «Sarei venuta qui anche se non ci fossi stato tu. È il quartiere dove sono cresciuta.» Poi tacque, come se avesse già detto più di quanto voleva.

«Non sembri italiana.»

«Non lo sono.»

«La tua famiglia vive qui?»

«No.»

Tacquero. Alla fine lui smise di scrutarla e volse gli occhi alla finestra. Era pomeriggio, ma ancora presto.

«A che cosa stai pensando?»

Lui non la guardò. «Sto cercando di capire come si può risolvere la faccenda.»

«Lo so che porto sempre un mucchio di guai.» Lo disse in tono piatto, con una voce vecchia, spogliata di tutto.

Lui la guardò. «Ehi, Joey.» Allungò una mano e la posò sul ginocchio nudo di lei.

Lei raccolse le gambe e scese dal letto. Andò accanto alla finestra e guardò in strada. Si toccò il naso ammaccato, poi l'occhio gonfio. Si voltò e indicò il pacchetto sulla sedia. «Che cos'è quello?»

«Un vestito.» La guardò.

«Per me?»

«Ho pensato che l'altro fosse ormai inservibile.»

Lei prese in mano il pacchetto e lo guardò. Poi lo aprì, strappando la carta con movimenti rapidi, e Jamie ebbe l'impressione di vederla davvero per la prima volta, che per la prima volta lei si stesse mostrando a lui. Joey tirò fuori il vestito e lo spiegò. «È giallo.»

«Pensavo che potesse starti bene. Ti ho sempre vista vestita di scuro. È giusto per il momento.»

«Non scusarti per avere fatto una cosa carina.» Poi gli chiese: «Come hai fatto a indovinare la misura?»

Senza neppure pensarci, Jamie descrisse nuovamente le sue forme con le mani.

Lei si mise una mano sulla bocca e rimase a guardarlo per un lungo momento, gli occhi scintillanti. Jamie, seduto sul letto, ricambiò il suo sguardo, desiderando che le sue labbra potessero volare attraverso l'aria e posarsi su quelle di lei. Senza staccargli gli occhi di dosso, Joey fece i pochi passi che li separavano. «Come mai», disse mentre si sfilava il corpetto dalla testa, «hai molti più vestiti addosso di me?» E si sedette accanto a lui sul letto per un momento, prima di adagiarsi sul materasso e dirgli: «Toglili. Toglimi quello che mi resta».

Bagnato di sudore, si sollevò sui gomiti. La pelle di lei, dal collo al seno, era chiazzata di bianco e di rosa, e le vene azzurrine sembravano piante acquatiche. Jamie si alzò dal letto e andò alla finestra, si accese una sigaretta e rimase a guardare la strada. Era pomeriggio, non sapeva che ora. Quando si voltò, lei era ancora come l'aveva lasciata, le gambe aperte sul letto. Aveva una mano tra le gambe, leggera.

«Gesù.»

«Non avevi mai visto una donna nuda, vero?»

«Non proprio.»

«Era la tua prima volta, eh?»

«Lo sai che non è così.»

«Non sto parlando di quello che hai fatto con quella vecchia l'altro giorno. Sto parlando di fare l'amore.»

«Be', allora direi di sì.»

«Mio Dio, guardati un po'!»

«È che proprio non ne vuole sapere di scendere.»

«Vieni qui.» E gli tese le braccia.

Era quasi buio quando si svegliò accanto a lei. Soltanto allora gli venne in mente il carro dell'italiano che lo aspettava, le bottiglie di vino. Sembrava tutto così lontano, irraggiungibile dalla piccola riserva che si era creata nella sua stanza. Non provava rimorso, ma aveva la sensazione di avere fatto una scelta. Il lavoro perduto gli appariva ora più chiaro, e si chiese quanto sarebbe potuto durare, comunque, o se addirittura non si fosse salvato, in qualche modo. Sembrava che tutti sapessero meglio di lui quello che faceva. Quindi, andava tutto bene. Era tempo di filarsela, pensò. Rimaneva la questione dei soldi che Victor gli doveva. E altre questioni, anche. Si mise a sedere sul letto e accese una sigaretta. Joey si voltò sulla schiena e lo guardò di sbieco. Dopo qualche istante, disse: «E adesso?»

«Ci sto pensando.»

«Ho una fame da lupi.»

«Già.»

«E tu?»

«Sì.»

«Non ti sforzare troppo il cervello.»

«Sto cercando di mettere insieme i pezzi. Di capire che cosa succede ora.»

«Dovevi andare a consegnare la bumba degli italiani, vero?»

«Uh-uh.»

Joey si alzò dal letto e cominciò a vestirsi. «Tu rimani pure qui seduto a pensare. Io sto morendo di fame. E devo trovare il modo di recuperare i miei vestiti e la mia roba. E decidere che cosa fare dopo.»

Lui si alzò, nudo, e la prese per un braccio. «Aspetta», disse. «Esco io, tu rimani ad aspettarmi qui. Devo sbrigare un paio di cose, poi ti porto qualcosa da mangiare. Poi possiamo pensare a come risolvere il tuo problema e andarcene di qui.»

Lei lo guardò. Si infilò il corpetto e prese in mano il vestito. Poi disse: «Che cosa ti fa pensare che voglia il tuo aiuto?»

«Be', niente», rispose Jamie. «Ma mi sembra ragionevole cercare di risolvere questa faccenda insieme.»

«È quello che sembra a te. Io mi sono sempre guardata bene dal compromettermi con gli uomini.»

Jamie annuì. «E hai fatto bene, credo. Ma sei stata tu a presentarti tutta insanguinata alla mia porta, senza un posto dove andare.»

«Non voglio essere in debito con te.»

«Non mi devi niente. Sei libera come l'aria. D'accordo?»

Joey si risedette sul letto. Scosse la testa. «Ho capito che cuore hai.»

«Che cosa vorresti dire?»

«Niente, niente. Va', ora. Va' a fare quello che vuoi fare. Ma portami qualcosa da mangiare. E non dire a nessuno che sono qui.»

Jamie si lavò la faccia con l'acqua rimasta nella brocca e si lisciò indietro i capelli. Mentre si vestiva, sentiva l'odore di lei su di sé, come se la sua pelle ne fosse zuppa e la sua essenza gli penetrasse in tutto il corpo. Una volta vestito, si voltò e disse: «Vestiti e aspetta. Chiudi a chiave la porta quando esco, ma sta' pronta ad aprirla quando mi senti salire le scale».

* * *

Fece il giro lungo per raggiungere l'entrata posteriore del ristorante. Come immaginava, il carro e il cavallo nella rimessa non c'erano più. Entrò in cucina e non vide nessuno. Allora attraversò velocemente la strada. Il lucchetto d'ottone non era nella serratura, così aprì la porta della cantina, la lasciò aperta e scese le scale. Victor era seduto al tavolino. Di fronte a lui c'era uno degli altri uomini. Jamie gli rivolse un cenno del capo, e l'uomo guardò altrove. Victor aveva davanti una cassetta di piombo e ottone e sul tavolo erano disposte varie mazzette di banconote, che Victor raccolse e ripose nella cassetta mentre Jamie si dirigeva verso di lui, guardando fisso l'italiano, come se non avesse visto i soldi.

«L'ho fatta grossa.»

Neppure un cenno d'assenso. «E allora perché vieni qui?»

«Mi devi qualcosa per il lavoro che ho già fatto.»

Ora Victor sorrise. «Sei scemo o che cosa?»

«No», disse Jamie. «Non credo.»

Victor annuì. «Credi di sapere qualcosa che mi possa danneggiare.» L'altro uomo alzò la testa per guardarlo e cominciò a tamburellare con le dita sul piano del tavolo.

«Sono sicuro che a rimetterci sarei io. Comunque, ho fatto un lavoro per te e ho bisogno di essere pagato. Non è una cosa molto complicata.»

«È tutto molto complicato. Ci sono tante cose complicate che non puoi capire. E tu sei così giovane e stupido. Ma quel che è giusto è giusto.» Infilò una mano nella cassetta, tirò fuori una banconota e la posò sul tavolo davanti a Jamie. Era meno di quanto era stato pagato per il primo giorno. Jamie la guardò un momento, poi la raccolse e disse: «Tutto qui?»

«Tutto qui.»

«Oh, merda! Suppongo che non se ne possa discutere.»

«No.»

«Io non sono d'accordo.»

«Non ti far più vedere da queste parti.»

«Sai una cosa, Victor? Credo di essere io a non volerti più vedere.»

E si voltò come per andarsene. Fece un passo e si chinò in avanti mentre ruotava su se stesso e raccoglieva al volo dal pavimento sporco il mazzuolo di legno che usavano per i tappi. Quando si fu voltato del tutto, il mazzuolo non solo era già alto sopra la sua testa ma stava calando con violenza sulla fronte dell'uomo che tamburellava sul tavolo e lo guardava sprezzante. L'uomo, che si stava alzando, spalancò gli occhi per la sorpresa, poi ricadde travolgendo la sedia. Victor aveva ancora la mano sinistra sul tavolo, ma la destra aveva abbandonato la cassetta e stava strisciando verso il panciotto. Jamie aveva tirato fuori lo stiletto di tasca. Lo piantò nella mano sul tavolo, e questo fermò l'altra, che rimase a mezz'aria, tremante, e poi corse alla sinistra inchiodata sulle rozze assi. E Jamie, lentamente, prese quella mano e la tenne dolcemente tra le proprie, e disse: «Non toccare niente, Victor. Rimani seduto fermo». Sentiva le dita che gli tremavano leggermente. Victor reclinò indietro la testa, contro il muro di pietra alle sue spalle. Gli occhi gli si rovesciarono nelle orbite, tornarono a posto per un breve istante e poi si fecero di nuovo bianchi. Erano iniettati di sangue, come se fosse stato accoltellato lì.

«Sta' calmo, ora. Fai attenzione, Victor.» Sempre con la mano libera di Victor tra le proprie, Jamie aprì la cassetta e, una banconota per volta, tirò fuori il denaro che gli spettava. «Fa' attenzione, Victor.» Allungò una mano e diede un colpo di piatto al manico dello stiletto, affondandolo ancora un poco, muovendolo un poco avanti e indietro. «Ho preso solo quello che mi devi. Neppure un extra per il disturbo, vedi?» Gli sventolò in faccia le banconote, poi prese altri cinque dollari. «E questi, questi sono per il coltello. È quello che mi è costato. Lo devo lasciare qui, non vedo altra scelta.»

Victor era giallo e grondava sudore. Gli occhi vuoti, scomparsi, uova sode al posto dell'anima. Non si muoveva. Jamie posò la mano libera accanto alla sua compagna trafitta, prese i soldi, girò intorno all'uomo sul pavimento, poi rapidamente salì le scale e uscì. Era improvvisamente ghiacciato, zuppo di sudore. Dalla cantina non giungeva ancora alcun suono, ma non sarebbe durato a lungo. Chiuse la porta che dava sulle scale, frugò nel buio finché trovò il grosso lucchetto d'ottone, lo infilò negli anelli della porta e lo chiuse. Poi raggiunse l'angolo dell'edificio, si fermò e quando non vide nessuno si mise a correre per il vicolo lungo il fiume. A un certo punto, mentre correva, tirò fuori la guaina vuota del coltello e la gettò nell'acqua. Correva con la bocca spalancata, i polmoni che gli scoppiavano. Il suono dei suoi piedi una debole eco del ritmico fragore nel suo petto.

«Non mi hai portato niente da mangiare?» Era ancora semisvestita. Il moccolo di sego puzzolente in un piattino accanto al letto era acceso.

«Accidenti, oh, accidenti!» Jamie raggiunse la finestra e sbirciò in strada. «No, non ti ho portato niente. Vestiti!»

«Gesù, sto morendo di fame!»

«Sta' zitta. Vestiti!»

«Non mi parlare in quel modo.»

Jamie si voltò e disse: «Mi dispiace. Credimi, mi dispiace davvero. Solo che probabilmente abbiamo due minuti per andarcene di qui, forse uno solo. Cazzo, oh, cazzo.»

«Che cos'hai fatto?» Si era già infilata il vestito e se lo stava abbottonando.

Jamie si inginocchiò, tirò fuori la valigia da sotto il letto e cominciò a saltare freneticamente per la stanza raccogliendo le sue cose. Senza dimenticare i polsini di ricambio sotto il materasso.

Tirò fuori di tasca il denaro nel fermaglio, contò quanto era rimasto e ne diede la maggior parte a Joey. Sentiva ancora il lieve peso degli altri soldi nella tasca della giacca. «Non ho tempo di spiegarti, in questo momento. Quello che devi fare è andare alla stazione. Guarda gli orari e dammi mezz'ora. Anzi, facciamo tre quarti d'ora. Compra due biglietti per Portland, nel Maine.»

«Maine? Portland, nel Maine? Io non voglio andare nel Maine.»

«Fallo e basta. Neppure io ci voglio andare, nel Maine. E non perdere tempo comprando da mangiare o cose del genere. Prenderemo qualcosa sul treno, se riusciamo a salirci. Compra solo i biglietti e siediti buona da qualche parte. Non parlare con nessuno. Cerca di non fare vedere a tutti come sei ridotta. Fai finta di niente, come se fosse tutto normale, nient'altro. Capito?»

Lei si chinò per soffiare sulla candela. Nel buio, esclamò: «Non c'è bisogno che mi dica come mi devo comportare. Ma devo andare a prendere la mia roba, se dobbiamo scappare».

«È per questo che ho bisogno di un po' di tempo. Credo sia meglio che ci vada io. Non ci sarà nessuno ad aspettare me. Spero di no, almeno. Ma devi dirmi dov'è e come arrivarci.»

Lei tacque un istante, nel buio, poi disse: «Non ho motivo di fidarmi di te».

«Risparmieremo un sacco di tempo e di fastidi se ci basiamo su quello che abbiamo in mano in questo momento. A parte questo, non so che cosa dirti.»

«Sono un mucchio di soldi.»

«Non sono i tuoi soldi che voglio.»

«Sì, credo di saperlo. Credo sia questo che mi preoccupa.»

Jamie prese la valigia. «Forse», rispose, «per il momento devi solo avere fede. Al resto possiamo pensare dopo. Ma credo che il tempo a nostra disposizione sia già finito. Quindi, andiamo o no?»

«Gesù, spero di fare la cosa giusta.» Fece un passo verso Jamie, gli prese la testa tra le mani e lo baciò. Senza staccarsi da lui, gli disse dove abitava e gli descrisse la casa dentro e fuori, gli spiegò in che posizione era la sua stanza, che cosa cercare una volta dentro e che cosa lasciare stare. E come raggiungere poi velocemente la stazione. Poi tacquero entrambi.

«È meglio che vada», disse lui.

«Vedi di raggiungere in fretta la stazione.»

«Non ho intenzione di scappare.»

«Ci vediamo lì, allora.»

«Non ti devi preoccupare. Quando sarà il momento di salire in carrozza, io sarò proprio dietro di te con una mano sulla tua schiena per aiutarti.»

«Sarà meglio per te.»

«Ce la farò.»

Joey gli prese di nuovo la testa tra le mani, ma questa volta gli infilò le dita tra i capelli, che poi afferrò con tutte le sue forze costringendolo a sollevarsi in punta di piedi. Gli occhi gli si iniettarono di sangue, le lacrime cominciarono a colargli sulle guance. Il viso di lei era a pochi centimetri dal suo. Jamie percepiva il suo fiato caldo e pulito. «Se non prendi quel treno, ti inseguirò in capo al mondo e ti sparerò», disse Joey.

«Credo che dovrai metterti in fila.»

Lei lo baciò. «Non cercare di fregarmi.»

Trovò la casa sul fianco della collina e fece una ricognizione dal marciapiede opposto. All'ombra di una vecchia betulla, studiò l'edificio. Contò le finestre del secondo piano. La luce era accesa come lei l'aveva lasciata la sera prima. Un arbusto di lillà cresceva lungo il muro. I rami più alti oscuravano la parte inferiore della finestra. Attraversò rapidamente il cortile e raggiunse la pianta, la osservò un momento, quindi trovò un varco tra i rami, uno stretto sentiero che si apriva in un angusto spazio circondato dall'intricato viluppo delle fronde. Guardò su, studiò la situazione, poi si arrampicò rapidamente. Si issò sul davanzale della finestra, sul ventre, poi strisciò nella stanza. Il silenzio era totale. Trovò le due borse di lei nell'armadio a muro e cominciò a riempirle con quanto trovava nei cassetti e ammonticchiato sul letto. Poi, nel rettangolo buio dell'armadio, cominciò a togliere i vestiti dalle grucce. Avvolse le tre bottiglie di acqua di Colonia sul tavolo da toilette in una camicetta e le sistemò nella borsa tra gli abiti. Alla fine si accoccolò nell'armadio a muro, tastò lo zoccolo di legno finché trovò l'assicella staccata che copriva l'intonaco sgretolato, tirò fuori dal nascondiglio il barattolo di latta e lo aprì. Dentro c'era un grosso rotolo di banconote.

Poi, d'impulso, infilò di nuovo la mano nel buco e ne estrasse un pesante sacchetto di velluto che evidentemente conteneva delle monete. Joey non gliene aveva parlato. Era curioso. Non era il genere di cose di cui si sarebbe potuta dimenticare. Lo conosceva abbastanza da sapere che avrebbe infilato la mano tanto in profondità? Mise il sacchetto nella tasca interna della propria giacca e il barattolo in mezzo ai vestiti, poi allacciò le cinghie delle borse. Spense la luce e aprì la porta. Percorse il corridoio coperto da una passatoia, scese le scale e uscì dalla porta principale. Una volta in strada, si allontanò a passo lento giù per la collina.

La stazione era tranquilla, c'erano solo poche dozzine di persone in attesa, sedute sulle panche con i bagagli posati a terra. Scrutò tra la gente. Joey non c'era. Andò a controllare l'orario e calcolò che mancavano quindici minuti al primo treno per Montpelier. Da lì avrebbero proseguito verso est. Andò allo sportello e rimase in attesa che l'impiegato finisse di leggere il giornale della sera.

«Sto cercando una ragazza. Capelli scuri, con un vestito giallo. Dev'essere venuta qui nell'ultima mezz'ora circa. Deve avere comprato due biglietti per il Maine.»

L'impiegato lo studiò. «Ah, sì?»

«Non sono stato io a ridurla in quel modo. Sto solo cercando di aiutarla a raggiungere sua zia, lassù nel Maine.»

«Ne sono sicuro.»

«Pensi quello che vuole. È venuta qui e ha comprato due biglietti. E il secondo biglietto non era per la sua sorellina.»

L'impiegato lo guardò fisso. Si rimise la visiera, raccolse il giornale e da dietro le pagine aperte disse: «È sulla banchina».

Jamie si diresse verso le porte che davano sulla banchina. Accanto alle porte c'era un vecchio. La sommità del capo era calva ma lunghi capelli gli crescevano dietro le orecchie fin sulle spalle. Aveva le gambe amputate all'altezza del ginocchio ed era seduto su una tavola di legno con quattro ruote agli angoli, i pantaloni accuratamente ripiegati sotto i moncherini e fermati con spille da balia. Nonostante fosse estate, sopra la camicia portava un vecchio cappotto con le spalline e i gradi di sergente sulle maniche. Tra le ginocchia stringeva una tazza di stagno con delle monetine.

Senza togliere il sacchetto dalla tasca interna della giacca, Jamie slacciò la cordicella che lo teneva chiuso, tirò fuori una moneta d'oro da dieci dollari e la lasciò cadere nella tazza. Il vecchio soldato udì il suono, diverso dal tenue tintinnio delle monetine di stagno. Frugò nella tazza, si rigirò la moneta tra le dita, poi la saggiò tra i denti. Mentre Jamie oltrepassava le porte senza guardarsi indietro, l'uomo gli gridò un ringraziamento.

Joey era seduta su una panca quasi in fondo alla banchina, sola, la valigia di Jamie tra i piedi. Lui posò le borse, si sedette accanto a lei e disse: «Ho dato una delle tue monete d'oro a quell'uomo senza gambe».

Lei tacque, guardando fisso davanti a sé, le mani che reggevano la busta di carta con i biglietti in grembo.

«Te li restituirò. Dev'essere rimasto qualcosa dopo avere pagato i biglietti.»

Lei lo guardò. Il volto pesto era immerso nell'ombra, così rimaneva solo la sua bellezza. Un volto che avrebbe potuto sognare, se ne fosse stato capace. «Credi che il treno arriverà prima degli italiani?»

«Lo spero. Lo sento arrivare», rispose Jamie.

«Loro non li sentiresti arrivare.»

«Lo so.»

«Quella moneta d'oro non era tua.»

«Ti restituirò i soldi. Quell'uomo è cieco, non avrebbe distinto una banconota da un'altra. Volevo che sapesse che cosa gli avevo dato.»

«Non voglio che mi restituisci niente.»

«Non mi avevi neppure parlato di quel sacchetto.»

«Sapevo che l'avresti trovato.»

«Posso andare a farmela restituire.»

«No», disse Joey. «Lasciala a lui.»

Presero il treno per Boston fino a Montpelier. Aspettarono un'ora e proseguirono verso est con un locale fino a St. Johnsbury, dove aspettarono ancora il convoglio per Portland. Durante la prima sosta, seduti di nuovo nell'ombra della banchina, Jamie era rimasto teso e silenzioso, mentre Joey sedeva taciturna come in treno, la testa un poco girata di lato per nascondere i segni delle botte ma anche come se volesse lasciarlo in pace. Per tutto il tempo, Jamie aveva continuato a pensare che in quell'ora un uomo veloce e sufficientemente arrabbiato sarebbe potuto arrivare fin lì da Barre. Quando furono di nuovo in treno la preoccupazione passò e lei rispose rilassandosi abbastanza da appoggiare la testa sulla spalla di lui e addormentarsi.

Lasciarono il treno a Littleton, nel New Hampshire. Le carrozze erano affollate di famiglie e gruppi di gitanti diretti sulle White Mountains per le vacanze. Littleton era troppo spostata a ovest rispetto alle montagne per beneficiarne. C'erano invece concerie, pelletterie e fabbriche di scarpe sparse lungo il fiume Ammonoosuc. Jamie e Joey ignorarono i tram e si allontanarono a piedi dalla via principale trascinando i loro bagagli e seguendo la curva del fiume, oltre i capannoni dove si lavorava il cuoio. Trovarono delle camere in affitto a poco prezzo, dove la proprietaria guardò prima Joey, poi Jamie, poi di nuovo Joey, gli occhi pieni di disprezzo per entrambi. Alla fine, però, la sua mano arrossata e screpolata per i tanti bucati prese il denaro per una settimana d'affitto.

La mattina Jamie usciva e andava a comprare dei panini, carne e formaggio. Poi tornava in camera e facevano colazione. Quindi Joey gli preparava un panino che impacchettava nel sacchetto del fornaio e Jamie se lo metteva in tasca, andava alla stazione e prendeva il treno. Così trascorreva le giornate a Bethlehem, Twin Mountain, Fabyan, Bretton Woods, Crawford e Franconia, girando tra gli alberghi a più piani con colonnati bianchi sul davanti, che gli apparivano grandiosi e solitari come navi sulle calme acque dei prati ben curati. Studiava gli uomini che giocavano a golf e si aggirava nei paraggi dei campi da tennis. Raggiungeva gli edifici sul retro e parlava con gli addetti ai cavalli e alle stalle, con le donne nelle lavanderie e con i camerieri in pausa. Ricevette alcune offerte di lavoro, che rifiutò sempre. Decise che erano arrivati in un ottimo posto.

Quando, il pomeriggio tardi, tornava nella loro stanza, trovava Joey silenziosa, arrabbiata, impaziente. Con il trascorrere dei giorni, i lividi sul suo volto erano passati dal nero violaceo al rosso, poi al giallo, e la sua pelle stava lentamente riacquistando la tonalità naturale. E dopo il primo giorno Jamie imparò che doveva aspettare prima di raccontarle della sua giornata. Nelle lunghe sere d'estate, lei si spazzolava i capelli e con la chioma sciolta e selvaggia intorno al viso uscivano e cercavano un posto dove cenare. Mangiavano in silenzio i piatti della cucina casalinga e genuina mentre attorno a loro uomini con le braccia e i volti macchiati di marrone consumavano la loro cena parlando un patois che era un miscuglio di francese e inglese. La loro pelle emanava un odore che non era di morte o putrefazione, ma di liscivia e tannino, unito al lezzo pungente di qualche composto chimico. Di tanto in tanto, Jamie guardava Joey e si accorgeva che aveva la testa leggermente voltata di lato e stava ascoltando e seguendo il cicaleccio confuso agli altri tavoli. Non mangiavano mai due volte di seguito nello stesso posto.

Dopo cena tornavano lentamente a casa nella luce fioca del crepuscolo popolato di pipistrelli. Si sedevano sul letto, a piedi nudi, e fumavano mentre lui le raccontava della sua giornata, di ciò che aveva visto e dove. Di quello che avrebbero potuto fare e dove, quando lei fosse stata pronta. E mentre parlava, trovava sempre il momento di allungare una mano verso Joey e farsi strada tra i suoi vestiti, continuando a parlare mentre lei continuava ad ascoltare, e a un certo punto le mani di lei si posavano su di lui, finché erano entrambi nudi nella luce morente della sera e le parole cessavano.

Più tardi, la notte li coglieva sdraiati vicini sul ventre, le teste sollevate e rivolte verso la finestra. Uno dei due fumava e portava la sigaretta a turno alle labbra di entrambi. L'aria era già abbastanza fresca da ghiacciare deliziosamente il sudore sulla loro pelle.

Ed era allora che Joey si metteva a raccontare.

Non ricordava suo padre. C'era una fotografia, quindi sapeva com'era fatto, e ricordava sensazioni che si accordavano con quell'immagine: grandi mani callose che avvolgevano il suo corpo, i baffi ruvidi che le solleticavano il viso, scarpe enormi, un'ombra sull'erba. Ricordava qualcuno che la prendeva in braccio e la lanciava in aria, le mani alzate per riprenderla e lanciarla di nuovo, una volta, e poi un'altra, e un'altra ancora: Quebec. Ricordava gli alberi sul prato di Saint-Camille, il bianco accecante della casa e le nuvole estive che veleggiavano nel cielo. Ma non riusciva, nel ricordo, a guardare il viso rivolto verso di lei. Marc LeBaron. «Ho preso i capelli di mia madre», disse a Jamie. «Lui li aveva biondi, folti capelli biondi e ondulati, non singole ciocche.»

L'inverno dopo, centonovanta chilometri più a sud, il cavo di un argano si spezzò nella cava di Millstone Hill e suo padre rimase schiacciato sotto un blocco di granito di quattro tonnellate destinato a essere trasformato in eleganti monumenti per altri uomini.

Un giorno freddo e luminoso della primavera successiva, dopo il disgelo, fu seppellito sotto le nuvole che correvano alte nel cielo spinte dal vento che soffiava dal San Lorenzo, mentre lei stava ritta accanto a sua madre, vestita di nero dalla testa ai piedi. Due giorni più tardi presero il treno da Sherbrooke e si diressero a sud, seguendo a ritroso il percorso delle lettere che sua madre aveva ricevuto quell'inverno da un avvocato di Barre, lettere che offrivano assistenza in un'azione legale contro la cava. Più tardi Joey avrebbe capito che sua madre non stava solo inseguendo una promessa di denaro, di risarcimento per la vita che le era stata negata, ma stava anche fuggendo dalla casa dei parenti di suo marito, dai pettegolezzi del piccolo villaggio, dagli sguardi degli uomini, celibi o ammogliati, di Saint-Camille.

Per sei mesi abitarono in un albergo modesto, mangiando formaggio e pane avanzato dal mattino che Claire portava a casa dalla panetteria dove lavorava come commessa. Di giorno Joey veniva affidata a una donna con la gobba che viveva in una casetta tra le squallide pensioni e i negozi cadenti lungo il fiume, e che la prendeva a sberle quando parlava in francese e non in inglese. C'era una dozzina di altri bambini affidati a lei, e i bambini più grandi, maschi e femmine, torturavano i più piccoli. Era stato allora che Joey aveva imparato che il dolore inflitto direttamente su un pene cambiava di colpo il comportamento di un maschio nei suoi confronti. Le femmine erano più cattive, più sottili nella loro crudeltà. Joey li osservava tutti, pensando che in questo modo avrebbe capito se non come compiacerli, almeno come imitarli.

Di tanto in tanto, senza preavviso, l'avvocato McCarson arrivava la sera con un sacchetto di stringhe di liquirizia per Joey. Si consultava rapidamente con sua madre e poi usciva ad aspettarla sulle scale esterne, mentre Claire si spazzolava velocemente i capelli e indossava il suo abito migliore, lasciando Joey da sola con il sacchetto di liquirizia. Per un paio di giorni, dopo quelle serate, sua madre era meditabonda, la fronte attraversata da fugaci pensieri, poi a poco a poco si rilassava.

Persero la causa. McCarson mandò uno studente di legge che lavorava nel suo ufficio a comunicare la notizia a sua madre. Una settimana più tardi arrivò lui in persona. Era un uomo enorme, ben vestito, il viso sempre lustro, florido, con il doppio mento. Un mangiatore di carne, di maiale, di selvaggina. Era ricorso in appello. L'importante era non disperare. Conosceva quegli uomini. Era come una partita di scacchi, ma Claire non sapeva giocare a scacchi. Era come escogitare una nuova ricetta, conoscendo gli ingredienti e il risultato finale che si voleva raggiungere. Una volta cominciato, non ci si ferma. Rimaneva la questione della sua parcella per i servigi resi fino a quel momento.

Joey, nel suo letto, sentiva i gemiti di sua madre, singhiozzi simili al canto di un uccello che sembravano sfuggirle suo malgrado. Poi un lungo silenzio. Non voleva ascoltare l'ansimare, le suppliche di lui. Alla fine, i gemiti crescevano e diventavano grida terribili, grida di un dolore insopportabile. Quando sentiva la porta richiudersi alle spalle di lui, aspettava ancora un poco, poi scostava la coperta appesa che fungeva da divisorio e andava da sua madre, che trovava seduta contro la spalliera del letto oppure al tavolo, in vestaglia, il viso sfatto, gli occhi aperti senza vedere, e null'altro che spiegasse quella tortura.

«Tutto sommato, quelli erano ancora tempi buoni», gli diceva Joey. «Il primo anno, anno e mezzo, quando aveva ancora speranza. Ma a un certo punto decise di aprire gli occhi e vedere che cosa stava facendo quel fottuto avvocato. E poi le cose arrivarono a un punto critico con me e fu costretta a fare delle scelte e dei cambiamenti.»

«Che cosa successe con te?»

«Mi misi nei guai. Traslocammo dall'albergo in un paio di stanze in affitto dalle parti dove stavi tu. Si era accordata con la padrona per spazzare per terra e pulire i vasi da notte e cose del genere prima di andare al lavoro alla panetteria. La sera prendeva del lavoro a cottimo. Stavamo al quarto piano, sotto il tetto, d'estate si soffocava e d'inverno si gelava, ma costava poco. E l'accordo con quella stronza della proprietaria prevedeva anche che badasse a me. Ci intendemmo subito: lei non mi voleva tra i piedi e io non volevo tra i piedi lei. Me ne andavo per i fatti miei e qualunque cosa facessi stava a me fare in modo che la mamma non lo venisse a sapere.»

«Di che genere di guai stavi parlando?»

«La feci in un sacco, presi il sacco e una scatola di fiammiferi che avevo trovato non so dove e portai il tutto nei quartieri alti, su per le scale fino all'ufficio di Evan McCarson. Misi il sacco davanti alla porta, gli diedi fuoco, poi bussai in modo che qualcuno uscisse – lui, pensavo – e spegnesse il fuoco sotto i piedi.»

«È un vecchio trucco.»

«Immagino di sì. Per me era nuovo. E commisi l'errore di rimanere lì a guardare.»

«Invece di scappare?»

«Volevo vedere la faccia che avrebbe fatto.»

«E come andò?»

«Non venne fuori lui, ma uno giovane, abbastanza svelto da prendere un secchio d'acqua che tenevano dietro la porta e spegnere il fuoco, inseguirmi per le scale e acchiapparmi prima che riuscissi ad arrivare in strada.»

«Ti prese a cinghiate per questo?»

«Che cosa?»

«Tua madre, ti picchiò per quello che avevi fatto?»

«No.» Joey lo guardò, uno sguardo che Jamie pensò significasse che non lo capiva. Con il tempo, avrebbe imparato che quello sguardo significava che era lui che non capiva qualcosa di lei. «Mia madre non mi ha mai toccata con un dito», disse Joey. Tacque un istante, guardando fuori dalla finestra. Poco dopo, proseguì: «Lavorò a quel modo per quattro anni. Finché ebbe messo insieme i soldi che gli doveva. Non voleva pagarlo un po' alla volta. Arrivò la sera in cui lui venne da noi e lei aveva i soldi. Io avevo dieci anni. Stavo facendo i compiti, seduta al tavolo. Lo fece entrare come sempre e gli versò una tazza di tè mentre lui si sedeva al tavolo. Lui non mi portava più caramelle o altro, avevano smesso da un pezzo la commedia. Però la portava sempre fuori a cena, prima. Io credo che fosse solo per esibirla in città. Era una cosa sua, di sua proprietà. Ma quella sera lei si versò una tazza di tè invece di andare dietro la tenda a vestirsi. Si sedette di fronte a lui e prese il rotolo di banconote da un barattolo che stava sul tavolo da due o tre settimane. E gli contò i soldi sotto il naso, fino all'ultimo dollaro. Lui allora si alzò, senza ricontare il denaro come scommetto che lei aveva sperato ma piegandolo in due e facendolo scomparire nella tasca del panciotto. Poi le disse che le avrebbe abbuonato gli interessi. Tirò fuori una moneta d'oro da dieci dollari e la posò sul tavolo. E le disse di andare a vestirsi. Le disse che aveva fame e che anche lei aveva l'aria di aver bisogno di mettere qualcosa sotto i denti. Le disse di ricordare che la prostituzione era un reato nello Stato del Vermont, ma un regalo da un amico si poteva accettare. E poi tirò fuori un sigaro, lo spuntò e lo accese, infilandoselo in quella sua bocca grassa, buttò per terra il fiammifero spento e scese ad aspettarla di sotto. E lei rimase lì a guardare la porta. Era ancora giovane, me ne rendo conto solo ora. E poi andò dietro la tenda e sentii che si vestiva, e venne fuori senza guardarmi o darmi la buonanotte o nient'altro. Scese le scale. Io rimasi lì ad ascoltare i suoi passi che si allontanavano».

«Posso chiederti una cosa?»

«Che cosa?»

«Era lo stesso figlio di puttana che ti ha picchiata, quando siamo scappati?»

«Ti ho già detto chi è stato.» Impaziente. «No, non mi ha mai dato fastidio dopo quella volta che ero a casa da sola e lui si era sbottonato i pantaloni e aveva cercato di infilarmelo in bocca, e io gli avevo dato un morso.»

«Gli hai morso l'uccello?» Jamie sentì che gli diventava piccolo piccolo contro il materasso.

«Oh, sì.»

«Gliel'hai staccato?»

Joey rotolò contro di lui e gli sfiorò la spalla con i denti superiori. «Ma no. Però gli ho lasciato il segno. Ha lanciato un urlo e ha cominciato a prendermi a sberle sulla testa.»

«E poi?»

«Poi che cosa?»

«Che cos'è successo dopo quella volta?»

«Tu che cosa pensi? Non mi è più venuto vicino.»

«Ci credo!»

Riprendendo il filo del discorso, Joey proseguì: «Parlava di tornare a casa. Nel Quebec, voglio dire, non a Saint-Camille. Parlava di andare a Sherbrooke, o anche a Montreal. Voleva risparmiare i soldi, comprare una piccola panetteria da qualche parte. Due volte al mese, il martedì, usciva con McCarson e quelle monete d'oro finivano nel sacchetto. Lei naturalmente pensava che io non lo sapessi. Io non volevo andare da nessuna parte. Il Canada! Lo sai che la gente da queste parti odia i canadesi. Era l'ultimo posto dove volevo andare».

«Io cerco sempre di vedere le persone per quello che sono.»

«Questo è quello che pensi tu. Quello che ti piace pensare.»

«Perché dici così?» Jamie si era voltato su un fianco e aveva allungato una mano per prendere le sigarette dal davanzale della finestra.

«Tu sei pieno d'odio.» Tacque un momento, senza muoversi, perfetta nella sua immobilità, poi aggiunse: «Come tutti gli uomini».

Il tono di Jamie era dolce quando disse: «Credo che tu abbia ragione». E nello stesso tono chiese: «Che cos'è successo a tua madre?»

Lei era ancora sul fianco e guardava fuori dalla finestra. Jamie non poteva vederla. «Sei più impenetrabile di un segreto. Così non andremo da nessuna parte, è meglio che tu lo sappia.» Poi proseguì la sua storia: «Odiavo la scuola. Era una lotta farmi continuare a studiare. L'unica cosa che mi piaceva erano le recite, gli spettacoli di fine corso, le commedie. Ero sempre io a trovare la scusa per mettere su un piccolo spettacolo. Per i genitori o solo per le compagne, a me non importava. E poi c'era la filodrammatica. Se non avessi lasciato la scuola così presto sarei riuscita bene in quello. Mia madre mi trovò una maestra di canto. Io volevo prendere lezioni di piano, ma facevo prima a chiedere un elefante. Così mi ritrovai solo con la mia voce. Che tutto sommato, visto come è andata a finire, è stata una fortuna».

«Sarebbe un bel problema doversi trascinare dietro un piano, in questo momento.»

«Esatto. Era un'orribile donnina con i baffi. Ungherese, polacca, o qualcosa del genere. Mi faceva stare in piedi su uno sgabello, diceva che così avrei tenuto la schiena dritta. Mi diceva come respirare, come cantare. Stava lì davanti a me con una matita in mano, battendo il tempo mentre io ripetevo sempre lo stesso esercizio. Quando vedeva che cominciavo a stancarmi, mi pungolava sul petto con la matita e diceva: 'Pigrona, pigrona'. Non mi piaceva, ma mi piaceva quello che mi insegnava. Non avevo bisogno che mia madre mi spronasse a tornarci. Anche se lo faceva. Credo che avesse capito prima di me che era l'unica cosa che poteva salvarmi, che mi avrebbe permesso di fare una vita migliore della sua. Sapeva che non avevo pazienza per la maggior parte delle cose. Sono sempre stata così, detesto aspettare. Aveva il cancro. All'utero. Non so da quanto tempo. Quando lo venni a sapere, ormai era diffuso dappertutto. Non me lo disse finché non poté più farne a meno.»

Poi tacque. Dopo qualche tempo, Jamie domandò: «Quando è successo?»

«Tre anni fa.»

«È molto tempo.»

«Me la sono cavata bene. Ho talento.»

E Jamie rimase sdraiato in silenzio accanto a lei, domandandosi quante altre volte lei fosse restata nuda su un letto accanto a qualche uomo parlandogli della sua vita, quali parti avesse scelto di raccontare ogni volta, e sapeva che non gliel'avrebbe chiesto, che non solo non avrebbe voluto saperlo ma che qualunque cosa lei gli avesse detto non sarebbe stato capace di crederle, neppure se fossero rimasti lì sul letto, l'uno accanto all'altra, per un migliaio di notti, perché anche allora avrebbe saputo che c'era qualcosa di non detto, qualcosa che lei teneva per sé, e l'ammirava per questo.

Si alzò dal letto e rimase in piedi a guardarla. Si strofinò il viso con le mani, poi le fece scivolare lungo il petto.

«Joey», disse, «possiamo fare quello che vogliamo. Niente ci può fermare. Siamo orfani, tutti e due. Siamo liberi.»

Lei si girò e si mise a sedere, tirandosi su il lenzuolo fino alla vita. Le spalle alla finestra, il volto una maschera priva d'espressione, la voce le uscì dal groviglio di capelli arruffati. «Avrei scommesso che eri scappato da qualche fattoria.»

Jamie annuì, senza confermare né negare. «Ho ucciso mia madre, venendo al mondo.»

Lei rimase in silenzio, pensando alle sue parole. «Non l'hai mai conosciuta?»

«No.»

«Come mio padre.»

«Eravamo solo mio padre e io», mentì Jamie. «Mio padre non ci stava più con la testa. E non vivevamo in una fattoria. Forse una volta lo era stata, ma io non ho mai visto altro che sterpaglie e sassi, sempre peggio ogni primavera. Era stato in guerra. La Secessione degli Stati del Sud. Era stato ferito alla testa. Non gli importava più nulla. Quel vecchio senza gambe alla stazione di Barre, è per questo che gli ho dato la tua moneta d'oro. Mio padre era così, ma in un certo senso peggio. Prendeva una pensione di guerra, ma per lo più viveva dei soldi ricavati dalla vendita di pezzi di terra. In cucina non se la cavava male e tutte le sere trovavo la cena in tavola, ma a parte questo nient'altro. Se ne stava lì seduto a guardarmi mangiare. Mi raccontava delle storie, ma erano tutte sulla guerra o dei tempi prima della guerra, e sempre le stesse. Il modo in cui sono cresciuto non è molto diverso da come sei cresciuta tu. Ero lasciato a me stesso, voglio dire. Ne combinavo di tutti i colori, e non lo dico per vantarmi.» Fece una pausa, guardando altrove, poi andò a sedersi sul letto accanto a lei, sempre senza guardarla. «Non ero neppure un cattivo ragazzo. Solo che la gente non ama le cose strane, e papà e io, lassù da soli su quella collina, eravamo strani per gli altri. Quindi ho finito per indurirmi un po'. Il che non è stato neppure un male, credo.» Fece un'altra pausa e senza voltarsi allungò una mano dietro la schiena per prendere le sigarette: «È stato solo il fuoco del camino. Ma io non ero a casa, quindi hanno cercato di addossare la colpa a me. Quando una persona crede che tu sia fatto in un certo modo, nella sua testa non cambierai mai. Qualunque cosa accada. È stato nel marzo di quest'anno. Dovevano essere un paio d'anni che non puliva la canna fumaria. La casa è bruciata completamente, quello che ne rimaneva, almeno. Non è rimasto praticamente altro che l'ingresso della cantina coperto di travi carbonizzate. Per cui il pastore mi ha preso con sé. Lui e sua moglie non hanno figli. Ne ho ricavato un vestito decente. Ho aspettato di avere un po' di contanti con la vendita dell'ultimo pezzetto di terra e sono venuto al Nord. Sono andato a Barre perché il treno era diretto lì. Ma forse stavo venendo da te.» Rimase immobile, senza guardarla.

«Accidenti, che storia!»

Jamie non riuscì a cogliere nessun tono particolare nella voce di lei. Quindi girò un poco la testa, quanto bastava per guardarla, e disse: «È la verità».

Lei non commentò nulla.

E di nuovo, con voce dolce e bassa, Jamie ripeté: «Siamo orfani, tu e io. Possiamo fare qualsiasi cosa».

Lei si sporse verso di lui, allora. Anche la sua voce era bassa, pressante, velatamente minacciosa. «Io vado per la mia strada.»

Lui la guardò. Avrebbe voluto toccarla e non lo fece. «Davvero canti?»

«Da spezzare quel tuo cuore di pietra.»

Jamie annuì. «Domani prenderemo il treno e faremo un giro. Vedrai, questo posto è diverso. Possiamo fare quello che vogliamo, qui. Possiamo farlo subito. Ci sono dei dettagli da definire, ma ci vorrà solo un po' di tempo. È un buon posto.»

«Non ci credo neppure se me lo giuri.»

Jamie annuì ancora. «Domani vedrai.»

«Se cerchi di fregarmi», lo minacciò lei, «ti taglio la gola.»

Lui si sdraiò di nuovo sul letto, i piedi ancora sul pavimento. Guardò il soffitto. «Lo so.»

# Interludio

Si alzavano a pomeriggio inoltrato, quando la foschia del mattino era ormai evaporata e il sole a picco filtrava tra i larici e gli abeti che circondavano la casa. Uno dei due preparava il caffè, poi, con indosso soltanto un accappatoio, uscivano portandosi dietro le tazze, un asciugamano gettato in spalla, attraversavano la macchia di fragranti sempreverdi, quindi un pascolo dove brucavano le pecore e scendevano per un sentiero fino all'Ammonoosuc. Si sedevano sulle grandi rocce piatte, bevevano il caffè e poi facevano il bagno nella pozza formata dall'ansa del fiume. L'acqua di luglio o di agosto era un urlo gelido, che li ricopriva entrambi di pelle d'oca. Svegli, i postumi dell'alcol lavati via dalla corrente, si sdraiavano sulle rocce con gli occhi chiusi e le mani dietro la nuca e rimanevano a sonnecchiare e ad abbronzarsi. Più tardi, quando il sole dell'estate nordica era ancora alto nel cielo ma le prime ombre cominciavano ad allungarsi sulla sponda del fiume, tornavano a casa, dove si lavavano, e si vestivano per la serata. Mangiavano uova con pane tostato, lei beveva una tazza di tè con miele, limone e uno spruzzo di whisky e lui buttava giù un bicchierino di whisky liscio. Poi percorrevano in auto i cinque chilometri che li separavano da Bethlehem mentre il crepuscolo scendeva lento e dolce. Lui la lasciava al casinò dell'hotel *Maplewood* e proseguiva per un altro chilometro e mezzo fino al *Sinclair*, dove cominciava un turno di cinque ore come direttore del bar. Assumeva, licenziava, faceva l'inventario e mentre si aggirava per la sala si fermava qua e là a intrattenere piacevoli conversazioni con chiunque non fosse alle sue dipendenze. Verso mezzanotte se ne andava e cominciava a percorrere su e giù la strada principale della città e le poche vie laterali in cui aveva motivo di andare, parcheggiando davanti a certe porte sul retro per consegnare la merce che portava sul sedile posteriore e nel bagagliaio della propria automobile. Tra le due e le tre del mattino raggiungeva il club clandestino di Swazey Lane che rimaneva aperto quando gli altri chiudevano e dove di solito Joey l'aveva preceduto. La trovava seduta su uno sgabello sul piccolo palcoscenico, accanto al pianista. Non doveva più girare tra la gente, posare e lavorarsi i clienti, adesso poteva starsene seduta con le ginocchia unite e cantare nella luce azzurra del locale debolmente illuminato, tra le dense volute di fumo. Jamie, più che lavorare, allacciava contatti. Qualcuno si rilassava in sua compagnia e guardando da un'altra parte nominava un certo posto o una certa persona conosciuta in quel posto, gettando le basi dell'affare. Lui non diceva mai di sì. Ascoltava e tutt'al più annuiva. Per lo più se ne stava seduto in un angolo e la guardava cantare, mentre sorseggiava il suo whisky e aspettava. Quando lei faceva una pausa la raggiungeva fuori a fumare e respirare l'aria della notte, senza neppure parlare, se non in brevi frasi in linguaggio cifrato, frammenti di discorso. Altre volte rimaneva seduto, vedendo che lei stava lavorando, sussurrando una canzone a qualcuno, sporgendosi dallo sgabello, gli occhi intenti, pronti a cogliere il frutto maturo sul punto di cadere. In quel caso la lasciava fare. Si fidava di lei. Aveva imparato che doveva fidarsi. Joey spillava denaro dagli uomini nello stesso modo in cui lui riempiva il vuoto in loro: era ciò che volevano. Alla fine arrivava un momento in cui il pianista non ritornava alla tastiera e il locale era ormai vuoto, a eccezione di due o tre clienti restii, e Joey si accasciava su un tavolo con le braccia intorno al bicchiere, mentre il canto degli uccelli sui lillà, gli olmi e i cespugli di rose filtrava nel seminterrato. Allora le posava una mano sul braccio e le diceva: «Andiamo a casa», e lei annuiva. Era estate.

# 5

Era stato lo scheletrico, dinoccolato pianista a salvarli. Scully. Avevano attraversato quella prima stagione estate-autunno, cinque anni prima, incoscienti come bambini. Abitavano in un'angusta stanza in uno scantinato, con un bagno con sola acqua fredda in comune con una dozzina di altri dipendenti dell'albergo. Joey aveva subito trovato lavoro al *Maplewood* come cameriera al ristorante del casinò, e di tanto in tanto cantava nei piccoli club che spuntavano come funghi e poi sparivano, mentre Jamie aveva cambiato una sfilza di lavori, non perché avesse poca voglia di lavorare ma a causa di un'irrequietezza che lo portava senza posa da un posto all'altro. Entrambi sembravano immersi in una sorta di sogno estivo, così non fecero caso ai segnali che indicavano che era ora di pensare al futuro, finché arrivò il terzo fine settimana di ottobre, freddo e piovoso, e le foglie caddero dagli alberi, i treni in partenza il lunedì mattina si riempirono e le imposte si chiusero sulle finestre, come se gli alberghi chiudessero gli occhi per non vedere il freddo umido e improvviso. Le loro paghe se n'erano andate in vestiti nuovi, appesi a un filo metallico teso in un angolo della stanza. Così, quel lunedì mattina di fine ottobre, si ritrovarono sotto una pioggerella gelida, nella città semideserta. La banchina del treno era una massa informe di vacanzieri di fine stagione e lavoratori stagionali in fuga, tutti accalcati sotto l'esigua tettoia. Nessun nuovo arrivo.

Andarono al casinò. Non era ancora mezzogiorno. Erano gli unici clienti e nessuno fece caso a loro. Due uomini stavano facendo l'inventario. Joey e Jamie sedevano a un tavolo, senza parlare, senza il coraggio di chiedere niente a nessuno. Dopo qualche tempo il barista portò due bicchieri e una bottiglia nuova che posò sul tavolo senza dire una parola. Capirono che era gratis. Cominciarono lentamente a bere. Non c'era nessun posto dove andare e non ne parlarono.

Fu lì che li trovò Scully, attraversò il locale come se sapesse dove scovarli. Un vestito di un nero ormai rugginoso, con le maniche e i pantaloni troppo corti, il petto incavato, la pelle tesa e sottile sul cranio su cui erano incollati radi capelli lisci del colore di una vecchia moneta, le dita macchiate di nicotina che penzolavano dall'articolazione ossuta del polso, dita placide anche se in movimento, come se esse sole in tutto il suo corpo conoscessero la propria funzione. Si sedette, un burattino fatto di spigoli e linee.

«Immaginavo che forse vi avrei trovato da queste parti.»

Joey chiese: «Dove sono andati tutti?»

Scully scrollò le spalle. «Boston. New York. Qualcuno va al Sud: Florida, Georgia, North Carolina. Dove c'è lavoro.»

«Sarebbe bello passare l'inverno in qualche posto caldo», disse Joey.

Scully annuì. «Io l'ho fatto. Avete i soldi per il treno?»

Jamie disse: «Io non vado da nessuna parte. Mi cercherò qualcosa da fare qui, quello che c'è».

Lei lo guardò senza dire nulla.

Rivolto più a Joey che a Jamie, Scully disse: «Qualcosa da fare in inverno si trova. Bisogna mettere insieme due o tre cosette, ma si può fare. A volte il guadagno è scarso, altre volte ottimo».

Joey rigirò il bicchiere nell'impronta bagnata che aveva lasciato sul tavolo e guardò Scully. «Mi hai sentita cantare.»

«Altroché», rispose lui. «Quella è la parte facile.»

* * *

Quel primo inverno abitarono insieme nella casa di Scully, a Littleton, quattro stanze nella parte bassa della città, vicino ai binari del treno, dove lo sferragliare dei vagoni sulle rotaie cullava il loro sonno e il fischio delle locomotive perforava i loro sogni.

Quel primo inverno Joey e Scully girarono il Nord, di solito il fine settimana, quando trovavano qualche ingaggio a North Conway e Fryeburg, Colebrook e Saint Johnsbury, o anche Dixville e Berlin, in teatri o a feste private, ad alcuni matrimoni riparatori celebrati in fretta e furia e ovunque ci fossero soldi da guadagnare. Da dieci giorni prima di Natale al giorno dopo Capodanno lavorarono tutte le sere, dormendo di giorno sui treni, e tornarono a Littleton con gli occhi gonfi e cerchiati e mille dollari in tasca, e soltanto allora festeggiarono. Altre sere suonavano alle feste nei granai o alle feste sui pattini e si ripagavano il biglietto del treno o poco più. «La gente ha bisogno di noi ma nessuno vuole chiedersi il perché», le diceva Scully. «Si diverte e basta. Non è tanto il talento a farne un affare, quanto capire che cosa esattamente devi darle. Non bisogna confondere le cose.»

«Mi ha cresciuta una puttana. Non sono abituata a fantasticare.»

Lui allora la guardava e le diceva: «Si può anche sognare un po', ogni tanto».

Era un uomo senza donne. Era evidente che in un momento imprecisato della sua vita aveva abbandonato l'idea di una donna. Le sue dita accarezzavano l'avorio e l'ebano della tastiera come un amante finalmente a casa dopo una lunga assenza. Sempre, anche dopo una pausa di dieci minuti, con la medesima attenzione.

Jamie ci mise più di quanto avrebbe voluto a capirlo. Fu un inverno duro. I primi tempi non trovò lavoro. Passava le giornate a casa, quasi sempre solo, oppure bighellonava al chiosco dei giornali o dal barbiere lungo la strada. Sicuro di averla perduta. Esaminava ogni parola che lei gli aveva detto, anche quelle sussurrate durante l'amore, le girava e rigirava nel cervello in cerca del marcio che voleva trovarvi. Eppure lei tornava sempre. Poi, in gennaio, Scully e Joey accettarono un'offerta per un ingaggio di tre settimane a North Conway e lui li accompagnò alla stazione senza riuscire a guardarla in faccia, a concentrarsi su di loro o su ciò che lei gli stava dicendo. Non aspettò che il treno partisse ma si allontanò lungo il fiume gelato in direzione delle concerie e delle fabbriche di scarpe e si fece assumere nel reparto incollatura di una delle fabbriche, consapevole di avere dissipato l'estate e di non avere fatto alcun progresso da quando aveva lasciato la fattoria, ma deciso a stringere i denti, aspettare la primavera e fare più attenzione la prossima volta. L'unica alternativa era rubare l'oro e andarsene, ma doveva credere che lei sarebbe tornata, e voleva essere lì quando l'avrebbe fatto. Stranamente, non gli importava che cosa doveva fare, non gli importava del lavoro se lei non lo vedeva. Così lavorò per tre giorni nel reparto incollatura. Le prime due sere lasciò la fabbrica in preda alla nausea e all'emicrania, gli occhi rossi e cerchiati, versando lacrime che gli si ghiacciavano sulle guance mentre tornava verso la casa fredda, dove lo attendeva una cena fredda, nel buio precoce di gennaio. E il terzo giorno, alla fine della mattinata, cercò il suo supervisore e si licenziò, limitandosi a scuotere la testa quando questi gliene chiese il motivo. E così finì seduto a una macchina per cucire in uno stanzone della fabbrica, attaccando linguette pretagliate sempre uguali a tomaie sempre uguali, ma faceva caldo e le finestre davano sul fiume e su un filare di abeti sull'altra sponda, e Jamie scoprì che riusciva a lavorare e al tempo stesso a evadere con la mente oltre gli abeti. E così si guadagnava da vivere, e non era orgoglioso del suo lavoro. Anche quando i musicisti tornarono a casa, lui continuò a sedersi alla macchina per cucire tutte le mattine alle sette, con i postumi dell'alcol ma sveglio, dopo il tragitto a piedi di un chilometro e mezzo con trentacinque gradi sotto zero. Non fece amicizia con nessuno al lavoro, non voleva amici. Fu un periodo della sua vita che non avrebbe mai ripetuto, né rivisitato.

Quando Joey era via, non cercava di evitare di pensare a lei, dove poteva essere e che cosa poteva fare, gli innumerevoli uomini senza volto che le stavano accanto, o che avrebbero voluto starle accanto ogni sera. E non le faceva mai domande. Non c'era niente che volesse sapere. Un paio di volte, in marzo, mentre l'inverno sembrava non voler finire, accompagnò delle ragazze a casa dalla fabbrica, ed entrambe le volte rimase a chiacchierare con loro finché si accorse che le stava annoiando. Allora si scusò e se ne tornò nella casa buia, dove si arrangiò da solo sotto le coperte rigide e gelate, pensando a ciò che avrebbe potuto, che avrebbe dovuto fare. Immaginando quelle ragazze e anche altre, ma mai Joey. Come se tenerla fuori dai suoi piaceri solitari lo assolvesse da ogni colpa. Quando lei era via, non dava mai per scontato che sarebbe ritornata, ma lasciava che fosse la febbre della sua anima, il tumulto del suo sangue a richiamarla a sé. Fu un inverno vissuto con il fiato sospeso.

Così in maggio, quando la neve stava marcendo sotto gli abeti oltre le finestre della fabbrica di scarpe e Scully e Joey erano giù a Portsmouth, al *Wentworth*, dove una parvenza di stagione era già cominciata, Jamie riprese in mano la situazione e lasciò il lavoro. Ogni giorno prendeva il treno per Bethlehem, dove i grandi alberghi erano ancora chiusi ma parecchi dipendenti erano già tornati in città. Accampati in uffici seminterrati, accanto a stufe a legna o a carbone, rivedevano i libri contabili della stagione precedente. E qualcuno di loro, come Jamie avrebbe scoperto, la sera usciva con un bicchiere di whisky in mano a contemplare la cresta innevata della montagna rosseggiare nel cielo cristallino mentre il sole tramontava. E a poco a poco cominciò a conoscerli tutti per nome di battesimo, a sapere qualcosa delle loro storie e delle loro famiglie, e così un venerdì pomeriggio di metà giugno, quando i primi ospiti scesero dai treni provenienti da Boston, Jamie era vicedirettore del bar del *Sinclair*, posizione per cui lo qualificavano semplicemente l'assiduità e la perseveranza.

Per tutto l'inverno aveva mangiato pane raffermo, formaggio duro e pancetta non stagionata e con i risparmi aveva affittato una casetta di tre locali ricoperta di assicelle verdi, dove portò Joey quando tornò da Portsmouth, con una tintarella estiva presa sulle spiagge dell'oceano, i capelli intricati per la brezza salmastra. Quella prima notte leccò il sale dal suo corpo come se da mesi mangiasse solo cibi insipidi. Lei si raggomitolò sotto la sua lingua. Più tardi, rimase appoggiato su un gomito a guardarla dormire. Si sentiva di nuovo in gara. La tentazione di prenderla per la gola e sbatterle la testa contro il muro fu momentanea. Scivolò fuori di casa, nudo nella notte di giugno sull'erba rada che cresceva intorno agli olmi frondosi.

L'estate era tornata e questa volta Jamie la vedeva chiaramente per quello che era: una breve pausa per tutti, ospiti e dipendenti dell'albergo, un interludio in mezzo alla routine dei giorni confusi e tutti uguali. Aveva intenzione di trovare un modo di abitare quel luogo. Non voleva diventare un dipendente fisso di qualche albergo, ne aveva visti abbastanza da sapere che quella non era la sua strada, ma qualche altra cosa che fosse solo sua, nello stesso modo in cui Joey e Scully avevano fatto della loro passione la loro vita. Non aveva alcun dubbio che fosse possibile. E non era troppo giovane da non capire che cosa era costato a Scully, semplicemente non credeva che a lui sarebbe accaduto. Credeva nella fortuna. Non nella buona o cattiva sorte, che capita a tutti e non si sa da dove venga, ma nella fortuna perseguita, cercata nei luoghi più impensati. Nella fortuna guadagnata, in un certo senso. E la fortuna, quell'estate, si presentò sotto le spoglie di un uomo insospettabile.

Binter era boero. O ucraino, o polacco. Jamie non l'aveva mai capito e non gliene importava. Ciò che importava era la fattoria che Binter possedeva nella Easton Valley, a sud di Franconia, nelle praterie paludose del fiume Gale, dove allevava mucche da latte e pecore che faceva pascolare nei prati alti disseminati di rocce che si estendevano verso Sugar Hill. Cinque anni prima l'ovile era andato a fuoco e Binter aveva lasciato le rovine carbonizzate accatastate sulle fondamenta. Aveva costruito un nuovo ovile e utilizzava quel che restava del vecchio per raccogliervi il letame d'inverno, un cumulo fumante anche nel gelo intenso di gennaio. Nel vano sotterraneo aveva costruito una stanzetta di mattoni coperta dal cumulo di assi di legno bruciate e crollate alla rinfusa, creando un locale dove non ci sarebbe dovuto essere niente. E in quel locale teneva tutta l'attrezzatura per distillare alcol. Era sufficientemente spazioso per travasare il macerato grezzo in piccoli barili e tenerli lì per qualche mese, finché decideva che era pronto. I pallidi fumi prodotti dalla distillazione filtravano attraverso il letame accumulato sulla stanzetta e nulla indicava la presenza di qualcos'altro oltre a ciò che era visibile a tutti: un mucchio di merda fumante. Binter parlava un inglese eccellente, discreto o disastroso, secondo le circostanze. Era un uomo alto dalle spalle cascanti, con folti capelli e baffi un tempo biondi e ormai incanutiti, e mungeva le vacche vestito di tutto punto, in completi con panciotto e orologio da taschino. Non gli mancavano ambizione né avidità, ma aveva quella circospezione saggia ed eccessiva degli immigrati. Quell'estate Jamie andò a trovarlo tre volte prima che Binter gli rivolgesse la parola in inglese. A Jamie andava bene così. Sapeva aspettare. E sapeva già quello che doveva sapere di quell'uomo.

Una sera di luglio arrivò all'ora della mungitura. Davanti all'ingresso sul retro delle stalle c'era una giovenca che aveva appena cominciato a produrre latte e si rifiutava di entrare. Binter ignorò Jamie come al solito. Questi si mise dietro la mucca e guidandole il collo con una mano le torse la coda sul dorso con l'altra. La giovenca entrò nella stalla. Binter era accoccolato accanto a una mucca e le sue mani estraevano dalle mammelle getti di latte. Voltò la testa, guardando Jamie. E per la prima volta Jamie gli sorrise. Sapeva che l'affare era concluso.

«Pagamento anticipato. Una volta a settimana, non di più. Devi venire all'ora della mungitura, mattina o sera. Mai la domenica. Se lo vuoi imbottigliato ti devi portare le bottiglie. Ma tu hai l'automobile, quindi per te è meglio in barile. Poi te lo imbottigli tu. I barili me li puoi riportare. Così non ti devi preoccupare di comprarne troppo poco. Perché», alzò un indice, «dico sul serio, una volta a settimana.»

«Ci ho pensato», rispose Jamie. «Mi dia un paio di settimane per organizzarmi, poi la disturberò solo una volta ogni due o tre settimane. Meglio per tutti e due.»

* * *

Gli piaceva il suo lavoro al *Sinclair*. Tutti i pomeriggi trovava i pantaloni neri, la camicia bianca inamidata con polsini e colletto nuovi e il panciotto di broccato appesi nel piccolo ufficio dietro il bar, appena arrivati dalla lavanderia. Sapeva continuare una conversazione mentre, dietro il banco, lucidava il sifone del seltz dal tappo argentato, dando l'impressione di tenere solo le mani occupate mentre con un panno puliva le impronte dalle bottiglie dal lungo collo che tornavano a riflettere alla perfezione la luce delle lampade a gas, che solo in questa parte dell'albergo non erano ancora state sostituite dalla luce elettrica. Porgeva con studiata lentezza il fiammifero per accendere un sigaro o una sigaretta, aspettando di essere sicuro che l'ospite avesse bisogno proprio di quello e poi riparando la fiammella tra le mani come per scongiurare una brezza ignota. Non dimenticava mai un nome, anche se tra il primo e il secondo incontro trascorrevano tre o quattro giorni. Riceveva buone mance. Fin da quella prima estate, il suo nome comparve diverse volte sul libro degli ospiti aperto sul tavolinetto accanto alla reception dove i clienti in partenza scrivevano commenti sul loro soggiorno. Quando glielo mostravano, aveva una reazione di fastidio. Quelle frasi scarabocchiate rivelavano la sua presenza, lo radicavano in quel luogo, lo situavano in un modo in cui i suoi occhi e il suo cuore non avrebbero mai potuto. Detestava leggere quei commenti.

Il direttore del bar era uno scozzese di nome Oliphant. Capelli ricci di un biondo rossiccio tagliati corti e argentati sulle tempie, tarchiato, arrivava solo alla spalla di Jamie ma lo seguiva con gli occhi come se non si fidasse di lui. A Jamie piaceva. Oliphant gli aveva passato un foglietto con il nome di un tipografo di Concord e Jamie si era preso una giornata libera, aveva raggiunto Concord in treno e si era messo d'accordo con il tipografo per farsi stampare le etichette. Le bottiglie le ordinava direttamente a una vetreria dello Stato di New York. Era sottinteso che non avrebbe venduto la sua merce dove lavorava. Trattava solo con persone conosciute, e soltanto casse. Non vendeva niente direttamente agli ospiti, del suo albergo o di un altro, ma solo a impiegati della reception, maître, capocamerieri, barbieri e stallieri. Riforniva i piccoli nightclub clandestini. Quella prima estate evitò di vendere agli abitanti del posto che non lavoravano negli alberghi, ma l'inverno successivo cominciò lentamente a espandere i propri affari, e così conobbe Wells e Terry. Erano due ex taglialegna, con muscoli un tempo d'acciaio ma ormai molli, con le stesse facce da marmotta, lo stesso odore pungente di fumo di legna e grasso di pancetta affumicata nei vestiti, tutto l'anno. Giravano insieme il Nord, da Island Pond nel Vermont a Millinocket nel Maine, rifornendo i campi dei tagliaboschi e le cittadine dove sorgevano le segherie. Jamie si fidava di loro. Sapevano quello che facevano e lo facevano senza farsi notare, senza pretese o esibizionismi. Jamie diffidava della gente troppo raffinata.

Quando arrivò l'estate del 1909, vivevano lì ormai da cinque anni. Si sentivano soddisfatti della propria vita, realizzati. Jamie era diventato direttore del bar. E aveva il commercio di liquori. Guidava una Ford modello T appena uscita dalla catena di montaggio l'inverno precedente. L'anno prima aveva comprato la casetta tra i larici, assieme a sette ettari di terreno lungo il fiume, il pascolo delle pecore e un vecchio prato ormai popolato da ontani, pioppi, roveti e giovani betulle, subito dietro il fienile cadente in cui teneva le casse di liquore nascoste sotto un mucchio di fieno marcio. Quando si alzava dal letto, nel primo pomeriggio, mentre si radeva davanti allo specchio, ricordava a se stesso che era solo un dilettante. Non era che l'inizio. Si sentiva in forma, felice. Aveva venticinque anni.

Una sera di fine luglio. La Ford correva senza scosse lungo il viale orlato di aceri. Jamie indossava un soprabito da guida, guanti di pelle, un berretto con visiera e occhialoni. Accanto a lui, Joey era avvolta in uno spolverino abbottonato fino al collo, che la copriva completamente, scarpe comprese. In testa portava un cappello a larghe tese legato sotto il mento con un nastro di garza. Ai piedi aveva una borsa piena di abiti e scarpe da sera, i costumi di scena. Svoltarono nel lungo viale d'accesso del *Maplewood* e Jamie imboccò la biforcazione che girava intorno all'albergo e conduceva al casinò. Era ancora presto.

«Sto cuocendo sotto questa tenda.» Joey aveva le guance e il naso coperti di polvere color cenere.

«Ci sarà un temporale, probabilmente, più tardi. Rinfrescherà un po'.»

«Se deve piovere, preferirei che piovesse prima. In queste belle serate rimangono tutti fuori finché fa buio, a passeggiare, giocare a golf o a tennis. E tanti, poi, vogliono solo cenare, farsi un bel bagno e andare a letto.»

«È vero», confermò Jamie. Poi aggiunse: «Ma c'è sempre abbastanza movimento, comunque. Non ci sono serate morte, in questa stagione».

Jamie sapeva che cosa Joey stava pensando. Adesso lavorava con l'orchestra dell'albergo. Due sere al *Maplewood*, una alla *Fabyan House*, una al *Mount Washington*, qualche volta alla *Profile House* di Franconia Notch. Soltanto quando le sale da ballo chiudevano cantava per conto proprio nei piccoli club aperti fino al mattino, sola e senza orchestra, accompagnata soltanto dal pianista, qualche volta da uno degli orchestrali che la seguivano come ospiti. Qualche trombettista. E la sua agenda rifletteva il suo desiderio di avere tra il pubblico quanta più gente possibile, ogni sera, in qualsiasi posto, ogni volta. Era ingordigia, pensava Jamie, l'ingordigia del talento. Per tre mesi e mezzo, al massimo quattro se era una buona annata, aveva il pubblico di cui si sentiva degna. Il resto dell'anno si teneva semplicemente occupata. Ma in quel momento era solo se stessa, una rara creatura, pura, sotto le luci della ribalta, nel fascio di luce che investiva lei sola quando le altre luci si abbassavano. Gli occhi innocenti sotto le palpebre abbassate, che sembravano vedere solo se stessa; che poi apriva di scatto per trovare l'uomo, cinque tavoli più in là, che non si era ancora arreso. Allora fermava lo sguardo su quell'uomo e cantava mezza strofa o parte di un ritornello, poi chinava di nuovo la testa e la vittima era finita. Jamie sapeva come lavorava.

Girarono intorno all'albergo e la torre appuntita del casinò apparve ai loro occhi. Joey cominciò a spogliarsi. Si fermarono davanti al casinò. Jamie era di buonumore, allegro, felice ed eccitato alla prospettiva della serata che lo attendeva. «Eccoci qui. Un'altra serata in cui tu e io svuoteremo un po' di tasche e spezzeremo qualche cuore. A ciascuno quello che cerca. Dio, come amo questa gente!»

Joey scese dalla macchina, si tolse lo spolverino, lo piegò e lo ripose sotto il sedile. Si sciolse il nastro del cappello e lo posò sopra lo spolverino. Scaricò la borsa e la posò sul prato dietro di sé, poi si spazzolò il vestito: raso viola scuro, il colore di una mezzanotte al chiaro di luna. Ai piedi, stivaletti abbottonati di cuoio rosso sangue. Lanciò un'occhiata verso i campi da tennis. «Non è vero. Tu li odi tutti.»

«Non vorrei essere nessuno di loro. Ma questo non significa che li odi. Almeno, non più di chiunque altro.» E le rivolse un largo sorriso.

Lei raccolse la borsa. Poi si voltò di nuovo verso di lui. «Non c'è bisogno che tu stia alzato fino a tardi tutte le notti per riportarmi a casa. Posso trovare un passaggio.»

«Ne sono sicuro. Sono sicuro che quel cornettista sarebbe felice di darti un passaggio. Solo che probabilmente sbaglierebbe strada, si perderebbe. Ci potrei scommettere.»

Lei lo guardò. «Io la so, la strada.»

«È questo che mi preoccupa.»

«È solo un musicista. Pensa più con l'uccello che con il cervello. Non ti devi preoccupare per me. È solo che mi sento un po' alle strette. Un po' soffocata. Non che non mi faccia piacere vederti seduto tra il pubblico. Ma qualche volta vorrei cavarmela da sola.»

Jamie annuì. «Sicuro.» Entrambi stavano mentendo, ora, e lo sapevano. Jamie disse: «Bene, allora ti lascerò stare».

«Non ti sto dicendo di correre a scoparti qualche ragazza della lavanderia.»

«Non ci ho mai pensato. A meno che non sia quello che vuoi.»

«Non farmi dire cose che non ho detto.»

Jamie tacque un momento, poi la guardò. «Non sto facendo niente che tu non mi faccia fare.»

Lei cominciò ad allontanarsi, con la borsa a tracolla che le batteva contro una coscia. Senza voltarsi, disse: «Non essere idiota».

Jamie girò intorno al casinò, sollevando una nuvola di polvere nel crepuscolo immobile e disperdendo un gruppo di ospiti dell'albergo che si trovava sulla sua strada. Forse sono un idiota, pensò, ma non sono uno stupido, questo è poco ma sicuro.

Una volta all'hotel *Sinclair*, parlò con i baristi, poi andò a sedersi nel piccolo ufficio e scrisse un'ordinazione per della birra e un'altra per sigari e sigarette. Uscì quindi dall'ufficio e appoggiò i gomiti sul bancone, aspettando che arrivasse un certo cameriere, un uomo più anziano di lui, con macchie umide sotto le ascelle e un vassoio bagnato di schiuma di birra, carico di bicchieri vuoti.

«Buonasera, signor Pelham.»

Jamie fece un cenno con il capo. «Salve, Henley.» Poi disse: «Problemi, ieri sera?»

Henley aveva un paio di orecchie a sventola rosso fuoco. «No, signore. Non tanto. Ho dovuto chiedere a un uomo di andarsene.»

«Chiedere a un uomo di andarsene», ripeté Jamie.

«Esatto. Era ubriaco fradicio, puzzava. Dava in escandescenze. Non gli piaceva la birra, non gli piacevano i sigari, non gli piaceva il whisky. Non gli piaceva niente. Se ne stava seduto là in fondo da solo. I signori ai tavoli vicini erano chiaramente a disagio. E mi ha rovesciato una birra addosso.»

«Davvero?»

Henley confermò. «Diceva che era piscio di puzzola. Mi ha domandato se mi piaceva l'odore.»
«E allora?»
«Gli ho chiesto di andarsene.»
Jamie indicò i baristi con un cenno del capo. «Hai chiamato Jake o Stanley?»
«No, signore. Non ne vedevo il bisogno.»
Jamie annuì. «Quindi gli hai chiesto di andarsene.»
«Esatto.»
«E lui?»
Henley si inumidì le labbra. Stava ancora reggendo il vassoio. La mano che lo sosteneva cominciò a tremare per lo sforzo. «Se n'è andato. Ho dovuto dargli un piccolo aiuto.»
Jamie annuì di nuovo, come se fosse interessato. «E sarebbe?»
«Signor Pelham?»
«Che genere di aiuto gli hai fornito?»
«L'ho preso per un braccio.»
«E a quel punto se n'è andato?»
«Voleva fare a botte con me. Si è liberato con uno strattone e mi ha mostrato il pugno.»
Jamie sorrise. «Davvero?»
Anche Henley sorrise. «Sì.»
«E poi che cos'è successo? Non hai l'aria di uno che ha fatto a botte.»
«Gli ho detto che se provava a toccarmi lo mandavo a rotolare tre metri più in là.»
«Questo gli hai detto.»
«Sì.»
«E a quel punto se n'è andato?»
«Ha raccolto il cappello dal tavolo e se l'è messo in testa, con il bordo tutto bagnato di birra, e mi ha agitato il dito sotto il naso. Mi ha detto che mi avrebbe fatto un didietro così e se n'è andato.»
«Culo.»
«Signore?»
«Avrà detto che ti faceva un culo così, non un didietro.»

«Cercavo di essere educato.» Henley non sapeva più dove posare gli occhi, non riusciva a guardare Jamie in faccia.

«Vorrei che ci avessi pensato ieri sera. Il signor Arthur Shipley di Schenectady, Stato di New York. Con moglie, due figlie adolescenti e un bambino più piccolo. Arthur junior, credo che si chiami. Due cameriere. Tre camere, due bagni, più l'alloggio per le cameriere. Per tutto luglio. Sarebbe il terzo anno di fila. Gli piace giocare a golf ma scende da noi invece che al *Maplewood* perché a sua moglie piacciono la vista dal porticato e i giardini. Metti giù quel vassoio prima che ti cada. E rimani qui due minuti mentre calcolo quanto ti devo e dico a Stanley di pagarti.»

«Signor Pelham...»

Jamie gli tolse il vassoio di mano e lo posò sul banco. Poi puntò un indice sul petto del cameriere. «Se saliva in piedi su un tavolo e ti pisciava in faccia non dovevi fare altro che staccare, andare a casa presto e farti un bagno. Fatti dare una bottiglia di whisky da Jake o Stanley per il disturbo. È tutto, direi.»

Jamie tornò nel suo ufficio e riscrisse i turni per le due settimane seguenti, sottolineando i cambiamenti a matita rossa. Sapeva che per i suoi dipendenti era un segnale d'allarme. Trascinò l'alto telefono nero sulla carta assorbente, sollevò l'auricolare, si chinò verso l'imboccatura e chiese alla ragazza del centralino di metterlo in comunicazione con il *Maplewood*, attese, poi chiese alla centralinista del *Maplewood* di passargli il casinò e attese ancora. Finalmente Gurnsey venne al telefono. Era il suo omologo al casinò del *Maplewood*. Gurnsey aveva il posto migliore, l'hotel più prestigioso. Jamie aveva il commercio degli alcolici, l'indipendenza. C'era tra loro un'intimità che nasceva dal rispetto, dall'isolamento: ognuno era per l'altro ciò che nessun altro uomo era. Questo non significava che si piacessero.

«Salve, Eric. Serata morta anche laggiù da voi?» Oltre il fruscio di fondo della linea telefonica, che faceva pensare all'oceano in tempesta, Jamie sentiva il vociare fluido della folla, tra cui filtravano gli accordi dell'orchestra. Incollò l'orecchio all'auricolare per cercare di cogliere una voce, una donna che cantava.

«Merda, sì, sembra un cimitero. Se penso che siamo già alla fine di luglio mi sparo. Sembra che quest'anno non ci sarà una stagione. Non oso neppure guardare il registro delle prenotazioni. E il personale mi molla in continuazione.»

«Non assumere un uomo di nome Henley, se viene a chiedere.»

«L'ho avuto l'altr'anno. Non era capace di trasportare una cassa. Hai bisogno che ti mandi su qualcosa?»

Jamie fece rotolare una matita sul tavolo. «No. No, non ho bisogno di niente.» Fece un'altra pausa.

Gurnsey disse: «Che cosa c'è, Pelham?»

Jamie si inumidì le labbra, rivide Henley che faceva la stessa cosa. Stava per rispondere che non c'era niente, ma il bisogno prevalse sull'orgoglio. La sua voce si abbassò di un tono. «Chi è stavolta, Eric? È quel trombettista?»

Un'altra pausa, questa volta all'altro capo del filo. Scariche elettriche, la distanza. Quei pochi chilometri. Poi Gurnsey disse: «Quel cornettista è solo un idiota. Occhi da pesce lesso e un sorriso da orecchio a orecchio. È cotto, ma non è un problema. Per l'amor del cielo, non prenderlo a sberle come quel ragazzo l'autunno scorso. È già abbastanza difficile trovare un musicista che venga qui con un contratto di tre mesi».

«Non l'ho toccato quell'uomo, l'anno scorso. Gli ho solo parlato.»

«Jamie.»

«È la verità.»

«Se riuscissi a guardare la cosa con distacco, un momento. Lei getta l'amo a tutti, in un modo o nell'altro. Gesù, Jamie, è per questo che la pagano. E non devi stupirti se ogni tanto qualcuno abbocca. Fa parte del suo lavoro. E credo proprio che lei lo sappia.»

Jamie annuiva. Girò la chiave dell'ultimo cassetto della scrivania, tirò fuori una bottiglia e la posò sulla carta assorbente. L'etichetta era una delle sue, ma quella sera non gli diede alcun piacere. «Non menare il can per l'aia, Gurnsey. Non stiamo parlando di qualche ragazzino idiota dell'orchestra. Joey si sta lavorando qualcuno, lo sappiamo tutti e due. È quello che fa. Non ho intenzione di venire su a fare il diavolo a quattro. Voglio solo sapere che cosa succede. Stiamo parlando di una donna. Quando ha qualcosa da dirmi ci gira intorno e quando finalmente comincio a capirci qualcosa mi guarda come se me la fossi fatta nei pantaloni. È il suo lavoro rovinare un centinaio di uomini la settimana. Io voglio solo sapere con che cosa ho a che fare quando ce n'è uno che le interessa. Una cortesia a un collega, Gurnsey, non ti chiedo altro.»

«Non credo di poterti aiutare.»

«Capisco. È un pesce grosso, questo lo so anch'io. Se le interessa...»

«È la tua donna. Dovresti saperlo tu. Sei in gamba, Pelham, ma non abbastanza in gamba da potere scaricare sugli altri i tuoi problemi personali. Nessuno di noi lo è. Forse dovresti ricordartelo.»

«Hai ragione, Eric. Ho passato il segno. Adesso ho un dilemma. O lascio perdere tutto, oppure vengo su a vedere da me. Non voglio farlo. Voglio solo sapere chi è. Tanto per saperlo. Credo che tu possa capirmi.»

«Sei uno stronzo.»

«Lo sappiamo entrambi.»

«Ti giuro, Pelham...»

«Risparmia il fiato, Eric.»

Una lunga pausa. Jamie stappò la bottiglia, voltò la testa e bevve. L'acquavite era pessima, ma lui la beveva perché era la sua. Sentiva che il giorno in cui avesse smesso di berla avrebbe anche smesso di venderla. Poi i rumori all'altro capo del filo si attutirono, scomparvero. Per un attimo pensò che Gurnsey avesse riagganciato. Poi si accorse che aveva messo una mano sul ricevitore. Non era un buon segno. Attese. Forse non era un buon segno. Poco dopo Gurnsey tornò al telefono.

«È uno che tratta articoli sportivi, di Providence. È qui da una settimana, si ferma per un'altra. A quanto ho capito la moglie e i figli sono al mare. Quindi è solo uno dei tanti vecchi imbecilli soli soletti. Niente di cui preoccuparsi. Joey sta solo facendo il suo lavoro.»

«Come si chiama?»

«Non lo so.»

«Non mi prendere per il culo, Eric. Non vengo lì, non ti preoccupare. Ma non sono un cretino.»

Un'altra pausa, questa volta riempita dal rumore della sala. Poi Gurnsey disse tutto d'un fiato: «Si chiama Sloane».

«Ebreo?»

«Non qui.»

«Sloane.» Si portò di nuovo la bottiglia alle labbra. «Com'è?»

Gurnsey sospirò. «È un vecchio. Lascia perdere, Pelham. Non è niente.»

«Com'è?»

Gurnsey disse: «C'è un mucchio di gente che vorrebbe spararti un colpo e sbarazzarsi di te. Lo sai questo, vero?»

«Vaffanculo, Eric. Com'è?»

Una lunga pausa. «Cinquant'anni, forse cinquantacinque. Un po' calvo ma in forma. Ben vestito, bene educato. Come ti ho detto, uno nel ramo articoli sportivi. Di giorno fa escursioni a piedi. Si è portato dietro una cassa di fucili. Ha assunto un caddie per farsi lanciare i piattelli. Tutte le sere sul presto. Va anche a pescare, la mattina. E la sera beve. Ma non tanto da non mangiare come un maiale. Ti basta?»

«Sì, credo di sì.»

«Jamie?»

«Sono sempre qui.»

«È solo il suo lavoro.»

«Lo so.»

Ancora silenzio. Poi Gurnsey disse: «Se posso fare qualcosa...» Non era esattamente una domanda e neppure esattamente un'offerta.

«Non puoi fare niente, Eric. Non puoi fare un cazzo di niente.»

«Passerà, Jamie. Passerà.»

* * *

Non andò a casa. Non andò a cercarla. Quando alle due e mezzo il bar chiuse mise in moto la Ford, superò la collina e raggiunse Franconia, dove trovò una cameriera della *Profile House* che stava smontando dal lavoro. Percorsero insieme i tre chilometri fino al lago Echo. Si sedettero sulla spiaggia e bevvero una bottiglia di quelle legali che Jamie aveva portato via dal bar. Poi si sdraiarono sulla sabbia a guardare le stelle, e parlarono di come gli uomini e le donne non potessero evitare di farsi del male a vicenda e di come invece sarebbero dovute andare le cose. Più tardi, quando faceva troppo freddo per farlo, si spogliarono e fecero una breve nuotata nel lago. Quando uscirono dall'acqua lui la prese in braccio e la portò al tavolo da picnic, la mise seduta davanti a sé, la prese per le caviglie e le allargò le gambe, e mentre lei diceva no la penetrò e cominciò a fare avanti e indietro con il viso rivolto al cielo, e quando lei strinse le braccia e le gambe intorno al suo corpo e dalla sua bocca non uscirono più parole ma altri suoni non importò. Lui le prese la testa tra le mani e la chiamò cara, tesoro e amore mio, e poi venne dentro di lei. Le stelle tacevano. A oriente il cielo cominciava a schiarire. Jamie rimase a guardare la ragazza che si rivestiva. Era goffa, sulla sabbia, in equilibrio su un piede, poi sull'altro. Fumò una sigaretta. La ragazza era lenta e lui aveva freddo.

Joey non era a casa. Il sole era già sorto quando scese la collina che separava Franconia e Bethlehem dopo avere accompagnato la ragazza – Alice, si chiamava – ai dormitori dietro la *Profile House*. Lei piagnucolava e lui era troppo stanco per fare altro che guidare. Voleva solo liberarsene. Non c'era niente da piangere. Prima di scaricarla la abbracciò un istante e le diede un colpetto sulla spalla, domandandosi se qualcuno che conosceva potesse vederlo. Poi ripartì, superò la collina, raggiunse e oltrepassò Bethlehem e scese verso il fiume nella fitta nebbia che lo avvolgeva come una benda. E Joey non c'era. Credeva che l'avrebbe trovata addormentata, oppure seduta ad aspettarlo, ancora vestita da sera, gli occhi arrossati e il viso contratto dall'ira. Si guardò intorno in cucina. I piatti della sera prima erano ancora nell'acquaio. Non c'era nulla che indicasse che Joey era stata lì, eppure ebbe la sensazione che fosse tornata e se ne fosse andata nuovamente. Troppo stanco per accendere il fuoco, si versò una tazza di caffè del giorno prima e la riempì fino all'orlo di whisky. Gli faceva male il collo, come se l'avessero picchiato con una sbarra di ferro. Finì di bere, si spogliò e si lavò con un panno e l'acqua fredda di una bacinella. Le sue dita odoravano di sesso e tabacco. Il sapone, solo un sottile velo di profumo sugli aromi più profondi, come se quegli odori nascessero sotto la pelle. Andò a letto.

Joey arrivò nel primo pomeriggio. Aveva dormito solo qualche ora, ma era irrequieta, non stanca. Lo guardò dormire su un fianco, le ginocchia raccolte, le mani tra le gambe, come un bambino. Guardò i suoi vestiti per terra e per un attimo pensò di raccogliere i pantaloni e annusarli, ma non lo fece. Non c'era niente che volesse sapere. Accese il fuoco e fece il caffè, quindi si tolse gli abiti rigidi e spiegazzati in cui aveva dormito. Prese una vecchia camicia di Jamie dal cesto della roba da lavare e con quella indosso scese al fiume con la tazza di caffè. Si sedette su un masso, si tolse la camicia e bevve il caffè. Le nuvole a tratti coprivano il sole, e il suo corpo passava dal caldo al freddo. Le tremavano le mani. Colpa del caffè, pensò.

Sentiva che la sua vita era in pezzi. Non che si fosse aspettata altro, tutto ciò che aveva imparato l'aveva preparata esattamente a quello. Si vedeva chiaramente, tra dieci, forse quindici anni, la voce un ricordo di ciò che era stata, il corpo appesantito, seduta da qualche parte, sempre seduta da qualche parte, ad aspettare la notte e quei pochi momenti in cui sarebbe tornata quella di un tempo. Dopo cinque anni aveva smesso di credere che sarebbe venuto qualcuno a salvarla, un uomo che l'avrebbe sentita cantare e l'avrebbe portata a New York o a Boston. Era brava, ma non così brava. Era brava per il posto in cui era. E per ora. Oggi. Domani, se era fortunata. Sua madre aveva dovuto impararlo a sue spese. Joey era decisa a non fare la stessa fine. Ma, a quel punto, qual era l'alternativa? Fidarsi di un uomo? Gli uomini si potevano ammaliare, questo lo sapeva, ma solo finché durava. Per quanto tempo, non lo sapeva. Non sapeva come facevano le donne oneste, le mogli. Forse gli uomini cambiavano. Forse scendevano a compromessi. Forse imparavano soltanto a mentire in modo più subdolo, più elaborato. Forse amavano le loro mogli e i loro figli e continuavano a essere uomini. Forse le donne lo capivano persino, in qualche modo li perdonavano per questo. Non lo sapeva. In fondo al prato, attraverso i sempreverdi, vedeva la casa. Non sapeva chi fosse l'uomo che dormiva in camera da letto. Le nuvole si erano fatte più fitte. Si lasciò scivolare dal masso nell'acqua fredda e nuotò velocemente avanti e indietro, controcorrente. Si arrampicò di nuovo sulla roccia e rimase lì a tremare. Il sole se n'era andato. Rimase lì in piedi cercando di scaldarsi, ma non ci riuscì, e alla fine si chinò a raccogliere la camicia e si avviò verso casa, attraversando nuda il pascolo e poi la macchia di larici.

Lo udì prima ancora di vederlo. *Toc.* Poi una pausa, quindi di nuovo quel suono. Avanzò tra gli alberi. Jamie era di spalle, scalzo e a petto nudo, con indosso soltanto un paio di pantaloni. Aveva un secchio di palline da golf e una mazza. Colpiva le palline una alla volta e le mandava a finire nella boscaglia dietro il fienile, dopo aver descritto un ampio arco. Non giocava a golf, ma comprava secchi di palline dai caddie del *Maplewood* e di tanto in tanto usciva con una vecchia mazza che aveva trovato da qualche parte e mandava palline nel bosco, una dopo l'altra, finché il secchio era vuoto. Joey rimase tra gli alberi a osservarlo. Il suo corpo non era più quello del ragazzo che aveva conosciuto cinque anni prima. Non era tanto cambiato, ma si era rafforzato, i muscoli nervosi sodi e affusolati. Pensò che tra venti, trent'anni sarebbe stato ancora lo stesso. Si infilò la camicia e uscì all'aperto, nella piccola radura assolata. Lui la vide. Lasciò cadere la mazza accanto al secchio, raggiunse i gradini di casa, prese una sigaretta e la accese, soffiando il fumo dalle narici.

«Dove cazzo sei stata?»

Lei alzò un poco le spalle. «Sono tornata tutta intera.»

«Se lo dici tu.»

«Che cosa significa?»

Jamie sputò qualche briciola di tabacco. «Non mi prendere per il culo. Hai detto che saresti tornata a casa da sola e arrivi strisciando a metà pomeriggio. Che cosa dovrei pensare?»

«Pensa quello che ti pare.»

«Tutto qui? 'Pensa quello che ti pare'?»

«Gesù, Jamie.» Joey scosse la testa. «Sono andata con della gente a una festa dalle parti di Whitefield. C'erano dei canadesi che suonavano il violino. *Reels,* gighe, musica che non sentivo da anni. La gente ballava come se ne andasse della propria vita. Era divertente. Non dovevo fare altro che divertirmi.»

«E non potevi farlo con me?»

«Senti», disse lei. «Mi dispiace per quello che ti ho detto ieri sera. A volte mi sento un po' soffocare. Mi dispiace.»

«Io non voglio soffocare nessuno.»

«Non farlo. Non sapevo neppure che ci fosse una festa, l'ho saputo solo dopo il lavoro. Ne aveva sentito parlare Godchaux, così ce l'ha proposto e siamo andati tutti. Nient'altro. Non so se ti sarebbe piaciuto, sai, il genere di musica. Ma bevevano tutti il tuo whisky, quindi probabilmente ti sarebbe piaciuto. Ma tu non c'eri, e io non potevo fermare tutto e andare in giro a cercarti alle tre e mezzo del mattino.»

«È quel cornettista?»

«Godchaux?»

«Già.»

Joey annuì.

Lui tacque, poi disse: «E chi eravate?»

Lei lo guardò. «Solo Godchaux, Scully e io. Godchaux ci ha portati là in macchina, e poi ha riaccompagnato Scully e me a casa. Tutto qui. Ho dormito un paio d'ore in una poltrona.» Scosse la testa. «Non devi preoccuparti di Godchaux. È solo un ragazzino arrapato, l'ultima cosa che voglio. Anche se suona bene quella tromba. Viene da New Orleans, in Louisiana, non so se mi spiego. Ma non c'è altro. Credo che abbia anche del sangue negro, ha una pelle color limone... Forse è solo malato. Ho sentito che ci sono brutte febbri, giù a New Orleans.»

«Se fosse di colore non lavorerebbe qui.»

Lei rise. «E chi può dirlo? Non si fa mai vedere alla luce del sole! E tu che cos'hai fatto la notte scorsa?»

«Io? Niente.»

«Niente? Figurati.»

«Sono stato alla larga da Laird perché me l'hai detto tu. Ho fatto una corsa a Franconia, mi sono bevuto una bottiglia di whisky, ho fatto un bagno nel fottuto lago gelato e sono tornato qui. Sono andato a letto da solo. Me la sono proprio spassata.»

«Ne sono sicura.»

«Di che cosa?»

«Che te la sei spassata. Probabilmente non lo sapevi neanche, che ti stavi divertendo, ad andare in giro e ubriacarti. A compatirti. Scommetto che te la sei spassata davvero.»

«Non mi stavo compatendo.»

«Certo che sì», disse Joey con un largo sorriso. «Altrimenti saresti corso a cercarti una ragazza da qualche parte. Non credere che non ti conosca almeno un po'.»

«Credi?»

E Joey, senza più un filo di allegria nella voce, rispose: «Se pensassi, in cuor tuo, che fossi andata con qualcun altro, la prima cosa che faresti sarebbe trovarti qualcuna da scopare. Sì, credo di conoscerti. Lo so».

Jamie guardò altrove, prima il secchio di palline e la mazza da golf, poi più lontano, verso la macchia di larici ormai in ombra. Presto sarebbe piovuto. Disse: «Non ti ho mai fatto del male».

«Non ancora.» Joey lo guardò. «Ho bisogno di un bagno. Di starmene a mollo un bel po'. Sono troppo sveglia per dormire, ma più tardi sentirò tutta la stanchezza.» Gli girò intorno e salì i gradini di casa. Si fermò e si chinò per baciarlo sulla testa. Il suo odore era la cosa che conosceva da più tempo, dopo se stessa. Disse: «Sta per piovere. Non c'è molto da mangiare. Perché non tiri su la capote della macchina così quando sono pronta andiamo a cena da qualche parte? Sono affamata. Potrei mangiarmi un piatto di molluschi. Oppure una bistecca, qualcosa del genere».

Poi, con i lembi della camicia che svolazzavano al vento e le battevano sulle cosce, aprì la porta della cucina ed entrò in casa. Il cielo si era fatto improvvisamente buio e minaccioso. Nel giro di pochi minuti la pioggia avrebbe cominciato a cadere, a scrosciare copiosa, tra i lampi violacei che squarciavano il cielo. Jamie udì l'acqua scorrere nel bagno. Poi cominciò a piovere forte, di traverso. Raggiunse il fienile sotto la pioggia e alzò la capote della macchina. Aprì la portiera dal lato del passeggero e controllò il sedile e i tappetini per assicurarsi che Alice non avesse perso qualcosa. Tolse un lungo capello biondo dallo schienale. Si vergognava un poco, ed era arrabbiato per essersi fatto scoprire pur senza essere stato scoperto. Come se l'innocenza di Joey fosse peggio. E poi, non si fidava della sua innocenza. Era contento di avere resistito e non avere fatto il nome di Sloane. Sarebbe stato facile. Non ancora, pensò. La pazienza era l'arma migliore che conosceva. Era affamato e l'idea di andare a mangiare da qualche parte prima di andare al lavoro lo allettava. I molluschi erano una buona idea. Appetitose fichette intrise di burro. La pioggia battente entrava attraverso la porta aperta del fienile. Adesso i tuoni che esplodevano proprio sopra gli alberi attutivano ogni altro suono. Pensò a Joey nella vasca da bagno. Probabilmente aveva acceso una candela per rischiarare la stanza in quel pomeriggio improvvisamente buio. Raggiunse la soglia del fienile e guardò fuori, sotto l'acqua che lo bagnava. Si tolse i pantaloni, se li cacciò sotto un braccio e corse nudo verso casa sotto la pioggia gelata che lo sferzava. Buttò i pantaloni su una sedia della cucina ed entrò in bagno. La pelle gelata, tesa. Il membro eretto.

Non fu difficile trovare Sloane. La sera successiva lasciò il *Sinclair* verso l'ora di cena e percorse lentamente a piedi i tre chilometri che lo separavano dal *Maplewood*. La via principale era orlata dalla luce rossa del sole morente, la gente passeggiava lentamente godendosi il fresco dopo il caldo della giornata. In fondo alla strada, il monte Washington si stagliava nitido, come ritagliato da un'illustrazione. Jamie girò intorno all'hotel e, seguendo l'eco di un fucile, raggiunse un prato incolto punteggiato di rocce. Si appollaiò in cima alla scaletta vecchio stile costruita per superare lo steccato e rimase a guardare, con una sigaretta in bocca, senza fare nulla per nascondersi.

Un fattorino dell'albergo, o forse uno stalliere, stava lanciando i piattelli. Con l'altro braccio reggeva una pila di piccoli dischi. Il ragazzo cercava di lanciare un secondo piattello subito dopo il primo, in modo che ce ne fossero due in aria nello stesso momento. Soltanto allora il tiratore, Sloane, alzava il fucile in un movimento rapido e fluido. I piattelli erano sottili dischi neri nell'aria, finché venivano colpiti e si disintegravano in una pioggia di frammenti.

Sloane sparava con una precisione, una tenacia dello spirito e una concentrazione evidenti anche da lontano, che Jamie riconobbe all'istante. Era la pacata sicurezza di un uomo che sapeva esattamente qual era il suo posto nel mondo, di un uomo le cui scarpe possedevano ogni porzione di terreno che calpestavano. Jamie fumava e lo osservava, il sapore del tabacco mescolato alle zaffate dolceamare di polvere bruciata delle pallottole.

Sloane smise di sparare quando il ragazzo non aveva ancora esaurito la pila di piattelli sotto il braccio. Si gettò il fucile aperto in spalla, infilò una mano in tasca per dare la mancia al ragazzo, si voltò e attraversò il prato a lunghi passi dirigendosi verso lo steccato.

Jamie lo guardò venire verso di lui: un uomo di statura e corporatura medie, in carne ma non grasso, lineamenti che ricordavano un volatile, pieni e avari al tempo stesso, sopracciglia e naso arcigni ammorbiditi da un mento rotondo. I capelli avevano il colore dell'argento antico, ed erano tagliati come fossero un utensile. Sloane raggiunse l'apertura nella staccionata e lanciò una breve occhiata a Jamie. Poi il suo sguardo scivolò oltre, verso l'albergo, abbandonando Jamie come fosse un cespuglio, un arbusto, un ornamento inviato dall'albergo. Una meridiana. Un galletto segnavento. Nessuno che dovesse conoscere.

E fu per questo che Jamie gli rivolse la parola. Non aveva previsto di farlo, non voleva. Voleva essere il forestiero fuori luogo. Un osservatore. Invece si sentiva un bambino. Così disse: «Spara bene».

Sloane allora si fermò e alzò gli occhi su di lui. «Lei va a caccia?»

«Ormai non più», rispose Jamie. «Ci sono andato per un po'. E mi piacerebbe ricominciare.»

«Bene, dovrebbe. L'uomo è cacciatore. È la sua vera essenza, senza travestimenti. Ogni altra cosa è solo facciata. Non sprechi il suo tempo, giovanotto. Non ne sprechi neppure un poco.» Stava già guardando altrove, verso l'albergo, la sera che calava, la cena che prendeva forma nella sua mente. Jamie rimase a dondolarsi avanti e indietro sui glutei e i calcagni, il legno della staccionata duro sotto la carne. Non aveva più niente da dire. Sloane uscì dal prato e si diresse verso l'albergo, senza guardarsi indietro.

Tornò a piedi al *Sinclair*, parlò con i due baristi, prese di nuovo una bottiglia di whisky dallo scaffale dietro il bar e uscì nella notte. Salì in macchia e lasciò la città, prendendo questa volta la strada più lunga per Franconia, quella che girava intorno alla collina. Guidava lentamente, bevendo dal collo della bottiglia che teneva tra le gambe, la strada debolmente illuminata dai fari. Un paio di chilometri prima di Franconia sbucò in un prato che si apriva tra gli alberi e lasciava vedere il monte Lafayette illuminato dalla luna. Fermò lentamente la macchina, chiuse la capote e scese con la bottiglia in mano. Si addentrò nel prato. Avevano appena falciato il fieno, che giaceva a terra in lunghe file. Si sedette con le ginocchia raccolte e rimase lì a bere e fumare.

Stava facendo quello che Joey credeva avesse fatto due notti prima. In qualche modo, questo lo faceva sentire più onesto. A volte gli altri si sbagliano sui fatti ma non sulle intenzioni. Non gli aveva detto nulla di Sloane. Anche se gli aveva detto la verità sulla notte con i violinisti canadesi, doveva avere omesso qualche dettaglio, in che modo Sloane aveva a che fare con quella notte. Anche se lui non c'era. Il problema, pensava Jamie ormai da tempo, non era che la gente non era capace di dire la verità, ma che non sapeva capire ciò che le veniva detto. La verità non era una linea retta, e neppure dei cerchi che si allargavano come gli anelli di un tronco segato, ma piuttosto scie di liquidi oscillanti e sovrapposti, che si riversavano ma poi assumevano una forma e una vita proprie, che si avvitavano in spirali e fluttuazioni che toccavano e coloravano tutte le verità che venivano fuori dopo la prima. Quindi una cosa non era un'unica cosa, ma tante cose diverse. Un fatto, tanti fatti. Si sdraiò nel fieno, le mani dietro la testa, le dita intrecciate, la luna a illuminare ogni cosa, la bottiglia in piedi, incastrata tra le stoppie.

Si tirò su a sedere improvvisamente, svegliandosi, il fieno tra i capelli. Non sapeva dove si trovava. Era passato del tempo. La luna non c'era più, il cielo era più nero, le stelle brillavano. Trovò la bottiglia di whisky, le sigarette. Si alzò e si portò la bottiglia alle labbra, barcollando. Ebbe un conato, si chinò in avanti e vomitò un fiotto nauseante sul fieno. Una parte gli finì nel naso, e dovette sputare. Bevve ancora, e ancora. Fumò. Sentiva che tra loro c'era un tacito accordo. Andare a letto con qualcun altro per denaro o per il potere era una faccenda privata, affari, qualcosa al di fuori di quell'esile non so che per cui ognuno dei due tornava dall'altro. Non si aspettava da lei la purezza, non più di quanto potesse offrirla lui, ma solo la fedeltà del suo cuore. Quel cuore così simile al suo, merci avariate, organi malati senza più speranza di essere riparati o di durare a lungo, ma noti al proprietario e quindi qualcosa in cui confidare. Sentiva che Joey era la sua gemella, così identica a lui da sembrare una sorella inviatagli da un mondo parallelo in questa valle di lacrime, una parte di sé che aveva perduto e ora ritrovato. Credeva tutto questo, di se stesso, di lei. Si fidava di lei.

Non si fidava di lei. Lassù in quel prato notturno, in mezzo al fieno falciato, in piedi con il viso rivolto al cielo, le palpebre serrate, vedeva nitidamente l'immagine di lei a cavalcioni di Sloane, sdraiato: si muoveva lentamente sopra di lui, la schiena inarcata, la testa rovesciata all'indietro, come la sua in quel momento, i capelli sciolti simili a una cascata d'acqua notturna, il viso sepolto in essi, i seni sollevati dal movimento della schiena, i capezzoli avidi, le mani di lui sopra.

Mise in moto la Ford, fece manovra e ritornò verso Bethlehem, tra i boschi. Si fermò al *Sinclair*, ma il bar era chiuso e deserto, salvo per un vecchio con secchio e strofinaccio che lavava il pavimento appiccicoso. Proseguì allora verso il club di Laird, un uomo a cui Jamie vendeva i suoi alcolici ma di cui aveva poca considerazione. Era uno scantinato dalle finestre murate. Jamie si sedette fuori a fumare, senza perdere d'occhio il rettangolo nero della porta chiusa. Se lei non era lì, non voleva entrare a cercarla.

I muri dello scantinato erano di pietra e malta, spessi quasi mezzo metro, e non riusciva a sentire nulla, né musica né voci. Sarebbe potuto essere l'unico uomo in tutta la città. Dopo qualche tempo la porta si aprì. Scully uscì e rimase immobile a respirare l'aria fresca. Gli anni trascorsi sulla tastiera del pianoforte gli avevano incurvato la schiena, sembrava quasi gobbo.

Quando Jamie gli si avvicinò, il pianista guardò un punto indefinito oltre le sue spalle. «Lei non c'è, vero, Scully?»

Scully ci pensò su. «Era stanca. Se n'è andata a casa, credo.»

Jamie annuì. «Ci credo che era stanca. Devi esserlo anche tu, dopo la baldoria della notte scorsa.»

Scully allora lo guardò. «Abbiamo fatto tardi.»

«Non ti domanderei nulla che ti costringesse a mentire. Lo sai.»

Scully distolse nuovamente lo sguardo. «Io non ho mai coperto nessuno.»

«Lo so.» Jamie tacque, guardando a sua volta da un'altra parte. Voleva sparire prima che qualcun altro uscisse da quella porta. Disse: «Credo che andrò a casa anch'io».

Scully annuì. Poi esclamò: «Dovresti sposarla, sai?»

Jamie gli sorrise. «Non lo so, Scully. Non so se mi vorrebbe.

Ci ho pensato, ma non sono sicuro che siamo tipi da matrimonio, né lei né io. Forse servirebbe solo a peggiorare le cose, che già non sono un granché, e a distruggere anche il buono che è rimasto. Capisci che cosa voglio dire?»

Scully annuì di nuovo. «Ho sempre pensato che il matrimonio portasse dritto alla morte. Ma non è tanto bello neppure essere soli, quando diventi vecchio.»

«Ci penserò», disse Jamie. «Ma come ti ho detto, non so se lei mi vorrebbe. Almeno in questo momento.»

Scully si stava massaggiando il polso con le dita dell'altra mano. Gli dolevano, voleva suonare, liberarsi di Jamie. Disse: «Mi sembra il momento migliore, se vuoi saperlo».

«Tu credi?»

Scully lo guardò. Scosse la testa: «E che ne so, io? Non sono certo un esperto».

Joey non era a casa. Non la vide per tre giorni. Non andò a cercarla. Dovunque fosse, aveva dei vestiti nuovi. Era l'unica cosa che potesse dire con sicurezza. Passava il tempo nell'ufficio dietro il bar del *Sinclair*, occupandosi di ogni dettaglio in modo tale che le cose potessero andare avanti da sole fino alla fine di ottobre o andare a rotoli molto prima, a lui non importava. Seguiva il commercio degli alcolici. Il terzo giorno uscì dal lavoro nel primo pomeriggio, prese la macchina e percorse una cinquantina di chilometri fino a una segheria vicino ai laghi del Connecticut dove c'era un uomo che doveva dei soldi a Wells e Terry, soldi che loro dovevano a lui. Non era compito suo. Delle riscossioni si occupavano Wells e Terry. L'uomo era un francese che lavorava al campo come cuoco. Jamie chiese di lui e rimase ad aspettarlo nello spiazzo coperto di segatura, il caldo sole estivo sulla schiena, le spalle già tese. L'uomo uscì dall'edificio basso e lungo che ospitava le cucine. Era molto alto, ma grasso e flaccido, con il viso rosso e gonfio per il calore dei forni, i pollici infilati sotto le bretelle rosse sul petto nudo e sudato. Jamie gli si avvicinò e gli spiegò perché era lì, poche semplici parole, poi si chinò, raccolse il manico rotto di un attrezzo di ferro e con esso colpì l'uomo in viso e, mentre il sangue sgorgava dal naso del cuoco e questi si accasciava, Jamie fece un passo indietro e affondò il manico dell'attrezzo nel ventre dell'uomo. Il cuoco cadde a terra piegato in due e Jamie lo lasciò lì. Mentre tornava indietro e il pomeriggio lasciava il passo alla sera, fermò la macchina e vomitò. Erano giorni che non mangiava. Poteva andare nel suo ufficio e ordinare un pasto completo al ristorante, che qualche ragazza gli avrebbe portato. Voleva delle ostriche. Un'insalata. Un pezzo d'arrosto. Patate. Panini caldi di forno. Burro. Dolce.

Il quarto giorno si alzò presto, a metà mattina. Non faceva altro che andare al lavoro, tornare a casa, andare a letto subito. Non voleva vedere nessuno. Non erano giunte chiacchiere al suo orecchio, e la mancanza di pettegolezzi gli sembrava indicativa della gravità del problema. L'ultima volta che aveva avuto voglia di piangere era ancora un bambino. Avrebbe voluto prenderla per le spalle e scuoterla fino a vedere la sua testa ciondolare e i suoi occhi rovesciarsi. Accese il fuoco, attese che l'acqua bollisse, poi vi buttò dentro una manciata di caffè e tolse il bricco dal fuoco. Non c'era niente da mangiare in casa che non fosse andato a male. Non aveva fame. Si scottò la mano versando il caffè nella tazzina crepata decorata con un motivo di rose selvatiche, quella che usava sempre lei. Bevve il caffè bollente e vomitò nell'acquaio, sopra un cumulo di stoviglie incrostate. Come se lo stomaco volesse schizzargli fuori dalla gola.

Uscì di casa e andò nel fienile, prese una pala e si addentrò nel rado boschetto di ontani e giovani betulle. Oltrepassò i punti in cui aveva seppellito rotoli di banconote in barattoli del caffè e vasetti di vetro con guarnizioni di gomma, proseguì nella boscaglia e, giunto in un certo punto, affondò senza esitare la pala nel terreno nero e umido. Sapeva già che nessuno l'aveva toccato, ma continuò comunque a scavare finché trovò la scatoletta di metallo con l'oro avvolto in tela di sacco. La tirò fuori, poi la seppellì di nuovo, spianò il terreno e ricoprì ogni segno di scavo con rametti e foglie decomposte. Faceva caldo. Il sudore gli colava negli occhi. Uscì dal boschetto e fu assalito da un nugolo di mosche cavalline. Cercò di scacciarle con le mani e si rese conto che era nudo, che era uscito di casa senza vestirsi. Aveva il corpo cosparso di morsicature sanguinanti e impronte fangose di dita. Si guardò. Sembrava un selvaggio. Mentre si agitava prendendosi a schiaffi con la mano libera per ammazzare le mosche, finì su un rovo e una spina gli bucò la pianta del piede, e nello stesso istante un insetto lo punse sulla fronte e lui si colpì in mezzo agli occhi con l'altra mano, quella che ancora impugnava il manico della pala. Il sole che filtrava tra le foglie degli alberi gli batteva impietoso sulla testa. Si raggomitolò sulla pala. Cominciò a piangere.

Sulla strada, che dalla casa non si vedeva, si fermò un'automobile. Jamie tese l'orecchio, ma non udì più nulla. Poi sentì il suono di una portiera che veniva richiusa. Senza abbandonare la pala, si mise a correre. Voleva arrivare al fienile e di lì raggiungere il fiume, fare una nuotata per lavarsi e, tornando, trovarla già in casa, in qualunque condizione fosse. Lui avrebbe avuto l'aspetto di tutte le mattine. Bene, immaginò di dirle, bella giornata, vero?

Entrò nel fienile dal retro, ansante e grondante sudore, appoggiò la pala alla parete e si diresse verso la porta sul davanti. E la vide venire verso di lui lungo il sentiero sabbioso che attraversava la macchia di larici e sbucava nella radura, a passo sciolto, disinvolta, una posa, sperava. Indossava ancora lo stesso abito bianco bordato di raso nero di quattro giorni prima, ancora in ottimo stato, pensò, dopo quattro giorni che l'aveva addosso. Si asciugò le lacrime e il sudore dal viso con le mani sporche di terra. Sarebbe stato più facile se fosse arrivata con un vestito nuovo. Capì che non avrebbe esibito nulla davanti a lui, che avrebbe mantenuto un riserbo totale.

Non aveva altra scelta che uscire a salutarla. Lei lo guardò dalla testa ai piedi, negli occhi un miscuglio di divertimento e di paura. Un lampo di preoccupazione, un altro di vittoria. «Che cosa ti è successo?»

«Sono stato nel bosco.»

Lei inarcò le sopracciglia. «E hai fatto a botte con un puma?»

«Non ho fatto a botte con nessuno. Mi hanno svegliato dei cani che abbaiavano e sono uscito a cacciarli, sono caduto e sono stato massacrato dalle mosche cavalline. Stavo giusto scendendo al fiume a fare una nuotata. Che cosa ci fai in giro a quest'ora del mattino? Il tuo ragazzo ti ha buttata fuori?»

«No, il mio ragazzo non mi ha buttata fuori.»

«Bene. Qualunque storia tu ti sia inventata da raccontarmi, non la voglio sentire. Immagino che ora non ti senta più tanto soffocare. Molto bene. Mi fa piacere che tu abbia capito che potevi andartene per tutto il tempo che volevi e fare quello che ti saltava in mente con chi ti pareva e non sentirti più soffocare. Sicura che potevi tornare qui e io sarei caduto ai tuoi piedi lieto di rivederti. Mi fa piacere. Ma non voglio sentire una sola parola uscire da quella tua boccuccia da succhiacazzi, altrimenti ti spacco la faccia e ti faccio saltare qualche dente, e mi ci diverto pure. Per cui, adesso vado a fare un bagno. Immagino che tu sia tornata per restare oppure per raccattare le tue carabattole e andartene. Se quando torno dal fiume sei ancora qui, dimentica tutta la storiella che ti sei preparata. Mi sono spiegato?»

«L'avevo sentito dire.»

«Sentito che cosa?

«Che avevi preso l'abitudine di massacrare franco-canadesi.»

«Non so di che cosa tu stia parlando.»

Lei lo guardò di nuovo dalla testa ai piedi. Era evidente che ciò che vedeva non le piaceva. «Vecchi, e ora donne. Ho visto Estus Terry: mi ha raccontato di come hai spaccato la faccia a quel vecchio cuoco.»

«Come, hai visto Terry?»

«Mi ha detto che aveva già i soldi che stavi cercando. Era spaventato, Estus. Ha detto che aveva pagato di tasca propria il dottore per quel vecchio. E anche una dentiera. Mi ha detto che non capiva che cosa ti fosse preso per comportarti a quel modo.»

Ecco, pensò Jamie. Aveva i capelli arruffati come se si fosse appena alzata dal letto o, peggio, come se non gliene importasse nulla, e i vestiti stazzonati e sporchi ma comunque troppo in ordine perché li avesse portati per quattro giorni, e arrivava a casa come tutte le mattine con quegli occhi grandi e chiari, e tutto questo lo colpì come una mazzata. Non riuscì a trattenersi. «Sistemerò la cosa con Terry. E la faccenda di quel francese è molto più complicata di quello che sembra. Estus lo sa. Ti si stava lavorando, ecco tutto. Dove hai detto che l'hai visto?»

Lei scosse la testa. «Non l'ho detto. Ma è venuto da Laird due sere fa. Stava cercando te. Ho potuto dirgli solo che non ti eri fatto vedere.»

«Era così, no?»

«Sì. Non so da che cosa ti stessi nascondendo, ma non avevi bisogno di nasconderti da me.»

Lui la guardò. «Estus Terry sa bene dove trovarmi.»

Joey fece un passo verso di lui e gli passò un dito su una morsicatura di mosca, sul petto, su cui si era formata una crosta. Grattò via la crosta e poi passò il dito sull'esile rivolo di sangue che ne sgorgò, per portarselo infine alla bocca e succhiarlo. «Immagino che stesse cercando te», disse. «Immagino sia questo il motivo per cui è venuto a parlarmi. Io non vedo altre ragioni, e tu?» I suoi occhi lo fissavano, ora, grandi e inespressivi, vuoti di tutto, fuorché di lui.

«Qualunque cosa Terry ti abbia detto di quel francese, lui sa come sono andate le cose. Terry non ha motivo di avere paura di me.»

«Oh, Jamie.» Joey sospirò. Poi si guardò intorno, la radura, la casa, il fienile, la macchia di larici e abeti, come per cercare una risposta, o soltanto una conferma a ciò che già sapeva. «Mi ha chiesto di andare via con lui», disse.

Come un imbecille – lui si vedeva così – la bocca deformata dalle parole, chiese: «Estus Terry?» Come se il suo cervello fosse deciso a rimanere aggrappato al vecchio ordine, all'altra conversazione, a non fare il passo avanti che lei aveva già fatto. Mentre lei lo guardava con occhi pieni di pietà, come se avesse davanti uno scoiattolo con la spina dorsale spezzata, una creatura che non poteva fare a meno di amare.

Lei scosse la testa e rispose: «No».

«Lo so!» esclamò Jamie. «Lo so!»

Joey tacque, scuotendo impercettibilmente la testa, non per contraddirlo ma per spiegare in qualche modo che non poteva saperlo, non poteva capire. Un movimento involontario. Jamie vide tutto questo.

«Merda. È di quello stronzo di Sloane che stai parlando, vero?»

«Edgar», precisò lei.

«Che cosa?» Jamie non si era mosso, non riusciva a respirare.

«Si chiama Edgar.» Joey guardò altrove, come se avesse detto qualcosa che non voleva dire.

Jamie intravide la possibilità di una soluzione, un punto in bilico cui poter dare una spinta e mettere in movimento, oppure sfidare, cambiare.

Indietreggiò allontanandosi da lei e con un piede si mise a descrivere cerchi nella sabbia frammista agli aghi di pino, e di nuovo si rese conto di essere nudo e incrociò le braccia sul petto. «Allora? Che cosa farai?»

«Tu che cosa pensi, Jamie?» disse girandosi verso di lui.

Jamie scosse la testa. «Se lo sapessi non te lo chiederei.» Fece una pausa, poi aggiunse: «Sembra che tu abbia paura di me».

«Ho avuto paura di te dal primo momento che ti ho visto.»

«Credevo che tu e io stessimo insieme.»

Faceva caldo nella radura davanti alla casa. Il viso di lei era velato di sudore. I suoi occhi scintillavano, pieni di lacrime. «Abbiamo passato dei bei momenti», concluse.

«Dei bei momenti», ripeté lui. Come se l'avessero squarciato con un coltello davanti a lei, mettendo a nudo il suo cuore, la sua anima. Lei sapeva che lo stava facendo a pezzi, ma l'avrebbe fatto lo stesso. «Dei bei momenti», ripeté di nuovo. Poi, senza prendere fiato, proseguì: «Allora, ti porterà a vivere con sua moglie e i suoi figli?»

Joey scosse la testa, un po' sprezzante. «Si dà il caso che conosca delle persone, a Providence e a Boston, gente dello spettacolo. Non sto parlando di music hall o cose del genere, ma di teatro, teatro vero. Lui sa che ho talento, Jamie. Vuole solo aiutarmi. Non si tratta sempre di soldi e di sesso. So che non mi credi. Non è niente di sicuro, questo lo so. Ma è un'occasione che devo cogliere, un rischio che devo correre. Potrebbe essere la mia ultima chance.»

«Sei un'idiota. Ti ficcherà in un appartamento senza acqua calda, ti pagherà i conti e ti darà abbastanza soldi per campare. Magari ti procurerà qualche lavoretto, in modo da farti credere che l'anello d'oro sia proprio dietro l'angolo. E verrà a scoparti una volta alla settimana. Ti farà diventare come tua madre, ecco che cosa farà.»

«Sei uno stronzo.»

Jamie proseguì. «Forse è così che dev'essere. Voglio dire, forse è così che funziona. Non si impara mai niente. Continuiamo a fare gli stessi errori. Non lo facciamo neppure apposta. È come se non riuscissimo a farne a meno.»

«Odio questo posto», esclamò Joey. «Odio l'inverno, il gelo, tutti chiusi in casa. E odio anche l'estate, sempre la stessa gente, anno dopo anno, essere sempre lo stesso piccolo diversivo nelle loro vacanze. Odio ripetere in continuazione le stesse cose, cantare in continuazione le stesse canzoni. Lo odio! Non lo sopporto più.»

«Pensi che sarà diverso? Se anche tutte le cose che dici di volere succederanno davvero, non credi che in un modo o nell'altro sarà sempre la stessa cosa? Intrattenere gente di cui non potrebbe importarti di meno? Gente a cui non importa un cazzo di te, gente per cui sei solo parte dell'arredamento. Ne dubiti? Tutto si riduce a questo, non importa se ti fai scopare dal signor Edgar Sloane un freddo giorno d'inverno oppure se te ne vai in giro con un bel vestito e una coppa di champagne in mano e cinquecento persone tutte tirate a lucido ti stringono la mano e ti baciano sulla guancia: alla fine, alla fine della giornata, se ne vanno tutti e ti lasciano sola con te stessa. Solo tu, nient'altro.»

«È proprio questo!» esclamò Joey. «Se pensi in questo modo non troverai mai nient'altro. Sono stufa. Sono stufa di pensare che le cose andranno così.» Aveva il viso teso, rosso d'ira, la bocca aperta come una tartaruga in cerca d'aria. Era bellissima.

«Oh, cazzo», imprecò Jamie. La sua energia scomparsa, sfuocata, avvizzita. Come se avesse avuto Joey tra le mani fintantoché le parole gli uscivano di bocca e ora, che non aveva più parole, lei si stesse ritirando in se stessa. In qualche altro luogo. Non lì. «Cazzo.» Cominciò a girarle intorno a grandi passi. «Io non ti ho mai fatto un torto. Non ti sono mai stato addosso. Ti ho lasciato fare quello che volevi. Forse ho sbagliato, ma sono fatto così, è così che vivo. Ti ho dato tutto quello che potevo darti. Non ho mai voluto nient'altro che te. Mi fidavo di te. Contavo su noi due insieme. Che imbecille, eh? Un imbecille buono solo finché non trovi qualcosa di meglio. Che idiota, che idiota, che idiota!»

La voce di Joey, che stava ritta davanti a lui, gli giungeva smorzata. «Non ho mai pensato di conoscerti. Di sapere chi eri veramente.»

Jamie si fermò di botto, la afferrò per le spalle e la costrinse a voltarsi, accostando il viso a pochi centimetri dal suo. Sentiva il suo odore, e lei quello di lui, mentre gocce del sudore di Jamie le volavano sul volto. «D'accordo, maledizione.» Jamie si allontanò bruscamente da lei e corse alla Ford, a pochi metri di distanza. Strappò la manovella di avviamento dalla sua sede, la sbatté in posizione, la avvitò strettamente, quindi lanciò un'occhiata al di sopra della propria spalla in direzione di Joey, che era rimasta ferma al suo posto, e disse: «Andiamo, allora. Raccatta quello che sei venuta a prendere e andiamo. Ti porto dove vuoi. Andiamo via di qui».

«Jamie», lo chiamò lei, facendo un passo verso di lui.

«Che cosa c'è? Lui ti sta aspettando in macchina, è così?» Era chino davanti all'automobile, la manovella in mano.

«Jamie.» Lo guardò senza più muoversi, il viso devastato davanti a lui.

«Quindi non mi conosci. D'accordo. Andiamo.» Girò la manovella e la mollò, il motore scoppiettò, fremette, poi si spense.

«Jamie!» Lo chiamò, quasi un grido.

«Che cosa c'è? Che cosa vuoi? Che cosa vuoi da me?» Le parole spiccarono il volo come uno stormo di uccelli spaccandogli la gabbia toracica. Era sempre chino sulla manovella.

Lei si picchiò sulle cosce con i pugni chiusi, esclamando: «Non lo so!»

Non parlarono più se non molto più tardi, giù al fiume, entrambi nudi – dopo che Jamie aveva percorso i pochi passi che lo separavano da lei – e nessuno dei due sarebbe mai stato in grado di ricordare come lui avesse coperto quella distanza. Le loro bocche avevano cozzato l'una contro l'altra e i loro denti si erano conficcati nelle loro labbra facendole sanguinare. Poi lui l'aveva presa in braccio e l'aveva portata in casa. Come un'unica creatura, avevano attraversato ondeggiando la cucina, travolgendo una sedia al loro passaggio, poi avevano percorso il corridoio ed erano giunti in camera, dove lui l'aveva gettata sul letto, lasciandola senza fiato, un vuoto in lei che la sua anima poteva colmare. Lei aveva sollevato le gambe tirandosi le sottane sul petto, mentre lui si inginocchiava e le strappava le mutande, e nella stanza non c'erano state più parole, soltanto il linguaggio dei corpi.

Tacquero ancora mentre, sdraiati sul letto l'uno accanto all'altra, riprendevano fiato, la mente offuscata, ancora uniti eppure già soli. Rimasero così, sdraiati sul dorso, per qualche tempo, senza toccarsi, senza avere voglia di parlare, poi Jamie si alzò dal letto e lei lo seguì. Tornarono sui propri passi fino alla cucina, dove Joey raccolse degli asciugamani stesi da giorni ad asciugare sulle spalliere delle sedie e, camminando vicini, scesero al fiume, all'ansa dove andavano sempre. Lei si sedette sulla roccia a guardare Jamie che nuotava, poi lo raggiunse ed entrambi uscirono dall'acqua nello stesso momento. Neppure allora parlarono, ma si sdraiarono sugli asciugamani stesi sul masso.

Per un po' Jamie pensò che non ci fosse bisogno di parole, che a un certo punto si sarebbero alzati da quel masso e sarebbero andati avanti come avevano sempre fatto. E continuò a crederlo finché non fu passato un tempo sufficiente, e allora cominciò a pensare che quel lungo intervallo senza parole fosse un punto da cui nessuno dei due si sarebbe potuto rialzare per andare avanti come sempre. E rimase sdraiato ancora un po', sapendo che non appena avesse parlato o soltanto si fosse mosso tutto sarebbe finito. Udì una pecora richiamare un agnello con un belato, nel pascolo sopra il fiume. Il fiume. Il rumore del fiume dove voleva vivere. Si alzò e si strofinò la testa con l'asciugamano, dandole le spalle. Sentiva tuttavia che anche lei si era messa a sedere, che lo guardava, che guardava la sua schiena. Inspirò, espirò, poi inspirò di nuovo, gli occhi di lei puntati su di lui. Guardando l'altra sponda del fiume, disse: «Ti sposerei anche domani, se tu volessi».

Le parole rimasero sospese nell'aria e poi svanirono. Quando arrivò la risposta, Jamie era già sceso dal masso di granito e stava risalendo la ripida scarpata per raggiungere la recinzione del pascolo. Non aveva più bisogno di quella risposta, non la voleva, l'attesa era stata sufficientemente lunga da dirgli tutto quello che aveva bisogno di sapere. «Troppo tardi. Temo.» Mentre attraversava il pascolo disperdendo le pecore, si chiese perché dovesse temere. Maledette donne. Cercavano sempre di essere gentili. Corse tra gli alberi verso la casa, il petto squassato dai singhiozzi. Voleva soltanto arrivare a casa, prendere i suoi vestiti e andarsene di lì, sparire. Con quella parola, «temo», Joey aveva voluto indorargli la pillola, scaricarlo in modo gentile. Voleva andarsene al più presto. Era già stata picchiata, e pensò che probabilmente non sarebbe stata l'ultima volta. Ma non sarebbe stato lui a farlo. Gli occhi di lei che lo guardavano pieni di paura, la mattina. Non sarebbe stato lui.

Rimase seduta al sole finché udì il rumore della Ford che se ne andava, forse mezz'ora. Rimase a osservare il fiume che scorreva. Probabilmente avrebbe sentito la mancanza di quel posto. Attese finché non riuscì più a udire l'automobile, poi aspettò ancora dieci minuti, infine si alzò e tornò a casa. Non sapeva come sarebbe arrivata dove aveva deciso di andare. Si era rifiutata di pensarci finché il momento non era arrivato, perché finché non era accaduto non era stata in grado di dire con certezza che cosa avrebbe fatto. Poi il momento era arrivato e gli aveva detto che era troppo tardi. Le parole le erano uscite di bocca quasi casualmente, come avrebbe potuto dirne altre. Non si fidava di Edgar Sloane quanto aveva voluto far credere a Jamie. Non credeva assolutamente nell'amore. Aveva ancora otto anni da sfruttare, forse dieci, almeno così credeva, e ciò che sarebbe accaduto in quegli anni avrebbe determinato il corso della sua vita, in un modo o nell'altro. Quando aveva detto a Jamie che doveva correre il rischio, non stava parlando esattamente della propria carriera come cantante. E Jamie. Jamie non sarebbe rimasto solo a lungo. A parte la sua avvenenza, decine di ragazze avrebbero dato qualsiasi cosa per quell'aura di pericolo che si portava appresso. Non aveva paura di lui, e non sapeva perché gli avesse detto una cosa simile. Era vero che non lo conosceva, com'era vero che non conosceva se stessa. Non si fidava di nulla, tantomeno di se stessa.

Una volta a casa, si vestì, si spazzolò i capelli e, dopo avere studiato l'armadio, prese solo una piccola valigia. Vi ripose un paio di stivaletti alti con i bottoni, un paio di scarpe eleganti, tre vestiti da giorno e uno solo da sera, oltre ad alcuni capi di biancheria intima e a un piccolo astuccio che conteneva degli orecchini, dei braccialetti e il suo unico filo di piccole perle, che era appartenuto a sua madre o forse a sua nonna. A quell'ora del giorno doveva esserci parecchio traffico sulla stretta strada che da Crawford Notch conduceva su a Bethlehem e non aveva dubbi che avrebbe trovato un passaggio.

Andò nel fienile e vide che Jamie aveva usato la pala. Sapeva per che cosa. Andò nel bosco e disseppellì non l'oro ma uno dei vasetti di banconote arrotolate, denaro che era suo quanto di Jamie. Lasciò la buca scoperta, con il vasetto vuoto accanto, e tornò in casa, dove nascose il rotolo di banconote tra la biancheria. Non voleva l'oro. Sapeva che poteva lasciarlo lì e che lì sarebbe rimasto. Era meglio di una banca. Era meglio che portarlo via con sé.

Era pronta. Si sedette al tavolo della cucina. L'aria estiva odorava di spazzatura, piatti sporchi nell'acquaio. Ricordò la mattina che aveva lasciato Saint-Camille con sua madre. L'avvocato McCarson. Edgar Sloane non era McCarson. E sua madre, chi credeva fosse McCarson la mattina che erano salite su quel treno diretto al Sud, in un altro Paese? Sua madre era morta, alla fine. Era diventata una puttana, e la vita si era comportata come una puttana con lei. Joey sapeva che la differenza tra loro era che sua madre pensava di essere finita a quel modo per caso. Come se fosse stata la vita a cospirare contro di lei, più di chiunque altro. Mentre la verità era, pensava Joey, che ognuno di noi ha una parte buona e una cattiva, ma nessuno vuole ammettere la propria parte cattiva, accettarla come parte di sé. Chissà se qualcuno aveva il coraggio necessario. Lei forse l'aveva. Edgar Sloane forse l'aveva. Un uomo che aveva passato la cinquantina. Forse era quello. Emanava sicurezza come fosse dopobarba. Ma restava il fatto che era in vacanza. E c'era solo un modo per scoprire com'era davvero.

Si sedette al tavolo e pianse un poco. Per un po' pianse perché le veniva da piangere, e poi perché sentiva che doveva farlo, e quando se ne accorse smise, si asciugò il viso con uno degli asciugamani, si alzò, andò a prendere una scatola di sigarette e se ne accese una. Tirò su la valigia e uscì nel pomeriggio. Si allontanò lungo il sentiero sabbioso con la sigaretta in mano e quando giunse sulla strada si diresse a ovest, verso Bethlehem, in attesa di un passaggio.

Jamie fece una sosta al *Sinclair* per parlare con i baristi del turno di sera e con il direttore dell'hotel, quindi proseguì per Littleton e prese una stanza al *Thayer*, pagando una settimana anticipata e ignorando lo sguardo di sbieco dell'impiegato della reception, un uomo che aveva conosciuto da qualche parte ma non avrebbe saputo dire dove. Per il resto del pomeriggio rimase seduto nella poltrona della sua stanza, osservando il lento crepuscolo nordico calare sulla città. Quando fu buio, era ancora seduto. Non aveva appetito, né sete. Fumava.

Nei cinque anni trascorsi da quando erano fuggiti da Barre era sempre stato in grado, in un modo o nell'altro, di situarla, di collocarla, se non in un luogo fisico almeno nella propria mente. Era sempre stato in grado di immaginarla. E ora non ci riusciva. Lei non c'era più. Qualunque cosa pensasse, era solo un'approssimazione: lei e Sloane a letto insieme al *Maplewood*; già su un treno diretto al Sud, nella carrozza ristorante; nell'automobile di lui, qualcosa di meglio della Ford, magari con l'autista; Joey e Sloane affondati tra i cuscini sul sedile posteriore mentre mangiavano qualcosa da un cestino di vimini bevendo champagne. Vedeva tutto questo. Non poteva fare a meno di vederlo. E sapeva che niente di tutto questo era vero, per quanto simile. Stava seduto in poltrona e fumava.

Passarono dieci giorni prima che tornasse a casa. Per lo più se ne stava nella sua stanza al *Thayer*, consumando la colazione nella sala dell'albergo, dopo essere andato dal barbiere a farsi radere. Poi trascorreva lunghe ore seduto nella poltrona davanti alla finestra fissando la strada senza vedere nulla. La sera andava in automobile a Bethlehem e se ne stava un paio d'ore chiuso a chiave nel suo ufficio al *Sinclair* controllando i libri contabili, facendo ordinazioni o correggendo ordinazioni già fatte. Di tanto in tanto qualcuno andava a bussare alla sua porta – uno dei baristi del turno di sera oppure il direttore generale dell'albergo – e solo per piccoli problemi, di poca importanza, che tuttavia richiedevano la sua approvazione o una conferma. Quando queste persone, parlando, incrociavano il suo sguardo, abbassavano subito gli occhi, e Jamie non voleva sapere quali chiacchiere circolassero, che cosa si dicesse in giro, che cosa credeva o non credeva la gente di lui. Finito il lavoro, tornava a Littleton, alla sua stanza al terzo piano. Si lavava la faccia nella bacinella, spegneva l'unica lampadina elettrica che pendeva dal soffitto e si infilava a letto, dove rimaneva tutta la notte a dormire o a vegliare, a volte a sognare. La mattina si alzava non riposato, ma ancora più logoro, come se le lenzuola e le ore trascorse nella poltrona erodessero il sottile strato di pelle che lo ricopriva, nient'altro che un involucro per contenere il suo cuore arenato.

Trascurava completamente il commercio di alcolici. Se qualcuno rimaneva a secco, l'avrebbe solo apprezzato di più quando fosse ricomparso. Non c'era nessun altro da cui rifornirsi, non per pochi giorni di siccità. Ma un giorno lasciò il *Thayer* subito dopo pranzo e andò a cercare Estus Terry.

Per carattere, non era incline a provare ammirazione per nessuno, ma in qualche misura ammirava Terry. Se avesse dovuto scegliersi un modello, avrebbe guardato a Terry. E non per i mezzi o i metodi, ma per l'essenza della sua natura. Non credeva a ciò che gli aveva detto Joey, che Terry era rimasto contrariato da ciò che aveva fatto. Ma non voleva che ci fossero malintesi tra loro. Sapeva che Terry capiva perché aveva picchiato il cuoco canadese. Gli affari erano così.

Terry possedeva una casa a un solo piano, composta da un unico locale, molto lontana dalla civiltà, che era stata costruita da un eremita di nome Bliss nel decennio prima della nascita di Jamie, nella foresta incontaminata a nord di Bethlehem, dove il fiume Ammonoosuc piegava verso nord formando un ampio gomito. La casa era circondata da cataste di legna da ardere ancora da spaccare, impilata a forma di *tepee*. Dal tetto spuntava un unico tubo di stufa arrugginito, di sghimbescio, come una mano che stesse chiedendo aiuto o salutando. La casa parlava non delle condizioni economiche del proprietario, ma della sua anima. Nessuna donna vi aveva mai messo piede.

Non c'era motivo di credere che Terry fosse in casa, in piena estate, quando viaggiava tanto. Jamie percorse lentamente, sobbalzando, il sentiero segnato dai profondi solchi lasciati dai grossi cavalli da tiro e dalle enormi ruote dei pesanti carri da trasporto. Sbucò nello spiazzo davanti alla casa. A mezzogiorno, d'estate, dal tubo della stufa non usciva fumo, ma la porta era socchiusa e una coppia di grossi roani belgi con la groppa punteggiata di macchioline brucavano liberi i pochi ciuffi d'erba del cortile come due cani da guardia. Il frastuono improvviso dell'automobile che si avvicinava non li aveva minimamente turbati. Erano avvezzi alla strada.

Uomo di corporatura minuta, Terry apparve sulla soglia, tornò un momento nella penombra dell'interno e poi uscì nel cortile. In quel breve istante Jamie intravide la canna scura di un fucile lungo la sua gamba. Quando l'uomo uscì nel sole, l'arma era scomparsa. Si avvicinò a uno dei cavalli, gli posò una mano sul garrese e attese, mentre Jamie chiudeva la macchina.

«Pelham.»

«Salve, Estus. Non volevo introdurmi furtivamente in casa tua.»

Terry sputò per terra. «Ti ho sentito arrivare. Non molti rischierebbero la loro bella macchina lustra su questa strada.»

Jamie sorrise. «I federali, forse.»

«Un federale non riuscirebbe a trovare il proprio culo cercandolo con tutte e due le mani, te lo dico io.»

«Devi procurarti un paio di questi mezzi a motore, Terry. Lascia perdere i cavalli. Sveltirebbe il lavoro.»

Terry passò la mano sul fianco dell'animale. «No, d'inverno ci vogliono i cavalli. Anche se immagino che verrà il giorno in cui si potranno usare anche le automobili. Ma sarà qualcuno più giovane a farlo. Io sono abituato ai cavalli.»

«Non parlare come un vecchio. Bisogna cambiare con i tempi: c'è sempre un modo più facile di fare le cose.»

Terry scosse la testa. «Ti dico questo. C'è sempre qualcuno più giovane che ti tira fuori un modo più facile e più veloce di fare le cose, ed è da questa gente che devi guardarti. Qualche volta 'sti ragazzi possono essere troppo veloci. Ho dei soldi per te.» Da una tasca dei pantaloni tirò fuori un borsellino appeso a una catena.

Jamie lo fermò con un gesto della mano. «Non li voglio, Estus. Ho sentito che gli hai pagato il dottore. Non c'era alcun bisogno che lo facessi.»

«Merda, ragazzo, mi aveva già pagato quello che ti doveva quando l'hai pestato. Ecco di che cosa non c'era bisogno.»

Jamie scosse la testa. «Io sapevo solo che non aveva pagato. E comunque, non è una buona idea lasciar credere che possono fare quello che vogliono con me. O con te.»

«C'è differenza tra una spiegazione e la cattiveria. E quello che ho visto io era pura cattiveria. Non mi piace.» Terry ora stava guardando Jamie in faccia, il volto inespressivo e duro, come temprato in una fornace. Proseguì: «Se fosse stato qualcun altro ti avrei mollato. L'alcol è come acqua di fonte su al Nord, se sai dove cercare. Devi ricordarti che non sei il primo idiota ad avere una bella pensata. E neppure l'ultimo. Tienilo sempre presente e andrà tutto bene. Quindi, prendi questi e siamo pari, così ricominciamo da zero». Aprì la cerniera del borsellino, tirò fuori un rotolo di banconote e ne contò un certo numero, che gli porse.

Jamie rimase immobile. «No, il casino l'ho fatto io, non devi essere tu a pagare.»

Allora Terry si allontanò dal cavallo e venne vicinissimo a Jamie. Allungò lentamente una mano e gli infilò le banconote ripiegate nella tasca della camicia, poi, accostando il viso a pochi centimetri dal suo, disse: «Se cerchi di fottermi ti faccio a pezzi, capito?» Poi arretrò di un passo e intrecciò le mani dietro la schiena, studiando Jamie.

Jamie tenne a lungo gli occhi puntati in quelli di Terry. Poi distolse lo sguardo. Prese le sigarette e una scatola di fiammiferi dalla tasca dei pantaloni e se ne accese una. Poi commentò: «È una bella giornata».

«Ho sentito che la tua femmina è scappata», fece Terry.

«Be', se n'è andata.»

«Dietro a un pesce più grosso, ho sentito. Be', meglio per te. Finché sono giovani ti ci diverti, ma poi invecchiano e diventano una rottura di scatole.»

Jamie annuì. «Ti ha detto che se ne andava?»

Terry lo guardò di nuovo, con un'espressione più aperta. «A me? Io non ci ho parlato. Non la vedo dall'ultima volta che sono stato a casa tua, là sul fiume. La scorsa primavera. Maggio, giusto? Delle zanzare terribili, ricordo.»

«Sì, era maggio», disse Jamie. «Ma è stata lei a dirmi che avevi pagato tu le cure per il francese. Mi ha detto che l'aveva saputo da te.»

Terry scosse la testa. «Non gliel'ho detto io. L'avrà sentito in giro, immagino. È il tipo che sente le cose in giro.»

«Io le ho creduto», disse Jamie. Non stava contraddicendo Estus Terry.

«Una donna mente quando le fa comodo», disse Terry. «Ehi, ho qualche bottiglia di birra in fresco nel pozzo. Che te ne pare?»

Jamie riprese il commercio di alcolici, improvvisamente consapevole che il grosso dei profitti si registrava in estate. Di nuovo in movimento, non riusciva a capire come avesse potuto restare inattivo. Come se si fosse perduto. Ciò che lo spaventava era che aveva agito in modo molto diverso da come aveva immaginato. Si era lasciato andare alla deriva. Una cosa che non aveva mai fatto.

Una sera, a mezzanotte, tornò a casa. Tutto puzzava di abbandono. Si sedette nel cortile debolmente illuminato dalle stelle a fumare e bere un bicchierino di whisky. Poi attraversò la casa buia, arrivò in camera da letto e accese un lume. Le porte dell'armadio erano spalancate, come lei le aveva lasciate. Raccolse una bracciata di vestiti e vi affondò il viso. Sapone da bucato. L'armadio odorava di escrementi di topo, legno di cedro pallido e vecchio, una traccia di fiori che sarebbe potuta venire da lei o soltanto dai suoi vestiti. Soffiò sul lume, si spogliò al buio e si infilò nel letto. Le lenzuola stantie, odorose di vecchio.

Si svegliò durante la notte, o forse non era del tutto sveglio, ma in uno stato completamente diverso. Rotolò giù dal letto sulle ginocchia e strisciò sul pavimento fino ai vestiti che le aveva strappato di dosso quell'ultimo pomeriggio insieme. Li raccolse alla rinfusa e se li strinse al petto, poi si ributtò sul materasso, sopra i vestiti appallottolati. Si voltò sulla schiena e con la mano sinistra si premette ciò che restava degli indumenti sul volto, sul naso e sulla bocca, come se volesse soffocarsi, mentre con la destra si masturbava con furia, stringendosi spasmodicamente il membro. Poi si riaddormentò.

* * *

Spesso, nei primi tre anni di scuola, arrivava a casa con qualche livido, il naso o la bocca sanguinanti, gli occhi gonfi, le nocche rotte e scorticate. Non diceva niente, rimaneva in silenzio, il viso rigato di lacrime di impotenza, mentre una delle sue sorelle, oppure entrambe, lo medicavano. Un giorno Abigail aveva preso il calesse ed era andata a trovare il suo insegnante alla Riford School, ma era tornata indietro a mani vuote, i lineamenti contratti da una rabbia che non sapeva verso chi indirizzare. All'interno della scuola non accadeva nulla. I cugini Clifford negavano di sapere niente e guardavano Jamie come se cercassero di imprimerselo nella memoria. La zia Connie si accucciava davanti a lui e prendendolo per i gomiti nominava i suoi figli uno a uno e gli chiedeva se lo tormentavano. Lui negava sempre. Prudence aveva deciso che l'avrebbe accompagnato a scuola in calesse e sarebbe andata a riprenderlo nel pomeriggio, ma Jamie sgusciava sempre fuori di casa mentre sua sorella era nella stalla occupata a bardare il cavallo e attraversava veloce il prato scomparendo nel bosco e sbucando fuori in un punto in cui poteva attraversare la strada e raggiungere la scuola. Nel pomeriggio, se Prudence era seduta fuori dalla scuola ad aspettarlo, lui saettava dietro il calesse e saltava il fosso dall'altra parte della strada, per sparire tra i pioppi e gli ontani. Eppure, anche nel bosco, i ragazzi lo trovavano, e una volta che l'avevano trovato lui non scappava ma si voltava ad affrontarli, uno o cinque che fossero, con le mani tremanti per le loro frasi di scherno – su di lui, su suo padre, sulla sua mamma morta, sulle sue sorelle: su tutti loro. Non era solo la sua pelle, o quella di sua madre, o il modo in cui era morta, ma tutto insieme, mischiato alla crudeltà animalesca dei ragazzi, la realtà con la fantasia o con l'invenzione, parole di cui né loro né Jamie comprendevano neppure il significato ma chiaramente taglienti e offensive, il piacere stupido e indecente di infliggere dolore. Finché lui si avventava contro di loro, muto, i pugni serrati. Non si tirava mai indietro. Sapeva che se avesse lasciato perdere loro avrebbero fatto altrettanto, e quella consapevolezza lo rendeva ancora più furioso, feroce, impotente mentre lo massacravano, ma lui non mollava. Suo padre lo sapeva, e la sera, seduto in poltrona, avvolto in una nuvola di fumo, spiegava a voce alta ciò che il ragazzo già conosceva. Gli parlava in tono gentile, perplesso, distante e tenero, e il suo stanco riconoscimento non gli era d'aiuto, ma era come un balsamo sulle sue ferite, come se loro due, insieme, capissero l'inutilità della rabbia delle due donne – perché non era il sangue, o i pugni, e neppure le parole, ma qualcosa di completamente diverso che non poteva essere fermato, frenato o cambiato.

Quando Jamie, all'inizio del quarto anno di scuola, era tornato a casa non solo insanguinato ma con una lussazione alla spalla, che il dottore aveva dovuto ridurre strappandogli il primo urlo di dolore che avessero mai udito, le sue sorelle avevano deciso di ritirarlo dalla scuola, e quindi dal paese e dal vicinato, e istruirlo a casa. Come se in quel modo potessero salvarlo. E ciò che quel ragazzo sapeva ma non poteva chiedere l'avrebbe salvato per che cosa? Per fare di lui un monaco che accompagnasse la loro vita di suore, dedita a lavorare la terra, spaccare la legna, occuparsi del bestiame, unico e assorbente legame coniugale. Avevano trovato il lui il loro scopo, l'oggetto su cui riversare tutta la loro devozione. Così l'avevano allontanato dal campo di battaglia. E lui quindi non aveva mai vinto, neppure una volta, non aveva mai causato dolore o vera paura nei suoi avversari. E in questo modo chi lo tormentava l'aveva sconfitto grazie all'intervento delle donne che lo amavano più di quanto chiunque altro l'avrebbe mai amato, o potuto amarlo. E quelle donne gli avevano dato un'istruzione ma non avevano fatto di lui quello che era. Lui era già quello che era.

La mattina dopo si svegliò accanto ai vestiti stracciati di Joey imbrattati di sperma. Sentì di averla insudiciata, in qualche modo. Portò gli indumenti appallottolati alla buca rivestita di pietra dove bruciavano la carta, vi versò sopra del cherosene e gli diede fuoco. Di nuovo in casa, tirò fuori dall'armadio tutti i vestiti di lei e li portò a una lavanderia di Littleton, dove disse alla donna di lavare, inamidare e stirare tutto e poi imballarlo perché doveva essere messo via. Tornò a casa, accese il fuoco in cucina, scaldò dell'acqua nel bollitore di rame e cominciò a pulire la casa, partendo dai piatti incollati insieme nell'acquaio. Cercò uno straccio e spolverò i mobili, poi spazzò per terra e, dopo avere cercato altri stracci, versò dell'aceto in un secchio di acqua calda e lavò le finestre, dentro e fuori. Il sole era caldo sulla sua schiena nuda. Tornò dentro, trovò una spazzola dura e si mise ginocchioni a strofinare le tavole del pavimento. Mentre lavorava, udì un'automobile scendere lungo la strada di terra battuta, ma la ignorò e continuò a lavare il pavimento, così Scully entrò in casa e lo trovò così, le ginocchia dei pantaloni gocciolanti d'acqua, il petto e le braccia bagnati, i capelli sul viso e, quando alzò la testa per salutarlo, il sudore gli colò negli occhi.

Scully scostò una sedia e si sedette al tavolo della cucina a guardare Jamie che lavorava. Dalle pieghe della giacca tirò fuori una bottiglia da mezzo litro priva di etichetta e con un turacciolo di sughero, che posò sul tavolo. Si accese una sigaretta. Fece un tiro profondo e tossì, poi aspirò ancora. Jamie pensò: Questo sono io fra trenta o quarant'anni, se non ci sto attento.

«Quando avrai pulito tutto, avrai un problema. O ti affanni qua e là per cercare di mantenere tutto com'è, oppure puoi stare a guardare come lentamente le cose cominciano ad accumularsi finché tutto crolla di nuovo. In ogni caso, non è bello.»

«È estate», disse Jamie. «Una casa ha bisogno di una bella pulita una volta l'anno.»

«Quelle sono le pulizie di primavera, mi pare.»

«Si vede che non mi sono accorto che la primavera è passata.» Jamie si accosciò con la schiena appoggiata alla credenza. Aveva le mani gonfie e doloranti per la liscivia. «Da quanto tempo sapevi che se ne sarebbe andata?»

Scully scosse la testa. Stappò il whisky ma lo lasciò dov'era. «Non mi ha neppure detto addio. E poi, pensavo fosse solo un flirt. Sai, quando lei guarda un uomo soppesando il suo conto in banca mentre gli fa credere di non avere altro che il suo pisello in mente. Sai come lavora.»

«Ho sempre pensato che fosse solo scena. Non ho mai pensato che sarebbe scappata. Mi secca, però. Tu devi avere visto che cosa stava succedendo. Pensavo fossimo amici, Scully.»

Scully prese la bottiglia di whisky. «Amici, Jamie? Non credo di sapere neppure che cosa significhi. Penso che gli amici siano persone utili a qualcuno. Io non sono più utile a nessuno, se lo sono mai stato, questo è poco ma sicuro. Ma supponiamo che avessi pensato che questa volta era diverso e ti avessi detto qualcosa. Tu che cosa avresti fatto? Le avrebbe fatto cambiare idea?»

«Lo so.»

«Te l'avevo detto di sposarla.»

Jamie allora si alzò. Prese le sigarette e i fiammiferi. «Supponiamo che l'avessi fatto. Un anno fa, prima che arrivasse questo signore del Rhode Island. Credi che questo l'avrebbe fermata?»

Scully annuì. «È una ragazza molto forte.»

«È una puttana, ecco che cos'è.»

«No.» Scully non ebbe bisogno di rifletterci prima di dirlo. «È il tuo cuore spezzato che parla. È solo una ragazza sola al mondo senza altri su cui contare se non se stessa. Che cerca di capire come muoversi. Era questo che sembrava fare di voi una così bella coppia, forse, ma d'altra parte non è naturale che si sia aggrappata a qualcuno di solido? E il fatto che foste così uguali, forse, a lei non sembrava così bello come a te, forse addirittura la preoccupava. Che ne pensi?»

«Che cosa vuoi, Scully? Che cosa sei venuto a fare?»

«Come sarebbe, a vedere come stavi. A controllare che stessi bene.»

«Non ho intenzione di spararmi un colpo in testa, se è ciò che vuoi dire. A parte questo, non saprei dirti come sono stato.»

«Immagino di no. Ma non ti sei più fatto vedere.»

«Credevi che sarei passato al club come ai vecchi tempi?»

Scully bevve un sorso dalla bottiglia di whisky. La offrì a Jamie, ma questi scosse la testa. Disse: «Magari qualcuno ha voglia di vederti. Di nuovo in piedi».

«Quelli che davvero vogliono vedermi sanno dove trovarmi. Non ho bisogno di rincorrere nessuno.»

«Forse solo per stare un po' in compagnia.»

«Non ne ho voglia, in questo momento.»

«Forse è il momento migliore.»

«Può darsi, ma può anche darsi di no. Hai già trovato un'altra cantante?»

Scully scosse la testa. «Siamo soltanto io e gli altri ragazzi. Funziona, credo, ma non è la stessa cosa. È un numero triste, in questo momento.»

Jamie prese la bottiglia e bevve un sorso. Non era quello che voleva, aveva voglia di mangiare qualcosa e bere caffè, ma non desiderava pranzare con Scully. Si pulì la bocca e disse: «Non mi interessa farne parte».

Scully indicò con un gesto della mano la casa vuota, le pulizie generali. «Anche così, da solo, è triste.»

Jamie scosse la testa. «Sono io con me stesso, ecco che cos'è. Il resto, triste o felice, è solo quello che pensano gli altri.»

Scully allora si alzò, tappò la bottiglia e se la rimise in tasca. «Va bene, allora. Non diventare un estraneo, ragazzo.»

Jamie annuì, poi si avvicinò al vecchio e gli strinse la mano. E disse: «D'accordo».

L'estate passava, luglio lasciò il posto ad agosto. Jamie andò a ritirare gli abiti di Joey dalla lavanderia, vestiti, mantelli e cappotti invernali imballati in scatole di cartone lunghe e piatte. Quando le ebbe caricate in macchina, non poté fare a meno di pensare che sembravano una sorta di bara. Una tomba dell'amore, della fiducia, forse di entrambi. Le portò a casa e le accatastò nella seconda camera da letto, che non usavano. Richiuse la porta piano ma con decisione, per sentire bene la serratura scattare.

Agosto inoltrato. Le serate cominciavano a preannunciare l'inverno. Il pomeriggio, quando usciva, lasciava il fuoco acceso nella stufa e metteva un soprabito foderato sul sedile posteriore della macchina. La sera, nei saloni del *Sinclair*, accendevano il camino, e Jamie aumentò la paga dei suoi baristi di dieci centesimi soltanto perché dovevano continuare a ripetere gli stessi commenti sul tempo. Per i turisti erano ancora le vacanze estive, ma la stagione stava terminando e i lavoratori dell'albergo lo sentivano ed erano nervosi. Jamie era solo e triste.

Si portava a casa delle ragazze. Quando ne aveva una con sé arrivava sempre un momento – di solito prima di alzarsi dal letto per riaccompagnarla dove doveva andare ma un paio di volte quando, svegliandosi il mattino dopo, l'aveva trovata ancora nel suo letto – in cui aveva l'impressione che le ragazze si susseguissero una all'altra con vestiti diversi da togliere e seni alti o bassi e la vita larga o stretta e denti e gridi diversi che uscivano o non uscivano dalle loro gole. E con tutte era dolce e micidiale. Quando le aveva nel suo letto, voleva solo il loro piacere e non gli importava nulla di se stesso, ma una volta che entrambi avevano finito, una volta che entrambi si erano spinti dove oltre non potevano andare, voleva solo che se ne andassero. Si alzava alle quattro del mattino, quando avrebbe solo voluto dormire, faceva il caffè e lo portava in camera da letto, svegliandola teneramente, la mente già fuori dalla porta, alla manovella di avviamento della Ford.

Sognava che Joey lo lasciava e lui la implorava singhiozzando, aggrappato a lei, umiliandosi. Si svegliava con il fiato mozzo, pieno di angoscia, mentre le sensazioni del sogno – visive, tattili, sonore – svanivano a poco a poco. Qualche volta un'immagine del sogno gli ritornava vivida alla mente più tardi, durante la giornata, e allora interrompeva ciò che stava facendo e si piegava in due come squassato da un crampo improvviso.

E poi venne settembre e le famiglie partirono, lasciando il posto a coppie anziane, zie zitelle, stormi di signore mature e gruppi di uomini. Di tanto in tanto qualcuno da solo, un uomo o una donna di mezza età avvolti in un manto di solitudine indurito come una tela incerata, lo sguardo sempre fisso in lontananza. «Oh, signorina Blake!» chiamava una delle signore mature sedute al tavolo da gioco mentre la donna si allontanava in fretta lungo il corridoio, lontano, lontano. Jamie non aveva visto la signorina Blake in faccia: poteva avere la sua età o vent'anni di più, essere scialba o carina, austera o timida, pronta a spiccare il volo. Ma sentiva di conoscerla un poco, niente a che vedere con quello di cui ciarlavano le donne al tavolo da gioco. E le signorine Blake sedevano nelle loro stanze fissando la finestra, creando e ricreando all'infinito ciò che sarebbe potuto essere.

Jamie pensava all'arrivo dell'inverno con il muto orrore di un sogno che stava per finire.

Stanley Weeks, il barista responsabile del turno di sera, non vedeva l'ora che arrivasse la fine di ottobre. Una sera, mentre contava l'incasso con Jamie, non riuscì più a trattenersi. «È in Florida che bisogna andare d'inverno, te lo dico io. Clearwater è una bella città. E il Golfo del Messico, non hai visto niente finché non hai posato le chiappe su quella sabbia bianca e guardato il tramonto del sole sull'acqua azzurra. Si può fare il bagno tutto l'inverno. Anche la clientela è buona, c'è qualcuno dei newyorkesi che vengono qui d'estate e in più ci sono i ricconi del Sud, quelli che sono rimasti. E le ragazze sono carine, fidati. Sul serio, J, di' soltanto una parola e Oliphant ti scrive una lettera e ti sistema dove vuoi a Clearwater. O in qualunque altro posto in Florida, se è per quello.»

Jamie prese una alla volta le mazzette di banconote legate con un elastico e le fece scivolare in una busta gialla. Poi disse: «Credo che me ne starò qui, Stanley. Ho degli impegni».

«Potresti affidarli a qualcuno. Dovresti provare, almeno un inverno, tanto per vedere com'è. È un posto diverso. Non è soltanto il clima, è l'atteggiamento. Lì è tutto facile. Certo, ci sono gli ebrei, quelli li devi sopportare. Arrivano in massa in Florida come se fosse la terra promessa. In compenso ci sono quelli di colore che fanno tutti i lavori peggiori. Dico sul serio, J, uno che ci sa fare vale oro laggiù. Pensaci.»

Jamie attraversò la stanza per riporre la busta con l'incasso nella cassaforte incassata nel pavimento. Girò il disco e udì il debole *clic* del meccanismo. Esitò, le mani sulle ginocchia, poi si raddrizzò e tornò alla scrivania, passando dietro a Stanley. Posò una mano sulla spalla del barista e per un attimo gliela strinse, qualcosa più di un tocco, ma più simile a una carezza che a una stretta violenta. «Prenditi una bottiglia, Stanley. Segnala, però.»

Una mattina di settembre, a metà settimana, entrò nel suo ufficio al *Sinclair* e in bella mostra sulla carta assorbente della scrivania trovò una cartolina da un penny raffigurante un faro, dune con erbe alte, il mare striato di cavalloni. Sul retro, la scrittura scarabocchiata di Joey, un'unica frase, priva di punteggiatura: SE VUOI VENIRE A TROVARMI MI FAREBBE PIACERE. Sotto c'era un indirizzo racchiuso in un riquadro tracciato a penna. Jamie lasciò cadere la cartolina sulla scrivania, andò alla porta e la chiuse a chiave. Poi riprese la cartolina per studiarla. Gli tremavano le mani. Strappò il cartoncino in due, e poi di nuovo in due, finché non rimasero che minuti frammenti che lasciò cadere nel cestino vuoto sotto la scrivania. Prese il berretto e si voltò verso la porta. Non aveva un piano preciso, voleva solo andarsene, uscire, prendere la macchina e andare da qualche parte. Poi ci ripensò, si inginocchiò sul pavimento e tirò fuori dal cestino i frammenti della cartolina. Li ricompose e, sempre inginocchiato, copiò l'indirizzo su un foglio di carta intestata dell'albergo, che ripiegò e si infilò nella tasca interna della giacca. Raccolse i frammenti e li portò fino al camino acceso dalla parte opposta del bar, quindi li gettò tra le fiamme senza curarsi del gruppetto di clienti seduti davanti al fuoco. Poi attraversò la hall dell'albergo e uscì dalla porta principale, evitando chiunque conoscesse. Tutti quelli che lavoravano per lui dovevano essere a conoscenza della cartolina. *Se vuoi venire a trovarmi...* Non si fidava delle proprie mani, su di lei o su chiunque altro. Se voltando l'angolo se la fosse trovata davanti, non avrebbe saputo dire che cosa le avrebbe fatto.

Mise in moto la Ford e si avviò lungo la via principale della città, senza una meta precisa. Si trovò a imboccare la lunga strada accidentata oltre il monte Agassiz che girava intorno alla montagna tra Bethlehem e Franconia, e a un certo punto sbucò di nuovo nel prato dove quella notte di luglio, quando lei non se n'era ancora andata ma lui sapeva che l'avrebbe fatto, si era ubriacato e poi addormentato. Parcheggiò sul prato, dove l'erba era ricresciuta e non sarebbe più stata falciata fino all'estate successiva. Non scese dall'auto. Lasciò il motore acceso.

Non gli sembrò che fosse trascorso molto tempo, anche se sentiva il sole passare sopra la sua testa e osservava, come in lontananza, le ombre spostarsi da destra a sinistra. A un certo punto cominciò a picchiare i pugni sul volante, una volta e poi un'altra, ma solo dopo qualche tempo cominciò a sentire il dolore salirgli lungo le braccia e diffondersi nella schiena, nel collo e di lì nella testa, dove risuonava. Un nervo scoperto. Era stata lei. Doveva partire. L'aveva capito non appena aveva visto la cartolina sulla scrivania. In quanti modi può un uomo disprezzare se stesso? L'indirizzo del mittente. Che cazzo ci faceva nel Massachusetts? Sapeva scrivere una cartolina, questo glielo doveva riconoscere.

Quando infine ingranò la prima e tornò sulla strada, era ormai pomeriggio. Probabilmente sarebbe rimasto senza benzina prima di arrivare in città. Pensò che la camminata gli avrebbe fatto bene.

Ciò che ricordava di sua madre. Aveva sentito suo padre entrare in cucina e lui era corso dentro e l'aveva visto in piedi, accanto ai fornelli, con sua madre tra le braccia, la testa di lei riversa all'indietro, inerte, il viso gonfio, nero violaceo come le more di bosco. Poi suo padre l'aveva visto e gli aveva urlato: «Va' fuori di qui, va' fuori di qui», con voce di tuono, spezzata e spaventata al tempo stesso. E Jamie era rimasto immobile a fissare muto il volto di sua madre. Non ricordava che cosa fosse accaduto poi. E non riusciva a rievocare il viso di lei in nessun altro modo. C'erano frammenti confusi di ricordi, in cui lei era una presenza, un odore, la vista fugace di un abito in movimento. Quando la sognava era mostruosa, terrificante, quasi sempre arrabbiata con lui per qualcosa che aveva fatto o non fatto, ma quando si svegliava da quei sogni non era come se l'avesse vista, come accadeva invece quando sognava Joey, era piuttosto come se fosse stato in un altro Paese, in un altro luogo in cui non era mai stato. Una volta sveglio, non rimaneva alcun senso della realtà. Tranne la sensazione che lei non fosse contenta di lui. Solo quello rimaneva.

Prese il lento treno della notte per Portland. Un altro le avrebbe voltato le spalle, avrebbe accartocciato la cartolina e l'avrebbe dimenticata, qualche anno piacevole in gioventù, nient'altro, e sarebbe andato avanti e forse avrebbe trovato un'altra donna. Avrebbe conservato l'orgoglio, non si sarebbe umiliato. Magari sarebbe rimasto innamorato di lei fino a quel momento ma poi, con l'arrivo della cartolina, l'avrebbe maledetta per la sua insolenza e l'avrebbe scacciata dalla mente. Ma lui credeva di conoscerla. E quella cartolina non era un gesto insolente, non implicava nient'altro se non ciò che lui poteva fare se voleva. Ed era salito sul treno. Con milleduecento dollari in contanti nel portafoglio assicurato con una spilla all'interno della giacca. Perché sapeva che ne avrebbe avuto bisogno, anche se non sapeva ancora perché. A Portland prese un espresso per Boston. Gli sembrò di non dormire – aveva il cervello troppo stanco per farlo – ma mentre fissava la sua immagine riflessa nel finestrino il tempo passò senza che se ne accorgesse.

Alla stazione cominciò a capire perché avesse portato tanti soldi. Dopo una conversazione piena di equivoci con l'anziano impiegato allo sportello, riuscì finalmente a entrare in possesso di un biglietto per il locale per Plymouth e una cartina da venticinque centesimi di Cape Cod. Gli bruciavano gli occhi ed era tutto indolenzito, si sentiva disorientato, insicuro, e non poteva permettersi di apparire quello che era, un campagnolo sperduto che non sapeva come funzionavano le cose, anche qualcosa di semplice come i trasporti. Non voleva chiedere indicazioni. Sentiva che doveva essere in grado di andare dovunque e sapere che cosa fare e come farlo. Qualunque cosa avesse trovato dove stava andando, era deciso a non dare l'impressione di un fuscello portato fin lì dalla marea, per caso, inerme.

Così scese dal treno a Plymouth, inesperto ma baldanzoso, percorse a piedi tre isolati, quindi tirò fuori il portafoglio dall'interno della giacca, contò ottocento dollari e si comprò una Ford nuova, pronta a partire. L'uomo che gliela vendette, un tipo riservato, non stava più nella pelle alla vista di tutti quei contanti. E così Jamie non si sentì a disagio nel chiedere di nuovo informazioni su Truro, tanto più vicina.

«Truro», ripeté l'uomo correggendo un poco la pronuncia. «Se va laggiù dovrà sgonfiare un poco le gomme. Quelle strade sono tutte sabbia.»

«Visto che pago in contanti», disse Jamie, «immagino che il serbatoio sarà pieno.»

«Se si sposta laggiù alla pompa, lo sarà.»

«È difficile viaggiare su una strada sabbiosa.»

«Se smolla un po' le gomme, non avrà problemi.»

«Il fatto è che devo essere là per mezzogiorno», fece Jamie.

L'uomo capì e fece un cenno con il capo. «Se si sposta alla pompa, gliele sgonfio a puntino. Poi viaggerà benone.»

Jamie guardò il cielo. «È una bella giornata, vero?»

Dovette viaggiare fino a metà pomeriggio per raggiungere Truro. L'ultima ora e mezzo su strade sabbiose in cui le ruote della Ford affondavano. Non era terribile, una volta abituato all'idea che le condizioni della strada sarebbero rimaste costanti, ma procedeva lentamente. L'aria era calda, carica dell'odore denso dell'oceano, dei laghetti salati e della baia. Era stanco. Le case erano basse, con lunghi tetti, e Jamie immaginava che d'inverno i venti di tempesta vi passassero sopra come se non ci fossero. Di tanto in tanto, le basse dune di sabbia scomparivano o si aprivano lasciando intravedere per un istante l'acqua – soltanto una chiazza grigio pallido in lontananza: Jamie non avrebbe saputo dire dove finiva il mare e cominciava il cielo immerso nella foschia. Si sentiva strano, fuori luogo. Ma anche eccitato.

Truro era solo una manciata di case. Steccati attraverso cui la sabbia veniva trasportata dal vento, come tra i denti di un pettine. C'era un unico negozio, con una bandiera appesa a un pennone e un'insegna sotto le grondaie che indicava che fungeva anche da ufficio postale. Jamie parcheggiò davanti al negozio ed entrò. Dietro il banco era seduta una donna dai capelli grigi raccolti in uno stretto nodo, che non lo salutò ma lo seguì con gli occhi mentre si aggirava con passo sicuro tra gli scaffali. Jamie prese una scatola di sardine, qualche cracker e un pacchetto di gomme da masticare per rinfrescarsi l'alito. Posò i suoi acquisti sul banco, quindi chiese quello che doveva chiedere.

«Sto cercando un posto che si chiama High Tide. È una casa, credo.»

La donna continuava a fissarlo. Si inumidì le labbra e disse: «Il cottage degli Sloane».

Jamie annuì. «Credo di sì.»

La donna tacque, non perché sospettasse delle sue intenzioni o pensasse qualsiasi altra cosa. Lo fece aspettare, semplicemente. Poi gli disse dove andare e che cosa cercare. E Jamie la ringraziò, raccolse i suoi acquisti e uscì dal negozio. In quel momento avrebbe ammazzato Sloane lo sportivo picchiandolo selvaggiamente con la manovella di avviamento della sua assurda macchina nuova, se se lo fosse trovato di fronte.

Seguendo le indicazioni della donna, proseguì per un pezzo, quindi, quando le ruote cominciarono ad affondare nella sabbia, parcheggiò. Rimase seduto in macchina a mangiare quello che aveva comprato. Poi scese e si pulì le mani unte d'olio nella sabbia. Aprì il pacchetto di gomme da masticare e se ne mise in bocca una. Si passò la mano tra i capelli, resi spessi dall'aria salata. Si accese una sigaretta riparando il fiammifero con la mano e si incamminò nella sabbia verso il varco tra le dune che aveva davanti. Da un lato e dall'altro, ciuffi d'erba ondeggiavano sulla sommità delle dune. Poi arrivò in cima.

Non assomigliava per niente alla cartolina. La spiaggia era ampia e si estendeva a perdita d'occhio in entrambe le direzioni. L'oceano era un miracolo, una massa d'acqua tale che Jamie non riusciva a comprendere ciò che vedeva, benché lo avesse sotto gli occhi. Alcuni lunghi cavalloni orlati di schiuma bianca solcavano la distesa grigia, senza mai fermarsi, sempre diversi.

Scese dove il mare, ritirandosi, aveva lasciato la sabbia compatta e si incamminò nella direzione che gli era stata indicata, osservando le rare case che sorgevano tra le dune, in cerca di quella che corrispondesse alla descrizione. Per lo più, però, guardava l'oceano. Il sole si riversava su di lui, diffuso, non diretto come in montagna. Sembrava molto più lontano. Sulla spiaggia non c'era nessun altro. Faceva caldo, sembrava di essere in piena estate, non a metà settembre. Poi vide l'edificio che la donna gli aveva descritto.

Joey era sulla veranda protetta dalla zanzariera, seduta a gambe incrociate su una chaise-longue. Nonostante la giornata tiepida, l'aria nella veranda in ombra era fresca, così si era gettata sulle spalle una trapunta. Aveva i capelli raccolti, resi pesanti e ruvidi dal sale. Dietro la casa c'era una cisterna per raccogliere l'acqua piovana dalle grondaie, ma quella era l'unica acqua dolce a disposizione. Tutti i giorni faceva il bagno nell'oceano, ma a parte quello non aveva molta cura di sé. Non c'era nessuno che la vedesse, in ogni caso. Quando andava a Truro a fare acquisti, l'anziana proprietaria del negozio non le faceva caso, e qualunque cosa pensasse di lei comunque non la riguardava.

Lo scorse quando era ancora lontano. Troppo lontano dapprima per essere altro che una sagoma, ma tuttavia seppe che era lui. E solo quando lo riconobbe si permise di ammettere quanto avesse contato sul suo arrivo. E ora che lui stava venendo così lentamente verso di lei, camminando lungo la spiaggia, capì che era questo che stava aspettando, ancor prima di spedirgli la cartolina. E per un istante desiderò che non fosse arrivato tanto presto. Per prolungare ancora un poco quelle giornate, ormai finite, di passeggiate, di attesa sulla veranda. Per continuare quelle nuotate serali nell'acqua ancora calda dall'estate, nella luce crepuscolare in cui la terra e il mare e il cielo si fondevano. Una donna sola ai confini del mondo. Qualunque cosa fosse venuto a dirle, comunque se ne fosse andato, con lei o senza di lei, quel tempo prima che lui arrivasse era finito.

Mentre lo guardava scrutare in direzione della casa seppe che gli aveva fatto del male. Si sentiva pronta a subirne le conseguenze. Non poteva cambiare ciò che era stato, e non gli avrebbe promesso altro che onestà. Non era molto, e cercò di non dare eccessiva importanza al semplice fatto che fosse lì. Si sentiva calma. Qualunque cosa fosse accaduta, sarebbe valsa la pena sentirsi così.

Jamie risalì il sentiero battuto sul pendio. Ora vedeva la sagoma scura di lei sulla veranda. Il suo stomaco brontolava. Si infilò in bocca un'altra gomma e si chiese se le sardine fossero andate a male. Era così improbabile trovarsi lì, eppure non riusciva a immaginare di non esserci. Gli sembrava di avere commesso un grave errore andando direttamente da lei. Si sarebbe dovuto fermare una notte da qualche parte, prima. Si sentiva torpido e goffo, come se ignorasse la lingua parlata in quel luogo. Salì i due gradini, aprì la porta della veranda ed entrò. Joey lo stava guardando con le pupille dilatate. Da principio non fu sicuro che fosse lei, non solo per la sua presenza assoluta, ma per la propria fragilità davanti a lei.

Poi pensò che avesse un'aria spaventata e le sorrise. E disse: «È molto diverso da come me lo immaginavo, il Rhode Island».

«È vero», concordò lei. «Non sono finita dove credevo.»

Jamie annuì. «È stato più veloce di quanto pensassi.» Sapeva di essere crudele, ma non riuscì a trattenersi. Proseguì: «Non è male, però. Carino. Farà freddo quest'inverno, immagino. Non è una casa pensata per l'inverno, mi sembra. Ed è anche isolata. Ma forse lui ti viene a trovare il fine settimana».

«Devi proprio farlo?»

«Fare che cosa?»

«Cominciare in questo modo. Con quello che credi di sapere.»

«Non sono stato io a scappare.»

«Non sono scappata.»

Jamie fece un gesto con il mento nella sua direzione. «Ah, no? E come lo chiami, allora?»

«Non lo so. Forse sono scappata un pochino.»

Lui annuì. «Certo. E ora ti senti meglio. E vuoi tornare a casa.»

«Non lo so che cosa voglio. Ma comportandoti così mi aiuti a capire.»

«Io? Non sono stato io a scrivere quella cartolina.»

Joey tacque un momento. Jamie barcollava. Poi si rese conto che lei non l'avrebbe detto, non avrebbe sottolineato la sua presenza. Si rese conto che stava cercando di fermare tutto. Dopo una pausa, Joey supplicò: «Jamie».

Lui guardò altrove. Oltre la porta di casa vide un semplice tavolo di pino con una lanterna d'ottone sopra, e dietro al tavolo un caminetto di pietre rotonde legate con malta e una catasta di legna da ardere raccolta sulla spiaggia, dove era stata portata dall'oceano. Guardò di nuovo Joey. «Hai qualcosa da bere? Ho comprato da mangiare ma niente da bere. Sono morto di sete.»

Lei si alzò, abbandonando la trapunta sulla chaise-longue. Indossava un vestito bianco che le fasciava i seni e la vita e scendeva in morbide pieghe fino alle caviglie. Un po' corto per il giorno, pensò Jamie, ma erano al mare. Ed era sola. In quel momento, si ricordò di se stesso. Joey fece: «Ci sono delle birre ma niente ghiaccio. Il carro del ghiaccio passa sulla spiaggia solo d'estate. Sei troppo vestito per camminare sulla spiaggia, co munque». Quindi si voltò, senza toccarlo, ed entrò in casa. Gli lanciò un'occhiata e lui la seguì.

«Vorrei solo un sorso d'acqua. E quando mi sono vestito per venire quaggiù, non sapevo che avrei dovuto scarpinare su una spiaggia.» Disse tutto questo mentre le guardava la nuca, i riccioli che sfuggivano alla massa dei capelli legati. Avrebbe voluto affondarvi il naso. Non volle toccarla, quell'estranea così familiare.

Si sedettero al tavolo di pino con una brocca di stagno piena d'acqua della cisterna e due bicchieri scompagnati. Nel tragitto tra la veranda e la casa, qualcosa di non detto era calato tra loro, non tanto una tregua quanto la consapevolezza della precarietà di entrambi. Senza parlarne, né toccarsi, da qualche angolo dove la credevano nascosta era emersa tra loro un po' di tenerezza.

Prima di sedersi, Jamie si tolse la giacca e si arrotolò le maniche della camicia. Senza pensarci, si sfilò una scarpa per vuotarla della sabbia, poi si rese conto di quanto stava facendo e lanciò un'occhiata a Joey. Lei gli sorrise. Quei piccoli denti perfetti. «Fa' pure», gli disse. «È una casa al mare. C'è sabbia dappertutto. Allora, come va, Jamie?»

Senza scarpe né calzini, Jamie vuotò il bicchiere che aveva davanti, se ne versò un altro e disse: «Perché sono qui?»

«Non ho intenzione di girarci intorno. Voglio tornare a casa, se mi vuoi ancora. Ci sono delle complicazioni.»

«Davvero? Complicazioni per te o per me?»

«Capisco le tue domande. Risponderò la verità a tutto quello che mi chiederai, ma non mi scuserò. Che te ne pare?»

«È la strada più comoda.»

«È l'unica strada che ho.»

«Immagino, ma mi mette in una strana posizione.»

«Che cosa vuoi dire?»

«Be', qualunque cosa tu dica, non potrò dubitarne o arrabbiarmi. Mi stai proponendo una conversazione tra due angioletti. E nessuno di noi due è un angioletto, quindi non vedo come possa funzionare. Mi sembra che sarebbe meglio fare esplodere la bomba, e se poi rimanesse qualche pezzo da raccogliere, almeno sapremmo che cosa abbiamo tra le mani. Sono qui, è vero, ma questo non significa che non ce l'abbia con te. Una parte di me non sa neppure perché sono venuto. Anzi, se ci penso non te lo saprei proprio dire.»

Lei annuì. «Hai ragione.» Di nuovo qualcosa di non detto, in sospeso, tra loro.

Jamie chiese: «Allora, che cos'è successo lassù? O laggiù, dovunque sia Providence, nello Stato del Rhode Island, rispetto a qui. Non so neppure dove diavolo mi trovo».

«Aspetto un bambino.»

Jamie si alzò e a piedi scalzi raggiunse una porta con zanzariera che dava sul retro della casa. Si accese una sigaretta. Non c'era altro che dune solcate dal vento che soffiava tra i ciuffi d'erba nella luce del tardo pomeriggio. Rimase in piedi davanti alla porta a finire la sigaretta. Poi si voltò. Lei era ancora seduta al tavolo e gli dava le spalle. Aveva la schiena, il collo e la testa rigidi. Si chiese se si aspettasse di essere picchiata. Tornò accanto al tavolo e, rimanendo in piedi, la guardò e commentò: «Immagino sia questa la complicazione di cui parlavi».

Joey alzò gli occhi su di lui. Il viso a pezzi, come se lui non riuscisse a mettere insieme tutte le parti che lo componevano. O come se tutte quelle parti, affrante e feroci, fossero improvvisamente indipendenti l'una dall'altra, indipendenti da lui. «Non ti ho chiesto di venirmi a salvare», gli replicò.

«Davvero?»

Poi tutti i pezzi si ricomposero. Jamie non avrebbe saputo dire se era stato lui o lei. Poi seppe che era stata lei. Joey disse: «Proprio così. Non ho bisogno di te per crescere un bambino. Ho visto mia madre crescermi da sola e so che è possibile. E so che cosa vuol dire, che cosa costa. E lo sai anche tu, credo. Non sto parlando di me, adesso. Io so solo che farò tutto quello che serve. Ma penso a come è stato per me da bambina, e a come è stato per te. Uno senza madre, l'altra senza padre. Non dico che siamo venuti su male, anzi, a dire la verità credo che siamo piuttosto in gamba, proprio per questo motivo. Ma abbiamo dovuto fare tutto da soli, abbiamo dovuto compensare quello che non avevamo in partenza. E stavo pensando che forse potremmo evitarlo, questa volta. Penso che, se volessimo, insieme potremmo fare una cosa buona».

«Dio Cristo!» imprecò Jamie. «Immagino che tu sia parcheggiata qui in mezzo al nulla perché il tuo amico Sloane ha pensato di sistemarti da qualche parte dove non gli fossi d'impiccio. Immagino che tu abbia capito tutto prima ancora che aprisse bocca, e abbia saputo subito che cosa fare. Scommetto che ti sei detta: Quel Jamie è uno stupido idiota e se me lo lavoro bene posso fargli fare quello che voglio. Scommetto che hai più soldi adesso di quando te la sei filata. E scommetto anche che hai già previsto tutto quello che avrei potuto dire prima ancora che io sapessi che ci sarebbe stato un motivo per dirlo e ti sei preparata una risposta da rifilarmi. E ora eccomi qui. Mi sento come un pollo che guarda su e si accorge che non sono chicchi di grano quelli che la vecchia ha in mano, ma un'ascia.»

Joey guardò altrove. «È il nostro bambino, Jamie. Tuo e mio.»

«Oh, ma sicuro.» Jamie fece un passo indietro e si cacciò le mani nelle tasche dei pantaloni. «Non mi avresti chiamato quaggiù per chiedermi di aiutarti a tirare su il figlio di un altro, no. Non lo faresti mai. Tu sei una ragazza onesta, non certo un'opportunista che sfrutta chi può. Non tu!»

Joey si scostò una ciocca di capelli dal viso. Voltò la testa con aria stanca. «Di' quello che vuoi. Non riuscirai a farmi litigare con te. Avanti, sputa quello che devi. Sei tu che ti sei fatto il viaggio fin qui.»

«Me lo sarei potuto risparmiare, il viaggio, se mi avessi scritto qualcosa di più. Non ci voleva molto. Avresti potuto chiedermi se volevo tirare su un bastardo assieme a te.»

Lo guardò con gli occhi socchiusi. «Non saresti venuto? Davvero non saresti venuto?»

«Neppure una bestia si sdraia nella merda, se ha un'alternativa.»

Il bicchiere pieno d'acqua lo colpì sopra l'orecchio, andando in frantumi. Chiuse gli occhi per proteggersi dalle schegge. Poi il dolore lo assalì. Era più forte di quanto si aspettasse. Credeva sarebbe stato come uno schiaffo. Si piegò in avanti e scosse la testa per liberarsi delle schegge di vetro, cercando di scrollarsi di dosso il dolore. Aprì gli occhi. Si passò una mano tra i capelli per togliere i vetri. Quando la ritirò, le dita erano coperte di sangue. Poi la sentì.

«Va' fuori di qui!» stava dicendo. «Tornatene a casa. Va' via! Mi ero sbagliata su di te. Pensavo ci fosse un uomo dietro quella faccia da bambino. Me ne stavo qui seduta e pensavo che forse tutto questo stava accadendo perché doveva accadere. Ma potevo sbagliarmi. Questo è un concetto che tu non conosci, sbagliarsi. Ma io mi posso sbagliare, lo so. Quindi vattene. Sparisci.»

«Cristo, hai un fazzoletto o qualcosa? Sto sanguinando.»

Allora gli tirò la brocca dell'acqua. Questa volta lui si chinò e la sentì schiantarsi contro il muro con un suono metallico e sordo. La vide alzarsi, sollevare la sedia e venire verso di lui, la sedia in alto sopra la testa, e pensò che avrebbe potuto afferrarla per la vita e buttarla giù, poi pensò che era incinta ed esitò, e a quel punto lei era troppo vicina perché potesse fare niente e allora cercò di scappare, chinandosi per raccattare con una mano le scarpe con i calzini appallottolati dentro, e in quel momento lei gli ruppe la sedia sulla schiena. Crollò a terra. Senza fiato. Un dolore acuto al fianco. Forse era un pezzo della sedia che gli si era conficcato da qualche parte. O una costola rotta. Riprese fiato e si tirò su appoggiandosi sulle mani e sulle ginocchia, e lentamente si rimise in piedi. Gli doleva il fianco quando si muoveva. Gli faceva male a respirare. Dai tagli sul cuoio capelluto il sangue gli era colato sul viso, negli occhi. Aveva ancora in mano le scarpe.

Lei gli porse la giacca. «Va' fuori di qui.» La sua voce era carica di un odio livido.

Joey raccolse i resti della sedia e li aggiunse alla catasta di legna da ardere. Con una scopa raccolse i frammenti di vetro. Uscì sulla veranda, prese la trapunta che aveva lasciato sulla chaise-longue e se la avvolse intorno alle spalle. Attraverso la zanzariera, lo vedeva allontanarsi lungo la spiaggia, nella direzione da cui era venuto. Aveva percorso circa quattrocento metri. Si era rimboccato i pantaloni sotto il ginocchio e portava le scarpe in mano e la giacca sul braccio. Camminava sulla sabbia compatta, vicino all'acqua. Camminava piano. Joey sapeva che l'insofferenza che provava nei suoi confronti era diretta in realtà più verso se stessa che verso di lui. Era stata lì ad aspettarlo. Che idiota. Le era sempre più chiaro perché avesse lasciato il New Hampshire quell'estate. Mentre lo guardava arrancare sulla sabbia, voleva solo che sparisse. Così sarebbe stata finalmente libera di sedersi davanti al camino acceso, quella sera, e decidere il da farsi.

Poi, mentre lo osservava, lui si fermò. Non si voltò verso la casa ma risalì la spiaggia fino alla sabbia asciutta, posò le scarpe, stese la giacca per terra e vi si sedette sopra, rivolto verso l'oceano, le braccia intorno alle ginocchia raccolte, il mento appoggiato sulle ginocchia per osservare i cavalloni che si frangevano a riva. Joey non avrebbe mai saputo che cosa stava pensando lì seduto, ma rivide se stessa la prima settimana che aveva trascorso in quel luogo. Raggiunse la chaise-longue e si sedette, poi si avvolse nella trapunta. Con le mani sotto, intrecciate sul ventre. Ad aspettarlo.

Il mondo era immerso in una luce ambrata quando lui aprì di nuovo la zanzariera della veranda ed entrò, ancora scalzo. Posò la giacca su una sedia a dondolo e disse: «Stavo pensando, magari una di quelle birre non sarebbe poi così male».

«La testa come va?» Aveva del sangue secco sulla guancia, vedeva i capelli incrostati.

Lui fece un ghigno. «Uno schifo.»

«La birra è in una cassetta sul pavimento in quella piccola dispensa accanto alla cucina.»

«Ne vuoi una?»

«No», disse lei. «Non credo.»

Jamie tornò con la bottiglia di birra aperta e un piattino da usare come posacenere e si sedette a gambe incrociate per terra, davanti alla chaise-longue. Rimase a guardarla, in attesa, e lei guardò lui e decise che la collera gli era sbollita e che ora era curioso. Adesso aveva paura, non di lui ma di se stessa. Così gli raccontò com'era andata, gli disse che non era andata come sperava ma neppure come lui aveva predetto. Edgar Sloane era andato a prenderla alla stazione di Providence e non l'aveva accompagnata in una pensione, come si aspettava, né in un suo appartamento, come temeva, ma a una stretta casa di mattoni a tre piani, in una schiera di case uguali, dove l'aveva affidata a Virginia Reeves, una donna dell'età di Sloane, molto curata e formale, vestita con un abito bianco e nero semplice e costoso, i capelli neri e lisci, senza un filo bianco, raccolti in una stretta treccia attorno al capo. La donna aveva scambiato poche parole con Sloane, poi aveva condotto Joey in un salotto dove troneggiava un grande pianoforte a coda, aveva suonato una serie di scale, poi aveva fatto un cenno a Joey e insieme avevano provato un paio di canzoni di varietà. Poi la donna, senza fare caso a Joey, si era voltata verso Sloane e gli aveva detto: «Dove l'hai trovata, Eddie?»

Così Joey andò a vivere da Virginia Reeves. Per quanto restava di luglio e tutto il mese di agosto. Non domandò e non ci fu bisogno che le dicessero che cosa c'era tra la donna e Sloane. Lo vedeva da sola, quel primo pomeriggio e poi in seguito, quella sera o due alla settimana quando Sloane passava di lì alle cinque e un quarto, alla chiusura del suo negozio di articoli sportivi, prima di tornare a casa dalla moglie e dai figli che lo aspettavano per la cena. Virginia si preparava un *gin rickey* mentre Sloane si versava un bicchiere di whisky dalla caraffa sul buffet, e poi, tutti e tre insieme, conversavano fino a sera. Joey li immaginava com'erano quando, più giovani, le loro orbite si erano incontrate nella grande collisione che non era bastata a deviarle dal corso che le loro vite avevano già preso, ma che quel corso aveva alterato, tanto da venare di tristezza il piacere che ciascuno trovava nell'altro. E mentre li osservava insieme sapeva che le era concesso un privilegio di cui pochi altri godevano. Quando li guardava, la pelle le bruciava.

Durante il giorno faceva scale ed esercizi finché i muscoli del suo stomaco diventavano una massa dura e i polmoni le premevano nel petto come se volessero schizzarle fuori. Beveva camomilla con miele e limone per la gola. Le sere in cui Sloane non andava a trovarle, sedevano in salotto da sole e giocavano a mahjong o ascoltavano arie d'opera sul grammofono Victor. A parte le lezioni e gli scambi di convenevoli imposti dalle buone maniere, non parlavano molto, come se la signora Reeves, con il suo silenzio, non avesse a cuore solo il riserbo sulla propria vita privata, ma stesse insegnando a Joey l'importanza di un manto di discrezione.

Quando scendeva lentamente le sei rampe di scale che dalla sua stanza all'ultimo piano portavano al pianterreno, Joey studiava le fotografie incorniciate lungo le pareti. Qualche ritaglio di giornale in cornice. Dalle date, dagli abiti e dai lenti cambiamenti del viso si intuiva che erano riferiti a un arco di trent'anni. E Joey dedusse che Virginia Reeves era più vecchia di quanto sembrasse.

Poi la sua ospite cominciò a invitare gente a cena: piccoli gruppi di quattro o cinque persone, al massimo sei, uomini della sua età o più anziani, alcuni accompagnati dalle mogli e altri soli o con compagne più giovani, tutte attrici. Le mogli trattavano le attrici con freddo apprezzamento. Virginia non vi faceva caso, ma mentre sembrava avere lo stesso riguardo per tutti i suoi ospiti, era con gli uomini che parlava un linguaggio cifrato, di cui tutti i presenti erano consapevoli e a cui nessun altro tentava di partecipare. Alla fine di ogni serata, Virginia ragguagliava Joey su ciascun ospite maschile, spiegandole di quali teatri o quali compagnie erano proprietari, quali erano le loro posizioni politiche e che cosa questo significava negli ambienti di Providence, e rivelandole anche chi era dedito al bere e chi aveva un debole per le attrici. Quando Joey le chiedeva quando avrebbe cantato per loro, Virginia le rispondeva che quegli uomini sapevano bene perché erano stati invitati e immaginavano qualcosa sulla sconosciuta bruna, per la sua sola presenza alla tavola di Virginia. «Lasceremo che pensino un poco a te, che si chiedano chi tu sia. Lascia che lavorino di fantasia prima di rivelare chi sei, e cadranno ai tuoi piedi. Vedrai.»

Poi arrivò agosto e Joey saltò il ciclo. La cosa la preoccupò, ma cercò di non pensarci e, quando lo faceva, attribuiva lo scompenso all'eccitazione o al posto nuovo in cui si trovava. Da principio credette che il sonno, il bisogno di dormire in continuazione, fosse solo un modo di sfuggire al panico, di chiudere gli occhi per non vedere. Non si sentiva male, ma lasciò che Virginia Reeves lo pensasse per spiegarsi la sua stanchezza e così, anche se non provava nausea, all'ora dei pasti si ritrovava a fissare il cibo nel piatto. E sentiva su di sé gli occhi di Virginia, non solo a tavola ma anche in altri momenti. E il panico rompeva gli argini e si diffondeva tumultuoso in tutto il suo corpo. Come se il panico fosse un'avanguardia della verità che non voleva affrontare.

Un pomeriggio, mentre si esercitava, Joey fuggì di corsa verso il bagno con una mano sulla bocca per fermare la camomilla acida che le era risalita in gola. China sul lavabo con il rubinetto aperto, pensò: Ma non dovrebbe succedere al mattino? Poi si lavò il viso con acqua calda e rimase a guardarsi allo specchio, gli occhi infossati, il viso livido e gonfio, irriconoscibile, che le restituiva lo sguardo, e si sentì improvvisamente tranquilla. Percorse con passo fermo il lungo corridoio che conduceva alla sala da musica e annunciò alla donna ancora seduta al pianoforte ciò che lei già sapeva ma aveva chiaramente e pazientemente atteso che Joey le rivelasse. E Virginia Reeves accennò brevemente a un accomodamento, a un dottore discreto conosciuto nel *demimonde* delle attrici di Providence e, quando Joey si rifiutò anche solo di parlarne, si alzò dallo sgabello e rimase un lungo momento a guardarla con occhi pieni di feroce rammarico, poi, senza dire una parola, abbandonò la stanza, la schiena eretta come sempre. Lasciando Joey a considerare le non tantissime possibili cause di quel rammarico, mentre udiva la voce bassa della donna al telefono in fondo al corridoio.

Restò seduta da sola nella sala da musica per un'ora e mezzo, poi Edgar Sloane arrivò. Benché fosse ancora pomeriggio, la portò a cena in un ristorante. Era la prima volta da quando avevano lasciato il New Hampshire che si trovavano insieme da soli. Sloane era calmo e gentile, ma Joey avvertiva in lui una tensione tremenda e immaginò che temesse di essere visto in sua compagnia. Il fatto che avesse voluto correre quel rischio la commosse, e fu molto formale con lui. Sloane le chiese che cosa intendesse fare e lei gli rispose che non lo sapeva. Sapeva che cosa non avrebbe fatto. E sapeva che rimanere con Virginia Reeves non era più possibile. Non chiedeva niente a Sloane, non si aspettava niente da lui. Parlò di quelle che immaginava fossero le possibilità che aveva davanti. Le parole che le uscivano di bocca non erano altrettanto chiare o coraggiose del pensiero che le dettava, ma non si scusò per la pochezza delle sue opportunità. Alla fine Sloane prese il tovagliolo, si pulì discretamente la bocca, lo ripiegò, lo posò di nuovo accanto al piatto e le disse che cosa poteva fare per lei.

Il mattino dopo, molto presto, passò a prenderla. Lei lo stava già aspettando. Era sgusciata fuori di casa in quell'alba frizzante di fine estate portando con sé soltanto la valigia da pochi soldi con cui aveva lasciato il New Hampshire, senza avere visto né parlato con Virginia Reeves dal pomeriggio precedente. Presero un treno per Orleans, seduti l'uno accanto all'altra senza parlare. Quali speranze Sloane avesse nutrito sul suo conto, Joey non lo sapeva, e non poteva quindi capire se fosse rassegnato o sollevato, ma in ogni caso sapeva che ciò che stava facendo in quel momento per lei era reso necessario non tanto dalla situazione, quanto da una teoria di condotta, da un'idea di comportamento. Sapeva che questo era abbastanza, una misura della tacita devozione o passione della sua anima.

A Orleans presero un autobus del servizio estivo, ancora in funzione, e proseguirono il viaggio verso nord in mezzo a un gruppetto di sconosciuti. Una volta giunti a Truro, Sloane la portò al negozio e comprò una scorta di provviste senza consultarla. Poi sollevò la sua valigia e le fece strada tra le dune fino alla spiaggia, dove arrancarono per un chilometro e mezzo in direzione sud. Joey lo seguiva a qualche passo di distanza per osservare il mare, il cielo, gli uccelli che svolazzavano bassi sfiorando la schiuma. Quando raggiunsero il cottage, lui le mostrò velocemente il funzionamento del sistema idraulico, della piccola cucina e della ghiacciaia, poi, in piedi davanti a lei con il cappello in mano, le annunciò che poteva rimanere finché avesse deciso che cosa fare o il clima fosse diventato troppo rigido. Le disse anche che se aveva bisogno di qualcosa, qualunque cosa, doveva contattarlo, e le lasciò sul tavolo un biglietto da visita del negozio. Mentre si guardavano, l'uno di fronte all'altra, Joey sapeva che non l'avrebbe mai più rivisto, e immaginava che anche lui lo sapesse – immaginava che la capisse abbastanza da sapere che sarebbe stato così. Allora gli si accostò rapidamente e lo baciò, e quando ritrasse le labbra udì un gemito soffocato d'angoscia salirgli in gola. Poi Joey uscì sulla veranda e lo guardò allontanarsi lungo la spiaggia.

Alla fine, senza preamboli né giustificazioni, Joey spiegò a Jamie che da quando aveva lasciato il New Hampshire si era fatta chiamare Joey Pelham. Da tempo aveva preso il suo nome.

Erano ormai avvolti in un crepuscolo grigio-azzurro. Jamie era rimasto immobile sul pavimento per tutto il racconto, la bottiglia di birra calda intatta. A piedi nudi, con i pantaloni rimboccati, di tanto in tanto rabbrividiva sotto la brezza marina che soffiava sulla veranda. Quando Joey ebbe finito la sua storia, rimase seduto per qualche tempo senza muoversi né parlare, un'espressione confusa e tesa sul viso da bambino. Lei, avvolta nella trapunta, avrebbe voluto andare da lui, toccarlo. Dopo un poco Jamie parlò.

«Ci sei andata a letto?»

«Se ti rispondessi di sì o di no, cambierebbe qualcosa?»

«Non lo so.»

«Se ti dicessi di no, penseresti sempre che ho mentito. Se ti dicessi di sì, me lo rinfacceresti a ogni litigio. Sei sicuro di volermelo chiedere?»

«Ormai te l'ho chiesto, credo.»

«Tu che cosa pensi?»

«Non lo so. Non so che cosa pensare di te.»

«D'accordo», rispose Joey. «Vuoi che ti risponda, allora? Vuoi la verità?»

«Credo di sì.»

«A casa, quest'estate. Mi voleva da morire. E diceva delle cose così belle e pulite su quello che poteva fare per me. Non era come tanti altri idioti. La verità, quindi, è che se fossimo arrivati al dunque l'avrei fatto. Ma la maggior parte degli uomini vuole solo quello, e poi perde l'interesse per tutto il resto. Così l'ho fatto aspettare. E non mi sbagliavo su di lui. Se le cose fossero andate diversamente, chi può dirlo? Ma sono andate come sono andate. Ed eccomi qui. La risposta breve alla tua domanda è no, ma l'avrei fatto se avessi dovuto, se fosse venuto il momento. Riuscirai a vivere sapendolo?»

Jamie tacque. Distolse gli occhi da lei, si guardò intorno sulla veranda, come se a livello del pavimento potesse scoprire qualcosa che cercava. Poi posò di nuovo gli occhi su di lei. «Avrai un bambino.»

«Sembra di sì.»

«Il mio bambino.»

«Il nostro.»

«Che cosa sai tu di bambini? Io non ne so niente. Non ne ho mai visto uno per più di due minuti, ora che ci penso.»

Lei allora gli sorrise. «Neppure io. Immagino che il bambino arrivi e poi le cose vadano da sé.»

«Credo che non sia così semplice.»

«No, probabilmente no.»

Poi tacquero. Era quasi completamente buio. Sull'oceano era sospesa una falce di luna, che illuminava l'acqua e gettava una tenue luce grigio pallido nella veranda. Il vento era calato e non faceva più tanto freddo. Dopo qualche tempo, Jamie parlò. «Quindi vuoi tornare a casa?»

«Sì», rispose lei. «Voglio tornare a casa.»

Allora Jamie si alzò, ma non andò da lei, si voltò e si avvicinò alla zanzariera, dandole le spalle. Rimase un poco in quella posizione. Non tremava più. Finalmente si voltò. Joey non lo stava aspettando, lo osservava, sapeva che stava vagliando quanto gli aveva detto, riordinando le idee. Era sicura che conosceva già la risposta, come la conosceva lei. Jamie disse: «È bellissimo, vero? Quando pensavo all'oceano, non immaginavo niente del genere. Suppongo che sia impossibile immaginare una cosa così, immaginarla davvero. Non credi?»

«Neanch'io riuscivo a immaginarlo, finché non l'ho visto.»

«Ti va di fare una passeggiata sulla spiaggia? Finché sono qui, mi piacerebbe dare un'occhiata in giro.»

«Hai perso le scarpe?»

«No, sono fuori, davanti alla casa. Ma preferisco camminare scalzo, sulla spiaggia.»

Joey allora si alzò dalla chaise-longue e si stirò, le braccia alte sopra la testa. «Andiamo.»

Jamie fece un passo verso di lei. «Sei sicura? Non ti farà male?»

«Camminare?»

«Non ridere di me.»

«Jamie, ho nuotato nuda nell'oceano tutte le sere fino a ieri. Non vedo come una passeggiata possa farmi male.»

«Al buio?»

«Nuotavo verso il largo e mi facevo trasportare a riva dalle onde.»

«Tutta quell'acqua!» disse Jamie. «Che paura!»

Lei allora andò verso di lui e, senza toccarlo, proseguì fino alla porta, la aprì, poi si fermò e si voltò. «È delizioso. Paura e un mucchio di altre sensazioni tutte insieme. Ti piacerà un mondo. Andiamo.»

«Vuoi fare il bagno nell'oceano?»

«Voglio fare il bagno nell'oceano. Con te. Voglio che tu veda com'è.»

«Nuotare nudi in tutta quell'acqua?»

«Sì.»

«Oh, Joey...»

«Non è buio, là fuori. Vedrai, ci si vede benissimo. E quello che non si vede è come se non ci fosse. Vedi la luna? Andiamo!»

Lui fece un passo verso di lei e Joey scese i gradini e poi si voltò a guardarlo, ritto sulla veranda, le mani nelle tasche dei pantaloni. Jamie esordì: «Così ti sei fatta chiamare Pelham».

«Sì.»

«La gente non ama i franco-canadesi, vero?»

«Cercavo solo qualcosa di più sofisticato.»

«Pelham è un nome solido, antico.»

«Non volevo rubarti niente.»

«Oh, no», ribatté Jamie. «Se può servirti, usalo pure.» Scese i gradini e la raggiunse sulla sabbia. Joey sentiva di nuovo il suo odore, un odore che non riusciva a ricordare quando lui era lontano ma da cui non poteva prescindere quando era lì con lei. «Di solito», disse lui, «la gente è cattiva, se ne ha l'occasione.»

«So che la pensi così.»

«Lo so. Anche tu la pensi così.»

«Forse è vero.»

«Sai che cosa ti dico?» propose Jamie. «Facciamo due passi.»

Lei vacillò un istante, poi lo prese per mano, si voltò e lo condusse oltre le dune, fino al mare.

Foster nacque nel marzo successivo, durante una tormenta che era cominciata con trenta centimetri di neve bagnata seguita da una pioggia gelida che aveva formato una crosta di ghiaccio sulla neve. Poi la temperatura era scesa ed era caduto un altro metro di neve soffice e fine. Il terzo giorno il cielo si era schiarito rivelando un mondo bianco, cristallino, placido, coperto di neve. Nel corso di quei tre giorni c'erano state diciotto terribili ore senza alcuna speranza di ricevere aiuto, e a un certo punto Jamie si era ritrovato in cucina a prendersi a pugni in testa pensando che sarebbe dovuto tornare in quell'orrenda stanza sudicia e soffocarla con le sue mani per mettere fine a tutto. Poi era tornato da lei e si era inginocchiato tra le sue gambe e dopo qualche tempo aveva estratto dalle sue cosce e dalle lenzuola insanguinate un bambino bagnato, anch'esso zuppo di sangue e di un viscidume chiaro, e il bambino aveva lanciato un unico grido, un tenue miagolio, e poi si era attaccato felice al seno di sua madre. E Jamie allora aveva lavato Joey e sostituito le lenzuola sporche con lenzuola fresche di bucato, poi era andato in cucina a ripulirsi con la poca acqua calda rimasta. Alla fine, verso sera, era uscito di casa, dopo avere aperto a fatica la porta bloccata da un cumulo di neve, ed era rimasto a osservare la tempesta che gli imperversava intorno. Quando la tempesta era cessata, il giorno successivo o quello dopo ancora, questo non se lo ricordava, lui ormai non voleva più andare da nessuna parte, non voleva fare altro che rimanere esattamente dov'era.

Foster non fu chiamato così in omaggio a qualcuno. Era solo un nome che a loro piaceva. Joey aveva proposto solo una volta di chiamarlo come il padre di Jamie. Poi, alcuni giorni più tardi, improvvisamente, gli aveva chiesto che cosa ne pensasse di Foster. Tre anni dopo ebbero una bambina. Senza discussioni né conflitti, le diedero il nome della madre di Joey. Claire.

# 6

NELL'estate del 1919, dopo l'influenza invernale che li aveva lasciati soli, Jamie per un certo periodo pagò la più giovane delle figlie di Flood, il vicino, per occuparsi di Foster. Jamie pensava che Sharon fosse in grado di badare al bambino. Finché un pomeriggio tornò a casa e trovò Foster in cima a uno dei larici, a cavalcioni su un grosso ramo, la schiena contro il tronco, i piedi che dondolavano nel vuoto. La ragazza, Sharon, era seduta su una cassa capovolta, una saponetta stretta in mano come una Bibbia. Disse a Jamie: «Gli stavo friggendo delle fette di quell'arrosto freddo per cena. Mi stava facendo ammattire perché voleva mangiare. Così gli ho chiesto di togliere la padella dal fuoco e metterla sul tavolo mentre affettavo il pane. E lui ha afferrato il manico della padella e si è scottato la mano. E ha detto una parolaccia. L'ho pregato di non parlare a quel modo in mia presenza. Allora lui ha detto che non ero sua madre, che poteva parlare come gli pareva. E io gli ho ricordato che ero pagata per badare a lui e che doveva starmi a sentire, e che dopo aver detto certe cose doveva lavarsi la bocca con il sapone, e allora lui è scappato e si è arrampicato sull'albero».

Jamie si avvicinò al tronco e guardò suo figlio. «Foster, vieni giù.»

«No. Non finché c'è lei ad aspettarmi.»

Jamie si accarezzò il mento, sempre guardando in alto. «Vieni giù. Fammi vedere la mano.»

Foster guardò prima suo padre, poi la corpulenta Sharon, soppesando i pro e i contro. Alla fine scese dall'albero. Jamie udì piccoli gemiti sfuggirgli di bocca quando la mano ustionata sfregava contro la ruvida corteccia. Una volta a terra, tese silenzioso la mano a suo padre. Sulle dita sporche di resina era visibile un'ampia ustione gialla, profonda. Ci sarebbero voluti giorni prima che si formasse la vescica.

Jamie chiese: «Che cos'è successo?»

«Mi ha detto di mettere la padella sul tavolo. Era spostata dal fuoco, non avevo idea che fosse così calda. Mi sono scottato, ecco.»

«E che altro?»

«Be', mi voleva cacciare quella saponetta in bocca. Io non sono rimasto lì ad aspettare. Mi ha inseguito fuori di casa e mi sono arrampicato su questo albero qui.»

«E che altro?»

«Come, che altro?»

«Che cos'hai detto? Perché voleva lavarti la bocca con il sapone?»

«Ho detto: 'Merda'. Quando ho afferrato il manico della padella.»

Jamie prese la mano di suo figlio e si chinò per studiarla. Sharon e Foster lo guardavano. Poi lasciò andare la mano e disse: «Vai in casa. Lavati quella mano e mettici sopra del burro. Va', adesso».

Il bambino non voleva stare a casa da solo. Il mondo era cambiato e ormai Jamie la sera stava spesso a casa, ma quando doveva uscire portava Foster con sé. Insieme partivano sulla Packard Twin Six. Il bambino per lo più taceva. Qualche volta canticchiava, a bocca chiusa, brevi frammenti di canzoni che sua madre un tempo aveva cantato in giro per casa, ma non cantava mai le parole. A volte la canzone scemava e moriva, altre volte si interrompeva di colpo. In quel caso, Jamie lanciava un'occhiata a Foster e lo scorgeva mentre stava guardando fisso davanti a sé, nella notte. Oppure era voltato di lato, verso il finestrino. O si era addormentato con la testa appoggiata all'imbottitura della portiera.

Ora che Sharon Flood non badava più a lui, Foster andava in giro con Jamie anche di giorno. Almeno fino alla fine dell'estate. Entrambi in un mondo che aveva rotto gli ormeggi.

Nel novembre precedente erano andati tutti e quattro a Littleton per prendere parte ai festeggiamenti per l'armistizio firmato in Europa. Per Jamie la guerra era stata più che altro un intralcio – l'attività degli alberghi si era ridotta a un pallido ricordo di quella che era stata – e se fuori casa non ne parlava, in famiglia diceva sempre che, come tutto il resto, era solo una questione di soldi, tanto spesso che Joey a volte lo prendeva in giro finendo le frasi che lui aveva cominciato. Quel giorno di novembre, comunque, era tiepido e luminoso, la neve da poco caduta cominciava già a sciogliersi quando, a mezzogiorno, avevano lasciato la casa, e mentre si dirigevano in automobile a Littleton per le celebrazioni si sentivano immersi in un clima d'avventura. Più tardi, Jamie avrebbe cercato di attribuire l'inquietudine che provava a una premonizione.

Le strade autunnali di Littleton erano coperte di fango. La grossa Packard vi scivolava sopra come su un campo da golf. Sui pennoni inclinati che sporgevano dalle case, ogni sei metri, sventolavano le bandiere. Il teatro dell'opera, pavesato a festa, era gremito di gente vestita in abiti invernali per affrontare il viaggio di ritorno a casa nel tardo pomeriggio. L'edificio era surriscaldato. La gente si schiariva la gola per l'aria secca. Alle spalle di Jamie, un uomo sottolineava ogni passaggio della cerimonia con fragorosi starnuti in un fazzoletto. La società corale eseguì *Over There*, *It's a Long Way to Tipperary* e *When Johnny Comes Marching Home*. Un politico fece dei commenti. Una bellissima ragazza avvolta in vari strati di tessuto leggero e trasparente, con i capelli raccolti in un'alta acconciatura e uno stendardo di seta bianco, rosso e blu, cantò l'inno nazionale, mentre gli uomini si scoprivano il capo e aguzzavano la vista per distinguere la forma dei suoi seni sotto i veli. Un reverendo recitò una preghiera per tutti coloro che avevano sofferto ed erano morti, per i mutilati e gli sventurati, per le case perdute e le città distrutte, per i ragazzi della truppa che stavano tornando a casa, per le madri e i padri che li stavano aspettando, per lo Stato del New Hampshire, per i suoi concittadini e infine per il politico che aveva parlato poco prima. Mentre la preghiera si dipanava, Jamie pensò che era simile alle poche altre che aveva sentito: troppo lunga. L'inquietudine, comunque, era scomparsa. Uscirono a metà pomeriggio nell'aria gelida, e tornarono verso casa, in direzione delle montagne spoglie, nella luce rosa del tramonto. Joey era eccitata, il volto imporporato. Jamie la guardava cullare Claire che le si era addormentata in grembo. La sentì dire: «Quella ragazza era adorabile, aveva una voce così bella». Devo portarla fuori più spesso, si disse Jamie. Bisogna trovare un modo. Joey adduceva sempre la scusa dei bambini. Possiamo organizzarci, pensò, non è poi tanto complicato. Giusto qualche sera fuori. Al cinema, perdio.

Tre giorni più tardi lui stava morendo. Tra le lenzuola zuppe di sudore, il suo corpo tremava mentre i denti gli battevano con violenza. Aveva la sensazione che i polmoni gli si fossero afflosciati e rimpiccioliti nel petto, come se non fossero più in grado di immagazzinare l'aria. Catarro costantemente in fondo alla gola, un sapore di marcio, di putrefazione in bocca. La stanza era sempre immersa nella penombra, e Joey gli ammucchiava coperte addosso sia quando sudava sia quando tremava di freddo. Non lo ascoltava. Ciò che avrebbe ricordato con maggiore chiarezza, in seguito, era l'immagine di lei seduta accanto al letto con due dita sulle sue labbra mentre gli diceva di tacere, di non parlare. Si sarebbe chiesto che cosa avesse cercato di dirle che lei non voleva sentire. Il tempo passava. Gli sembrava che Joey cercasse in continuazione di farlo sedere nel letto per costringerlo a mandare giù cucchiaiate di brodo. Altre volte le pareti, la stanza stessa, si facevano fluide e svanivano davanti alla febbre. Non erano sogni. Visite. Suo padre. Le sue sorelle. Sua madre. Suo padre in ginocchio, gli occhi pieni di lacrime, chino a pregare. Come non l'aveva mai visto. Sua madre che rideva, si dissolveva, ritornava, gli dava le spalle e si apriva il vestito, e gli diceva che gli avrebbe mostrato qualcosa. Dei pony a una corsa. Cavalli su una pista di terra battuta. La sua bambina, Claire, fuori dalla porta che domandava, con una voce acuta e lamentosa ma non priva di una certa eccitazione, se papà sarebbe morto. Non riusciva a sentire la risposta.

Vennero poi tre settimane in cui non stava più morendo ma lo avrebbe desiderato. La febbre si era ridotta al gelo e al dolore nelle ossa. Cominciava a essere in grado di temere per sua moglie, per i suoi figli. Aveva letto gli articoli, sui giornali di Boston, sulle migliaia, le decine di migliaia di persone che stavano morendo. Giaceva convalescente nella camera da letto del pianterreno, ascoltando i bambini che giocavano al piano di sopra. Joey lo curava con tè caldo, pane fresco, cercando di fare tacere i bambini. Lui le faceva cenno con una mano di lasciarli stare. Voleva sentirli.

Poi, finalmente, poté uscire di nuovo di casa. La vigilia di Natale si infilarono in macchina tutti infagottati sotto la neve che cadeva. Arrivati a Littleton, Joey andò a fare compere con i bambini, mentre Jamie, imbacuccato in un cappottone e una sciarpa pesante, andava al *Thayer Hotel* a parlare con il portiere e a fare una mezza dozzina di telefonate dal telefono pubblico. Andò quindi dal barbiere in fondo alla strada per farsi tagliare i capelli e ritirare del denaro che l'uomo aveva raccolto per lui. Prese accordi per il futuro come meglio poteva. Un mese fermo e il volume dei suoi affari si era dimezzato. Fece promesse che non era sicuro di poter mantenere ma che non poteva non fare. Poi andò a comprare alcuni regali: due medaglioni uguali per madre e figlia, appesi a sottili catene d'oro, e un temperino a doppia lama per il ragazzo.

Così festeggiarono il Natale. La neve continuava a cadere. Nel tardo pomeriggio Jamie si fece strada fino al fienile. Si sedette su una cassa capovolta a fumare, al freddo, senza darsi la pena di guardare il mucchio di fieno vecchio che si stava ormai sbriciolando. Non aveva bisogno di vedere le otto casse di whisky imbottigliato che vi erano sepolte. Una minima parte di quello di cui aveva bisogno. Il che significava un lungo viaggio fino alla fattoria di Binter e poi un altro lungo viaggio fino alla cantina che aveva preso in affitto a Bethlehem, dove doveva imbottigliare il liquore. Poi le consegne – di notte, ora, con il divieto del tempo di guerra di vendere e consumare alcolici ancora in vigore fino alla smobilitazione e i sostenitori del proibizionismo in pieno fermento in tutto il Paese. Ciò che fino a quel momento era stato più un divertimento che un lavoro adesso gli pesava. Era stanco, quando non poteva esserlo, debole, quando non poteva permetterselo.

Due notti dopo furono svegliati dal pianto di Claire. Le due camerette al piano superiore non erano riscaldate, se non per il calore che arrivava dal piano di sotto, ma la bambina era calda, sudata tra le lenzuola aggrovigliate. All'alba era ormai quasi immobile. Sembrava che dormisse, il respiro un risucchio liquido.

Nel pomeriggio anche Joey si mise a letto. Jamie non sapeva se fosse peggio di quanto era stato per lui perché erano in due o perché l'influenza era diventata più virulenta, oppure semplicemente perché adesso si trovava dall'altra parte. Voleva credere che il motivo fosse quest'ultimo. Portò Claire in braccio giù per le strette scale e la mise a letto con sua madre. Non riusciva a farle mangiare. Erano caldissime, incoscienti, in un altro mondo. Non poteva fare nulla per loro perché non riuscivano a dirgli di che cosa avevano bisogno. Chino sul letto, mentre il pomeriggio volgeva al termine, le ascoltava respirare, cercava il loro respiro. Claire, pallidissima, ormai non si muoveva quasi più. Joey aveva ancora qualche spasimo, il volto chiazzato come per un accesso d'ira, e si passava la lingua sulle labbra.

Alle tre del mattino Jamie corse su per le scale e tirò Foster giù dal letto, dove il bambino giaceva insonne, per mandarlo fuori con una lanterna a spalare un sentiero fino alla strada per l'automobile. Aveva smesso di nevicare e la notte invernale punteggiata di stelle incombeva su di loro, e Jamie mise il figlio al lavoro pur sapendo che la strada era ingombra quanto il vialetto d'accesso. Voleva la dimostrazione che almeno ci aveva provato.

A chi volesse dimostrarlo, non avrebbe saputo dirlo. Quando Foster fu fuori di casa, cominciò ad andare su e giù per la cucina con la bimba tra le braccia, avvolta nelle coperte. Come se aspettasse l'arrivo di qualcosa. Alcune ore più tardi, mentre la luce livida dell'aurora rischiarava la neve sotto i larici, rimise finalmente la bambina a letto con la madre e uscì a cercare il figlio. Foster aveva spalato un sentiero largo tre metri e lungo cinquanta. Ai due lati, muraglie di neve ben più alte di lui. La lanterna si era spenta. Spalava e piangeva, e non si fermò quando suo padre gli mise una mano sulla spalla. Jamie gli tolse la pala di mano e lo strinse forte a sé. Il bambino tremava, la testa voltata dall'altra parte, come per guardare il lavoro non fatto.

I medaglioni acquistati per Natale erano appesi al collo delle defunte. Nei pochi minuti trascorsi da solo con loro, Jamie si tagliò una ciocca di capelli con il temperino, la divise in due e ne mise metà in ciascun medaglione. Si sarebbe aperto il petto per tagliarsi due pezzetti di cuore, se avesse potuto. Poi si chinò e baciò l'oro, fresco sotto le sue labbra. Fu l'unica cosa che poté pensare. Non riuscì a baciare i volti freddi. Quello avrebbe voluto farlo giorni più tardi.

Joey aveva detto di Foster: «Deve aver preso da te. I LeBaron erano tutti robusti e di bassa statura. Anche la famiglia di mia madre». Jamie non aveva detto nulla ma era vero, suo figlio aveva braccia e gambe lunghe, capelli a spazzola folti e robusti, nerissimi come quelli di Joey ma senza i suoi riccioli morbidi o quelli di Jamie. Gli occhi del nero remoto di una creatura della notte. Quel poco di esuberanza infantile che aveva mai posseduto era morto con sua madre e sua sorella. Era difficile che mostrasse entusiasmo per qualcosa, e quando questo accadeva erano manifestazioni molto contenute, quasi superficiali, come se non gli importasse molto di niente. In realtà, Jamie era sicuro che quelle poche cose fossero molto importanti per lui, tanto che era pronto a negarle piuttosto che ammetterlo. Era un bambino tranquillo.

Quell'inverno si era trascinato a lungo, tra una tormenta di neve e l'altra. Quando il tempo lo consentiva, Foster andava a scuola, mentre Jamie si occupava del whisky. Cercava di fare il più possibile durante il giorno. Il bambino non voleva stare a casa da solo. A Jamie non piaceva portarselo dietro, non gli sembrava giusto coinvolgerlo in certe cose, anche se Foster non faceva altro che accompagnarlo e restare in macchina ad aspettare. Ma ciò che gli piaceva meno, anche se non consentiva a se stesso di analizzarlo troppo da vicino, era l'idea che suo figlio lo stesse proteggendo. Che in un modo o nell'altro la presenza del bambino fosse un talismano, una difesa contro il fato o un passo falso.

Estate. Le dita di Foster macchiate di more. Insieme giù al fiume, su un masso. Jamie in costume da bagno nero, il bambino nudo come un verme. Abbronzato, del colore dello sciroppo.

«Papà...»

«Che cosa c'è?»

«Che cosa pensi del paradiso?»

«Be', è una bella idea. Non ho mai saputo bene che cosa pensarne, credo.»

Foster annuì. Tacque. Poi disse: «Neppure io».

Jamie, seduto sul masso con le ginocchia raccolte, lo osservò. Foster guardava verso un punto indefinito – gli alberi oltre il pascolo, le nubi alte nel cielo estivo. Poi spostò gli occhi su suo padre. «Almeno sono insieme. Là dove sono.»

A Whitefield c'era un dottore di nome Dodge che comprava whisky a casse da Jamie, per consumo proprio e dei suoi pazienti. Possedeva una femmina di setter inglese che in primavera aveva avuto nove cuccioli. Jamie ne comprò uno per Foster, un gesto che gli sembrava trasparente e inutile, ma almeno qualcosa di tangibile, un diversivo, come minimo una compagnia per il bambino. Dodge gli chiese poi come stesse lui e, senza esitare o riflettere, Jamie rispose: «Mi sento sgonfiato. Dovrei dare l'impressione di avere sempre gli occhi aperti e le orecchie ritte e non me ne importa niente. Non riesco a ritrovare un briciolo di energia, finirà che mi farò ammazzare o mettere dentro. E mi sembra di non potere fare niente per evitarlo». Il dottore non replicò, limitandosi a studiarlo, poi gli disse che Foster avrebbe potuto interpellarlo se avesse avuto domande da fare sul cucciolo, e di tornare a trovarlo, qualche volta, con il bambino e il cane.

Nell'istante in cui Jamie tirò fuori dalla giacca il cucciolo di tre mesi che si dimenava, il volto del bambino si illuminò, ma quando pronunciò le parole: «È una femmina, è per te», Foster aveva già riacquistato la sua solita espressione grave, molto seria, come se avesse capito e accettato tutte le implicazioni del gesto, e si fosse già assunto ogni responsabilità. Il cucciolo si mise a leccare il viso del bambino, rapidi e vigorosi colpi di lingua, e per un attimo Foster chiuse gli occhi deliziato. Poi prese saldamente la cagnolina sotto le ascelle con entrambe le mani, se la strinse al petto e guardò suo padre. «La chiamerò Lovey», disse, «perché è un amore.»

Il cucciolo pezzato e il bambino. Sperduti nei boschi nei lunghi pomeriggi estivi che lentamente lasciavano il passo alla sera. Allora si ripresentavano a casa, due piccoli animali dolcemente odorosi, affamati, stanchi e felici. Che dormivano l'uno accanto all'altro nel letto del bambino, al piano di sopra. Jamie si svegliava prima dell'alba e udiva il cucciolo uggiolare, e pochi istanti più tardi Foster scendeva le scale e lo lasciava uscire. I primi tempi, non ci fu piccolo oggetto in casa che si salvasse dai dentini aguzzi della bestiola, che lacerava, bucava o riduceva a brandelli qualsiasi cosa. La mattina Jamie, con la tazza di caffè in mano, osservava per esempio una sua scarpa dimenticata fuori la sera prima e non poteva fare a meno di ammirare il lavoro della piccola.

Eppure, non poteva ancora lasciare Foster a casa da solo. Bastava che mettesse in moto la Packard perché il bambino e il cane saltassero fuori dal bosco, o dalla casa, o dal fiume, o da un buco del terreno, per quel che ne sapeva, e si accatastassero sul sedile del passeggero. Foster non chiedeva mai dove stavano andando. Non lo guardava neppure.

Così Jamie divenne il contrabbandiere con figlio e cane al seguito. Per la maggior parte, i suoi clienti erano persone che conosceva bene, gente che comprava da lui da anni, ormai. Qualcuno chiamava Foster per nome e si accostava all'automobile per allungare una mano e accarezzare il cucciolo.

Mentre era in preda alla febbre, Joey aveva detto tante cose prive di senso, e poi ce n'erano altre che Jamie avrebbe voluto non sentire e non voleva ricordare. Poi, quando la febbre era ormai passata, e lei giaceva immobile, gli occhi lucidi, dilatati, la bocca aperta in cerca di aria che i suoi polmoni non potevano ricevere, la bambina accanto a lei nel letto già cadavere, anche se lei probabilmente non lo sapeva, gli aveva parlato due volte. Gli aveva detto: «Non dovrò mai più...» Era seguita una lunga pausa, punteggiata di colpi di tosse e conati, poi aveva inspirato e terminato la frase: «... mai più cantare quella canzone». Più tardi, un'unica frase chiara che era rimasta sospesa nell'aria ferma e soffocante della stanza: «Maledizione, non scoperò più con te!» Un lamento. Stanchezza e rimpianto: le uniche due frasi di Joey che si concedeva di ricordare. L'unico ricordo certo della sua voce. Era come se la sentisse ancora.

Verso la fine di luglio, una mattina, Binter arrivò nella sua Ford modello T che aveva aperto dietro per farne una sorta di camioncino. Jamie non pensava neppure che l'agricoltore conoscesse il suo indirizzo. Dagli scalini davanti alla porta, lo guardò infilare il viottolo che portava alla casa. Binter non scese dal veicolo, che rombava e sputacchiava, ma rimase seduto dietro al volante in attesa che Jamie si avvicinasse. Il vecchio, i capelli grigi striati di giallo, come rivoli di urina, disse: «Devo dirti una cosa: smetto. Questa partita è l'ultima. Poi chiudo. Mi ritiro».

Jamie si fermò accanto all'automobile, con il finestrino aperto. Da vicino, sentì l'odore di una persona che non si lavava. La biancheria di lana grigiastra formava un anello sudicio che spuntava dal colletto aperto della camicia. La giacca di un nero rugginoso era mangiata dalle tarme. «Che cazzo stai dicendo?»

Binter lo guardò. Lentamente, la voce venata di rimpianto e disgusto, disse: «Sono fuori». Poi ingranò la prima, fece manovra girando intorno a Jamie nel terreno cedevole e imboccò di nuovo il viottolo che conduceva alla strada. La Ford si allontanò scoppiettando.

Jamie caricò Foster e il cucciolo in macchina e si diresse a Littleton, a casa di Scully, dove il vecchio ormai trascorreva la maggior parte delle giornate seduto su una sedia a dondolo imbottita accanto alla piccola stufa a carbone, unica fonte di riscaldamento della casa. Anche in piena estate, un fuocherello crepitava nella caldaia. Scully aveva una coperta sulle ginocchia, una pila di riviste da una parte e uno scatolone di tascabili ambientati nel West dall'altra. Era sempre seduto un po' di traverso, le braccia e le gambe deformate dall'artrite. Le mani, due artigli ricurvi, gli tremavano mentre reggeva le riviste o i libri. Jamie gli spiegò il suo problema.

«Il bambino è sempre il benvenuto. E anche la sua bestiola, se non mi sporca in casa. Se gli va, gli posso raccontare delle storie. I vecchi tempi.»

«Non voglio che ti dia fastidio.»

Scully lo ignorò. «Qualcuno dovrebbe parlargliene. Dirgli qualcosa di sua madre. Lo so che tu non parli di lei.»

Jamie si guardò intorno. Poi si rivolse a Foster: «Starai buono?»

«Sì, papà.»

«Renditi utile. Riempi il secchio del carbone. Potresti anche dare una pulita.»

«Lascialo stare. Non c'è bisogno che mi faccia da balia.»

«Starò via solo due o tre ore.»

«Sì, papà.»

Jamie tornò a Bethlehem per rintracciare Jeeter Carrick, occasionale lavapiatti, fattorino, perdigiorno e puttaniere dallo sguardo acquoso, di cui di tanto in tanto Jamie si serviva per imbottigliare il whisky e di cui non ci si poteva fidare a meno che non ti dovesse qualcosa. In quei giorni doveva a Jamie un paio di centinaia di dollari, la perdita di cinque casse di whisky che Jamie gli aveva affidato per un affare «sicuro». Lo trovò che dormiva ubriaco fradicio in una stanzetta d'affitto al piano terra. Lo svegliò a calci, lo trascinò lungo il corridoio fino in cortile e gli mise la testa sotto la pompa dell'acqua, tenendolo fermo con una mano sul collo e un piede sul sedere. Poi lo rizzò e lo colpì forte con un gancio sopra l'orecchio, quindi rimase ad aspettare che Carrick si rialzasse dal fango molle che circondava la pompa e gli disse come avrebbero fatto. Come avrebbe potuto pagare il suo debito.

Superarono in automobile le colline e raggiunsero Franconia, quindi imboccarono la lunga valle del fiume Gale. Nessuno dei due parlava. Carrick cercava di riprendersi con piccoli sorsi dalla fiaschetta rivestita di cuoio che Jamie teneva nel vano portaoggetti della Packard. Profumo di fieno tagliato. Mandrie di mucche di razza Jersey e Guernsey nei prati. Qualcuna alzava la testa al loro passaggio. Perfino l'odore dei cumuli di letame accanto ai fienili era dolce, diluito nell'aria del pomeriggio. Olmi e betulle.

Si fermarono sull'aia della fattoria di Binter. La casa e il cortile erano immobili, silenziosi. Jamie scese dalla macchina e lanciò uno sguardo a Carrick. «Aspettami qui», disse. «E intanto pensa a quello che ti dico. Se cerchi di fregarmi, di fare da solo, non importa se è un affare da pochi soldi, solo una cazzata, ti spazzo via dalla faccia della terra come una cacca di mosca dalla scarpa. Ci ho riflettuto, strada facendo. Per te sarebbe meglio un attizzatoio incandescente su per il culo. Pensaci. E smettila di bere il mio fottuto whisky.»

La moglie di Binter non parlava inglese, ma quando vide entrare Jamie dalla porta della cucina lasciò il pane che stava impastando, girò intorno al tavolo e gli si avventò contro come una furia infarinata, agitando le braccia e gesticolando in una nuvola di polvere bianca. Doveva parlare olandese, ucraino o polacco, o forse qualcos'altro, Jamie non l'aveva mai capito. Lui girò intorno al tavolo a sua volta, dal lato opposto, ignorando le sue proteste, mentre la donna lo tempestava di pugni sulla spalla e sulla schiena. Lo afferrò per la giacca, cercando di trattenerlo, ma lui si divincolò senza voltarsi a guardarla. Non gli interessava farla stare zitta, anzi, sperava che i suoi schiamazzi attirassero Binter. Non era mai stato in casa loro, prima, ma imboccò senza esitare il corridoio dietro la cucina e raggiunse la prima porta a sinistra, dove le tende erano tirate per non lasciare entrare la luce e il mobilio era di legno scuro, con imbottiture di velluto verde bottiglia. Binter si alzò da un'agrippina rivestita dello stesso velluto, i pantaloni aperti sul grosso ventre per il sonnellino. I capelli per aria. Si riabbottonò i pantaloni. Sua moglie si era fermata sulla soglia, come se si fosse arresa. O come se volesse essere testimone della scena.

«Mandala via», ordinò Jamie.

Binter si passò una mano tra i capelli. Studiò Jamie per un lungo momento, poi parlò alla donna nella loro lingua.

«Ho portato un uomo che abiterà qui con te. Gli devi insegnare il mestiere, nei minimi dettagli. Quando sarò soddisfatto di quello che ha imparato, ti lascio libero. Non prima. Nel frattempo, lo puoi utilizzare come ti pare. Se fa storie, me lo comunichi. Ecco come ci comporteremo.»

Binter guardò Jamie e disse: «Non è possibile».

«È già deciso. È fuori, in macchina. Qui non si tratta di scegliere.»

«No.»

«Sta' a sentire, vecchio. Se ti vuoi ritirare ci sono solo due modi per farlo. Questo è uno. Il modo migliore. Lo capisci?»

Binter inspirò stancamente. E ripeté: «Non è possibile».

Jamie scosse la testa. «Avresti dovuto pensarci tanti anni fa, quando hai cominciato. Una volta che rispondi a un bisogno della gente, non puoi mollare su due piedi, a questo modo. Così come io non posso permetterti di lasciarmi così. Non ci siamo solo tu e io, ma tutta una serie di persone. Ma in realtà si tratta di me: io ho solo te, in questo momento. E non ti lascerò andare solo perché ti sei stancato. Insomma, se ci pensi bene, non è poi così terribile. Di quanto parliamo, quattro o cinque mesi?»

«Ho venduto le mucche.»

«Hai fatto che cosa?»
«Ho venduto le mucche.»
«E quelle che ho visto venendo qui che cos'erano?»
«Le ho vendute. Quando non ci saranno più non avrò più scuse per comprare tutto quel mais. E c'è qualcuno che mi vuole comprare anche le pecore.»
«Oh, cazzo!»
«Hai proprio ragione. Quello che hai detto, sono stanco. E poi, le cose sono cambiate. La gente ora ci sta più attenta, non è più come una volta.»
«Oh, lascia perdere la gente, adesso.» Tacquero entrambi per un lungo momento. Jamie si guardava attorno nella stanza, Binter guardava lui. Poi Jamie guardò di nuovo Binter e osservò: «Se hai venduto le bestie, come mai sono ancora tutte qui?»
«Il tizio mi ha dato una caparra.»
«Ma certo.» Jamie annuì. «Capisco. Quanto?»
«Per ciascun capo?»
«No, tutta la fottuta mandria.»
«Solo le vacche o anche le pecore?»
«Oh, cazzo, tutto quanto. L'intero affare.» Affondò una mano nella tasca posteriore dei pantaloni e tirò fuori il portafoglio. Lo aprì e ne estrasse un rotolo di banconote legate con un elastico. Il gruzzolo che non aveva mai mostrato a nessuno. Sperando che bastasse. Sapeva che Binter avrebbe potuto dire una cifra qualsiasi e non avrebbe avuto scelta, nessun metro di paragone, nessun modo di sapere se il prezzo era giusto. Pecore e vacche. E pensare che era cresciuto in una fattoria.
«Sono troppo vecchio», spiegò Binter. «Troppo vecchio per questo mestiere.»
«Come ti ho detto, ho un uomo per te. Devi solo dirgli che cosa fare, come farlo.»
«Dovrebbe vivere qui?»
«Esatto.»
«Chi paga vitto e alloggio?»
«Oh, Cristo. Pensavo che se lo sarebbe guadagnato.»

Binter scosse la testa. «Il genere di persona che mi porti, immagino che farei prima da solo. Non importa quanto impara.»

Jamie pensò a Carrick. «E quanto vorresti per vitto e alloggio?»

«Venti a settimana.»

Jamie tacque mentre contava il denaro, poi guardò Binter. «Ti compro le vacche e le pecore e comprerò anche il mangime e tu vuoi venti dollari alla settimana per il mio uomo?»

«Esatto.» Binter sorrise.

Si avviarono per il pascolo che costeggiava il fiume, e si fermarono vicino alla riva, il sole estivo a picco sulla nuca. Carrick dava calci di punta per terra.

«Niente da fare. Non mi metto a mungere un branco di vacche merdose. E non ho nessuna intenzione di spalar merda per il vecchio. Non era questo il patto. L'odore di latte e di merda mescolato insieme mi fa venire da vomitare solo a pensarci. Ho giurato che non l'avrei fatto mai più.»

«Vieni da una fattoria?»

«Un piccolo allevamento di asinelli rachitici tutto sassi e rocce, su vicino a Lyndonville. Non mi sono mai guardato indietro, e non ho intenzione di cominciare ora.»

«È solo per un paio di mesi. Se stai bene attento e impari in fretta, anche meno.»

«E poi? Spostiamo la distillazione da qualche altra parte? L'attrezzatura non basta. Ci vogliono anche le materie prime.»

«Stammi a sentire. Tu bada a estinguere il tuo debito, al resto ci penso io. È per questo che siamo qui. Sono bravo in queste cose.»

«Mi tieni stretto per le palle, ecco che cosa vuoi dire.»

«La stai prendendo nel modo sbagliato. Se ti sforzi di imparare, diventerai prezioso. Mi segui?»

Carrick scosse la testa. «Non avrei mai dovuto cacciarmi nel business dei liquori. Avevo un brutto presentimento, anche quando pensavo di spennare quei polli.»

«Bisogna fare degli errori, quando si comincia. Sbagliando si impara.»

«Merda.» Carrick si voltò verso la fattoria. «Fammi conoscere quel vecchio idiota.»

Mentre attraversavano di nuovo il pascolo, Carrick improvvisamente si fermò.

«Prima, se ti avessi detto di no e non mi fossi lasciato convincere, che cosa avresti fatto?»

Jamie lo studiò. Alla fine disse: «Adesso ti interessa, vedi?»

Carrick annuì. «Sarei in fondo a quel fiumiciattolo con la testa sfondata.»

«Be', non ti permetterei di andare in giro a parlare.»

Carrick guardò altrove. Poi fissò di nuovo Jamie. «Vacche merdose del cazzo.»

Donne e bambini, dappertutto. Ecco che cosa vedeva Jamie. Una donna in una via di Bethlehem, in mezzo alla neve di primavera, che si chinava nel pesante cappotto per stringere una sciarpa al collo del proprio bambino. Una donna con due bambini, un maschio e una femmina, che la seguivano portando la spesa, un sacchetto ciascuno. La giovane maestra di Foster, un giorno di maggio, all'aperto, attorniata dai bambini all'ora della ricreazione. Una giovane donna che scendeva dal treno con un bebè a cavalcioni sul fianco e scrutava tra la piccola folla, allungando un poco il collo, in cerca dell'uomo che era venuto a prenderli. E poi sorrideva, una breve eclissi sul suo viso mentre il giovane padre, che li aveva preceduti al Nord, andava loro incontro. Ma quando si imbatteva in una madre con una figlia, una bambina, le guardava e distoglieva subito gli occhi, nel timore che una delle due cogliesse il suo sguardo e vi leggesse il desiderio, e fraintendesse. Oppure capisse. Un pomeriggio d'estate, a Bethlehem, udì una bambina esclamare: «Papà!» nello stesso identico modo in cui lo faceva Claire, e si fermò dov'era, senza guardare. Non voleva vedere il padre prendere in braccio la figlia. Pensava che forse prima o poi avrebbe inalato qualche particella d'aria che un tempo era passata dai loro polmoni. Scully aveva ragione: non parlava di loro con Foster. Anche se era certo che anche Foster pensava alle stesse cose, magari in un modo diverso. Ma nessuno dei due possedeva una lingua per esprimerle. Jamie credeva che nessuno la possedesse.

Una mattina di fine agosto Dodge, il dottore, arrivò inatteso, con il setter seduto accanto sul sedile del passeggero. Jamie, ritto sulla soglia della cucina con una tazza di caffè in mano, guardò Foster correre fuori con Lovey. Il cucciolo galoppava e abbaiava eccitato, saltando intorno all'automobile. Jamie sapeva che Foster di tanto in tanto sentiva il dottore al telefono. Dodge scese dalla macchina. Indossava stivali di gomma al ginocchio, pantaloni di lana e una camicia da boscaiolo a scacchi verdi e neri. La cagna del dottore saltò al di sopra della portiera e si mise ad annusare il suo cucciolo, poi gli mostrò i denti ringhiando selvaggiamente. Lovey si allontanò di qualche metro strisciando e uggiolando, lasciandosi dietro una scia di urina. Il dottore stava pressando del tabacco nel fornello della pipa. La cagna si sdraiò ai suoi piedi, gli occhi fissi sugli uomini.

«Ha una bella cera, Pelham.»

«Sto benone.»

«Stavo pensando di portarle via il bambino per un giorno, se non le dispiace. Vediamo se riusciamo a stanare qualche pernice. E se quella piccola diventerà un buon cane da caccia.»

Jamie guardò Foster. «Che te ne pare?»

«Magari.»

«Comportati bene. Fa' quello che ti dice il dottore.»

Dodge disse: «Si divertirà. Ho portato anche il pranzo. Hai un paio di stivali, ragazzo?»

«Sì, signore.»

«Bene, vai a metterli. È meglio partire prima che l'umidità evapori e si porti via gli odori.» Poi, quando Foster fu entrato in casa di corsa, Dodge si rivolse a Jamie e osservò: «Potrebbe anche essere quello di cui ha bisogno. Una volta qualcuno l'ha insegnato a me. Ci sono debiti lunghi da pagare».

«Non so che estate avrebbe passato, non fosse stato per quel cucciolo.»

Dodge annuì. «Ho incontrato Estus Terry, l'altro giorno. Mi ha chiesto di lei. Mi ha detto di dirle di andare a trovarlo, se la incontravo.»

«Come sta Estus?»

«Ci sotterrerà tutti.»

Estus Terry viveva ancora nell'eremo sperduto in mezzo ai boschi a nord di Bethlehem. Non era più in affari. Si era ritirato tre anni prima, quando il suo socio, Aaron Wells, era stato sbudellato da un taglialegna in un campo di Allagash.

I grossi cavalli da tiro non c'erano più. Adesso Terry, se doveva andare da qualche parte, ci andava a piedi. La casa era la stessa di sempre, a parte il tubo della stufa nuovo che aveva sostituito quello vecchio, storto e arrugginito. Terry era fuori in cortile e lo aspettava. Jamie aveva portato un paio di bottiglie di whisky di marca e scese dalla Packard tenendole per il collo con una mano sola. Terry stava seduto su un ceppo a gambe larghe: pantaloni verdi di lana, camicia bianca, panciotto nero abbottonato sopra la camicia. I capelli lisciati all'indietro, come se ci avesse appena passato un pettine bagnato. Sorrise con la bocca sdentata.

«Pelham.»

«Come te la passi, Estus?»

«Bene, bene. Però in primavera sarei dovuto venire al funerale di quella ragazza e dei bambini. Vorrei poterti dire che non stavo bene o che l'ho saputo troppo tardi, ma la triste verità è che non ce l'ho fatta, non per il viaggio ma per tutto il resto. Non sono mai stato tipo da cerimonie.»

«Non importa, Estus. È stata una cosa molto semplice e tranquilla, comunque. Neppure io me la sentivo di fare grandi cose. E sono morte Joey e Claire; mio figlio, Foster, non si è neppure ammalato. Ci è passato indenne.»

«Lo sapevo. Non del bambino, sono contento che stia bene. Volevo dire il resto, lo sapevo che non avresti voluto un gran funerale. Forse è proprio per quello che penso che avrei dovuto fare un piccolo sforzo. Ero affezionato a quella ragazza.»

«È stata solo una cosa che bisognava fare. Erano morte da mesi, ormai, e aspettavano di essere sepolte. Era un giorno piovoso, Estus, non è stato niente di che. Anche lei ti era affezionata. Ti ho portato queste.» Jamie posò le bottiglie nell'erba che cresceva fra i trucioli intorno al ceppo per spaccare la legna.

«Oh, questo è un pensiero gentile.»

Jamie tirò fuori sigarette e fiammiferi. Poi disse: «Ho comprato un cucciolo di setter per mio figlio da quel segaossa di Dodge, a Whitefield. Sono andati tutti per boschi, oggi».

Terry si passò le mani sulle cosce. «Ho sentito che ti sei organizzato in un altro modo.»

Jamie si accosciò accanto al ceppo, fumando. Guardò Terry. «Hai sentito che cosa?»

«Che ti sei organizzato in un altro modo.»

«Nient'affatto.» Jamie scosse la testa. «Funziona tutto come sempre.»

«Non mi prendere per il culo.»

«Io non sto prendendo per il culo nessuno. È tutto come prima.»

«Pelham?»

«Che cosa c'è?»

«Quant'è lontana Whitefield?»

«Whitefield?»

«Da qui.»

«Gesù, Estus, non lo so. Una ventina di chilometri?»

Terry annuì. «Quasi. Adesso dimmi perché mi sarei fatto tutta quella strada a piedi. E ritorno. Ci ho messo quasi una giornata. Per dire a un uomo di dirti di venire da me.»

«Credi che abbia qualche problema, è questo che stai dicendo?»

Terry sputò nell'erba.

«Quel Jeeter Carrick non è il cretino che sembra. Un po' di sale in zucca ce l'ha, ha solo bisogno di essere pungolato un po'. E lo so già che prima o poi si farà venire strane idee, ma anche lui sa già che gli farò abbassare la cresta se ci prova. E ci proverà. Non sono uno sciocco, Estus, lo so che ci proverà. Ma posso tenere la cosa sotto controllo, per un po'. Non vedo come Carrick possa fregarmi. Credo proprio di essere ancora abbastanza sveglio. E poi, era disponibile, e mi faceva comodo. Qualche volta è così che si trovano le soluzioni migliori. E credo che Carrick non sia tanto stupido da non capirlo.»

«Già, può darsi che tu abbia ragione.»

«Binter voleva mollare. Dovevo muovermi alla svelta.»

«Ma certo.»

Tacquero entrambi. Niente di risolto. Jamie avvertì una punta di tensione: brancolava nel buio in cerca di qualcosa che non sapeva nemmeno se ci fosse. Un po' come quando si svegliava all'improvviso, nel cuore della notte, allungando una mano in cerca di Joey, senza capire perché non ci fosse, dove potesse essere, senza neppure sapere bene dove si trovava.

«Ma non è per Jeeter Carrick che ti sei fatto a piedi fino a Whitefield e ritorno.»

«È una bella passeggiata.»

«Immagino. In questa stagione… Ci sarà tanta gente a cui chiedere un passaggio.»

«Mi piace pensare che una bella camminata al giorno aumenti le probabilità di una morte veloce. Qualcosa di improvviso. Non sopporto l'idea di una morte lenta.»

«Una vita sana. Questo da te non me lo sarei mai aspettato, Estus. Che cosa succede se salti un giorno?»

Terry gli rivolse un largo sorriso. «Cerco di non farlo. Anche con la neve alta posso arrivare fino al fiume e tornare a casa senza perdermi. È solo un chilometro e mezzo. Non è un granché, ma almeno esco di casa. Patrick Jackson mi ha parlato di te la settimana scorsa, quando è passato a trovarmi.»

Ecco. «Che cosa ci faceva quassù Patrick Jackson?»

«Niente, mi ha portato una bottiglia di whisky di quello buono. Ogni tanto passa a trovarmi e ci facciamo due chiacchiere. E non credere, anche lui non ci capisce niente di questa storia del proibizionismo, come tutti quanti noi.»

«Io non ho mai avuto problemi con Jackson o con i federali.»

«Patrick è intelligente. Non si mette a fare prediche. E ai federali interessa soprattutto il confine, com'è sempre stato, quello che arriva dal Canada. Il suo problema è la disponibilità, no, ora che l'alcol non è più legale negli Stati Uniti. Capisci? C'è gente che pensa che questa stronzata del proibizionismo funzionerà. E come sempre, c'è gente che troverà il modo di ingrassare il proprio portafoglio.»

«Ho già una dozzina di buste da riempire ogni mese. Non so che altro posso fare. Ho già sulla lista paga tutti quelli che vogliono esserci. Dagli altri posso solo tenermi alla larga.»

«Sai che cosa preoccupa Patrick, credo? I suoi ragazzi mungono un bel gruzzolo ai canadesi. Non è quello il problema. Passa un mucchio di roba e loro lo sanno, ma non importa, basta che ogni tanto sequestrino qualcosa per fare bella figura. Quindi forse Patrick pensa che tu possa vedere una buona occasione in questa storia, un buco in cui infilarti. E dice: Lascia perdere. Accontentati di quello che hai, di quello che conosci. Se segui il suo consiglio, non dovresti avere problemi. E mi sembra che hai già abbastanza. Giusto?»

«Forse dovrei andare a trovare Jackson.»

«No, Patrick non è come gli altri. Non gli importa niente di quello che fanno tutti. Conosce la natura umana. E non è una di quelle teste di cazzo di provincia che cercano solo di riempirsi le tasche come possono. Credo che sia meglio se lo lasci stare.»

«Be', io non ho altre ambizioni se non continuare per la mia strada come ho sempre fatto.»

Terry annuì. «Se fossimo capaci di predire il futuro, tu e io, faremmo una vita diversa. Come tutti. Ma ci scommetterei che tra un anno o due circoleranno facce nuove che cercheranno di impossessarsi del mercato. Capisci che cosa voglio dire? Non parlo di gente onesta come noi, che cerca solo di guadagnarsi da vivere. Sarà una nuova razza, ecco che cosa penso. Ma credo che ci voglia ancora un po' di tempo. Fino ad allora dovresti essere a posto.»

«Tu credi? È questa la sensazione che hai?»

Terry si strinse nelle spalle. «Sta' all'erta, come sempre. Tieni la testa bassa. L'unica cosa che è cambiata è che c'è più gente con gli occhi aperti.»

«Credo di essermi organizzato bene.»

«Ma ora devi guardarti anche alle spalle, non solo intorno.»

«Lo so. Ma gli tengo il guinzaglio corto, a Carrick. Credo che me ne accorgerò per tempo se cerca di andare per la sua strada. E lui sa che cosa lo aspetta, se ci fa un pensierino. Per il momento è sufficiente. Quanto a tutto il resto, aspettiamo e vedremo. Il suo problema principale è che l'ho messo a mungere le mucche e badare alle pecore.»

Terry sorrise. «Credeva di avere chiuso con le fattorie.»

«Pensavo di guardarmi intorno negli alberghi per vedere se trovo qualche sguattera o qualche cameriera. Una ragazzona con la nostalgia di casa. Abbastanza carina perché l'uccello del signor Carrick si metta a pensare al posto suo. Una cosa è certa: una donna sveglia è più sveglia di un uomo fortunato.»

«C'è un mucchio di gente che vorrebbe solo tornarsene da dove è venuta.»

«E sono quelli che hanno fatto di noi gli uomini facoltosi che siamo, Estus», disse Jamie con un largo sorriso rivolto al vecchio.

Terry non rispose al sorriso. Dopo un istante replicò: «Ero anche curioso di sapere come l'ha presa il fattore. E sua moglie. Non devono essere contenti».

Jamie annuì. «Hanno preso dei bei soldi. E c'è qualcuno che sbriga il lavoro. Almeno in parte. Di questo Binter non deve più preoccuparsi. Credo di averlo incastrato per bene. Almeno per il momento. Sono tempi difficili, cerco di saltare da un sasso all'altro senza scivolare. Ma lo so.»

Terry si alzò in piedi, stirando le braccia verso il sole. Poi guardò Jamie. C'era qualcosa di simile all'affetto nel suo sguardo. Annunciò: «Anche un vecchio ratto, intrappolato in un barile, riesce a saltare più in alto di quanto immagini».

* * *

In quelle giornate di inizio autunno, Foster tornava da scuola e si metteva a girare per casa sparpagliando indumenti e indossandone altri. Si sedeva solo qualche minuto a mangiare una fetta di pane mentre si allacciava gli scarponi, poi si metteva al collo il fischietto d'argento e usciva di nuovo nel pomeriggio, il cucciolo Lovey che gli saltellava intorno. Entrambi, il bambino e il cane, erano cresciuti durante l'estate. Braccia, gambe e zampe lunghe e sottili, entrambi al tempo stesso goffi e agili nei movimenti. Foster arrivava già alla spalla di suo padre. Jamie non si era sentito così piccolo da quando aveva l'età di Foster. E qualche volta provava quasi rabbia nei confronti del figlio, che poteva dimenticare sua madre e sua sorella tanto facilmente. Poi si calmava, ricordando a se stesso che non sapeva che cosa passasse per la testa del figlio. Così come suo figlio non sapeva nulla di lui. Che cos'era quella frenesia che trascinava Foster nei boschi, nel brullo, meraviglioso mistero del mondo? Non lo sapeva. Quello che sapeva era che avvertiva un tremito, un'incertezza nuovi dentro di sé. Erano le circostanze, o stava diventando vecchio?

Altre cose non erano cambiate. Non poteva ancora uscire la sera senza portarsi dietro Foster. E il cucciolo. Magari stavano dormendo, ma non faceva in tempo ad avviare il motore che se li vedeva uscire dalla porta, pronti a partire.

In settembre il dottore venne altre tre volte, il sabato mattina, a prendere Foster e Lovey. Uno di quei pomeriggi, Jamie decise che avrebbe dovuto provare un po' di gelosia. Ma non c'era gelosia in lui.

Come se suo figlio l'avesse già lasciato. Come se non potesse fare altro che stare a guardare mentre il suo bambino diventava un ragazzo.

Nel negozio di Stodd Nichols, a Littleton, concesse al commesso più confidenza di quanta ne avesse concessa a nessun altro da anni. Così si portò a casa un fucile a pallini a un'unica canna e due scatole di cartucce. Il fucile, gli aveva detto il commesso, era perfetto per pernici e beccacce, da vicino, quel che ci voleva per un ragazzo. «Lo faccia cominciare con questo», gli aveva detto, «così quando crescerà apprezzerà di più qualsiasi altra cosa». A Jamie piaceva l'idea dell'inizio graduale. Di regalare a suo figlio qualcosa che implicasse un inizio. L'inizio di una passione. Personalmente, non era capace di uccidere un uccello, ma tutto il resto lo capiva.

Foster consumò le due scatole di cartucce senza mandare a segno un solo colpo. Quando le cartucce furono finite, Jamie tornò a Littleton e questa volta ne comprò una mezza dozzina di scatole. Trascorse poi un pomeriggio nel pascolo a lanciare in aria lattine per Foster, finché, come per una strana magia, un colpo del fucile deviò bruscamente una lattina dalla sua traiettoria. Foster consumò tre scatole di cartucce, e con l'ultima scatola fece centro quasi la metà delle volte.

«Lo sento», disse a suo padre. «Nel momento in cui premo il grilletto so che l'ho presa.»

«Forse allora una sera mangeremo pernici, per cena. Una volta vuote, queste scatolette nutrono ben poco.»

«Bisogna solo guardare la lattina. Nient'altro.»

«Solo questo?»

«Il cervello si ferma, ecco che cosa.»

Jamie accarezzò il figlio sulla testa. Non disse nulla.

Inizio di ottobre, nel cuore della notte, la pioggia che batteva violenta sui vetri. Il telefono cominciò a squillare come per annunciare la fine del mondo. Jamie in corridoio, al buio, il telefono in una mano, la cornetta premuta sull'orecchio, in ascolto. Nonostante gli scoppiettii della linea e il temporale, riusciva a sentire la voce agitata e stridula di Carrick. Così rispose con una calma profonda, in tono tranquillo, dicendo: «Certo, certo, va bene». Alla fine disse: «Non fare niente. Non chiamare nessun altro. Sarò lì tra mezz'ora. Come sta la vecchia?» Rimase in ascolto. Poi aggiunse: «Naturalmente. Ascolta: falle un tè, mettici del liquore. Anzi, lascia stare. Dalle un bicchierino di liquore. Non molto, solo un po'. Hai capito?» E, senza attendere la risposta di Carrick, riagganciò e tornò verso la camera da letto togliendosi i pantaloni del pigiama strada facendo. Udì un tramestio al piano di sopra. Il ragazzo o il cane. Probabilmente entrambi.

Due circostanze fortunate. Binter era morto, se non nel sonno, almeno nel suo letto. Si era messo a sedere di scatto svegliando la moglie, e si era portato entrambe le mani al petto mentre dalle labbra gli sfuggiva un rantolo. Poi aveva allungato le mani davanti a sé, brancolando nel vuoto. Quindi Carrick era libero da ogni sospetto. E poi, sorpresa: la moglie di Binter, quella figura stizzosa che per quasi dodici anni non aveva fatto altro che guardare storto Jamie, farfugliando frasi incomprensibili, parlava inglese almeno quanto suo marito.

Quando quella notte Jamie era arrivato alla fattoria sotto la pioggia, lasciando il ragazzo e il cane chiusi in macchina, la donna gli era andata incontro, l'aveva scrutato in volto, poi aveva fatto un passo avanti e appoggiandogli la testa sul petto l'aveva abbracciato ed era scoppiata a piangere. Come se Jamie fosse suo figlio. E lui era rimasto lì con la vecchia tra le braccia, dandole colpetti sulla schiena e ignorando lo sguardo di Carrick, seduto al tavolo della cucina con la bottiglia di whisky aperta e due bicchieri davanti.

Più tardi, dopo avere telefonato al dottore di Franconia perché venisse a stilare un certificato di morte e dettato un telegramma al telefono per la sorella della neovedova, quindi portato una pesante bacinella d'acqua su per le scale in modo che la donna potesse lavare il marito defunto, Jamie si sedette al tavolo della cucina, prese il bicchiere che la moglie di Binter non aveva neppure toccato e buttò giù le tre dita di whisky che conteneva. Poi guardò Carrick, che lo stava aspettando.

«Allora, adesso che cosa facciamo?»

«Che cosa facciamo? Non facciamo niente. Io me ne vado a casa. Non c'è bisogno che io sia qui quando arrivano il dottore o i vicini. Andrà tutto bene: tu sei il suo bracciante.»

«Non era questo che stavo chiedendo.»

«Allora dipende, direi.»

«Da che cosa?»

«Da quanto sei riuscito a imparare in questi tre mesi.»

«So tutto. Da cima a fondo. In questo è stato bravo. Mi ha spiegato le cose un po' per volta, quel tanto che bastava, non troppo. Sono pronto a partire.»

«Com'è la situazione, in questo momento?»

«Ne abbiamo una partita in barile e un'altra l'abbiamo appena cominciata.»

«Bene, allora vedremo.»

«Vedremo che cosa?»

«Come viene.»

«Verrà bene.»

«Mi fa piacere sentirlo.»

«Pelham, tu mi stai fregando.»

«Come ti viene in mente, Jeeter?»

Carrick allargò le braccia. «Sto parlando di tutto questo. Non ne abbiamo più bisogno.»

Jamie scosse la testa. «Quello che farò è aspettare un tempo decente, una settimana o due, e poi farle un'offerta. Quanto a te, hai imparato il mestiere, ora datti da fare e fallo bene. Non cercare di fregarmi. In tre, quattro anni, riuscirai a ripagarmi la fattoria, se ti dai da fare. E poi, sarà tutto grasso che cola.»

«Oh, merda, Jamie. Queste vacche merdose. Non le sopporto.»

Jamie si sporse verso Carrick guardandolo negli occhi. «Svegliati, figlio mio. Un'offerta come questa non ti capiterà mai più nella vita. Tira fuori gli occhi dal buco del culo e guardati intorno.»

Jamie e la ragazza erano in macchina, un pomeriggio di un giorno feriale. Foster era a scuola. La prima cosa che gli aveva detto era che le piacevano i bambini. Era una ragazza scialba con una bocca carnosa, capelli di un biondo rossiccio, il naso aquilino che ricordava vagamente un rettile. Il suo unico fascino era la sua gioventù. Aveva braccia morbide coperte di lentiggini, che si sarebbero presto ingrossate. Amelia Hewitt. Amy, si faceva chiamare. Non era stato poi così difficile trovarla. Era andato a Bretton Woods, dove per quel che ne sapeva nessuno conosceva Jeeter Carrick. Era ottobre: i lavoratori stagionali degli alberghi stavano pensando al da farsi. Le disse: «E presto ne avrà una nidiata tutta sua, scommetto. Ma stavo solo pensando a una gita in macchina, è una bella giornata. Vorrei parlarle di un mio amico. Tutto qui».

Lei gli lanciò un rapido sguardo. Non era lo stesso sguardo che gli aveva lanciato poco prima, una variante di quelli che le donne gli avevano scoccato per tutta l'estate. La ragazza stava valutando rapidamente la situazione. Gli piacque. Quando si era rivolto al maître del *Mount Washington*, l'uomo non aveva avuto dubbi nell'indicargli la ragazza che cercava. Adesso, pensò, avrebbe scoperto se avevano ragione.

«Mi chiedevo come mai avesse scelto proprio me.»

Jamie non disse nulla.

«Come mai il suo amico non è capace di trovarsi una ragazza da solo? Che cos'ha che non va?»

Adesso Jamie la guardò. «Jeeter? Non ha proprio nulla che non va. Credo che dovrebbe difendersi dagli assalti delle donne se fosse in circolazione.»

«E come mai non è in circolazione? È sotto chiave?»

«In un certo senso, sì. Almeno per un uomo come me. Ho sempre pensato che bisogna essere pazzi per lavorare in una fattoria, oppure averlo nel sangue.»

«Che genere di fattoria?»

«Un po' di tutto. Mucche da latte, qualche pecora. Non so, una fattoria.»

«Mucche di che razza?»

«Marrone.»

«Jersey.»

«E altre a chiazze bianche e marrone, marrone rossiccio.»

«Guernsey.»

«Penso di sì. Mucche.» Una parte di lui pensava che un giorno probabilmente avrebbe pagato per la sua pretesa ignoranza.

«Mi sembra strano che qualche ragazza del vicinato non l'abbia già acchiappato, se è il buon partito che dice.»

«Può darsi che prima o poi succeda. Ma non conosce molta gente, credo. Neppure tra i vicini.» Immaginava che con la morte di Binter le cose sarebbero cambiate, e sperava che non cambiassero troppo. Disse: «Viene dal Vermont, non so da dove».

«Dov'è questa fattoria, comunque?»

«Giù vicino a Franconia. Fuori Easton. Ci è mai stata?»

«No», rispose lei. «Ma so che è dalla parte opposta di dove stiamo andando.»

Jamie lasciò la strada e si fermò al belvedere in cima alla scogliera. Sulla sinistra, la strada carrabile scendeva nella gola stretta e profonda scomparendo alla vista. C'erano altre automobili parcheggiate, alcuni veicoli degli alberghi. La gente, appoggiata al parapetto, guardava verso est.

Rimasero in auto. La ragazza osservò: «Se viene dal Vermont, perché si è comprato una fattoria qui?»

Non è affatto stupida, pensò Jamie. «Lui e io abbiamo una specie di società.»

«È quello che pensavo. Ma come mai una fattoria?»

«Be', non è solo una fattoria.»

«Immagino.»

«Qualunque cosa lei abbia sentito sul mio conto probabilmente è vera solo per metà. Ma chiunque le potrà dire che sono una persona corretta. Non dico una cosa per farne un'altra. Pensavo che potevamo stare qui un po' e fare due chiacchiere. Poi, se vuole, possiamo andare giù a Eston e vedere il posto. Posso presentarle il mio amico, se le va.» La ragazza distolse lo sguardo, osservò i turisti che ammiravano il panorama. Per un attimo Jamie pensò di averla perduta. Poi lei si voltò di nuovo verso di lui.

«Non sono affari miei e glielo dirò una volta sola. Ha più bisogno di una donna lei di uno sbarbato che probabilmente deve stare bene attento ogni volta che si rade per decidere quale lato del rasoio usare. Almeno è questa l'impressione che ho.»

Jamie tacque un istante. Poi replicò: «Non desidero nulla».

«Non ho detto questo. Ma un conto è desiderare qualcosa, un conto è averne bisogno.»

Jamie la guardò. Una ragazzona con la camicetta gonfia. Che lo guardava dritto negli occhi. Dopo qualche istante, rispose: «Ho mio figlio. Non ho bisogno d'altro».

Lei allungò una mano e gli toccò il polso appoggiato sul volante, sfiorandolo appena con le dita. La pelle di lui vibrò sotto il suo tocco. La ragazza disse: «Non mi va di stare qui seduta come un'allocca. Se andassimo a Easton, potrebbe dirmi quello che voleva dirmi. Mi aveva promesso un giro in macchina, no?»

Novembre. Il mondo era diventato grigio. In certe mattine tetre e piovose la cosa più luminosa erano i tronchi delle betulle che rilucevano tra gli altri alberi del bosco, sullo sfondo delle montagne.

Jamie aveva pagato millecinquecento dollari in contanti per i cinquanta ettari di pascolo e prati e il piccolo appezzamento di terra lungo il fiume Gale, i ripidi pascoli per le pecore sulla cresta della montagna in direzione di Landaff e i boschi sovrastanti. Accompagnò la moglie di Binter alla stazione di Littleton, a prendere il treno che l'avrebbe portata dalla sorella e dalla sua famiglia. Avrebbe voluto dirle qualcosa di gentile. L'unica cosa che riuscì a fare fu tacere.

Aveva affittato una cantina a Bethlehem dove imbottigliare il whisky con Carrick. Un'unica lampadina elettrica, la finestra sbarrata da assi di legno dentro e fuori. Lavoravano di giorno, quando Foster era a scuola. Jamie era sempre molto teso durante quest'operazione. Gli sembrava l'anello debole della catena. La distillazione funzionava, era collaudata. Dei contatti si fidava. L'unico rischio rappresentato dalle consegne erano gli imprevisti, una gomma a terra nel posto sbagliato, cose del genere. Solo in quella cantina si sentiva vulnerabile: non c'era discorso o mazzetta che avrebbe potuto convincere un visitatore inatteso che ciò che vedeva non era ciò che sembrava.

Jamie aveva in mano un imbuto di latta. Per terra, accanto a lui, una scatola di tappi di sughero e le casse di legno vuote. Carrick osservò: «Quella Amy è davvero uno schianto».

Jamie non disse nulla. Continuò a lavorare.

Carrick rincarò ancora: «Una bomba, ecco che cos'è».

Jamie sospirò, in modo da essere udito. «Davvero?»

«Lo sai che è così. Tu devi saperne qualcosa.»

A Jamie non piaceva la piega che la conversazione stava prendendo. «Mi è sembrata una brava ragazza, con la testa sulle spalle.»

«Oh, è piuttosto sveglia, credo. Anche un po' cocciuta. E schietta. Ma mi piacciono le persone che dicono quello che pensano.»

«Già.»

«Ma ti dico una cosa.»

«Gesù, non dirmela.»

«Sul serio. Ho fatto le mie esperienze. Lo sai come sono queste cameriere.»

«Immagino di sì.»

«Almeno, per la maggior parte. È quello che vogliono, sai. Devo dire che sono rimasto sorpreso.»

«Certo.»

«Ma questa Amy, Gesù!...»

«Bene, mi fa piacere per te.»

«Fa una certa cosa. Nessuna me l'aveva mai fatto, prima.»

«Jeeter.»

«Che cosa?»

«Lascia stare.»

«Continuo a chiedermi dove l'ha imparato. Chi gliel'avrà insegnato?»

«Tra uomini e donne funziona così, Carrick. Se non avessero trovato il modo di rendersi felici a vicenda, forse non saremmo qui.»

«Devi dirmelo.»

«Dirti che cosa? Non ho niente da dirti.»

«Sai, me lo prende in bocca. Non che non me l'avessero mai fatto. E non mi è mai dispiaciuto, ti assicuro. Ma lei fa una cosa, quando sono lì lì per venire...»

«Basta così, Carrick. Non voglio saperne niente. Hai capito? Non mi interessa.»

«A te non l'hanno mai fatto? Quando capisce che ci sono quasi lo ingoia tutto, fino alla base, e lo morde. Molto forte ma velocissima. Così prima che me ne renda conto è già tutto finito. Gesù, è come se le palle mi esplodessero. Allora, te l'hanno mai fatto?»

Cercava di ricordare. Quella testa di cazzo di avvocato che aveva incastrato la madre di Joey lassù a Barre, nel Vermont. McCullen, McCarson. Ricordava che Joey gli aveva detto che l'aveva morso, che gli aveva morso l'uccello. Lei era una bambina, poco più grande di Foster. Tre anni di più, forse. Avrebbe voluto che ci fosse un modo, qualcosa che potesse fare per arrivare a quella ragazzina, prenderla in braccio, portarla fuori di lì. Un pensiero inutile, come qualunque altro se e ma, quindi quello che preferiva. Qualcosa di puro. Qualcosa che non aveva mai conosciuto.

E si chiedeva che cosa fosse successo quando quella ragazzina di dodici o tredici anni aveva morso l'uccello dell'avvocato, si chiedeva se lui le fosse venuto in bocca.

Joey a lui non l'aveva mai fatto.

Riusciva a dormire sempre meno. Ancora meno voleva dormire. Non sopportava di ritornare da quei brevi sogni brutali.

Anni dopo, Foster avrebbe ricordato la propria infanzia in tre fasi diverse, tre livelli nettamente delineati come i piani di una casa. Il primo, il più basso, un luogo oscuro, popolato di immagini frammentarie, ricordi di sua madre e sua sorella, ma anche qualcos'altro, un senso di continuità, come se la sua vita avesse brevemente assunto un senso.

Erano poi seguiti i tre o quattro anni in cui non era appartenuto a nessuno. In cui il primo dei suoi cani era entrato nella sua vita. Quelle creature di cui aveva imparato a fidarsi più che di chiunque altro. Più che degli esseri umani. Viveva nei boschi. Il mondo – il cane e i boschi – e in tutto questo lui. Il cane che lo guidava come lui guidava il cane. Ognuno dei due sapeva sempre dov'era l'altro, e dov'erano entrambi. Non si perdevano mai. E alle sue spalle, la presenza di suo padre. Se il cane e il ragazzo agivano come calamite l'uno sull'altro, suo padre era la calamita più potente di tutte. Anche in quelle notti, quando gli spiriti si aggiravano per la casa e lui non riusciva a dormire, raggomitolato nel letto intorno al cane addormentato, c'era sempre il conforto della presenza immensa di suo padre che dormiva proprio sotto di lui, separato solo da sottili assi di legno. Quelle notti, udiva suo padre alzarsi e si alzava anche lui, vestendosi al buio, il cane già in piedi, e poi scendevano entrambi le scale, uscivano e salivano in macchina.

C'era poi l'ultima parte. Aveva quattordici, quindici anni quando era cominciata. O quando ne era diventato consapevole. E anche se per lui era qualcosa di nuovo, credeva che suo padre non ne fosse sorpreso. Come se lui l'avesse vista arrivare. O l'avesse aspettata. Ma questo Foster l'avrebbe capito solo in seguito. Aveva quattordici anni. Aveva già fumato delle sigarette. Aveva bevuto, più di una volta. In un buon pomeriggio poteva portare a casa due o tre pernici. Qualche beccaccia. Il cane Lovey faceva parte di lui. Il mondo era un posto meraviglioso. Non aveva ancora fatto l'amore. Ma ci pensava, ogni tanto.

Estus Terry morì nell'inverno del 1927. Qualcuno, Jamie non seppe mai chi, era arrivato alla casa durante il disgelo di marzo e aveva trovato il cadavere, ormai in avanzato stato di decomposizione. Terry si era rotto una gamba, era riuscito a trascinarsi fino a casa e a mettersi a letto e poi era morto di fame o di freddo, o forse di entrambi. C'erano tracce in giro per la casa che indicavano che aveva cercato di arrangiarsi. Una rozza stampella ricavata dal ramo di un albero, scatolette di carne e fagioli accanto al letto, vuote. La legna della cassetta terminata. A una trentina di metri di distanza, irraggiungibili, una dozzina di corde di legna immagazzinate nell'ex stalla dei cavalli. I topi, o forse una donnola, gli avevano rosicchiato il viso e le mani, e il piede senza stivale, attraverso i calzini.

Il primo d'aprile Jamie prese la Chrysler che si era comprato l'anno precedente e andò a Whitefield per il servizio funebre. Non c'era neppure una dozzina di persone, tra esse lo sceriffo Patrick Jackson. Era una giornata ventosa. Jamie, avvolto nel cappotto, si mise seduto nel terzultimo banco. Jackson, seduto da solo in prima fila, rimase eretto, immobile per tutta la messa, la stoffa del cappotto tesa sulla schiena ampia.

La gente si aggirò per qualche minuto sul fango ghiacciato davanti alla chiesa e poi si disperse. Rimasero solo Patrick Jackson e Jamie. Jamie si avvicinò al poliziotto, senza aspettare che fosse lui a farlo.

«Salve, Jackson», salutò con un secco cenno del capo.

«Che giornataccia, eh? Anche se a Estus non sarebbe importato. Credo che gli piacesse qualsiasi tempo. Non l'ho mai sentito lamentarsi perché l'inverno era troppo lungo, il fango troppo alto, una giornata estiva troppo calda. Sa che cosa intendo, no?»

Si guardarono negli occhi. Senza ostilità né simpatia: osservandosi, prendendo le misure. Jackson era grande e grosso. Jamie sentiva che in qualche modo quello era un punto a suo favore. Disse: «Era proprio quello che temeva. Una morte lenta, immobilizzato a letto».

«È quello che temiamo tutti, però, non crede? Se avessimo la possibilità di scegliere... Probabilmente non è stato così terribile: il freddo l'avrà intorpidito presto. Non che non abbia avuto tutto il tempo di capire che cosa lo aspettava. Ma comunque il freddo non ti fa sentire il peggio, almeno così dicono. Le era affezionato.»

«Andavamo d'accordo. Non lo vedevo tanto spesso. Forse ci andava più spesso lei, a trovarlo.»

«Sì», rispose Jackson. «Mi mancheranno quelle visite. Ma accidenti, che scarpinata per arrivarci!»

Jamie fece un debole sorriso. «Quella strada.»

«Quella non era una strada, era una mulattiera con delle ambizioni.»

«Immagino che lei ne veda tante così.»

«Be', sì. Ma alle altre non fai tanto caso. Sei troppo occupato a vedere dove vanno a finire. Sembra diventato invisibile in questi giorni, Pelham.» Il volto di Jackson compensò l'umorismo nella voce, facendosi più scuro.

«Conduco una vita tranquilla.»

«Mi fa piacere sentirlo. Magari ci fosse più gente che si accontenta di una vita tranquilla. Ma forse in quel caso dovrei farci più attenzione.»

«Stando ai giornali, sembra che abbia parecchio da fare.»

«Facciamo il nostro dovere. La zona del confine è molto grande, di questi tempi ogni fiumiciattolo o sentiero nei boschi è diventato un'autostrada. E non è più come una volta – solo qualcuno che cerca di risparmiare un paio di dollari di tasse. Si sono organizzati. Ci sono venti loro uomini per ognuno dei miei. È un grosso business.»

«Non lo sapevo.»

«Giusto. Lei fa una vita tranquilla.» Jackson guardò in alto, scrutò il cielo burrascoso. «Estus Terry. Non ne vedremo più uno come lui. Ha mai incontrato un certo Pompelli, nei suoi viaggi?»

«Non direi.»

«Neppure io, non ancora. Non so che cosa sia, un greco, un mangiaspaghetti o che cosa. Ma è lui che dirige il traffico, credo. Quando continui a imbatterti nello stesso nome e non sai che faccia dargli, novanta su cento è il tuo uomo. Potrebbe anche essere a Boston, per quel che ne so. Potrebbe essere solo quello che ci mette i soldi. Ma se così fosse, avrebbe un suo uomo qui, penso. Ci sono molti uomini che lavorano da queste parti, ma sono solo la manovalanza. C'è qualcuno che comanda. Sarei curioso di conoscerlo.»

«Immagino.»

«Bene», fece Jackson. «Di solito, se posso, mi piace starmene a casa la domenica. Se dovesse passare da Colebrook una domenica, mi venga a trovare. Chiunque le saprà indicare la casa.»

«So dov'è.»

«È la cosa più difficile in questo genere d'affari, Pelham. Ricordarsi di darsi un'occhiata alle spalle, ogni tanto.»
«Una volta Estus mi ha detto la stessa cosa.»
«Davvero?» L'espressione di Jackson si ammorbidì un poco, lievemente sorpresa. «A dir la verità, stavo parlando di me.»

Tornando verso casa, Jamie pensava: E questo che cazzo era? Un altro avvertimento? Un'offerta? E chi cazzo è Pompelli? Dalla zona transitavano grossi quantitativi di whisky di contrabbando proveniente dal Canada. Sapeva che i suoi affari ne avevano risentito. E quando perdeva un cliente lo lasciava andare senza la lotta che avrebbe ingaggiato dieci, anche solo cinque anni prima. Ma nonostante le perdite, si riteneva ancora soddisfatto della sua fetta di mercato. E poi c'era Carrick, che adesso era guardato a vista da due fronti. Jamie era contento di come andavano le cose e di Amy Hewitt, divenuta la signora Carrick, che conosceva suo marito abbastanza da sapere che Jamie di affari ne capiva ben di più. Avevano tre bambini. La fattoria era diventata il regno di Amy. Jeeter era come un coniglio che saltellava fra i trifogli ignaro del falco che volteggiava sulla sua testa. E Jamie, mentre guidava, si chiese dove fosse il proprio falco.

Per un certo periodo, diversi anni dopo la morte di Joey e Claire, Jamie aveva preso l'abitudine di portarsi a casa una donna o una ragazza dopo una serata di attento e spensierato vagabondaggio per i piccoli club lungo il confine. Da un paio d'anni aveva smesso. Un mattino d'estate si era svegliato tardi e dal letto aveva udito voci e risate provenire dalla cucina. Quando alla fine era sceso, aveva trovato suo figlio in pantaloncini e canottiera seduto a bere caffè assieme a una ragazza, avvolta in una delle sue vecchie camicie. Il silenzio era calato nella stanza quando lui era entrato, come se avesse interrotto qualcosa. E nel momento che gli ci volle per riprendersi e andare a versarsi una tazza di caffè, si rese conto che la ragazza era più vicina per età a suo figlio che a lui e che era l'ultima che si sarebbe portato a casa. E a quel punto riuscì ad ammettere che non c'era gioia in quelle avventure, e si sentì sollevato, come se stesse chiudendo un capitolo della sua vita.

Jamie era chino sui fornelli, in maniche di camicia, la cravatta infilata nella camicia, un grembiule ricavato da un sacco di farina allacciato intorno alla vita come un cameriere. I vetri della finestra erano appannati. C'era qualcosa che bolliva. Profumo di cibo. Foster appese la giacca e il berretto all'attaccapanni, ad asciugare, si sedette al tavolo e aprì il fucile da caccia. Suo padre gli lanciò un'occhiata.

«Sei bagnato fradicio.»

«Mi asciugherò. Che cosa c'è per cena?»

«Che cosa c'è per cena? Non lo so. Tu che cos'hai portato?»

Foster gli rivolse un largo sorriso. «Niente.»

«Niente?»

«Ho visto un'anatra carolina.»

«Buona.»

Foster passò uno straccio imbevuto d'olio sulle varie parti del fucile. «Troppo lontana.»

«Mi sono fermato a Bethlehem e ho comprato delle braciole. Che te ne pare?»

«Una braciola me la mangio volentieri.»

«Due?»

«Forse.»

«Patate irlandesi. Pomodori stufati in scatola.»

«Mi stai facendo venire fame.»

«Avevi già fame, solo che non ci pensavi.»

«Può darsi.» Poi Foster chiese: «Allora, com'è andata?»

«Il funerale?»

«Già.»

«Niente di che. Almeno per me. Ma sono contento di esserci andato.»

«Come mai?»

«Oh, Estus era una persona come non ce ne sono più. Mi piace pensare che in qualche modo sappia che ci sono andato. Mi piace pensare che, quando verrà il momento, qualcuno farà un po' di strada per venire al mio funerale.»

«Ti senti vecchio, pa'?»

«Non vecchio, solo… Niente.»

«Non più tanto giovane?»

«Lo sono stato per tanto tempo. No, non è niente.»

Tacquero entrambi. Foster finì di pulire il fucile. Si alzò in piedi e lo mise in un angolo. Poi disse: «Vuoi che lavi le patate?»

«Stanno già cuocendo. Non senti l'odore?»

«Non ne ero sicuro. Volevo solo aiutarti.»

«Non puoi aiutarmi. Ho già fatto io. Ma almeno sei onesto. Ho tirato su un ragazzo onesto.»

«Non ti ho mentito.»

«Non ancora.»

«Pa'.»

«Che cosa c'è?»

«Smettila.»

«Che cosa devo smettere?»

«Smettila e basta. Non sopporto quando diventi così.»

«Così come?»

«Niente.»

«No, adesso me lo dici. Così come?»

«Irritabile, nervoso. Pronto ad attaccarti a qualsiasi cosa.»

«Sto solo preparando la cena. È il mio turno, no? È il mio turno.»

«Io ho cucinato ieri sera.»

«Appunto, vedi?»

«Anche l'altro ieri sera. Ma tu non c'eri, quindi non conta.»

«Non c'ero? E dov'ero?»

«Non lo so.»

«Dov'ero? Gesù, non lo so.»

«Non importa. Che tipo di braciole hai preso?»

«Di manzo. Va bene?»

«Benissimo.»

Pausa.

«Come va la scuola?»

«Bene.»

«Bene?»

«Sì, bene.»

«Quello che voglio sapere è come te la cavi. Riesci a tenere il passo?»

«Papà, va tutto bene.»

«Devi fare attenzione. Non basta decidere che cosa vuoi e cercare di fare in modo che le cose vadano nel modo giusto perché si realizzi il tuo progetto. Devi cercare di immaginare come ci entri tu in quel progetto. Capisci?»

«Smettila, va bene? Smettila, per favore.»

Dopo un poco: «La padella è calda. Una braciola o due?»

«Quante ne hai prese?»

«Tre.»

«Allora una.»

«Io ne mangio solo una.»

«Una.»

«D'accordo. Le faccio tutte e tre e poi litighiamo per chi si mangia l'ultima.»

Mangiarono. Foster allungava striscioline di grasso e pezzetti di patata sotto il tavolo, al cane, che mangiava dalla sua mano spazzolando il cibo con la lingua umida. Si divisero l'ultima braciola. Jamie scostò la sedia dal tavolo e si accese una sigaretta.

Foster disse: «Ho parlato con Dodge, l'altra sera. Quando tu non eri a casa. Ha un giovane maschio. Lovey andrà in calore, in maggio. Vorrei farla accoppiare con il suo cane».

«A che scopo?»

«Per farle fare i cuccioli.»

«E perché vorresti dei cuccioli?»

«Lovey ha quasi otto anni. Vorrei tenere uno dei suoi cuccioli. Ne terrei uno e venderei gli altri.»

«Ti metti in affari.»

«Non proprio.»

«Vorresti tenerne uno, eh? E se poi non riesci a sbarazzarti di nessuno? Che cosa facciamo, con un branco di cani in casa?»

«Pa', i setter di solito hanno otto o dieci cuccioli, a volte dodici. Lo so a che cosa vado incontro. Ne voglio solo uno.»

«Gesù. Otto o dieci cani che corrono per casa.»

«Nascerebbero in estate. Vorrei farglieli avere in casa, le preparo uno scatolone. Poi, quando avranno una settimana o due, possono andare nel fienile.»

«Hai già pensato a tutto.»

«Non te ne avrei parlato se non avessi già pensato a tutto.»

«Chiesto.»

«Prego?»

«Non me ne stai parlando. Me lo stai chiedendo.»

«D'accordo.»

Jamie lo guardò, schiacciò il mozzicone della sigaretta nel posacenere. Increspò le labbra in un lieve sorriso. «Non starai diventando insolente con il tuo vecchio, vero?»

«No, non ne avevo intenzione. Quel cane, Trice, è figlio della stessa madre di Lovey e di un cane chiamato Copper, che è un fratellastro della nonna di Lovey.»

«Sembra una di quelle vecchie famiglie decadenti dove si sposano tutti tra di loro.»

«È così, ma in questo caso è fatto apposta. Li fai accoppiare secondo le caratteristiche che vuoi ottenere. Non puoi farlo sempre, lo fai solo la volta giusta, quando trovi i cani giusti con il giusto grado di parentela. Puoi ottenere degli ottimi cani, così. Dodge pensa che Trice e Lovey siano proprio adatti. Io sono curioso di vedere che cosa viene fuori.»

Foster si alzò e sparecchiò la tavola, riempì l'acquaio e cominciò a lavare i piatti. Alle sue spalle Jamie disse: «Pensi mai a come sarebbe se tua madre e tua sorella fossero ancora vive?»

Foster si voltò. Suo padre non lo stava guardando. Il ragazzo rispose: «Ogni tanto ci penso. Non riesco a immaginarmele più vecchie di come le ricordo».

«Non ci riesci?»

«No.»

Seguì una pausa. Foster si strofinò le mani.

Dopo qualche istante suo padre disse: «Quando comincerai a correre dietro alle ragazze, ricordati che avevi una sorella. Che se fosse diventata grande avrebbe dovuto vedersela con ragazzi come te. Ricordatelo. Mi hai capito?»

Foster tacque.

Seguì un'altra pausa, più corta, questa volta. Poi suo padre voltò la testa per guardarlo. «Ti ho fatto una domanda.»

«Ti ho sentito. Solo che non so che cosa vuoi che dica.»

«Voglio che tu dica che hai capito.»

«Veramente non ti capisco.»

«Merda.» Suo padre si alzò in piedi. «Non farci caso. Sono di umore schifoso, stasera. Non me n'ero neppure accorto. Dev'essere stato quel funerale. Lasciamo stare. Devo uscire, vuoi venire con me?»

«Devo fare i compiti.»

«Una volta non rimanevi a casa da solo.»

In tono molto basso, Foster replicò: «Non mi importa più tanto».

«D'accordo», disse suo padre. «Puoi avere i tuoi cuccioli.»

Pompelli. Come indagare su un nome che nessuno pronunciava senza sapere se la persona presso cui si informava aveva o no rapporti con il signore in questione? Poteva solo ascoltare. Ascoltare con più attenzione di quanto avesse mai fatto. E non gli sembrava possibile. Era anche rischioso: concentrarsi su una cosa implicava la possibilità di lasciarsi sfuggire qualcos'altro. Che cosa gli stava sfuggendo?

La primavera finì e venne l'estate. Gli alberghi inaugurarono la stagione e gli affari continuavano a diminuire. «No, due casse mi bastano fino a giovedì. Anzi, facciamo lunedì.» Anche tra i boscaioli, qualcuno non si faceva più vedere, altri tiravano sul prezzo, compravano piccole quantità. Quelli, pensava Jamie, mungevano quel che passava dai loro boschi. Poi c'era Carrick, che accumulava barili di whisky pronto nel fienile, e ogni volta che Jamie passava alla fattoria cercava di portarlo dentro e scostare il fieno con il forcone per farglieli vedere. Quando saliva in macchina, Amy Carrick lo rincorreva con una pagnotta o un sacchetto di uova o qualche prodotto dell'orto che lo costringeva ad accettare. Ciò che lo frustrava di più era imbattersi in certi personaggi, negli alberghi, forestieri ben vestiti che gli bastava guardare per capire che non erano turisti e che gli lanciavano un'occhiata di sfuggita e poi guardavano oltre, come se lui non esistesse. Si avvicinava facendo finta di niente e si aggirava nei paraggi cercando di origliare le loro conversazioni. Parlavano di baseball, a volte di politica, di femmine in generale, di femmine del posto in particolare, frammenti di discorsi più personali che non riusciva a seguire, come se fossero in codice – e sapeva che lo erano.

Ma niente, neppure una parola, su Pompelli. Più di una volta si chiese se Patrick Jackson stesse cercando di incastrarlo. Solo che non c'era ragione perché Jackson volesse fare una cosa simile. Certe sere, in auto, le mani gli scivolavano sul volante, sudate nella notte fresca. Troppo fresca per sudare.

Verso la fine di giugno, Foster si svegliò nel cuore della notte nel letto bagnato. Ai suoi piedi, Lovey aveva già partorito due cuccioli e ne stava espellendo un terzo. La cagna, raggomitolata su se stessa, lavava il suo primo nato con la lingua. I cuccioli erano grandi un palmo, ciechi, le orecchie piccole e schiacciate sulla testa. Foster tolse la federa dal cuscino e cominciò a ripulire i cuccioli a mano a mano che nascevano, accarezzando la cagna in preda alle doglie. Ogni volta che estraeva un cucciolo, lo sollevava per determinarne il sesso, poi lo accostava alla fila di capezzoli gonfi sul ventre della madre. Dieci in tutto, uno nato morto. Tre femmine e sei maschi. Prese il cucciolo morto mentre la cagna era ancora in travaglio, lo avvolse in una federa e lo nascose nell'armadio, su uno scaffale alto. Con tutto quello che le stava accadendo, se ne sarebbe accorta lo stesso, ne era sicuro. Foster sentiva di conoscere bene la morte, sentiva che era parte di lui. Credeva di capire qualcosa che gli altri ragazzi della sua età non conoscevano ancora. Tuttavia, fino a quella notte non aveva mai assistito all'inizio di una vita. Era un punto di vista completamente nuovo. Una sensazione terribilmente dolce.

Quando fu sorto il sole scese le scale e trovò suo padre in cucina che beveva caffè. Foster prese una tazza e la riempì. Suo padre disse: «Ti ho sentito trafficare, di sopra».

«Ha avuto i cuccioli.»

«Pensavo che l'idea fosse di farli nascere lì.» Jamie indicò lo scatolone foderato di vecchie coperte accanto ai fornelli.

«L'idea era quella.»

«Che cosa fai, ora?»

«Porto su lo scatolone, ce li metto dentro e lo riporto giù, sperando che Lovey la prenda bene. Scommetto che mi seguirà e salterà dentro.»

«Quanti ne ha avuti?»

«Nove. Tre femmine, gli altri maschi.»

«È una femmina che vuoi tenere, vero?»

«Già.»

A mano a mano che la stagione turistica entrava nel vivo, anche gli affari aumentarono, com'era normale che fosse, come era sempre stato. Eppure Jamie non riusciva a liberarsi della sensazione che gli stessero permettendo di lavorare. Come se si fossero passati una consegna: diamo a Pelham un po' di corda.

Anche i Carrick erano più rilassati. Jamie si diceva che non era solo l'aumento delle vendite, il calo delle scorte nel fienile, ma anche l'estate che avanzava, il breve periodo in cui le stagioni sembravano sospese. Amy Carrick era più felice, meno bisbetica. I suoi bambini erano grassi e anche lei sembrava più solida ogni volta che la vedeva, non tanto corpulenta, quanto circondata da un'aura di raggiante sicurezza. Senza che nessuno gliel'avesse detto, senza averla vista o sentito l'odore, era sicuro che consumasse regolarmente piccole quantità del whisky che producevano. Immaginava che non si sarebbe mai ubriacata al punto di essere scoperta. Gli sembrava una cosa pericolosa, più in una donna che in un uomo. Perché fosse così non lo sapeva, ma era sicuro che fosse vero.

In quelle mattine d'estate si sedeva sui gradini di casa e osservava Foster, dall'altra parte del cortile, che faceva uscire i cuccioli dal fienile. Il pelo delle bestiole stava crescendo, e il disegno del mantello cominciava a farsi evidente. Le zampe si erano allungate. Galoppavano e si rincorrevano tra gli aghi degli abeti canadesi. Foster stava seduto su una cassa, con la schiena appoggiata alla parete del fienile, quasi inerte. Di tanto in tanto, si chinava e prendeva per la collottola un cucciolo che gli stava affondando i denti nella caviglia, oppure districava una massa di piccoli che gli si accalcavano intorno alle gambe. Era come se il movimento, il baccano dei cagnolini lo calmasse.

Aveva compiuto sedici anni in marzo. Suo padre lo osservava: un ragazzo e un uomo chiusi insieme in un unico corpo allampanato. Qualcosa che stava volgendo al termine. Quelle mattine, seduto sui gradini di casa, lo osservava e cercava di capire che cosa sarebbe venuto dopo.

Verso la fine di luglio ci fu un incidente, una calamità, come la definirono i giornali, sopra il laghi del Connecticut, nella zona selvatica di confine, priva di strade. Qualcosa che accadde nel cuore della notte e in cui morirono due federali e altri tre uomini. Alcune automobili semidistrutte, cariche di whisky canadese, erano rimaste impantanate. Il giornale di Littleton fece un gran chiasso. Nell'articolo si citava Pat Jackson, che aveva identificato i tre sconosciuti come membri di «un'organizzazione criminale senza ramificazioni locali». Non aveva altro da dire. I federali morti erano gente del posto, con moglie e figli. Ci fu un servizio funebre con una grande partecipazione. L'editoriale esigeva che il male fosse estirpato alla radice, che l'organizzazione fosse decapitata. Non diceva, però, chi ne fosse il capo.

* * *

Il pomeriggio Foster portava la banda di cuccioli giù al fiume, oltre il pascolo delle pecore. Si sedeva su un masso e li guardava giocare. Nel tardo pomeriggio li chiudeva nel fienile, a eccezione della cagnolina che aveva chiamato Glow, e si avviava nella boscaglia paludosa con il cucciolo dietro, che cercava di tenere il passo. A volte la piccola rimaneva indietro e, non vedendolo, si metteva a piangere. Foster allora si sedeva ad aspettarla. Lei lo trovava sempre. A volte ci voleva un po'. Alzava il naso schiacciato a terra per seguire il suo odore e lo scorgeva, poi gli correva incontro con la sfrenata passione di un'innamorata.

Foster vendette tre cuccioli attraverso Dodge, le due femmine rimaste e uno dei maschi. Fu difficile accettare il denaro, sei dollari a cucciolo. Gli altri maschi li vendette con un annuncio sul giornale. Fu ancora più difficile, perché gli acquirenti erano perfetti sconosciuti. Poi fu finita. Lovey ritornò il cane di una volta, anche se qualcosa in lei era cambiato per sempre. E poi c'era Glow. Un cucciolo rumoroso ed esigente.

Il 4 agosto, poco dopo mezzanotte, le Perseidi che piovevano dal cielo, Jamie era seduto a un tavolo ovale di legno lucido nell'ufficio del direttore generale del *Forest Hills*, sopra Franconia. Il direttore, veterano degli alberghi, aveva nome Harold Shelton. Avevano passato la serata a bere whisky e scambiarsi storie e lamentele. Shelton era un uomo asciutto e fibroso, con una corta barba rossa, le tempie brizzolate e modi in tono con le unghie curatissime. Sul tavolo, una risma di carta intestata dell'albergo. Penna e calamaio. Un telefono. Nient'altro tra loro, se non la bottiglia di whisky, i bicchieri e due sottobicchieri di sughero. Era tardi e la stanza era silenziosa. Jamie guardò Shelton.

«C'è un tizio, Pompelli. Lo conosci?»

Osservò il volto di Shelton assumere un'espressione composta, frutto di un lungo allenamento, l'espressione con cui affrontava un problema.

«Non lo conosco. Pensavo che lo conoscessi tu, però.»

«E perché mai, Harold?»

«Be'.» Shelton distolse lo sguardo da Jamie e lo posò sulla finestra buia. «Vi occupate degli stessi affari.»
«Non l'ho mai visto.»
«Davvero?»
«Che c'è, Harold?»
«Pensavo che voi due foste in affari insieme.»
«Che cosa te l'ha fatto pensare?»
Shelton scosse la testa. «Quello che ho sentito in giro.»
«Dove l'hai sentito?»
Shelton scosse di nuovo la testa. Esitò. E Jamie lo sentì prima ancora che il suo anziano interlocutore parlasse: tradimento, non in quella stanza, ma come una corrente elettrica che lo travolgeva. Shelton disse: «Non è che abbia sentito niente di preciso. È solo per come stanno andando le cose».

Jamie sospirò. Era una domanda inutile, ma la fece lo stesso. «Sai dove si trova?»

«Non ne ho idea. Sai che non mi occupo neppure più di certe cose. Adesso c'è altra gente. Ma quelli che lavorano per lui, è difficile non notarli. Forse è per questo che ho pensato lo conoscessi.»

Jamie tacque per qualche istante, rigirandosi il bicchiere tra le mani. Poi, guardando altrove, come se si stesse rivolgendo a qualcun altro, disse piano: «Di questi tempi, a quanto pare, non si può sapere da che parte voltarsi».

Shelton annuì. «Se io dovessi cercare qualcuno come il tuo uomo, comincerei da casa mia.»

Poche centinaia di metri a sud della fattoria di Carrick c'era uno spiazzo nel bosco da dove partivano le passeggiate per i monti Kinsman. Sufficientemente lontano dalla fattoria perché Jamie potesse proseguire per un altro paio di chilometri, fare inversione, tornare indietro silenziosamente con i fari spenti e parcheggiare nello spiazzo senza che nessuno alla fattoria se ne accorgesse. La prima notte vi andò alle due e mezzo, direttamente dal *Forest Hills*, e rimase seduto in macchina fino a poco prima dell'alba, quando una fredda nebbia si levò sul fiume Gale e si diffuse nella valle. La fattoria era rimasta immersa nel silenzio per tutta la notte. Jamie mise in moto la Chrysler e andò a Littleton passando da Franconia. Fece colazione in un bar e si lavò la faccia con acqua calda nel bagno. Alle nove raggiunse il negozio di Stodd Nichols e si comprò una piccola pistola automatica dalla forma piatta e una scatola di cartucce calibro 32. Pagò in contanti e tornò a casa, con la pistola carica nascosta tra le molle sotto il sedile.

Foster stava mangiando uova al tegamino e pane tostato, dondolando le gambe avanti e indietro per la contentezza e per il lieve strofinio del proprio pene contro la stoffa dei pantaloni. Pensava a Judith Beebie, che in quel momento sicuramente stava ancora dormendo nel suo letto a Bethlehem, con una morbida camicia da notte. Non poteva immaginare che dormisse senza niente addosso come faceva lui, perché non riusciva neppure a immaginare come fosse senza vestiti. Gli piaceva pensare di fare una passeggiata nei boschi con lei e Glow e Lovey. Non trovava un pretesto per invitarla, così lasciava tutto al caso, pensando che se avesse passato abbastanza tempo nei boschi magari prima o poi l'avrebbe incontrata. Judith Beebie aveva un anno più di lui, un'eternità. E lui aveva pochi amici. La gente aveva certe idee su chi era suo padre, e chi era stata sua madre, e anche su come viveva lui. Forse era solo un po' strano. Un carattere che non legava con gli altri. In attesa di trovare qualcuno che vedesse le cose nello stesso modo. Un modo che non era neppure sicuro di essere in grado di definire. Ma non avrebbe avuto bisogno di farlo, con la persona giusta. Il che lo riportava a Judith Beebie.

Udì la macchina fermarsi davanti alla casa. Suo padre salì i gradini ed entrò in cucina. La zanzariera si richiuse con un debole rumore alle sue spalle.

«Ciao, pa'.»

Suo padre lo guardò. Aveva la barba lunga, gli occhi iniettati di sangue, e si muoveva lento, tremando e barcollando leggermente. Si guardò intorno, poi guardò di nuovo Foster. «Perché non sei a scuola?»

«Papà, in che mese siamo?» Foster lo studiò.

Suo padre si passò una mano sulla faccia, premendola sugli occhi. «Agosto», rispose. «Siamo solo in agosto.»

«Vuoi mangiare qualcosa? Delle uova? C'è del caffè.»

Jamie scosse la testa. «Ho già mangiato.»

«Forse non sei poi così vecchio. In piedi tutta la notte.» Foster esitò, poi aggiunse: «Spero che ne valesse la pena».

Jamie fece qualche passo veloce verso il tavolo e si fermò. Guardò il ragazzo. Stava ancora sorridendo, ma nei suoi occhi poteva leggere un po' di apprensione, ora. Un po' di paura. Jamie distolse lo sguardo, si avvicinò ai fornelli e si versò una tazza di caffè che non desiderava. Ne bevve un sorso, poi posò la tazza. Disse: «Qualunque cosa tu abbia in mente di fare, oggi, voglio silenzio. Ho bisogno di dormire».

«Va bene.»

Jamie inclinò la testa, facendosi scrocchiare il collo. «Gesù», disse.

«Ti senti bene?»

«Sono solo stanco.»

Foster si alzò, prese i piatti e li portò nell'acquaio. Cominciò a lavarli. Senza alzare gli occhi, domandò: «Posso fare qualcosa?»

«Lasciami dormire.»

«Nient'altro?»

Ci fu una lunga pausa. Foster lavò e sciacquò il piatto, la tazza e le posate che aveva utilizzato, quindi strofinò energicamente la padella con acqua pulita e la rimise sui fornelli ad asciugare. Sentiva la presenza di suo padre alle spalle, la forza e la tensione in lui come una calamita verso la quale voltarsi, alla quale resistere.

Qualche attimo dopo Jamie parlò. «No, nient'altro.»

Jamie si svegliò nel lungo crepuscolo estivo, senza sapere bene dove si trovava. Per qualche secondo pensò di essere ancora ragazzo, alla fattoria di Randolph, e di doversi alzare per dare una mano nelle faccende del mattino. Poi tornò in sé. E gemette al pensiero della notte appena trascorsa e di quella che lo aspettava. Si chiese quante notti ci sarebbero volute per dimostrare che non si sbagliava. E avvertì una fitta di paura allo stomaco. Forse era troppo vecchio per quelle cose.

Si lavò e si vestì e, mentre si radeva, sentì un profumo di cibo provenire dalla cucina e udì suo figlio darsi da fare e parlare con i cani mentre lavorava. Non era troppo vecchio. Figli di puttana. L'uomo nello specchio aveva uno sguardo scintillante, deciso. Dalla cucina, gli giunse la risata di Foster. Sorrise.

Fegato di vitello con cipolle e pancetta. Lattuga condita con aceto di mele. Mais con pane e burro. Una scodella di ravanelli e scalogni. Gli piacevano gli scalogni intinti nel sale.

«Che cos'hai fatto, oggi?» domandò.

«Ho aiutato i Flood a fare il fieno. Poi mi sono lavato al fiume. Ho letto un po'.»

«I Flood non se la sanno sbrigare da soli?»

«Lo so che non li sopporti. Ma Andy è a posto. È un amico. E scaricano sempre tutto sulle sue spalle. In realtà è lui che ho aiutato, quindi.»

«Scommetto che il vecchio Flood adora vederti là a spezzarti la schiena per loro.»

«Poi sono andato a Bethlehem con la Chrysler.»

«Sul serio? Sei andato in macchina in città, da solo?»

«Qualcuno doveva andare a fare la spesa. Se non ci andavo io dovevo svegliarti prima che chiudesse il negozio. Dalla faccia che avevi stamattina, non mi sarei stupito se avessi tirato fino a domani.»

«Così sei andato al negozio e sei tornato a casa?»

«Non ero in giro a divertirmi.» Però aveva fatto una piccola deviazione per le strade polverose del tardo pomeriggio per passare lentamente davanti alla casa dei Beebie, e dopo aver fatto il giro dell'isolato ci era passato una seconda volta, senza riuscire a scorgere la bionda Judith dai capelli tagliati alla maschietta. La risposta, comunque la si guardasse, non era una bugia.

Jamie scrollò le spalle e disse: «Sei grande abbastanza da volere andare in giro a divertirti. Dovremo organizzarci, potrai prendere la macchina quando a me non serve».

Tacquero un momento. Poi Foster disse: «Mi piacerebbe».
«Accidenti, questo mais è davvero squisito, vero?»
«Ce n'è ancora nell'acquaio, posso buttarlo in pentola, se vuoi.»
«No, grazie, mi basta questo.»
Tacquero ancora, occupati a mangiare. E a Jamie quei momenti ricordarono i giorni in cui lui e Joey si alzavano nel tardo pomeriggio per cominciare la serata. E così finì di mangiare allegro, in fiduciosa attesa della notte di lavoro che lo attendeva. Poi si accese una sigaretta, si appoggiò allo schienale della sedia e guardò suo figlio. Foster ricambiò lo sguardo. Glow andava su e giù per la cucina, trotterellando dall'uno all'altro e aspettando in silenzio che qualcuno si accorgesse che stava morendo di fame.
Jamie propose: «Che ne diresti se mollassimo tutto e ce ne andassimo altrove?»
«Di che cosa stai parlando?»
«Non lo so. Stavo solo pensando che forse dovremmo filarcela da qui. Le cose non sono più come una volta.»
«Lo vedi?» Foster sorrise. «Te l'avevo detto che stavi diventando vecchio.»
«Sei felice?»
«Non mi lamento. A che posto stavi pensando?»
«Non lo so. Magari da qualche parte all'Ovest. Il Nuovo Messico.»
«Vuoi andare a vivere con i pellerossa?»
Jamie ricambiò il sorriso. «La California?»
«Per darci al cinema?»
«Certo. Potresti farlo.»
«Credo che cerchino tipi di bell'aspetto.»
«Avranno sempre bisogno di qualcuno che faccia la comparsa, in piedi da qualche parte.»
«Non è colpa mia se sono molto più alto di mio padre.»
«Uno a zero per te.»
Una breve pausa. Poi Foster chiese: «Dici sul serio o che cosa?»
«Be', ormai sei quasi cresciuto. Magari un cambiamento di panorama ti farebbe bene.»

Una pausa più lunga. Poi Foster disse: «Che cosa succede?»
«Non succede niente. Stavo solo pensando.»
«Io sono contento. Sto bene dove sto.»
«Questo lo vedo. Ma hai pensato all'anno prossimo? All'anno dopo ancora?»
«Non molto. Un po'. Voglio cominciare ad addestrare il cucciolo, quest'autunno. Magari, se viene fuori bene, potrei cercare di allevare qualche altro setter. Magari tenerne qualcuno dei migliori, addestrarli e venderli poi. È così che si fanno i soldi.»
«Un allevatore di cani.»
«Non so che altro potrei fare. Non ci ho ancora pensato.»
«Non ti preoccupare. C'è ancora tempo.»
Foster emise un debole fischio. «Il Nuovo Messico.»
Jamie sorrise. «Era solo un'idea».
Silenzio. Una lunga pausa. Poi Foster domandò: «Vai da qualche parte, stasera?»
«Ho un piccolo affare da sbrigare. Forse farò tardi. Hai bisogno di qualcosa, vuoi che ti lasci da qualche parte?»
«No, sto a casa volentieri. Vuoi che venga con te?»
«No, non è niente di importante.»
«Se vuoi, vengo.»
Jamie scosse la testa. «Non c'è bisogno. Come ti ho detto, forse farò tardi.»
«Starai fuori di nuovo tutta la notte?»
Jamie sorrise. «Non è quello che pensi. A dir la verità, vorrei che lo fosse.»
«A me non dispiacerebbe se avessi un'amica.»
«Davvero?»
«Davvero.»
«Va bene, allora.» Jamie si alzò e si passò le mani sotto le bretelle per lisciare la camicia. «Lo terrò presente.»

Era buio da un pezzo quando uscì di casa. Arrivò a Bethlehem e pensò a Foster che qualche ora prima aveva sicuramente battuto le strette strade della cittadina come fosse il re della strada.

Ancora divertito al pensiero, gli venne in mente la piccola pistola automatica a canna corta nascosta sotto al sedile. Non aveva paura che Foster la trovasse: senza che nessuno gliel'avesse mai detto, il ragazzo sapeva che non doveva ficcare il naso dappertutto. Aveva paura di averne bisogno.

Prese la strada più lunga per Franconia, quella che girava intorno alle colline. Era ancora presto. A tre quarti del cammino si fermò nel piccolo prato tra gli alberi. Lasciò il motore acceso, tolse la pistola dal suo nascondiglio e scese. L'arma pesava. Era bello sentire quel peso in mano. Nel fascio di luce dei fari studiò la leva della sicura e la spostò su e giù. Poi tese il braccio e puntò la pistola a terra, a qualche metro di distanza, e con il dito indice della mano destra premette forte il grilletto. Lo sparo, uno squarcio improvviso nella notte. Soddisfazione. Si sentiva un po' meglio. Risalì in macchina senza rimettere la sicura e ripose la pistola nel vano portaoggetti.

Alla fattoria dei Carrick, la finestra del salotto era illuminata. Jamie proseguì per diversi chilometri, poi fece inversione, tornò indietro, si nascose nello spiazzo tra gli alberi e si chiuse in macchina. La finestra della fattoria era sempre illuminata. E decise che, dopotutto, non era poi così presto. Rimase seduto ad aspettare.

Poco dopo mezzanotte, come se niente fosse, come se avesse già assistito alla scena, un'automobile arrivò alla fattoria ed entrò nel cortile. Pochi secondi dopo la finestra del salotto si oscurò e la luce tremolante di una lanterna si spostò dalla casa verso il fienile. Jamie attese che la lanterna scomparisse dentro l'edificio. Poi si accese una sigaretta, la fumò tutta, quindi mise in moto la Chrysler e ritornò sulla strada a fari spenti. Lentamente, raggiunse il vialetto d'accesso della fattoria. Mentre lo imboccava, premette l'acceleratore e accese i fari, entrando nel cortile a tutta velocità e frenando rumorosamente accanto all'automobile sconosciuta. Prima ancora di fermarsi del tutto, era già sceso con la piccola pistola in pugno e stava girando intorno alla Chrysler e all'altro veicolo, una grossa Dodge con la capote abbassata e il motore acceso. Aprì la porta del fienile con un calcio ed entrò nel pallido cono di luce della lanterna.

Carrick e altri tre uomini. Che sollevarono la testa. Casse di whisky impilate sul pavimento, alla vista di tutti. In attesa.

Jamie aveva la pistola puntata davanti a sé, premette di scatto il grilletto e si ricordò di lasciarlo andare. Da una delle casse schizzarono delle schegge. Jamie urlò: «Basta così, ragazzi. Fermi dove siete».

I tre estranei si voltarono molto lentamente verso di lui, che era uscito dal cono di luce.

Uno di essi domandò: «Che cosa succede?»

Carrick esclamò: «È lui».

«Jeeter, testa di cazzo.»

Un altro disse: «È Pelham?»

«Taci, stronzo! Jeeter, con me hai chiuso, figlio di puttana.»

Il primo uomo fece: «Calmati, amico. Forse il signor Carrick è sorpreso, ma noi ti stavamo aspettando. Calmati».

Jamie si avvicinò al gruppo brandendo la pistola. «Voi non stavate aspettando proprio un cazzo. Taci!»

Carrick disse: «Non stavo cercando di fregarti. Sono sempre stato onesto con te».

Jamie fece un altro passo avanti e puntò la pistola contro il primo uomo. «Non è difficile trovarmi, se volete vedermi. Da quanto tempo mi stavate aspettando?»

L'uomo gli sorrise. «Da un pezzo. Ce ne hai messo a svegliarti.»

«Ora sono sveglio.»

«Davvero?»

«Sei tu, Pompelli?»

L'uomo rise. Poi alzò lo sguardo sulle balle di fieno nel soppalco buio e si mise a studiarle. Guardò di nuovo Jamie. «Tu credi di essere sveglio.»

In seguito avrebbe ripensato a quel che era accaduto e si sarebbe accorto che gli era sfuggito qualcosa. I passi silenziosi sul soppalco cosparso di fieno. La sensazione che qualcosa sopraggiungeva alle sue spalle. Sentì la punta arrotondata delle due canne del fucile da caccia sulla nuca, alla base del cranio. E alle sue spalle una voce femminile ordinò: «Buttala via, buttala via, testa di cazzo».

E nell'istante che passò prima che lui capisse, lei non perse tempo e lo colpì forte con il fucile, facendogli perdere l'equilibrio e cadere in avanti mentre il messaggio raggiungeva il suo cervello e lui buttava via la pistola. Si ritrovò a terra, il viso sulle assi sconnesse del fienile. Jeeter commentò: «C'è mamma, ora».

I tre uomini raccolsero Jamie da terra. Avevano tutti piccole pistole simili a quella di Jamie, che uno di loro raccolse e si mise in tasca. La testa gli scoppiava. Amy Carrick, con un abito da casa e un golfino aperto, teneva il fucile da caccia di traverso, come fosse una scopa. Uno degli uomini le si avvicinò e le tolse il fucile di mano. Lei lo lasciò fare. Jamie non poteva vedere Carrick, ma non sperava nel suo aiuto, comunque.

Gli legarono i polsi dietro la schiena con un pezzo di corda. Quello che aveva parlato per primo era evidentemente il capo, anche se la cosa non era dichiarata. Era forse il più calmo dei tre. Quando ebbero finito di legarlo, il primo uomo disse a Jamie: «Come ti dicevo, ti aspettavamo. Vuoi conoscere il signor Pompelli, vero? Bene, non c'è problema, anche lui vuole conoscere te».

Jamie non disse nulla.

L'uomo rimase un momento a guardarlo, poi fece una cosa molto strana: allungò una mano e gli accarezzò lievemente una guancia.

Poi si voltò e parlò con i Carrick. «Voi due ci seguite. Portate anche la sua macchina. Non voglio che rimanga qui. Lasciatela a Franconia, nel parcheggio di un albergo, poi ci raggiungete.»

Amy Carrick osservò: «Non lascio i bambini da soli...»

L'uomo la interruppe. «Non sto chiedendo un favore.»

«Mamma», intervenne Jeeter.

L'uomo riprese: «Esatto, mamma. Da' retta a tuo marito».

Allora Jamie parlò: «Non vedo il bisogno di lasciare la mia macchina a Franconia. Portatela dove stiamo andando, così poi me ne torno a casa da lì».

L'uomo gli sorrise. «Be', sì, sarebbe ragionevole. Ma il signor Pompelli non vuole troppe macchine davanti a casa. Non gli piace attirare l'attenzione.»

* * *

Risalirono in colonna la Easton Valley. Uno degli uomini guidava la Dodge e gli altri due sedevano dietro con Jamie in mezzo. A breve distanza seguiva uno dei due Carrick al volante della Chrysler e subito dopo l'altro sulla loro vecchia Ford. Il cervello di Jamie stava lavorando, cercando l'amo da lanciare a Pompelli. Non aveva molto da offrirgli: Pompelli aveva già Carrick, e a lui rimaneva solo la distribuzione. Non un granché, dato che l'italiano poteva facilmente organizzarsi in tal senso, forse l'aveva già fatto. Anche sui contatti locali, i felici destinatari delle buste mensili, doveva avere già messo le mani. Pat Jackson. Non c'era niente di Pat Jackson che potesse offrirgli. Jackson l'avrebbe fatto ammazzare, immaginava. Che cos'aveva, quindi? Non molto. Poteva solo aspettare e vedere. Vedere Pompelli.

Salirono verso l'hotel *Forest Hills* e rimasero ad aspettare sul lato della strada mentre i Carrick andavano a parcheggiare la Chrysler. Poi proseguirono verso Bethlehem, sulla strada per il monte Agassiz. Ci fu un brutto momento in cui Jamie pensò che si stessero dirigendo a casa sua dove altri uomini li stavano aspettando. Con Foster. Poi smise di pensare. Inclinò un poco la testa all'indietro, per vedere il cielo.

Proprio sotto il suo naso. Entrarono a Bethlehem e poi si diressero a nord per imboccare la strada per Whitefield, che lasciarono quasi subito per svoltare in una delle vie laterali. Conosceva la casa, anche se non ci era mai entrato. C'erano già quattro o cinque automobili parcheggiate davanti. I tre uomini lo fecero scendere e lo scortarono su per i gradini. Entrarono senza bussare. La casa era tutta illuminata. Jamie udì la Ford dei Carrick sputacchiare e spegnersi, ma non si aspettò che li seguissero, e infatti rimasero fuori. Si ritrovarono in una grande sala con un caminetto di pietra con il fuoco acceso, lampadari elettrici al soffitto e mobilio in stile con alti cuscini. L'uomo che Jamie riteneva fosse il capo aprì una porta di legno con un pannello di vetro ed entrò, da solo, mentre gli altri aspettavano fuori. I suoi guardiani stavano un passo dietro di lui, uno da una parte e uno dall'altra. Jamie guardava la porta.

La porta si aprì e ne uscirono due uomini che lasciarono la casa senza guardarlo, anche se lui li riconobbe entrambi. Erano due degli uomini che aveva notato in giro per gli alberghi nel corso dell'ultimo anno. La porta rimase aperta e uno dei suoi guardiani lo spinse gentilmente avanti. Jamie scrollò le spalle come poteva, con le mani legate dietro la schiena, ed entrò. I suoi guardiani lo seguirono, richiudendosi la porta alle spalle.

Una bella stanza. Poltrone di cuoio imbottite. Un'ampia scrivania lucidata a specchio. Parquet di legno pregiato, seminascosto da un grande tappeto persiano. Luci elettriche, non troppo forti. Dietro alla scrivania c'era un uomo con un vestito di ottimo taglio, più elegante di qualunque vestito Jamie possedesse, ma non appariscente. Si era aspettato una persona di mezza età, corpulenta, con il doppio mento e le palpebre pesanti. L'uomo che aveva davanti aveva una buona mezza dozzina d'anni meno di lui. Forse anche dieci. Accuratamente rasato. I capelli imbrillantinati, lisciati all'indietro. L'altro uomo, quello che l'aveva prelevato da Carrick, era seduto in una delle poltrone di cuoio, a un lato della scrivania.

«Santo cielo, Sammy, l'avete legato? Non c'era bisogno di trattarlo così. Ma che cos'hai nella testa?»

Senza alzarsi, Sammy ordinò: «Slegalo, Lester».

Uno dei due uomini alle sue spalle sciolse la corda.

L'uomo dietro la scrivania disse: «Avanti, avanti». Gli fece cenno con la mano. «Si accomodi. Prenda una sedia e si accomodi.»

Jamie chiese: «Lei è Pompelli?»

«Sì, sono Pompelli. Vincent Pompelli.»

Pompelli raddrizzò la testa. Lo guardò e disse: «Le sto solo chiedendo di accomodarsi, in modo che possiamo scambiare due chiacchiere a faccia a faccia».

L'uomo sulla poltrona, Sammy, allungò un piede, arpionò la gamba di una sedia vuota e la trascinò sul tappeto accostandola alla scrivania. I due uomini alle spalle di Jamie, intanto, l'avevano preso per le spalle e l'avevano spinto in avanti. Lo fecero girare intorno alla sedia e cominciarono a spingerlo verso il basso, ma lui alzò le mani e, sempre guardando Pompelli, si sedette da solo, mentre i due uomini arretravano. Uno dei due gli passò alle spalle e accostò la sedia alla scrivania, come un cameriere. Jamie unì le mani e le posò sul piano del tavolo. Sempre senza smettere di guardare Pompelli.

«Allora», fece Jamie.

«Oh, Pelham, Pelham.»

«Non vedo dove stia il problema, Vincent.»

«Ah, no?»

«No. Quello che faccio lo faccio da un mucchio di tempo. Ma sono solo un pesce piccolo. Lei lo sa. Ha già messo le mani sul mio uomo. E anche sui miei clienti, a quanto vedo. Secondo me, queste sono solo briciole per lei. Può farmi chiudere bottega, certo. Ma credo che se fosse questo che vuole, l'avrebbe già fatto. Quindi, in qualche modo io le servo. Semplicemente per il fatto di esserci. In qualche modo che per lei funziona e di cui è meglio che io non sappia nulla, meglio per lei e meglio per me. Lei è giovane. E i suoi affari filano lisci come l'olio, questo è evidente. Quindi possiamo parlare. Ma non creda che io sia solo un vecchio stronzo con cui può fare quello che vuole. Che gliene pare, Vincent?»

Pompelli annuì. Come se fosse d'accordo. Ma guardò in basso. Come se non fosse sicuro di qualcosa. Tolse le mani dalla scrivania e se le mise in grembo. Sembrava che le stesse rigirando, che le stesse studiando. Come per trovarvi una risposta. Poi alzò lo sguardo su Jamie, senza muovere la testa ma solo gli occhi. Quasi una seduzione. Alla fine parlò.

«Pensa che potremmo lavorare insieme?»

«Può darsi.»

«No, lo devo sapere. Pensa che potremmo?»

«Penso», rispose Jamie, «che se la smettessimo di perdere tempo con queste cazzate, probabilmente potremmo organizzare qualcosa.»

Pompelli annuì. Come se ci stesse pensando su. Sorrise a Jamie. Si raddrizzò di nuovo. In tono ancora basso, disse: «Qua la mano».

Jamie lo guardò.

Pompelli tirò fuori la mano sinistra da sotto la scrivania e gliela tese. «Avanti, qua la mano.» Sempre a voce bassa, ripeté: «Avanti».

E Jamie fece per porgergli la mano destra, però a metà strada pensò che fosse la mano sbagliata da dare a un mancino e cominciò a ritirarla. Ma Pompelli con un guizzo gli afferrò il polso e contemporaneamente si alzò dalla sedia e gli schiacciò la mano sulla scrivania con il palmo aperto verso l'alto, mentre tirava fuori la destra e con un movimento fulmineo la abbassava su quella di Jamie e la ritirava di nuovo, il lampo argenteo di un rasoio nella luce della lampada. Poi Pompelli lo lasciò andare e si lasciò cadere nuovamente sulla sedia, e Jamie si guardò la mano sulla scrivania, un ampio squarcio che gli attraversava il palmo dalla base del pollice alla base del mignolo, e mentre guardava lo squarcio riempirsi di sangue disse: «Oooh, cazzo!» Una pozza di sangue sul piano del tavolo, improvvisamente tutto quel sangue.

Il dolore gli esplose dentro e si diffuse per tutto il suo corpo come la scia di una meteora. Un'arancia tagliata a metà, succo e polpa del colore del sangue. Sentì i pantaloni caldi e bagnati tra le gambe. Sbatté le palpebre, cercando di mettere a fuoco. Aveva il cervello bloccato, silenzioso. Si rifiutava di funzionare, chiuso su se stesso, cercando di salvarsi.

«Sammy, prendi un asciugamano.» Pompelli si stava rigirando il rasoio tra le mani, il capo chino per studiarlo.

Ignorando Jamie.

Sammy uscì dalla stanza e tornò pochi istanti dopo con un morbido asciugamano color pesca che porse a Pompelli. Questi lo usò per tamponare il sangue sulla scrivania. Poi lo appallottolò e lo gettò dall'altra parte del tavolo. Cadde sulle mani di Jamie, strette l'una nell'altra. Jamie lo prese e si fasciò la mano ferita. Sammy non ritornò alla sua poltrona, ma si piazzò accanto a

Jamie mettendogli una grossa mano aperta sulla nuca, come un cappuccio.

Pompelli si stava ancora rigirando il rasoio tra le mani. Guardò di nuovo Jamie. «La sua mano, sai, è così.» Alzò la mano destra e la chiuse un poco, come per reggere un bicchierino, il pollice ripiegato verso le dita, le dita separate l'una dall'altra. «Victor Fortini. I bambini lo chiamano Grinfia. Vic la Grinfia.»

«Gesù.» La parola gli uscì come da un mantice marcio.

«No, Lui non ti può aiutare, ora. Sai, Vic Fortini, Vic, è un uomo molto paziente, un lungo fuoco lento. Credimi, io lo conosco: è mio suocero. Devi capire una cosa, Pelham. Lui sapeva dov'eri da anni. Pensaci. Con quella mano rovinata, paralizzata, lui che cosa fa? Aspetta paziente. La maggior parte di noi, avendo davanti l'occasione, l'avrebbe colta al volo, prima che fosse troppo tardi. Sarebbe potuto venire a prenderti tanti anni fa. E allora? Che cos'è che dà a un uomo una sicurezza tale da permettergli di stare lì ad aspettare? C'è da rifletterci. Io, da parte mia, lo osservo con attenzione, magari imparo qualcosa. Merda, Pelham, non lo so. Ma guardiamo i fatti. Tutti quegli anni ad aspettare, e stasera eccoti qui. Come se avesse saputo che sarebbe venuto questo momento. Sai che cosa mi ha detto? Aspetta, Vinnie, lascia che sia lui a venire da te. Verrà, verrà. Questo mi ha detto. Ed ecco che sei venuto.»

Dopo una breve pausa, Pompelli disse ancora: «È buffo come una cosa stupida a volte si riveli un punto a tuo vantaggio. Se tu fossi scappato più lontano, a New York o Jersey o da qualche altra parte, probabilmente non avrebbe avuto tanta pazienza. Avrebbe potuto pensare che magari riuscivi a filartela. Invece fai una stupidaggine, ti allontani... quanto? Centocinquanta chilometri? Così lui sa subito dove sei. Ti rintraccia senza alcuna fatica. E tu, scommetto che ti sei preoccupato... due, forse tre mesi? Scommetto che pensavi che nessuno ti avrebbe trovato, qui». Pompelli tacque e finalmente posò il rasoio. Guardò di nuovo Jamie. «Be', non hai niente da dire?»

Jamie taceva. Si teneva la mano in fiamme, fasciata alla bell'e meglio nell'asciugamano zuppo di sangue, con l'altra mano, sopra i pantaloni bagnati. Il puzzo di urina era l'unico odore nella stanza che riuscisse a percepire chiaramente.

Pompelli disse: «Sammy?» Come a chiedergli un parere.

La mano sulla nuca di Jamie strinse la presa e gli sbatté violentemente la faccia sul piano della scrivania. Un'esplosione davanti agli occhi. Frammenti rossi e argento che schizzavano nell'oscurità. La mano lo afferrò per i capelli e lo tirò di nuovo su. Gli sembrò che gli sanguinassero gli occhi.

Pompelli disse: «Di' qualcosa. Parla. Ti sembra troppo, forse? In cambio di tutti questi anni di libertà? Ma devi ricordare quella mano rovinata. I bambini che ridevano di lui. Che lo chiamavano Grinfia. Anche gli uomini ridevano. Anche se non davanti a lui, ad alta voce. Quella mano lo sminuiva un poco. Non ai propri occhi. Questo mai. Ma agli occhi della gente che non capisce, sì. Pensaci. Avanti, di' qualcosa».

Jamie riusciva di nuovo a pensare, finalmente, e taceva. Lasciali fare, pensava. Che si prendano tutto quello che riescono a prendersi. Mi arrendo. Voleva soltanto che lasciassero stare Foster. Era tutto ciò che chiedeva. Ma non c'era risposta. Il mondo, il cielo, l'universo tacevano. Come sempre.

Pompelli si scostò dalla scrivania, si appoggiò allo schienale della poltrona e posò le mani sui braccioli. Jamie pensò che aveva l'aria stanca. Pompelli aggrottò le sopracciglia. Come se fosse deluso. E per un momento Jamie desiderò compiacerlo. Il momento peggiore. Poi Pompelli tornò in sé e i suoi lineamenti si distesero. Disse: «Niente, allora? Proprio niente? Un piccolo segno di rimorso? Un messaggio che possa riferire? Pensaci, magari si commuove. Magari si pente. È un uomo anziano. Tutto è possibile. Potrebbe pagarti una messa».

Jamie continuò a tacere.

«'Fanculo.» Pompelli si alzò. Non guardava più Jamie. Disse: «Portatelo fuori di qui. Dategli un passaggio».

Non si reggeva in piedi. Sammy non lo toccò ma gli altri due, Lester e quello di cui non conosceva il nome, lo aiutarono ad alzarsi dalla sedia. Lo fecero voltare e lo guidarono fuori dalla stanza. Adesso le gambe gli ubbidivano di nuovo. Uscirono, scesero gli scalini e attraversarono il cortile non pavimentato. Raggiunsero la Dodge con la capote abbassata e lo fecero salire sul sedile posteriore. In fondo al vialetto d'accesso, parcheggiata su un lato della strada, c'era la Ford dei Carrick. Jamie voltò la testa verso Sammy, che non era ancora salito in macchina, e una miriade di puntolini gli velò la vista. Si inumidì le labbra con la lingua spessa e ruvida. Essordì: «Potete risparmiarvi il disturbo. Mi farò dare un passaggio da loro».

Sammy si chinò appoggiando le mani sul bordo della portiera, il viso a pochi centimetri da quello di Jamie, e disse amabilmente: «Chiudi il becco».

Lasciò Jamie seduto in macchina, accanto a Lester, l'uomo di cui non conosceva il nome di nuovo al volante, e risalì il vialetto per parlare con i Carrick. Poi tornò indietro, con tutta calma, e montò in auto a fianco di Jamie. Senza che nessuno glielo dicesse, l'autista ingranò la prima e si diresse di nuovo verso Bethlehem. Risalirono la via principale, deserta, immobile. Svoltarono sulla strada per il monte Agassiz e sulla ripida discesa che conduceva fuori città l'autista scalò la marcia. Jamie tremava di freddo, non riusciva a evitarlo.

Sammy, accanto a lui, gli sussurrò all'orecchio: «Devi sentirti proprio di merda...»

Jamie non rispose.

«Non ti preoccupare», fece ancora Sammy. «Tra un po' ti sentirai meglio.»

Lester intervenne: «Ti ricordi che cos'ha detto quando è entrato nel fienile con quella ridicola pistola? 'Fermi dove siete, ragazzi.' Ah, ah! 'Fermi dove siete, ragazzi!'»

«Chiudi il becco», ordinò Sammy.

Scesero lungo i tornanti del monte Agassiz fino all'ampio altopiano che si estendeva verso Franconia. Qui la strada si faceva meno tortuosa. Ad alcune centinaia di metri di distanza, le fioche luci della Ford dei Carrick li seguivano. Sammy ordinò: «Accelera, Bishop».

Ecco. A Jamie sembrò importante scoprire il nome che gli mancava. Come se tutti i pezzi del rompicapo fossero andati al loro posto.

La grossa Dodge correva lungo la strada, facendo schizzare la ghiaia sotto le ruote.

Sammy alzò la mano sinistra, la passò intorno alle spalle di Jamie e lo accarezzò attraverso la giacca, senza violenza. Disse: «Accelera ancora un po', Bishop».

Poi, mentre l'automobile faceva un balzo in avanti, afferrò con forza la stoffa della giacca di Jamie e lo spinse verso il basso, costringendolo a chinare la testa verso le ginocchia. Nello stesso istante Lester fece altrettanto dall'altra parte. Entrambi afferrarono con l'altra mano le cosce di Jamie, sotto, poco dietro il ginocchio, poi lo sollevarono e lo gettarono all'indietro, fuori dall'auto in corsa.

Il viso verso il cielo, in aria. Le stelle immobili, distanti, sospese per un attimo. Poi l'impatto violento sul bagagliaio della Dodge, qualcosa che si spezzava nella schiena o nella spalla, quindi un impatto ancora più violento sulla strada, di faccia. Il rumore del motore dell'automobile che si assottigliava, come in un imbuto, l'ultimo dei suoi viaggi.

La Ford si fermò a una quindicina di metri di distanza. L'uomo e la donna scesero e lo raggiunsero. Passando davanti al muso dell'automobile, la donna si fermò, si chinò e prese la pesante manovella di avviamento. Jamie giaceva sul ciglio della strada, un braccio strappato trafitto da una scheggia d'osso. Una schiuma sanguinolenta gli usciva dalle labbra. Aveva una mano aperta sulla ghiaia, come in attesa di qualcosa che la riempisse. Sull'ampia ferita che la attraversava si era formata una crosta. Un paio di metri più in là, un asciugamano rigido. La parte visibile del suo volto era coperta di sangue, la pelle raschiata via dalla ghiaia. L'uomo si chinò su di lui, le mani sulle ginocchia. Si chinò e si rialzò in fretta. La voce resa spessa dalla bile, sentenziò: «È andato».

Al suono della voce, la testa sembrò rimbalzare sulla ghiaia, e l'altro braccio si staccò dal fianco dove giaceva inerte e si levò in aria dietro alla mano per un breve tragitto nella notte.

La donna disse: «Jeeter, è ancora vivo».

La mano ricadde a terra.

«Credo di no.»

«Non possiamo correre il rischio», osservò la donna. «Potrebbe arrivare qualcuno.» Cercò di porgergli la manovella.

«No, Amy. Non lo farò. È morto, non lo vedi?»

Lei allora lo guardò. Tremavano entrambi un poco nella notte. Lei lo odiò per questo, perché tremava lui e perché tremava lei. Disse: «Sei proprio uno smidollato». Fece il passo che le mancava, sollevò la manovella con entrambe le mani e la calò una volta e poi un'altra sulla testa dell'uomo steso a terra. Ogni volta, sentì il cranio rompersi e la manovella affondarvi dentro e rimanere impigliata. Ogni volta, dovette liberarla con uno strattone.

A metà pomeriggio Patrick Jackson scese lungo il vialetto di terra battuta tra i larici e gli abeti seguito da un altro poliziotto al volante della Chrysler, rinvenuta nel parcheggio del *Forest Hills* senza benzina ma con una piccola chiazza che gocciolava ancora nella sabbia sotto il serbatoio, da cui qualcuno l'aveva risucchiata. Uno dei particolari che il poliziotto aveva deciso di non prendere in considerazione.

Una coppia di cani da caccia corse incontro alle automobili. Jackson arrivò proprio davanti alla casa e si fermò. L'altro poliziotto parcheggiò la Chrysler accanto al fienile, poi raggiunse Jackson e salì in auto dalla parte del passeggero mentre il suo capo scendeva. Il ragazzo era già uscito di casa e osservava la scena dai gradini della cucina. Alto e longilineo, con gli stessi muscoli sottili di suo padre, non grossi ma forti. Capelli folti tagliati in qualche modo, neri con riflessi blu sotto il sole. La pelle olivastra come quella di suo padre, ma con un fondo rosso. Di quelle che sembrano sempre abbronzate, in qualsiasi stagione. Gli occhi scuri, infossati, fissavano Jackson con le pupille dilatate.

«Che cosa gli è successo?»

Jackson tirò fuori il distintivo e disse il proprio nome. Non cercò di stringergli la mano: sapeva che il ragazzo non voleva, che più tardi l'avrebbe detestato per questo. Disse: «A quanto pare, è rimasto senza benzina e ha lasciato la macchina al *Forest Hills*. Pensiamo che stesse camminando lungo la strada per il monte Agassiz, sperando magari di trovare un passaggio. Doveva essere molto tardi. Qualcuno l'ha investito».

«Qualcuno l'ha investito?»

«Così pare. Forse aveva bevuto, forse stava camminando in mezzo alla strada. Era tardi, sai. E anche chi l'ha investito probabilmente aveva bevuto, andava troppo veloce, forse non ha neppure visto che cosa aveva davanti. Non c'erano segni di frenata.»

«Non si è fermato?»

«No, figliolo. Non ci risulta.»

«È morto, quindi, è questo che mi state dicendo.»

«Mi dispiace molto.»

Il ragazzo non disse nulla.

Jackson disse: «Senti, io non ho mai avuto problemi con tuo padre. Mi capisci?»

Il ragazzo taceva.

Jackson aggiunse: «Devo farti una domanda. Aveva dei guai, sapevi qualcosa? O immaginavi qualcosa? Era successo niente di insolito, ultimamente?»

Gli occhi del ragazzo non si staccavano da Jackson. Dopo un attimo, scosse la testa, lentamente.

Jackson disse: «Il collega ha fatto benzina. Sai guidare?»

«Sì.»

«Hai dei parenti, qualcuno che possa avvertire?»

«No.»

«C'è qualcosa che posso fare per te?»

«No.»

«Conoscevo un pochino tua madre. Mi è sempre piaciuta.»

«Dov'è lui?»

Jackson glielo disse. Poi aggiunse: «Se ti viene in mente qualcosa, qualsiasi cosa, che vuoi dirmi, sai dove trovarmi».

Le labbra del ragazzo erano una linea dura. Poi chiese: «Sono al sicuro, qui?»

«Non lo so. Dimmelo tu.»

«Non lo so.»

E rimasero a guardarsi per qualche secondo. Ognuno dei due certo che l'altro sapesse più di quanto voleva dire. Poi Jackson disse: «È stato un incidente, pensiamo. Non dovresti avere motivo di preoccuparti. Mi dispiace per tuo padre, mi dispiace davvero».

«Perché?» disse il ragazzo. «Non è stata colpa sua.»

Quella sera chiuse a chiave entrambe le porte al pianterreno e vi ammucchiò contro dei mobili, poi si sedette sul letto, al piano di sopra, in compagnia dei due cani, al buio, mentre il temporale imperversava sulla casa. Sul letto aveva i suoi due fucili da caccia, carichi: il piccolo calibro 410 che suo padre gli aveva regalato anni prima e un L.C. Smith calibro 16 che si era comprato da solo l'anno precedente. Qualche ora prima dell'alba il cielo si aprì e l'aria divenne fredda, poi, mentre cominciava a fare giorno, la nebbia salì dal fiume e si diffuse nei boschi. Foster uscì con i cani dalla porta sul retro, portando con sé il fucile nuovo e guardandosi intorno nella nebbia. Non c'era nessuno. Quando i cani ebbero finito li riportò in casa e diede loro da mangiare, dopo avere barricato di nuovo la porta. Poi li chiamò in camera da letto e dormì qualche ora, con la finestra aperta. Ancora vestito, le coperte tirate sulla testa. Un fucile per parte, i cani ai suoi piedi.

Quattro giorni più tardi partecipò al servizio funebre e alla sepoltura come in sogno, non avendo dormito che qualche ora da quando suo padre era morto. Il pastore pronunciò parole che lui non capiva e che non avevano nulla a che vedere con suo padre. Fu sorpreso dalla quantità di gente, tra cui riconobbe parecchie persone. Quando qualcuno gli parlava lui rispondeva, ma più tardi non avrebbe ricordato una sola parola. Faceva caldo nel pomeriggio, durante la sepoltura, il sole si rifrangeva sul legno lucido della cassa quando venne calata nella fossa. Qualcuno gli porse una pala e Foster cominciò a spalare la terra e smise soltanto quando qualcun altro gli tolse l'attrezzo di mano, e solo allora capì che non doveva finire l'opera, solo cominciarla. Più tardi ci fu un rinfresco. La gente aveva portato della roba da mangiare che la moglie del pastore aveva disposto in una stanza dietro la chiesa. Foster entrò e vide la gente in piedi che mangiava e conversava, e uscì di nuovo. Non era posto per lui. Fuori dalla chiesa, Patrick Jackson era seduto sui talloni nell'esigua ombra della Chrysler. Foster non fu sorpreso di vederlo.

Jackson disse: «La gente ne ha bisogno. Ha bisogno di onorare i defunti ma poi deve andare avanti. Mi è sempre sembrato un po' veloce, ma non saprei dirti quanto sarebbe giusto aspettare. Tu che cosa faresti? Comunque, non riesco a immaginare di mangiare un panino al prosciutto».

«No, signore.»

«Tutto a posto, laggiù al fiume?»

«Sì, signore.»

«Stai bene, allora?»

«Mio padre è morto.»

«Lo so», rispose Jackson. «Anche il mio.»

Una mattina, due giorni più tardi, un avvocato di Littleton di nome Ewert Morse arrivò con la sua automobile, e se fu sorpreso o spaventato trovando Foster seduto sui gradini della cucina con un fucile da caccia sulle ginocchia non lo diede a vedere. Aveva con sé l'atto di proprietà della casa e del terreno e spiegò a Foster che due anni prima suo padre li aveva intestati a lui. Morse aprì il documento per mostrarglielo.

«Che cosa devo farci?»

«Farci? Non devi farci niente. È tuo, tutto qui.»

«Che cosa le devo per il disturbo?»

Morse scosse la testa. «Non mi devi niente. Fa parte dei servizi per cui tuo padre ha già pagato.»

«Me lo può tenere lei?»

«Sì.»

«E quanto mi costerà?»

«Non ti costerà un centesimo, fino a quando non vorrai farci qualcosa.»

«Per esempio?»

Morse alzò le spalle. «Se volessi vendere.»

«In quel caso, quanto costerebbe?»

«Solo una cifra simbolica per il passaggio di proprietà. Probabilmente sarebbe il nuovo proprietario a pagare, l'acquirente. È così che funziona.»

«Non penso di vendere.»

«Bene, allora. Posso solo custodirti l'atto di proprietà. Oppure lo puoi tenere tu. Sta a te decidere. È tuo.»

«Ma sarebbe meglio che lo custodisse lei.» Non era proprio una domanda.

«Starebbe in una cassaforte resistente al fuoco.»

«D'accordo. E non le devo niente?»

«No. Dunque, per quanto riguarda le proprietà immobiliari, siamo a posto così. Non ci sono conti in banca, mutui o ipoteche. Ma in luglio mi ha portato questa, mi ha chiesto di tenerla per te.» Si frugò nel panciotto e tirò fuori una busta. La porse a Foster. Foster la prese e la guardò. C'era scritto il suo nome, nella calligrafia sottile e arrotondata di suo padre.

«Sa che cos'è?»

Morse replicò: «Era sigillata, quando me l'ha data». Non esattamente una risposta.

«D'accordo. Le devo qualcosa per questa?»

«No», ribatté Morse. «Non mi devi niente.»

La busta conteneva una mappa tracciata a mano della zona boschiva subito dietro il fienile. C'erano dei punti indicati con dei cerchi, in ogni cerchio un numero. Su un lato della mappa erano riportati gli stessi numeri, ognuno seguito da una cifra. In fondo alla colonna c'era un totale. Neppure una frase, nient'altro.

Foster prese una pala dal fienile e dissotterrò i vasetti di vetro e i barattoli del caffè, tutti e undici. Alcuni barattoli erano diventati molli con il tempo. Sapeva della loro esistenza, ma non sospettava che fossero tanti. Li portò in cucina, tirò fuori i rotoli di banconote e li lisciò sul tavolo, in mazzette separate. Poi si sedette e contò e ricontò il denaro. Controllò la somma di suo padre sulla mappa. I conti non tornavano, seppure di poco. Foster ci pensò su. Non era da lui. Contò i soldi ancora una volta. Poco più di quattordicimila dollari. Divise il denaro in mazzette di cinquecento dollari che arrotolò e legò con dello spago. Poi nascose i rotoli in una scatola da scarpe, il posto migliore che gli venne in mente. Si mise nel portafoglio i centottantatré dollari che erano avanzati, poi prese la scatola da scarpe e la nascose nella legnaia, sotto una catasta di legna da ardere. D'estate, gli sembrò un buon posto.

Nel bosco, in un punto non segnato sulla mappa, una vecchia scatoletta di metallo tutta arrugginita si era dissolta nel terreno, fondendosi con l'humus. Le vecchie monete d'oro, sepolte nella terra soffice, sembravano preziosi, luccicanti panetti di burro.

La notte piangeva. La faccia tra le mani, sotto lo sguardo attento dei due cani seduti accanto a lui, ripeteva: «Papà, papà, papà». Andava avanti così per ore, fino a sentirsi male, dolorante, esausto. Finché di colpo udiva la voce vivida di suo padre ordinargli di smettere. «Smettila.» Una volta sola. Si toglieva le mani dal viso e si guardava intorno. Non c'era nulla e il suono non si ripeteva, rimaneva soltanto l'eco. Guardava i suoi cani. Loro guardavano lui.

Quel che al momento non aveva notato e a cui ora non riusciva a smettere di pensare era l'assenza di Jeeter e Amy Carrick al funerale. Non gli piacevano, non gli erano mai piaciuti, e sapeva che neppure suo padre li aveva in simpatia, ma comunque era strano. Sarebbero dovuti essere lì. Ciò che gli dava più pensiero era il fatto che sicuramente anche Patrick Jackson aveva notato la loro assenza. E non aveva detto nulla. Il che significava che anche lui ci stava riflettendo. Una sera andò nella camera da letto di suo padre, diede una spintarella alla porta e accese la luce. Andò al piccolo scrittoio con l'alzata avvolgibile e cominciò a frugare in tutti i cassetti, tra tutti i fogli sparsi in giro. Non sapeva che cosa stesse cercando, ma sapeva che l'avrebbe capito quando l'avesse trovato. Era sicuro che, volente o nolente, suo padre gli avesse lasciato un messaggio. Ciò che trovò era molto lontano da ciò che pensava. Un pacchetto di lettere legate con un elastico. Sulle prime pensò che potessero essere vecchie lettere di sua madre a suo padre e l'idea lo emozionò. Ma il timbro più recente risaliva solo a poco più di due anni prima. Le lettere avevano tutte lo stesso mittente, una certa Abigail Pelham di Randolph, nel Vermont. Spedite ogni due o tre anni, erano tutte indirizzate a suo padre, ma presso qualche fermo posta di uffici postali lontani: Wells River, Conway, Berlin. Rimase seduto per un pezzo con le lettere in grembo, consapevole di avere tra le mani qualcosa che avrebbe cambiato per sempre ciò che sapeva di suo padre. Da una scatola sullo scrittoio prese una sigaretta e l'accese. Poi aprì la lettera più recente, un unico foglio. La lettera, scritta con un inchiostro ormai sbiadito, cominciava così: *29 marzo 1926. Caro Jamie, papà è morto…*

[illegible]

[illegible] di [illegible] e [illegible] in [illegible]

[illegible]

PARTE TERZA

# *Sweetboro*

# 7

LA prima cosa a sorprenderlo fu la vicinanza. Sulla cartina sembrava un mucchio di strada. Invece era partito al sorgere del sole di quell'ultimo giorno di agosto e intorno alle due del pomeriggio aveva già parcheggiato sulla strada principale di Randolph, nel Vermont, e guardava le persone passargli accanto. Pensando che tra loro potesse esserci qualcuno con una frazione del suo stesso sangue. Dopo aver ritrovato le lettere, si era riconciliato con l'idea che suo padre avesse un passato di cui non aveva mai fatto parola. Del resto, non era tanto sicuro che un giorno non avrebbe fatto altrettanto. Tutto ciò che gli era accaduto fino a quel momento sembrava impossibile da descrivere a qualcun altro.

Mangiò un sandwich e osservò il moderato andirivieni di quel giorno feriale. Cercando di immaginare tra la gente una versione più giovane di suo padre. Studiava la strada e gli edifici che la fiancheggiavano. Osservava le persone. Parcheggiato lì, accanto al marciapiede, si sentiva a suo agio. In quel luogo la gente gli pareva più alla mano, meno piena di sé di quella che era abituato a vedere dalle sue parti. Ebbe la sensazione di poter uscire dall'auto e passeggiare tra loro sentendosi a casa propria.

L'impiegato dell'ufficio postale lo studiò con attenzione prima di fornirgli le poche e precise indicazioni necessarie a raggiungere la fattoria. Come se cercasse di capire le sue intenzioni. In effetti, pensò Foster, con due donne anziane che vivevano sole, anch'io sarei cauto. Non sapeva altro: Abigail, che scriveva le lettere, e sua sorella Prudence. E il padre. Suo nonno. Che era morto. In quella manciata di lettere non si parlava di nessun altro.

Sapeva solo che la prima lettera era stata inviata una decina di anni prima, in risposta a una di suo padre. Tre paginette scritte di getto, dal tono caloroso e felice, che si concludevano con un invito per tutti e quattro. La lettera successiva era arrivata tre anni dopo ma, forse per il lungo silenzio o per qualcosa che suo padre aveva scritto, il tono era cambiato, e si era mantenuto tale anche nelle rare lettere che l'avevano seguita. Era chiaro che ciascuna rispondeva a una missiva di Jamie. Una accennava a una cartolina ricevuta. E tutte – a parte la prima – erano poco più che semplici aggiornamenti sulla vita della fattoria e sulla salute di Prudence e del padre. Abigail non parlava mai di sé. L'ultima annunciava la morte del padre. Foster poteva solo supporre che suo padre non avesse risposto.

Lasciò la città dirigendosi verso sud, poi svoltò a destra dove gli aveva indicato l'impiegato postale e, ingranando una marcia bassa, risalì il pendio sterrato che si inerpicava tra i boschi, fino a raggiungere la conca dove sorgeva la fattoria. La casa e le stalle, in lontananza, erano precedute da pascoli e prati coltivati a foraggio, e avevano alle spalle una collina coperta da altri pascoli.

Percorse il vialetto e parcheggiò nel cortile, tra la casa e le stalle. Scese dall'auto intimando ai due cani di rimanere sul sedile, si sistemò la camicia nei calzoni e si diresse verso la casa. Non era mai stata dipinta, e il legno era diventato del colore morbido e cremoso della melassa. Ignorò la porta sul retro, da dove sapeva che tutti entravano e uscivano, e attraversò un fazzoletto di prato, oltre un vecchio lillà, giungendo a un blocco di granito oblungo, su cui salì per bussare alla porta principale.

Sulla soglia comparve una donna di colore sulla cinquantina, bassa e robusta. Indossava pantaloni pesanti di sergia infilati negli stivaloni di gomma e un maglione con numerosi rammendi. Il viso un reticolo di rughe, la pelle color cannella spruzzata di lentiggini. Occhi verdi. La chioma ribelle, un tempo del colore delle lentiggini, era ormai striata di grigio. Lo osservò un istante, poi esclamò: «Santo cielo!»

«Oh, mi scusi signora», rispose Foster. «Devo avere sbagliato strada.»

«Non credo, giovanotto», replicò la donna.

Foster aveva visto persone di colore solo un paio di volte in vita sua, e sempre da lontano. Scese dal blocco di granito, sul prato. «Mi scusi», ripeté. «Devo essermi sbagliato.»

La donna gli si avvicinò e lo afferrò per un polso, come per trattenerlo. Aveva una mano nodosa, coperta di lentiggini e di calli. «Assomigli tutto a nostro padre», gli disse. «Sei il figlio di Jamie, vero?» E senza aspettare risposta, senza lasciargli il braccio, girò la testa e gridò all'interno della casa: «Abby, vieni a vedere!»

Quindi si voltò nuovamente verso di lui e osservandolo ancora chiese: «Tu sei Foster, vero? Foster Pelham?»

«Sì, signora», rispose il ragazzo, senza capire nulla, la voce che sembrava arrivare da molto distante.

La donna abbassò lo sguardo sulla mano che stringeva il polso e intuendo la sua confusione, forse anche la sua paura, lo lasciò e intrecciò le mani davanti a sé. «Sono Prudence Pelham», si presentò. «Ma tutti mi chiamano Pru, o Prudy. Per te dovrei essere zia Pru, ma in effetti suona un po' strano, vero? Anche se sono anni ormai che penso a me stessa in questi termini, visto che sapevo di te e della piccola, la tua sorellina che è morta. Ma non ho mai sentito nessuno pronunciare queste parole a voce alta, non le ho mai pronunciate neppure io. Quindi chiamami come vuoi: Pru o zia, o zia Pru, oppure in nessun modo. Non puoi immaginare quanto assomigli a nostro padre, a tuo nonno. Davvero, identico. Con quei grandi occhi spalancati. Immagino che non avrai mai visto nessuno come me.» E di nuovo si voltò per chiamare qualcuno dentro casa. «Abby, devi venire subito qui a vedere!» Poi si rivolse ancora a Foster. «Per te sono uno choc, lo vedo benissimo. Questo vuol dire che non te lo aspettavi. E non mi sorprende. Che cos'è successo a tuo padre per farti venire fin qui? In che razza di guai si è cacciato?»

Foster arretrò di un passo, poi guardò la donna, la bocca grande, i denti macchiati. «È morto», rispose.

«Santo cielo», esclamò Prudence portandosi le mani aperte al petto. «Oh, no», disse, il viso rapidamente attraversato da sentimenti diversi. «Che cosa gli è successo? Niente di buono, vero?»

E il dolore così vivo sul viso della donna toccò il cuore di Foster, che le si avvicinò e mormorò: «Dicono che sia stato un incidente».

Prudence fece un cenno con il mento verso il ragazzo, gli occhi umidi di lacrime ma trasparenti, furiosi. «Invece non è andata così, vero?»

Era ciò che nessuno aveva detto. Così fu facile per Foster dondolarsi avanti e indietro davanti a quell'anziana sconosciuta e parlare. «No. Secondo me non è stato un incidente. Hanno fatto in modo che lo sembrasse. E questo faceva comodo a troppe persone perché qualcuno si desse la pena di indagare.»

Prudence abbassò le braccia. «Avevo paura per lui. Sempre. Non c'è stato giorno nella mia vita che non abbia avuto paura per lui. Aveva la rabbia in corpo, tuo padre, la rabbia contro tutto. E voleva avere tutto.»

«Era un uomo buono. Con me era buono», disse Foster.

«Ne sono sicura», rispose la donna. E ancora una volta si voltò e gridò all'interno della casa: «Abigail!» Poi si rivolse nuovamente a lui. «Tuo padre era un ragazzo tenero. Sempre stato. Ma non ha mai trovato il modo di mostrare quella parte di sé. Almeno, non che io sappia. Tu però mi stai dicendo che invece c'era riuscito.» Con il viso contratto dal dolore aggiunse: «E immagino che avrai ragione tu. Che lo conoscevi molto meglio di quanto abbia avuto il tempo di conoscerlo io».

Foster disse qualcosa che non sapeva ancora di sapere. «Credo che abbia sempre e solo voluto fare le cose per bene. Ma forse non sapeva come. O forse ha solo avuto sfortuna. Io comunque ricordo che ci ha provato.»

E mentre parlava, udì i passi di qualcuno che percorreva il

corridoio, alle spalle di Prudence. Si sporse in avanti per evitare il riverbero della luce e vedere chi fosse. Ma Prudence si alzò leggermente sulla punta dei piedi e si sporse di lato allungando il collo, come allarmata per qualcosa, poi levò le braccia gridando: «Quel cane che punta le galline è tuo? Ragazzo? Foster? Guarda laggiù».

Glow era uscita dal finestrino aperto e stava facendo la posta ai polli lungo la recinzione metallica accanto alla stalla, muovendosi lentamente, un passo dopo l'altro, cauta e tremante, silenziosa, fermandosi a puntare i volatili, così grandi in confronto a lei, così vicini... diversi da qualsiasi cosa avesse mai visto in vita sua. I polli, agitati, starnazzavano per la paura e l'indignazione. I galli facevano la spola tra le galline e la recinzione, nervosi. Lovey era ancora sul sedile del conducente, le orecchie ritte, e osservava sua figlia. Lei conosceva già i polli.

Foster attraversò il prato, disse a Lovey di rimanere dov'era, giusto per dire qualcosa, per dimostrare un briciolo di autorità in quella situazione, e si diresse spedito ma calmo da Glow, pietrificata e tremante. Le accarezzò i fianchi e le parlò sottovoce, blandendola con una serie di no, no, no.

La testa china, alzò gli occhi per studiare la casa, quello strano posto. Un'altra donna era uscita dalla porta principale. Una donna più alta, con un vestito. Abigail. Abigail e Prudence. Foster continuava a non capire nulla, a parte che tutto era cambiato. Si chiese se non potesse semplicemente riportare Glow in macchina e andare via. Sapeva già che non poteva farlo, e si irritò con se stesso per avere anche solo pensato di volerlo fare.

La donna più alta gli stava venendo incontro sul prato. Foster si alzò e, piegato in due, riportò a fatica Glow verso l'automobile, mentre la cagnetta tirava nell'altro senso. Mentre apriva la portiera e faceva salire Glow, chiudendo un poco il finestrino per non farla scappare, Abigail arrivò di fronte alla vettura. Foster richiuse la portiera, si raddrizzò e si voltò.

Rimase sconvolto, doppiamente sconvolto. Il mondo intorno a lui si stava dipanando e ingarbugliando al tempo stesso. Da un lato aveva davanti la versione femminile di suo padre: più alta, con un antiquato vestito grigio perla con il collo alto, i capelli raccolti stretti sulla nuca, ma i lineamenti di suo padre, la stessa pelle olivastra sull'ossatura elegante, le stesse labbra ben disegnate, carnose, gli stessi occhi che lo studiavano. Dall'altro lato – indistinguibile dal primo – si rese conto per la prima volta che una donna poteva ancora essere bellissima dopo i ventitré anni. E quella rivelazione e il desiderio che ne seguiva gli esplosero dentro costringendolo a distogliere lo sguardo da quella figura femminile e a guardare verso la casa, per accertarsi che l'altra fosse sempre lì, pensando che la sua presenza avrebbe in qualche modo attenuato quella mostruosità. E Prudence c'era ancora, le mani sui fianchi, e li osservava. Foster guardò di nuovo Abigail, ritta davanti a lui.

«Scommetto un dollaro che stavi pensando che faresti meglio a saltare sulla tua macchina e andare via. Via da tutto questo. Io sono Abigail.»

Foster le strinse la mano affusolata, asciutta. «Ho trovato le lettere che ha scritto a mio padre.»

«Pru mi ha detto che è morto.»

«Sì, signora. È morto.»

La donna ritirò la mano. «E tu sei venuto fin qui.»

«Sì.»

Abigail lo studiò. Poi chiese: «Quanti anni hai? Sedici?»

«Appena compiuti.»

Lei annuì. «Parecchi, vero?»

«Sì, signora.»

Abigail non sorrise ma lui sentì che avrebbe voluto. «Non chiamarmi signora. I cani erano di tuo padre?»

«No, sono miei.»

«Sicuro che stiano bene con il finestrino quasi chiuso? Oggi fa molto caldo. Sicuro che abbiano abbastanza aria?»

«Credo di sì.»

«Non ammazzare i tuoi cani per qualche gallina spaventata.»

«Non lo farei mai. Credo che così vada bene, signora.»

Questa volta Abigail sorrise. Come se l'avesse colta in fallo.

Come suo padre. «Allora lasciali lì», concluse. «Andiamo in casa a sederci. Abbiamo tante cose da chiederci.»

«Non capisco molto di tutta questa storia.»

Abigail gli lanciò una rapida occhiata. Di nuovo come suo padre. «Non è colpa mia», disse.

Prudence attraversò il prato e li raggiunse, poi le due donne condussero Foster alla porta sul retro. Entrarono nel ripostiglio che veniva utilizzato per gli attrezzi e per la legna da ardere, quindi, superata una porta massiccia, si ritrovarono in cucina, dove sedettero intorno al tavolo di assi di pino. Abigail riempì d'acqua i bicchieri e Prudence portò un piatto di biscotti di melassa con il bordo che ricordava un merletto. Senza aspettare che glielo chiedessero, Foster si mise a raccontare alle due donne ciò che era accaduto a suo padre, tralasciando le congetture e limitandosi ai pochi e semplici fatti conosciuti. Disse solo quello che gli sembrava opportuno dire. Solo quello che era sicuro suo padre avrebbe voluto che lui dicesse. Le due donne lo osservavano e, mentre parlava, Foster guardava ora l'una, ora l'altra. Prudence gli parve la più colpita dalla notizia, il viso scosso da un tremito continuo. Abigail, la schiena eretta, teneva le mani aperte sul tavolo. Più volte Foster notò un interrogativo farsi strada sul suo volto, ma Abigail continuò a tacere.

Il ragazzo concluse parlando della proprietà nel New Hampshire, intestata a suo nome, che il padre gli aveva lasciato. Non voleva che temessero che si aspettasse qualcosa da loro. Era in grado di badare a se stesso.

Poi, come per spiegare la sua presenza in quel luogo, riparlò delle lettere scritte da Abigail a suo padre.

«Ma tu non sapevi nulla di noi? Non ti ha mai parlato della sua famiglia?»

«Abby, Jamie non l'avrebbe mai fatto.»

«L'ho domandato a Foster, Pru.»

«È sgusciato via da quella porta nel cuore della notte e non si è voltato indietro nemmeno una volta in tutta la sua vita. Lo sai benissimo, e lo so anch'io. Non c'è bisogno di tormentare il ragazzo.»

«Sto tormentando solo la tua immaginazione. Gli ho semplicemente fatto una domanda.»

«Veramente», intervenne Foster, «papà non ha mai parlato della sua famiglia. Ma è anche vero che io non gli ho mai chiesto niente. Anche se mi sembra di ricordare che non aveva parenti. Che erano tutti morti. Ecco, ho un vago ricordo di qualcosa del genere.»

Abigail lo interruppe. «Invece eccoci qui, vive e vegete, come puoi vedere tu stesso. E tuo nonno, il padre di tuo padre, era vivo e anche in ottima salute, per lo più, fino a poco tempo fa. A marzo sono stati due anni.»

«Il fatto è...» balbettò Foster. «Ecco, è difficile da spiegare, ma dopo la morte di mia madre e di mia sorella, abbiamo smesso di parlare di tutto quello che era venuto prima. E poi, lui ha lavorato per anni in un grande albergo di laggiù, il *Sinclair*. Aveva un posto di responsabilità. Negli ultimi tempi, però, gli affari hanno cominciato ad andare sempre peggio, e ora in tanti sono rimasti senza lavoro. Ma papà aveva un commercio di alcolici. Credo che gli rendesse. E non è che la gente non sapeva quello che faceva, ma tutti tenevamo la bocca chiusa. Abitudine. Quindi, no, non mi ha mai parlato di voi. Non avevo idea. E continuo a non averla. Non so niente di quello che sta succedendo qui, né chi siate voi due. Niente.»

Si fermò, come se sentisse di essersi spinto troppo oltre eppure non ancora abbastanza; poi si alzò, fece il giro del tavolo per riempirsi il bicchiere all'acquaio, bevve e lo riempì di nuovo. Si alzò anche Prudence e lo invitò a seguirla. Percorsero un corridoio ed entrarono in un salottino. Abigail li aveva raggiunti. Prudence prese un lume a gas da uno dei tavolini, lo accese e lo posò sulla mensola del camino accanto all'orologio da caricare ogni otto giorni. Quindi arretrò di un passo e lasciò che Foster si avvicinasse. Sul muro sopra la mensola c'era un doppio ritratto in una cornice ovale.

Subito il ragazzo diede una rapida occhiata all'uomo. Giovane, serio, occhi neri e infossati, troppo tristi per la sua età, la chioma scura e folta. Ma fu la donna a colpirlo. La pelle scura, una massa di capelli crespi pettinati all'indietro. Una donna di colore. Non avrebbe saputo dire quanti anni aveva, ma capì che era giovane. Gli occhi chiari guardavano verso l'alto come se il suo sguardo volesse viaggiare oltre quel momento e aspettare, aspettare per sempre chiunque avesse dovuto incontrare. Occhi feroci, pensò Foster. Tornò a guardare l'uomo e decise che i suoi occhi non erano poi così tristi, ma puntavano avanti, come per affrontare il mondo a viso aperto e poi guardare oltre, verso un mondo costruito con le proprie mani.

«Come si chiamano?» domandò Foster, senza distogliere lo sguardo dai ritratti.

«Norman e Leah Pelham. I tuoi nonni.»

«Nostra madre», precisò Abigail, «era una Mebane della Carolina. Così si chiamava prima di conoscere tuo nonno.»

«Quel nome non significa niente», ribatté Prudence. «Era solo il nome dell'uomo da cui è fuggita.»

«Non era soltanto quello.»

«Taci», lo zittì Prudence.

Foster appoggiò la punta delle dita sulla mensola. Non era ancora pronto a separarsi dalla coppia alla parete. Sentì il sudore colargli lungo le ascelle.

Alle sue spalle Prudence osservò: «È il ritratto sputato di nostro padre».

Foster staccò gli occhi dalla donna e fissò l'uomo, ma non riuscì a vedersi in lui.

Abigail esordì: «Nostro padre era stato in guerra. Era partito nel 1862, impaurito e spaventato, travolto dagli eventi, finché non si era ritrovato a far parte degli eventi lui stesso. Era partito perché doveva farlo. Aveva solo un anno più di te. E quando gli domandavo perché, mi rispondeva sempre e solo che gli era sembrato di non avere scelta».

Foster si voltò. Abigail, in piedi al centro della stanza, lo guardava. «Posso capirlo», disse.

Abigail gli sorrise. «Oh, sì. Lo immagino.»

«Ha combattuto dal Sessantadue fino alla fine», disse Prudence. «Fu ferito due volte, la prima a Gettysburg. Un colpo di sciabola al braccio destro, che gli attraversò tutto il muscolo, fino all'osso. Finì all'ospedale, ma quando uscì tornò subito a combattere. Sarebbe potuto tornare a casa, ma non lo fece. La seconda volta fu proprio alla fine, nella primavera del Sessantacinque. Un colpo di artiglieria leggera esplose vicino a nostro padre distruggendo un albero, e un pezzo di legno lo colpì alla testa. Non si sa che cosa successe dopo, lui non ha mai capito se vagò allontanandosi dai compagni o se lo lasciarono indietro. Fatto sta che si perse. Non ricordava niente, solo che si risvegliò in un bosco accanto a una schiava in fuga che si stava occupando di lui. E quella era nostra madre.»

«Quindi fu lei a curarlo», disse Foster, «e a riportarlo qui.»

Abigail gli lanciò un'occhiata. «Devi sapere una cosa, devi sapere quello che nostro padre diceva di nostra madre. E cioè che era la donna più bella che avesse mai visto in tutta la sua vita.»

Il ragazzo si voltò di nuovo verso il ritratto e studiò la donna. In effetti era bellissima. E immaginò che in carne e ossa avesse potuto suscitare in un uomo ogni genere d'emozione.

«In vecchiaia, la ferita lasciata dalla sciabola gli ha dato molto fastidio. Con l'umidità o con il freddo tornava sempre a farsi sentire. Ti sapeva annunciare un cambiamento del tempo con due o tre giorni di anticipo. Ma non ne parlava mai, non si buttava mai giù. Nostro padre era così. Mai un lamento. Una roccia.»

Foster studiò l'immagine di quella roccia. L'uomo di cui doveva essere il ritratto sputato, a sentire quell'anziana donna dalla pelle color carota. Se l'avesse visto in strada, non avrebbe mai detto che avevano lo stesso sangue. Anche se, osservando quell'uomo impettito accanto alla donna di colore che era sua nonna, cominciava a capire perché qualcuno avrebbe potuto dire che si assomigliavano.

Il mondo, pensò, gira troppo in fretta.

Si voltò di nuovo verso le due donne, le mani intrecciate dietro la schiena. «Lui è morto solo un paio di anni fa. E lei?»

Le donne sussultarono. Non si mossero, e distolsero lo sguardo solo per una frazione di secondo. Ma Foster non poté non notare la tensione dei loro corpi. Fu Prudence a parlare. In un tono dolce, e molto triste. «È morta molto tempo fa. Tuo padre era ancora un bambino. Credo che la sua morte fosse più o meno tutto quello che ricordava di lei.»

«Non ricordava nulla», affermò Foster.

«Non ne parlava con te.»

«Io ero tutto ciò che aveva.»

«Tu e noi tre», intervenne Abigail. «Che tuo padre ha scelto di cancellare dalla sua vita. Il proprio padre.» Scrollò le spalle. «Prudence e me.»

«Ce l'ha ancora con lui per questo», osservò Prudence. «Ma ce l'ha con mezzo mondo, comunque.»

«Io vedo le cose in modo chiaro, tutto qui. A differenza di altri.»

«Il mondo è un'enorme pietra a cui non importa quante volte ci sbatti contro. Quella rimane ferma al suo posto. E a te non resta che sedertici accanto e farti una risata.»

«Se è il caso di urlare io lo farò sempre, fino all'ultimo respiro.»

«Nessuno ne dubita, Abby. Proprio nessuno.»

«Sono solo riuscito a turbare tutti quanti», intervenne Foster, preoccupato. «Non sarei dovuto venire.»

Le donne tacquero, immobili.

Poi Prudence disse: «Invece hai fatto bene a venire. È vero, sono turbata. Da anni ormai avevo deciso che non avrei più visto né sentito mio fratello fino alla sua morte. Ma un conto è pensarlo, un altro quando succede davvero.»

«Non devi far troppo caso a noi, giovanotto», aggiunse Abigail. «Siamo due vecchie bizzarre, viviamo insieme da sole da così tanto tempo che quando non litighiamo ci finiamo le frasi a vicenda e nemmeno ci accorgiamo di farlo. Ma tu forse stai pensando che davvero avresti fatto meglio a non venire. E hai motivo di pensarlo. Perché noi non siamo semplicemente le due zie zitelle che devi avere immaginato. Tuo padre si è lasciato alle spalle qualcos'altro oltre a noi tre, ha lasciato una parte di se stesso. Perché lui poteva 'passare'.»

«Anche tu avresti potuto. Avresti fatto strada, lontana da casa», disse Prudence.

«No», ribatté Abigail. «Non avrei potuto. Perché non potrei abbandonare la mia gente più di quanto tu non possa cambiare quei vecchi capelli ispidi che hai sulla testa. Jamie invece è potuto volare via, lontano da se stesso, come i semi di un soffione.»

L'orologio sulla mensola del camino batté le quattro.

«Ci sono le mucche da mungere», disse Prudence, poi si voltò, mostrando le larghe spalle muscolose sotto il vecchio maglione, e uscì dalla stanza accompagnata dal rumore dei propri passi nel corridoio, attutito dalla suola di gomma degli stivali.

Abigail alzò le sopracciglia guardando Foster. Increspò le labbra, divertita, ma non sorrise. «Vuole dire che mentre lei munge, per me è arrivato il momento di occuparmi delle galline e dei cavalli e dare un'occhiata alle pecore. Ti pare che non lo farei, se lei non me lo ricordasse? Ma vedi, adora richiamarmi all'ordine. Sa benissimo che faccio sempre la mia parte, ma senza amore, solo perché è necessario. Ti ho avvertito: due vecchie che vivono da sole finiscono per diventare un po' strane.»

Foster le sorrise e incrociò le braccia sul petto. «Posso darvi una mano?»

«Puoi darci una mano? No. Non puoi. Anche se fossi cresciuto in una fattoria, non spetta a te. Al posto tuo, andrei in cucina a mangiare quel piatto di biscotti e poi prenderei quei due cani chiusi nella tua bella automobile e li porterei a fare una passeggiata in montagna. Lasciali sfogare un po', e vedrai che dopo lasceranno perdere le galline. C'è un sentiero che arriva fino a un boschetto di aceri da zucchero e oltre. Va' a fare un giro, e quando torni giù ci mettiamo a tavola.»

Foster la studiò per qualche istante. Poi le domandò: «Che cosa significa che papà poteva 'passare'?»

«Che poteva passare per un bianco.»

Quando sbucò oltre il boschetto di aceri, Foster si fermò a guardare la fattoria dall'alto, docilmente seguito dai due cani, felici di riposarsi un momento accanto al padrone. La luce, nel tardo pomeriggio di fine estate, era dorata, il cielo blu, quasi nero.

L'arrampicata era stata dura. I cani in testa, non più intrappolati nella Chrysler, liberi di lanciarsi tra i profumi di quella terra sconosciuta; Foster dietro, impegnato a tenere il passo degli animali e a non pensare a niente.

Lungo il sentiero avevano visto una piattaforma per segare la legna, la struttura ancora solida, ma il cumulo di segatura sottostante basso e coperto di marciume e anni di abbandono. Foster si era fermato, intuendo che doveva essere appartenuta al nonno. L'aveva osservata a lungo, pensando che forse gli avrebbe potuto raccontare qualcosa di quell'uomo. Ma erano solo grossi tronchi di legno muto, tenuti insieme a incastro, senza neppure un chiodo. E un tappeto di segatura marcia. Un tipo di lavoro che non conosceva. Un uomo che non conosceva, ma che sentiva vibrargli dentro. Il suo ritratto sputato, aveva pensato. Poi si era aggiustato i calzoni ed era passato oltre, fischiando ai cani e pensando: Vedremo.

Adesso era arrivato alla radura che sovrastava la fattoria. Il corpo dolcemente dolorante. La mente una sorsata d'acqua fresca. Disturbata dai due sassolini che vi erano caduti dentro, le due anziane sorelle. Non aveva molta voglia di scendere, di ritrovare le due donne, di interrompere la pace del bosco che lo circondava. Osservò la figura che si muoveva davanti alle stalle, guidando le bestie che procedevano lente davanti a lei. E capì di voler anche tornare, tornare laggiù e mettersi a sedere con le due donne per sapere quanto più poteva, tutto ciò che poteva. Non perché quello fosse l'unico posto dove andare, ma perché in un certo senso era parte di lui. E perlustrò la collina ai suoi piedi, finché non trovò un muretto di pietra che delimitava un lembo di terra al centro di un pascolo, e al suo interno delle semplici lapidi che sembravano innalzarsi verso il cielo, determinate a rimanere all'aria aperta. Ciascuna con la sua ombra.

Accarezzò la testa dei cani che lo aspettavano, poi decise di tagliare per i pascoli, fino ai pilastri di granito che non reggevano più nessun cancello, ed entrò nel piccolo cimitero.

Le pietre erano molto semplici, anch'esse in granito, e l'unico particolare che ne distingueva qualcuna dalle altre erano gli spigoli superiori arrotondati. Per una buona metà erano piccole, con pochi anni a separare le due date, alcune addirittura con una data sola. Quanti bambini morti. Zii e zie lontanissimi. La pietra più recente, ancora candida e con l'iscrizione nitida, era quella di suo nonno. Norman. Ottant'anni. Secondo Reggimento del Vermont, Grande Esercito della Repubblica. Accanto, un'altra pietra recente, quella di sua nonna. Leah Pelham. La data di nascita era indicata solo con l'anno – 1848 – seguito dal giorno della sua morte, nel novembre del 1890. Aveva solo quarantadue anni. Sotto le date, l'iscrizione NON POTEVA RIMANERE. Foster si inginocchiò per studiarla da vicino, poi si rialzò e girò fra le altre tombe. James. Earl. Amos. Osborn. Ancora James. David. Henry. Uno dei James era chiaramente il suo bisnonno. Morto nel 1864. E poi le donne: Charlotte, Jane, Estelle, Ellen Ann. E, accanto al suo bisnonno, Cora Pelham. Morta nel 1886.

Si sdraiò su un fianco, appoggiandosi a un gomito, illuminato dai raggi obliqui dell'ultimo sole, l'aria ferma e sempre più fresca. I due cani allungati vicino a lui, contro il calore del terreno. Dal basso saliva il muggito di una mucca. *Non poteva rimanere.* Sua nonna. La donna nera. Morta alla stessa età di suo padre. Cercò di immaginarli, di vedere suo padre assieme alla donna sconosciuta. Non ci riuscì. Poté solo continuare a pensare, in tutto questo io che cosa sono? Una domanda per cui non aveva risposta. Un nero? Una parte di me sicuramente, ma quale? Come poteva saperlo? E che cosa doveva fare? Passare per bianco. Passare per che cosa? Passare? Neanche fosse un esame di scuola. Infine, infreddolito sulla terra ormai fredda, ripensò a quelle parole: *Non poteva rimanere.* Ripensò agli occhi feroci del ritratto. Non poteva rimanere. Perché no?

Si alzò e si fregò le mani, poi si spazzolò di dosso i fili d'erba. I cani si alzarono con lui. Il sole era scomparso oltre la collina, ma gli ultimi raggi illuminavano ancora la sagoma sfilacciata delle nuvole pallide. Non aveva ancora le idee chiare, ma era evidente che, pur essendo il benvenuto, il suo arrivo rappresentava una minaccia per il mondo delle due donne che abitavano laggiù. Non riusciva a definire con precisione che genere di minaccia, ma era certo che da qualche parte quella minaccia c'era. Un dolore che poteva arrecare. Osservò il filo di fumo uscire dal comignolo, ingrossarsi, ondeggiare e poi svanire. Qualcuno stava preparando la cena. Foster aveva fame, e discese la collina nella luce del crepuscolo, con i cani che gli trotterellavano dietro. Sapeva che alla fattoria lo stavano aspettando. Andò da loro, deciso a fare del suo meglio per non ferirle.

«Abbiamo preparato delle cose molto semplici», disse Abigail, china sui fornelli nel suo abito grigio perla. «Non certo i piatti raffinati a cui sarete abituati nelle località di villeggiatura.» E cominciò a posare sulla tavola vassoi di prosciutto, patate novelle lesse, pomodori a fette, mais fumante, pastinache, salsa di mele, fagioli in salamoia profumati all'aneto, cetrioli sottaceto, panini bianchi e piattini di burro e gelatine. Prudence arrivò dal corridoio indossando un vestito da casa azzurro abbottonato sul davanti, i capelli raccolti in un fazzoletto, proprio come le donne di colore che aveva visto nelle vignette sui giornali. Profumava di sapone. Riempì i bicchieri d'acqua e spostò una caffettiera su una piastra calda della cucina economica. Foster si lavò le mani e se le asciugò con calma, aspettando che le due signore si mettessero a tavola, quindi si sedette nel posto rimasto libero, quello che aveva già occupato nel pomeriggio.

«Seduti intorno a questo tavolo», recitò Abigail, «chiediamo solo la grazia di accettare i disegni del Signore, a noi imperscrutabili, com'è Lui nella Sua saggezza.»

«I tuoi cani non sono abituati a stare in casa?» domandò Prudence.

«Sì, signora. Ma il cucciolo può ancora combinare dei bei guai. Li ho lasciati in macchina. Pensavo che se ci fosse un capanno o una stalla vuota, potrei metterli a dormire là.» Non voleva confessare che i cani dormivano con lui.

«Li sistemeremo dopo cena. Scommetto che vorranno anche qualche avanzo.»

Foster sorrise. «Credo proprio di sì.»

«Mangia», lo invitò Abigail. «Riesco da qui a sentire il tuo stomaco che brontola.»

Si passarono i vassoi a vicenda riempiendosi il piatto. Foster era rosso in viso per il calore della cucina e per l'abbondanza del cibo. Da quando era morto suo padre aveva vissuto a gallette e sardine, sandwich con uovo e formaggio e carne in scatola; solo un paio di volte era andato alla tavola calda di Littleton per un hamburger.

«Ti ho visto entrare nel cimitero», osservò Abigail, tagliando una fetta di prosciutto a dadini. «Ma ci avrai trovato più domande che risposte. È così?»

Foster masticò e deglutì, poi prese il tovagliolo e se lo premette sulle labbra. «Ci sono tanti Pelham lassù. Uno dei James era il mio bisnonno, vero?»

Prudence annuì. «Il padre di nostro padre. Morto mentre lui era in guerra. Si era preso un calcio in testa da un cavallo mentre si chinava a raccogliere un soldo da terra. Nostro padre diceva che mai niente gli era costato così caro. Lo diceva con ironia, come fosse una cosa divertente, ma si capiva che dietro quel tono nascondeva una grande tristezza.»

«È da lui che pa' ha preso il suo nome?»

«Pa'», ripeté Abigail. «Lo chiamavi così?»

«Sì, signora. Quasi sempre. A volte papà. Da piccolo, paparino.»

«Non riesco a immaginarlo. Noi l'abbiamo sempre chiamato padre. E nostra madre, madre.»

Foster abbassò lo sguardo sul piatto. Mangiò qualche boccone, poi disse: «Eravamo solo noi due. E per lo più stavamo bene, insieme».

«Ecco, vedi, forse sono un po' gelosa», osservò Abigail. «Sì, tuo padre ha preso il nome di suo nonno. Mentre noi ragazze siamo state chiamate con nomi che piacevano ai nostri genitori. Che cos'è meglio, secondo te? Avere un nome che ti lega a un passato di cui non conosci niente, o avere un nome che non ha niente a che vedere con tutti quei vecchi morti?»

«Non so. Che io sappia, io non porto il nome di nessuno. Ma

mia sorella aveva il nome della madre di mia madre. Altro non saprei dire.» Sentì che lo stavano misurando con un metro che non conosceva.

«Non rimanere lì con il piatto vuoto», intervenne Prudence, «a guardare noi che ci diamo da fare con quello che abbiamo preparato. Se ne vuoi ancora, prendilo. E se fai sparire tutto, non fai altro che renderci felici. Prova un po' di questo pane lievitato. Mia sorella va molto fiera del suo pane.»

«È solo pane. Semplice pane.»

Prudence passò il cestino a Foster, che prese due panini. Poi le due sorelle ripresero a far circolare vassoi e terrine finché il ragazzo non ebbe nuovamente il piatto pieno. Il caffè stava bollendo sulla cucina economica; Prudence spinse indietro la sedia e senza alzarsi spostò la caffettiera verso la zona fredda della piastra.

Il ragazzo attese che avesse terminato, poi spezzò uno dei panini e vi spalmò del burro. Tagliò il prosciutto e si versò un po' di salsa di mele nel piatto. I pomodori erano salati e sulla lingua gli fecero l'effetto di uno zucchero amarognolo. Mangiò mezzo panino, poi infilzò un boccone di prosciutto e lo intinse nella salsa di mele. Che cibo delizioso! Posò coltello e forchetta accanto al piatto e alzò gli occhi guardando prima una sorella, poi l'altra. Lo stavano osservando. Come fossero in attesa di qualcosa. Non ne era sicuro, ma gli pareva che fosse così. Annuì.

«Il pane è buonissimo. Mia nonna, vostra madre, è morta molto giovane, vero? E quella scritta sulla lapide, NON POTEVA RIMANERE, che cosa significa?»

Abigail scostò la sedia dal tavolo e bruscamente, rapidamente, si alzò e lasciò la stanza. Allarmato, Foster la osservò uscire. Poi guardò Prudence. Che non lo stava guardando, ma mischiava un pezzetto di patata lessa con un ricciolo di burro. Portò il boccone alla bocca, masticò e deglutì. Poi bevve un sorso d'acqua.

«Si sente in colpa per quello che è successo. È sicura che avrebbe potuto fare qualcosa per impedirlo. Quello che all'epoca era solo un dubbio con gli anni è diventato una certezza. E poco importa quel che le diceva nostro padre, o quel che le ho sempre detto io.»

Foster annuì e bevve il suo bicchiere d'acqua.

«Ti ho già detto, vero, che mia madre era una schiava fuggiasca?» Prudence scostò la sedia dal tavolo per averlo di fronte. «Veniva dal North Carolina. Aveva solo sedici anni. Era l'inverno tra il 1864 e il 1865. Tempi durissimi per la gente dell'epoca, per tutti quanti. La vita era difficile. E successe che il figlio dell'uomo che era il suo padrone... Capisci cosa intendo dire? Che una persona è padrona di un'altra. Come fosse un bovino, o un maiale, o una pecora.»

«Sì, signora. Ho studiato storia, a scuola.»

«Successe che quel ragazzo – perché era solo un ragazzo, un paio d'anni più giovane di lei, anche se era già stato a combattere in quella guerra terribile e sanguinosa e aveva perso un braccio e così era stato rimandato a casa per continuare a essere il padrone di gente come mia madre – be', successe che un giorno di quell'inverno rimasero soli e lui cercò di prenderla con la forza. Capisci che cosa voglio dire?»

«Sì», rispose Foster, gli occhi fissi in quelli di Prudence. «Lo capisco.»

«Erano soli in casa e lei lo respinse; il ragazzo aveva un braccio solo, non dev'essere stato difficile per lei. Poi mia madre prese un ferro da stiro e lo colpì in testa e lui cadde a terra, coperto di sangue, e lei lo vide in quello stato e seppe che l'aveva ucciso e scappò via. Andò a chiedere aiuto a un vecchio, anche lui di proprietà di quei bianchi, e se ne andò la sera stessa, su due piedi, sotto una pioggia gelida e torrenziale.

«Viaggiava sola, quasi sempre di notte. Ogni tanto qualcuno l'aiutava, c'era chi le indicava la strada, chi le dava qualcosa da mangiare. Pensaci: una ragazza della tua età in giro da sola in un Paese sconosciuto, lei che non si era mai allontanata più di cinque chilometri da dov'era nata. E ogni passo che faceva era un passo che non aveva il diritto di fare. Erano tempi disperati, succedevano cose terribili, potevano succedere in ogni momento. Ma lei andava avanti.

«Quei bianchi da cui scappava non erano proprietari di una grande fattoria, o una piantagione o roba del genere. Erano solo gente di città, lui era un avvocato. Quindi le sole persone di colore, i soli schiavi, che possedevano erano il vecchio chiamato Peter – quello che aveva aiutato mia madre a scappare – mia madre e sua madre, che si chiamava Helen. E un'altra donna, molto vecchia, Rey. C'erano soltanto quattro persone di colore. E quando lei fuggì, si lasciò alle spalle non solo il ragazzo bianco morto, ma anche Helen, sua madre. Ci pensi, spaventata a morte e con un coraggio da leoni, una ragazza selvatica che scappava via dall'unica vita che conosceva verso qualcosa di cui non sapeva nulla. Il Nord. Non sapeva altro.»

Si interruppe, continuando a guardare Foster.

«E incontrò un ragazzo del Vermont ferito che si chiamava Norman Pelham», disse Foster.

«Esattamente.» Prudence si alzò. «Almeno, questa è la versione breve.»

Abigail intervenne da dietro la porta della cucina, la voce soffocata. «Si è impiccata.»

Poi entrò, il viso contratto dalla rabbia, dal dolore, la pelle lucente, tirata. Ripeté: «Si è impiccata. Aveva quarantadue anni. Era il novembre del 1890. La stessa età di tuo padre, me ne rendo conto solo adesso. Aveva vissuto qui tutti quegli anni pensando di essere riuscita a nascondersi dopo avere ammazzato quel ragazzo, ma non aveva tenuto conto del fatto che non era riuscita a nascondersi a se stessa. E per tutto quel tempo non aveva smesso di pensare a sua madre. Non poteva neppure mandarle una lettera. Non osava, ma non avrebbe nemmeno saputo dove spedirla. E tutto questo continuava a lavorare dentro di lei, a roderla. Finché non riuscì più a sopportarlo. E decise di prendere il treno per andare laggiù; ma tornò dopo neanche una settimana e non ne volle più parlare. Non con noi, non con nostro padre. Con nessuno. Ma con se stessa, sì. Una volta la udii per caso parlare da sola. E poi una mattina di novembre, senza dire una parola o lasciare un biglietto, andò nel bosco e si impiccò». Abigail si interruppe, come se non avesse più fiato.

Prudence cominciò a sparecchiare la tavola, muovendosi lentamente, come se temesse di rompere qualcosa.

Abigail riprese: «Jamie era solo un bambino. E la vide. La vide quando nostro padre la portò giù dal bosco, il viso gonfio, tumefatto, violaceo come una prugna. Tuo padre ha visto questo. A cinque anni. E si odiava. Tuo padre si odiava. Odiava quello che era. Ed è scappato via di qui per non tornare più indietro. Perché non voleva essere ciò che era. Ha cercato di fare come nostra madre, che aveva pensato di potersi lasciare alle spalle la sua vecchia vita. Ma le cose non funzionano così».

«Non so», osservò Foster sottovoce.

Abigail continuò: «E poi un bel giorno arrivi tu a dirci che è morto in un incidente, travolto da un'auto, a dirci che era un contrabbandiere. Smerciava liquori, hai detto. Be', non sono un'idiota. Non sono una stupida».

«Non so», ripeté Foster. «Le cose potrebbero anche essere andate così come le hanno raccontate. Non so.»

«Oh, lasciati dire che comunque siano andate le cose», spiegò Abigail, «non è stato certo un incidente. Se anche lo è stato, non lo era. Capisci quello che voglio dire?»

«No, signora.»

Si sporse verso il ragazzo, il busto piegato sul tavolo. Dietro di lei, Prudence, immobile davanti all'acquaio, dava loro le spalle. Abigail riprese: «Tuo padre era in guerra con se stesso. Ma non riusciva a farsi del male, così cercava di farsi fare del male dal mondo. Fin da piccolissimo, gli altri bambini lo tormentavano. Lo insultavano, gli dicevano cose su sua madre. Cose crudeli, la crudeltà dei bambini. E lui faceva a botte. Con uno per volta, o con tutti quanti insieme. Non gli interessava. Ed erano tutti più grandi e più robusti di lui. Ma nessuno altrettanto determinato. Lui non mollava mai. Finivano sempre per andarsene prima che lui cedesse. E non diceva mai una parola. Ora, secondo te, un bambino così, da grande può cambiare? O continuerà a confondere il mondo con se stesso? Con quello che lui odia?»

«Non lo so», rispose Foster sottovoce. «Con me è sempre stato buono. Anche con mia madre e mia sorella, per quel che posso ricordare. Ogni tanto mi prendeva in giro, ma in modo gentile.»

Abigail lo studiò qualche istante, poi disse: «E per tutto quel tempo ti ha mentito. Se vuoi sapere qualcosa di tuo padre, la prima cosa che devi fare è mettere da parte tutto quello che credi di sapere».

Foster la fissò a lungo, poi disse: «No. Non posso farlo. Ma posso aggiungerlo a quello che so già. Lo sto già facendo».

Abigail si allontanò dal tavolo raddrizzando le spalle. «Bene», disse, «buon per te.»

Prudence aveva riempito di avanzi di cibo un paio di secchi di latta per il lardo. Accese una lanterna e uscì in cortile.

Foster la seguì, posò i secchi sul tetto dell'automobile e liberò i cani, poi sistemò il cibo a terra, sotto il cerchio di luce della lanterna, e aspettò che i cani mangiassero.

«Tuo padre l'ha cresciuto mia sorella», disse Prudence. «Dopo la morte di nostra madre eravamo ancora una famiglia, anche se, ripensandoci oggi, il più delle volte non eravamo molto sereni. Mia sorella sputava l'anima per dare a quel bambino una vita il più normale possibile. Quando era piccolo, giocava con lui come se avesse metà degli anni che aveva, poi – quando l'abbiamo dovuto togliere da scuola perché lo tormentavano e faceva a botte con tutti – è stata lei a farlo studiare. Era lei che stabiliva il programma delle lezioni e si sforzava di seguirlo. Nostro padre gli dava delle frasi e lo metteva a fare l'analisi grammaticale, e poi si dimenticava di controllare se aveva fatto giusto. Non era per disinteresse, ma dopo la morte di nostra madre non faceva più attenzione alle cose come prima. E siccome è stata Abby a crescere tuo padre, quando lui è scappato ha sofferto molto. Se n'è andato senza dire a nessuno dove o perché.»

«Capisco.»

«E c'era anche un po' di amarezza. Da ragazza aveva avuto delle delusioni e proprio quando sarebbe potuta andare da qualche parte, quando avrebbe potuto fare qualcosa di diverso della sua vita, si è ritrovata con un padre travolto dal dolore e improvvisamente diventato vecchio e con un bambino ribelle che aveva bisogno di una madre. Così, tutti i progetti che forse aveva in testa d'un tratto sono stati spazzati via.»

«E lei che cosa voleva fare?»

«Io? Io non ho mai desiderato altro che rimanere qui, in questa fattoria, per occuparmene come avrebbe fatto un uomo. E ringrazio di essermela cavata bene.» Sotto la luce arancione della lanterna, il suo viso rugoso aveva assunto un'espressione seria.

Lui le sorrise. «Lo vedo.» Poi domandò: «Prima ha detto che Abigail ha avuto delle delusioni. Che genere di delusioni?»

«Le solite. Uomini. Da ragazza era una vera bellezza.»

«Lo è ancora.»

«Ehi, sei meno giovane di quanto pensassi.» Proseguì: «Ma la delusione stava nel fatto che, per quanto bella, quei ragazzi non cercavano in lei una moglie. C'era il suo sangue nero. Lei era il frutto che tutti volevano cogliere e mangiare, ma direttamente nel prato, senza portarselo a casa. Tutto questo prima che nostra madre si uccidesse».

Rimasero in silenzio a guardarsi e a guardare la notte che li circondava. Poi, sottovoce, Foster chiese: «Secondo lei perché l'ha fatto?»

Prudence distolse lo sguardo per un lungo momento. Poi disse: «Prendi quei secchi. Dobbiamo portare ai tuoi cani un po' d'acqua. E poi cerchiamo un posticino comodo per farli dormire».

Nella stalla c'erano una pariglia di cavalli da lavoro, un'altra di cavalli da tiro e un grosso pony color crema. Prudence si fece dare i secchi da Foster, li immerse nell'abbeveratoio e li posò a terra. I cani, pur allarmati dai cavalli, si avvicinarono guardinghi e bevvero. Poi la donna aprì una porta e si ritrovarono in un ovile. Alla luce della lanterna, le pecore si rintanarono negli angoli bui. Alla fine del corridoio di passaggio Foster vide un cumulo di segatura e una pila di cancelletti a due battenti che venivano utilizzati per creare i recinti dove isolare le pecore con gli agnellini. Prudence spostò con i piedi uno spesso strato di segatura verso uno dei muri perimetrali e con uno dei cancelletti realizzò un recinto improvvisato per i cani.

«Ecco fatto», commentò. «Qui dovrebbero stare bene.»

«Forse si lamenteranno un poco. Un posto nuovo, diverso...»

«Vedrai che si troveranno bene. Qui è caldo e asciutto. E poi le pecore fanno molta compagnia, sono una specie di calmante. Vedrai, staranno bene.»

«Lo so.»

Prudence riprese a parlare. «Chi può sapere quanto bisogna soffrire per rinunciare alla vita? È un po' come chiedere che cosa si prova a essere morti. L'unica cosa che posso immaginare è che un giorno arrivi a capire che hai sbagliato, e questo errore fa così parte di te che non riesci a sopportarlo. E tutto il resto in confronto diventa piccolo e sbiadito. Sto dicendo che per tutta la vita tieni in mano quella che credi una pietra, anche se non riesci a vederla. Però c'è, tu sai che c'è. Poi un bel giorno guardi giù e sul palmo della mano vedi solo un mucchietto di polvere. E magari, mentre lo stai guardando, arriva un colpo di vento e lo soffia via. E non ti rimane più niente. Solo una vecchia mano aperta. Ma forse non è quello che mi avevi chiesto, vero? Forse credi che ci sia un codice o una chiave di lettura che potrebbe aiutarti a capire.»

«No», rispose Foster. «Credo che lei abbia ragione.»

Prudence continuò, come se non lo avesse sentito: «Questo è quello che sappiamo. Quello che le dissero quando tornò nella Carolina dopo tutti quegli anni. Il vecchio, Peter, quello che l'aveva aiutata a fuggire: aveva saputo che era stato preso da un gruppo di uomini e ucciso. Torturato e ucciso. Abby la sentì parlare di questo. Parlava da sola. Lo misero su un ceppo con una corda al collo e poi lo cosparsero di cherosene e gli diedero fuoco. E, in cerchio intorno a lui, lo guardavano dimenarsi tra le fiamme, sopra quel ceppo, aspettando che saltasse giù e rimanesse strangolato. Ma anche se stava bruciando, saltò giù solo all'ultimo. Quando non ce la faceva più. Perché un uomo sopporta qualsiasi cosa pur di rimanere vivo. E quelli che lo guardavano aspettavano proprio questo, il momento in cui avrebbe perduto la speranza».

«Cristo», commentò Foster in un soffio.

«Questo è quello che sappiamo. Quello di cui siamo sicuri. Ma c'è dell'altro. Domande, per lo più. E sono ancora tutte lì. In un certo senso sono anche più grosse di quel che sappiamo.»

«Aveva ritrovato sua madre?»

«No. Non che si sappia. Il fatto è che quando Abby la sentì parlare da sola... la sto facendo sembrare una pazza. Ma lei non era pazza. Anche se si è impiccata, non penso proprio che fosse pazza. No, penso che invece fosse orribilmente sana, una persona che riusciva a vedere oltre la superficie della vita di tutti i giorni. Ma adesso forse sono io a sembrarti matta.»

«No, signora.» Foster la guardò sbattendo le palpebre. I cani si erano accoccolati sulla segatura e dormivano già, come se quella donna che non conoscevano stesse cantando loro una ninnananna.

«Non ti sembra di sentire una di quelle vecchie che non ci stanno più tanto con la testa dopo la tragedia che ha colpito la loro famiglia?»

Lui le sorrise. «Veramente mi sembra di sentire mio padre. Lui aveva questa teoria, cioè che quasi sempre le persone non fanno quello che vogliono ma quello che secondo loro il mondo vuole che facciano. E si chiedeva che razza di mondo sarebbe stato, se le cose si fossero rimesse a posto e tutti avessero cominciato a fare quello che realmente volevano. Credo che parlasse dello stesso genere di cose di cui parla lei.»

«L'uomo è contorto per natura.»

«Sì, signora.»

«Ma quello che tutti noi veramente vogliamo, nel profondo del cuore, non è che un lungo magico giorno.»

«Sì, signora.»

Dopo una pausa di silenzio, Prudence disse: «A parte la storia di Peter, nessuno di noi sa che cosa avesse trovato laggiù. Chi avesse trovato. Ma niente di quello che diceva ci aveva fatto pensare che avesse trovato sua madre. Ci era invece sembrato di capire che la persona a cui si rivolgeva fosse il ragazzo, il ragazzo bianco che credeva di aver ucciso tanti anni prima. Crediamo che forse, dopotutto, fosse sopravvissuto. Devi parlare con Abby. È lei che ha sentito nostra madre. Mi ha raccontato tutto, ma è a lei che devi fare le tue domande».

Foster annuì e chiese: «Il ragazzo, il ragazzo bianco, quello che l'ha aggredita? Era il figlio del suo padrone?»

«Sì», rispose Prudence. «Ma era anche più di questo. Era il suo fratellastro.»

«Un momento», cercò di fermarla Foster.

Ma lei non si fermò. «Era suo fratello. Perché suo padre era il padrone di sua madre. Ed era anche il suo padrone. Il padrone della propria figlia.»

Foster era seduto sul letto, nella stanza buia. La vecchia casa immobile, a parte i rumori della notte. La stanza di suo nonno. Da tempo Abigail aveva trasformato quella di suo padre in una stanza da cucito. Foster aveva spento la lampada, si era spogliato al buio e si era infilato nel vecchio lettone soffice. Dove avevano dormito i suoi nonni. E subito si era messo a sedere. In una stanza buia e sconosciuta.

Quando lui e Prudence erano rientrati in casa, l'avevano trovata vuota e silenziosa. Abigail era scomparsa. Le stoviglie della cena lavate e lasciate ad asciugare. Prudence gli aveva detto: «Tutto questo l'ha turbata. La notizia di tuo padre. Tu. Tutto quanto».

Foster aveva fatto un cenno con la testa, studiando l'anziana donna che gli parlava. «Ha turbato anche me», aveva detto.

Lei l'aveva guardato in silenzio, a disagio. «Non doveva andare così. Non so che cosa darei perché le cose fossero diverse».

In quel momento, seduto al buio, non avrebbe saputo dire chi dei due si fosse mosso per primo. Sembrava che nessuno avesse percorso il breve spazio che li separava. Ma si era ritrovato curvo su quella donna, la sorella di suo padre, il viso affondato nel fazzoletto che le avvolgeva i capelli ispidi. E lei lo aveva stretto forte tra le braccia come se aspettasse quel momento da tutta la vita, mentre lui le accarezzava la schiena sentendo i suoi muscoli tesi sotto l'abito sottile. Piangendo. Piangendo la madre perduta e tutto il resto che non aveva più. Ma soprattutto la madre, in quel momento. E la vecchia appoggiata a lui stava facendo lo stesso, ma per una madre diversa. E l'aveva abbracciata forte.

Nelle tre settimane dopo la morte del padre, aveva vagato inebetito, dopo notti brevissime tormentate dal dolore che si concludevano in giorni dove tutto ciò che prima era familiare era diventato estraneo. Ora, seduto sul letto, sapeva di essere entrato in una vita completamente nuova, sapeva che in realtà suo padre non era morto, ma l'avrebbe perseguitato per sempre: un uomo sconosciuto che mai più avrebbe potuto conoscere. Ciò che aveva detto ad Abigail era solo una parte della verità: non avrebbe semplicemente aggiunto i fatti nuovi a ciò che già sapeva, ma avrebbe anche lottato contro di essi per conservare intatto il ricordo della ridente disinvoltura di suo padre, l'immagine trasparente che fino a quel giorno aveva avuto di lui.

Era seduto sul letto, perfettamente sveglio. Respirava l'odore della casa. Come per sommarlo al ricordo del padre. Scivolò in avanti e si sdraiò sul materasso. Pensò un istante ai suoi cani. Poi, più che addormentarsi, sprofondò in uno stato di incoscienza, come se la giornata gli avesse fatto perdere i sensi.

Si svegliò prima dell'alba, sfinito dai sogni e dalla tristezza. Si svegliò con i profumi della colazione. Non gli capitava da molto tempo. Si vestì al buio e scese al piano di sotto. Aprì la porta ed entrò in cucina.

Le donne indossavano entrambe gli abiti da lavoro. Erano vispe e ciarliere e si comportarono come se lui fosse in quella casa da sempre. Foster accettò una tazza di caffè da Abigail, che gli lanciò più di un'occhiata, come se avesse notato il suo disagio ma non lo volesse ammettere. Come se nella notte una sorta di pace fosse discesa sulla casa senza darsi la pena di avvertirlo. Si stava irritando. Rifiutò la colazione con la scusa di dover prima andare a occuparsi dei cani. Ma si portò via la tazza di caffè.

Fuori il cielo era quasi nero, illuminato a est da uno spicchio di luna e da una grossa stella. Andò fino alla Chrysler e prese le sigarette dal cassetto portaoggetti. Poi si appoggiò alla fiancata dell'auto a fumare e bere il caffè. Pensò alla cassa di whisky che aveva dissotterrato a Bethlehem e che ora si trovava nel vano nascosto sotto il sedile posteriore, accanto ai fucili chiusi nelle custodie di legno foderate di panno di lana. Aveva voglia di stappare una di quelle bottiglie e bere una lunga sorsata. Osservò la casa. Quelle donne sarebbero uscite di lì a poco per andare alle stalle. Finì sigaretta e caffè, lasciò la tazza sul cofano dell'auto ed entrò a prendere i cani. Subito udì il sordo lamento di Lovey e l'uggiolare acuto di Glow. Attraversò le scuderie e arrivò fino all'ovile, dove le pecore si zittirono. Liberò i cani e ripercorse lo stesso tragitto in senso inverso. Fuori l'alba era ormai azzurra, le colline una macchia grigia contro il cielo sempre più chiaro. Nel cortile incontrò Prudence e Abby, le lanterne accese e dondolanti. Abby si fermò accanto a lui.

«Le tue bestiole stanno bene?»

«Sì, signora.»

«Credi che un giorno riuscirai a chiamarmi per nome?»

«Non lo so», rispose Foster. «Mi sembra una cosa strana.»

«Forse hai ragione. Se vuoi mangiare da solo, in casa c'è qualcosa di pronto.»

«Grazie. Ma credo che prima porterò i cani a fare un giretto.»

«Non ti do torto. Vuoi allontanarti da tutto questo.»

«Non è quello.»

«Noi due», disse Abigail, «abbiamo un po' di strada da fare. Ma ci capiamo, no?»

Il ragazzo non rispose.

«Forse non lo sai ancora. Ma ci riconosciamo, tu e io.»

Foster la guardò. «Non so», rispose.

La donna gli indicò le colline con la mano. Il cielo era striato da qualche sottile brandello di nuvola, pallido nella luce del sole ancora nascosto. «Vai», lo invitò Abigail. «Porta i tuoi cani a correre.»

Foster salì al cimitero di famiglia per capire se quelle vecchie ossa potessero comunicargli qualche sensazione. Trovò solo silenzio e freddo.

Ma poi, seduto lassù, capì che quello che suo padre gli aveva tenuto nascosto non era semplicemente una nonna di colore, ma molto di più. Non solo le due donne che lavoravano giù alla fattoria, che non avrebbe mai visto parlare a suo padre, provocarlo, ridere con lui o prenderlo in giro, ma tutto il resto: il vecchio morto due anni prima, quando lui aveva quattordici anni, il reduce della Guerra di Secessione. Che cosa gli aveva negato suo padre, esattamente, allontanandolo da quel vecchio? Non l'avrebbe mai saputo, se lo sarebbe domandato per sempre. Quali complessi stati d'animo avevano portato suo padre a compiere la sua scelta e a rimanervi fedele per tutto quel tempo? Non accettava una motivazione semplice come quella avuta da Abigail, la questione dell'odio verso se stesso.

Dopo aver osservato i cani per un certo tempo, si alzò e scese dalla collina, calmo e risoluto e vago al tempo stesso, e molto più vecchio del mattino precedente, quando aveva lasciato la casa di Bethlehem. Si sentiva pronto per tutto quello che lo aspettava. Suo padre non era stato un vigliacco, questo lo sapeva. Ma Foster era deciso ad affrontare qualsiasi cosa.

Trascorse due settimane alla fattoria, senza orari né programmi, se non quello di scoprire tutto il possibile. Dopo il primo sconvolgente impatto, ciò che l'aveva maggiormente colpito, che più ammirava e desiderava per se stesso, era il modo in cui le due donne affrontavano le loro giornate, anche se aveva capito che non era qualcosa che poteva imparare, ma piuttosto un modo di essere congenito, secondo il quale vivevano. Per loro non c'era distinzione tra lavoro e vita e le giornate erano un moto tranquillo e costante da un compito a quello successivo, come se ognuna delle due seguisse uno schema antico, intessuto nel loro stesso essere, uno schema per cui il lavoro non era routine ma la vita stessa. Erano austere, ma non tristi, come se avessero capito che la vita è spietata ma non opprimente. Aveva visto troppa gente inacidita tra i dipendenti degli alberghi per non riconoscere la differenza.

Così aveva cominciato a sentirsi a suo agio con le due sorelle. E scoprì di provare affetto per loro. Quando se ne rese conto, cercò di non lasciarsi andare, non essendo del tutto sicuro di potersi fidare dell'affetto, di quel buco nero che sentiva dentro. E loro, quasi sempre, lo lasciavano tranquillo, a meno che non fosse lui a parlare. Tranne qualche volta, quando, in un momento ritenuto adatto in base a personalissimi criteri, una delle due si metteva a raccontargli qualunque cosa le passasse per la testa.

Lui non abusò della loro ospitalità, anzi, studiò il posto e trascorse intere mattinate a lavorare con l'ascia a doppia lama spaccando la legna da ardere e trasportandola a braccia nel ripostiglio tra la cucina e la porta d'ingresso, dove la impilava contro la parete che guardava a nord, come i brandelli di corteccia e i frammenti di legno sparsi sulla terra battuta, oltre al suo buon senso, suggerivano di fare con la legna per l'inverno.

A metà mattina, Pru attaccava il grosso pony color crema a un calesse e andava in paese con le casse di uova e i bidoni colmi di latte. Spesso era proprio allora, quando Foster lavorava con l'ascia, le maniche della camicia arrotolate sopra i gomiti, che Abby sbucava da dietro la casa con un bicchiere d'acqua per lui e si sedeva su un ceppo di legno per osservarlo bere e lavorare, finché non cominciava a parlare. Come per rispondere a una domanda che lui non aveva ancora pensato di rivolgerle.

«Ma guardati», disse un giorno. E solo quando lui si fermò confuso, lei rise e continuò. «Assomigli tanto a mio padre. Mi sembra di rivederlo com'era da giovane. Non c'è da meravigliarsi che mia madre abbia rischiato tanto per aiutarlo, no?»

Foster si appoggiò al manico dell'ascia. «In che senso ha rischiato tanto? Lui non era un soldato dell'Unione?»

«Ma i ragazzi dell'Unione non erano tutti angeli, figliolo. Anzi, molti di loro non erano granché convinti della necessità di liberare gli schiavi; a loro premeva solo preservare l'Unione. E anche gli abolizionisti più sinceri... tu capisci che quando un giovanotto si ritrova solo in un bosco con una giovane fuggiasca, i suoi princìpi possono vacillare, se non scomparire del tutto.»

Foster si chinò e issò un nuovo tronco sul ceppo. «Be', avete detto che era ferito, no?»

«Oh, non era solo quello. C'era qualcos'altro, che tuo padre, perdendo la mamma tanto presto, non ha potuto vivere. Ma mia sorella e io siamo cresciute con loro. E loro erano tutto quello che un uomo e una donna devono essere insieme. Tra loro qualsiasi disagio, ammesso che ce ne fossero mai stati, e io ne dubito, era scomparso da tempo. Erano marito e moglie, così semplice, così difficile. Anzi, in un certo senso per loro era perfino più facile. Dopo il grande salto iniziale, tutto è stato semplice per loro.»

Foster spaccò il tronco in due, rovesciò una delle due metà e spaccò anche questa. «Quindi, anche se è andata a finire a quel modo, fino a quel momento sono stati felici?»

«Si adoravano.»

«Dev'essere stato difficile per papà crescere, a quanto sembra. Ma la gente come li trattava, quelli del paese, per esempio?»

Abigail non rispose. Lui riprese a lavorare. Sapeva che aveva sentito la sua domanda, così attese spaccando la legna.

«È difficile dirlo», disse la donna dopo un po'. «Nonna Pelham era affettuosa con noi bambine, ma anche distante. I regali a Natale e per il compleanno non mancavano mai. Altre volte dei pensierini. Ma si sarebbe comportata diversamente se mio padre avesse sposato una ragazza bianca del posto? Sinceramente non saprei dirlo. Era una vecchia abolizionista. Lo so perché me l'ha detto mio padre. So anche con sicurezza che confezionava indumenti e pacchi di viveri per gli schiavi in fuga diretti in Canada. Non ha mai dato rifugio a nessuno, ma conosco il nome della donna a cui affidava i pacchi. Una certa Glover di Braintree. Ma chissà se era contenta quando ha conosciuto mia madre. Puoi credere in un'idea, ma questo non significa che la vuoi vedere in carne e ossa nel salotto di casa tua. Sarebbe bello pensare che fosse abbastanza aperta da limitarsi a prevedere che per loro sarebbe stato difficile, che la gente si sarebbe sempre fermata a guardare, qualcuno anche a commentare.»

Foster annuì, tacque un istante. Poi domandò: «E gli altri?»

«Tuo nonno era un uomo rispettato. Stranamente, però, credo che mia madre incutesse più rispetto di lui. Era stata lei a mettere in piedi il commercio di uova e pollame. Un tempo, era una vera e propria industria, anche se piccola. Mio padre, lui, si sarebbe accontentato di continuare come sempre, un po' di questo, un po' di quello, niente tempo libero ma sempre qualcosa da mettere in tavola. Mia madre, invece, era una donna d'affari, una che metteva i soldi in banca. Quanto a me, nessuno è mai stato davvero cattivo, a parte qualche uomo maleducato, ma quello capita a tutte le donne, prima o poi. Dopo la morte di mia madre, le cose sono un po' cambiate. Tra noi e la gente la distanza era un po' aumentata, il vuoto che ci separava era un po' più grande. Alcuni non capivano, anche se bisogna dire che noi non avevamo divulgato tanti particolari. Dopo quel fatto ci siamo un po' ritirati. Non per la vergogna, ma per rispetto. Rispetto per lei. Per le ragioni che poteva avere, per quelle che potevamo capire e per quelle che non potevamo. Riesci a raccapezzarti?»

«Sì.» Pensando a suo padre.

La donna continuò: «Ma se vuoi un altro punto di vista, dovresti andare a parlare con Connie Clifford. La sorella minore di mio padre. I suoi figli erano tra quelli che tormentavano tuo padre da piccolo. Ora sono uomini adulti e padri di famiglia. Lei non approvava quello che facevano i suoi figli. Ma questo non significa che potesse impedirlo. Sarebbe la tua prozia. Abita dall'altra parte di Randolph».

Dopo cena Foster trascorreva le serate in cucina con Prudence, mentre Abigail si ritirava in salotto a leggere il giornale. Prudence era sempre indaffarata, senza mai una pausa nel corso della giornata, se non per passargli accanto con una battuta o una bonaria presa in giro. Solo la sera si faceva seria. A volte lui sentiva di doverla sollecitare a fare due chiacchiere, quasi che la semplice presenza del ragazzo le bastasse. Come se non si fidasse delle parole. Come se sapesse che non potevano chiarire ma solo confondere l'essenziale. Altre volte, invece, era esplicita e diretta.

«Hai dei parenti da parte di madre?»

«Veniva dal Canada francese. I suoi si erano trasferiti quaggiù perché suo padre lavorava alla cava di Barre. È morto lì, in un incidente. Sua madre è morta poco dopo, mi sembra. Qualche anno più tardi. Sì, perché la mamma era orfana quando ha incontrato papà. Il suo nome da ragazza era LeBaron. Immagino che nel Québec ci siano ancora dei parenti, ma non saprei dove cercarli.»

Prudence annuì ma non disse nulla. Lui non capì se la sua risposta l'avesse soddisfatta o meno. Ma forse non erano altro che informazioni. Come per lui, del resto.

Un'altra sera gli chiese notizie precise di suo padre: volle una descrizione di com'era invecchiato, dove avevano vissuto, che cosa sapeva della sua storia, dei suoi affari, del suo lavoro. E com'era suo padre con sua madre; che cosa ricordava di loro, e degli amici, della gente con cui lavorava. E poi non tanto com'era morto, ma che cos'era successo dopo: il funerale, le persone che c'erano. I commenti. Dov'era stato sepolto. Che aspetto aveva quel luogo. E Foster le raccontò tutto ciò che poteva. E nel farlo, scoprì di sapere molto più di quanto pensasse. E il racconto gli uscì tutto d'un fiato, finché si accorse che stava singhiozzando. Ma non c'era conforto per le sue lacrime. Non ne cercava.

Dopo il tramonto, andava alle stalle con Prudence e le teneva compagnia mentre lei dava un'ultima occhiata al bestiame alla luce della lanterna. Quando aveva terminato, lui si fermava nel cortile e la osservava camminare verso casa, con il cerchio di luce che dondolava sul prato. Poi tornava alle stalle a prendere i cani, e insieme salivano sulla collina, sotto le stelle e la luna, quando c'erano. Quasi sempre finivano per attraversare il bosco e fermarsi al piccolo cimitero, dove accanto alla lapide del nonno aveva nascosto una bottiglia di whisky. E Foster si sedeva lì, a gambe incrociate, tirava fuori un pacchetto di sigarette, stappava il whisky e si metteva a fumare e a bere a piccoli sorsi. Ripensando alla sua giornata.

Come aveva fatto certe sere nel New Hampshire, nel periodo tra la sepoltura del padre e la sua partenza. Foster non era uno sciocco: aveva compreso il messaggio di Patrick Jackson. E adesso capiva che quando aveva trovato le lettere di Abigail aveva intravisto non solo la possibilità di un luogo in cui studiare la sua situazione da una distanza di sicurezza, ma anche la speranza di una chiarezza, di una saggezza maggiore della sua. Forse un metodo per decodificare con più precisione il messaggio ricevuto da Jackson. E invece aveva imparato che non esistono metodi. E capito che una parte di ciò che Jackson aveva detto era in realtà una minaccia. Sapeva che non sarebbe tornato nel New Hampshire. Avrebbe tenuto la casa. O, meglio, l'avrebbe lasciata marcire e crollare. Ma tenerla significava mantenere una presenza, un piccolo grido nel buio. Anche se nessuno l'avesse udito.

E così sedeva sotto le stelle nel piccolo cimitero di famiglia che in parte era anche il suo luogo di origine, e sorseggiava il whisky pensando alla straordinaria bellezza della terra e alla perfetta precisione dei suoi ritmi, cercando di comprendere il nesso tra tutto ciò e le opere dell'uomo, un mondo che si era mosso silenzioso fino a condurlo a quel tempo, a quel luogo e a quel momento della sua vita. Era un mondo che sembrava non avere spazio per lui. Un mondo di cui non era neppure sicuro di volere una parte, anche se una parte di esso gli apparteneva in virtù del semplice fatto di esistere. E sapeva che quella parte prima o poi avrebbe dovuto prenderla.

Il whisky lo rendeva sentimentale, infinitamente triste e silenzioso di fronte all'assoluta bellezza di quanto lo circondava. I cani dormivano al suo fianco, tremando un poco nell'aria fresca dell'autunno incipiente.

Decise di andare a trovare Connie Clifford. Prese dalla valigia la migliore delle sue camicie assieme al completo nero, poi scaldò il ferro da stiro e si stirò gli abiti, sotto lo sguardo divertito di Prudence e quello soddisfatto di Abigail. Era semplicemente ciò che aveva sempre fatto, che anche suo padre aveva sempre fatto. Forse c'era stato un tempo in cui era stata sua madre a farlo, ma era un tempo di cui lui non aveva memoria. Lavato e sbarbato, chiuse i cani nella stalla e diede una pulita alla Chrysler, liberandola da una settimana di polvere del cortile.

«Non ti sei dato tanta pena quando ti sei presentato qui», commentò Abigail.

La guardò. Aveva un'espressione affabile. «Avevo ancora molto da imparare, no?» rispose Foster.

La casa era in paese, bianca con le rifiniture verdi, tre piani e il tetto spiovente di lamiera verde, alle spalle di ciò che un tempo doveva essere stata una scuderia di cavalli a nolo ma che adesso era un garage con due pompe di benzina a manovella davanti. Oltre la porta aperta dell'officina, un uomo lavorava sdraiato sulla schiena sotto una Ford modello T. L'uomo sgusciò via da sotto l'automobile e uscì lentamente alla luce. Era sui quarant'anni, muscoloso, a parte il mento un po' cascante e il ventre voluminoso. Le mani era macchiate di grasso. Fece il pieno alla Chrysler, lavò il parabrezza con uno straccio preso da un secchio e lo asciugò con un altro straccio che tirò fuori dalla tasca dei pantaloni. Foster lo pagò e gli disse: «Sto cercando Constance Clifford».

L'uomo lo osservò. Socchiuse gli occhi e non si presentò. «È mia madre. È in casa con papà. Parcheggia l'auto vicino al garage e fai il giro. Non puoi sbagliare.»

La trovò davanti alla porta aperta, come se lo stesse aspettando, una donna bassa e robusta, sulla settantina, i capelli una cascata di boccoli argentei. Lo salutò. «Cominciavo a pensare di dover venire lassù a prenderti con la forza.» Non sorrise. Gli occhi azzurri come l'acqua d'inverno. «Ma vedo che sei riuscito a liberarti da solo.»

Sentì che forse doveva scusarsi. «Immagino che abbia sentito dire che ero da queste parti.»

«Prudy è una chiacchierona. Una gran chiacchierona, lasciatelo dire. Mi dispiace per tuo padre.»
«Sì, signora.»
«Vieni dentro.»
Glen, il marito, anche lui piccolo come la moglie, si alzò dalla poltrona accanto alla stufa spenta del salotto e strinse la mano di Foster tra le sue. Era quasi completamente calvo, a eccezione di pochi capelli chiari tagliati cortissimi sulla nuca. Si misero a sedere, la coppia su due poltrone sistemate l'una accanto all'altra, Foster sul bordo di un vecchio divano.
«Prudence aveva ragione», esordì Glen. «È il ritratto di tuo fratello.»
«Così dicono.»
Connie lo studiò. Poi disse: «È vero, hai preso da lui. Norman era andato in guerra che ero ancora una bambina. E quando l'ho conosciuto ormai era già un uomo. Un sentimentale, ecco che cos'era Norman».
«Temo di esserlo anch'io.»
«Non è niente di cui vergognarsi o di cui aver paura.»
Glen disse: «È stata dura per tuo padre, da piccolo. Gli altri bambini erano cattivi con lui, più che con le ragazze. Ed erano proprio i nostri figli, quasi sempre, a guidare il branco. Li ho presi a cinghiate più di una volta, laggiù, nel capanno. I ragazzi hanno sempre bisogno di qualcosa di diverso, qualcosa che loro trovano strano. Perché questo è il loro modo di decidere chi sono. Tuo padre era un bersaglio facile. Io frustavo i miei figli, ma capivo che se non si fossero comportati come si comportavano sarebbero diventati anch'essi vittime degli altri. A volte, mi sono perfino chiesto se così facendo non peggiorassi le cose per tuo padre.»
Per qualche secondo la stanza fu immersa nel silenzio. Poi Glen riprese.
«Aiden – il nostro figlio minore, quello che hai appena conosciuto davanti al garage – ha sentito che eri in città ed è venuto da me. Mi ha raccontato di una volta che i bambini più grandi avevano sorpreso tuo padre nel bosco. Dopo la scuola. Due di lo-

ro l'avevano afferrato per le mani e per i piedi e avevano cominciato a farlo dondolare per poi scaraventarlo giù da un pendio. E Aid era arrivato di corsa, urlando a quei bambini di aspettare, di fermarsi. E poi gli si era gettato addosso, prendendolo a calci nelle costole. E mi ha detto che gli voleva far male, voleva fargli provare tutto il dolore che poteva. Prima che volasse giù da quella discesa. Aid mi ha detto anche che tuo padre non si era lasciato sfuggire un suono mentre lo prendeva a calci. Sicché mio figlio un paio di sere fa è venuto a raccontarmi questo. Non solo perché sapeva che tu eri qui. Erano anni che ci pensava, tra sé e sé. È entrato qui, si è seduto, mi ha raccontato tutto e mi ha chiesto perché, secondo me, l'aveva fatto. E io sono riuscito solo a guardarlo in faccia e dirgli che non sapeva che cos'era giusto e che cos'era sbagliato. E lui, seduto lì, dove sei tu, mi ha detto che invece lo sapeva benissimo.»

Foster disse: «Mia madre e mia sorella sono morte di influenza nell'inverno tra il Diciotto e il Diciannove. Quello poteva essere un buon momento per tirare fuori l'amarezza. Tutti qui credono che mio padre fosse un uomo pieno di odio e di risentimento. Immagino che in lui ci fosse anche questo. Ma non era così l'uomo che conoscevo. Tutto quel che so è che non ha mai parlato di questo posto. Forse per lui era così terribile da non volerlo nemmeno nominare. Ma forse, invece, non aveva poi tanta importanza. Suppongo che non saprò mai la risposta. Non crede?»

Di nuovo il silenzio scese sulla stanza. Questa volta fu Connie a prendere la parola.

«In un certo senso, può anche darsi che tuo padre non fosse molto diverso da tuo nonno. Non ci avevo mai pensato in questi termini, prima. Norman era un uomo tranquillo. Chi non lo conosceva lo trovava taciturno, perfino austero. Ma non era così. Credo che due cose, la guerra e l'amore per tua nonna, lo avessero convinto che nella vita fosse meglio tenersi in disparte. Credo che vedesse la fattoria come un rifugio, un luogo dove il mondo se lo costruiva da solo.»

«Sì, signora.»

«Ricordo come fosse ieri il mattino in cui tornò alla fattoria alla fine della guerra, portando con sé quella ragazza dalla pelle scura. Era settembre e ormai lo aspettavamo da un momento all'altro. Quelli che erano rientrati prima di lui ci avevano solo detto che Norman si era fatto avanti e aveva chiesto di poter firmare il congedo giù a Washington, perché voleva tornare a casa a piedi e vedere il Paese per cui aveva appena combattuto. Ora, devi sapere che mio fratello era uno che durante tutto il periodo della guerra non aveva mai avanzato una sola richiesta, una sola lamentela. Così, quando chiese di rientrare a casa a piedi, lo accontentarono subito. Non ho dubbi che qualcuno – di sicuro gli ufficiali, ma probabilmente anche altri soldati – sapesse di tua nonna. Ma a noi non era arrivata neanche una parola su di lei. Solo che Norman stava tornando. Perché lui aveva voluto così. Questo però aveva profondamente ferito mia madre. Tutti quegli uomini che scendevano dai treni e di Norman nessuna traccia. Lui ovviamente lo sapeva. Per quanto stordito dall'amore, Norman Pelham non era il tipo d'uomo da dimenticarsi del resto del mondo. Così quando risalì la collina quel giorno di settembre con la ragazza dalla pelle scura, nostra madre in un certo senso già sapeva che lui aveva fatto una scelta che la escludeva. Lei era una vedova cui era rimasta solo una ragazzina di quattordici anni, che cercava di tenere insieme le cose e aspettava che lui con calma tornasse a casa. Una madre», Connie guardò Foster con occhi fiammeggianti, «è solo una creatura tormentata.»

Lui ricambiò lo sguardo e disse: «Dev'essere stato un colpo tremendo. Per com'era lei».

Per un istante Connie Clifford distolse lo sguardo da Foster e si chinò in avanti, e i suoi occhi vagarono per la stanza, come a cercare una prova della sua convinzione. Poi lo guardò di nuovo e sottolineando ogni parola disse: «Leah Pelham era padrona di se stessa».

Gli ci volle qualche secondo per capire il senso di quell'affermazione. Poi commentò piano: «Sì, signora».

«Si sarebbe detto che fosse merito di Norman. Ma non era così», aggiunse senza togliergli gli occhi di dosso.

Lui aspettò.

«Lei aveva conosciuto il peggio che gli esseri umani possono offrire gli uni agli altri. E se l'era lasciato alle spalle. A testa alta. E di sicuro Leah e mio fratello si amavano. Per me che ero una ragazzina, era meraviglioso da vedere.» Lanciò un'occhiata a Glen, poi guardò di nuovo Foster. «Ma con lui o senza di lui, Leah divorava il mondo con un'avidità incredibile. Come se non fosse solo padrona di se stessa, ma di tutto ciò su cui posava gli occhi. Non avevo mai conosciuto una persona così, una donna così.»

Scese di nuovo il silenzio. Poi Foster, sempre a voce bassa, chiese: «Che cosa le è successo?»

E Connie Clifford si appoggiò allo schienale della poltrona. Il viso adesso denunciava tutti i suoi anni, la pelle cascante sugli zigomi, lo sguardo spento, lontano. «Non lo so», rispose. «Era mia amica. Capisci? Lei era mia amica.»

Lasciati i Clifford, non tornò subito alla fattoria ma proseguì per due isolati fino al centro di Randolph e parcheggiò accanto al marciapiede. Voleva stare solo. Così prese a camminare per le strade della cittadina: in mezzo alla gente era solo. Non era la città di suo padre, adesso lo sapeva. Ma era stata la città di suo nonno. E sua nonna l'aveva fatta sua. E ora c'erano le due zie zitelle recluse sulla collina. Quanto agli altri, sentiva che non gli appartenevano. Sarebbe rimasto un estraneo che trattavano con gentilezza. Così, in fin dei conti, erano il vecchio morto da poco e la donna dalla pelle scura morta da tanto che sentiva forse parte di sé, mentre passeggiava davanti ai negozi.

Uscito dalla casa dei Clifford, era passato dal garage dove aveva parcheggiato la Chrysler. Aiden Clifford era uscito dal buio dell'officina e si era avvicinato a Foster con la sua faccia di luna piena rivolta a terra, pulendosi le mani in uno straccio sporco. «Bella macchina», aveva detto.

«Era di mio padre.»

Aiden guardò altrove. «Ti ho cambiato l'olio. E ho dato un'occhiata al resto. A parte l'olio, è tutto a posto.»

«Be', la ringrazio molto. Non avevo pensato all'olio.»

Aiden annuì. «Già. La gente non ci pensa mai.»

«Tengo d'occhio l'acqua e le gomme.»

«Se cambi l'olio spesso, vedrai che questa ti durerà per sempre.»

«Lo terrò a mente.»

«Ho sentito di tuo padre. Mi dispiace», disse Aiden, guardando altrove, oltre la strada.

«Grazie», rispose Foster. Prese il portafoglio dalla tasca. «Quanto devo per l'olio e il resto?»

Aiden lo guardò. «Niente», rispose. «Non mi devi niente.»

Foster lo guardò a sua volta. «L'olio non è gratis.»

«Va bene così.»

Foster esitò. Poi disse: «Immagino voglia farmi una cortesia». Aprì il portafoglio, estrasse un biglietto da un dollaro e glielo porse. «Ma papà valeva qualcosa di più di un chilo d'olio.» E lasciò cadere la banconota. Che cadde volteggiando a terra.

Appoggiato al bancone stretto e vuoto di una tavola calda, mangiò un hamburger e una fetta di torta fatta con ciliegie sciroppate, e bevve un caffè con tanta panna e tanto zucchero.

Quando fu di nuovo in strada, si fermò e si guardò intorno. Era irrequieto, allegro, su di giri. Era lui. Sicuro di poter affrontare qualsiasi cosa lo aspettasse e rimanere se stesso. Ripensò alle parole di Connie Clifford, che Leah Pelham era padrona del mondo. E pensò che forse quella sicurezza era un piccolo regalo che gli arrivava proprio dalla nonna. L'idea lo fece sorridere. Come se lei fosse sopravvissuta a tutto per andare a riposare proprio dentro di lui. Perché no? pensò.

Pru era su al pascolo delle pecore e raccoglieva i primi frutti dei tre vecchi, grandi alberi di mele. Foster la raggiunse per aiutarla. I cani correvano avanti e indietro e lui li richiamava e cercava di tenerli vicini perché non spaventassero le pecore che, ammassate un po' più in alto, li osservavano apprensive. Prudence si era portata un paio di cesti rotondi da uno staio e un giogo per trasportarli. Le mele erano piccole, bitorzolute e picchiettate di ruggine; la polpa candida e macchiata di rosa, dolce e croccante. Foster lavorò assieme a lei per un po', curvo sotto i rami carichi di frutti non ancora maturi. Raccoglievano solo le mele fatte cadere dal vento autunnale. Ci sarebbe voluta ancora una settimana, anche una decina di giorni, un'altra gelata, prima che le altre fossero mature. Ma Pru voleva fare del sidro, magari anche una torta.

Foster le disse: «Ho chiesto ad Abby della nonna. Di quando era nel North Carolina. Non di quando ci è tornata, ma prima. Prima che incontrasse il nonno. Ma lei mi ha mandato via».

China sul terreno, Prudence produsse un brontolio sdegnato, continuando a raccogliere le mele. Le sue dita frugavano nell'erba prendendo due, tre mele alla volta.

Foster proseguì: «Mi pare che, a parte quello che può essere successo laggiù quando è tornata, la chiave di tutto sia da cercare nel periodo in cui viveva là. Come si chiamava quella gente?»

Prudence si rialzò e lo fissò. Una brezza che arrivava dalla cima della collina passò su di loro, una ventata fresca che fece ondeggiare l'erba corta. «A parte spiegarci come e perché aveva lasciato quel posto, non ci ha mai raccontato niente di quei tempi. Neanche a mio padre; almeno, lui non ci ha mai detto niente. Nessuna storia che potesse spiegare qualcosa. Dopo la sua morte, mio padre parlò un paio di volte di andare laggiù per tentare di scoprire quello che poteva.»

«E perché non lo fece?»

Prudence lo fissò a lungo. Poi gli chiese: «Perché tu non sei rimasto laggiù, sulle White Mountains? Per cercare di capire quello che era o non era successo a tuo padre?»

Perché avevo paura, pensò. Ma disse: «Perché non avrebbe cambiato niente».

«Appunto. Mia madre non sarebbe comunque risuscitata.» Si

interruppe e poi aggiunse: «Forse una parte di lui aveva anche paura. Paura di quello che avrebbe potuto trovare. Da vecchio, negli ultimi anni, quando non era più tanto lucido e la testa perdeva colpi, a volte ne parlava. E diceva che avrebbe dovuto fare qualcosa, che sarebbe dovuto andare laggiù».

Per un po' Foster non disse nulla. Passò alle spalle di Prudence e in silenzio si rimise al lavoro. Raccolsero mele finché per terra non ne rimasero più, poi Foster infilò le estremità del giogo nei manici dei cesti e se lo issò oltre la testa, sistemandoselo sulle spalle. Quindi iniziò a scendere la collina.

Prudence disse: «Quella gente si chiamava Mebane. Tutto quello che so è che il ragazzo che lei credeva di avere ammazzato si chiamava Alex. Alexander. Lei lo chiamava padron Lex. Padrone!» E sputò nell'erba.

«Mebane», ripeté Foster. E poi: «Dove stavano?»

«La città si chiamava Sweetboro. Non so altro.»

«È un nome carino.»

Prudence gli passò davanti e si incamminò senza aspettarlo. La sua voce gli giunse attutita dalla brezza. «Io non ci trovo niente di carino.»

Salì al cimitero sotto le stelle. Sazio di torta e di manzo bollito. Dalla cima soffiava un vento gelido. Il cielo era rischiarato da una luce gelatinosa. Piccoli sorsi di whisky. Il cane anziano contro una coscia, in cerca di calore, il cucciolo seduto sulle zampe posteriori, davanti al varco aperto nel muro di pietra, a sorvegliare i movimenti nei pascoli illuminati dalle stelle. Un gufo cantava il suo lamento funebre sulla cima. Un altro sorso di whisky, poi Foster scosse la testa. Il gufo non era affatto funebre, era solo un gufo, la voce della notte. Se ne stava seduto con la testa appoggiata contro una delle lapidi, la lapide di qualche Pelham. Vedeva le pietre tombali di entrambi i nonni. Non si aspettava più una magia, un improvviso guizzo di comprensione. Perché se mai quelle vecchie ossa gli avessero detto qualcosa, sarebbe stato che la comprensione richiede tempo.

Pianse. La vita di prima gli mancava, gli mancava tutto. Non solo suo padre, ma gli articolati frammenti della quotidianità.

Tutte quelle cose che nemmeno conosceva ma su cui poteva contare. Piangere era meraviglioso, un pianto tranquillo, senza autocommiserazione. I suoi cani non si allarmarono vedendolo piangere, e Foster lo considerò un segno di legittimazione. Quegli animali erano un grande conforto, anche se potevano essere giudici severi.

Nel pacchetto che era stato di suo padre trovò un'ultima sigaretta. Ne aveva voglia ma non la fumò. Bevve invece un altro sorso di whisky, tappò la bottiglia e la nascose nuovamente dietro la lapide, poi si alzò e si avviò verso il muro del cimitero. Uscito nel pascolo, osservò la fattoria immersa nel silenzio. I cani lo avevano preceduto, muovendosi sicuri nella notte. Poi cominciò a scendere la collina.

Un altro pomeriggio alzò il sedile posteriore della Chrysler, tirò fuori l' L.C. Smith dalla sua custodia e si mise una manciata di cartucce nella tasca della giacca. Si incamminò lungo il sentiero che si inerpicava sulla collina, attraversò il boschetto di aceri da zucchero, poi proseguì tra gli alberi da legname e le conifere. I cani procedevano in testa, scodinzolando, il muso proteso in avanti. Di tanto in tanto sentiva l'uno o l'altro inspirare rumorosamente, per cercare di divorare gli odori nascosti nell'aria come fossero cibo. Via via che il sottobosco si infittiva i cani cominciarono a fiutare qualche volatile. Foster attese che Lovey ne puntasse uno, poi rivolse sottovoce un avvertimento ai due cani e li superò. D'un tratto la pernice si alzò in un frullare maculato e Foster si trovò a vivere quel meraviglioso momento in cui, alzato il fucile, la mente lo abbandonava e balzava avanti, concentrata solo sull'animale in volo. Seguì un mulinare di piume, e la corsa dei cani. Foster si inginocchiò e aspettò Lovey, che tornò con la pernice in bocca. Estrasse il volatile con grande delicatezza, come fosse un uovo, e gli allargò la coda: era un giovane maschio. Lo porse a Glow, per farle affondare il muso tra le piume. Solo un istante, poi ripose il volatile nel carniere. Intanto Lovey era tornata in caccia, subito raggiunta da Glow.

Rientrò nella luce pallida del tramonto, con tre pernici nel carniere e un cucciolo di quattro mesi che credeva di aver capito tutto del triangolo formato da se stesso, i volatili e il ragazzo con il fucile.

Prudence era ancora nelle stalle. Dalle finestre filtrava il tremolio fioco della lanterna. In cucina, Foster e Abby lavoravano insieme all'acquaio di pietra, per spiumare e preparare le pernici. «Bestie giovani», fu tutto ciò che disse la donna, in tono di approvazione. Quindi lo mandò nell'orto dove, alla luce della lanterna, Foster tagliò le cime verdi e frondose delle rape novelle. Quando rientrò, trovò le pernici già tagliate in quarti in una scodella di latte. Prudence era rientrata dalle stalle e stava aiutando la sorella ai fornelli. Montò le chiare d'uovo e le unì a una pastella di farina di granturco con il dorso di un cucchiaio, poi versò il composto sulle teglie da forno. Abby intanto stufava una zucca tagliata a dadini in poche dita d'acqua, aspettando che lentamente i vari pezzi si fondessero in un'unica massa cremosa. Prese poi le cime di rapa che Foster le porgeva, le sciacquò e le tagliò finemente, prima di tuffarle nell'acqua che bolliva. Tagliò una fetta spessa da un trancio di bacon, la sminuzzò e la unì alle cime di rapa, dopodiché chiuse la pentola con il coperchio e la spostò su un lato della cucina economica.

Seduto al tavolo, Foster le osservava, e intanto puliva e oliava il fucile che teneva aperto sulle ginocchia.

Abby affettò alcune strisce di lardo e le fece fondere in una casseruola. Prudence versò della farina in una terrina e vi unì un misto di erbe e spezie, annusando di continuo il composto per apportarvi i necessari aggiustamenti. Foster continuava a osservarle. Capì che il suo posto a quel tavolo, i cani ai suoi piedi, facevano parte a pieno titolo di quella scena domestica.

Abigail si voltò e spiegò: «In genere questo è un piatto che mangiamo in primavera. Quando c'è qualche galletto che avanza. E invece delle cime di rapa ci mettiamo il dente di leone. Ma è comunque un piatto che non hai mai assaggiato prima, te lo garantisco».

Si voltò e tolse i quarti di pernice dal latte, li infarinò e li immerse nel grasso bollente. I pezzi affondarono sfrigolando, poi riaffiorarono in superficie per effetto del forte calore. Quando tutti i pezzi furono nella casseruola, li rivoltò con un forchettone. Prudence intanto aprì il forno ed estrasse le teglie con la delicatissima sfoglia di granturco. Quindi scolò le cime di rapa e aggiunse burro e panna alla zucca. Foster si alzò e appoggiò il fucile in un angolo, poi richiamò i cani e li portò nella legnaia. Rientrato in cucina, si sedette a tavola. Le due donne lo imitarono e lo guardarono raggianti, i volti lucidi. Dietro il loro affetto, Foster percepì un tremito, il timore di un rifiuto. E lui non fu più sicuro della serata che aveva davanti, non fu più sicuro di voler dare il suo annuncio. Prese un pezzo di pernice e affondò i denti nella crosta bollente e saporita, fino alla carne dolce, che si staccava dall'osso e si fondeva in bocca. Sorrise. «Ma è squisito!» commentò. Cominciarono a passarsi le varie terrine e Foster si servì. Mangiarono, timidi, senza parlare, gli occhi che si sfuggivano a vicenda. E lui mangiò quei cibi deliziosi con il cuore che gli doleva nel petto, voltando continuamente lo sguardo verso ciò che non poteva vedere, verso l'oggetto che voleva studiare ancora un poco: il ritratto ovale dei nonni in salotto.

Finito di cenare e di rigovernare i piatti, Foster portò i cani nella stalla, correndo curvo sotto la pioggia. Dopo averli accompagnati all'ovile e ai loro giacigli, rientrò in casa e raggiunse le due donne nel salotto.

Andò subito davanti al fuoco, che le donne avevano acceso per l'umidità, e posò la punta delle dita sulla mensola del camino come per riscaldarsi, studiando l'uomo e la donna nel ritratto. Ciò che cercava era qualche frammento del tenero mondo che si erano costruiti intorno.

«Ti sei diplomato? Laggiù nelle White Mountains?» gli domandò Abigail.

Foster infilò le mani in tasca e si voltò. «No, signora. Devo fare l'ultimo anno.»

«Siamo già a settembre», osservò Prudence.

Abigail le lanciò un'occhiata. Come per ricordarle un accordo. Poi riportò la sguardo su Foster. «Eri bravo a scuola?»

«Penso di sì. Avevo dei buoni voti.»

«Bene. Allora non è troppo tardi. Recupererai in fretta.»

«Abby», rispose lui, «io non tornerò più da quelle parti.»

Prudence disse: «Nessuno sta dicendo che devi tornare là a vivere da solo».

Abby guardò la sorella. «Non dico altro», fece Prudence.

«Avevamo deciso...»

«Che parlavi tu. Perché non parli, allora? Guarda che io non dico nulla.»

Abby sostenne lo sguardo della sorella per un po'. Poi, rivolgendosi a Foster, dichiarò: «Mia sorella e io ne abbiamo discusso a lungo. Non è qualcosa che ti stiamo offrendo alla leggera. Se tu rimanessi qui, e prendessi il diploma a Randolph, saresti pronto per andare al college».

Il ragazzo la interruppe cortesemente. «A dire il vero, ho già fatto gran parte del programma dell'ultimo anno. Per il diploma. E finirei solo per scaldare il banco.»

Abby fece una piccola smorfia. Sorrise. «Quindi sei uno studente decisamente migliore di quello che volevi farci credere. Non c'è niente di male. Solo che ormai è troppo tardi per entrare al college quest'anno. Perciò potresti comunque frequentare l'ultimo anno e prendere il tuo diploma come tutti gli altri. E magari utilizzare un po' di quel tempo per pensare a dove vuoi andare, a quello che vuoi fare. A quanto dicono, l'Università di Burlington è una buona scuola. Ma è una delle tante. Puoi andare dove vuoi. Anche ad Harvard, nel Massachusetts. E più vicino c'è anche Dartmouth. O qualsiasi altro college. Anche in California.»

«Be', non saprei», rispose il ragazzo. «Non ci ho ancora pensato.»

Abigail colse la sua esitazione e proseguì, con una luce fiera e trionfante negli occhi, che a Foster non sfuggì. «Nostra madre conosceva il valore del denaro. Lo conosceva meglio di nostro padre. E sapeva che la libertà senza denaro è solo una parola vuota. La libertà è un'idea, il denaro è la realtà. Ecco perché a lei interessava il denaro. Non per le cose di tutti i giorni. Anche se poi era una donna a cui piaceva vestire elegante. Ma solo quando andava in città, a casa portava solo vestiti vecchi. E girava scalza tutto l'anno. Ma aveva capito che la sola speranza in questo mondo sono i soldi. E l'istruzione. Tu metti insieme queste due cose e il mondo ti si spalanca davanti, dandoti delle occasioni che altrimenti non avresti. E vengo al punto. Noi abbiamo dei soldi in banca. Ce n'è abbastanza per mandarti nella migliore scuola che puoi o vuoi frequentare.» Si interruppe ancora una volta e alzò una mano come per prevenire una protesta. «E non devi pensare che ti stiamo facendo un regalo. Una parte di quei soldi è tua. È sempre stata di tuo padre. Così come una parte di questa fattoria, che quindi ora appartiene a te. Ma tu non sei un ragazzo di campagna. Questo è chiaro. Ora, mia sorella e io viviamo qui e ci vivremo fino alla nostra morte. Ma non abbiamo bisogno di soldi, almeno non di molti. Quindi di denaro ce n'è più che abbastanza perché tu possa fare quello che vuoi.»

Foster tacque a lungo. Le due donne lo fissavano. Lui si stropicciò il naso tra pollice e l'indice. Aveva le lacrime agli occhi ma non voleva piangere, anche perché sentiva che in quei giorni era stato sul punto di farlo troppo spesso, e non andava bene. Ancora una volta desiderò solo essere nella casa vicino a Bethlehem con suo padre, seduti in cucina a litigare su tutto, in quel loro modo scherzoso, mai troppo serio. Guardò la donna alta e bellissima di fronte a lui, la versione femminile di suo padre, e disse: «Papà non era povero. Oltre alla proprietà che mi ha lasciato laggiù, c'era anche un mucchio di soldi. Perciò di denaro ne ho abbastanza». E poiché non voleva che le due donne ne dubitassero, aggiunse: «Li ho qui con me, tanti rotoli in una scatola da scarpe nascosta nel retro della macchina».

«Non li devi toccare! Devi metterli in banca!» intervenne Abby. «Così, tra quattro o cinque anni, quando avrai finito di studiare e saprai che cosa vuoi fare della tua vita, ti ritroverai con un gruzzolo per cominciare.» Si interruppe e si morse le labbra. Poi aggiunse: «A quel punto quei soldi ti faranno comodo. Vedrai».

Foster si sentì vacillare. Accanto al camino faceva molto caldo ma non riuscì a muoversi. Guardò il pavimento ed ebbe la sensazione di avere gli occhi del ritratto puntati sulla nuca, e desiderò che le anime di quei morti gli parlassero. Ma sentì solo il sangue pulsargli nelle tempie. «Non posso», disse senza alzare lo sguardo.

Non ci fu alcuna pausa. «Che cosa non puoi?»

Alzò gli occhi su di loro, perché così doveva fare. «Non mi fermerò qui», la voce bassa, rotta, triste. «Non per finire la scuola né per andare al college. Odio dovervi dire questo, ma non è quello di cui ho bisogno in questo momento.»

Prudence non si mosse. Abigail sì. Si appoggiò allo schienale della poltrona e accavallò le gambe, mentre con le dita affusolate si sistemava la gonna in modo che cadesse senza pieghe sulle ginocchia. Poi reclinò la testa all'indietro. «E quindi», domandò, «che cosa hai intenzione di fare?»

«Be', ecco...» e prima di continuare Foster le guardò entrambe, «ho intenzione di andare nel North Carolina. A Sweetboro. Per vedere che cosa riesco a scoprire.»

Abby non si mosse. Prudence invece si sporse in avanti, afferrandosi le ginocchia con le mani. «Oh, no», gridò. «Ma perché vuoi fare questo, Foster? Per quale motivo?»

Il ragazzo ondeggiò in silenzio sotto i loro occhi. Perché non poteva dire niente che le due donne già non sapessero.

Dopo un po' Abby si alzò e senza dire una parola lasciò la stanza. Lui rimase immobile, e la sentì salire al piano di sopra per andare a dormire. Cessato ogni rumore, guardò Prudence. La donna lo fissò finché lui non si voltò verso di lei, poi girò le mani sulle ginocchia, vi affondò il viso e si mise a piangere. Foster non si mosse. Finché capì che quel pianto non era solo per lui, e non sarebbe stato breve.

# 8

«QUALUNQUE cosa sia, non voglio niente!» si sentì dire nella penombra dietro la porta a zanzariera, lontano e vicino insieme, come se la distanza fosse breve, ma lungo il tempo necessario a percorrerla. Oltre la zanzariera, Foster intravide una figura avvicinarsi dal fondo del corridoio. Una figura alta e snella, incurvata verso sinistra, verso la mano che si appoggiava al bastone in cerca di sostegno.

Attese all'ombra della veranda, sudato, la camicia aperta sul collo e le maniche arrotolate fino al gomito. L'automobile era parcheggiata sulla strada, sotto le querce della Virginia dalle foglie ovali appesantite da uno strato di polvere color ruggine. Aveva lasciato i finestrini aperti, per i cani, che sonnecchiavano accaldati sul sedile posteriore.

Aveva impiegato circa due settimane per raggiungere quel luogo. Per la verità, non sapeva neppure con certezza che giorno fosse. Prima di lasciare Randolph, aveva acquistato una tenda trattata con paraffina e si era messo in viaggio verso ovest attraverso lo Stato di New York, per poi proseguire verso sud, tenendosi lontano dalla costa e attraversando le varie città dell'interno. Si era fermato nelle campagne punteggiate di piccole fattorie o nei boschi che coprivano le pendici orientali delle catene montuose, trascorrendo la notte – a volte anche più di una – dove riusciva a trovare un posto, dove gli agricoltori badavano solo a metterlo in guardia dal fuoco, o anche nelle radure tra i boschi, dove per fermarsi non doveva chiedere il permesso a nessuno. Giunto nel cuore della Virginia aveva puntato verso est, verso l'estate, lontano dai monti e dall'autunno.

La sera prima, dopo una lunga giornata trascorsa su strade più ampie di quelle di montagna ma coperte da uno spesso strato di polvere rossa infuocata in cui le ruote affondavano, si era fermato nella cittadina di South Hill e aveva preso una stanza all'hotel della stazione. Aveva mangiato qualcosa di caldo nella sala da pranzo e fatto il bagno in una vasca arrugginita. Prima dell'alba era già in piedi per portare fuori i cani nella luce velata e umida del mattino, che nemmeno a quell'ora riusciva a essere fresca. E senza fare colazione in albergo si rimise in auto. Entrò nel North Carolina mentre il sole si levava oltre la sua spalla sinistra, un'enorme palla rossa nella foschia, sospesa tra terra e aria come l'ultima speranza della notte. Proseguì per una lunga discesa, non molto ripida, poi riprese a salire, quando il sole era già alto, non più una palla infuocata ma una vampata torrida che entrava dal finestrino aperto. E fu allora che sentì l'odore dolciastro, caldo, fetido della terra. Superò carri carichi di sacchi di iuta gonfi di merci. Altri carri trasportavano tenere foglie di tabacco, disposte in strati. Aveva caldo. Sentiva i cani ansimare sul sedile posteriore nonostante i finestrini completamente abbassati. L'aria era densa di polvere. Una polvere che gli riempiva il naso e la bocca. Attraversò un fiume, che attraversò di nuovo qualche chilometro dopo, sempre guidando verso sudest.

A tratti incontrava distese di pini. O piccole alture incappucciate di alberi da legname, intervallate da campi di cotone. E da altri coltivati a tabacco, più ampi e regolari. Poi arrivarono i pascoli per il bestiame, coperti di erba arsa dal sole, dove gli animali si raccoglievano sotto la larga ombra di una solitaria quercia rossa. Non vide stalle, ma solo capanni di legno logorati dalle intemperie. Ovunque. Alti e squadrati, piccoli sulle rudimentali fondamenta di pietra. Alcuni erano issati su precari cumuli di pietra ai quattro angoli. Su altri aleggiavano sottili strati di vapore e il debole aroma del fumo di legna con cui si essiccava il tabacco. E sempre, accanto a questi capanni, c'era un uomo di colore che ciondolava su un ceppo di legna da ardere o chino su un focherello a pochi passi dalla costruzione.

Foster rallentò e seguì il fiume per alcuni chilometri, poi la strada cominciò a salire e incontrò un cartello in metallo bianco che indicava a caratteri neri i confini della città di Sweetboro. Proseguì ancora per un tratto e giunse in città. Imboccò la via di un quartiere residenziale e, ingranando la seconda, la percorse lentamente osservando le case, lontane dal ciglio della strada e più piccole di quanto si aspettasse, ma circondate da un po' di terreno e fiancheggiate da alberi che non conosceva. Arrivò in centro, tre isolati di edifici in mattoni, alcuni anche in legno, di due o tre piani. Era tutto molto tranquillo, molto raccolto.

Parcheggiò in uno spicchio d'ombra ed entrò in un drugstore dove servivano anche da mangiare. Bevve una bibita analcolica, mangiò un sandwich con formaggio alla piastra e bevve un'altra bibita. Dopo aver pagato il conto e lasciato dieci centesimi di mancia sul bancone, entrò nella cabina telefonica che aveva notato in fondo al locale, si richiuse la porta alle spalle e si sedette a consultare l'elenco telefonico. Fu più facile di quanto pensasse. Solo un Mebane. Alexander. 61 North Main. Telefono: 8459. Richiuse l'elenco e lo rimise sulla mensola.

Uscì dalla città ripercorrendo in senso inverso la stessa strada da cui era arrivato. Ma giunto davanti alla casa non si fermò. Proseguì invece fino al ponte della ferrovia e vi si fermò sotto, dove la terra era scura e compatta, spoglia. Liberò i cani, che scesero al fiume a bere. Quando si furono rinfrescati, li fece saltare nuovamente a bordo e senza indugiare oltre tornò in città e parcheggiò all'ombra, vicino alla casa che stava cercando.

«Qualcuno ti ha informato male. Questa non è la casa che stai cercando.» Il vecchio lo guardava con il braccio monco appoggiato alla zanzariera per aprirla un poco. Alto quanto Foster, benché curvo, indossava un paio di calzoni marrone bruciato e una camicia bianca con la manica del moncherino ripiegata e fermata sotto il gomito con una spilla. Sul cranio, pochi capelli spettinati. «Non posso aiutarti», aggiunse. «Non conosco nessuna donna che si chiama Lee. Che io sappia non ci sono Lee nei paraggi. Almeno, non tra i miei parenti. Però ce ne sono molti di maschi con questo nome. Non li conosco tutti. In effetti potrebbe anche esserci una donna che si chiama così. È un nome molto diffuso. Ma io non ne conosco. Posso dirti una cosa, comunque: chiunque tu stia cercando, non è qui, in questa casa. Qualcuno ti ha dato un'informazione sbagliata.»

Foster lo studiò. Nonostante la canicola, il vecchio non era per niente sudato. La mano che stringeva il bastone tremava leggermente per lo sforzo di tenere la punta sollevata, in caso ne avesse avuto bisogno in fretta. Le pupille dilatate erano puntate su Foster, che vi colse un che di selvaggio. Uno sguardo che contrastava con le parole appena pronunciate. Le labbra erano secche, dischiuse su una fila di denti ingialliti dall'età, spaziati, nei punti in cui le gengive si erano ritirate.

Foster guardò le assi imbarcate della veranda, poi di nuovo l'uomo. «Questa donna credeva che lei fosse morto», disse. «Credeva di averla ammazzata. L'aveva colpita in testa con un ferro da stiro, ecco che cosa aveva fatto. Immagino che quel segno sopra l'orecchio sia dovuto a quel tentativo. E si chiamava Leah. Non Lee.»

L'uomo non disse nulla. Poi appoggiò a terra la punta del bastone e aprì la porta. Ma senza uscire di casa. Rimase sulla soglia, il bastone davanti a sé, il palmo aperto sul manico ricurvo.

«Dimmi di nuovo come ti chiami.»

«Foster Pelham, signore.»

«Quanti anni hai, Foster Pelham?»

«Sedici.»

«E da dove vieni?»

«Dal New Hampshire. Sono cresciuto lì. Ma adesso arrivo dal Vermont.»

«Davvero?»

«Sì, signore.»

«Ah, e come mai, Foster Pelham? Lasciamo da parte per un

momento la storia di questa donna che stai cercando. Come mai tu, un ragazzo di sedici anni, te ne vai a zonzo per il Paese? E come saresti arrivato fin qui?»

«Con la mia auto.»

Alexander Mebane si sporse leggermente in avanti e sbirciò verso la strada, dove notò la Chrysler. «Quella è la tua automobile?»

«Sì, signore. Era di mio padre.»

«Era di tuo padre. E lui non è con te?»

«Sono solo. Mio padre è morto. Ecco perché... Non ho mai conosciuto i suoi parenti. Ma dopo la sua morte, ho rintracciato le sue due sorelle, nel Vermont. Sono loro che mi hanno raccontato tutto.»

«E cioè?»

«Che mia nonna era una donna di colore. Nata qui. Si chiamava Leah, e i suoi padroni si chiamavano Mebane. Era scappata verso la fine della guerra. Perché era successo qualcosa e lei aveva colpito uno di loro, e l'aveva lasciato ferito, pensando di averlo ucciso. Un certo Lex.»

«E tu pensi che potrei esser io.»

«Sì, signore. Penso che potrebbe essere lei. Hanno detto che era un uomo senza un braccio.»

«Ah, sì? In effetti è quello che chiamano un segno particolare, no? Ero un ragazzo quando l'ho perso, perciò quasi non ricordo che cosa vuol dire averne due. Anzi, per la gran parte del tempo non ci penso nemmeno. Tu sei un ragazzo che non dà niente per scontato, comunque, Foster Pelham, o mi sbaglio?»

«No, signore. Non ne ho mai avuto la possibilità.»

«Eppure, hai attraversato mezzo Paese inseguendo qualcosa che potrebbe essere successo quasi sessantacinque anni fa. E perché lo avresti fatto? Che cosa pensavi di trovare? A parte un vecchio scapolo senza un braccio?»

«Lei è tornata. Venticinque anni dopo essere fuggita. Per trovare sua madre, che era rimasta qui. O per scoprire che fine aveva fatto. Doveva essere il settembre del 1890.»

«È comunque molto tempo fa.»

«Credo che quella volta vi siate incontrati. Quando tornò qui.»

«E che cosa ti farebbe pensare una cosa simile? Credi forse che io tenga il conto di ogni nero errante che passa per questa città? Forse non sai, ragazzo, che qui tutti i giorni ne passano a frotte, tanti che non saprei neanche dire quanti. Ammesso che volessi contrarli. E perché poi dovrei farlo?»

«Era sua sorella. La sua sorellastra.»

Gli occhi del vecchio scivolarono via da Foster. Scintillanti, luminosi e scaltri al tempo stesso. «Mia sorella. Ho capito bene? Mi stai dicendo che mio padre... che mio padre è andato a letto con una donna nera? E che non solo ci è andato a letto, ma ha anche avuto dei figli? Mio padre? Il mio vecchio padre morto da tanto tempo che non è più qui a negare o a ridere di una storia simile? Hai fatto tutta questa strada per dirmi questo? Che un uomo si teneva in casa una donna di colore e se la scopava? Ragazzo, ti conviene salire sulla tua macchina e andare a farti un giro. Così ti accorgerai che ogni due o tre facce nere come il carbone ce n'è almeno una caffellatte, annacquata. E secondo te come mai sono così? Perché si sono lavati con la candeggina? Quelli non sono imparentati con nessuno, solo con se stessi, con la loro razza. Il nero può avere tutte le sfumature, più chiare e più scure. Ma il bianco è uno solo, e non devi fare confusione.»

«E io?»

«Tu che cosa?»

«Io che cosa sono?»

«Uno yankee, direi, da come parli. A parte questo, sei piuttosto annacquato, direi. Ma senti un po'...»

«Che cosa?»

«Chi sa che sei venuto fin qui?»

«Nessuno. A parte le zie, penso. Le sorelle di mio padre.»

Il vecchio annuì, come se l'avesse previsto. «E dove hai intenzione di stare?»

«Non so. Ci sarà un albergo, immagino.»

Mebane annuì ancora. «Lo sai che se torno dentro e faccio una semplice telefonata tu non trovi più un posto dove stare? Mi basterebbe dire che sei uno di colore che cerca di passare per un bianco e nessuno ti darebbe più una stanza. Oppure, potrei fare un'altra telefonata e la polizia ti scorterebbe fuori città, non senza averti prima dato una lezioncina per il disturbo della quiete pubblica. Mi segui?»

«Credo di sì.»

«Comunque è un problema. Perché se tu anche andassi a Fishtown, dove vivono quelli di colore, non ne troveresti uno che ti rivolgerebbe la parola. E non troveresti un posto dove stare neanche lì. Anzi, se ficchi troppo il naso in giro, se fai innervosire qualcuno, ti fanno lo stesso servizio degli uomini dello sceriffo. Forse anche meglio. Non so che cos'abbiano questi neri, ma a loro piacciono i coltelli. Forse perché non fanno rumore. Diversamente dalla pistola, che attira troppo l'attenzione. Per quella gente saresti solo uno strano ragazzo bianco che parla in un modo ridicolo e ficca il naso negli affari loro. Ma il vero problema non saresti tanto tu, quanto tutto ciò che ti porti dietro, quello che potrebbe venire dopo di te e di cui forse tu non hai idea. Perché la vita laggiù funziona in un modo diverso, in un modo che non hai mai visto. E laggiù tu non sapresti neanche chi ti sta osservando, e non sapresti quello che potrebbero pensare di te. Ma quella gente, quei neri, loro lo saprebbero.»

Foster infilò le mani in tasca. «Quando mia nonna tornò qui, nel 1890, non si fermò molto. Tornò subito a casa. E non raccontò a nessuno che cosa era successo, quello che aveva scoperto. Ma era qualcosa di brutto. Perché la sentirono parlare da sola. Quando credeva che nessuno la sentisse. Poi un giorno di novembre di quello stesso anno si impiccò.»

Per la prima volta Alexander Mebane distolse lo sguardo. Strinse il manico del bastone e colpì con forza le assi della veranda. Poi lo guardò nuovamente.

«Dimmi una cosa di te, Foster Pelham.»

«Che cosa?»

«Tu sei un uomo pratico, o un romantico? Di indole, voglio dire.»

«Non lo so. Non so che differenza ci sia.»

«Be', un uomo pratico penserebbe di ricavarci qualcosa, da questa storia. Potrebbe trovare il modo di volgerla a suo vantaggio. Un uomo romantico, invece, non avrebbe questo pensiero. Perché saprebbe già che cosa vuole. Avrebbe il sangue in ebollizione. Avrebbe già previsto tutto e farebbe in modo di seguire il suo piano. Cercherebbe una specie di vendetta. Di riconoscimento.»

«Non credo di essere né l'uno né l'altro.»

«E allora che cosa vuoi?»

Adesso fu Foster a distogliere lo sguardo, per posarlo sull'automobile infuocata, dove lo aspettavano i suoi cani. Ma subito lo riportò sul vecchio crudele con il bastone. «Voglio solo sapere che cos'è successo. Solo questo.»

«Ho capito. Un poeta.»

«No, signore. Sto solo cercando la verità.»

Alexander Mebane gli sorrise. Foster non ricambiò. Il vecchio si fece di nuovo serio e studiò il ragazzo dalla testa ai piedi. Come avrebbe fatto una donna. O qualcuno in cerca del suo perduto sé. Poi colpì la zanzariera con un calcio e uscì sulla veranda tenendola aperta. «Non posso continuare a stare in piedi», disse. «Vieni dentro.»

Seguito da Foster, Alexander Mebane percorse il corridoio ed entrò in quella che un tempo doveva essere stata una sala da pranzo. C'erano il tavolo, le credenze, le sedie allineate lungo le pareti, ma anche librerie, sistemate tra le credenze, e pile di libri, di riviste e di quotidiani ammassate sul tavolo, dove il poco spazio libero era coperto di briciole.

«Non c'è pace in questa vita, ecco che cos'è», disse Mebane. «È per questo che guardiamo al cielo. E tuttavia, l'uomo non riesce a smettere di cercare. Be', forse questo non è vero. Tante persone lo fanno. Ma non sono queste le persone che ci interessano, vero, Foster Pelham? Sono quelli come te, che continuano a trascinarsi avanti, pensando che se riescono ad avere qualcosina in più, se riescono a capire un briciolo di più, ad avere anche solo un'altra risposta, a chiarirsi anche solo un'altra idea, forse riusciranno a trovarla qui sulla terra... la pace, intendo dire.»

Mebane sorrise e con la punta del bastone tirò verso di sé una sedia con le rotelle e ci si lasciò cadere sopra. Poi puntò il bastone verso l'altra sedia. «Siediti», gli disse.

Nella stanza l'aria era immobile – appesantita da anni e anni di odori di ogni genere, ormai parte della stanza stessa – ma non acre, quasi fragrante.

Come se guardasse la stanza con gli occhi di Foster, Mebane disse: «Per anni ho avuto una donna che veniva tutti i giorni a cucinare e a pulire, tranne la domenica. Poi una sera, stavo già mangiando la cena che mi aveva preparato mentre lei aspettava in cucina che finissi per lavare i piatti, una sera mi sono fermato, ho posato la forchetta e sono andato di là a domandarle: 'Millie, tu hai bisogno di questo lavoro?' Lei mi ha guardato e mi ha risposto che qualcuno doveva occuparsi di me. Le ho detto che non era così. Che non mi sarei lasciato morire di fame, e per quello che me ne importava della casa, poteva anche cadere a pezzi; però mi sembrava una cosa da cafoni stare seduto davanti a una cena che poteva bastarmi per tre giorni mentre una donna che aveva dieci anni più di me aspettava in cucina. Così le ho domandato di nuovo se quel lavoro le serviva. Se aveva bisogno dei soldi. E lei mi ha risposto di no. Da quel giorno ho fatto da solo, mi sono occupato di me stesso. A te magari posso sembrare povero e triste, come sembra a qualcuno, ma io sono contento così».

«Ma non sarebbe andata via da sola se non avesse avuto bisogno del lavoro?» domandò Foster.

«Del denaro, vorrai dire.»

«Sì, signore.»

«No, non credo. Un'altra magari l'avrebbe fatto. Ma per lei era diverso. Non era solo l'abitudine, o l'orgoglio. Una parte di lei si considerava ormai la donna che lavorava per me. Ovviamente si portava i soldi a casa, e immagino che ne spendesse anche una parte. Quasi tutti hanno bisogno di più denaro di quello che hanno. Ma non era questo il punto, quella sera in cucina. E lo sapeva anche lei. Io le stavo solo chiedendo se voleva disporre di tutto il suo tempo. E lei lo voleva. Per anni, in seguito, le ho mandato una busta con dei soldi, a Natale, finché non è morta. Tre anni fa. Ma il punto non erano i soldi, non per me, e nemmeno per lei. E lo sapevamo tutti e due.»

Foster si sedette con le mani intrecciate in grembo. «Sta dicendo che si sentiva vincolata a lei e che lei l'hai liberata.»

«Adesso stai correndo troppo. È vero che se non avessi fatto così, quasi sicuramente avrebbe continuato a lavorare per me sino alla morte, o fino a quando si fosse retta in piedi. Ma tutto quello che posso dire è che aveva capito che ne avevo abbastanza. L'unica cosa che mi disse quella sera, dopo aver lavato i piatti, e con cappotto e scialle già indosso, fu: 'Se cambia idea, non mi venga a cercare'. Sapeva come si può ridurre un uomo che affonda in se stesso. Ed era esattamente ciò che volevo fare io, e che avrei fatto, e lei lo sapeva. Quindi non devi confondere tutto questo con una mia meschinità o magnanimità. Non era nessuna delle due cose.»

«Non capisco perché mi sta raccontando questa storia», disse Foster. «A meno che non sia un complicato giro di parole per dirmi qualcos'altro.»

Mebane lo guardò, la bocca secca. Secco anche lo sguardo divertito negli occhi. Quasi fosse una facezia, disse: «Un uomo è la somma delle sue parti».

«Forse», replicò Foster. «Non lo so. Ma mi sembra che la persona in causa sia l'ultima a poter tirare quella somma.»

«E chi, allora? Chi altro potrebbe?»

«Non lo so. Magari quelli che lo circondano.»

«No. Perché ogni uomo è almeno due uomini. Uno dei quali è noto solo a se stesso.»

«Può darsi.»

«Ascolta: oltre a Millie, avevo anche un giardiniere. Un omone alto più di un metro e ottanta che però si muoveva intorno alle aiuole come se non toccasse terra con i piedi. Ora, questo giardiniere, Fred Fox, era un uomo giovane, sulla trentina. Con moglie e figli. Quindi per lui era proprio una questione di soldi.

Gesù, Fred Fox, nero come il catrame. E quando l'ho lasciato a casa, mi ha supplicato di non farlo. E per tutta la stagione successiva ha continuato a venire qui a lavorare una o due sere la settimana. Cercando di tenere le cose in ordine. Perché sapeva che così dovevano essere. Io uscivo fuori e gli dicevo: 'Fred, se continui a lavorare per me, ti devo pagare. Ma io non voglio continuare a pagarti, perciò devi smettere di lavorare'. E lui mi rispondeva che non voleva soldi, voleva solo tenere le cose in ordine. Una sera gli ho detto che non volevo le cose in ordine. Alla fine l'ho dovuto minacciare che avrei chiamato la polizia accusandolo di violazione di domicilio. Lui mi ha guardato, si è strofinato le mani sui calzoni per pulirle dalla terra e mi ha detto buona sera. E così la storia si è chiusa.»

«Quindi mandare via queste due persone che lavoravano per lei è stato solo un modo per cambiare qualcosa. È così?»

«Forse.» Alexander Mebane gli sorrise, lo stesso sorriso scaltro con cui l'aveva accolto sulla veranda al suo arrivo. «Forse ero solo a corto di denaro.»

«Le ho detto che non è questo che sto cercando.»

«Non c'è rimasto più nessun Mebane di cui parlare», proseguì il vecchio come per rispondere a una domanda. «Il mio unico fratello è stato ucciso a Petersburg e anche le mie due sorelle sono morte; una si era sposata a Raleigh e ha avuto un figlio e tre figlie, ma nessuno di loro è un Mebane, né di nome né di fatto; l'altra sorella aveva sposato un agricoltore di qui, un certo Pettigrew, e hanno avuto figli e nipoti, ma a parte la matta, non li vedo spesso. La nostra famiglia è al capolinea, ecco. Mio padre aveva scelto questo buco dimenticato da tutti per appendere la targa con il suo nome, e ci aveva trascinato anche mia madre, che era di Raleigh e credeva che sarebbe andata a stare meglio. Durante la guerra mio padre era culo e camicia con il governo e le cose gli andavano bene. Ma non era un uomo molto lungimirante. Quando Lee se ne andò, e poi anche Johnston, aveva investito fino all'ultimo centesimo in obbligazioni Jeff Davis, che sembrava dovessero diventare chissà che cosa e invece erano diventate carta straccia, buona per accendere i sigari, se eri abbastanza fortunato da poterti permettere un sigaro. E non era il caso di mio padre. Poi, dopo la guerra, aveva tentato di nuovo la fortuna con quel poco che gli era rimasto, ma le cose andarono male. E non se lo meritava. Per mia madre fu dura. Era rimasta solo la casa di Raleigh e questo posto, nient'altro. Dopo la morte di mia madre, ho dovuto fare i salti mortali per tenermi questa casa, pagando vecchi debiti e roba simile. Più di un banchiere guardava altrove, quando incontrava mia madre; per pietà nei suoi confronti, e per disprezzo nei confronti di mio padre. Il quale, ovviamente, nel suo oculato egoismo, era riuscito a morire una decina d'anni prima di mia madre. Dopo il suo funerale, sulla sua scrivania avevamo trovato ancora una scatola di sigari piena di quelle vecchie obbligazioni inutili. Ma era tutto lì.

«Non che io abbia fatto molto meglio. Ho studiato legge, da giovane. Ma non ci mettevo il cuore. La giurisprudenza è un ideale rimpiazzato da una struttura. E io non ho mai avuto talento a muovermi nelle strutture. Nossignore, non ero molto portato a fare l'avvocato. Accettavo sempre le cause senza speranza, o senza soldi, insomma, quelle che non si potevano vincere. A un certo punto feci qualche conto e passai due anni a scrivere lettere per chiedere una pensione di guerra. Avevo la fortuna di essere privo di un braccio, ed ebbi la fortuna ancora più grande di trovare qualcuno che scovò la mia documentazione medica in un ospedale della Virginia. E così dopo due anni ebbi la mia pensione. Che, braccio o non braccio, in tutta onestà non posso dire di meritare. Ma da Washington tutti i mesi mi arriva un assegno e questo mi fa piacere. Per me è come una piccola compensazione per la morte di mio fratello. O forse non è altro che pura e semplice avidità. Prendo quello che posso. Sia come sia, sinceramente non mi interessa. Lo dico solo perché tu lo sappia, caso mai laggiù nel New Hampshire tu avessi sognato qualche bella piantagione, e una vita nuova che ti aspettava da queste parti. Tutto quello che c'è è un vecchio rancoroso in una casa che cade a pezzi.»

«Gliel'ho già detto. Voglio solo scoprire che cosa è successo qui.»

Alexander Mebane si sporse in avanti. «Che ti prende? Non hai un po' di immaginazione?»

«No, signore. Non come pensa lei. Tornando a mio padre e alle sue sorelle, io so solo che quello che è successo nella loro vita è in qualche modo la conseguenza di quanto è successo alla loro madre. E nessuno sa di che cosa si tratta. Almeno, non del tutto. Perché è successo qui, non laggiù.»

«Che tipo d'uomo era tuo nonno?»

«Non l'ho mai conosciuto. Mio padre era andato via quand'era molto giovane, e non è più tornato. Non so se avesse dei problemi con suo padre, non credo. Penso che il suo problema fosse questa madre che si era impiccata. Lui era solo un bambino. Le sorelle, le mie zie, ammiravano molto il padre. E per quel che posso dire io, era un brav'uomo. So che amava mia nonna con tutto se stesso.»

«Ah, sì?»

«Sì, signore. Proprio così.»

«E va bene.» Alexander Mebane si interruppe e guardò altrove. Dopo qualche istante lo fissò e disse: «Tua nonna me la ricordo».

«Sì, signore.»

«Me la ricordo quando è andata via la prima volta, e anche quando è tornata, la volta di cui parlavi. Quando è tornata ma non si è fermata.»

Foster sedeva silenzioso. Mebane lo studiava, le sopracciglia sottili e quasi invisibili sopra i grandi occhi. Il ragazzo era stanco, accaldato, gli occhi e la gola gli bruciavano. Guardò il vecchio che aveva di fronte come se appartenesse a una specie sconosciuta. Attraente e repellente al tempo stesso, una fitta serie di trappole, alcune cariche, altre forse già scattate. Questo pensiero gli fece distogliere lo sguardo dal vecchio.

Di colpo Mebane strinse il manico del bastone e si alzò in piedi. «Seguimi», gli intimò. E senza aspettarlo attraversò la stanza, non in direzione del corridoio ma verso una porta di legno massiccio, con una piastra di ottone ossidato al posto della maniglia. Si voltò di lato e spinse il battente con una spalla. Foster lo seguì e notò che la porta si apriva in entrambe le direzioni e che, grazie ai cardini a molla, si manteneva aperta per un attimo, per poi richiudersi silenziosa. Erano entrati in cucina.

Uscirono da un'altra porta, scesero pochi gradini e si ritrovarono nel cortile. Più in là, sulla sinistra, c'era una casupola di legno a un piano, squadrata, gli interstizi riempiti di fango, un comignolo di pietra a un'estremità, un'unica finestra e la porta che si apriva al centro di una parete. Non c'erano gradini, ma solo una lastra di pietra davanti alla porta chiusa. La costruzione poggiava su fondamenta esterne fatte di sassi ai quattro angoli. All'altro capo del cortile c'era un piccolo capanno. Il cortile era in piano, non terrazzato come sul davanti della casa, e comprendeva anche un piccolo orto dove crescevano erbacce e ortaggi inariditi dal sole. Le assi dello steccato erano marce e coperte di caprifoglio, e sembravano trattenute al loro posto dalla pianta rampicante.

Mebane avanzò tra i ciuffi d'erba facendosi strada con la punta del bastone, l'andatura ondeggiante e decisa al tempo stesso. Foster lo seguì fino alla baracca, dove il bianco di calce si staccava dalle grosse assi di legno formando riccioli e vesciche. Mebane si fermò davanti alla porta e sollevò il bastone all'altezza di un buco che, a causa di un laccio di cuoio usato per anni e anni come chiavistello, aveva preso la forma di una goccia. Il laccio non c'era più. Mebane spinse il bastone e la porta si aprì.

«Questo è il posto dov'è nata. Tua nonna è nata qui. Qui ha vissuto fino a sedici anni. Con la madre e con una vecchia di colore. Tutt'e tre qua dentro. Pensa. Mio padre veniva qui di tanto in tanto a cercare il suo piacere. Di notte, immagino. Nelle notti d'estate. In queste baracche di negri puzzolenti e soffocanti. Dà da pensare. Forse gli piaceva l'odore. Ci pensi?»

Il vecchio si voltò verso Foster e lo guardò con cattiveria. Le sopracciglia corrugate, la bocca contratta in un'espressione di disgusto che soffocava un sorriso. Come per deridere le sue stesse parole, la situazione che aveva appena illustrato. O forse era solo un tranquillo livore, liberato lentamente, come dopo una lunga attesa. Foster non capì. La luce del sole illuminava i muri imbiancati a calce; la porta aperta era un semplice rettangolo scuro.

«Posso entrare?» chiese Foster.

Mebane sollevò il bastone dalla lastra di pietra davanti alla porta e fece qualche passo indietro barcollando, come se ciò che non poteva vedere gli togliesse l'equilibrio.

«Prego», disse. «Accomodati pure. Nell'avita dimora.»

La baracca era buia, vuota; l'aria ferma puzzava di topi e di poco altro. All'interno le pareti non erano imbiancate e il legno era scuro di fuliggine e di vite passate. Il focolare piccolo e pulito. In un angolo c'era una piattaforma di assi di legno, probabilmente il letto. Nient'altro. Foster si avvicinò al focolare e osservò le vecchie pietre irregolari, il mortaio d'argilla che si sgretolava. Le pietre della canna fumaria, sopra il focolare, erano coperte di fuliggine e macchiate dal fuoco. Rimase immobile, cercando di allontanare il giorno d'estate e la sua stanchezza.

«Aveva una bella pelle del colore del cuoio nuovo, non troppo scura, e gli stessi occhi verdi di mio padre», gli gridò il vecchio Mebane. Foster si voltò e lo guardò rimanendo nel buio della baracca. «Ma non mi hai chiesto com'era sua madre. Il tuo errore, ragazzo, è che non sei andato abbastanza indietro. Non c'è una risposta semplice, altrimenti.»

Foster si affacciò alla porta. «Che cosa le successe?»

«A chi?»

«A sua madre. Dopo che mia nonna andò via da qui. Dopo che la guerra era finita. Che cosa successe a sua madre?»

«Non lo so.»

«Come, non lo sa?»

«So solo che se ne andò.»

«Allora di che cosa stava parlando?»

«Di prima. Stavo parlando di quello che è successo prima. Prima di tutte le cose a cui tu hai pensato.»

Foster si passò una mano sulla faccia. «Sa che cosa le dico, signor Alexander Mebane? Tutto questo per me è troppo. Sono distrutto per il viaggio. Lei parla per enigmi. E ho due cani in macchina quasi morti di caldo. Devo farli bere e far fare loro una corsa. Poi mi dovrò cercare un posto per dormire. Adesso devo pensare a questo. Per me qui è tutto nuovo, sto tentando di raccapezzarmi un poco alla volta. Lei è rimasto in questa casa per più di sessant'anni ad aspettare qualcuno a cui raccontare la sua storia, e a quanto sembra ha deciso di farlo con me. Ma in questo momento sono più di là che di qua.»

Mebane lo guardò. Non c'era delusione nel suo sguardo. «Quasi tutti mi chiamano Lex. O signor Lex.»

Foster annuì. «La chiamerò come vuole, ma adesso devo occuparmi di me stesso. Magari posso tornare domani.»

«Che cani sono?»

«Prego?»

«I tuoi cani.»

«Cani da caccia. Setter inglesi.»

«Ah, sì?»

«Sì. Sono madre e figlia. Due buoni cani. La madre è molto in gamba, la piccola ha appena iniziato con pernici e beccacce. Pensavo, mentre arrivavo da queste parti, che magari potrei trovare qualche quaglia. Per far loro provare qualcosa di nuovo.»

Dal bagagliaio dell'automobile Foster prese una tanica di metallo per l'acqua e versò il poco liquido che restava in un secchio. Poi liberò i cani e li fece bere. Quando ebbero finito, li fece risalire sul sedile posteriore e mise in moto. Lasciò la città in un polverone di argilla rossastra, passando sotto il ponte della ferrovia e svoltando nella stradina che gli indicava Mebane, seduto accanto a lui, impettito e loquace.

«Quand'ero ragazzo mio fratello Spencer e io venivamo sempre a caccia da queste parti. Forse dovrei dire quand'ero bambino, dato che era prima della guerra. In un certo senso la mia infanzia si è interrotta quando avevo dodici anni ed è scoppiata la guerra e Spence è andato via. Mi restano solo dei ricordi bellissimi di noi due insieme, Spence già abbastanza grande per fare le cose bene e seriamente. E siccome lui era così, anch'io cercavo di essere come lui. Il cane non l'avevamo, perché mia madre non voleva cani per casa, per via di pulci e zecche, ma c'erano sempre quelli dei ragazzi con cui andava a caccia Spencer. Che belle giornate! Sembra proprio che i ricordi più belli arrivino all'alba o alla sera. Non so se succede solo a me o se è così per tutti. Eppure mi sembra di vedere come se fosse adesso il buon vecchio Spencer in una macchia di pini molto alti con un volo di quaglie davanti; lo rivedo che aspetta un istante che gli uccelli si alzino in volo, poi li guarda, individua quello che vuole, infine il fucile si solleva e spara nello stesso istante, come se lui non ci stesse neppure pensando.»

«Sì», confermò Foster, «succede proprio così.»

«Io non sono mai stato così bravo. Me la cavavo, e forse se avessi continuato sarei migliorato. Ma ho lasciato perdere. Non tanto a causa della guerra, perché a dir la verità io di guerra non ne ho vista molta. Non posso nemmeno dire che fosse il dolore per mio fratello, per quanto se lui fosse tornato avremmo ripreso esattamente da dove avevamo lasciato. Era per tutt'e due le cose e anche per altro.»

«Dove stiamo andando?» domandò Foster.

«Un po' in giro, solo un po' in giro. A proposito, questa è tutta terra dei Pettigrew, i figli di mia sorella. Quella laggiù è la loro casa. No, non fermarti, non abbiamo nessun bisogno di vedere quella gente. Vai avanti, il posto che ho in mente non è lontano. Sono dei terreni coltivati a mais e fagioli, separati da un avvallamento dove scorre un ruscello. A quest'ora gli uccelli sono tutti lì.»

La casa che avevano superato era lontana dalla strada, fiancheggiata da una coppia di querce rosse e circondata da stalle e capanni. Era una casa quadrata, a un piano, con un'ampia veranda che correva lungo tutta la facciata. Il tetto di lamiera era dipinto di colore argento. Sotto una delle querce era parcheggiata una vecchia Ford malandata. Ai lati della fattoria si stendevano i campi di tabacco; di fronte, fino alla strada, un pascolo coperto di sterpi. E su tutto, una luce sottile e pallida, velata di rosso.

Ai lati della strada che stavano percorrendo, i campi coltivati si inseguivano a perdita d'occhio, intervallati da qualche raro boschetto. Superarono un incrocio e si lasciarono alle spalle una manciata di baracche non intonacate e un misero emporio dai logori scuri gialli, abbassati per difendersi dal sole. Di fronte all'emporio, un lungo edificio a un solo piano non molto diverso dalle baracche se non per l'intonaco bianco e la porta dipinta di un azzurro vivace. Un cartello scritto a mano recitava: CHIESA EPISCOPALE DI MOUNT OLIVE.

«Come si chiama?»

«Che cosa?»

«Il posto che abbiamo appena passato.»

Mebane gli lanciò un'occhiata. Si voltò indietro, poi di nuovo avanti. «Pettigrew Crossroads. Incrocio dei Pettigrew.»

«Da quel che ho visto, sono tutte persone di colore.»

Mebane accennò una scrollata di spalle. «Sono tutti Pettigrew.»

Lasciarono la strada principale e salirono sulla sommità di una collinetta, fino a un campo di fagioli, dove fermarono l'auto. Il poco sole rimasto filtrava attraverso i pioppi, le robinie e gli alberi di storace che crescevano in fondo al campo. Foster prese il suo fischietto d'argento dal vano portaoggetti, fece scendere i cani e si diresse verso il campo, lasciando Alexander Mebane a bordo dell'automobile. I cani si lanciarono correndo tra i filari di fagioli, ma si calmarono quasi subito e cominciarono a perlustrare la zona, la testa eretta, pronti a fiutare ogni odore presente nei dintorni. Foster camminava lentamente, le gambe indolenzite dalle lunghe ore di guida e dal pomeriggio con il vecchio Mebane.

I cani continuarono a ispezionare il campo di fagioli e Foster li lasciò fare, anche se intuiva che Mebane aveva ragione, e che al crepuscolo gli uccelli si sarebbero raccolti ai margini del campo, oppure nel sottobosco della macchia circostante. Ma preferiva che i cani imparassero a conoscere il posto, prima di scovare le prede.

Mebane non gli piaceva. E, mentre camminava cercando di distendersi, capì che in parte non gli piaceva perché lo faceva sentire dipendente, che non era ciò che si era aspettato, né ciò che voleva. Si rese conto che non era solo per la vaga minaccia che il vecchio gli aveva rivolto, ma anche per quella che sentiva insita in quel luogo. Come se non capisse esattamente chi fosse né come spiegare se stesso, in un luogo dove evidentemente avrebbero preteso proprio quello da lui. E camminando all'aria aperta, in un morbido, strano tramonto che sembrava nascere dal terreno, si sentì perduto, per la prima volta si sentì davvero solo, pieno di nostalgia per tutto ciò che conosceva. Camminò per un po' tra i filari di fagioli in direzione degli alberi, poi prese il fischietto, richiamò i cani con due brevi suoni e con il braccio alzato indicò loro di raggiungere il bosco. I due animali guardarono per un istante verso il punto indicato, poi balzarono tra i filari, gli passarono davanti e scomparvero tra gli alberi.

Foster li raggiunse e insieme si addentrarono nel bosco. Quando trovarono il ruscello, scese lungo una breve scarpata, dopo essersi districato dai rampicanti, si inginocchiò e immerse le mani nell'acqua ferma ma trasparente. Ne bevve qualche sorsata: era tiepida e lievemente salata, ma era buona, aveva il sapore di quel luogo, e quel semplice fatto, aver trovato dell'acqua da bere, lo fece sentire meglio. Poi sollevò lo sguardo, senza alzarsi, e vide i suoi cani che puntavano qualcosa al margine del campo di mais soprastante, le code ritte. Li richiamò modulando un suono basso e uscì dal bosco per unirsi a loro. Quando li raggiunse, si fermò un momento e passò oltre, camminando tra i ciuffi d'erba che li separavano dal campo. D'un tratto le quaglie si alzarono in volo, riempiendo l'aria di fischi e schiamazzi, un grappolo che per un attimo oscurò il cielo e subito si ruppe in tante planate.

Glow si lanciò verso il campo, dietro il nugolo di uccelli. Foster era troppo accaldato per richiamarla. La vecchia Lovey invece lo aspettò, continuando a puntare i volatili, il corpo fremente. Il ragazzo le si avvicinò e le si accovacciò accanto accarezzandole i fianchi, quindi entrarono nel mais inseguendo le quaglie rimaste isolate; Lovey ne scovò tre, Glow una sola. Avrebbero potuto continuare, ma la sera calava rapida e buia, e il limitare del bosco aveva già assunto l'aspetto di un muro compatto. Foster si ricordò anche del vecchio che li aspettava in automobile. Che lo aveva accompagnato fin là, regalandogli tutto quello. E capì che non aveva altra scelta che fidarsi di lui. Non troppo, non del tutto, soltanto un poco. Così richiamò i cani e raggiunse la strada costeggiando il campo di mais, evitando il bosco.

Il viaggio di ritorno fu silenzioso, a parte le rare indicazioni di Mebane. A Foster non dispiacque: sapeva che l'uomo non era rimasto a corto di parole e che il suo silenzio era per lui, una piccola cortesia.

Solo quando entrarono in città, Mebane gli rivolse la parola. «Stavo pensando che dovresti cenare da me. A quest'ora non ci sono posti aperti. Almeno, non posti decenti.»

«Sto bene così», rispose Foster.

«No, non stai bene così. So riconoscere un ragazzo affamato. E ti dirò di più: penso che dovresti stare a casa mia finché ti fermi da queste parti. Lo spazio certo non manca.»

L'auto procedeva lenta. Era buio pesto, i finestrini ancora abbassati, l'aria ancora tiepida. «La ringrazio, signore. Ma credo sarebbe meglio che andassi da qualche altra parte.»

Mebane era appoggiato al bastone con entrambe le mani. Si voltò un poco verso Foster ma non lo guardò. «Hai sedici anni, giusto?»

«Sì, signore.»

Mebane annuì. «E credi che un ragazzo come te possa andare a prendersi una stanza così? Secondo te quella gente che cosa farà? Con questo macchinone di lusso? E quel tuo accento yankee? Credi che ti lasceranno stare? Lo credi veramente?»

«Ho i soldi per pagare. Finora è bastato.»

«E i cani? Hai intenzione di trasformare quest'auto in una cuccia?»

Foster accostò al marciapiede e si fermò sotto le querce della

Virginia. Piccoli lampioni elettrici, molto lontani, disegnavano polle di luce fioca e lattiginosa. Guardò Mebane. Che lo stava osservando. «Stanno benissimo in macchina», rispose.

Mebane non rispose.

Le cicale frinivano. Foster non aveva altri posti dove andare. Dopo un po' disse: «Accetterei volentieri qualcosa da mangiare. Quanto al dormire, sarebbe sufficiente se mi lasciasse stare assieme ai cani in quella piccola baracca. Così non la disturberei.»

«La baracca degli schiavi.»

«Sì, signore.»

«Vuol dire che dovremo portare fuori un materasso. Dovrei averne un paio che non uso, di piuma. E avrai bisogno anche di un cuscino.»

«Non mi serve niente. Ho un sacco a pelo nel bagagliaio. E anche un cuscino. Durante il viaggio ho sempre dormito in tenda.»

Mebane annuì. «La luce però ti servirà. Almeno una lanterna. Forza, fammi scendere da qui. Non so tu, ma io sto morendo di fame. Adesso fai il giro della casa e sulla destra troverai un vicolo. Puoi parcheggiare lì. Sei esattamente dietro la casa. È un ottimo posto per lasciare l'auto.»

Sedettero al tavolo della sala da pranzo, stretti tra le pile di riviste e i libri contabili, e consumarono una cena a base di minestra in scatola e cracker salati. Minestra di pomodoro allungata con l'acqua perché non c'era latte. Ma ugualmente squisita.

«Non è molto, ma è tutto quello che ho», disse Mebane.

«Va bene così, è buona.»

«So come possono rivelarsi tristi e inconsistenti le cose in confronto a quello che ti aspetti. Non ho risposto alla tua prima domanda. Ma le risposte che ho da darti forse non ti daranno nessuna soddisfazione. Il fatto è che sono le mie risposte. Ti devi accontentare. Se vuoi qualcos'altro, dovrai cercare altrove.»

Foster raccolse con il cucchiaio l'ultimo cracker inzuppato nella minestra e lo mangiò. Posò il cucchiaio nella fondina vuota e guardò il vecchio. «Sa che cosa le dico? Che tutte le volte che lei mi dirà qualcosa e io avrò la sensazione che non mi stia dicendo tutto, glielo dirò.»

«Immagino, anzi, sono più che sicuro che lo farai.»

Portò la lanterna accesa e il materasso nella baracca, poi andò all'automobile a liberare i cani, aprì il bagagliaio e prese sacco a pelo, coperte e la sua vecchia, logora valigia. Rientrò alla baracca attraversando il cortile buio; chiamò i cani, spostò a terra la lanterna e chiuse la porta con il paletto di legno che c'era all'interno.

I cani fecero il giro della stanza e balzarono sulla piattaforma dove il ragazzo aveva già steso il sacco a pelo e le coperte. Dove potevano annusare il suo odore. Foster si svestì e piegò i vestiti sulla valigia, appoggiata accanto al letto. Si inginocchiò nudo a spegnere la lanterna, ma quando fu spenta si ricordò che non aveva controllato se aveva fiammiferi nelle tasche dei pantaloni. Doveva averne qualcuno. Da qualche parte. Si avvicinò al letto a tentoni e scivolò nel sacco a pelo spingendo i piedi e le gambe contro i cani accoccolati, che si spostarono lo stretto necessario per lasciarlo entrare. Una volta dentro, si distese e si voltò, e i cani si voltarono con lui.

«Ehi. Psst!» Era una voce bassa, urgente, un sussurro nella notte che diventava parte della notte stessa. Poi le parole ripetute, che lo chiamavano: «Ehi, là dentro! Ehi!» Era una donna, una ragazza, la voce bassa nella gola ma il respiro veloce a riempire la parole, come se lo conoscesse e lo stesse chiamando per farlo uscire. Foster si voltò nel dormiveglia, i cani già all'erta, seduti accanto a lui: Lovey emise un ringhio gutturale, Glow abbaiò una volta, ma smise non appena Foster la accarezzò. Poi entrambi gli animali si acquietarono. Foster si mise a sedere sul suo giaciglio. La ragazza stava bussando alla porta, continuando a chiamarlo. Senza uscire dal sacco a pelo, Foster scese dalla piattaforma di legno e si avvicinò all'uscio saltellando a piedi pari. Appoggiò la mano sul paletto e la testa alle assi della porta, respirando allo stesso ritmo della ragazza.

«Chi è?»

«Chi è? Tanto non mi conosci. Potrei dirti un nome qualsiasi e non farebbe nessuna differenza. Apri quest'accidente di porta.»

«Che cosa vuoi?»

«Uffa. Vuoi continuare a giocare agli indovinelli o pensi di aprire prima o poi?»

Foster non rispose, la mano sempre sul paletto. Gli sembrava di poter sentire il respiro di lei, e pensò che doveva essere appoggiata alla porta, proprio come lui, ma dalla parte opposta.

«Sono Daphne. Ecco fatto. E adesso?»

«Non conosco nessuna Daphne.»

«Ma è ovvio, no. Tu qui non conosci niente. Ma se aprissi questa porta, magari impareresti qualcosa. Potrebbe essere un inizio, che ne dici?»

«Sono senza vestiti.»

La sentì ridere. «Non ricordo di averti chiesto di spogliarti.»

«Stavo dormendo.»

«Be', allora vestiti.»

«Qui dentro è buio. Per caso hai dei fiammiferi?»

«Per vederti meglio?»

«Per trovare i vestiti.»

«Ti dico una cosa», disse la ragazza. «Perché non apri la porta e nei due minuti che ci vogliono per vestirti ci comportiamo come due adulti? Che ne dici, Foster Pelham?»

Foster si passò una mano sulla faccia, poi tra i capelli, cercando di addomesticare le ciocche che andavano ognuna per conto proprio. Avvertiva la presenza silenziosa dei cani alle sue spalle. «Come fai a sapere come mi chiamo?»

Per un attimo non si udì alcun suono, poi la ragazza parlò di nuovo, la voce ancora bassa, ma per un istante priva di tutta la sua ironia. «Che cosa credi? Che sono appena cascata dal cielo?»

«Oggi pomeriggio sono passata di qui con la mia auto tre o quattro volte e continuavo a vedere questo macchinone che non avevo mai visto parcheggiato davanti alla casa, e poi quando sono tornata e finalmente non c'era più, ho visto che non c'era neanche lui e non sapevo che cosa pensare, ma stai sicuro che me ne sono accorta. Così mi sono fatta un giretto e poi sono andata a casa mia a mangiare qualcosa per cena. E mentre ero sulla veranda, che cosa vedo passare? Il macchinone. E lui era seduto accanto a te, lui che non va mai da nessuna parte a meno di essere trascinato con la forza, e comunque mai troppo lontano né per troppo tempo. Così l'unica cosa che potevo fare era tornare qui a vedere che cosa stava succedendo. Ho aspettato che ti spedisse a dormire e sono sgusciata dentro a fare due chiacchiere. A me zio Lex non riesce a nascondere nulla, fidati. Lo chiamo zio Lex ma in realtà è il mio prozio. È un tipo eccentrico, credimi, proprio come me. Solo che lui è un uomo, ed è vecchio, per questo lo lasciano stare, e di lui non sparlano, come invece fanno con me, alle spalle o direttamente in faccia, dicendo che mi dovrebbero rinchiudere da qualche parte. In montagna, ad Asheville, dove come ti giri c'è una casa di cura, anche se di questa parola non mi piace nemmeno il suono. Ca-sa-di-cu-ra. In realtà sperano solo che mi sposi e che mi tolga dai piedi, sepolta in qualche schifosa fattoria dove posso essere strana quanto voglio tanto l'unico a dovermi sopportare è mio marito. Ma io non voglio niente di tutto questo. I mariti che si sono presentati finora sono tutti individui che probabilmente dovrei far fuori con un'ascia, tanto sono noiosi, mentre i pochi non noiosi userebbero l'ascia su di me, e anche questo mi sembra poco divertente. Ci sono dei ragazzi simpatici, non dico di no, ma prima o poi si trasformano sempre in mariti. Un momento: io non escludo nessuna possibilità, però ti posso dire questo: non sono una di quelle ragazzine senza cervello che vogliono scappare in California per fare il cinema. C'è qualcosa di malefico in quel mondo, di diabolico. Allora, che vuoi fare di bello?»

«Io? Ma sei tu che sei venuta a svegliarmi.»

Erano nel vicolo dov'era parcheggiata la Chrysler. Dopo che Foster si era vestito, Daphne lo aveva preso per mano e in silenzio lo aveva guidato attraverso il cortile, la mano bollente stretta attorno a quella di lui, e Foster l'aveva seguita, a piedi nudi, il bianco del suo vestito senza maniche nel buio della notte, lo scollo basso sulla schiena che lasciava la nuca scoperta sotto i morbidi e folti capelli biondi tagliati corti, quasi bianchi al chiaro di luna. Appena erano usciti dal cancello che immetteva nel vicolo, Daphne gli aveva lasciato la mano, come se in realtà volesse solo allontanarlo dalle orecchie del vecchio insonne. Foster si voltò. Le luci della casa erano tutte spente. La mano che lei gli aveva tenuto era umida e l'aria della notte la stava rapidamente rinfrescando.

«Vuoi sprecare una notte perfetta, è questo che mi stai dicendo?»

«Pensavo di dormire un po'. Ho guidato per giorni e giorni.»

«Dio, non mi stancherei mai di sentirti parlare. Hai un accento così buffo.»

«Sei tu che parli in modo buffo.» Foster di colpo si sentì goffo e imbarazzato. Lei era più grande. Poteva avere diciannove anni.

Daphne inclinò leggermente la testa. «Dai, non dormire. Andiamo a fare un giro. La notte... la notte è il solo momento in cui sopporto di essere viva. Tutto scompare e il mondo è fatto proprio come vuoi tu. È quella parte del tempo in cui anche le ore scompaiono. Capisci quello che voglio dire?»

Lui ripensò alle notti passate in auto con suo padre, e sapeva benissimo quello che voleva dire, come sapeva che quelle notti finivano sempre uccise da altrettante albe. E non l'avrebbe mai ammesso, ma quella ragazza, lì, a mezzo metro da lui, gli toglieva il fiato.

«Dovresti lasciarmi guidare.»

«Perché?»

«Perché tu sei scalzo, e poi perché io conosco la zona e tu no.»

«Allora prendiamo la tua macchina. Non sarai mica venuta fin qua a piedi?»

«Non ho voglia di prendere la mia auto. È una vecchia carcassa semidistrutta che papà non voleva nemmeno farmi usare. Ma io gli ho detto che se non mi avesse lasciato la macchina mi sarei messa per strada e mi sarei fatta caricare dal primo delinquente che passava. Anche se sapevo che la cosa che lo preoccupava di più non erano i delinquenti, ma la possibilità che qualche vicino capitasse lì e vedesse la figlia matta di Pettigrew che faceva l'autostop come una sgualdrinella di campagna. Voglio guidare questa macchina. Ha l'aria di essere divertente.»

Foster rimase in silenzio, strisciando un piede sulla terra dura e argillosa del vicolo. Chiedendosi se doveva andare a prendere i suoi stivali. E se i cani, rimasti soli, avrebbero abbaiato. E per quanto tempo quella ragazza avrebbe continuato a stuzzicarlo, ammesso che se ne rendesse conto.

«Senti, Foster Pelham», disse lei, «non ti fidi di me?»

«No.»

Lei scoppiò a ridere, e la sua risata gli piacque. Udì la tristezza che nascondeva, e anche quella gli piacque. «Non sono molti i ragazzi sinceri», gli disse. E poi, abbassando la voce: «Rimani sempre così».

La guida fluida ed esperta di Daphne lo tranquillizzò. La città era immersa nel silenzio della notte calda, interrotto solo dal frinire delle cicale sugli alberi. Superati i pochi isolati del centro, svoltarono e si ritrovarono nel buio, lontani dalla fioca luce arancione degli ultimi lampioni. Percorsero un reticolo di stradine sterrate fiancheggiate da case fatiscenti addossate le une alle altre, alcune buie, altre illuminate dalla luce delle lanterne che filtrava dagli scuri abbassati. C'era gente per la strada. Bambini e adulti, uomini e donne, tutti a seguire con uno sguardo di sbieco il passaggio lento dell'automobile. Tutti neri, tutti a guardarli passare, lo sguardo altrove, la testa voltata dall'altra parte. Ma Foster li sentiva. Non tanto i loro occhi, quanto le loro menti, concentrate sulla Chrysler che si avvicinava e passava oltre.

«Fishtown», annunciò Daphne. «Stiamo cercando un uomo che mi venderà qualche bottiglia di birra. E un po' di acquavite. Acquavite di mais, trasparente come l'acqua. Giuro. Ce la fai a bere un sorsetto, Foster?»

«Ce la faccio.» Pensò che avrebbe potuto voltarsi e prendere da sotto il sedile posteriore una bottiglia di whisky, probabilmente migliore di qualsiasi cosa lei avesse mai assaggiato, ma non lo fece, e ne fu orgoglioso. A quell'ora la cosa migliore che poteva fare era lasciarsi guidare nella notte da quella ragazza bionda che si dichiarava matta. Gli sembrava di essere immerso in un bagno caldo, la gente intorno lo spaventava e non avrebbe voluto essere da nessuna parte se non esattamente dov'era in quel momento.

Lasciò il motore acceso e gli disse di aspettare mentre lei andava a comprare gli alcolici. Aveva parcheggiato davanti a una casa uguale a tutte le altre, la stessa luce fioca che filtrava dagli scuri. Sulla veranda c'era un gruppetto di uomini, accovacciati sui talloni, che fissavano l'automobile. Questa volta nessuno distolse lo sguardo. I cappelli spinti all'indietro, il bianco degli occhi rosso sotto la luce dei lampioni, gli sguardi duri. Foster non riuscì a guardarli. Aprì il vano portaoggetti e prese il pacchetto con l'ultima sigaretta di suo padre. L'accese. Sentì che quegli uomini potevano ignorarlo come ucciderlo, ricavandone lo stesso piacere. Ma non si mossero. Foster capì che in un certo senso lo temevano più di quanto lui temesse loro. Il che, pensò, non avrebbe impedito loro di ucciderlo se mai fosse sceso dall'auto.

Daphne tornò con due bottiglie di birra da un litro e un barattolo di vetro con il tappo a vite pieno di liquore trasparente. Proseguirono lungo la collina solcata dalle stradine e dalle case di Fishtown e si addentrarono nelle campagne del Piedmont, dove Daphne poté guidare più veloce perché la strada era aperta e illuminata dalla luna.

«Hai un apribottiglie?» chiese Daphne.

«Che cosa?»

«Un apribottiglie. Per le birre. Qualcosa per aprirle.»

«Posso farlo contro la maniglia della portiera.»

«Aprine una. Ce la passiamo. Devi bere un sorso di acquavite poi un po' di birra per mandarla giù. Le birre saranno calde prima di averle finite, ma a quel punto non ce ne importerà niente e ci andrà bene anche l'acquavite liscia.»

Foster non disse nulla, aprì una delle bottiglie di birra e la passò a Daphne. Poi svitò il tappo del barattolo e bevve una sorsata di acquavite, che tenne in bocca qualche istante perché gli mordesse i denti. Era buona. Ne prese un altro sorso e lo passò alla ragazza, che gli porse la birra. La birra non gli piaceva, e quella era particolarmente cattiva, ma pensò che avrebbe fatto come diceva lei, almeno per quella volta. Dopo aver bevuto l'acquavite, Daphne rivolle subito la birra e lui fu ben lieto di dargliela. La ragazza si infilò il vestito tra le cosce e vi accomodò la bottiglia. Foster pensò che fosse un birra troppo cattiva per essere trattata così bene. E fu contento di riavere il barattolo di acquavite.

«Zio Lex dice che io e te siamo cugini, ma pare che sia una specie di scheletro nell'armadio», disse Daphne senza guardarlo, con una mano appoggiata con noncuranza sul volante e il piede premuto sull'acceleratore. «Non preoccuparti, mi ha anche detto di non spifferarlo in giro, e anche se tu magari non ci credi, questa è una cosa che so fare benissimo. Anche perché per me non fa nessuna differenza. La verità è... vuoi sapere la verità, Foster? Be', la verità è che da queste parti siamo pieni di 'cugini' che non guardiamo, a cui non pensiamo, a cui non facciamo minimamente caso. Alcuni di noi hanno perfino fratelli e sorelle. Che però non lo sono veramente. Perché sono *di colore*. Sono *neri*. Le persone per bene come mia madre – almeno, lei è convinta di esserlo – li chiamano così. Ma la verità è che noi tutti, ognuno di noi senza distinzione, ogni volta che pronunciamo quelle parole in realtà nella nostra testa sentiamo *negri*, *negri*. E questo vale per quelli che ci piacciono. Per quelli buoni. Degli altri non parliamo proprio. Solo gli uomini possono parlarne. Di quegli altri. Dei negri cattivi. E le donne quando sentono certe cose fanno una smorfia, come se avessero dato un morso a una mela acerba, e vuoi sapere perché, Foster? In parte perché tutte quelle donne, ognuna di loro sa o sospetta – e tu dimmi che cosa è peggio, sapere o sospettare? – che c'è in giro qualche *negretto* che è il fratellastro dei loro preziosi figlioletti. E non basta. Ognuna di noi sa che intorno a ciascuna delle nostre case, nel raggio di tre o quattro chilometri, c'è ben di più; ci sono zie e zii e ogni genere di parenti possibili. Pettigrew. Solo che sono dei Pettigrew *di colore*. E allora che fai, Foster? Be', tieni le vecchie labbra secche cucite e pensi ad altro. Capito? Caso mai ti sentissi un esemplare unico. Una bestia rara. Ma se la gente lo scoprisse, penserebbe proprio questo di te. E di colpo scompariresti. A meno che tu non sia un tipo aggressivo. Perché in tal caso diventeresti uno di quelli cattivi. Quand'ero all'università ho avuto un esaurimento, così l'hanno chiamato, e mi hanno mandata a casa. Mia madre mi ha portato all'ospedale di Dorothea Dix, a Raleigh. Dove i medici mi hanno parlato per giorni, senza tregua, e alla fine uno di loro ha detto a mia madre che soffrivo di nevrosi. Doveva pur dirle qualcosa. Doveva pur darle qualche parola a cui attaccarsi. Che cosa poteva fare, questo dottore? Dirle che ero io quella sana in un mondo di pazzi? Non avrebbe giustificato la sua parcella, suppongo. Ecco tutto. E a te, che cosa è successo?»

«Mi sembra», rispose Foster, pensando a quello che Mebane poteva aver detto alla ragazza, e a quello che voleva dirle lui, e incerto in entrambi i casi, «mi sembra che tu sappia già quello che c'è bisogno di sapere.»

«Va bene, tesoro, puoi fare così se ti va. Ma non è per questo che sono qui.»

«Sei tu che stai guidando.»

«Ma la macchina è tua, no?» Daphne gli lanciò un'occhiata. Di cui lui non capì il significato. Avevano i finestrini aperti, e la notte scorreva su di loro tiepida e confortevole, la terra quasi perduta nella luce dei fari e nella velocità.

«Zio Lex mi ha raccontato solo le parti che contano per lui. Puoi immaginare quali. Non sto dicendo che per me non siano interessanti, lo sono. Ma non è per questo che ce ne stiamo andando in giro, no?»

Foster non rispose. Bevve un sorso dal barattolo. E desiderò non aver sprecato quell'ultima sigaretta. Poi ebbe uno di quei mirabili momenti di illuminazione in cui il passato non era più passato, ma respirava e viveva accanto a lui. Si sporse verso di lei e, appoggiandosi al cruscotto con il braccio per non toccarla, le disse: «Scusa», e si allungò sulle sue ginocchia, assalito dal profumo di lei, dieci falò che bruciavano con aromi diversi. Mise la mano libera nella tasca della portiera del guidatore e trovò un pacchetto di sigarette. Perché aveva scoperto che molte volte suo padre lasciava là dentro qualche pacchetto già aperto, quando ne portava in casa uno intero. Frugò nel portaoggetti e trovò una scatola di fiammiferi; poi cominciò a fumare, bevendo qualche altro sorso dal barattolo di vetro. Daphne continuava a guidare, sempre alla stessa velocità. Anche se l'aveva sentita trattenere il respiro mentre si chinava su di lei, e aveva percepito il dondolio dei suoi seni. In quel momento aveva capito che le sue parole non erano solo parole: era fragile come lui e nella sua ricerca c'era qualcosa di sincero.

«Mio padre è morto quasi due mesi fa», disse Foster. «Mia madre e la mia sorellina da una decina d'anni, di influenza. Prima della morte di mio padre non sapevo niente del North Carolina, né di quello che era successo da queste parti. Non ho mai saputo nulla della sua famiglia. Così sono venuto a vedere. Per me è tutto molto strano. Sto solo cercando di capirci qualcosa. Quella storia di cui parlavi – chi è bianco e chi è di colore, e perché – per me non ha alcun senso. Anche se forse sta cominciando ad averne. Perché mio padre non mi ha mai parlato della sua famiglia. Ma quello che non so è che cos'ha tutto questo a che vedere con me. Suppongo qualcosa, altrimenti non sarei qui. Quello che sto cercando di fare è capire che cosa è successo a una persona molto tempo fa. Anche se non c'entra molto con chi sono io. Ma forse per voi sì. Mi sembra che da queste parti diate troppa importanza a cose che in realtà non ne hanno molta. Io sono arrivato con una domanda semplice, ma tuo zio è deciso a non darmi una risposta semplice. Forse perché non ce l'ha. O forse non me la vuole dare.»

Foster guardava davanti a sé. Era come essere di nuovo con suo padre, con la strada che si consumava sotto di loro. Mentre parlava, Daphne non lo aveva guardato. D'un tratto svoltò in un viottolo laterale di terra battuta fiancheggiato da due file di pini altissimi. «Non devi confondermi con lui», gli disse, sempre senza guardarlo.

«Sei tu che hai cominciato.»

«Se non l'avessi fatto, l'avresti fatto tu.»

«Sicura?»

«Sì.» Continuò a guidare in silenzio, lentamente, attraverso un boschetto. Spense i fari e rimasero solo il chiaro di luna e le ombre degli alberi. Foster sentì l'odore del fiume prima ancora di vederlo. Una radura si aprì tra le fronde, e gli apparve, che scorreva ampio e lento. La Chrysler si fermò nell'oscurità. La ragazza spense il motore e si voltò a guardarlo. Dall'orlo del vestito faceva capolino un ginocchio, la rotula pallida e tonda sotto la luna. «È una cosa davvero buffa», disse. «Tu sei un perfetto estraneo eppure non lo sei. Ci sono tutte quelle vecchie storie. E anche se non le conosci, o non ti piacciono, non c'è niente da fare, ci sono sempre.»

«Mi sembra che non debbano avere molta importanza. Per me e per te.»

«Davvero lo pensi?» Non aspettò una risposta o un ragionamento, ma aprì di colpo la portiera e fece il giro dell'auto dirigendosi verso il corso d'acqua. Lui rimase seduto al suo posto e la osservò accoccolarsi in riva al grande fiume silenzioso. L'alcol lo faceva sentire molto calmo, caldo, a suo agio, e aveva la sensazione di essere in un mondo diverso, un mondo che non aveva mai conosciuto. E pensò che avrebbe attraversato quei luoghi in punta di piedi per scoprire quello che poteva e poi avrebbe caricato i cani in macchina e se ne sarebbe tornato dritto nel New Hampshire per vivere tranquillo. E forse, di tanto in tanto, sarebbe andato a trovare le due vecchie zie. O forse no. Forse voleva studiare. Forse no. Tutto quel che voleva in quel preciso istante era una solida zolla di terra su cui posare i piedi. E ricordò il pomeriggio appena trascorso, quando le quaglie si erano alzate in volo nel cielo del tramonto in uno spettacolo da togliere il fiato. E sentì che quel momento era la fine di qualcosa.

Scese dall'auto e andò a inginocchiarsi accanto a Daphne, ma non troppo vicino. Avrebbe voluto dirle qualcosa ma non aveva pensato a un bel modo di dirlo, e così quando si inginocchiò non era ancora sicuro delle parole. Ma lei si voltò di colpo verso di lui, gli posò una mano sul ginocchio e gli chiese: «Foster, credi che io sia matta?»

Lui ondeggiò un poco sotto la sua mano, poi rispose: «Be', è difficile dirlo. Ti conosco solo da un paio d'ore. Comunque, non sembri pericolosa».

E lei scoppiò a ridere, e la sua risata fu una cosa splendida, come se dalla sua bocca aperta la luce della luna fosse uscita fluttuando nell'aria sopra di lui e oltre, fino all'acqua, e lì si fosse frantumata sotto il frinire delle cicale. E a quel punto Foster si domandò se davvero non fosse un po' matta.

«Sai che cos'ho pensato», disse Daphne, «quando zio Lex mi ha raccontato di te e sono venuta a svegliarti? Vuoi sapere a che cosa stavo pensando?» Aveva ancora la mano appoggiata al ginocchio di Foster, come per tenersi in equilibrio. O forse solo per toccarlo.

«A che cosa?»

«Ho pensato: Ecco qualcuno che non mi conosce per niente. Che non mi ha mai vista, che non ha mai sentito nulla di me. E che però è una parte di me. Non so perché ho pensato questo, forse per come zio Lex mi aveva parlato di te. Forse per qualcosa che ho creduto di sentire. Hai capito, no, che cosa voglio dire? Vero?»

Foster la guardò e non vide solo lei ma anche se stesso, loro due nel buio, sulla riva del fiume. E capì quello che lei stava dicendo e in quel momento la riconobbe, gli sembrò di conoscerla in ogni minimo dettaglio. E per la prima volta ebbe paura. E pensò che se non avesse sfiorato con le mani i capelli, le braccia, il viso di Daphne avrebbe perso la capacità di respirare. Così guardò il fiume e non disse nulla.

La ragazza tolse la mano dal suo ginocchio, e Foster non capì il significato di quel gesto. Poi si fece dare il barattolo e bevve un piccolo sorso, dondolandosi sui talloni. Foster avrebbe voluto sostenerla, posarle una mano sulla spalla, sul braccio. Ma non lo fece. E lei disse: «Non si può mai dire, vero?»

Poi, senza preavviso, si alzò e lui si alzò con lei, e tutti e due barcollarono e allungarono le mani l'uno verso l'altra, sugli avambracci, sui gomiti, sorreggendosi a vicenda, cercando di riprendere l'equilibrio, senza toccarsi in nessun altro modo. Il respiro di lei sul viso di lui, caldo e dolce di mais. Poi Daphne disse: «Oh», e lo lasciò e si voltò per tornare alla macchina, e lui la seguì, raccogliendo il barattolo dimenticato sulla riva del fiume. Daphne si sedette sul sedile del passeggero. Foster si fermò davanti all'auto. La luna filtrava tra le nuvole sfilacciate trasportate da un vento di alta quota, mentre l'aria che li circondava era immobile. La guardò attraverso il parabrezza. Svitò il coperchio del barattolo e bevve un sorso di acquavite. Poi salì in auto e si mise al volante.

Daphne era scivolata sul sedile e teneva le ginocchia appoggiate al cruscotto, il vestito infilato tra le gambe. Fumava una delle sigarette di Foster. «Mi dici una cosa?» gli chiese mentre pigre volute di fumo le salivano dalla bocca.

«Che cosa?» la voce del ragazzo era roca, ripiegata su se stessa.

«Qual è la cosa più pazza che hai mai fatto?»

Non ebbe bisogno di pensarci prima di rispondere. «Questa. Intendo dire venire al Sud in cerca di qualcosa successo un sacco di tempo fa a qualcuno che non ho mai conosciuto. Una parte di me sente che lo sto facendo per qualcun altro. Cioè per mia nonna. Ma probabilmente sto anche cercando di capire che cosa tutto questo significa per me.»

«Non lo sai ancora?»

«Credevo di saperlo.»

«E che cos'è successo?»

Foster la guardò. «Che cosa ti ha raccontato Alexander Mebane?»

«Che tua nonna era una donna di colore di proprietà della sua famiglia che scappò subito prima della fine della guerra. E che tornò molti anni dopo per cercare sua madre, e andò via di nuovo.»

«È tutto?»

«E che lei – tua nonna – era la sua sorellastra. Che suo padre era anche il padre di lei. Questa è la storia che mi ha raccontato.»

Foster bevve un sorso di acquavite di mais e fissò lo sguardo davanti a sé. «Non so che cosa sia successo quando è tornata qui a cercare sua madre, ma non sono sicuro che l'abbia trovata. Però quando è tornata a casa, nel Vermont, è impazzita. Non pazza come te. Pazza davvero. Parlava da sola. Non rivolgeva più la parola a nessuno. E poi si è uccisa.»

La ragazza lo guardò, la bocca leggermente aperta. «Si è uccisa?»

«Proprio così.»

«Come?»

«Si è impiccata. L'ha trovata mio nonno. Nel bosco.»

«Questo non me l'aveva raccontato.»

«Però lo sa. Perché gliel'ho detto io. E sa anche qualcosa del motivo per cui l'ha fatto, ma non me l'ha detto. Almeno, non ancora. Finora, per tutto un pomeriggio e una serata, mi ha solo stuzzicato, preso in giro, minacciato, ed è anche stato gentile. A volte tutto insieme.»

«Perché gli piaci. O lo incuriosisci. O tutt'e due le cose. La maggior parte delle persone non riesce nemmeno a superare la soglia di casa sua. E secondo me non ti ha detto quello che vuoi sapere perché quando lo avrà fatto te ne andrai.»

«Un povero vecchio solo, mi stai dicendo questo?»

Daphne si passò una mano sul viso e distolse lo sguardo per un attimo, per guardare la notte. «Credo non sia solo questo. Credo che quello che stai inseguendo tu, qualunque cosa sia, stia inseguendo lui.»

Ci fu un breve silenzio. Foster bevve un altro sorso dal barattolo e, senza parlare, lo passò alla ragazza, che bevve e lo posò sul cruscotto, come se volesse toglierlo di mezzo. «Mi ha detto che hai sedici anni.»

«È vero.»

«Io ne ho compiuti diciannove alla fine di maggio.»

«Be', non posso farci nulla.»

«Senti, orfanello, pensi che un giorno riuscirai a pronunciare il mio nome?»

«Eh?»

«Non mi hai chiamato per nome una sola volta. Da quando mi sono presentata.»

«Be', immagino di sì.»

Daphne rise di nuovo, una lunga risata di gola. Poi disse: «E non mi toccherai se prima non ti tocco io. Vero?»

«Non lo so. Immagino di no.»

«Foster? Andiamo dietro. Adesso voglio andare sul sedile di dietro.»

Ci fu un momento, non durante la prima volta, goffa e impacciata, ma durante la seconda, quando lei era sopra di lui, ci fu un momento che non era pensiero, né sensazione, che non era nemmeno l'illuminazione di poco prima, sulla riva del fiume, ma una comprensione che gli fluiva dentro, un momento in cui per la prima volta nella sua vita gli sembrò di essere davvero se stesso, tutto intero, come se il suo corpo e la sua mente e l'anima inconoscibile si fossero fusi in un tutt'uno: lei sopra di lui, il suo respiro sfilacciato, spezzato da piccoli gridi che non lo allarmavano più ma che anzi sembravano entragli direttamente nel sangue, barchette di carta che avrebbero fluttuato per sempre nelle sue vene, verso il suo cuore; il respiro affannoso di lei sul suo viso, le mani di lei sulle sue spalle, i seni appuntiti su di lui; un momento, poi, in cui gli umori di lei che lo avvolgevano e le perle di sudore che schizzavano dai loro corpi allacciati e l'aria attraverso i finestrini aperti e lo scorrere silenzioso del fiume e l'odore di Daphne e l'odore della riva bagnata e i gridi e le cicale e il meraviglioso movimento delle sue mani sulle curve di lei che si muoveva dolcemente sul suo corpo e il fiato caldo della sua bocca che lo cercava febbrile e il guizzo umido e improvviso della sua lingua e l'odore di alcol e tabacco dell'auto e quello sottile delle foglie che morivano sul terreno – un momento in cui tutto questo divenne una cosa sola e tutte le cose ebbero un senso; e il mondo gli si schiuse davanti, né buono né cattivo, ma amaro, e infinitamente dolce. E avrebbe vissuto per sempre. Anche se fosse morto l'indomani. E la strinse forte tra le braccia e la tenne stretta contro il suo petto, perché non si potesse muovere mentre pronunciava il suo nome. Mentre le sussurrava nell'orecchio: «Daphne, Daphne, Daphne».

Si svegliò madido di sudore, il sacco a pelo aperto e bagnato sotto di lui, l'aria densa e immobile, dilatata in una sorta di stato liquido. Caldo. Non sapeva dove si trovava. Sedette nudo sul sacco a pelo steso sul vecchio materasso di piuma. I suoi cani non c'erano. Daphne lo aveva riaccompagnato in quella lunga, pallida, grigia ora che precedeva l'alba, e lo aveva attirato violentemente a sé e baciato sulla bocca, come volesse portarselo via, e poi si era avviata lungo il vicolo, voltandosi solo una volta per dire: «Ciao, Foster». E lui era rimasto lì, vacillante, finché non aveva sentito lo scoppiettare della vecchia Ford davanti alla casa. Quindi aveva attraversato il cortile e si era buttato sul letto, assieme ai cani addormentati, pensando che non avrebbe dormito affatto, ma solo rivissuto i momenti trascorsi con lei, per sempre. Ma adesso si era svegliato, madido di sudore, accecato dalla luce e senza cani. Si alzò dal letto, perdendo l'equilibrio prima di riuscire a infilarsi i pantaloni. Poi uscì alla luce del giorno. Oltre la porta aperta. Che lui era certo di avere chiuso. Si sentiva inebriato, in colpa e terrorizzato al tempo stesso. Come se avesse commesso un errore fatale cui non riusciva ancora a dare un nome.

La luce e il caldo di mezzogiorno lo assalirono. Gli occhi gli dolevano terribilmente. Tra la baracca e la casa c'era una pompa. La raggiunse barcollando a testa bassa e manovrò la leva finché l'acqua non sgorgò, poi mise la testa sotto il getto, e si voltò di lato per bere, mentre l'acqua gli scivolava addosso fredda e vivificante. Si rialzò e scosse la testa. I cani erano sdraiati all'ombra della casa, ai margini del giardino incolto. Al centro del cortile, Alexander Mebane sedeva in pieno sole su una sedia di cucina con una gamba rotta. Il bastone appeso allo schienale della sedia, le gambe accavallate.

«Splendida giornata, vero?» osservò Mebane. «I tuoi cani si agitavano così li ho lasciati uscire. Tu sembravi morto.»

Foster si passò le dita tra i capelli e si asciugò la fronte, cercando di ripararsi dal sole con la mano. «Buongiorno.» Aveva bisogno di una mezz'ora, di un po' di tempo per riprendersi.

«Buon pomeriggio, vorrai dire», replicò Mebane. «Era già mezzogiorno l'ultima volta che ho guardato l'orologio. Quella ragazza ti porterà alla perdizione.»

«Non ho fatto niente per impedirglielo.»

Mebane annuì. «Ovvio. Non sarebbe naturale. Ma adesso ti ci vuole una tazza di caffè.»

«Non sarebbe male.»

Mebane sorrise, schiudendo le labbra tirate sui denti ingialliti. «Io non ne ho. Non ne tengo in casa. Ci pensa già la vita a tenermi su il tanto che mi è necessario.»

«Credo che sopravviverò.»

Il vecchio gli indicò la casa con un cenno della testa. «Vai a frugare nella ghiacciaia; in fondo c'è una bottiglia di Coca-Cola. Ti farà meglio del caffè. Vedrai che ti rimette a posto lo stomaco.»

«Il mio stomaco sta bene.»

«Vai. Devi metterci qualcosa dentro. Non voglio stare qui seduto a guardarti rimettere l'anima. Sei verde come un limone.»

«Là dentro si scoppia di caldo.»

«Mi siedo qua fuori per un'oretta tutti i giorni. Il sole fa bene. E dopo la casa sembra così fresca.»

«Forse è meglio che vada a prendermi quella bibita.»

«Bravo.»

Foster si avviò verso la casa. Lovey e Glow lo guardavano stese all'ombra, la lingua penzoloni. Alle sue spalle Mebane gridò: «Prenditi da bere e poi torna qui».

Foster raggiunse barcollando la cucina, buia per contrasto con il bagliore dell'esterno, cercò la ghiacciaia e vi frugò dentro finché trovò la bottiglietta. Aveva la forma di una donna. Il mondo era completamente cambiato. Si chiese dove fosse lei, che cosa stesse facendo. Quando l'avrebbe rivista. Si rigirò la bottiglia fra le mani. Tutto poteva finire. Quello lo sapeva già. Si avvicinò alla zanzariera e gridò: «C'è un apribottiglie?»

«Nel cassetto sotto il tostapane. Là dentro, da qualche parte.»

Tolse il tappo e bevve un paio di sorsi. Era buona. Quella ragazza aveva un potere enorme, pensò. E si chiese se fosse la sua età, o se l'età semplicemente contribuisse. Non le sarebbe stato addosso. Bevve metà della bottiglia e si sentì già meglio, le gambe più stabili.

«L'avevo pensato che forse voi due sareste andati d'accordo», gli disse Mebane. «Ovviamente, non c'era modo di sapere se saresti riuscito a tenerle dietro. In ogni caso, non sarebbe stato un disastro: mi sembra di capire che non sono molti quelli che ci riescono. Personalmente, penso che lei stia cercando qualcuno in grado di tenere il suo passo. A guardarti, non saprei. Tu che dici?»

«Sto bene.»

«È il tuo carattere o la situazione a renderti così riservato?»

Foster sorrise. «Entrambi, suppongo.»

«Comunque siete riusciti a mettere in subbuglio il vicinato. La vecchia Winifred Coxe questa mattina è stata qui, a raccontarmi un mucchio di cose che non mi interessava sentire, e per tutto il tempo ha continuato a guardarsi in giro e a tendere l'orecchio per capire dove potevi essere. Tanto perché tu lo sappia, le ho detto solo che eri il nipote di un mio amico di Chapel Hill che dopo la guerra si è trasferito al Nord. Abbastanza vicino alla verità per farmi sentire a posto, abbastanza lontano per chiuderle la bocca. Quanto a Daphne, invece, non posso far niente per lei con queste vecchie signore. Non che lei voglia il mio aiuto, comunque.»

«Daphne mi piace.»

«Ma è naturale. Piace anche a me. Va meglio, ora?»

«Sì, grazie.»

«Non mi ringraziare. Quella Coca-Cola era l'ultima, però. Se continui a fare le ore piccole, dovrò ordinarne ancora.»

«Non è necessario.»

«Adesso dici così. Ma vediamo che cosa ne penserai domani.»

Di nuovo Foster sorrise. «Non è detto che questa sera sarò di nuovo in giro a far danni.»

«Oh, vedrai che tornerà. Non ti preoccupare.»

«Mi ha raccontato di qualcosa che le è successo al college. Di che cosa si tratta?»

«Lei che cosa ti ha detto?»

«Che ha avuto un esaurimento.»

Mebane si strofinò le mani sui pantaloni. «Questo è quello che dice sua madre», disse. «Daphne non ha niente che non va, è solo una ragazza irrequieta in un posto dove non c'è spazio per persone come lei. E che non ha ancora capito bene che cosa fare. Se rintanarsi o scappare.»

«Insomma, che cos'è successo?»

«Lei non te l'ha detto?»

«No, signore.»

«Be', dev'essere un segno. Di solito non le dispiace raccontarlo. L'hanno cacciata via, ecco che cos'è successo. Il suo primo anno di università. In ottobre, cioè circa un anno fa. Stronzi. Se fosse stato un maschio, gli avrebbero semplicemente detto di non fare più simili bravate e poi tutti quanti, lui compreso, si sarebbero fatti un mucchio di risate, e l'episodio sarebbe diventato una piccola leggenda che l'avrebbe seguito per il resto della sua vita, non una cosa brutta, ma bella, un segno di carattere. Ma lei non è un maschio e quello che aveva fatto non corrispondeva alla loro idea di quello che si può e non si può fare. Così l'hanno sbattuta fuori. Che cos'ha fatto? Semplicemente quello che fanno tutti i bravi ragazzi e le brave ragazze appena arrivati all'università: una sera ha bevuto troppo. Ma lei non si è accontentata di quello, o di farsi qualche studente che le aveva sbavato dietro tutta la notte, come fanno le altre fanciulle, quelle brave; no, lei doveva prendere Franklin Street e arrivare fino a Carrboro, una cittadina addossata a Chapel Hill, dove all'alba ha pensato bene di entrare nel cortile di un uomo di colore, rubargli il mulo dalla stalla e poi tornare indietro a cavalcioni dell'animale, attraversando tutta la città coperta solo da un lenzuolo che aveva preso tra i panni stesi di qualcuno. Cantando. Ha una bella voce, alla scuola domenicale era una delle più brave, e immagino che fosse piuttosto carina in groppa a quel vecchio mulo. Ma non era certo quello che i bravi cittadini di Chapel Hill volevano vedere la mattina appena alzati, con tutta la fatica che fanno per dimenticare che cosa combinano loro di notte, e l'ultima cosa che potevano tollerare era vedersi davanti i loro peccatucci in carne e ossa. Cioè lei. Perché è una ragazza, credimi. Se fosse stata un maschio, come ho già detto, la vicenda sarebbe finita in una risata e presto dimenticata, eccetto quando poteva tornare utile al giovanotto in questione. Ma di lei nessuno ha riso e nessuno l'ha perdonata. E così ce l'hanno rispedita a casa.»

«E i suoi vestiti?»

«Eh?»

«Quando ha rubato il lenzuolo steso, che fine avevano fatto i suoi vestiti?»

Mebane lo guardò, poi cercò il bastone dietro le sue spalle e si alzò dalla sedia. «Entriamo in casa. Per oggi ho preso abbastanza sole. Vieni. Non so niente dei suoi vestiti.»

Mebane cucinò un uovo fritto sulla serpentina elettrica e carbonizzò due spesse fette di pane nel tostapane, dopodiché spalmò il burro sul pane e fece scivolare l'uovo su un piatto preso dallo scolapiatti, che posò sul piano di lavoro, in modo che Foster potesse mangiare in piedi. Mentre il ragazzo mangiava, Mebane disse: «Quello che odio della vecchiaia è che diventa sempre più difficile farsi una bella notte di sonno, perché durante il giorno non fai abbastanza per stancarti, e siccome non dormi non hai energie sufficienti per fare qualcosa. È un circolo vizioso. E il risultato è che ti ritrovi completamente sveglio nel cuore della notte con un vecchio cervello stanco e i pensieri che ti ronzano in testa. Sono stato in piedi gran parte della notte a pensare al tuo arrivo. È un po' come la storia di quell'uomo che dopo anni e anni di attesa non sa più che cosa fare quando l'evento che stava aspettando si verifica. Diventa una condizione dell'anima. Hai ricevuto un'educazione religiosa, Foster Pelham?»

«No, signore.»

«Non sei stato battezzato, comunicato, cresimato o purificato altrimenti?»

«No.»

«Allora sei un uomo libero. Puoi imparare a conoscere Dio lungo la strada. Come studente della tua stessa vita potrai fare del tuo meglio per decifrare che cos'è che ci fa camminare, parlare, respirare e pensare – che cos'è questo mistero. Fede e grazia non sono parole vuote, ma dovrai riempirle tu stesso di senso, senza limitarti ad accettare la traduzione di qualcun altro.»

«Non ho mai pensato molto a queste cose. Solo qualche volta. Pensando ai miei genitori, alla mia sorellina.»

«Certo che no. Non è uno sport per un giovane normale. Stavo pensando che potremmo fare un giretto con la tua automobile. Senza andare troppo lontano. Solo per mostrarti un po' di storia che non è ancora morta e sepolta. E forse comincerai a capire qualcosa di quello che stai cercando.»

Uscirono dalla città percorrendo la strada principale verso nord e poi verso ovest. Era la strada da cui Foster era arrivato. Faceva caldo e i cani sedevano sul sedile posteriore tenendo la testa fuori dal finestrino aperto.

Mebane parlava. «Un tempo venivo da queste parti un paio di volte al mese; in inverno, con il freddo, una volta sola. Questo quando G.T. Kress era ancora vivo. Guidava lui. Sto parlando di una coppia di cavalli e un calesse coperto che cadeva a pezzi. Ogni secondo martedì del mese, la sera. A meno che il tempo non fosse brutto, nel qual caso aspettavamo il successivo. Il calesse era malandato ma i cavalli erano delle belle bestie. Non ho mai tenuto dei cavalli. Un uomo senza un braccio sarebbe un idiota a tenere dei cavalli.»

«E come faceva ad andare in giro?»

«Per un po' di tempo ho avuto una bicicletta. Ma non ho molto equilibrio, e mi è mancato il coraggio di dare spettacolo per il tempo necessario a imparare bene. Prima della bicicletta, durante la mia breve e incolore carriera di avvocato, il ragazzo che mi curava il giardino badava anche a un tiro di cavalli e mi portava dove avevo bisogno di andare. Non la persona di cui ti ho parlato ieri, Fred, ma il ragazzo prima di lui.»

Foster pensò alla storia che aveva udito dalle zie sull'uomo di colore chiamato Peter che era stato arso vivo e impiccato per aver dato aiuto a sua nonna. E si chiese se Mebane immaginasse che lui conosceva quella storia e gli stesse gettando un'esca. Ma non disse nulla. Stavano percorrendo una zona ondulata, pascoli per il bestiame alternati a boschi e campi coltivati, per lo più a tabacco. Era una bella giornata, luminosa e calda, la strada era affollata di carri e l'aria era dolce per gli effluvi del tabacco.

Mebane proseguì: «G.T. era più giovane di me, anche se ormai è morto. Ucciso da un'automobile dopo che aveva venduto i suoi cavalli; e questa potrebbe essere una bella parabola, ma non è l'argomento che vogliamo trattare oggi. Sai, lui non era ancora nato quando finì la guerra. Doveva essere nato quasi dieci anni dopo, direi. Uno dei suoi zii era stato ucciso a Fort Fisher, e un altro era stato ferito gravemente. Suo padre invece non aveva combattuto per niente, anche se non capisco come mai. I Kress non avevano agganci. Erano gente di campagna, poveri coltivatori, credo che all'epoca non avessero più di due o tre schiavi. E ti parlo di prima, non dei tempi di G.T. Aspetta un momento... rallenta. Svolta qui. No, là».

Imboccarono un viottolo sterrato punteggiato di ciuffi d'erba, che conduceva a un lungo edificio a tre piani con un portico fatiscente lungo l'intera facciata e diverse finestre rotte.

«Fino al Sessantuno era una piccola accademia militare per ragazzi gestita da un reduce della guerra contro il Messico. Poi si svuotò, e tutti quei ragazzi poterono andare a combattere e farsi ammazzare. Compreso il colonnello, e immagino che se i ragazzi l'avessero saputo, non sarebbero stati in molti a piangerlo. Ma rimase vuota solo per poco, e fu subito trasformata in un ospedale.» Mebane si voltò verso Foster e lo guardò con intensità. «Non quello dove sono finito io. Quello non era altro che una fila di tende marce nella Virginia del Sud.» Guardò di nuovo l'edificio e riprese il racconto. «Dopo la guerra divenne una casa di riposo per ex combattenti. Uomini ridotti peggio di me. Uomini senza gambe, o senza entrambe le braccia, oppure così devastati nel corpo o nella mente da non essere più in grado badare a se stessi. Poi, sei o sette anni fa, quando ormai erano rimasti solo pochi vecchi, l'hanno chiusa e gli ospiti sono stati trasferiti a Raleigh in un'altra casa di riposo. Ma prima che chiudesse, G.T. e io venivamo qui a trovare quei vecchi. A G.T. piaceva farli parlare, ascoltare le loro storie. Alcuni di loro non vedevano l'ora di raccontargliele per l'ennesima volta. Io preferivo sedermi e leggere o scrivere lettere per quelli che non erano in grado di farlo da soli. In fin dei conti, tutto si riduceva a questo: lui ascoltava le stesse storie e io scrivevo le stesse lettere. Ma era quello che potevamo fare. Quello di cui in un certo senso avevamo bisogno. G.T. cercava qualcosa che gli era stato negato, di cui si sentiva derubato. Come succede a quelli che immaginano le esperienze che non hanno vissuto nella realtà. Quanto a me, vorrei poter dire che il mio unico scopo era aiutare quei poveri vecchi come potevo, ma la verità è che probabilmente anch'io stavo cercando qualcosa, qualcosa che assomigliasse a una casa. Forse mio fratello morto, forse la mia infanzia morta, forse tutt'e due. Ma non è per questo che siamo qui. Forza, scendiamo da questa macchina e andiamo a fare un giro. Vedrai che ai tuoi cani questo posto piacerà.»

Camminarono nell'erba alta, preceduti dai cani. La giornata era tersa e il sole non era un disco nel cielo ma una foschia bianca che si stemperava nell'azzurro senza contorni definiti. Oltre l'edificio c'era un cimitero, un lungo rettangolo racchiuso da una cancellata di ferro dalle punte acuminate e un cancello aperto. Entrarono. Era diverso da tutti i cimiteri che Foster aveva visto. Un vialetto di ghiaia lo divideva in due, e in fondo svettava un'unica quercia con una panchina di ferro sotto. Per il resto, solo file di lapidi identiche: una lastra di marmo bianco conficcata nel terreno ed equidistante dalle altre, uguali per altezza e dimensioni.

L'erba del cimitero era curata. «L'Associazione delle figlie dei caduti paga un uomo per tenere in ordine il cimitero», spiegò Mebane. «Io lo trovo un luogo pieno di pace. È un uomo di colore a occuparsi di questo posto. A volte mi chiedo che cosa ne pensi. Essere pagato per occuparsi di questi vecchi confederati.»

«Be', sono morti, no?» disse Foster. «Probabilmente è solo contento di avere un lavoro e di guadagnare dei soldi.»

«Forse. Forse è così. Forse invece pensa che in un modo o nell'altro questi figli di cane se li ritrova sempre tra i piedi. Non saprei. Sai che ti dico? Adesso andiamo a sederci su quella panchina e parliamo un po' della natura del male. Anche se dubito che un ragazzo della tua età possa essere molto interessato all'argomento. Quindi ti racconterò una storia, una storia vera.» Mebane raggiunse la panchina e si sedette. Foster non aveva voglia di metterglisi accanto, così si accovacciò sulla ghiaia davanti alla panchina, leggermente di lato rispetto al vecchio.

«Diciamo», spiegò Mebane, «che è una specie di storia della tua famiglia.»

«Gliel'ho già detto. Non è questo che sto cercando.» Foster continuò, e ancora non sapeva ciò che avrebbe detto finché non lo disse. «Io ho tutti i parenti che voglio. I Pelham abitano nella stessa fattoria del Vermont da prima della Rivoluzione, e la famiglia di mia madre è nel Canada francese, e probabilmente era già lì almeno cent'anni prima che i Pelham arrivassero nel Vermont.»

«Stiamo parlando di sangue», disse Mebane. «Quello che vuoi sapere non si può ridurre a un singolo evento isolato. Nelle tue vene ci sono anche risaie e acquitrini. E questo è un fatto, che ti piaccia o no.»

Foster ruotò sui talloni, si guardò in giro in cerca dei cani, e quando li vide li seguì con lo sguardo per qualche istante. Poi si voltò nuovamente verso Mebane e attese.

«Mio padre si chiamava Caswell Mebane e aveva un fratello, maggiore di otto anni, di nome Buchanan. Mio nonno, Coleman Mebane, era il più giovane di tre fratelli, e quindi gli era toccata una parte di eredità non molto grande. Non era certo poca cosa, in termini assoluti, ma lui, a quell'epoca e in quel luogo, si era sentito beffato dal destino perché i due fratelli maggiori si erano spartiti la torta e a lui erano rimaste solo le briciole. Almeno, così era come l'aveva sempre vista lui. E aveva fatto ciò che ci si può aspettare da un uomo che ritiene che la propria vita sia stata condizionata dalla disgrazia di non essere il primogenito: aveva favorito il figlio maggiore a scapito del minore. Puoi pensare che avrebbe dovuto fare il contrario, ma non è quella la natura umana. E voglio concedergli che abbia creduto che così andavano fatte le cose. Forse pensava di non aver altra scelta.

«Dunque, c'erano questi due fratelli divisi da molti anni di differenza e da tanto odio. Credo che si odiassero come solo possono odiarsi i fratelli. Perché un fratello, in un certo senso, conosce i moti segreti dell'animo dell'altro, e ognuno dei due sa che l'altro lo sa. Quindi, o lo accettano e diventano amici, di un'amicizia rara e preziosa, oppure non lo accettano e si rodono nell'odio e nel risentimento. E questo è ciò che successe a loro.

«Mio padre e mio nonno avevano un temperamento simile. Erano entrambi uomini che, in fondo, non sapevano muoversi con sicurezza nella vita. Ed erano entrambi uomini dai grandi appetiti, sempre affamati ma incapaci di decidere di che cosa, e per questo si buttavano su quello che si trovavano davanti. E nel mezzo c'era mio zio, Buchanan, solido come una colonna, lucido e lungimirante, che sapeva vedere che cosa stava arrivando e da dove, e capire dove avrebbe portato, cosa che nessuno degli altri due era in grado di fare. Sicché mio nonno non poteva soffrire mio padre, che era uguale a lui, e invece amava l'altro figlio, e mio padre non poteva soffrire mio nonno e invece amava suo fratello Buchanan e al tempo stesso lo odiava con tutte le sue forze. Ed è importante dire che mio zio Buchanan sapeva ciò che gli altri due provavano per lui, ma non gliene importava nulla. Non ce n'era bisogno, e non perché aveva la terra, e nemmeno perché aveva i soldi, ma perché aveva quei due, l'anziano e il giovane, alla sua mercé. Non gli importava che loro lo ammettessero. Lui lo sapeva. Vedi, stiamo arrivando a parlare del male. Non che mio zio fosse il male. Il male non è qualcosa che può essere sintetizzato in un essere umano. No. Il male è un filo che inizia sottile e attraversa gli anni e le generazioni fino a diventare un grosso gomitolo.

«Ora, quando mio padre Caswell andò all'università sapeva che stava lasciando Cape Fear per sempre. Avrebbe potuto prendere la sua laurea in giurisprudenza e poi tornare a Wilmington ed esercitare lì la professione, dove il suo nome e la sua famiglia erano conosciuti e la vita sarebbe stata facile. Ma fare così non era da lui. Non so dirti esattamente perché desiderasse partire da zero in un posto nuovo, ma è qualcosa che molti uomini fanno, hanno sempre fatto e sempre faranno. Di sicuro uno dei motivi era allontanarsi da suo padre e suo fratello. Così si guardò intorno e trovò questo posto – dove c'era bisogno di un avvocato – che era già una cittadina e anche abbastanza vicino a Raleigh da permettergli di non rimanere confinato a Sweetboro. Poi conobbe mia madre e la portò alle grandi risaie di Cape Fear, e dopo alcune di quelle visite lei credette di aver capito che cosa l'aspettava, e lo sposò prima ancora di aver sentito parlare di Sweetboro. E anche se non era proprio quello che aveva previsto, non era comunque male; non sempre è brutto essere esotici senza dover fare troppi sforzi per esserlo. Inoltre, mia madre non ignorava che mio padre aveva intenzione di entrare in politica. Raleigh poteva essere una città di parvenu in confronto a Wilmington, ma lei era una donna giovane, e le giovani donne riescono a fiutare il vento meglio di chiunque altro.

«Così mio padre costruì quella casa in città, che a guardarla ora non si direbbe, ma all'epoca era piuttosto bella. E mio nonno e lo zio Buchanan mandarono come regalo di nozze un paio di neri: una vecchia per tenere la casa e un vecchio per occuparsi del giardino e dei cavalli. Mia madre ebbe subito mio fratello Spence e poi due bambine, Audrey e Deborah. E più o meno quando nacquero le due figlie, mio padre decise che in casa ci voleva qualcun altro, per star dietro a tutti quei bambini e aiutare mia madre. Ora, si sarebbe potuto guardare intorno e trovare una ragazza che facesse al caso loro. Ma lui non lo fece. Ci sono uomini che non sanno stare alla larga da dove non devono ficcare il naso. Che cosa fece mio padre? Mandò ottocento dollari a suo fratello e gli chiese di mandargli una ragazza. Forse pensava che gli avrebbe fatto un prezzo di favore. Ottocento dollari non erano tanti per una ragazza forte e in buona salute. E così Buchanan

Mebane si ritrovò in mano un assegno da ottocento dollari mandatogli dal suo unico fratello.

«Per trecento anni i neri sono stati proprietà dei bianchi. Ed erano rari i ragazzi bianchi che non diventavano uomini con una ragazza nera. Qualcuno poi continuava per tutta la vita, senza alcuna considerazione per moglie e figli. Certi lo facevano perché potevano. Perché quelle ragazze erano a portata di mano e non potevano dire di no. Altri continuavano perché era un assaggio di una vita diversa, qualcosa di fuori dagli schemi, una libertà che nella loro vita non c'era, senza curarsi del fatto che dall'altra parte non era certo una libera scelta. Altri ancora lo facevano perché non riuscivano a farne a meno, perché non sapevano resistere ai propri impulsi. E quelli che invece non lo facevano, cioè che dopo la loro iniziazione lasciavano stare le donne di colore, o che l'iniziazione non l'avevano neppure avuta, anche loro si dividevano in due gruppi. C'erano quelli che semplicemente capivano che era sbagliato. E c'erano quelli che non lo capivano ma accettavano il fatto che fosse così. Capisci la differenza? La differenza tra non fare una certa cosa perché è sbagliata e non farla perché tutti gli altri pensano che sia sbagliata?»

«Sì.» Foster era rimasto accovacciato, le gambe addormentate dal ginocchio in giù, incapace di muoversi, gli occhi puntati sul viso dell'uomo seduto sulla panchina sopra di lui.

Mebane riprese: «Coleman Mebane era uno di quelli che non sapevano resistere ai propri impulsi. E suo figlio Buchanan, il suo erede, lo sapeva e lo odiava per questo. Non c'è bisogno di dirti che lui era uno di quelli al di sopra di certe cose. O che, se proprio aveva le fregole, puoi scommettere che si sceglieva una ragazza in qualche posto ben nascosto e lontano dagli occhi di tutti. Ora, Buchanan si ritrovò con questi ottocento dollari in mano. Sapendo che il padre e il fratello erano fatti della stessa pasta, con quel carattere debole che lui tanto disprezzava. Non che fossero uomini che andavano seminando figli in giro: nonno Coleman aveva solo una donna nella sua piccola baracca in fondo a una fila di altre baracche, con un nugolo di figli tutti dello stesso colore bigio, tutti dello stesso padre.

«Era un posto piuttosto grande, poco meno di seicentocinquanta ettari. Ed era di Buchanan. Ma non per questo mio nonno se ne stava in disparte. Ai fini della nostra storia, questo significava che quei ragazzini dalla pelle bigia non venivano lasciati lì, in fondo alla fila di baracche. I maschi imparavano un mestiere e diventavano fabbri, carrettieri, bottai, muratori; le femmine andavano tutte a lavorare in casa. Non venivano mandati nei campi, quei ragazzini. Quindi lo zio Buchanan aveva ricevuto ottocento dollari per trovare un aiuto domestico a suo fratello. E con la sua innata capacità di prendere due piccioni con una fava scelse una bella ragazzina di appena quattordici anni chiamata Helen e la mandò al fratello. Era una loro sorellastra, ma lui la mandò ugualmente, sapendo che suo fratello – mio padre – non sarebbe stato capace di rifiutarla, né sarebbe stato capace di resistere ai propri impulsi, esattamente come aveva sempre fatto mio nonno. Buchanan sapeva che mio padre avrebbe odiato quella ragazza, e l'avrebbe anche amata, e avrebbe odiato se stesso per questo, avvelenandosi l'esistenza. L'avrebbe amata perché non avrebbe potuto farne a meno, e avrebbe odiato se stesso per essersi concesso ciò che non avrebbe dovuto. Era il veleno perfetto, innocuo finché non veniva toccato. Così mandò la ragazza. Esattamente ciò che suo fratello aveva richiesto. E non posso non condannare mio padre. Come ho già detto, una parte di lui avrebbe dovuto sapere che sarebbe andata così.»

Foster nel frattempo si era seduto a gambe incrociate sulla ghiaia, le mani aperte e abbandonate in grembo. Aveva perso di vista i suoi cani e gli sembrava terribilmente importante sapere dove fossero, ma non riusciva a distogliere lo sguardo dal vecchio. Che sedeva con una mano appoggiata sul manico del bastone guardando in basso, verso di lui. Foster si passò la lingua all'interno delle guance per trovare un po' di saliva e si umettò le labbra. «Quindi mia nonna... non solo lei era la sua sorellastra, ma sua madre era la sorellastra di suo padre, giusto?»

Mebane distolse lo sguardo da lui e scrutò il cielo sopra il guscio vuoto dell'ospedale. «Tutta questa storia è intrisa di sangue.

È tutta una questione di sangue», rispose Mebane senza guardarlo. «Adesso si ricorda solo il grande evento, quello che alcune persone hanno fatto ad altre persone, e sarà sempre peggio negli anni a venire. Tutto sarà ridotto a qualcosa di astratto, lontano da noi. Sia dai bianchi sia dai neri, immagino. E ciò che verrà dimenticato sono le piccole cose della vita quotidiana che hanno reso vero tutto questo. Perché ognuno deve contribuire in qualche modo a tenere in piedi una tenda così fragile. Ma una volta che è crollata possiamo allontanarci tutti e dire che è stato qualcun altro, è stato qualcun altro a erigerla, qualcun altro a tenerla in piedi. E così ci allontaniamo dalla tenda, da quel che ne resta. E la tenda non verrà più riparata. Perché ci sono cose che non possono essere riparate. E sono le cose che più ne hanno bisogno, ma non è un compito alla portata dell'uomo. Perché tutto quello che facciamo, il più delle volte, è cercare di riavere indietro un po' di quello che pensiamo di aver perduto. È la natura umana. Potremmo prosperare, suppongo. Ma non succederà. Forse perché nei nostri cuori non ce lo meritiamo. Forse perché è più facile stare tra le gambe di quella sorella scura che chiamarla per nome.»

«È questo che ha detto a mia nonna», domandò Foster, la voce roca, «quando tornò qui a cercare sua madre? È questo quello che le ha detto?»

Mebane riportò gli occhi su di lui. Foster non riusciva a vedere il viso del vecchio, nascosto dietro la mano appoggiata sul bastone. E mentre guardava, quella mano strinse forte il manico e l'uomo si alzò. Torreggiava sopra di lui, guardando in basso. Poi si avviò lungo il vialetto di ghiaia, tra le tombe, una figura alta e snella leggermente inclinata di lato, la luce del sole morbida sulla sua testa, il bastone che colpiva il suolo con forza e con rabbia. Mentre si allontanava gridò, senza voltare la testa: «No. Non le ho detto questo. Non gliel'ho detto. Sono stato un vigliacco. Non ho fatto meglio di mio padre né di tutti gli altri».

Continuò a camminare, senza voltarsi, e Foster rimase a osservarlo finché non ebbe raggiunto l'automobile. Mebane allora si fermò e appoggiò la mano libera alla portiera, continuando a dargli le spalle. Foster si alzò e guardò in lontananza, dalla parte opposta delle tombe, verso la macchia di pini oltre la cancellata. Fischiò per richiamare i suoi cani.

Il viaggio di ritorno fu silenzioso: il vecchio si era accasciato sul sedile con il viso rivolto verso il finestrino aperto; Foster guidava con una mano sola, mentre con l'altra accarezzava uno dei cani accovacciato dietro il sedile del conducente, sul fondo della macchina. Non salutava più gli uomini di colore alla guida dei carri. Non era più capace di vedere in essi dei semplici lavoratori, ma capiva che abitavano un panorama a lui sconosciuto, che non poteva penetrare, a prescindere dal sangue che forse condivideva con loro; a legarlo a quella gente, più del sangue, o un patrimonio comune di sogni, speranze e paure, era l'oscuro vuoto dell'anima che una razza aveva aperto senza ostacoli nell'altra. La schiavitù, capì Foster, non erano le fruste e le catene dei libri di scuola, né le famiglie smembrate o i lavori massacranti, ma una macchia molto più grande e più profonda, qualcosa che era stato sguinzagliato e poi era cresciuto, tra le due razze e al tempo stesso all'interno di esse, quella bianca e quella nera, per sempre, senza interruzione, tenace, intoccabile e immutabile. Si chiese come un uomo potesse sapere tutto quello e andare avanti. E per la prima volta da quando era arrivato alla fattoria nel Vermont e sua zia gli aveva aperto la porta, pensò di aver capito qualcosa di suo padre. E pensò: Ecco come funziona, come facciamo ad andare avanti; ne facciamo una questione personale perché è più facile da sopportare. E ricordò che Mebane aveva detto qualcosa di simile e lanciò un'occhiata all'uomo che aveva accanto, come per trovare in lui qualcosa di se stesso.

Parcheggiò nel vicolo e aprì il cancello sul retro per fare entrare Alex Mebane, lasciando che si avviasse da solo verso la casa mentre lui apriva il bagagliaio della Chrysler e dava ai cani della carne in scatola su un piatto di stagno. Poi li fece entrare nel cortile e andò alla pompa per riempire il loro secchio di acqua fresca. Infine entrò in casa.

Trovò Alex Mebane addormentato sulla sedia a dondolo imbottita della sala da pranzo. La testa rovesciata all'indietro, la bocca aperta. Foster tornò in cucina e lasciò che la porta a molla si richiudesse silenziosa alle sue spalle. Prese da un chiodo una bacinella di metallo e un pezzo di sapone dall'acquaio, riempì la bacinella alla pompa e la portò nella baracca. Chiuse la porta per difendersi dalla luce accecante e si lavò in una penombra calda e opprimente, quindi si infilò solo i pantaloni e si sdraiò sul sacco a pelo. Ricominciò subito a sudare nonostante si fosse appena lavato, ma pensò che almeno l'odore non sarebbe stato così forte.

Si rialzò di nuovo e chiamò i cani. Li voleva con sé, e loro arrivarono immediatamente, come se stessero aspettando il suo richiamo. Si sdraiò un'altra volta, chiuse gli occhi e si sentì assalire da un'infinita stanchezza. Sentiva che avrebbe dovuto lasciare quel posto. Non poteva liberarsi dalla sensazione che un evento sconosciuto incombesse su di lui, un disastro imminente. Ma sapeva anche che non aveva ancora finito. Non si fidava di niente ma non poteva nemmeno andare via. Forse era il caldo. Oppure, pensò, tutte quelle cose che gli erano piovute addosso di colpo. Si sentiva solo, con un dolore che gli nasceva in petto e gli invadeva tutto il corpo. Si posò le mani aperte sulla pancia e a occhi chiusi respirò l'aria viziata della piccola e deprimente baracca. L'aria che era stata espirata da quelli prima di lui: densa, umida, ferma, appena sufficiente a sopravvivere.

Quando si svegliò, la luce che filtrava dalla porta aperta era quella fioca e tremula del crepuscolo. Si alzò di scatto, per lo spavento di trovarsi accanto qualcuno, che lo fissava seduto sul letto. La riconobbe nello stesso istante in cui emise il grido. Lei non si mosse, non si ritrasse spaventata dalla paura improvvisa di lui. Indossava una gonna verde chiaro e una camicetta bianca con il colletto aperto, al collo una catenina con una piccola croce d'oro. Glow era sdraiata lungo la sua coscia, la testa sul suo grembo.

«Non sei stato qui a dormire tutto il giorno aspettando me.» Non era una domanda.

«Daphne», disse lui.

«Così va meglio. La mia vista non dovrebbe farti urlare.»

«Non mi aspettavo che ci fosse qualcuno.»

«Non importa. Spaventarti non mi dispiace.»

«Accidenti, dormivo come un sasso.» Avrebbe voluto baciarla. «Me l'hanno detto», disse lui.

«Che cosa ti hanno detto?»

«Che non ti dispiace spaventare la gente.»

«È abbastanza vero. Almeno, fino a un certo punto. Ma tu vuoi sapere i particolari. Allora, mi vuoi spiegare?»

«Ho passato la giornata con Alex Mebane. Mi ha portato a fare un giro. E ha parlato per tutto il tempo.»

«Capisco. Quindi stai scoprendo quello che volevi sapere. Bene, no? Ma non me la stai raccontando giusta, Foster. Credevo che noi due ci intendessimo.»

«Forse ci intendiamo», rispose lui. «Ma non sono sicuro che sia una buona cosa.»

Daphne socchiuse le labbra e gli soffiò addosso. «Che altro c'è? Tu ti stai tirando indietro. Voglio sapere che cos'hai sentito. Su di me.»

«Non è sempre così? Vogliamo sempre sapere di noi stessi, prima.»

«Esatto, ragazzo mio. C'è un'alternativa?» E gli sorrise.

«Non lo so.»

Daphne sentì la disperazione nella sua voce e non replicò. Rimase a lungo in silenzio, senza allontanarsi né avvicinarsi a lui, ma guardandolo fisso. Poi disse: «Io credo di no».

«Ho saputo di te, al college. In groppa al mulo.»

Lei sospirò. «Mi sono sempre sentita in colpa per quel mulo. Non voleva muoversi. Sono dovuta scendere e spezzare un ramo da un cespuglio per frustarlo. Non immaginavo che non volesse muoversi perché sapeva che era una cosa da non fare. Credevo che fosse perché per lui non era l'ora giusta per lavorare. Era così presto. Un mulo sa quando è il momento di lavorare e quando non lo è.» E sorrise.

«Secondo me, anche un mulo sarebbe contento di svegliarsi presto per portarti in giro coperta solo da un lenzuolo.»

«Ti ha detto così? Be', avevo le mutande. Non ero nuda come un verme.»

Foster allungò una mano verso il viso di lei. Daphne si alzò. «Sono tuoi, i cani?»

«Questa è Glow e quella è Lovey. Sono setter inglesi.»

«Lo so che cosa sono. Sono belli.» Foster la osservava, senza muoversi. Daphne rimase in piedi accanto al letto, con lo sguardo perso nel vuoto. Era immobile, ma lui sentì che qualcosa si agitava dentro di lei. Un turbamento, un conflitto che stava nascendo. Sono io, pensò Foster, e fece per prenderle la mano.

Daphne si allontanò dal letto e andò alla finestrella. Ora Foster la vedeva solo di profilo. La ragazza passò un dito nella polvere del vetro e, senza voltarsi, disse: «Non so che cosa c'è che non va, in me. Ma le persone mi rendono terribilmente triste. E non lo sopporto. Sai, quando ero piccola mio padre mi portava sempre con sé. Mi ricordo che ero sempre aggrappata al suo fianco. Mi portava dappertutto. Sui campi, in città. Alla sgranatura del cotone, ai magazzini del tabacco. Alle fiere del bestiame. E mi presentava a tutti. Me lo ricordo, stringevo le mani enormi di tutti quegli uomini. E loro si chinavano verso di me e mi stringevano la manina con aria solenne, come fossi una di loro. Anche quando avevo cominciato ad andare a scuola, il pomeriggio tornavo a casa e correvo a cercare mio padre. E lui lasciava perdere quello che stava facendo per prendermi in braccio o per chinarsi a parlare con me, e mi chiedeva della mia giornata, e mi raccontava della sua, di quello che stava facendo. Di quello che stavamo facendo. Come se la mia assenza fosse solo temporanea, come se stesse tenendo un po' di posto per me. Io sono la più giovane, sai. Ho due fratelli e una sorella, tutti più grandi. E i miei fratelli hanno sempre lavorato con lui, da quando mi ricordo, ma con loro non sembrava fosse la stessa cosa. Li faceva lavorare sodo; lo fa ancora adesso. Loro lo odiano e lui odia loro, ma si vogliono tutti bene e di questo non parlano mai. Parlano solo di lavoro. Solo che adesso mio padre riesce a malapena a guardarmi, e non mi parla più». Si voltò verso Foster. «Ma non è cambiato niente. Io non sono diversa da prima. E allora, che cos'è successo? Sai che cosa ti dico? Non lo so. Che cos'ho di sbagliato? Non lo so. Foster, tu pensi che io sia una sgualdrina? Quello che è successo stanotte, era solo una scopata con una sgualdrina, per te? Dimmi la verità, Foster. Da te mi aspetto la verità.»

Foster parlò lentamente. «Penso di sapere che cos'è stato per me. Ma non sono sicuro di riuscire a dirtelo. Non so che parole usare.»

Lei annuì.

Foster proseguì: «Direi però che il punto è che cos'è stato per te. Almeno così sembra».

«Ma io come faccio a sapere che cos'è stato?»

Lui scrollò le spalle. «Non so. Immagino che o lo sai o non lo sai. E se non lo sai, vuol dire che non lo è stato.»

Daphne fece un cenno con il mento in direzione di Foster. «Per te era la prima volta, vero?»

Lui la guardò per qualche istante. «Perché ti preoccupa tanto quello che potrei pensare io di ciò che hai fatto prima con qualcun altro?»

«Pensi che sia così?»

«Non mi sembra che ti fidi di me.»

«Non sono molte le cose di cui mi fido.»

«Secondo la mia esperienza, non c'è molto di cui fidarsi. Niente che duri.»

«Allora perché ti fidi di me?»

Lui le sorrise. «Non ho detto che mi fido di te.»

«E quelle parole che non riesci a dirmi?»

«Non lo so. Non sono neanche sicuro di che parole siano.»

«Sì, invece. Sai esattamente che parole sono. Solo che non le vuoi dire per paura di sbagliarti.»

«Più che paura di sbagliarmi, ho paura di non riuscire a esprimere bene ciò che provo.»

Lei gli sorrise. «Hai detto una cosa carina.»

Di nuovo Foster la guardò per qualche istante. Poi disse: «Tu sei l'ultima cosa che mi aspettavo quando sono venuto quaggiù. L'ultima cosa che avevo in mente. L'ultima cosa che pensavo di trovare».

«È buffo come succede, a volte.»

«Penso di sì. Per certi versi, ha senso.»

«È buffo. La prima cosa che ho pensato quando ho sentito parlare di te è stata: Ecco qualcuno che devo conoscere meglio, qualcuno che è qui per me.»

Foster si fece serio. «È complicato. Tra me e tuo zio – il tuo prozio – ci sono questioni che solo adesso cominciano a chiarirsi. Non so dove ci porterà tutto questo, ma posso già dirti che certe cose non sono tanto belle. E non c'è ragione di pensare che andando avanti la situazione migliorerà. Ammesso che si vada avanti. Potrebbe chiudersi nel silenzio in qualsiasi momento. Anche se non credo che lo farà. Sta procedendo lentamente, a spizzichi e bocconi, ma credo che sia per lasciarmi digerire quello che mi racconta prima di dirmi altro. Comunque, non so che cosa succederà. E non so quanto voglia coinvolgerti in questa storia.»

«Hai paura che la mia presenza possa essere un problema tra voi?»

«No, non credo sia un problema. Anzi, mi è sembrato che questa mattina si divertisse a punzecchiarmi per quello che era successo tra noi. Ma mi ha anche parlato seriamente. Mi sembra che tenga molto a te.»

«Sì, ha un debole per me.»

«Il fatto è che quello che mi sta raccontando non avvicina affatto me e lui.»

Daphne comprese ciò che Foster stava dicendo e lo studiò in silenzio. «Non sono una stupida. Foster. So un sacco di cose su di lui, e anche sugli altri.»

«Be', immagino. Quindi sai anche quello che dicono. Della faccenda del sangue.»

Daphne si avvicinò al letto e gli si sedette accanto posandogli le mani sulle spalle. Lui non si mosse. Gli occhi di lei erano schegge di cielo invernale. Sentenziò: «Il sangue è tutto, baby».

* * *

Le coperte, la loro pelle, l'aria stessa della stanza, tutto una specie di palude, tutto denso, glutinoso, gelido e puro, come poteva essere un oceano, un mare dimenticato e perduto.

«Non sono cattiva. Non sul serio. Solo che voglio. Io voglio.»

«Io non penso che tu sia cattiva. Penso che tu sia una specie di miracolo, ecco che cosa penso.»

«No, no, no, Foster. Chiunque, qualsiasi ragazza può fare questo per te.»

«Non sto parlando di questo. Non so che cosa sia. Ma non è quello che pensi tu, quello di cui sembri aver paura. Mi sento tutto sottosopra dentro, ecco che cos'è.»

«Oh, tesoro. Mio dolce tesoro.»

«Che cos'è?» domandò lui. «Che cos'è che vuoi?»

«Oh, Gesù», disse Daphne. «Tutto.»

Crepuscolo rosato, pallida luce senz'ombra. La coperta caduta. Caldo. Caldo immobile.

La porta si aprì. I cani schizzarono fuori. Alexander Mebane comparve sulla soglia, il bastone nella stanza, come fosse un'estensione del suo corpo. La testa inclinata di lato per guardarli. Daphne cercò di coprirsi con la ruvida coperta militare, muovendosi goffa accanto a Foster.

«Ragazzi», disse Mebane. E richiuse la porta.

«Oh, santiddio!» Daphne, ritta nella penombra, saltellava ora su un piede ora sull'altro per infilarsi la biancheria. Nel breve istante prima che indossasse il resto dei vestiti, Foster la vide risplendere, candida come una cipolla sbucciata. Era la prima volta che la vedeva così, nuda, alle prese con il suo corpo, e si mise a sedere, colmo di tenerezza, pensando che il modo stesso in cui lei occupava lo spazio era diverso dal suo, che il mondo non era fatto per loro due, da soli, ma che insieme potevano trovare un equilibrio. Daphne disse: «Sono morta. Oh, merda! Morta e sepolta. Mi ammazzerà».

Foster si alzò, languido, mosso sola dall'urgenza di lei. Si infilò i pantaloni e disse: «Non sembrava tanto arrabbiato».

Daphne si infilò la camicetta dalla testa, poi cercò di sistemarsi i capelli con le mani. Foster non vide alcun miglioramento. «Tu non capisci», disse Daphne. «Il fatto è che ho accompagnato la mamma alla funzione serale del mercoledì e poi ho portato qui un sacchetto di roba da mangiare, e non dovevo fare altro, solo venire fin qui e portarvi da mangiare, poi tornare indietro e andarla a prendere. Chissà che ore sono. Sono morta, morta e sepolta. Me la vedo, là seduta ad aspettare, fingendo di non aspettare, e assieme a lei altre due o tre signore che chiacchierano del più e del meno aspettando solo di vedere quando arrivo, se arrivo, e a quel punto si metteranno a fiutare l'aria per capire se ho bevuto, scopato, o tutt'e due le cose, o chissà che altro quelle si possono immaginare.»

Foster si abbottonò la camicia e si avvicinò a Daphne per sistemarle la croce d'oro, rimasta impigliata alla catenina. «Be'», disse, «almeno non hai bevuto.»

Lei gli scostò la mano bruscamente. «Non mi prendere in giro. Non sei tu quello che stamattina è rientrato alle quattro meno un quarto, con mio padre già nella stalla e mia madre seduta a tavola con il caffè pronto; non sei tu quello che puzzava di alcol e del resto, con gli occhi pesti, con mia madre che mi ricordava che anche se sono grande, o credo di esserlo, finché vivo sotto il loro tetto ci sono cose che posso fare e cose che non posso fare, ed ero quasi riuscita a calmarla quando è arrivato mio padre e ha ricominciato anche lui con la stessa solfa. Allora sono andata a dormire, e quando mi sono alzata mi sono fatta in quattro per preparare questa sbobba così potevo pregarli di farmi venire qua mentre mia madre era in chiesa, 'per sfamare quei due poveretti che altrimenti mangiano solo minestra in scatola', e ho promesso a destra e a manca, e poi eccomi qua, ecco che ho mandato tutto a puttane, tutto a puttane. Non mi devi prendere in giro.»

«Era così tardi?» domandò Foster. «Le quattro meno un quarto?»

«No, non era così tardi.» Si stava allacciando le scarpe, seduta sul letto. «Devo averti lasciato intorno alle due. Non lo so. Poi mi sono presa quel barattolo di acquavite dalla tua auto e me sono andata in campagna; mi sono fermata e sono rimasta lì seduta a bere e a pensare. Finché non è passato un vecchio di colore in bicicletta e ho capito che era tardi, più di quanto avrei voluto, e sono tornata a casa.»

Avrebbe desiderato domandarle a che cosa aveva pensato. Ma lei si era alzata e si stava spazzolando i vestiti con le mani. «Hai idea di che ore sono?»

«Devono essere più o meno le otto. O forse più tardi.»

«Appena?»

«Fa buio presto in questa stagione.»

«È vero. Comunque, sono orribilmente in ritardo.»

«Posso venire con te. Spiegare a tua madre…»

Lo guardò con un mezzo sorriso. «Spiegare che cosa, esattamente?»

«Be', magari potrei distrarla.»

«Ci riusciresti benissimo. Ma no, grazie. Accidenti, dovevo accendere il fuoco e riscaldare quella roba. Ascolta: là dentro c'è un sacchetto pieno di roba da mangiare. Potete riscaldarla o mangiarla fredda, non mi interessa. Ma adesso devo andare via.»

«E tu?»

«Io me la caverò. Ho tutto il viaggio di ritorno per rimettere le cose a posto con mia madre. Adesso vai dentro a mangiare quella roba. Detesto cucinare. E sono stata tutto il pomeriggio in cucina, e ogni minuto pensavo che dovevo essere scema a preparare da mangiare per voi due. Tu adesso va' in casa, siediti a tavola con il vecchio e mangia quella roba, che prima di raffreddarsi era anche buona. E poi occupatevi delle vostre questioni. Hai detto che avevi delle questioni di cui parlare con lui, no?»

Foster fece un passo indietro, sentendo di nuovo la flebile minaccia della lontananza. Ma non riuscì a trattenersi dal domandare: «Quando posso vederti?»

«Non so», rispose Daphne, e gli diede un bacio al volo.

«È presto per me», replicò Foster. «Ho dormito tutto il giorno e lui è un uomo anziano. Anche se dovesse agitarsi, non potrà andare avanti per più di tre, quattro ore.»

Daphne lo guardò. Era chiaro che voleva andare via ma anche rimanere. Poi disse: «Ti ricordi come arrivare a Pettigrew Crossroads?»

Lui annuì, sicuro di ricordarlo.

«Tra l'una e le due», disse lei. «Farò del mio meglio per venire, sarò sulla strada. Non proprio davanti alla casa ma da qualche parte lì intorno. Se arrivi e non mi vedi, prosegui fino all'incrocio, aspetta un po' e torna indietro lentamente. Sguscerò fuori dal fossato. Se riesco a venire. Non farlo più di due volte. Non passare più di due volte. Solo due volte. Se non ci sono, vuol dire che non posso venire. Hai capito?»

«Ci sarò.»

«Se non ci sarai», disse lei, «saprò che non potevi fare diversamente.»

Fu una strana cena. Mebane estrasse i cibi dal sacchetto e li dispose sul piano di lavoro. C'erano contenitori di vetro colmi di verdure, fagiolini e zucca gialla tagliata a cubetti, e un barattolo più piccolo di pomodori stufati con peperoni e abelmosco. Un tovagliolo avvolgeva un mucchietto di friabili gallette al burro. E c'era una scatola quadrata di latta, forse un contenitore per il lardo o la liscivia, colma di fette di carne immerse in un denso sugo del colore della farina d'avena. Petti di pollo fritti.

Mangiarono il cibo a temperatura ambiente, su piatti di porcellana finissima che Mebane aveva prelevato senza una parola da una vetrina, uno alla volta, e poi aveva appoggiato sul piano di lavoro per spolverarli con uno straccio, lentamente e con grande cautela. Come se, pensò Foster, volesse sottolineare il fatto che tutta la sua vita era stata vissuta un passo dopo l'altro, lento e paziente, ogni azione pensata in anticipo, in un mondo dove non c'era possibilità di fermare una caduta, riparare a un errore.

Mebane ignorò la carne, si servì alcune cucchiaiate di verdure tenendole separate tra loro e prese un'unica galletta. Foster si riempì il piatto, affondando un grosso cucchiaio nella scatola di latta per scovare le fette di carne ancora tiepide nel sugo rappreso. Quindi seguì Mebane nella squallida sala da pranzo, dove di nuovo mangiarono l'uno accanto all'altro nell'angolo libero del tavolo. Foster si sentiva tranquillo e rilassato, perfettamente sveglio e, per questa ragione, guardingo. Perché sapeva che in quelle condizioni poteva sfuggirgli qualcosa. Non poté fare a meno di pensare a Daphne, che aveva cucinato per lui. E anche volendo ignorare tutto il resto, significava già qualcosa, perché erano quelle le piccole cose che ci legano gli uni agli altri. E desiderò sentirsi legato. Un desiderio semplice come il desiderio di casa. Una casa che poteva sorgere da un piatto di cibo. La rivide nuda che saltellava dentro i vestiti. Pensò che non era riuscito a trovare il modo di dirle che il semplice fatto che lei fosse al mondo lo faceva tremare fin dentro l'anima.

«L'abelmosco», disse Mebane, «non è commestibile.» Stava separando i baccelli verdi dai pomodori stufati per metterli sul bordo del piatto. «Arriva dall'Africa, portato dalla gente di colore. O forse lo facevano mangiare a loro. Sia come sia, non ce ne siamo più liberati. Lo puoi fare stufato, come questo, oppure friggerlo in pastella, ma poi comunque mangi solo quello con cui viene cucinato. Eppure, tutti qui lo coltivano e giurano che l'adorano. Io preferisco mangiare corteccia d'albero.» E lanciò a Foster un'occhiata di sbieco, piena di disprezzo.

Foster infilzò con la forchetta un boccone di verdure stufate e lo portò alla bocca: un pezzo di pomodoro e uno di abelmosco. I pomodori, con i peperoni e il condimento, erano dolci, mentre l'abelmosco aveva una consistenza croccante, era qualcosa da masticare e con cui filtrare gli altri sapori. «Mi piace», disse.

«Ovvio che ti piace», replicò Mebane, «l'ha fatto lei con le sue manine. Su, mangia, mangialo tutto. E mangia anche la carne. Quand'ero giovane la carne non mi bastava mai. Per un certo periodo ho pensato che dipendesse dal fatto che durante la guerra non ce n'era molta. Ma poi ho capito che in realtà stavo cercando altro. Qualcosa su cui non sarei mai riuscito a mettere i denti. E da quando ho smesso di mangiarne, sono più contento. E lo sono anche le mie budella.»

«Ho fame, ecco tutto.»

«Ci credo, che hai fame. Allora mangia. Tutto quello che non riuscirai a mangiare andrà a male e finirà in pasto ai tuoi cani.»

«Devono mettersi in fila.»

«Lo sono già. La tua attenzione per loro diminuisce di ora in ora.»

«Non ho dimenticato il motivo per cui sono qui.»

«È vero.» Mebane infilzò con la forchetta un boccone di zucca, lo esaminò e lo rimise dov'era. Prese la galletta e ne staccò un morso con i denti gialli. «Tu sei quello in cerca della verità.»

Per tagliare la carne non era necessario il coltello, perché si disfaceva sotto i rebbi della forchetta. Non ricordava affatto la carne di manzo, ma Foster pensò che comunque non gli sarebbe stato difficile arrivare al fondo del contenitore di latta. «Come mai non si è mai sposato?»

«E chi ti dice che non l'ho fatto?» ribatté Mebane guardando Foster da sotto in su.

Foster osservò il disordine che regnava nella stanza. «Nessuno. Ho solo immaginato che...»

«Non avresti dovuto, mio caro giovanotto in cerca della verità. No, non mi sono mai sposato. Quale donna vorrebbe un uomo senza un braccio?» Stava infilzando i fagiolini uno alla volta e li mangiava come se ce l'avesse con loro.

«Non so», disse Foster. «Immagino che qualcuna ci sia. Dipende dalla donna.» E aggiunse: «Dipende anche dall'uomo».

«Ecco fatto. Eccoti saltare alla medesima conclusione di tutti i ficcanaso che ho incontrato nella mia vita. Cioè, che la colpa è mia se non mi sono sposato. Come se fosse una pecca, solo perché tutti gli altri lo fanno. O quasi tutti. Ci sono anche due o tre vecchie zitelle, le cui teorie sul mio conto sono le più severe. Ma in realtà il motivo è semplice. Per come la vedo io – e il mio modo di vedere è piuttosto antiquato – indipendentemente da come due persone cominciano un rapporto alla fine tutto si riduce alle piccole cose, e le piccole cose per me sono tre volte più complesse che per gli altri. E credo che la donna che avesse la pazienza di sopportarmi per anni sarebbe così stupida che la detesterei. Forse è solo una scusa. Forse non ho mai trovato la persona giusta. Forse il matrimonio non era fatto per me. Forse non sono il tipo di persona che si sposa. Si direbbe così, no?»

«Immagino di sì», rispose Foster. Posò forchetta e coltello sul bordo del piatto e appoggiò le mani allo spigolo del tavolo. Dritto sulla sedia, osservando Mebane accanto a lui, disse: «Lei è... diverso?»

Mebane masticò la sua galletta, gli occhi puntati su Foster, la rabbia in parte scomparsa, sostituita da un'espressione ironica. Deglutì e disse: «Tu sei un uomo di mondo, vero?»

Foster fece spallucce. «Per me non è niente di particolare. Le ho detto che mio padre lavorava nei grandi alberghi delle White Mountains. Là ne ha viste di tutti i colori. E mi ha messo in guardia.»

«Un sacco di gente pensa che io sia diverso, ma non nel senso che intendi tu. Ma per rispondere alla tua domanda, no. I miei bisogni sono insoddisfatti, e così resteranno. Non è qualcosa che può succedere in questa vita.»

Foster pensò che si stesse riferendo al suo braccio. Scostò la sedia dal tavolo e si alzò raccogliendo il piatto vuoto. «Vado a prendere ancora un po' da mangiare. Posso portarle qualcosa?»

«Finisci pure tutto. Credo di aver mangiato abbastanza.» E allontanò il piatto, in cui c'erano ancora dei rimasugli di cibo. «Quello che puoi fare è portare questo in cucina. Almeno non devo rimanere qui seduto a guardarlo.»

«Certo.» E Foster prese anche l'altro piatto.

«C'è un'altra cosa che potresti fare, già che sei in cucina. Non mi dispiacerebbe un goccio. Se non ricordo male, nel mobiletto sotto l'acquaio, dietro i detersivi, i disinfettanti e tutto il resto che ormai non uso più, là dietro dovresti trovare un barattolo con un po' di acquavite. Potresti portarmi quello e un bicchiere. Due, se ne vuoi anche tu. So che non ti è del tutto estranea.»

Foster attraversò la porta della cucina con i piatti in mano. Ogni volta che passava da quella porta silenziosa gli restava la sensazione di aver percorso una grande distanza che poteva solo immaginare. Posò i due piatti nell'acquaio e mangiò con le mani altre tre fette di carne, con il sugo che gli colava tra le dita, denso e intriso di condimento. Dopo aver mangiato anche una galletta, si sciacquò le mani. Osservò il proprio riflesso nel vetro scuro della finestra sopra l'acquaio, pensando a quante volte sua nonna doveva aver fatto la stessa cosa. E la madre di sua nonna. Si asciugò con il vecchio strofinaccio di iuta che Mebane aveva utilizzato per spolverare i piatti, dopodiché prese la scatola con la carne e la portò fuori ai suoi cani, restando in silenzio, con il contenitore in mano, per qualche secondo prima che gli animali sbucassero dal crepuscolo. Posò la carne per terra e aspettò chino che i cani iniziassero a mangiare per poterli accarezzare. I due setter lo ignorarono e si gettarono sul cibo ingoiando intere fette di carne senza masticare, ognuno cercando di arrivare prima dell'altro. Sapevano che nessuno li avrebbe aspettati se fossero rimasti indietro, e poco importava il legame di parentela tra loro.

Foster attraversò il cortile e uscì nel vicolo dov'era parcheggiata la Chrysler. Sollevò il sedile posteriore, aprì la cassa di whisky e prese una bottiglia della riserva di suo padre. Aprì la custodia di legno dove teneva l'L.C. Smith e vi passò sopra lo straccio unto di grasso che teneva sul fondo della custodia. Poi aprì il fucile e tornò a frugare sotto il sedile posteriore, dove recuperò un paio di cartucce da una tasca del gilè che usava per andare a caccia. N. 6, quelle per volatili. Era tutto ciò che aveva. Le infilò nell'arma e la richiuse. Riattraversò il cortile con il fucile e la bottiglia di whisky. Si fermò alla baracca degli schiavi e posò il fucile in piedi nell'angolo accanto al letto, poi lo tastò con la mano per accertarsi di avere tolto la sicura. Accarezzò il fucile nell'oscurità, quell'oggetto così familiare. Qualcosa che conosceva come le sue tasche. Non avrebbe saputo dire con sicurezza perché volesse averlo a portata di mano, sapeva solo che lo voleva. Semplicemente. Per lo stesso motivo per cui controllava che la camicia fosse dentro ai pantaloni prima di uscire. Quindi prese la bottiglia di whisky e rientrò in casa. Passò a accanto a Glow, appiattita sulla pancia, le zampe anteriori sul contenitore vuoto per tenerlo fermo, la testa dentro, i denti che grattavano il fondo di latta. Per mangiare nient'altro che il sapore. Il profumo di qualcosa.

Sullo scolapiatti trovò dei bicchieri della marmellata, ma li lasciò dov'erano e andò alla vetrina. Aprì le due larghe ante e diede un'occhiata ai ripiani coperti di polvere. Trovò un servizio di bicchieri da whisky, bassi e tozzi, e ne prese due con una sola mano. Leggero come se reggesse un paio di cartoline. Li portò all'acquaio, li sciacquò e li asciugò, passandovi sopra lo strofinaccio di iuta finché non scintillarono. Poi li portò in sala da pranzo. Attraversando di nuovo quella porta silenziosa.

Posò i due bicchieri sul tavolo e, senza ostentare la bottiglia, svitò il tappo rompendo il sigillo e li riempì a metà, poi posò la bottiglia sul tavolo e si mise a sedere, la sedia ora un po' più indietro e di lato rispetto a Mebane. Senza aspettare, disse: «Mio padre aveva un paio di casse di questa roba sepolte nel giardino di casa. Dopo che l'hanno ucciso, ne ho dissotterrata una e l'ho portata con me».

Mebane si sporse in avanti per guardare la bottiglia, sollevò il bicchiere e ne annusò il contenuto, quindi lo assaggiò. «Questo è quello vero, eh?»

Foster bevve un sorso dal suo bicchiere e subito si pentì di non aver portato in casa anche le sigarette. Ma andò avanti, dove aveva deciso di andare. «Ho pensato a tutto quello che mi ha raccontato oggi pomeriggio. Nel cimitero. Davvero un bel lavoro. Ho avuto la sensazione che cercasse di distrarmi. Ma il motivo per cui sono venuto fin qui è capire perché mia nonna è tornata in questo posto in cerca di sua madre e non avendola trovata se n'è tornata a casa, dove c'era chi l'amava e aveva bisogno di lei, solo per andare in un bosco e uccidersi. Lei non mi ha detto una sola cosa che potesse anche solo avvicinarsi a una spiegazione. Al motivo per cui l'ha fatto. E credo che se c'è qualcuno che lo sa, quello è lei. Forse mi sbaglio, ma mi sembra che il fatto che il padre di mia nonna fosse anche il fratellastro di sua madre non mi renda affatto le cose più chiare.»

Mebane si portò il bicchiere davanti agli occhi per osservarne il bordo. Poi bevve un altro sorso. Posò il bicchiere e fissò Foster. «A suo modo, c'entra anche quello.»

«Con mia nonna o con lei?»

«Potrebbe essere la stessa cosa.»

Foster vuotò il proprio bicchiere, lo posò sul tavolo e lo riempì nuovamente. Poi si voltò per guardare Mebane. «Da quello che ho sentito, quando mia nonna tornò cominciò a parlare da sola di un vecchio su un ceppo con una corda al collo, zuppo di cherosene, a cui avevano dato fuoco, che mentre bruciava saltò dal ceppo e si uccise. Sa di che cosa sto parlando? Signor Mebane? Signore?»

Mebane tacque, lo sguardo perduto oltre il tavolo, tra le pile di libri e giornali e vecchi libri mastri, quasi fosse un luogo dove desiderava andare. Passò l'indice, l'unico che aveva, sul bordo del bicchiere, senza guardarlo. «Lo so.» La sua voce persa in se stessa, soffocata. E aggiunse: «Signor Pelham. Signore».

«Non intendevo essere maleducato.»

«Un uomo che non regge il whisky non dovrebbe bere.»

«Lo reggo benissimo. Il mio problema adesso è che mi sembra di giocare a mosca cieca. Di solito sono un tipo paziente, credo.»

«Ma la tua pazienza ha un limite, è questo che stai cercando di dirmi?»

«La pazienza di tutti ha un limite, suppongo.»

«Mi stai minacciando?»

«No, signore.» Poi aggiunse: «Non ancora».

«Bene.» Mebane prese il bicchiere e sorseggiò il suo whisky. «Buon per te, Foster Pelham. Vedi, stiamo cominciando a capirci.»

«Non mi sembra.»

«È così. Solo che non te ne sei ancora accorto.»

«Prego?»

«Quello che c'è tra noi è qualcosa che nessuno di noi due vuole. Ma c'è. Ed è ciò che abbiamo.»

Foster rimase in silenzio.

Mebane si riempì il bicchiere e lo lasciò su una vecchia carta assorbente verde coperta di macchie. Come se volesse semplicemente avere il bicchiere pieno. Continuava a non guardare Foster. Sempre in tono sommesso, disse: «L'uomo di cui stai parlando si chiamava Peter. Era il giardiniere dei miei genitori. Si occupava anche dei cavalli, e guidava il calesse, tranne quando a mio padre veniva voglia di farlo. Dunque, Peter era un uomo che conosceva i cavalli. Devi sapere questo: che quasi tutti i bianchi si vantavano molto dei neri che possedevano. Tranne quando se ne lamentavano. Ma non facevano che dire come cucina bene questo, come ci sa fare con i bambini quest'altra, e che mano per i fiori, e per i cavalli, e via discorrendo». Ora Mebane guardò Foster e sollevò la mano con il palmo aperto. «Il fatto è che quasi sempre i bianchi non facevano che elevare capacità ordinarie, quotidiane, a qualcosa di speciale, e designavano alcuni neri a coltivarle. Non perché loro non potessero avere le stesse capacità, di solito. Ma perché così facendo l'intero delicato equilibrio si manteneva un po' più stabile. Come se esistessero delle cose che un gruppo poteva fare meglio dell'altro. Ma dimenticavano che era semplicemente questione di ciò che dovevi fare. Se l'essere trattato bene dipende da come cucini o fertilizzi un giardino di rose, è certo che lo farai il meglio possibile, e se non devi farlo tu, allora riconoscerai un certo livello di capacità a quelli che sanno farlo. Soprattutto se tu non hai bisogno di sapere nulla di quella tal cosa. Se non devi fare altro che sederti a mangiare o passeggiare nel giardino e ammirare le rose. Capisci?»

Foster non rispose.

Mebane proseguì: «Detto questo, Peter si occupava dei cavalli. Tu hai quell'automobile. Sai niente di cavalli?»

«Non molto.»

«Vedi? È un mondo nuovo. Ci sono vecchi mondi che si perdono di continuo, e neppure ce ne accorgiamo. Quello che tu stai cercando qui è un vecchio mondo, ma è uno dei tanti, uno tra gli infiniti altri mondi. I cavalli sono un mondo. I tuoi figli, sicuramente i figli dei tuoi figli, penseranno che non sia mai esistito niente al di fuori delle automobili. Eppure quelle sono una novità. E alle loro spalle ci sono diecimila anni di uomini e cavalli che hanno lavorato insieme. Pensaci. E tutto questo sta scomparendo. I cavalli saranno un giocattolo nel mondo che verrà. E saranno sempre meno gli uomini in grado di capirli, di conoscere ogni loro goccia di sangue, di sudore. Immagino che ci siano degli uomini che sanno tutto sulle automobili. Ma non mi interesserebbe conoscerne uno. Gli uomini che conoscono i cavalli, invece, ci sono da sempre. Non si tratta solo di grasso, pistoni, cuscinetti. Sono le anime di due creature che si ritrovano, che si uniscono. Così sanno tutto l'una dell'altra. I migliori tra loro, tra questi conoscitori di cavalli, non se la cavavano troppo bene con la gente. Ma potevano avvicinarsi a un cavallo mai visto, stringergli il labbro inferiore nella mano e sollevare la testa per guardarlo negli occhi e parlargli, e si capivano al volo.»

«Ci sono uomini che fanno così con i cani.»

«Ah, certo, tu sei il ragazzo che fa così con i cani. In un certo senso hai ragione. Ma concedimi questo: cavalli e cani sono animali diversi. È nella natura del cane piegarsi al volere dell'uomo. Ma non è la stessa cosa per un cavallo. Un cavallo è una creatura più selvaggia di un cane. C'è sempre qualcosa negli occhi di un cavallo che non possiamo vedere. Un punto verso cui guardano, alle nostre spalle.»

«I cani possono essere la stessa cosa. I buoni cani.»

«È raro che un cane ti possa ammazzare se fai un passo falso.»

«D'accordo.»

Mebane prese il suo bicchiere e bevve il whisky tutto d'un fiato. «Quello che è successo a Peter», disse poi, «non fu opera mia. Io lo seppi soltanto dopo. In quel momento ero a letto, incosciente. Non ricordo nulla. Tutto quello che so me lo raccontarono dopo. Ma non voglio mentirti. Quando mi fui ripreso a sufficienza per sentire la storia, non ne soffrii. Non allora. All'epoca mi sembrò giusto. Ma io non c'ero. Non fui io a pretenderlo, non rimasi lì a guardare. Se fossi stato in piedi, avrei guardato? Sì, credo che l'avrei fatto. Ma non avrei guardato Peter, avrei guardato tutto il resto. Cose che non avrei nemmeno saputo di vedere, proprio come gli uomini che le stavano facendo. Quasi tutti, credo. Ma io non c'ero. Ero a letto.»

«Perché mia nonna le aveva spaccato la testa con un ferro da stiro, questo mi hanno detto.»

Mebane bevve un sorso di whisky direttamente dalla bottiglia. Non guardava Foster. Rovesciò indietro la testa, l'orecchio colpito, simile a un fiore, dal lato del ragazzo. Lo sguardo ancora perduto nei recessi oscuri della stanza. Il luogo, immaginò Foster, dove i suoi occhi finivano sempre per rivolgersi. «Ero un ragazzo. Più giovane di te. Che aveva perso un braccio da tre o quattro mesi. Lei mi sfondò il cranio, e io ero già ferito. Non c'era nessuno che si occupasse di me. Nessuno per curarmi. Ero abbandonato a me stesso. Ero solo. Ancora oggi ho gli incubi, e mi sveglio tra le lenzuola zuppe, in preda al panico, con la sensazione di essere tornato a quei tempi.»

«Allora chi uccise il vecchio Peter? E perché lui?»

«Gente del posto. Io non ero tra loro.»

Foster annuì. «D'accordo. Ma perché?»

«Perché era stato lui ad aiutarla a scappare dopo che mi aveva aggredito.»

Foster bevve un sorso di whisky. Con la sensazione di avere i piedi ben piantati a terra, ora, con una strada chiara da seguire davanti a sé. Chiese: «Come facevano a sapere che lui l'aveva aiutata?»

Mebane abbassò lo sguardo sulla carta assorbente. «Quando si sparse la voce di ciò che mi era successo, quegli uomini vennero qui per parlare con Peter. Io non c'ero. Erano tempi duri, selvaggi. Quegli uomini vennero a parlare con Peter, pensando che dovesse sapere dov'era andata, com'era riuscita a scappare. Una ragazza di sedici anni che non si era mai allontanata più di qualche chilometro da casa non poteva prendere e sparire, non nel bel mezzo di un mondo allo sfacelo. Qualcuno doveva averla aiutata, e loro lo sapevano. Ma quello che successe, quello che mi raccontarono, è che il vecchio Peter, invece di fare il negro scemo, o spaventato, o comunque quello che loro si aspettavano che fosse, al limite infuriato, invece di fare così uscì in cortile, davanti alla porta della sua stanzetta attaccata alle stalle, e con una voce così bassa che tutti quei bianchi dovettero avvicinarsi per sentirlo, con quella voce Peter disse che loro erano il male, che il castigo del Signore era piovuto sulla terra e che per loro tutto sarebbe finito nel fuoco, nel sangue e nel dolore, e avrebbero camminato per l'eternità con la coppa del loro dolore vuota tra le mani inaridite, e l'anima imprigionata nelle catene dei loro peccati, per ciò che avevano commesso, e per ciò che avevano omesso. Fu una specie di sermone e immagino che quei ragazzi non l'avessero gradito.»

«Per uno che non c'era, mi sembra che la storia la conosca piuttosto bene.»

«Mi è stata ripetuta tante volte. C'era dell'altro, suppongo, ma questo è tutto quello che ricordo. E probabilmente le cose non andarono esattamente così. Ma è il succo, quello mi è rimasto impresso.»

Foster non gli chiese chi gli avesse ripetuto le parole di Peter. Disse invece: «Se mia nonna voleva solo scappare, perché cercò di ucciderla con quel ferro da stiro?»

Mebane lo guardò e distolse lo sguardo, fissando il vuoto. Poi lo guardò di nuovo, il viso cupo, contratto, che tradiva una rabbia antica. E come se avesse in bocca un sapore di marcio, disse: «Lo sai perché».

Foster tacque. Un'improvvisa esplosione di immagini gli divampò tra le reni e il cervello: dapprima fu quella di Daphne, presto sostituita dall'idea di un'altra, di una ragazza sempre a disposizione, che non poteva dire di no. Il cui no non importava. Era come se qualcosa ribollisse in lui e si diffondesse in tutto il suo corpo. E ripensò a suo padre, che una volta gli aveva parlato delle donne, esortandolo a non dimenticare mai che aveva avuto una sorella. E così, essendo l'unica cosa che poteva dire, l'unica autorità che poteva rivendicare, a voce bassissima sussurrò: «Era sua sorella».

Mebane si voltò con tutto il corpo verso Foster, la bocca una linea pallida e nervosa, gli occhi un reticolo di vene infiammate. «Tu non mi stai ascoltando», gli disse. «Quello che sto cercando di dirti è che siamo noi a decidere se far sì che le cose esistano o meno. Certo che era mia sorella. E io lo sapevo. Ma non lo ammettevo. Proprio come mio padre non ammetteva che lei fosse sua figlia, né che sua madre fosse la propria sorella. Esattamente come mia madre non ammetteva tutto ciò che la circondava. E tutto questo non era che la nostra piccola versione domestica, ma anche un esempio di come stavano le cose in qualsiasi altro posto. Non lo capisci?»

«Anche se lei non fosse stata sua sorella…» Foster si interruppe di colpo.

«Non cercare di rimproverarmi, tu che te la fai con quella ragazza. Tua cugina. Anche se è una cugina alla lontana, il fatto rimane. Vedi, tu pensi che ormai si siano perse le tracce della vostra parentela, che la cosa non ti tocchi. È quello che facciamo tutti: troviamo sempre il modo di concederci quello che vogliamo e che non dovremmo avere. Non è tanto diverso, no?»

Foster prese il bicchiere, bevve un sorso di whisky e tornò a posarlo sul tavolo. Poi disse: «Io non le ho mai chiesto di fare niente che non volesse fare».

Mebane tacque. Distolse lo sguardo da Foster e lo abbassò sulla carta assorbente che aveva davanti. Questa volta non fissò la penombra della stanza. Chiuse gli occhi e rimase immobile. Dopo un po' Foster cominciò a pensare che si fosse addormentato. Ebbe l'impulso di alzarsi e fare il giro della casa. Di entrare in tutte le stanze, aprire tutte le porte, gli armadi, le credenze, tutto. Sentiva che in un certo senso ne aveva il diritto. Sentiva perfino che Mebane forse si aspettava che lo facesse. Ma non si mosse. Non volle vedere le stanze inutilizzate che sapeva dovevano esserci in fondo al corridoio e al piano di sopra. Non voleva vedere la tana dove Mebane dormiva. O i mobili, gli ornamenti, i quadri, i detriti consunti delle altre vite trascorse in quella casa. Non voleva niente di tutto ciò. Sentiva di essere in punta di piedi, in perfetto equilibrio, concentrato su stesso; si sentiva più forte, abbastanza da ignorare tutto e rimanere dov'era. Sentiva che avrebbe potuto distruggere quella casa con le sue mani, e sapeva che invece si sarebbe solo allontanato da essa lasciandosela alle spalle. Come fa un uomo, pensò.

Senza muoversi, con voce impastata, Mebane riprese a parlare: «Ero un ragazzo della tua età. Un anno più giovane, forse. Ma non ero come te. Io ero ancora un bambino. Non so che cosa fosse. Forse era la guerra. Forse solo il mio carattere. Ma per me quell'inverno trascorse all'insegna di ciò che non avevo fatto. Ciò che non avevo fatto e che pensavo avrei dovuto fare. Vedi, era Spencer. Spencer nei miei pensieri. Spencer morto. Potrei parlarti per tutta la notte dei modi in cui cercavo di imitarlo. Perché erano infiniti; permeavano e rimodellavano ogni mio respiro, ogni mio pensiero, ogni mio gesto. Ora, era solo il fratello minore che guardava al maggiore come modello o era qualcos'altro? Com'è possibile dirlo? C'è l'esempio di mio padre e dello zio Buchanan. Che venne al funerale di mio padre e guardò solenne e silenzioso la terra che veniva gettata sulla bara sotto la pioggia invernale senza dire una parola né a me né a nessun altro. Lui con il suo bel cappotto di lana felpata mentre noialtri indossavamo abiti di tre anni prima. E lui guardava la bara che veniva calata nella fossa. Come qualcosa che forse aspettava da tempo.

«Avevo quindici anni. Mio fratello era morto più di un anno prima. Ero solo in casa, senza un braccio. E c'era quella ragazza. Tua nonna. Ma faccio fatica a immaginarla come una nonna. Per tutta la vita ho visto solo il suo corpo snello e quel suo sorriso improvviso e luminoso, e il modo in cui camminava, come se ogni grammo del suo corpo camminasse su una terra al di fuori della mia portata, che non potevo toccare. Capisci? Non è di una sorella che ti sto parlando. E poi c'era questo: lei e Spencer si adoravano. Da ragazzo, questo era tutto ciò che riuscivo a vedere. Sembrava che lui avesse qualcosa che io non avevo. E, per essere giusti, lui con me non ammise mai che cosa c'era tra loro. Per scoprirlo mi ci è voluta una vita. Perché all'epoca anche lui era un ragazzo. Quindi quello che mi diceva non era la verità. Era quello che voleva farmi credere. No, non era nemmeno quello. Era quello che pensava che io dovessi credere. Ma al di là di tutto, c'è una verità molto più semplice. Spencer la vedeva solo come una sorella. Spencer era capace di prendere le distanze da tutto il resto. Ecco che cosa non mi diceva. Né a me né a nessun altro. Tranne forse a lei, anche se immagino che non avesse bisogno di dirglielo. Lo sapevano entrambi. Ma con me parlava in un altro modo. Immagino che così facendo intendesse proteggerla. Tenendo nascosto il loro affetto. Gli sembrava più pericoloso di qualche sciocca millanteria che poteva raccontarmi. Perché quando tutto intorno a te è costruito sulla menzogna, come fai a trovare un'apertura per la verità? La nascondi, ecco come fai. La nascondi in tutti i modi possibili. E non pensi a come una menzogna conduca a un'altra. Non hai scelta. Sicché ero un ragazzino vuoto. Non avevo ciò che aveva mio fratello».

Foster bevve un sorso di whisky. La lampadina elettrica sospesa su di loro dondolava gettando la sua luce nella penombra. Attese qualche istante, poi domandò: «Chi è stato?»

«Che cosa vuoi dire?»

«Quando mia nonna cercò di ucciderla e scappò via di qui, lasciandola a terra ferito. Ha detto che era solo. Ma lei era soltanto un ragazzo, ferito gravemente. Quindi chi si prese cura di lei? Chi era quella persona?»

Mebane annuì. Prese il bicchiere, ma invece di bere lo posò nuovamente sul tavolo e guardò Foster. Disse: «Mi hai sentito?»

«Sì.»

«Bene.» Mebane annuì di nuovo. Poi prese il bastone e si alzò, appoggiandosi al bordo del tavolo. Strinse il bastone con forza, abbassò lo sguardo su Foster e disse: «Era sua madre. Lei era l'unica qui. Fu Helen a occuparsi di me».

Foster lo studiò. Poi disse: «Helen doveva sapere quello che aveva fatto per ritrovarsi con la testa aperta».

«Be', di sicuro non glielo dissi io.»

«Ma lei lo sapeva.»

«Non so che cosa sapesse. L'unica cosa certa è che io ero ferito e sua figlia era scappata, e un uomo era morto per colpa di quella fuga. Quindi chi può dire perché fece ciò che fece? Per quali ragioni? Forse solo per salvarsi. Forse era solo per questo.»

«Un momento. Lei mi sta dicendo che eravate qui da soli, che quella donna la curava ma non vi parlavate? Neppure una parola, a parte quello che voleva o di cui aveva bisogno? Non c'era nessun altro e lei non parlava con quella donna?»

Mebane si appoggiò tremante al bastone. Come se il bastone fosse l'unico elemento affidabile dell'insieme che lo manteneva eretto. Sulla fronte gli pulsava un'unica venuzza in rilievo. «Sai che ti dico? Una parte del lavoro devi farla da solo. Non posso condurti per mano come un bambino alla fiera. Adesso vado a pisciare. Sono vecchio. La mia vescica non tiene più il whisky come una volta. E poi me ne vado a letto.» Lo guardò accigliato. «A parte questo, non ho intenzione di andare da nessuna parte.»

«Be', neppure io, credo, almeno non tanto presto.»

«Ecco, vedi?»

«Solo una cosa.»

«Che cosa?»

«Capisco perché mi sta dicendo tutto questo. Ma primo o poi mi dovrà dire anche il resto. La parte per cui sono venuto qui. Tanto perché lei lo sappia.»

Mebane lo osservò a lungo. Gli occhi del vecchio erano acquosi per la stanchezza. Foster cominciò a pensare che Mebane non avrebbe aggiunto altro, che avrebbe aspettato che fosse lui a dire qualcosa.

Infine il vecchio disse: «Fai attenzione con quella ragazza. È la sola creatura al mondo per cui nutro un po' d'affetto. Mi segui?»

«Penso di sì.»

«Avrai quello che vuoi, ma a modo mio e con i miei tempi. Quando sarò pronto a raccontartelo.»

Foster tacque.

«Bene», concluse Mebane. «Allora buonanotte. Quando te ne vai, spegni quelle luci. Non mi fido dell'elettricità.»

Rimase seduto al tavolo per il tempo necessario a far cessare i suoni dell'altra vita presenti nella casa, i leggeri movimenti al piano di sopra, il calpestio di una camminata irregolare. Aspettò che anche lo spazio intorno a lui si disponesse al riposo, poi tappò la bottiglia di whisky ancora mezza piena e bevve ciò che era rimasto nel suo bicchiere, che lasciò sul tavolo per il mattino successivo, come prova della notte trascorsa. Se ne andò portandosi via la bottiglia e lasciandosi alle spalle la stanza buia. Prima di uscire, si fermò un momento in cucina, a studiare i resti della cena non consumata: i barattoli di verdure e le gallette. Non era solo cibo. Di questo ormai era certo.

Fuori la foschia serale si era infittita. Non c'erano stelle. L'aria era ancora tiepida, pesante, qualcosa di solido in cui camminare, da respirare. Il frinire delle cicale permeava l'aria, come se gli insetti abitassero tutto lo spazio vivente. Come se volessero perforargli le orecchie.

Fece uscire i cani dalla baracca degli schiavi e lasciò la porta aperta, per potersi sedere a guardarli. Bianchi fantasmi che annusavano lo steccato del cortile. Poi li lasciò perdere, accese la lanterna e la posò per terra, poiché non c'era altro posto dove metterla, a parte il letto. Si inginocchiò accanto al focolare, raccolse la pelle di serpente che aveva notato fin dalla prima volta che era entrato nella baracca e la frantumò tra le mani. Schegge dure e secche di un corpo estinto. Poi allungò un braccio verso il focolare e passò una mano sulle pietre. Accoccolato. Solo vecchie pietre, fredde ormai da lungo tempo.

I cani rientrarono e si sdraiarono sul letto a guardarlo. Come se volessero vedere che cosa avrebbe fatto dopo. Foster si voltò e sedette a gambe incrociate sul pavimento, alla luce fioca e tremolante della lanterna, guardandoli a sua volta. Bevve un sorso dalla bottiglia di whisky di suo padre.

Per due volte attraversò il cortile e uscì nel vicolo, e si sedette in macchina a fumare. Avrebbe potuto togliere il freno a mano, premere la frizione e scivolare lungo il vicolo fino al punto in cui questo si immetteva nella via principale, e là lasciare andare la frizione e allontanarsi silenziosamente, il più silenziosamente possibile. E raggiungere Pettigrew Crossroads. Dove lei aveva detto che lo avrebbe aspettato. Si voltò di fianco e appoggiò i piedi al cruscotto e rimase a fumare con la bottiglia tra le gambe.

Non aveva idea del perché non andasse da lei. Per due volte era salito in macchina con l'intenzione di mettere in moto e andare a trovarla. E per due volte non l'aveva fatto. Ed era sceso dall'auto per tornare alla baracca, dove la lanterna, lo stoppino quasi consumato, stava annerendo il camino mentre la stanza diventava sempre più buia. Popolata di ombre. Le ombre delle pareti, del pavimento, del focolare e delle rozze pietre del camino, e il letto che sporgeva nello spazio buio e le due sagome sul letto con gli occhi pallidi e gialli, ombre di altro mondo che lo osservavano.

La pioggia cominciò a cadere mentre dormiva, e non lo svegliò ma entrò in lui tamburellando leggera sulle vecchie assi marce di cedro sopra la sua testa, così sognò di un fiume, di una nuotata sott'acqua in un liquido trasparente come vetro, assieme a una ragazza dalla pelle scura che gli nuotava accanto, dalla cui bocca uscivano fiotti di bollicine che andavano a imperlarle i capelli corti e scintillanti, il corpo nudo ma mai del tutto visibile. E insieme sfioravano le pietre lisce del letto del fiume.

Si svegliò in un'alba oscurata dalla pioggia, fresco e lucido, scattante. Si alzò dal letto con indosso i pantaloni e aprì la porta per guardare la pioggia cadere di traverso sul cortile coperto di erbacce secche. I cani corsero fuori, animati dall'improvvisa frescura, e si addentrarono nell'erba alta a caccia di conigli. La pioggia entrò nella baracca attraverso la porta aperta e disegnò un ovale intorno ai suoi piedi nudi, sul vecchio pavimento di assi. Corse fuori, attraversò il cancello sul retro e andò a chiudere i finestrini della Chrysler, che aveva lasciato aperti, pensando: Che idiota! Avrebbe dovuto immaginare che sarebbe piovuto. Di nuovo quella sensazione di essere in un luogo dove non era in grado di riconoscere nemmeno i segni più semplici. Rovistò sotto il sedile posteriore e prese il giaccone di tela cerata.

Tutto – il cortile, la vecchia rimessa delle carrozze, la casa ancora immersa nel buio, gli alberi sullo sfondo – appariva nitido e vicino. Come se i colori fossero stati prosciugati dal mondo e con essi la prospettiva. Rientrato nella baracca, si tolse la cerata e si infilò una camicia, le calze e gli stivali. Si strofinò i capelli bagnati con le dita e poi si rimise l'impermeabile. I cani lasciavano impronte umide, tracce di sé, sullo strato di terra che copriva le assi del pavimento. Entrambi bagnati e felici, con il loro odore di cani, gli occhi puntati su di lui.

Foster uscì di nuovo nella pioggia chiudendo dentro i cani e si fermò qualche istante a studiare la casa buia. Era presto. Raggiunse la rimessa delle carrozze, dall'altra parte del cortile, ed entrò attraverso una porticina che si apriva nel grande portone a due battenti da dove passavano i mezzi di trasporto. Su un lato trovò una fila di veicoli: una carrozza coperta, una scoperta, un elegante calesse a due ruote. Tutti sporchi di polvere, di sudiciume e di ragnatele, come mani di fantasmi. Il telo parasole della carrozza scoperta pendeva a brandelli dall'esile telaio. Sull'altro lato vide una fila di box per cavalli, vuoti, ripuliti dal letame, dalla paglia, da qualsiasi cosa. Tranne – lo notò quando entrò in uno di questi e passò la mano lungo le assi laterali dove il legno era levigato da anni di sfregamento – alcune lunghe setole scure ancora impigliate nelle schegge delle pareti. E il legno della mangiatoia, consumato dalla pressione di musi famelici, un pasto dopo l'altro, un giorno dopo l'altro. Sul fondo delle mangiatoie, vecchie catene saldate dalla ruggine.

Alla fine dei box una fila di bidoni per la biada e, oltre, una porta che conduceva in un capanno dal tetto spiovente vicino a uno dei muri laterali della rimessa. Il capanno era vuoto. Non c'era nulla. Su un lato un piccolo focolare con un rozzo camino. Sulla parete che confinava con la rimessa, in alto, una serie di otto ganci di legno distanziati tra loro, grossi come uno dei suoi polsi e lunghi una trentina di centimetri, ricurvi verso l'alto. Erano i sostegni per i finimenti. Era tutto. Perfino il focolare era pulito. La stanza era buia, c'era solo una finestrella, in alto, coperta di fuliggine, che la pioggia non riusciva a lavare. Foster si accovacciò e si guardò intorno, studiando le pareti, il pavimento. Infine riuscì a trovare il punto dove un tempo doveva esserci stato il letto, una struttura fissata al muro, come quella della baracca dove dormiva lui. Lungo la parete, alla fine dello spazio occupato dal letto, trovò alcuni chiodi per appendere gli abiti. A terra credette di vedere anche i segni lasciati da una sedia spostata e riavvicinata a un tavolo infinite volte nel corso degli anni. Era tutto. In fondo al capanno c'era una porta che dava sul cortile. Foster uscì da lì. Sul fianco della rimessa delle carrozze, un cumulo di legna da ardere raggiungeva quasi la grondaia, e copriva in parte anche l'entrata esterna al capanno. Dove aveva vissuto Peter.

Una cappa densa e acre di fumo di legna avvolgeva il cortile. Lanciò un'occhiata alla casa e vide che da uno dei due comignoli usciva una spuma spessa e oleosa, del colore della lana moretta bagnata. Raggiunse la casa ed entrò dalla porta della cucina. Trovò Mebane in sala da pranzo, inginocchiato davanti al camino. I libri mastri che aveva visto sul tavolo fumavano contro gli alari. Accanto a Mebane, una pila di giornali ingialliti da cui il vecchio stava strappando delle pagine, che poi appallottolava contro il petto prima di infilarli sotto il cumulo di libri mastri aiutandosi con un attizzatoio. Il bastone era appoggiato di fianco al camino, a portata di mano. Quando Foster entrò, il vecchio si voltò a guardarlo e poi riprese il lavoro occupandosi di un'altra pila di giornali.

«Che cosa sta facendo?» domandò Foster.

Senza voltarsi, Mebane parlò. Guardando il fuoco. «Niente. Brucio della spazzatura.»

«Che cosa c'era in quei libri?»

Mebane prese l'attizzatoio e colpì con forza il cumulo che aveva davanti. I libri mastri cedettero e i volumi scivolarono gli uni sugli altri in una vampata. «Niente.» Li colpì di nuovo con l'attizzatoio. Non si voltò.

Foster lasciò il vecchio e andò in cucina a lavare i piatti della sera prima. Pulì il piano di lavoro, preparò delle uova fritte sulla serpentina elettrica, abbrustolì il pane e dispose la colazione nei piatti. Quel lavoro e la pioggia contro la finestra lo resero malinconico. I pasti che preparava per sé o per il padre, l'acqua che gocciolava dai larici e dagli abeti canadesi. Era molto lontano dai suoi affetti. Anche se la casa era ancora lì, anche se gli apparteneva, gli sembrava di averla perduta ormai da tempo. Era terribilmente triste. Gli sembrava che più andava avanti, meno aveva in mano.

Portò i piatti in sala da pranzo e in silenzio li posò sul tavolo. Prese i bicchieri della sera prima e li portò in cucina. Il fuoco ardeva vivace, ora. Mebane era accanto al caminetto, due piccoli pezzi di legno bruciavano sul cumulo di libri mastri. La stanza era calda, l'umidità dell'aria si stava asciugando. Foster tornò e sedettero insieme a mangiare.

Mebane inzuppò una crosta di pane nel rosso d'uovo. «Pensavo che saresti stato in giro tutta la notte.»

«No, signore. Non sono uscito.»

Mebane annuì, come se si fossero trovati d'accordo su qualcosa. «Io sono rimasto sveglio quasi tutta la notte. Tempo di bilanci. Poi verso l'alba, mi ero appena addormentato, quella ragazza mi ha chiamato per assicurarsi che non ti avessi ammazzato o cacciato via.»

«Daphne ha telefonato?»

«Non dovevi vederla?»

«Non era niente di sicuro.»

«Ah. Hai intenzione di liberarti di lei? Di trattarla male? Quando avrai finito con me?»

«Non so che cosa ho intenzione di fare.»

Mebane lo guardò. «La vita è un tormento, vero?»

«Così pare.»

«Sai che sei fortunato?»

«In che senso?»

«La maggior parte delle persone ci mette metà della vita a capirlo, o anche di più.»

«Non so. Per alcuni sembra che le cose funzionino. Sembra che tutto vada bene.»

«È solo che non ci stanno attenti.»

«Magari è solo questione di fortuna.»

«Davvero lo pensi? Fortuna? Lasciati dire una cosa. A parte quelli che non hanno tutte le rotelle a posto, ognuno, prima o poi, si ritrova in un letto a ripensare alla propria vita, a ogni minuto della propria vita. E gli manca l'aria. Immagina: non riuscire a respirare. E giace chiedendosi quale pietà gli può riservare il Signore. Perché ormai gli è chiaro che sulla stanca, vecchia terra di pietà non ce n'è più, ammesso che ce ne sia mai stata. E il Signore, il Signore, lui se ne rimane zitto. Non fa capolino da nessuna parte. Ora, dimmi, secondo te che razza di fortuna è questa?»

Foster sorrise. «Non molta, direi.»

«Non è divertente. Non molta, proprio così. Vedi là, nel camino? Sai che cosa sta bruciando?»

«No, signore.»

«Esatto, non lo sai. Ebbene, sono anni e anni di tentativi di mettere per iscritto la mia vita, lunghi pomeriggi, nottate, ore interminabili passate a mordicchiare la penna, cercando di ricordare esattamente com'era andata. Perché sembrava che non avessi altro. Un modo per tirare fuori le cose e mettermele davanti in modo da riuscire a vederle, in modo che assumessero un senso. Qualcosa che potessi toccare, che potessi correggere.»

«Perché li sta bruciando?»

«Ma, ragazzo, perché adesso ho te. Perché tu sei la persona a cui posso raccontare quelle cose. Perché sei l'unico che ne ha bisogno almeno quanto me.»

«Non voglio tutto questo. Mi basta una sola risposta.»

«Ci sei vicino», disse Mebane. «Più vicino di quanto credi. Hai fatto due più due e sei quasi arrivato al risultato. Sennonché è spuntato un elemento nuovo e tu stai cercando di farlo rientrare nel calcolo e ottenere ugualmente il tuo quattro. Solo che lei è un calcolo a parte. Rientra in tutto questo e al tempo stesso è qualcosa di nuovo. Proprio come te.»

«Non la seguo.»

Mebane lo guardò accigliato. «C'è sempre qualcun altro che mantiene vive le nostre speranze. Che ci fa credere che le cose cambieranno. O che almeno ci fa andare avanti, impegnati a raggiungere la prossima curva. Il luogo dove tutto si ricompone. Dove tutto assume un senso.»

Foster si appoggiò allo schienale della sedia e guardò il vecchio al suo fianco. Mebane, rugoso e pallido, gli occhi molto lucidi, una vibrazione di iride e pupilla. «Sta parlando dell'amore, vero?»

«Sì, immagino che a volte possa essere l'amore. O almeno così comincia. Altre volte...»

«Altre volte che cosa?»

«Altre volte, non saprei come chiamarlo. È qualcosa che ti divora, che ti brucia dentro, che ti consuma. Che non puoi toccare. Che non puoi nemmeno vedere. Ma è con te ogni giorno della tua vita. È abbastanza corretto chiamarlo passione. Ma non devi dimenticare che la passione è una cosa individuale, complicata, sfaccettata come una persona. Come la persona in balia di quella passione. Capisci?»

«Credo di sì.»

«Ascolta. Tua nonna, Leah. La chiamerò Leah. L'ho conosciuta con questo nome, con questo nome la pensavo. Tu non l'hai mai incontrata. Ti va bene? Ti va bene se la chiamo Leah?»

Foster non rispose.

«Ci siamo. Ecco che arriva. E tu lo sai, vero? Quello per cui sei venuto fin qui. Quello che credevi di voler sapere.»

Foster era immobile. «Me lo dica.»

«L'ho uccisa io, ragazzo. Sono stato io. Sì.» Alzò una mano, il palmo verso Foster. «È come se l'avessi seguita in quel bosco del Vermont e le avessi stretto io stesso il cappio al collo. Sono stato io.»

«Ora, quello che devi fare è scordare tutto quello che ti ho raccontato. Perché questa parte non riguarda nessuna delle cose che ti ho detto. Non voglio dire che le devi scartare, solo che le devi confinare in un angolo della mente e conservarle lì per dopo. Per te. Per il momento pensa solo a questo: un uomo che venticinque anni prima aveva fatto del male a una donna che a sua volta aveva fatto del suo meglio per fare ancora più male a lui, senza riuscirci. Immagina un uomo non più giovane ma con un guizzo ancora, una debole speranza che la sua vita disastrata possa cambiare. Immaginalo là, davanti a questa casa, seduto sulla veranda in un torrido pomeriggio di settembre, non molto diverso dal pomeriggio in cui sei arrivato tu. Solo che lui è là fuori come quasi tutti i pomeriggi. E aspetta. Perché non è passato giorno che non abbia pensato a lei. Non un solo giorno. Lei, che potrebbe essere morta per quel che ne sa. Solo che non lo è. E lui lo sa. E non pensa a lei solo di giorno. Almeno una volta la settimana la sogna, un sogno dove la pelle, la voce di quella donna, il suo tocco sono così vividi che una volta sveglio lui vorrebbe farsi del male per ritornare là, nella terra del sogno. E si domanda quanti sono i sogni di lei che al risveglio non ricorda. Da una parte gli piace pensare che non sono molti, ma dall'altra gli piace anche pensare che lei gli scorra nelle vene in ogni istante. Perché lui sa che non è il suo cervello ad arrovellarsi su di lei, non la sua mente, ma la sua anima. Il suo cuore. Che ogni singolo giorno è turbato dalla sua presenza. Che da tempo ormai ha esaurito tutti i se e i ma, tutte le ipotesi su come sarebbero potute andare le cose. Tutti i modi in cui lui avrebbe potuto essere diverso. Agire altrimenti. Perché lui si è riconciliato con se stesso, in qualche misura, e non pensa che lei l'abbia perdonato, ma sa che se mai la rivedesse sarebbe diverso. E, vedi, lui aspetta che questo accada. Solo che aspetta da così tanto tempo che è diventato l'attesa stessa. La donna reale è un frammento. Lei è solo una porzione di tutta quell'attesa. Potrebbe essere in un angolo qualsiasi della terra, potrebbe fare qualsiasi cosa. Così lui rimane seduto dov'è. Perché gli sembra il solo modo in cui lei potrebbe trovarlo. Perché, vedi, lui non la può trovare. E non è solo questione di sapere o non sapere dov'è.

«Lui vuole solo spiegarle che era un ragazzo. Che non sapeva quel che faceva. Che era solo uno stupido. E che gli dispiace. Gli dispiace tanto. È tutto ciò che vuole. Tutto ciò che ha pensato di volere per tutti quei lunghi anni. Perché sa che quando alla fine lei verrà, cosa cui ormai non crede quasi più, sarà sufficiente. Perché pensa che se lei venisse, sarebbe per quello. Non solo, pensa che quella sia anche l'unica cosa che vuole lui. La possibilità di dirle quanto gli dispiace. Ma ciò che non sa, ciò che non può sapere finché non alza gli occhi e la vede lì davanti a sé, è che nessuno dei due è più la stessa persona. Lei non è più quella ragazza. E, altrettanto importante, lui non è più quel ragazzo. Lo sarebbe se potesse. Lui pensa che lo sarà. Ma non lo è. È un uomo cresciuto dentro se stesso.

«Così eccoci a quel pomeriggio. Tempo a parte, un pomeriggio come tanti altri. Solo che lui alza gli occhi e lei è lì. In fondo al vialetto. Lo sta guardando, seduto sulla veranda. E l'espressione sul suo viso gli dice che quel momento sarà molto diverso da come l'aveva immaginato. Perché ciò che vi legge è solo un po' di paura di lui, ma il resto è una maschera di puro odio, un disgusto autentico, come se lei vedesse in fondo alla sua anima vuota e la conoscesse perfino meglio di lui. E lui si sente spregevole, colto in fallo, scoperto. E rimane seduto, pensando che magari lei lo guarderà solo per un attimo e poi tirerà dritto, che sarà soddisfatta così. Invece lei si ferma solo il tanto necessario ad accendere in lui la speranza che prosegua, e poi imbocca il vialetto. Sollevando l'orlo del vestito a ogni passo. Finché arriva ai gradini della veranda, all'ombra della casa, dove può guardarlo dritto negli occhi.

«Gli dice che lo credeva morto. Non c'è niente nella sua voce che riveli sollievo.

«Lui risponde che ci ha provato, ad ammazzarlo, ma non è stata abbastanza brava.

«E lei rimase ferma a guardarlo. Come per soppesarlo. Lo conosceva già, quindi stava studiando qualche altra cosa, e lui non riuscì a reggere il suo sguardo, sapendo che provava compassione per lui, e distolse gli occhi. E stava ancora guardando altrove quando lei gli domandò che ne fosse stato di sua madre.

«Ecco, vedi, a quel punto lui l'ebbe in suo potere. La finzione di tutti quegli anni svanì in un attimo. Fu rivelato a se stesso con la purezza e la trasparenza di un diamante. Così, quando la guardò di nuovo, sorrideva. E alzò la mano, la sua unica mano, e se la passò sulla ferita, proprio qui sulla tempia, sempre sorridendo. E lei guardò quel sorriso con aria seria, lo guardò accarezzarsi la tempia e lui la vide vacillare, solo un impercettibile cedimento. Proprio quello che sperava.

«Fu un attimo miracoloso. Lei era lì, sotto i suoi occhi: non più l'adolescente dei suoi ricordi, tanto più grande di lui, ma una donna nel fiore degli anni, ancora giovane e bella, impettita davanti alla veranda. Con i vestiti buoni, decisamente migliori di quelli che possedeva lui, ma si vedeva ugualmente che veniva dalla campagna, una campagnola di colore a cui le cose erano andate bene e che si era vestita a quel modo per tornare al paese d'origine. E lui poteva starsene lì seduto, in rovina, fiero, forte come non si sentiva più da anni, forse da sempre, e abbassare lo sguardo su di lei e sapere che entrambi erano di nuovo in quella cucina sotto la pioggia battente di tanti anni prima, e che nessuno dei due poteva farci nulla. E non vide ragione per non indugiare su di lei con lo sguardo, seduto in silenzio per tutto quel tempo, con la domanda di lei sospesa senza risposta tra loro, per non accarezzarla con gli occhi e lasciarsi guardare mentre lo faceva. Perché quello era ciò che c'era tra loro. In quel momento, e prima, e sempre. Ed entrambi lo sapevano.

«Ora, mi sembra che tu abbia cominciato a conoscere il dolore. Ed è un bene. Un bene per te. Ma ciò che ancora non capisci è il desiderio. Come poeta, Foster Pelham, devi comprendere il desiderio. Direi che ne abbiamo già analizzato una parte. Quando abbiamo parlato della natura dell'uomo, del male. Era ieri. O l'altro ieri? Non importa. Perché l'uomo è almeno un ottagono. E il desiderio è l'unico punto che si impone sugli altri. Che non ti lascia scelta. Quindi, il poeta vuole il desiderio.»

*Non sono un poeta.*

«Un cercatore di verità. E questo non devi rinnegarlo. Non ho bisogno di molte parole per spiegarti il desiderio. Il desiderio non è ciò di cui parlano gli uomini di Dio. Ciò di cui parlano loro è ciò che temono di più di se stessi: cercare di mettere le mani su ciò che si può. Questo non è il desiderio. Questa non è la passione. È semplicemente l'istinto animale di sopravvivenza. Ed è il motivo per cui non tollero la religione. Rifiutano di scendere con i piedi per terra e dire come stanno realmente le cose. Il meglio che possono fare è blaterare delle piccole cose quotidiane che affliggono ognuno di noi. Ma di quelle grandi non parlano.

Perché le cose grandi sono vaste, si diramano in tutte le direzioni della vita, e non c'è modo di tradurle in una bella parabola. Non si possono ridurre al bene o al male. Il desiderio... il desiderio è quando non hai più potere su te stesso. Non è un passo falso. È il tuo vero io. È tutto ciò che hai. Tutto ciò in cui potresti mai sperare. Qui, sulla cara vecchia terra. È tutto. Il desiderio, quando c'è, è qualcosa di fronte a cui il Signore chinerebbe la testa. Perché, se non altro, il Signore capisce il desiderio. E quando c'è, quando il desiderio ti possiede, ti guida, non hai altra scelta che arrenderti a esso.

«Così quell'uomo sulla veranda si rivelò a se stesso. E fece una cosa molto semplice. Senza smettere di sorridere, le disse ciò che doveva fare. Le disse di andare a Fishtown, nella città dei negri, e passò a descriverle il luogo di cui stava parlando, godendosi l'ignoranza di lei, dopo venticinque anni di assenza. Perché, quando lei era andata via da Sweetboro, ovviamente quel posto non esisteva. Le disse di andare laggiù e chiedere in giro. Perché sapeva che non avrebbe trovato risposte. Perché laggiù non c'erano risposte alla sua domanda. Ma voleva che lei lo facesse, perché sapeva che lui era l'unico a cui poteva rivolgersi. Voleva che lei lo scoprisse da sola. Le ricordò che era una fuggiasca. E poi le disse che cosa le sarebbe costato scoprire quello che voleva sapere. Raddrizzò la schiena in quella sedia a dondolo, lasciò il maledetto bastone sul pavimento della veranda e faticosamente si alzò in piedi per guardarla dall'alto. Sempre sorridendo. E le disse che cosa doveva dargli in cambio, per sapere ciò che voleva. E non aspettò di vedere la sua faccia ma si chinò, raccolse il bastone e rimase un istante fermo sulla veranda, voltato di lato, senza guardarla, in modo che lei vedesse che una parte di lui funzionava ancora alla perfezione.

«Quello che gli disse lei non importava. Guardò il suo viso congestionato dalla rabbia, ancora così bello e perfetto. Perfetto come un animale, il genere di creatura che un uomo fabbricherebbe se potesse fare tutto ciò che vuole, a suo piacimento – del resto, non era ciò che facevano gli antichi greci con le loro ninfe e naiadi, la donna come una creatura del mondo, di pietra, di legno o di qualche materiale simile con cui vorremmo fonderci? Qualcosa che vada oltre la semplice fragile umanità di una donna?

«Così lui le rispose con un gesto sprezzante, un semplice cenno della mano. Le ripeté di andare alla città dei negri e di cercare da sola, e poi tornare. Non era sicuro che ci sarebbe andata. Desiderava solo farla aspettare. E poi entrò in casa richiudendosi la porta alle spalle, e tirando il chiavistello che non usava quasi mai. In modo che lei lo sentisse. Voleva che sentisse il rumore del chiavistello. Voleva che sapesse che al suo ritorno sarebbe dovuta salire sulla veranda e bussare a quella porta. Che lui non sarebbe stato fuori ad aspettarla. Voleva che quella porta chiusa chiarisse che non ci sarebbe stata trattativa.

«Perché, per quanto riguarda il desiderio e il rimorso, quando hai fatto del male a qualcuno e poi hai avuto anni di tempo per sezionare ciò che hai fatto nei minimi dettagli e rivivere la scena un migliaio di volte, il punto è che non riesci a comprendere l'origine dell'episodio iniziale. Gli attribuisci strati e strati di significato e senti che è stata un'aberrazione, un momento tuo fuori da te stesso. Questo è ciò che fa il rimorso. Ti permette di vivere con te stesso. Sai come si dice: tutti gli uomini in prigione sono innocenti. Non è che lo siano, e nemmeno credono sinceramente di esserlo; la questione è che questi uomini arrivano a vedere quel momento, il fatto che ha innescato la loro azione, che li ha portati a essere dove sono, come qualcosa di separato da loro. Arrivano a credere, a sapere che, se mai dovesse capitare di nuovo, la loro scelta sarebbe diversa. Non solo nel passato, ma anche nel futuro. Perché non possono ammettere la verità.

«La verità, Foster Pelham, è molto semplice. La natura dell'uomo è divisa. E poiché non possiamo vivere nella luce rifiutiamo di vedere il buio che ci circonda. Finché il buio non si impadronisce di noi.

«Così lui rimase seduto nella casa sprangata per il resto del pomeriggio. Perché era come se il tempo non esistesse più. Erano solo ore del giorno. Dopo venticinque anni. Di più. Sai, lui non aveva rimpianti, né dolore, né rimorso. Tutto quello era un qualcosa che si era costruito intorno nel corso degli anni. Per poter vivere fino a quel giorno. Perché, vedi, quello non era amore. Anche se lui l'aveva creduto. In esso c'era una rabbia terribile. Elementare è la prima parola che mi viene in mente. Possesso è un'altra. Possederla in un modo che lei non avrebbe mai potuto negare. Da cui poteva fuggire ma che l'avrebbe seguita per sempre. Sì, per sempre.

«Ora, tu puoi anche guardarmi come se fossi una specie di mostro. Non m'importa neanche un po'. Non potresti fare diversamente. Ma è qualcosa che ogni uomo sente, almeno una volta nella vita. Se è fortunato. Perché di questo si tratta. Di una fortuna. Quel genere di passione. Al di sopra di qualsiasi altra cosa. Qualsiasi altra maledetta cosa.

«Così lui non si mosse, e rimase seduto su questa sedia, proprio qui. In attesa. Per la prima volta in venticinque anni, solo in attesa. Senza pensare. Solo un uomo, in ogni singola parte di se stesso. All'erta, inarrestabile. Senza alcuna necessità. Senza bisogno di mangiare, di bere, di niente. Nemmeno di quel fottuto bastone. Che aveva appoggiato sul tavolo e lasciato lì. Così, quando sul tardo pomeriggio udì il colpo alla porta che sapeva sarebbe arrivato, lasciò il bastone dov'era e si avviò lungo il corridoio con passo sicuro, spavaldo, come se avesse di nuovo quattordici anni. E la vide attraverso il vetro, il capo chino, le spalle premute contro la porta. Lo aspettava. A pochi passi dall'uscio lui si fermò. Sapeva che lei lo aveva sentito arrivare ma non gli importava. Voleva vederla lì. Ad aspettarlo.

«Quando aprì la porta lei prese a parlare. Ma lui allungò la mano e le posò le dita sulla bocca. Finché lei non sollevò la testa per guardarlo. Gli occhi dilatati e inespressivi al tempo stesso. E ogni più piccola parte di lei era raccolta in quello sguardo. Si sporse in avanti per baciarle la fronte. Lei si ritrasse, ma a lui non importò. Immaginava che lo avrebbe fatto più di una volta nelle ore che avevano davanti. Per la verità, quel ritrarsi gli piaceva, era quello che voleva. Voleva sentirla gemere, non solo di piacere, ma anche di sofferenza. Perché era il solo modo in cui avrebbe potuto comprenderlo, capire tutto di lui. E lui sapeva che lei era in grado di farlo.

«Quando lei tacque, lui la prese per mano e la portò dentro. Lungo il corridoio, su per le scale, fino alla porta della sua camera da letto, dove lei lo fermò. Gli posò la mano libera sulla spalla, quella offesa, e lo fece voltare. Poi rimase ferma per un lungo momento, a guardarlo. E lui vide non solo la rabbia, il furore che si aspettava, ma anche una frattura della sua anima, una debolezza, un'antica voragine. E si chiese se avrebbe potuto ucciderlo, se avrebbe potuto portare a termine l'opera che aveva lasciato incompiuta tanti anni prima. Pensando che, come lei lo aveva restituito all'essenza di se stesso, forse lui aveva fatto lo stesso con lei. Ma questo non lo spaventò. Anzi, lo eccitò.

«Quando lei parlò, lui le lesse negli occhi tutto l'odio, come se la sua voce fosse indipendente dal suo sguardo. Ed era l'odio che lui voleva. Voleva possederlo. Non domarlo, o cambiarlo o cancellarlo. Possederlo. Allora sostenne lo sguardo di lei e la vide ritirarsi. La fissò feroce. Finché lei non distolse gli occhi. Perché non c'era trattativa possibile. A quel punto, la testa voltata, lei stava già entrando, anche se non si era ancora mossa; a quel punto gli disse che aveva saputo che cos'era successo a Peter. Per un attimo rimase confuso. Dovette pensare chi era Peter. Era sicuro che nessuno le avrebbe rivolto la parola. Perché non la conoscevano, e conoscevano *lui*. Ma Peter non gli importava, né in quel momento né mai. Ciò che importava era che lei adesso stava andando verso il letto, e la seguì.»

Continuava a piovere forte. Il fuoco si stava spegnendo, la stanza era calda e soffocante. Le finestre appannate e rigate dalla pioggia battente. A metà mattina la luce era quella dell'alba. Foster era immobile, irrigidito, sudato sotto le ascelle, la pelle d'oca per il disgusto, nell'aria calda e umida. Gli occhi bassi, sulla carta assorbente coperta di macchie. Non riusciva a ricordare quando avesse distolto lo sguardo da Mebane, seduto accanto a lui. Nella stanza aleggiava l'odore di quel vecchio corpo, forte, acre, pungente, insanguinato, come se, mentre parlava, la sua pelle sprigionasse una muffa, un muschio, e l'odore si faceva più forte a mano a mano che proseguiva nel racconto, l'odore della decomposizione e dell'eccitazione al tempo stesso. Foster avrebbe desiderato solo essere altrove. Lo inorridiva l'idea che il vecchio potesse allungare quel suo unico artiglio e toccarlo, per richiamare la sua attenzione, per riportare i suoi occhi su quel vecchio viso folle, amaro, risplendente di eccitazione. Non si mosse.

Silenzio. Solo lo scrosciare della pioggia. Di tanto in tanto il fuoco ormai morente aveva un guizzo, un leggero crepitio. Dopo una lunga pausa, Mebane si alzò con un gemito dalla sedia, curvo sul bastone, poi, facendo il giro del tavolo, si diresse verso il camino, dove prese l'attizzatoio e smosse le braci. Il movimento una fatica terribile. Come se quei lunghi momenti di immobilità lo avessero reso ancora meno agile. Foster pensò che forse quella era la sua condizione naturale, che la vivacità, l'apparente vigore dei giorni precedenti fossero stati uno sforzo. Un'illusione per Foster. O magari per entrambi. Per andare avanti. Per arrivare fin lì.

Infine Foster parlò. «Allora? Che cosa le disse?»

L'unica mano di Mebane poggiava sulla mensola di legno del camino. Lentamente si voltò e si sporse in avanti, una gru issata sul treppiede formato dal bastone e dalle due gambe. Gli sorrise.

«Vedi, ragazzo, dovevo pur darle qualcosa. Con tutto il viaggio che aveva fatto. Dovevo ripagarla dello sforzo. E lei sapeva del vecchio negro Peter, quello che gli era successo. Così era un punto facile da cui partire. Dissi a Leah, a tua nonna, che dopo che quegli uomini avevano sistemato Peter in quel modo sua madre e io ci eravamo fatti una chiacchierata. A proposito, fu Helen a occuparsi di me, quando avevo la testa rotta e l'orecchio spappolato. Erano tempi duri. Il caos regnava sovrano. Lei aveva troppa paura per scappare. Aveva visto Peter dopo quello che gli avevano fatto. Era ancora una donna giovane, anche agli occhi di un ragazzo come me. Con quel bel culetto tondo. Oh, accidenti, era una storia bellissima! Che lasciò Leah pietrificata sul letto, avvolta in un lenzuolo. Mentre io me ne stavo in piedi, dopo essermi rimesso i pantaloni, la sensazione della sua pelle ancora sulla mia mentre le raccontavo come avevo fatto di sua madre la mia amante per quindici anni. Le raccontai che mio padre, nostro padre, era morto. E così Helen era diventata la mia donna. La mia domestica, certo, ma anche la mia donna. Ogni volta che la volevo, in qualsiasi modo. Fu un grande momento, credimi. Un momento di grazia, mi viene da dire. E mentre le raccontavo quelle cose, le immagini si andavano formando davanti ai miei occhi, tutto quanto. Un momento sublime. Viene da chiedersi che cosa sia la verità, dove inizi e dove finisca. Perché quello che le stavo raccontando divenne un mio ricordo, mentre le parole uscivano dalla mia bocca, e lo vidi diventare anche un suo ricordo. Fu meraviglioso. Non riuscivo a fermarmi.

«Quindi continuai. Feci nascere un figlio, una bambina, ma ritardata. Una demente. Si chiamava Nell. Quello fu un vero colpo di genio. Mi venne così, mi uscì dalla bocca. Il nome di sua madre al contrario. Le spiegai come Helen cercasse di tenerla nascosta, lontana da tutti più che poteva, ma quella ragazzina non si riusciva a tenere. E suggerii che in fondo sua madre non era priva di colpe, dato che passava dal padre al figlio a quel modo, sempre lo stesso sangue. Come se quella fosse l'unica cosa che sapeva fare, come se non potesse impedirsi di essere ciò che era. E in quel momento guardai tua nonna in faccia, sapendo che quel che lei aveva appena fatto non era diverso, che rientrava nello stesso schema.

«Ma non mi fermai lì. Dovevo ripercorrere tutti quegli anni, dal giorno in cui mi aveva spaccato la testa ed era fuggita nella pioggia, fino a quel pomeriggio di venticinque anni dopo, lei nuda nel mio letto, tutta sudata. Così ciò che le dissi di aver fatto con sua madre, e che sua madre aveva fatto con me, era – diciamo – una versione di quello che avevamo appena fatto noi. Una versione migliore. In cui le due parti sapevano esattamente ciò che stavano facendo e perché. Dove non c'era casualità, com'era stato invece quell'unica volta tra noi, che avevo atteso per venticinque anni, ma altro. Dove non c'era amore, ma bisogno. Un bisogno terribile, spaventoso, che non si esauriva. Che non poteva essere soddisfatto. Per nessuno dei due. Perché, vedi, questo era ciò che avrei voluto. Che avrei voluto con Leah.

«E la storia continua. C'era questa Nell. Era lei ad avermela suggerita. Un'ispirazione. Decisi che era ritardata ma che non poteva fermare il suo corpo. Lei era solo carne. Che figlia! Sorella di tua nonna e anche cugina. Che aveva quattordici anni quando uno sconosciuto le tagliò la gola nella città dei negri, dove se la svignava ogni tanto da almeno due o tre anni. Qualche moglie gelosa, suggerii. Forse un uomo stanco di lei. Una creatura semplice, che voleva solo sdraiarsi e aprire le gambe. Come tutti noi. Leah si chiuse nel silenzio, il lenzuolo le scivolò dalle spalle. Le mosche si posavano su di lei e lei neppure se ne accorgeva. Il suo odore forte riempiva la stanza. Il suo viso un oggetto frantumato da una pietra.

«Almeno questo me lo devi concedere: la feci breve. Ovviamente ero pronto a lavarmi, a mangiare qualcosa. È vero, volevo che se ne andasse. Avevo le mie ragioni. Ma non la torturai oltre. Del resto non c'era altro da dire. Solo un particolare, per darle il colpo di grazia. Le dissi che la madre, la sera stessa, era uscita e aveva seguito i binari fino al ponte e si era gettata nel fiume. Era tutto. Le dissi che non c'era tomba. Nessuna lapide. I negri hanno paura dei suicidi. Ma in fondo anche tutti noi, no? Poi la lasciai. Sola nella mia stanza. In modo che potesse ricomporsi e andare via. Pensai che fosse un bel tocco finale, concederle quell'intimità. Anche se la volevo di nuovo e probabilmente avrei potuto averla. Ma ero stanco di tutta quella storia. In un certo senso era stato troppo, per troppo tempo, per troppo poco. Alla fine, troppo poco. Comunque, fu un buon lavoro, no?»

Foster sentì in bocca il sapore delle uova e del whisky della sera prima. Mebane non sorrideva più, ma il suo viso risplendeva, eccitato. Foster si passò la lingua sul palato e deglutì. «Era tutto un trucco, no?» disse. «Non era una storia vera.»

Mebane si lasciò sfuggire un suono, un sospiro, un singhiozzo di tristezza, di disperazione. Poteva anche essere una risata soffocata. «Non ho mai saputo dove sia finita Helen. Che cosa le sia successo. Io avevo la febbre alta e qualcuno – poteva essere stata lei – lo fece sapere a mia madre, a Raleigh, che venne a prendermi. Erano tempi terribili per mettersi in viaggio. La ferrovia era distrutta, non funzionava. Le strade piene di pattuglie yankee e ogni sorta di criminali. Non so come ci fosse riuscita. Trovò un uomo e un tiro di cavalli e fece quel viaggio per me. Quarantacinque chilometri. Ma quando mia madre arrivò, ero solo. Helen era sparita, l'altra vecchia negra anche. Non sapevo dove fossero andate, non m'importava. Ma ricordo che giacevo su un materasso buttato in un carro, e sudavo sotto un telo, urlando a ogni sobbalzo.»

Foster si alzò. «Allora era tutta una menzogna. Quello che le ha raccontato erano menzogne.»

«L'unica cosa che mi interessava», rispose Mebane, «era vederla crollare. E poi andare via. Lei aveva bisogno di qualcosa e io gliel'avevo dato. Che importanza aveva? Aveva bisogno di quella brutta storia, come aveva bisogno di fare quel patto con me per saperla. Ne aveva bisogno, è così! Aveva bisogno di quel patto, forse più di me. Aveva tentato di costruirsi una nuova vita. La negra elegante che va in città! Volevo che sapesse qual era il prezzo. Qual era stato il prezzo per me. Volevo che sentisse quel peso su di lei a ogni passo della sua vita.»

«Gesù!» esclamò Foster. «Perché? Non capisco perché.»

Per un attimo gli occhi di Mebane si posarono sul ragazzo, poi il vecchio parlò, la voce bassa, trionfante.

«Quel che sto cercando di dirti», disse Mebane, «è che lei aveva quella debolezza, più forte perfino del dubbio. E questo è un fatto. Ma più che altro», aggiunse, «perché potevo».

«Perché poteva?» ripeté Foster. Aveva afferrato lo schienale della sedia che aveva davanti, inclinandola, le braccia che gli tremavano.

Mebane non si mosse, il volto acceso, imperlato di sudore. La camicia bagnata, un alone scuro sotto le braccia. Foster sentiva il suo odore. Lasciò la sedia e abbandonò le braccia lungo i fianchi. Mebane sorrise, le labbra grigiastre contratte in una smorfia sul viso. Disse: «Non è stato nemmeno un granché. Certo, lei stava sopra di me, con gli occhi chiusi, sobbalzando su e giù. Pagando ho avuto di meglio. Non è stata la scopata che mi aspettavo.»

Foster scattò in piedi. Mebane fece un passo indietro per allontanarsi dalla canna fumaria, e si appoggiò alla parete. Poi alzò il bastone e accennò alcuni affondi. «Eccoci. Forza, ragazzo!» gli gridò. «Ti stavo aspettando.»

Foster si fermò. Voltò la schiena al vecchio. La pioggia disegnava e cancellava interi continenti sul vetro della finestra. Pensò a suo padre, a che cosa avrebbe fatto. Dopo un attimo si girò di nuovo verso Mebane, il bastone puntato verso il soffitto, pronto a calare. E disse: «No».

«No? Che cosa significa no? È per questo che sei venuto. Che sei qui.»

Foster si infilò le mani in tasca, poi rimase immobile. Di nuovo disse: «No».

«No? Un cacciatore come te? Con i tuoi cani. Ti ho visto nel bosco con loro. Che cosa ti prende? Non sei capace di fare quel che devi fare?»

Foster non parlò. Mebane avanzò di un passo, agitò il bastone in aria. Foster non si mosse. Mebane lo guardò. Seguì un lungo silenzio.

Mebane ansimava. Posò il bastone a terra e vi si appoggiò. Non aveva più fiato. «Lo so che hai un fucile. Ti ho visto portarlo nella baracca dei negri.»

Foster gli si avvicinò. Non era mai stato tanto vicino a quell'uomo. Con il piede sinistro, diede un piccolo calcio al bastone. «La cosa peggiore a cui riesco a pensare è lasciarla qui com'è.»

«Non farlo.»

«Sa che cosa le dico? Ci vediamo dopo.» E girando intorno al vecchio, si diresse alla porta della cucina.

Mebane crollò. «Torna qui!»

Foster, già in cucina e pronto a uscire dalla porta sul retro, udì uno schianto in sala da pranzo. Un colpo di bastone, qualcosa che si rompeva. Che cadeva a terra andando in frantumi.

Attraversò il cortile a testa bassa, la schiena curva contro la pioggia battente. Aprì la porta della baracca ma i cani non uscirono come si aspettava. Entrò e si scrollò l'acqua dalla testa. I cani erano sul letto, accanto a Daphne. Che sedeva a gambe incrociate, i capelli bagnati tirati indietro sul viso, il fucile sulle ginocchia.

«Cristo santo!» esclamò, e le tolse il fucile, mentre le mani di lei rimanevano sospese in aria per un istante.

Foster aprì l'arma, sfilò le due cartucce e se le mise nella tasca dei pantaloni, quindi richiuse il fucile e lo appoggiò al muro. Daphne lo guardò con le pupille dilatate, il viso umido di pioggia. «Che cosa stai facendo?» le domandò lui.

«Avevo paura. Credevo ti fosse successo qualcosa.»

«Sono a pezzi», disse Foster.

La ragazza si alzò dal letto. Indossava un paio di jeans scuri e pesanti troppo grandi per lei, stretti in vita da una cintura, con un risvolto di dieci centimetri, e una camicia di flanella abbottonata fino al collo. Ai piedi un vecchio paio di stivali, anche questi troppo grandi, sporchi di fango rossastro. Era zuppa di pioggia. Si accostò a Foster, non troppo vicino. Intanto si era alzata anche Glow, e si era seduta sul letto, a guardare. Daphne disse: «Dopo che ieri sera non ti sei fatto vedere, mi sono svegliata con la sensazione che c'era qualcosa che non andava. Ho chiamato zio Lex al telefono, ma anche lui mi è sembrato strano, su di giri, eccitato, e continuava a dire che era tutto a posto. Proprio come si fa quando non è vero niente. Non c'era altro modo di venire in città, così sono uscita a piedi. Ma ho trovato subito un passaggio».

«Che cosa volevi fare con il mio fucile?» Foster si sentiva stordito. Aveva voglia di rimanere solo. Ma lei era lì. Le labbra socchiuse, il fiato un po' acido. La paura, pensò lui.

«Sono entrata e sono venuta fino alla sala da pranzo; voi eravate là dentro. Mio zio era alterato, parlava di qualcuno, non so di chi. E tu te ne stavi appiattito contro la sedia come se ti avessero picchiato. E nessuno dei due si è accorto che ero lì. Allora sono uscita e sono venuta qui. Ho visto il fucile appoggiato alla parete e ho capito che doveva esserci un motivo. Non sapevo che cosa fare. Non potevo far altro che sedermi qui e aspettare, pensando che se ti avessi visto arrivare qui di corsa forse avrei potuto fermare chi ti stava inseguendo.»

Foster la guardò. Era tutta bagnata. «Davvero hai pensato questo?»

«Non ridere di me.»

Lui scosse la testa. «Per fermare quello che mi corre dietro, quel fucile serve a poco. Non rido di te.»

Rimasero in silenzio. Lei era bellissima. Così stavano le cose, con tutti loro. In qualche modo. Suo padre e sua madre. Suo nonno e sua nonna. Anche il vecchio, contorto e complicato com'era, nella casa a dieci metri da lì, con la pioggia battente e quella stessa nonna. Si sentiva insopportabilmente triste. Avrebbe voluto toccarla ma non lo fece. Sentì, più che vedere, l'esitazione di lei, e questo gli fece venire voglia di gridare. Rimase immobile. Sentì la propria esitazione. Vide le labbra di Daphne aprirsi di nuovo, chiudersi. Avrebbe voluto asciugarle i capelli, accendere un fuoco e sedere davanti al camino, cullarla tra le braccia, scaldarla. Non si mosse. No. No, fu il suo pensiero.

«Sei già andato via, vero?» chiese lei.

«Devo andare», la voce bassa, rotta per l'emozione. Ferita.

«È lui che ti ha detto di andare?»

«No. No. Lui vuole... non voglio dirti che cosa vuole.»

«È un grosso pasticcio, vero?

Foster scosse la testa. «Io non posso farci niente. Ma è qualcosa con cui non voglio più avere a che fare.»

«Pensi di dirmelo?»

«Non credo. Non riguarda me...»

«Lo so.»

«... ma non riguarda neppure lui. È una cosa che sento di dovermi tenere dentro.»

«Capita a tutti. Ci sono delle cose che ho fatto, che mi hanno fatto, che non potrei dire a nessuno, neanche a qualcuno che conoscessi da una vita intera.»

Lui la guardò. Credette di capire quel che voleva dire. Cercò di spiegarsi: «Delle cose che mi doveva dire, solo una parte riguardava lui. Mi ha detto cose di se stesso che ti farebbero vomitare. Ma a me non interessano. E poi mi ha parlato di altre persone. Che non ci sono più e non possono fare niente contro quello che lui ha fatto o ha detto di aver fatto, e nemmeno per ciò che lui ha detto di loro. È per queste persone che sento di dovermi tenere tutto dentro. È come un obbligo. È tutto quello che posso fare per loro. Portare tutto questo dentro di me».

«Oh, tesoro!» Daphne fece il passo che li separava e lo strinse tra le braccia, la testa china, lo strinse finché anche lui non la strinse. E senza capire che stava per farlo, Foster cominciò a piangere. Lei lo tenne abbracciato, senza muoversi, in silenzio, senza pronunciare parole per consolarlo o distrarlo dal suo dolore, solo per sostenerlo, mentre piangeva per tutto, per tutte le persone prima di lui, per se stesso. E mentre piangeva, respirava l'odore della ragazza, dei suoi capelli bagnati, il profumo delicato e pulito della sua pelle, dei suoi vestiti bagnati. Daphne aveva appoggiato la testa sul suo petto e guardava a terra, e Foster vedeva il punto del cuoio capelluto dove i capelli si dividevano, il sottile margine della piega dell'orecchio, la nuca levigata che terminava nel colletto della camicia. E quando smise di piangere, continuò a tenerla tra le braccia, fino a che entrambi non furono silenziosi, immobili, e lui poté sentire la vita di lei contro il suo petto, il battito del suo cuore. E si allontanò solo quando sentì la sua eccitazione crescere contro il suo corpo.

«Oh, Gesù», disse Foster, voltandosi dall'altra parte, «sono proprio a pezzi.» Prese il vecchio pacchetto di sigarette del padre dalla tasca della giacca e andò a fumare sulla soglia della baracca, accovacciato sotto la pioggia. E, come se fossero stati liberati, i due cani saltarono giù dal letto e si lanciarono fuori, a fiutare un'altra volta gli angoli del cortile. Foster rimase accovacciato a fumare e osservare i cani. Il fumo saliva in lente volute che resistevano qualche istante prima di dissolversi nella pioggia. Alle sue spalle udì Daphne sedersi ancora una volta sul letto, il suono sommesso del materasso di piuma sotto il suo peso.

«Dove pensi di andare?»

«Non lo so.» Parlò senza voltarsi.

«Torni al Nord?»

«Non lo so!» ripeté. «Non credo. Non subito.» Pensò alla casa di Bethlehem, alle due vecchie zie nella fattoria del Vermont. Doveva farsi vivo in qualche modo. Mandare loro una lettera. Ma non aveva idea di che cosa avrebbe detto. Prima doveva andare via di lì, pensò. Poi scrivere qualcosa di semplice, niente di doloroso, e riempire lo scritto dell'affetto che aveva per loro, qualunque cosa avesse deciso di fare.

Alle sue spalle Daphne chiese: «Portami con te».

Nel punto in cui la pioggia colava dal tetto spiovente, si formavano dei rivoletti scintillanti che scorrendo scavavano una piccola trincea. Lui disse: «Prima di morire, mio padre parlava di andare all'Ovest. Nel Nuovo Messico. In Arizona. Ci scherzavamo sopra. Adesso mi piacerebbe sapere se diceva sul serio. Magari vado laggiù. Viaggiando per tutto l'autunno. E per strada porto i miei cani a caccia di quaglie, ovunque ce ne siano. Magari continuo a viaggiare anche d'inverno, per vedere com'è. Per conoscere un po' questo Paese. Non so».

Lei non disse nulla.

Dopo un po', Foster scagliò la sigaretta nel fango e la osservò inzupparsi di pioggia e poi disfarsi. Quando della sigaretta non fu rimasta più traccia, quando la carta e il tabacco furono scomparsi nel fango, disse: «Il fatto è che se ti porto con me, ho paura che finirò per pensare a questo posto ogni volta che ti guardo. E quello che devo fare è lasciarmi tutto questo alle spalle». Continuava a non guardarla.

La voce di Daphne era molto bassa. «Ti sbagli. Se tu mi portassi con te, diventerei semplicemente parte di ogni luogo che visitiamo. È il contrario di come dici tu. Se mi lasci qui, ogni volta che penserai a me ti ricorderai di tutto quello che è successo qui. E finirai per confondermi con tutto questo. E per te non sarò mai semplicemente io. Ho quarantadue dollari.»

Foster non sorrise. Ma sentì quello che credeva un sorriso agitarsi dentro di lui. Si alzò, e dopo un ultimo lungo sguardo alla pioggia si voltò verso di lei. Non disse nulla, la guardò e basta. Come per leggere tutte le righe che la componevano, ogni parte di lei che poteva conoscere, o sperare di imparare a conoscere.

Per tenerla con sé. Per portarla via con sé. Lei capì che cosa stava facendo.

«Allora vai», gli disse.

«Daphne.»

«No. Vai via. Vattene!»

«Ascoltami.»

«No. Vai via, Foster Pelham! Guarda! Che cos'hai qui? Quello straccio di valigia? Il fucile? I cani salteranno da soli sulla tua macchina. C'è anche il tuo sacco a pelo. Eccolo.» E senza alzarsi dal letto, rotolò su un fianco e lo sfilò da sotto, e rimettendosi a sedere lo piegò e lo appoggiò sul bordo del materasso. «Ecco. È tutto pronto.»

«Daphne...»

«Stai zitto! Qualunque cosa tu abbia da dire, non la voglio sentire! Forse hai trovato le parole per quello che non hai saputo dire l'altra sera. Bene, è storia vecchia ormai. Non le voglio più. Tienile per te, Foster. Tienile per te. Raccontatele da solo quelle cose. Io non voglio sentirle. Esci di qui. Vattene via. Via da me.»

Lui rimase davanti a lei, in silenzio. E si trascinò per qualche passo, sentendosi rozzo, impacciato, sopraffatto dalla furia di lei. Dopo qualche istante, sapendo di sbagliare ma senza sapere che altro poteva fare, le disse: «Almeno lascia che ti dia un passaggio fino a casa tua».

Daphne alzò la testa di scatto e gli puntò addosso gli occhi furenti. «Non vado da nessuna parte. Io rimango qui. Non voglio nessun passaggio da te. Voglio solo vedere il tuo culo fuori da quella porta.»

Portò le sue cose nel vicolo dov'era parcheggiata la Chrysler. Salì in macchina e con lo straccio ingrassò il fucile, poi lo chiuse nella sua custodia e lo ripose nel vano sotto il sedile posteriore, assieme al whisky e al denaro. Infine rimise a posto il pesante cuscino e tornò al cancello del cortile. Lo aprì e fece uscire i cani, che lo seguirono fino all'automobile e saltarono dentro, accoccolandosi sul sedile posteriore, come se intuissero che quella volta il viaggio sarebbe stato lungo. Quindi salì anche lui, sotto una pioggia scrosciante, in una giornata dove tutto era grigio e marrone. Anche le foglie delle querce erano di un grigio scuro, un colore neutro nell'acqua torrenziale dello sfondo. Ben presto non riuscì più a vedere fuori, a causa dei vetri appannati per l'umidità sprigionata dal pelo bagnato dei cani e il fiato di tutti loro. Aprì il finestrino e fumò una sigaretta, mentre l'acqua gli bagnava il braccio e la gamba sinistri. E capì che non l'avrebbe lasciata, non l'avrebbe abbandonata in quel posto, sicuro che lei si fidasse di lui perché lui era una persona di cui fidarsi. E poi capì che non avrebbe potuto lasciarla, e questo non aveva niente a che fare con la fiducia, ma solo con lei. Che non avrebbe potuto lasciarla come non avrebbe potuto lasciare se stesso. Gettò via la sigaretta e rimase seduto ancora un po' dietro il volante. Consapevole che per una volta la sua vita stava cambiando perché lui lo voleva. E non per ciò che altre persone avevano detto o fatto. E pensò che quel momento fosse l'inizio della sua vera vita. Scese dall'auto e attraversò il cortile per tornare alla baracca, e si fermò un minuto davanti alla porta aperta per guardare dentro. Lei era ancora seduta sul letto a gambe incrociate, i gomiti sulle ginocchia, la faccia tra le mani, le spalle scosse da un movimento convulso. Sembrava che stesse ridendo, ma non emetteva alcun suono, se non un ansimare disperato. La osservò un istante, poi entrò e disse: «Non ho idea di dove potremo arrivare oggi con tutta questa pioggia. Ma vorrei ugualmente mettere un po' di strada tra noi e questo posto. Poi da qualche parte cercheremo di procurarci delle carte stradali».

Daphne alzò la testa, mostrando il viso umido e congestionato. Abbandonò le braccia in grembo e lo fissò, la testa un poco inclinata di lato, le labbra contratte, come se stesse fischiando in silenzio.

Poi, soddisfatta, disse: «Pensi che ne avremo bisogno?»

FINE

[illegible] Quando [illegible]

[illegible] della [illegible]

[illegible]

[illegible]

[illegible]

[illegible]

Collana «Superbestseller»

*Romanzi*

516. S. Casati Modignani, *Il Cigno Nero*
517. J. Dailey, *L'amore di una vita*
518. D. Steel, *Messaggio dal Vietnam*
519. S. King, *Terre desolate (Serie La Torre Nera)*
523. M. Higgins Clark, *In giro per la città*
524. V. Cowie, *Fascino*
526. S. Casati Modignani, *Come vento selvaggio*
529. J. Lindsey, *Amore selvaggio*
530. D. Koontz, *Fuoco freddo*
534. L. Sanders, *Il settimo comandamento*
535. B. Plain, *I tesori del tempo*
536. A.V. Roberts, *Due passioni una vita*
539. M. West, *Gli amanti*
541. R. Thomas, *Una donna del nostro tempo*
542. A. Hoffman, *La notte dei prodigi*
547. J. Briskin, *I sogni sono giovani*
550. P. Margolin, *Non dimenticare mai*
551. S. King, *Quattro dopo mezzanotte (Volume primo)*
552. D. Steel, *Batte il cuore*
556. V. Holt, *Prigioniera del cuore*
557. S. Coonts, *L'assedio*
559. S. King, *Quattro dopo mezzanotte (Volume secondo)*
562. D. Mortman, *La rosa selvaggia*
564. N. Barber, *I venti del destino*
565. D. Steel, *Nessun amore più grande*
568. D. Koontz, *In un incubo di follia*
569. R. Cook, *Morbo*
570. J. Kellerman, *Occhi indiscreti*
571. M. Higgins Clark, *Un giorno ti vedrò*
572. E. Adler, *Smeraldi*
573. L. Fleischer, *Viaggio in Inghilterra*
574. S. Coonts, *Il cavaliere rosso*
579. M. Swindells, *La signora dell'isola*
580. J. Briskin, *Passioni nascoste*
581. J. Higgins, *L'occhio del ciclone*
583. J. Sandford, *Preda di ghiaccio*
593. S. King, *Cose Preziose*
595. N. Barber, *I giorni dell'addio*
596. M.M. Kaye, *L'ombra della luna*
597. B. Wood, *Momenti d'amore*
599. L. Blair, *Privilegio*
601. R. Mason, *Il vento non sa leggere*
602. S. Beauman, *Destiny*
603. M. Walters, *La morte ha freddo*
604. D. Steel, *Gioielli*
605. M. Haran, *Il trionfo di una donna*
607. G. Pansa, *Ma l'amore no*
608. D. Koontz, *Cuore nero*
611. B. Plain, *Al di là del fiume*
617. J. McNaught, *Un incontro perfetto*
623. R. Osborne, *Istinti - Basic Instinct*
626. L. Blair, *Una stagione per cambiare*
631. S. Sheldon, *Nulla è per sempre*
632. R. Cook, *Sonno mortale*
635. S. Beauman, *Intrighi e passioni*
639. S. King, *Il gioco di Gerald*
640. D. Steel, *Star*
641. M. Higgins Clark, *Ricordatevi di me*
644. S. King, *Il Miglio Verde*
645. D. Steel, *Le sorprese del destino*
646. M. Higgins Clark, *Domani vincerò*
647. D. Chiel, *Il profumo del mosto selvatico*
648. E. Segal, *Una vita per un premio*
650. D. Koontz, *Le lacrime del drago*
651. R. Cook, *Vite in pericolo*
665. J. Fielding, *Segreti pericolosi*
666. J. Higgins, *Nel cuore dell'uragano*
670. J. Lindsey, *L'uomo del mio desiderio*
673. L. Sanders, *La posta in gioco*
674. J. Kellerman, *Il valzer del diavolo*
677. S. King, *Dolores Claiborne*
679. M. Haran, *Il risveglio di una donna*
680. M. Binchy, *Amiche*
681. D. Koontz, *Il fiume nero dell'anima*
685. S. Sheldon, *Giorno & notte*
686. D. Steel, *Scomparso*
687. G. Pansa, *Siamo stati così felici*
690. J. Briskin, *Ricordi d'amore*
691. J. Fletcher & D. Bain, *La signora in giallo - Brandy & pallottole*
694. B. Taylor Bradford, *Come un angelo*
695. R. Cook, *Alterazioni*
697. S. Casati Modignani, *Il Corsaro e la rosa*
698. P. Margolin, *Passi nel buio*
701. D. Koontz, *Phantoms!*
703. J. Sandford, *Gli occhi della preda*
705. M. West, *Punto di fuga*
707. B. Plain, *L'alba di un giorno nuovo*
708. M. Higgins Clark, *Un colpo al cuore*
709. D. Steel, *Il regalo*
710. J. Michael, *Le sorprese della fortuna*

712. N. Sparks, *Le pagine della nostra vita*
713. E. Segal, *Love Story*
715. S. King, *Incubi & deliri*
716. D. Koontz, *Lampi*
718. D. Steel, *Scontro fatale*
720. M. Higgins Clark, *Bella al chiaro di luna*
728. R. Cook, *Epidemia*
729. J. Higgins, *Nel covo dei serpenti*
730. J. Kellerman, *Amore violento*
733. J. Fielding, *Non piangere per favore*
734. M. Haran, *È sempre una questione d'amore*
735. A. Hoffman, *Il giardino delle magie*
737. J. Lindsey, *Amore per sempre*
740. S. Casati Modignani, *Caterina a modo suo*
741. D. Steel, *Cielo aperto*
742. G. Pansa, *I nostri giorni proibiti*
743. B. Bickmore, *Il bacio della luna*
745. M. Binchy, *L'amica del cuore*
747. J. McNaught, *Ritrovarsi*
748. W. Diehl, *Schegge di paura*
750. R. Wallace, *Braveheart - Cuore impavido*
756. D. Koontz, *Intensity*
758. B. Erskine, *La figlia della fenice*
760. J.A. Krentz, *Nel mare della passione*
761. J. Sandford, *La notte della preda*
762. B. Taylor Bradford, *Le maree del destino*
763. E. Adler, *Una donna senza ricordi*
764. D. Steel, *Fulmini*
765. J. Higgins, *L'angelo del destino*
766. R. Bachman (S. King), *L'occhio del male*
767. J. Michael, *La tela del desiderio*
768. M. Higgins Clark, *Una notte, all'improvviso*
769. D. Brin, *L'uomo del giorno dopo*
770. R. Daley, *Prove apparenti - Night falls on Manhattan*
771. J. Evanovich, *Tutto per denaro*
772. M. Higgins Clark, *Testimone allo specchio*
774. D. Koontz, *Ombre di fuoco*
775. V. Cowie, *Un amore troppo perfetto*
776. D. Graziunas e J. Starlin, *Prima che sia troppo tardi*
777. D. Steel, *La promessa*
778. J. Fielding, *Frammenti*
779. J. Higgins, *Patto diabolico*
780. J. Kellerman, *Estrema difesa*
781. M. Rose, *Gli angeli della vita*
782. A. Ephron, *Un invito innocente*
783. S. King, *La sfera del buio (Serie La Torre Nera)*
784. C. Lim, *La ragazza della casa di Wu*
785. K.C. McKinnon, *Canto d'amore all'Harvest Moon*
786. D. Steel, *Cinque giorni a Parigi*
787. R. Cook, *Cromosoma 6*
788. M. Binchy, *Il lago di cristallo*
789. J. Madrid, *Conti in sospeso*
790. I. Johansen, *L'ombra negli occhi*
791. G. Pansa, *La bambina dalle mani sporche*
792. J. Dailey, *Il vento dell'Ovest*
793. S. Sheldon, *Una donna non dimentica*
794. P. Pascolini e S. Casini, *La prima volta di mia figlia*
795. B. Taylor Bradford, *Un segreto è per sempre*
796. S. Casati Modignani, *Lezione di tango*
798. J. Green, *Non tutti gli uomini preferiscono le altre*
799. J. Parker Rhodes, *Schiava del dio serpente*
802. L. Spencer, *Un'estate per cambiare*
803. N.A. Collins, E.A. Kramer, M.H. Greenberg (a cura di), *Dark Love*
804. P. Margolin, *La testimone*
805. T. Hoag, *Il buio del cuore*
806. S. Khashoggi, *Il miraggio dell'amore*
807. S. Beauman, *La colomba dalle ali spezzate*
808. D. Koontz, *La notte del killer*
809. L. Sanders, *L'ultimo rischio*
811. O. Goldsmith, *Donne sull'orlo del successo*
812. S. Lord, *Una sorella per nemica*
813. S. King, *Desperation*
814. R. Bachman (S. King), *I vendicatori*
815. S. King, *Riding the Bullet - Passaggio per il nulla*
816. M. Binchy, *Il nuovo domani*
817. S. Isaacs, *La favola è finita - Lily White*
818. M. West, *Eminenza*
819. D. Steel, *Perfidia*
820. L.J. Rowland, *Shinjū*
821. E. Segal, *Un solo grande amore*
822. J. Graham, *Come vento sulla prateria*
823. S. Brown, *Il giorno del peccato*

824. S. King, *Mucchio d'ossa*
825. D. Steel, *Silenzio e onore*
826. S. Pottinger, *Taglio netto*
827. N. Thayer, *Più forte del cuore*
828. M. Higgins Clark, *Sarai solo mia*
829. J. Higgins, *Il volo delle aquile*
830. A.V. Roberts, *Il segreto di Liam*
831. M. Baudino, *Un antico passato - Il sorriso della druida*
832. D. Koontz, *L'uomo che amava le tenebre*
833. W. Diehl, *Lo spettacolo del male*
834. J. Mitchard, *Profondo come il mare*
835. R. Cook, *Sindrome fatale*
836. G. Magrini, *Sottile incantesimo - Magique*
837. P. Margolin, *Sospetti*
838. P.A. Whitney, *Una donna senza passato*
841. S. Sheldon, *Dietro lo specchio*
842. D. Steel, *Il ranch*
843. G. Pansa, *Ti condurrò fuori dalla notte*
844. S. Coonts, *Tornano gli incursori*
845. J. Michael, *Un gesto d'amore*
846. R.J. Waller, *Valzer lento a Cedar Bend*
847. J.R. Garber, *Vertigine fatale*
848. L. Spencer, *Le promesse del cielo*
849. B. Plain, *La giostra d'argento*
850. SARK, *Dolcissime donne selvagge*
851. D. Koontz, *In fondo alla notte*
852. J. Archer, *Quarto potere*
853. M. Halter, *Intrigo a Gerusalemme*
854. R.J. Waller, *I ponti di Madison County*
855. B. Taylor Bradford, *Un sogno tutto nuovo*
856. M. Palmer, *Terapia totale*
857. D. Bellomo, *La settima onda*
858. J. Fletcher & D. Bain, *La signora in giallo - Martini & follia*
859. J. Kellerman, *Solo nella notte*
861. C. Arnothy, *Sotto il cielo dell'Africa*
862. J. Kellerman, *Lo schermo buio*
863. O. Goldsmith, *Una mamma da sposare*
864. K. Lange, *Il rischio della bellezza*
865. L. Scott, *Fino a prova contraria*
866. D. Steel, *La lunga strada verso casa*
867. D. Steel, *Il fantasma*
868. S. Brown, *Il segreto di una donna*
869. J. Mitchard, *Il coraggio dell'innocenza*
870. C. Andrews, *Stato di salute*
871. M. Higgins Clark, *Ci incontreremo ancora*
872. J. Higgins, *L'anno della tigre*
873. J. Lindsey, *Dimmi che mi ami*
874. G. Magrini, *Come un diamante*
875. M. Olden, *Nel cuore nero di New York*
876. R. Cook, *Vector - Minaccia mortale*
877. M. Haran, *Una storia di famiglia*
878. J. McNaught, *Quando i sogni si avverano*
879. T. Hoag, *Giustizia negata*
880. M. Blake, *La danza dell'ultimo bisonte*
881. S. Coonts, *Destini di guerra*
883. S. King, *Insomnia*
885. I. Johansen, *Doppio volto*
886. B. Kingsolver, *Gli occhi negli alberi*
887. D. Koontz, *Tracce nel buio*
889. M. Binchy, *Ritorno a Tara Road*
890. A. Mark, *Le ragioni del cuore*
891. G. Pansa, *Il bambino che guardava le donne*
892. J. Michael, *Un certo sorriso*
893. S. Casati Modignani, *Vaniglia e cioccolato*
894. S. King, *Rose Madder*
895. B. Plain, *Il silenzio di una donna*
896. B. Bickmore, *La prima stella della sera*
897. O. Goldsmith, *I tre gusti della vendetta*
898. M. Gayle, *Avviso di chiamata*
899. L. Scott, *Giustizia sommaria*
900. D. Steel, *Un dono speciale*
902. P. Margolin, *L'ultimo innocente*
903. S. Finnamore, *Prove tecniche di matrimonio*
904. B. Taylor Bradford, *Il potere di una donna*
905. K.C. McKinnon, *Le candele brillavano a Bay Street*
906. A. Vachss, *La seduzione del male*
907. B. Erskine, *La notte è un luogo solitario*
908. J. Lent, *Vento d'autunno*
909. J. Sandford, *Il punto debole*
926. S. King, *La bambina che amava Tom Gordon*

Gentile lettore,

la ringraziamo per aver scelto uno dei romanzi della ricca collana Superbestseller.

Per poter soddisfare sempre meglio le sue esigenze e i suoi gusti, le chiediamo di voler gentilmente compilare il seguente questionario. Se ci fornirà anche il suo indirizzo, le invieremo tempestivamente le informazioni relative alle nuove pubblicazioni del gruppo Sperling & Kupfer e alle iniziative speciali rivolte ai nostri lettori.

Ho trovato questo questionario nel volume dal titolo

Ho acquistato questo volume

☐ in libreria ☐ in edicola ☐ al supermercato

Abitualmente acquisto libri

☐ in libreria ☐ in edicola ☐ al supermercato

Numero libri acquistati in un anno: ..........................................

Di solito acquisto un libro perché:
(si possono barrare più caselle)

☐ seguo i consigli di amici/conoscenti/del mio libraio di fiducia
☐ leggo le recensioni
☐ vedo la pubblicità
☐ scelgo i titoli del mio autore preferito
☐ mi piace la copertina
☐ il libro ha vinto un premio letterario
☐ il libro è nelle classifiche dei libri più venduti
☐ ha un prezzo conveniente

Il mio autore preferito è: .......................................................

Il mio libro preferito è: .........................................................

Il mio genere preferito è:

☐ saggistica ☐ narrativa

- romanzi d'amore
- thriller

INFORMAZIONI ANAGRAFICHE

Età: ............ Sesso: ☐M ☐F

Professione: ..........................................................................................

FACOLTATIVO

Nome ..........................................................................................
Cognome ..........................................................................................
Via .......................................................................... n. .............
Città .................................... Provincia .......... CAP .............
E-mail ..........................................................................................

La preghiamo di tagliare lungo la linea tratteggiata e di inviare in busta chiusa e affrancata a:

Sperling & Kupfer Editori S.p.A.
Ufficio Promozione
Via Durazzo, 4
20134 Milano

*Il mittente prende atto che i suoi dati saranno trattati per l'eventuale invio di materiale d'informazione libraria, con la possibilità della cessione a terzi dei dati stessi. Resta salvo il suo diritto di conoscenza, cancellazione, rettifica, aggiornamento, integrazione e opposizione al trattamento dei dati, secondo quanto previsto dall'art. 13 della legge 675/96.*

*Finito di stampare nell'ottobre 2002*
*presso la Mondadori Printing S.p.A.*
*Stabilimento N.S.M. di Cles (TN)*
*Printed in Italy*